L'HORLOGE DE PANDORA

Officier de réserve de l'American Air Force, conseiller en aviation pour la télévision américaine, avocat spécialiste du droit aérospatial, John J. Nance est aussi pilote dans l'aviation civile.
Il est l'auteur de plusieurs « thrillers aéronautiques », dont *L'Horloge de Pandora* (1996). Il a également publié *Projet Méduse, Black-out* et *Zone de turbulence*.

Paru dans Le Livre de Poche :

BLACK-OUT

PROJET MÉDUSE

JOHN J. NANCE

L'Horloge de Pandora

ROMAN TRADUIT DE L'ANGLAIS PAR BERNARD COHEN

ALBIN MICHEL

Titre original :
PANDORA'S CLOCK
Publié avec le concours de Doubleday,
une filiale de Bantam, Doubleday dell Publishing Group, Inc.

Pour le commandant James J. Nance et le révérend Gerald A. Priest ; Jim, cousin, camarade pilote, et sculpteur de classe internationale ; Jerry, beau-frère, pasteur de même classe, et le seul père prêtre de tout le catholicisme...

Et tous deux de vrais frères.

PROLOGUE

Le professeur Ernest Helms était revenu juste à temps à l'entrée du chemin forestier tout enneigé : plus loin, à moins de cinquante mètres, quelqu'un était en train de forcer la porte de sa voiture de location.

Il n'avait pas pensé une minute à cette éventualité lorsqu'il s'était garé au milieu de la forêt bavaroise immaculée, sans aucun autre véhicule en vue, pour filmer quelques images-souvenirs destinées à sa famille.

Mais les intentions de l'inconnu ne faisaient aucun doute. Fortement charpenté, habillé d'une sorte de combinaison qui faisait penser à un uniforme, le voleur était en train de fourrager violemment dans la serrure de la porte avec ce qui semblait être un outil, sans prêter la moindre attention à l'approche de Helms.

Ce dernier hésitait, calculant les risques. Il n'était pas en bonne forme physique, et le malfrat devait avoir vingt ans de moins que lui. Cependant l'audace de cet homme souleva en lui une vague de rage instinctive.

Alors qu'il restait planté là en se demandant que faire, le bruit d'un hélicoptère lui parvint de derrière, d'abord ténu, puis se rapprochant rapidement. Un moment encore, ses yeux restèrent fixés sur le voleur.

Puis, sur une impulsion, il posa le sac de sa caméra vidéo à terre et se précipita hors du couvert des arbres. Il courait en essayant de ne pas glisser sur la neige et cria :

— Mais qu'est-ce que vous fichez, bon Dieu? Laissez cette voiture immédiatement!

Le voleur se redressa d'un coup et se tourna dans la direction de Helms. Le professeur pila, ne sachant à quoi s'attendre, mais l'homme ne bougeait pas et paraissait décontenancé, son regard passant de Helms au ciel tandis qu'il continuait à tripoter la serrure, sans succès. Il avait l'air plus paniqué que menaçant.

L'hélicoptère était plus près maintenant, et l'homme écouta aussi, ses yeux abandonnant Helms et se plissant pour tenter d'apercevoir l'appareil. Il fit un pas en arrière, vacilla, reprit son équilibre, recula encore. Soudain, l'hélicoptère descendit derrière Helms, se stabilisa un peu au-dessus de l'endroit dégagé où se trouvait la voiture. A l'évidence, les occupants observaient avec insistance le voleur, qui leur tourna le dos et fonça dans la forêt.

Le pilote hésita un instant, comme s'il inspectait la voiture à travers les tourbillons de neige soulevés par les rotors. Helms put voir que quelqu'un, côté passager, cherchait lui aussi à apercevoir ce qui se passait en bas. Puis l'hélico reprit de la vitesse, s'éloigna dans la direction qu'avait prise le voleur, et finit par disparaître au-dessus des arbres tandis que le bruit assourdissant des hélices et du moteur s'estompait.

Quand l'appareil avait surgi, Ernest Helms avait déjà fait machinalement quelques pas en arrière pour se dissimuler à l'orée du bois. En revenant prudemment vers la voiture, il reprit le sac de sa caméra sur lequel il avait trébuché. Il ne s'aperçut pas qu'il avait fait ainsi sauter l'étiquette portant son nom.

La poignée de porte était très abîmée. Ce type était

tout ce qu'on voulait, sauf un professionnel. D'ailleurs...

Helms se retourna vers l'hélicoptère, dont le vacarme s'était éloigné. Il se souvint de la cocarde sur les flancs de l'appareil et de la tenue de l'homme, qui faisait penser à un uniforme. Tout devenait logique : *Un prisonnier en cavale, je parierais n'importe quoi là-dessus ! Évidemment, il voulait s'enfuir dans ma voiture...*

Il réalisa que son cœur palpitait sous l'effet de la décharge d'adrénaline. Il se sentit épuisé, nauséeux, une douleur lancinante lui enserrait la poitrine. En se battant avec la clé, il parvint à ouvrir l'autre porte, se laissa tomber lourdement sur le siège du conducteur, les jambes à l'extérieur.

L'hélicoptère était toujours à un kilomètre environ. Il devait certainement voler en cercle. Helms se demanda si le pilote allait finir par contraindre le fuyard à se rabattre vers l'aire de stationnement. Il pensa qu'il n'était peut-être pas très malin de rester là, sans arme, avec la clé dans le démarreur.

Helms balança ses jambes sous le volant et ferma la porte. Il allait démarrer quand il sentit qu'on donnait un grand coup sur le côté du véhicule.

Il tourna la tête pour comprendre ce qui arrivait, et se retrouva les yeux dans les yeux avec l'homme qui venait de s'enfuir. Au bord de la panique, Helms s'escrima à mettre la voiture en marche, mais rien ne se passa. L'homme était maintenant en train de frapper à sa vitre, le regard fou de terreur. En fond, il entendait le staccato de l'hélicoptère, recouvert par le martèlement des poings sur la vitre.

Il tenta encore et encore de démarrer, sans arriver à comprendre ce qui se passait avec cette voiture. Il était en train de vivre le scénario cauchemardesque le plus classique : vouloir fuir devant un spectre sans pouvoir bouger.

Le visage du voleur disparut un instant puis revint dans son champ de vision. Le bruit qui lui parvenait de la gauche se fit plus fort : l'inconnu s'était mis à attaquer la vitre avec une pierre. A ce moment, Helms redoubla d'effort pour tourner la clé aussi loin que possible, avant de se rendre compte que le moteur était déjà en marche. Un courant d'air glacé sur sa joue lui signala que l'assaillant était en train de parvenir à ses fins. Il arriva à allonger la main vers le levier de vitesses et à le pousser de toutes ses forces en première.

Des éclats de verre lui sautèrent au visage. Son pied gauche relâchait déjà l'embrayage et le droit écrasait l'accélérateur quand une main passa par la fenêtre brisée et le saisit au collet. Instinctivement, Helms balança son bras de côté pour faire lâcher prise à son assaillant, tandis que la voiture démarrait en trombe.

En fonçant sur la petite départementale qui rejoignait l'autoroute, il regarda dans le rétroviseur et vit l'inconnu tomber à genoux, comme s'il renonçait à le poursuivre. Du sang coulait de son bras droit.

Après quelques kilomètres, Helms se rangea sur le bas-côté pour faire le point. Sa caméra vidéo était toujours sur le siège arrière, avec la cassette du carnet de voyage destiné à son fils et à sa belle-sœur, là-bas, dans le Maryland. Pendant toute cette demi-année sabbatique passée à l'université de Heidelberg, il avait peu filmé en Bavière, attendant la fin de son séjour pour s'y mettre vraiment. Maintenant, il s'en voulait d'avoir tant tardé ; mais après tout, dans seulement deux jours il serait avec eux, aux États-Unis.

Helms réembraya, s'apprêta à prendre la bretelle de l'autoroute, quand ses yeux tombèrent sur la vitre. Sur la surface fendillée au-dessous de l'impact, quelque chose le fit tressaillir.

Du sang. La vitre était couverte de sang, sans aucun

doute celui du dément. Mais il y avait aussi cette brûlure persistante sur le plat de sa main gauche.

Saisi d'un frisson, Ernest Helms y découvrit une profonde entaille.

CHAPITRE 1

Mayence, Allemagne.
Vendredi 22 décembre, 13 h 50 (12 h 50 Z)

Le commandant James Holland fit passer d'un geste agacé le combiné téléphonique d'une oreille à l'autre tout en regardant le réveil sur la table de nuit. Il ne restait guère de temps. Il était de plus en plus irrité de devoir rester en ligne pour cette communication transatlantique, et son énervement rivalisait avec l'anxiété provoquée par le fax qu'il venait de recevoir du planning.

Plus que dix minutes, et dix membres d'équipage pensant déjà aux vacances seraient en train de l'attendre dans le hall, avant de traverser la rue pour prendre le train qui les conduirait à l'aéroport de Francfort. Ils connaissaient par cœur ce trajet, évidemment, mais le protocole voulait que le *captain* se présente à l'heure pour mener la parade.

Une succession de bips se produisit sur la ligne, mais aucune voix ne se fit entendre. Où était donc passé le médecin ? Le message semblait urgent. Holland déplia le fax pour le relire en cherchant des indices entre les lignes :

Att. Capt. J. Holland, c/o HILTON MAYENCE. Le Dr David Wilingham nous a contactés ce matin, vous demande de rappeler imm. au sujet récents examens. T : 214-361-1076./PLANNING/DFW.

Une voix aussi lointaine qu'indifférente finit par émerger de la friture sur la ligne :

— Le Dr Wilingham n'est pas joignable pour l'instant. Si vous désirez laisser un message...

Bon sang ! Une messagerie téléphonique !

— Dites-lui que le commandant James Holland a rappelé, que je suis en Allemagne et que je réessaierai de l'avoir dans une heure. Je... je dois absolument lui parler. (Il allait raccrocher puis, se ravisant :) Euh, est-ce que vous pouvez le biper ?

Mais la communication avait déjà été coupée. Holland reposa l'appareil, encore plus inquiet. Les examens qu'il avait subis trois jours plus tôt n'étaient théoriquement qu'un check-up, une échographie de la prostate, une simple routine. Aucun symptôme préoccupant, aucun signe de cancer ou d'autre chose, mais alors pourquoi son médecin cherchait-il à le joindre ?... Il consulta à nouveau sa montre. 13 h 54. Encore six minutes. D'une main, il replia et empocha le fax tout en resserrant de l'autre sa cravate, puis il boucla son sac de cabine. Il enfila sa veste de pilote à quatre bandes dorées, installa ses deux bagages sur sa canne pliante. La porte de sa chambre était presque tout en miroir mais il hésita à inspecter son image, se rappelant trop bien les poches sombres sous les yeux qui trahissaient ses quarante-six ans.

Sandra avait été la première à remarquer que son visage partait à la dérive. Sandra, sa femme — son ex-femme, rectifia-t-il en pensée —, lui avait conseillé de consulter un chirurgien esthétique. Et elle ne plaisantait qu'à moitié quand elle lui avait lancé qu'elle ne voulait pas être l'épouse d'un homme qui se mettait à ressembler chaque jour un peu plus à Lyndon Johnson.

En fin de compte, c'était pour de tout autres raisons qu'elle l'avait quitté. Quand il ouvrit la lourde porte et s'engagea dans le couloir, il se sentait vieux, fatigué, vaincu. Noël, une fois encore, allait être pour lui un supplice solitaire. L'équipage, après avoir fait les magasins toute la matinée à la recherche de cadeaux, serait certainement surexcité pendant tout le vol jusqu'à New York. *Pfff, quels niais !* ne cessait-il de penser, mais il était résolu à ne gâcher le moral de personne.

En y ajoutant l'inquiétude provoquée par le fax, ce vol de huit heures au-dessus de l'Atlantique s'annonçait éprouvant, pire encore, puisque son copilote serait Dick Robb.

Holland inspecta le couloir et fut soulagé de constater que ce dernier ne s'y trouvait pas : il devait déjà être en train d'attendre dans le hall, à coup sûr, aussi prétentieux que d'habitude, à flirter avec les plus jolies hôtesses et à contrôler sa montre avec le soin maniaque d'un chef de gare. Dick Robb, le jeune pilote instructeur chargé par la compagnie de faire passer sa qualification sur Boeing 747-400 au commandant hors classe James Holland, s'était ingénié pendant ces deux jours à critiquer ses moindres gestes, ses moindres mots, à tel point que Holland avait été sur le point d'exploser. Pourtant, fidèle à lui-même, il n'avait rien dit.

Il se rappela la fois où il avait tenté d'expliquer à Sandra ce que signifiaient ces contrôles en vol :

— On a affaire à des pilotes instructeurs dont certains ont obtenu leur grade bien avant d'avoir l'ancienneté équivalente. Ils sont là pour nous évaluer, ils embarquent avec nous et notent nos compétences alors que nous, les pilotes de ligne, sommes responsables du vol.

— Et donc tu ne les aimes pas ? avait-elle interrogé.

— Il y a des types très corrects, mais certains suent l'arrogance, jouent les petits chefs, intoxiqués, par leur pouvoir et leur infaillibilité, alors qu'ils sont surtout très forts pour critiquer. Un instructeur arrogant, et jeune en plus, c'est ce qu'il y a de pire.

Robb correspondait en tout point à ce portrait.

Holland pénétra dans l'ascenseur et vérifia encore l'heure, notant avec une sombre satisfaction qu'il lui restait tout juste deux minutes.

Dès que le commandant apparut, Dick Robb s'avança vers lui en regardant ostensiblement sa montre, et lui demanda si le vol n'était pas retardé.

— Pas que je sache, Dick, répondit Holland en se rendant compte aussitôt qu'il venait de tomber dans un piège.

— Vous vous trompez, il l'est ! lança Robb en cachant mal sa jubilation. J'ai appelé les opérations il y a une demi-heure pour faire le point. Je me disais que vous en aviez fait autant.

Une valve de carburateur défectueuse devait être remplacée, lui apprit-il, et le vol QN 66 pour New York partirait donc à 16 h 30, soit trente minutes après l'horaire prévu, avec un remplissage de deux cent quarante-cinq passagers.

Pendant le trajet vers l'aéroport, Robb ne s'occupa aucunement du magnifique paysage hivernal que la neige irisait, s'en tenant d'un air sentencieux au thème qui l'accaparait : rappeler à Holland qu'il lui incombait aussi, en tant que commandant, de rester en contact avec le centre des opérations durant les escales à l'étranger. L'intéressé demeura poli, hochant la tête toutes les fois que cela s'imposait, mais Robb remarqua que ses lèvres avaient blanchi tant il s'efforçait de se contenir. Alors qu'ils étaient presque arrivés, il poussa intérieurement un soupir résigné : pour lui, Holland n'était qu'un je-m'en-foutiste en bout de course.

Ce dernier, pour sa part, voyait en Robb l'archétype du minable imbu de lui-même.

Ils se séparèrent à la salle de briefing, où Holland le laissa mener les vérifications au sol qui incombent normalement au commandant de bord en service. Il traversa le terminal très animé en n'ayant rien d'autre en tête que l'angoisse qui le rongeait depuis qu'il avait appris l'appel du médecin, et se hâta vers la porte d'embarquement. Tout au long de sa carrière, il avait secrètement envié les rares pilotes qui paraissent capables de ranger leurs soucis dans un tiroir avant de prendre les commandes : lui n'avait jamais été en mesure de parvenir à un tel détachement. Quand Sandra était partie en claquant la porte, faisant voler en éclats le peu qui restait de leur fragile union, elle n'avait laissé derrière elle qu'un vide douloureux dans lequel il s'était résigné à vivre. Cette impression de vacuité l'avait habité depuis des mois et des mois, et maintenant cette nouvelle épreuve...

L'imposante silhouette du 747-400 se profilait derrière les baies de la porte 34. Ses ailes étaient couvertes d'une pellicule de neige, mais les machines de dégivrage étaient déjà garées sur ses flancs. Il pensait aux effets dramatiques que pouvait avoir la glace sur les ailes d'un avion, à la catastrophe du vol d'Air Florida, en 1982, à Washington, quand il repéra une cabine téléphonique vacante et y pénétra tout en fouillant dans ses poches à la recherche du numéro d'accès au service AT&T Direct. Il se promit de vérifier plutôt deux fois qu'une si Robb contrôlait correctement la procédure de dégivrage.

Debout non loin de la porte 34, Rachael Sherwood, rejetant en arrière ses cheveux auburn qui lui caressaient les épaules, réalisa soudain qu'elle était en train d'observer cet inconnu avec exactement la même insistance que les hommes mettaient souvent à la détailler. *Quelles manières pour l'assistante d'un ambassadeur,* commenta-t-elle en son for intérieur. Très consciente de son charme, elle rajusta la ceinture de sa jupe et se retourna vers le couloir d'accès, un peu énervée que l'ambassadeur itinérant des États-Unis Lee Lancaster ne soit toujours pas en vue. Il y avait déjà dix minutes qu'elle se tenait là, subissant l'épreuve de ses talons hauts et du spectacle d'une foule de passagers affolés par la proximité de Noël, quand elle avait remarqué ce pilote américain si bien bâti. Appuyé à la cloison d'une cabine téléphonique, visiblement préoccupé, il avait lancé un bras sur le bord de la vitre fumée, qu'il tapotait de sa grande main maintenant avec nervosité. Elle avait reconnu son grade de commandant aux épaulettes de sa veste, mais c'était avant tout ses yeux bleus qui captivaient son regard. Même si, de toute évidence, il ne prêtait pour l'instant attention ni à elle ni à quiconque. Sans hâte, elle s'arrangea pour se rapprocher de lui et mieux l'observer, se glissant dans une autre cabine à quelques mètres de la sienne. Elle se sentit étrangement excitée, mais aussi un peu embarrassée : elle se surprenait elle-même de se conduire ainsi.

C'est parce que je n'ai rien d'autre à faire ! se dit-elle en continuant à le contempler ouvertement. Il faisait au moins un mètre quatre-vingts, il avait d'épais sourcils, de lourdes paupières, un visage énergique et rasé de près, une chevelure sombre qui commençait à tourner au poivre et sel. Elle laissa ses yeux glisser sur ses larges épaules puis se fixer sur sa poitrine, tandis qu'elle concluait : *Voilà un homme qui se maintient en forme. Et qui, à coup sûr, est tracassé par quelque chose.* Son air crispé fut juste à ce moment-là souligné par un soupir qu'elle eut l'impression d'entendre distinctement, et qui éveilla en elle une envie pressante, irraisonnée, d'aller vers lui pour le réconforter. Sans savoir que toute sa vie durant James Holland avait provoqué de telles réactions chez les femmes.

Rachael devinait que ce coup de fil n'avait aucunement dissipé ses préoccupations. Elle observa les superbes épaules qui s'affaissèrent un peu quand il raccrocha, le vit secouer la tête puis souffler pendant qu'il se recoiffait de sa casquette bordée d'un galon d'or.

Quand il passa devant elle, elle détourna son regard en espérant de tout son cœur qu'il n'avait pas surpris son manège, puis elle se risqua à le fixer encore. Il dégageait un subtil parfum d'eau de Cologne, une senteur agréablement boisée qu'elle ne parvint pas à reconnaître mais qui suffit à encourager ses rêveries. Elle se demanda quel vol il allait assurer, et espéra que ce serait le sien.

Mais où Lee avait-il bien pu passer ? Elle sortit le téléphone cellulaire de son grand sac de voyage mais l'y replongea aussitôt en apercevant Lancaster qui s'avançait à grands pas vers elle.

Quinze minutes plus tard, seul dans le cockpit de l'appareil devant assurer le vol QN 66, le commandant James Holland revoyait sa check-list de prédécollage sans pouvoir arrêter de penser à la conversation qu'il venait d'avoir au téléphone.

Il avait finalement réussi à joindre son médecin à New York, qui lui avait parlé d'une « ombre sur l'échographie ». Et il avait ajouté :

— Je me suis dit que vous feriez bien de venir en

faire une autre, mais je ne voulais surtout pas déclencher un branle-bas de combat.

— Je... je ne savais pas trop, docteur. Je suis en Allemagne, en rotation, et le planning m'a retrouvé jusqu'ici pour me faire part de votre appel. Franchement, j'ai eu une frousse bleue.

— Désolé, commandant.

— Vous avez dit qu'il y a une ombre ? Comme une tumeur ?

Il s'était lancé sur le pire scénario possible : un cancer de la prostate. Sous l'empire de la peur, il s'était dit qu'il était bon pour la table d'opération. Mais après l'intervention chirurgicale, que fallait-il attendre ? Allait-il devenir un zéro sexuel ? Il avait entendu raconter de monstrueuses histoires à ce sujet. Il ne pouvait tout simplement pas imaginer la vie sans sexualité, sans être capable de satisfaire une femme. Le fait d'avoir été pratiquement abstinent depuis que Sandra l'avait quitté ne changeait rien à cette angoisse : il s'agissait seulement d'une étape, alors que *ça* pouvait peut-être changer sa vie à jamais !

Mais le praticien avait alors annoncé :

— Commandant, je suis heureux de vous rassurer, et d'avouer que c'était une erreur. Vous êtes absolument OK ! J'ai repris l'échographie sur la visionneuse, et voilà, je l'avais mal interprétée.

— Tout va bien pour moi, alors ?

— Absolument. Encore une fois, je suis vraiment désolé de vous avoir inquiété.

— Pas besoin d'en faire une autre ?

— Pas avant un an, au moins. Ne vous faites plus de souci, voulez-vous... Et joyeux Noël !

Après un long soupir de soulagement, Holland avait raccroché. Maintenant, il souriait en y repensant, tandis qu'il ajustait les pédales de gouvernail et faisait courir sa main sur la console centrale pour vérifier les leviers. Sans la présence de Robb, il se serait senti comme un condamné sortant de prison, revenu de la mort.

Je devrais sauter sur la première jolie femme que je vois ! se dit-il avec un gloussement, et il se sentit plus détendu.

En mettant le radar sur la position TEST, il prit une décision qu'il avait longtemps repoussée : il allait se remettre à sortir avec des femmes. Il en avait assez d'être seul. Pour être encore plus précis, il en avait assez de coucher seul.

En contrebas, à la porte 2 G, un petit homme aux cheveux clairsemés, portant une mallette qui avait vu de meilleurs jours, s'écarta des passagers qui faisaient la queue dans le couloir d'accès à l'avion et se laissa aller contre le mur, la respiration haletante. Une hôtesse rousse, élancée, surgit soudain comme de nulle part pour lui prendre le bras et lui demander d'une voix pressante ce qui lui arrivait.

Le professeur Ernest Helms leva les yeux vers Brenda Hopkins et mit quelques secondes à lui répondre.

— Ça va... bien. Merci. Je me suis juste senti... très faible, d'un coup.

— Quel est votre numéro de siège, monsieur? Je vais vous y conduire.

— Je... ne voudrais pas qu'à cause de moi vous attrapiez... un rhume.

Il réalisa qu'elle l'avait attrapé fermement par le bras et qu'il la suivait maintenant dans un état second. Il sentit aussi qu'elle s'emparait de sa mallette.

Brenda adressa un clin d'œil à la chef de cabine principale en faisant entrer le passager dans l'avion et en le guidant doucement dans l'allée de droite, vers sa place. Il faisait plutôt frais dans l'avion, carrément froid dehors, pourtant il était en nage, et elle remarqua son pouls rapide en prenant son bras. La grippe, probablement. Elle se dit qu'elle ferait bien de se laver les mains dès qu'elle l'aurait installé à son siège.

Au même moment, une douzaine de mètres plus bas, sur la rampe enneigée, Dick Robb enfonça ses mains dans les poches de son manteau et resta là un instant, perdu dans la contemplation du magnifique Boeing 747, de sa peau d'aluminium lustré reflétant le pâle coucher de soleil qui tentait de percer les nuages au-dessus de Francfort. Quantum avait acheté quatre de ces « baleines » — le surnom que les pilotes donnaient à l'appareil —, pour plus de sept cents millions de dollars, avec des cabines aménagées pour recevoir trois cent soixante-cinq passagers en trois classes différentes. L'énorme oiseau lui fit l'impression d'un mirage, d'une machine à la puissance incommensurable, capable d'emporter dans le ciel des centaines de tonnes de métal, d'hommes et de kérosène sur un simple coup de poignet de son commandant, au moment voulu.

Et c'était lui qui commandait ! Son nom était là, sur la feuille de route, alors qu'il avait à peine trente-deux ans, et pas de passé dans l'aviation militaire... Comme une plateforme à bagages passait à grand fracas, soulevant une gerbe de neige boueuse, il fit un saut en arrière.

Holland devait se trouver là-haut maintenant, dans le cockpit. Un pilote compétent, reconnaissait-il à contrecœur, mais qui appartenait clairement à une autre génération, plus vraiment dans la course.

Bien sûr, je ne suis pas un type facile : Dick Robb, instructeur en mission de contrôle, qui leur en fait baver à tous. Il sourit en lui-même. Il aimait se savoir craint, respecté, voire détesté. Et puis, en restant dans ce rôle, il n'avait pas à affronter chaque jour le risque de voir son manque d'expérience le conduire à commettre une grave erreur de pilotage. En revanche, il adorait trouver des prétextes pour coincer les pilotes de ligne, surtout les anciens qui avaient des milliers d'heures de vol derrière eux. Il n'avait rien contre de vieux pélicans comme Holland, mais on ne pouvait leur faire entièrement confiance quand ils se fiaient trop à leur expérience, et il était toujours prêt à les moucher. Après tout, lui aussi avait une réputation à défendre. « Monsieur Casse-Bonbons », le surnom dont l'avaient affublé les pilotes, le ravissait secrètement. Il avait travaillé dur pour le mériter.

Certes, techniquement parlant, il devait laisser Holland décider de donner ou de reprendre les commandes, faire les choix essentiels au cours de ces heures d'entraînement, de ce vol commercial qui devait lui permettre de passer une nouvelle qualification machine. Mais légalement, ce serait lui le commandant en exercice, le « chef » de l'avion, tant qu'il n'aurait pas signé le dernier alinéa du dossier de Holland et déclaré que ce dernier pouvait voler sur cet appareil.

Robb sourit à nouveau. L'équipage serait un peu perdu d'avoir deux commandants à bord, mais c'était un mal nécessaire : il fallait évaluer les capacités d'un pilote avant de lui confier le soin de promener les passagers dans les cieux, et la seule manière de le faire était de le laisser s'asseoir dans le siège gauche du cockpit sous l'œil vigilant de l'instructeur.

Mais à qui revenait le dernier mot ? C'était toujours une question ouverte. Robb regarda sa montre, ce qui le fit sortir de sa rêverie. Il allait y avoir vingt minutes de réglages avant de se mettre en route, puis six heures pendant lesquelles il pourrait harceler Holland et lui donner une bonne suée avant de signer son certificat. Un tel pouvoir était vraiment excitant, tout comme sentir sous son contrôle la bête si puissante qu'était un 747.

Le rugissement plaintif de quatre réacteurs venant vers lui attira son attention tandis qu'il commençait à monter la passerelle, et il s'arrêta, captivé, pour contempler un appareil similaire se ruer sur la piste d'envol puis propulser sa masse éléphantesque dans les airs.

Wahh, encore meilleur qu'un orgasme ! pensa-t-il.

La chorégraphie complexe que constitue le départ d'un gros avion de ligne connut son apogée juste avant 16 h 30, quand les derniers retardataires, empêtrés dans leurs sacs de cabine, furent sommés de monter à bord par des agents au sol affublés de bonnets de Pères Noël et de larges sourires. Les membres de l'équipage étaient eux aussi d'humeur festive : ils mettaient le cap sur la maison, et la plupart avaient assez d'ancienneté pour être en congé le jour de Noël. Maris, petits amis, famille, feux de cheminée, sapins illuminés les attendaient de l'autre côté de l'Atlantique.

Portes fermées, opération de dégivrage achevée et revérifiée par le commandant instructeur, le QN 66 fila le long de la piste sud de l'aéroport de Francfort, orientée est-ouest, et s'éleva majestueusement dans le ciel qui s'obscurcissait à chaque minute.

CHAPITRE 2

A bord du vol QN 66.
Vendredi 22 décembre, 17 h 10 (16 h 10 Z)

La côte britannique se profilait sous le nez du 747 de Quantum en route vers l'ouest, quand le gong d'appel de cabine retentit dans le cockpit de pilotage. Non pas une seule fois, mais à cinq reprises. Un signal que ne prévoyait aucune procédure courante.

James Holland saisit l'interphone tout en jetant un coup d'œil à Dick Robb, qui paraissait aussi surpris que lui.

— Ici le cockpit, annonça-t-il.

Une voix féminine, tendue, envahit son oreille :

— *Captain,* c'est Linda, à la porte 2 B. J'ai l'impression que nous avons un malaise cardiaque ici !

— OK, grave à quel point ?

— C'est un homme âgé. Brenda a commencé une réanimation. Il a été malade dès le décollage, et puis soudain il s'est plié en deux sur son siège et il est resté comme ça. Nous lui avons donné de l'oxygène, mais il respire à peine.

Holland demanda :

— Vous avez vérifié s'il y avait un médecin à bord ?

— On l'a fait, oui. Un médecin suisse s'est présenté. Il a dit que cette personne devait être hospitalisée au plus vite, qu'autrement elle ne s'en tirerait pas.

— D'accord, Linda. Tenez-nous au courant.

Dick Robb, avec un petit signe de tête, était déjà en train d'appeler le centre de contrôle.

— Centre de Londres, ici QN 66. Nous avons un cas médical grave, nous avons tout de suite besoin de coordonnées pour atterrissage d'urgence à...

Robb regarda Holland et leva un sourcil, conscient de lui avoir brûlé la politesse, mais certain aussi qu'il ne protesterait pas. Ils n'avaient pas le choix.

— Allons sur Heathrow, lança Holland en réponse. Demandez-leur la priorité, et que des infirmiers soient sur place à l'arrivée.

Robb répéta cette requête et nota la réponse pendant que le pilote demandait à l'ordinateur la trajectoire directe sur Londres-Heathrow et engageait le pilote automatique à entamer la descente. Aussitôt, l'énorme Boeing bascula sur la gauche pour partir dans sa nouvelle course. Avec une expression ouvertement dégoûtée, Robb se croisa les bras et se carra dans son fauteuil.

— Vous allez mener ça en solo, donc ? interrogea-t-il.

Sans comprendre, Holland se tourna vers lui :

— Quoi ?

— Le règlement dit que le pilote aux commandes doit laisser l'instructeur programmer l'ordinateur. C'est vous qui êtes aux commandes sur ce vol.

Holland examina les traits de son interlocuteur : il avait l'air très sérieux, mais même s'il cherchait la bagarre, ils n'avaient pas de temps à perdre.

— Excusez-moi, Dick, finit-il par articuler. Vous étiez occupé avec la radio, et nous avons une urgence sur les bras. (Il désigna l'ordinateur de bord en essayant de réprimer une moue méprisante.) Voulez-vous m'appeler Londres en direct ? On va préparer cette approche aux instruments.

La réponse de Robb sonna étrangement :

— Je préfère ça.

Un étage au-dessous du cockpit, dans la zone neutre entre les classes touriste et affaires, un petit groupe d'hôtesses et de passagers inquiets se pressait autour d'une forme chétive prostrée sur le sol. Brenda Hopkins, l'hôtesse rousse à l'allure de top model qui avait conduit Ernest Helms jusqu'à son siège, était maintenant agenouillée près de sa tête, tentant d'insuffler la vie entre ses lèvres quand elle ne massait pas énergiquement sa poitrine pour relancer la circulation sanguine. Échevelée, l'uniforme taché, sans chaussures et les bas filés, elle avait oublié le reste du monde, tout à la bataille qu'elle livrait pour sauver son passager.

Souffler dans sa bouche cinq fois, écouter, appuyer sur sa cage thoracique quinze fois. Des pressions brèves, soutenues, de haut en bas. Rappelle-toi les stages ! Sans s'arrêter, elle se dépensait ainsi depuis dix minutes. Malgré sa gymnastique quotidienne et son habitude de l'effort, elle commençait à fatiguer.

Le médecin suisse, penché au-dessus d'elle, contrôlait le rythme de l'opération mais ne manifestait aucun empressement à la remplacer tant qu'elle semblait pouvoir continuer. Il était furieux de ne pas avoir sous la main le matériel médical adéquat, ce qui le faisait réfléchir sans relâche à d'autres solutions pour aider ce malade. Une autre hôtesse avait certes apporté la trousse d'urgence, qui se révéla d'une insuffisance criante et ne contenait même pas de défibrillateur, l'instrument dont il avait le plus besoin.

Alors qu'ils remarquaient que l'avion tournait et

perdait de l'altitude, ils surprirent chez leur patient un frémissement, un vague hoquet, et le malade parut légèrement arquer le dos, comme s'il se remettait à respirer par lui-même. Le docteur posa son oreille contre la poitrine du passager, repérant en effet un battement faible et irrégulier, qui s'éteignit subitement.

— Nous l'avions presque, annonça-t-il à Brenda.

Elle aspira l'air à pleins poumons, s'essuya le front du dos de la main et se remit à l'ouvrage : sa bouche se referma autour de celle de l'homme dont elle retenait la tête. Elle essayait de ne pas penser qu'il était malade. De quoi, d'ailleurs, elle n'en savait rien : elle redoutait le sida, les grippes les plus graves, ou n'importe quelle autre infection qui pouvait s'attraper par contact direct. Mais elle avait aussi toujours rêvé d'être médecin, et n'était-ce pas là un cas d'urgence médicale ? Son passager était dans un état désespéré, elle n'avait pas le droit de s'inquiéter des conséquences.

Centre de contrôle aérien, Londres

A plus de trois cents kilomètres en direction sud-ouest, au centre de contrôle aérien de la capitale britannique, la trace radar du vol QN 66 venait à peine d'entamer une trajectoire au plus court vers l'aéroport de Heathrow, quand le contrôleur en charge de ce secteur donna l'alerte à son supérieur. Son appel déclencha une série de mesures soigneusement répertoriées, destinées à mobiliser toutes les autorités concernées : la direction de l'aéroport, les équipes médicales, les douanes et le service d'immigration, le ministère de la Santé, jusqu'à la compagnie aérienne Quantum.

La notification de routine adressée au ministère arriva à un bâtiment tentaculaire du terminal de Heathrow, où l'inspecteur adjoint du service gouvernemental de santé se mit aussitôt à la tâche. Il vérifia d'abord l'heure d'arrivée et le parking prévus pour l'appareil, se fit donner l'identité du passager souffrant par la direction des opérations de Quantum. Puis, raccrochant son téléphone, il réfléchit à la procédure à suivre tout en fixant des yeux le nom qu'il venait d'inscrire sur une feuille de bloc-notes. Un avion américain en provenance d'Allemagne, arrivant sur la Grande-Bretagne pour s'y poser avec un malade à bord. Seulement une crise cardiaque, disait-on, mais enfin, certaines précautions étaient toujours bonnes à prendre. Son rôle était d'empêcher qu'une maladie contagieuse se glisse dans ce pays, même si, avec le nouveau tunnel sous la Manche et la kyrielle de ferries qui faisaient la navette avec le continent, ses prétentions se limitaient à surveiller la dernière porte d'une barrière qui n'existait plus vraiment. *Ce qui,* pensa-t-il, *me procure au moins un emploi.*

En levant les yeux sur son écran d'ordinateur, il lui vint à l'idée de faire le point avec ses homologues allemands en leur envoyant un message électronique. Ça ne pourrait pas faire de mal, décida-t-il, mais au lieu du canal informatique, il choisit le téléphone, plus discret.

Il fut agréablement surpris d'entendre, au ministère allemand de la Santé à Francfort, un fonctionnaire anglophone lui répondre. Il lui déclara qu'il s'agissait d'une vérification de routine : on parlait d'accident coronarien, l'homme serait peut-être mort à l'arrivée, pas de mention de virus ou de quoi que ce soit de contagieux, mais pour plus de sûreté, avaient-ils par hasard dans leurs dossiers médicaux une trace de cette personne, ou d'une récente alerte concernant une maladie infectieuse ?

— Est-ce qu'il venait d'Allemagne, ou est-il allemand ? demanda le fonctionnaire de Francfort.

— Oh, je pense qu'il a embarqué chez vous. C'est un Américain. Le nom que j'ai est Helms, Ernest Helms, âge inconnu.

Le silence qui s'installa dura si longtemps que l'inspecteur britannique crut qu'ils avaient été coupés. Brusquement, l'Allemand fut de nouveau là, la voix désormais chargée d'appréhension.

— Vous êtes certain du nom ? Ernest Helms ?

— Oui, je l'ai eu par la compagnie aérienne. Pourquoi ?

Son interlocuteur ignora la question.

— S'il vous plaît, donnez-moi votre numéro. Je vais vous rappeler.

— Il y a un problème ?

— Je dois vérifier quelque chose. S'il vous plaît, votre numéro.

L'homme des services de santé britanniques s'exécuta et raccrocha, interloqué.

Bonn

Dix minutes plus tard, dans un sombre bureau caché au plus profond des dédales administratifs du gouvernement fédéral à Bonn, un fonctionnaire de rang intermédiaire, Horst Zeitner, reposait son combiné téléphonique et se rasseyait lourdement dans son fauteuil. Il regarda sans le voir le mur discret, seulement orné de quelques diplômes sous verre. Il était abasourdi par le choc : tous ses efforts pour limiter ce qui s'était produit en Bavière allaient être ruinés.

Non, se corrigea-t-il, *étaient ruinés* ! On n'aurait pas pu imaginer pire ! Il ignora la tasse de café encore fumant qui se trouvait sur son bureau, tout comme la jeune secrétaire brune assise sur le canapé, en train d'attendre ses instructions. Depuis des heures, il avait diligenté une traque aussi discrète que périlleuse pour retrouver un individu particulièrement dangereux sur le territoire allemand. Au risque de briser sa carrière, il avait outrepassé ses prérogatives en demandant à la police nationale de surveiller les accès des principaux aéroports. Les recherches s'étaient concentrées sur Stuttgart après la découverte d'une réservation faite au nom de cet individu sur un vol partant tôt dans la soirée pour les États-Unis. Zeitner leur avait dit qu'il s'agissait d'une affaire relevant au plus haut point de la sûreté nationale, et quand toutes les issues possibles pour s'échapper de Stuttgart avaient été bouclées, il était resté dans son bureau à attendre, avec nervosité évidemment, mais convaincu aussi que cet inconnu répondant au nom d'Ernest Helms ne pourrait jamais s'enfuir.

Mais il l'avait fait ! Ernest Helms avait décidé de partir encore plus tôt, et de Francfort en plus ! Sa voiture de location avait été retrouvée là-bas. Il avait pu faire enregistrer son billet par une autre compagnie aérienne.

Zeitner s'en voulait terriblement. Il n'avait pas envisagé l'hypothèse d'un autre aéroport, comme il l'aurait dû. Il réalisa qu'il n'avait plus d'autre choix que de prévenir le ministre, ce qu'il aurait dû faire aussi depuis des heures déjà. Il n'était plus possible de garder la traque secrète, mais la Grande-Bretagne ne devait surtout pas s'y retrouver impliquée. Si une épidémie de grippe mortelle se mettait à décimer des centaines de Britanniques parce que le gouvernement allemand n'avait pas été en mesure de prévenir des autorités amies, la tempête diplomatique serait assez forte pour ruiner sa position. C'était un problème intérieur allemand, que Bonn aurait à essayer de régler en imposant d'une manière ou d'autre une stricte quarantaine autour du pays.

En d'autres termes, il était exclu de laisser Helms pénétrer sur le territoire britannique. Mort ou vif.

Avec un soupir, Zeitner saisit son téléphone, sentant la peur lui envahir le ventre. Le temps était plus que compté, et il était en train de perdre pied. Il composa le numéro d'une main tremblante. Son ministre devait prévenir les Anglais au plus vite.

A l'avant de la classe touriste du 747 de Quantum, une hôtesse de l'air épuisée et un médecin suisse venaient de convenir qu'il y avait à nouveau de l'espoir pour Ernest Helms. Le rythme cardiaque, ténu, désordonné, mais au moins décelable, avait repris. Peut-être allait-il s'en tirer, finalement? A la condition, mit en garde le docteur, qu'on le remette aussi rapidement que possible entre les mains d'une équipe de réanimation correctement équipée.

Malgré l'aide ponctuelle du médecin, Brenda avait supporté presque tout l'effort du bouche-à-bouche et du massage cardiaque, et maintenant elle était assise par terre, la chevelure et les vêtements en désordre, la tête de Helms sur ses genoux, sa main gauche reposant légèrement sur la poitrine dénudée du vieil homme. Elle ferma les yeux une seconde, essayant de persuader ce cœur étranger de continuer à battre.

Toute cette histoire lui paraissait irréelle, effrayante aussi. Elle n'aurait jamais imaginé qu'une urgence médicale puisse représenter une tension aussi énorme. Et si elle n'était pas faite pour être médecin, après tout? Dieu merci, il y en avait eu un vrai pour la conseiller pendant ce terrible moment.

Elle rouvrit les yeux, les baissa sur le visage de l'homme toujours inconscient. « Mon Dieu, s'il vous plaît, faites qu'il vive ! » murmura-t-elle.

Lorsqu'elle transmit les dernières informations au

cockpit par l'interphone de cabine, Barb Rollins, la chef de cabine principale, fut surprise d'entendre les deux pilotes répondre en même temps. Ils avaient l'air tendus, l'un comme l'autre. A peine James Holland avait-il remercié et coupé la communication qu'il se retourna vers Robb pour poursuivre la vive discussion qu'ils avaient entamée. Londres n'était plus qu'à une quarantaine de kilomètres au sud, et voilà que Dick Robb voulait survoler la Manche pour y délester du kérosène afin d'alléger l'appareil !

— Nous n'avons pas le temps ! s'emporta Holland. Il y a un type en train de mourir, ici !

Robb secoua la tête rageusement :

— Vous envisagez d'imposer un atterrissage en surcharge à un avion qui coûte au bas mot cent soixante millions de dollars, et tout ça dans l'hypothèse de sauver un passager ! Notre poids à l'atterrissage ne peut pas être aussi élevé ; il faut larguer du carburant, comme le veut le règlement.

Holland le fixa, essayant de lire ses motivations profondes sur son visage cramoisi et dans l'inclinaison de sa tête. Les atterrissages en surcharge étaient interdits, sauf en cas d'urgence. Mais c'en était un, et s'ils se posaient doucement, la structure de l'appareil ne serait pas touchée.

Robb était cependant le premier maître à bord.

— Vous pouvez me démentir, Dick, mais ma décision est prise : je vais me poser à une vitesse de descente de trois cents pieds-minute. L'appareil n'en souffrira pas.

Robb explosa :

— Il faudra faire une inspection postatterrissage en surcharge, ce qui prendra des heures !

Holland se radossa à son siège et acquiesça.

— OK, fantastique ! Alors, qu'est-ce que vous proposez, vous ?

L'idée de voler en rond pendant trente minutes au-dessus de la mer pour larguer des dizaines de milliers de dollars de kérosène pendant qu'un passager se mourait lui paraissait le comble de la stupidité. Robb sursauta comme s'il avait reçu une décharge. Holland lui refilait la décision finale, pour se dédouaner ! Il lui fit face, levant en l'air ses deux mains ouvertes.

— Oh non, *captain,* vous ne vous en tirerez pas ainsi. Je suis là pour noter vos décisions. Vous voulez esquinter un avion en le posant en surcharge ? Allez-y, ne vous gênez pas !

— C'est vous qui avez signé la feuille de route, lui rappela Holland, d'une voix aussi neutre que possible.

La réponse vint sur-le-champ :

— Mais vous êtes le pilote aux commandes, et je ne prendrai pas d'initiatives à votre place !

Holland se tourna encore vers lui, se penchant sur la console centrale pour fixer le jeune instructeur droit dans les yeux :

— Alors, faites-moi le plaisir de la fermer, et d'arrêter d'essayer de me coincer au tournant !

Le contrôleur qui avait pris en charge le vol Quantum 66 n'avait pas vu arriver derrière lui le directeur du contrôle des opérations aériennes de Londres, qui restait debout dans son dos. Il donna pour instructions de descendre à cinq mille pieds et de tourner à un-huit-zéro degré. Le 747 serait le prochain appareil à se poser à Heathrow. Tout le reste du trafic avait été dérouté ; le contrôleur savait qu'une escouade de personnel médical et de pompiers était déjà en position près de la piste. Les atterrissages d'urgence par précaution n'étaient pas tout à fait exceptionnels, mais dans le cas d'une urgence médicale, tous les services se retrouvaient liés par une cause commune. Le contrôleur était entièrement concentré sur sa mission, qui consistait à faire atterrir ce jumbo aussi vite et bien que possible, quand une tape sur son épaule le fit sursauter.

En se retournant pour envoyer au diable l'importun, il se retrouva nez à nez avec son chef.

— Où se trouve Quantum maintenant ? interrogea le directeur.

— Je lui ai donné une étape de base, répondit le contrôleur, en espérant que son supérieur aurait la courtoisie de le regarder travailler en silence.

— Mettez-le en attente, et dites au commandant de nous appeler sur la fréquence qu'utilise sa compagnie pour ses opérations à Miami, en Floride. (Il lui tendit une feuille de papier où étaient inscrits des chiffres : 124.35.) Et ne donnez pas cette fréquence au micro.

Le contrôleur approuva d'un léger signe de tête, se concentra sur son écran, se retourna pour considérer le grand chef, regarda une nouvelle fois le moniteur. Il devait avoir mal compris.

— Je suis désolé, monsieur... Vous avez bien dit que... Quoi, exactement ?

Le directeur prit une longue bouffée d'air et l'expira avant de répondre. Sa tâche n'était pas facile. Il se pencha pour répéter ses ordres juste à l'oreille de son employé, car il avait noté que d'autres contrôleurs les écoutaient de leurs consoles.

— Faites ce que je vous dis, je vous prie. Immédiatement.

Le contrôleur se dévissa le cou pour le dévisager. Il lui rendit un regard fixe, les mâchoires serrées. La voix du pilote de Quantum grésilla dans le haut-parleur de sa console et dans son casque :

— QN 66, en approche. Aéroport en vue. Demandons approche visuelle.

Un bref silence s'établit avant que le contrôleur ne connecte son micro.

— Quantum, ici tour Londres. Je vais devoir vous mettre en attente. Vous pouvez maintenant vous établir sur radial deux-zéro-zéro degrés, à dix miles, virant à droite, branches de dix nautiques, à cinq mille pieds. Nous aimerions aussi que vous passiez sur la fréquence radio qu'utilise votre compagnie pour...

Il jeta un coup d'œil au directeur, qui compléta à voix basse : « Pour leurs opérations à Miami. »

— ... Votre fréquence d'opérations à Miami. Nous avons besoin de vous parler confidentiellement sur cette ligne.

Quand il relâcha la touche de transmission, il n'obtint d'abord que le silence, puis il entendit une voix à l'accent américain qui trahissait la plus vive surprise :

— Approche Londres, vous nous mettez en attente? Vous n'avez pas compris que nous avons à bord un passager probablement victime d'une crise cardiaque, à l'article de la mort?

Le contrôleur resta figé, ne sachant que répondre. Que pouvait-on répliquer à cela? Le commandant avait bien entamé une procédure d'urgence! Mais le directeur du centre avait déjà saisi un casque et branché son micro :

— Commandant, ici approche Londres. Vous avez bien compris les instructions?

Dans le cockpit du 747, cette nouvelle voix résonnait très différemment : elle était coupante, sans appel. James Holland aperçut dans son hublot gauche les lumières de l'aéroport. Son cerveau recherchait la moindre explication plausible à cet incroyable revirement, mais pas une seule n'était convaincante. Il n'y avait pas de trafic devant eux. Qu'est-ce qui clochait, alors? Il enclencha la transmission :

— Oui, nous avons entré vos coordonnées, mais... Bon sang, nous ne pouvons pas attendre! Vous voulez être responsables de la mort d'un passager?

— Commandant, je vous demande d'agir selon les instructions. Plus vite vous passerez sur la fréquence adéquate, plus vite je serai en mesure de vous expliquer.

En se tournant vers la droite, James Holland découvrit sur les traits de Dick Robb la même stupeur que celle qu'il éprouvait lui-même.

— Prenez les commandes, voulez-vous, Dick ? Placez-vous en attente comme ils ont dit, pendant que je recherche cette fichue fréquence.

Il remarqua que, pour une fois, l'instructeur s'exécutait sans rechigner. Il lui fallut une minute pour débusquer le code de la fréquence dans son manuel de vol, et quand il le composa la même voix autoritaire répondit immédiatement, déclinant rapidement un nom et un titre avant d'en venir aux faits :

— Commandant, à part votre urgence médicale, le ministère britannique de la Santé a été informé par son homologue allemand que l'un de vos passagers avait été en contact avec une forme de grippe maligne, particulièrement agressive et dangereuse. Je n'ai pas d'autres informations, mais pour cette raison vous êtes obligés de retourner à Francfort pour subir le traitement et la quarantaine appropriés. Votre compagnie a été avertie que les autorités britanniques ne pouvaient pas vous autoriser à atterrir ici.

Holland sursauta :

— A cause d'un cas de grippe ? Je n'ai jamais entendu une chose pareille en vingt-cinq ans de métier ! Vous pouvez placer en quarantaine quelques individus, mais pas un avion entier ! Écoutez, laissez-nous débarquer ce cas de crise cardiaque, et je ramènerai les autres d'où nous venons, si c'est ce que mes supérieurs veulent vraiment.

Le bip de connexion fut accompagné d'un soupir.

— Je suis désolé, commandant, mais cette décision

a été prise au plus haut niveau. Elle n'est pas négociable.

— Pourquoi ne pas au moins essayer de sauver ce malade, enfin ?

D'un ton plus grave encore, détachant ses mots, le directeur du centre répondit par une autre question :

— Commandant, avez-vous envisagé la possibilité que ce malade et le passager exposé à cette infection puissent être une seule et même personne ?

— Vous en êtes sûr ? Vous avez le nom de ce passager ?

— Je suis en mesure de vous dire qu'il s'agit bien du même homme, commandant, mais je ne peux pas citer son nom sur une fréquence non protégée. Bien. Maintenant, vous devez avoir largement assez de carburant pour repartir à Francfort puisque vous effectuiez une liaison transatlantique, n'est-ce pas ?

— Affirmatif, mais notre passager sera mort le temps d'arriver là-bas, grippe ou pas grippe !

— J'ai bien peur que nous ne puissions rien faire à ce sujet. Voulez-vous reprendre la fréquence précédente, s'il vous plaît ? Je vais vous repasser au contrôle pour qu'ils vous ouvrent une route à l'est.

— Et si je me pose à Heathrow quand même ? jeta Holland. Vous avez prévu de nous abattre en approche finale ?

Il y eut une hésitation si éloquente que Holland se demanda si l'officiel ne voulait pas ainsi lui envoyer un message implicite. Mais la voix s'éleva à nouveau, plus tranchante que jamais :

— Ce serait plutôt irresponsable, commandant. Vous provoqueriez un incident international, votre appareil, votre équipage et vos passagers seraient maintenus sur la piste de longues heures et vous seriez finalement forcés de repartir à Francfort, sans mentionner le fait que vous auriez ensuite à répondre devant votre gouvernement d'une grave violation de la réglementation aérienne d'un autre pays. Je ne doute pas que vous y perdriez votre licence. Votre malade recevra une assistance médicale en Allemagne. Ici, il n'en aura pas.

— J'espère que tout cela est enregistré chez vous ! éclata Holland.

— Mais bien entendu, monsieur. Et j'ajouterai que je déplore autant que vous de devoir en passer par là.

Plusieurs secondes de silence s'écoulèrent avant que Holland ne réponde, sans aucune agressivité désormais :

— Alors, nous allons être placés en quarantaine ? Deux cent quarante-cinq passagers et douze membres d'équipage ? Pour une grippe idiote ?

— Oui, à Francfort. Je n'ai pas de détails, mais vous feriez bien de vous dépêcher. On m'a dit que toutes les personnes à bord auraient besoin d'un traitement immédiat pour éviter la contagion.

« OK » fut la seule réponse que Holland put trouver. Toute cette histoire était si bizarre. Irréelle. Mais avaient-ils le choix ?

Il repassa à la fréquence du centre de contrôle et demanda d'un geste à Dick Robb de se charger de la conversation. Il voulait se concentrer sur ce que l'officiel britannique lui avait dit. Ainsi, leur malade avait attrapé une mauvaise grippe. Et alors ? Ce type était encore dans les affres d'une attaque cardiaque qui ne pouvait avoir aucun rapport avec elle... Ou bien si ?

Holland arracha l'interphone de son socle et tapa fébrilement le code de la porte 2 G. Barb Rollins décrocha tout de suite.

— Barb, notre malade... Est-ce qu'il était déjà souffrant quand il est monté à bord ?

Elle hésita un instant, l'image de Brenda aidant le passager à trouver son siège lui revenant en mémoire.

— Oui. A quel point, je ne pourrais le dire. Pourquoi ?

— Pour rien. Juste pour préciser des questions dont ils nous assaillent, au sol. Je vous expliquerai d'ici peu.

Il raccrocha, une rafale d'interrogations contradictoires lui passant par la tête. Les Allemands voulaient qu'ils reviennent pour les placer en quarantaine et les traiter préventivement. Parfait. Il retourna cette information dans tous les sens pendant que Robb répétait les coordonnées du retour sur Francfort et commençait à les entrer dans l'ordinateur de bord.

Mais la grippe, n'est-ce pas un virus ? Comment peut-on traiter préventivement un virus ? Il se répéta les termes qu'avait employés le directeur du centre.

Quelque chose clochait.

CHAPITRE 3

Près de l'aéroport de Heathrow, Londres.
Vendredi 22 décembre, 16 h 48 Z

A 16 h 48 exactement, heure de Londres, tandis que le 747 QN 66 reprenait majestueusement de l'altitude, devant l'affront que venaient de lui imposer les autorités britanniques en l'obligeant à repartir pour Francfort, un jeune homme composa le numéro des bureaux londoniens de CNN depuis un petit appartement d'un immeuble en briques comme il y en a tant autour de l'aéroport de Heathrow.

Il tremblait littéralement d'excitation en attendant qu'on décroche. Il connaissait maintenant la plupart des lignes spéciales de la BBC et de CNN, résultat de plusieurs années passées à leur refiler des tuyaux sérieux et, de temps en temps, à leur vendre la cassette d'un enregistrement de communications sol-air. Personne ne surveillait aussi soigneusement que lui les liaisons radio dans toute la zone.

Le jeune paraplégique serra le frein de sa chaise roulante en changeant le combiné de main. Il n'était pas peu fier d'avoir réussi à trouver la fréquence du centre des opérations de Quantum à Miami plus vite que le commandant du 747 : un coup d'œil à son guide de l'aviation mondiale, un appel à leur direction de Dallas, et le tour avait été joué. Son magnétophone tournait déjà quand le pilote avait rappelé le directeur du trafic aérien de Londres.

Il regarda encore la cassette en souriant : toute la conversation était là, prête à provoquer un sacré chahut. Car le cas n'était pas banal : un avion entier se retrouvant en quarantaine à cause d'une « sale grippe ». C'était une info de première, que CNN apprécierait comme telle, et il sentait l'excitation monter en lui pendant qu'il voyait déjà le présentateur révéler depuis Atlanta l'histoire (*son* histoire) au monde entier.

A bord de QN 66

L'ambassadeur Lee Lancaster, tambourinant sur l'accoudoir gainé de cuir du siège 2 A, essayait de raisonner à partir des données partielles dont il disposait. L'annonce du commandant les prévenant qu'ils se déroutaient sur Londres à cause d'un passager dans un état critique ne l'avait pas surpris outre mesure. Mais entendre ensuite qu'ils devaient retourner à Francfort pour obtenir une meilleure assistance coronarienne n'avait aucun sens.

Il avait observé les opérations de secours qui s'étaient déroulées à quelques mètres derrière lui, et il savait que le pauvre bougre avait du mal à tenir le coup. Le facteur temps était évidemment crucial : alors, quel pilote doué de raison déciderait de perdre une heure à revenir en Allemagne quand il se trouvait à quelques minutes de Heathrow ?

Non, cela ne tenait pas debout. Et une pensée aussi étrange que préoccupante lui passa par la tête : toute cette histoire avait peut-être un rapport avec lui-même. Après tout, la moitié du monde arabe rêvait de le voir mort. *Et si ce retour à Francfort n'était qu'un écran de fumée masquant un détournement par des pirates de l'air?*

Il sentait le regard de Rachael Sherwood posé sur lui. Elle pouvait presque toujours lire dans ses pensées, et cette constatation lui faisait plaisir. Elle était plus que brillante, bardée de diplômes et si douée pour écrire des discours qu'elle aurait dû se retrouver dans l'équipe du Président plutôt qu'à ses côtés. Mais Rachael n'avait qu'une expérience très limitée de la violence et de l'obstination des islamistes chiites, elle imaginait mal la détermination de ceux qui le haïssaient. Cette fois, elle ne devait sans doute pas deviner ce qui le préoccupait.

Un détournement, quelle idée ridicule! se dit-il. Et cependant...

Une scène effroyable repassa dans son esprit, un souvenir qui venait souvent le hanter. L'image d'une voiture déchiquetée dans les rues de Madrid. Un jour de printemps, un an plus tôt, ayant décidé de marcher un peu, il avait demandé à un employé de l'ambassade de ramener sa voiture de location au parking des installations américaines. On lui avait demandé d'être particulièrement vigilant à Madrid, mais cette belle journée et un accès de pure bravade l'avaient emporté sur la prudence : n'était-il pas passé sans une égratignure à travers dix ans de missions délicates et de menaces de mort? Il commençait à croire que sa force de caractère le rendait invulnérable.

L'explosion l'avait fait sursauter à près d'un kilomètre de distance. La charge, placée sous le tableau de bord, avait mis en pièces le véhicule et son chauffeur. Un acte de protestation contre le gouvernement espagnol, avait-on indiqué dans la version officielle de l'attentat. Son nom n'avait pas été mentionné, mais la cible réelle et les véritables motifs ne faisaient aucun doute.

Ce souvenir contracta ses traits. Les funérailles avaient été atroces ; la veuve de la victime l'avait pris personnellement à partie dans une crise d'hystérie qu'il ne pourrait jamais, jamais oublier.

Lancaster secoua la tête en se frottant les tempes pour dissiper ces souvenirs, puis tourna les yeux vers Rachael. C'était vraiment une beauté, se dit-il, et le tailleur classique qu'elle portait ne pouvait dissimuler sa séduction. La compagnie des belles femmes le plongeait dans un bien-être physique et, même accaparé par ses pensées, il éprouvait du contentement à la sentir assise près de lui.

Un léger changement de course du 747 le ramena à ses préoccupations initiales. En tant qu'ambassadeur itinérant, responsable au premier chef de missions de conciliation entre Israël et les États arabes, il avait été depuis longtemps catalogué comme un ennemi mortel de l'Islam. Qu'il fût un islamologue respecté dans le monde entier ne changeait rien à l'animosité des chiites contre lui, et il avait renoncé depuis longtemps à tenir la liste des organisations terroristes, des États arabes se considérant comme hors de la légalité internationale, ou des groupes dissidents qui s'étaient juré de l'assassiner. Il avait refusé de devenir un otage des mesures de sécurité, mais le prix à payer était lourd : il s'était retrouvé sur le fil du rasoir, regardant sans cesse par-dessus son épaule, conscient qu'il pouvait perdre l'équilibre à chaque instant. Sans vraiment s'y faire, sa femme et ses proches avaient appris à vivre avec le danger. Jill Lancaster, toutefois, ne s'était jamais habituée entièrement à son personnage d'épouse de diplomate toujours souriante et détendue. Il lui en coûtait, de ne pas pouvoir avouer ses angoisses, sa crainte de voir son mari revenir un jour au pays dans un cercueil couvert de la bannière étoilée.

Il soupira, jeta un regard circulaire autour du salon des premières classes. *Alors, est-ce qu'ils m'ont rattrapé finalement, ou bien suis-je devenu un authentique paranoïaque?* Mais si ce n'était ni l'un ni l'autre, que se passait-il donc? Est-ce qu'un piège l'attendait à Francfort? Il se tourna en levant un index en l'air :

— Rachael, j'ai un service à vous demander.

— Mais certainement, Lee.

Il se pencha vers elle, la voix à peine plus forte qu'un murmure, en essayant de ne pas penser au parfum qui se dégageait d'elle :

— Il y a quelque chose qui ne tourne pas du tout rond ici. J'ai besoin de savoir ce qui se passe vraiment, juste dans le cas... où cela me concernerait directement, d'une manière ou d'une autre.

Elle leva les sourcils d'un air alarmé, ses yeux sombres plongeant dans les siens. Il éleva sa main, paume ouverte.

— C'est très peu probable, la rassura-t-il, mais ce retour à Francfort est tout de même étrange.

— Vous voudriez que j'aille parler au pilote?

— Trouvez d'abord la chef de cabine. Faites-lui savoir qui nous sommes, et tâchez d'apprendre ce qui se passe réellement.

Il remarqua qu'elle était maintenant préoccupée, mais elle lui adressa un sourire et détacha sans hésitation sa ceinture de sécurité. Dépliant ses longues jambes, elle se leva en défroissant sa jupe.

Cinq mètres au-dessus du salon des premières, dans le cockpit du vol QN 66, James Holland posa sa paume contre le combiné du téléphone satellite et se tourna vers son copilote.

— Apparemment, nous nous retrouvons au milieu

d'une bagarre diplomatique, Dick. Est-ce que vous voulez parler vous-même à la direction ?

Un accès de panique assombrit momentanément les traits de Dick Robb, mais il se reprit aussitôt et fit non de la tête.

— Dites-moi seulement ce qu'ils attendent de nous, répondit-il, tout à fait conscient de paraître idiot en formulant une telle demande : Holland ne manquerait pas de lui répercuter le moindre mot venu de Dallas.

Ce dernier reprit sa conversation, puis raccrocha d'un air dépité :

— Nos gars n'ont pas la moindre idée de ce qui se trame. Le directeur des opérations m'a confirmé que le gouvernement allemand avait demandé notre retour, mais les Allemands affirment qu'ils n'ont pas demandé aux Anglais de nous refuser l'atterrissage. Le Département d'État est sur l'affaire, mais eux aussi sont dans le brouillard ; ils disent que nous avons dû mal comprendre.

— Qui, nous ? Nous avons mal compris ? s'étrangla Robb. Et mal compris quoi ?

— Que c'était juste un conseil, pas un refus britannique de nous laisser nous poser.

— Tu parles !

Holland opina du bonnet en fronçant les sourcils.

— C'est ce que je leur ai dit. Le problème, c'est qu'ils ne nous donnent pas la moindre information concrète. (Il se mit à récapituler :) Un, personne ne sait ce qu'on a prévu pour nous à l'arrivée à Francfort ; deux, personne ne sait quoi que ce soit à propos de ce M. Helms ; trois, personne ne sait comment traiter ceux qui auront pu être contaminés par lui ; quatre, personne ne nous dit à quel point ce genre de grippe est dangereux, et enfin, celui qui devrait être en train de s'occuper de tout ça chez nous, le sous-directeur des opérations aériennes, est dans son ranch au Texas, le téléphone débranché ! Ils m'ont dit qu'ils rappelleraient dès qu'ils auraient du nouveau.

L'interphone sonna. Dick Robb décrocha d'un geste nerveux.

— C'est le commandant ? demanda une voix de femme qui ne déguisait pas son inquiétude.

— En quelque sorte, répondit Robb. C'est le commandant instructeur.

Il sentit qu'elle était désorientée, jeta un coup d'œil à Holland, qui était ailleurs ou faisait semblant de ne pas écouter. Ces distinguos étaient débiles, décida-t-il. Il redressa le combiné contre son oreille.

— C'est le commandant de bord, oui. Qu'y a-t-il ?

— Ici Dee, en première classe. Euh, nous avons à bord un ambassadeur des États-Unis ; son assistante est ici, avec moi, elle me pose des questions auxquelles je suis incapable de répondre. A propos de... de notre situation. Est-ce que je peux vous l'envoyer ?

— Bien sûr. La porte est déverrouillée, annonça Robb en posant son index gauche sur le bouton d'ouverture, tout en sachant pertinemment que l'accès au cockpit dépendait de l'autorité de Holland. Son casque restant connecté à l'interphone, celui-ci avait suivi tout son échange avec l'hôtesse. Robb l'examina pour voir s'il réagissait d'une manière ou d'une autre. Pas de réaction.

Émergeant de ses pensées, Holland adressa un regard sans expression à Dick Robb.

Ils se dirigeaient vers l'est à trente-trois mille pieds, avec les Pays-Bas devant eux. Après avoir établi le contact avec les contrôleurs néerlandais, ils avaient été autorisés à continuer sur Francfort. Il n'y avait rien d'autre à faire pour l'instant. Le silence entre eux devenait si gênant que Robb voulut le rompre : « Alors, où on va ? »

Holland hésita, puis montra l'horizon devant eux,

ne cherchant pas à seconder les efforts de Robb pour meubler le vide. Francfort était la seule solution raisonnable, ils le savaient tous les deux.

Bonn

En l'espace de quinze minutes, tous les échelons intermédiaires du ministère allemand de la Santé se firent l'écho de la rumeur : on se trouvait dans une situation d'urgence due à un grave cas de contamination. Et cependant, personne, au plus haut niveau des autorités de Bonn, n'avait encore été informé. Un dénommé Zeitner avait demandé à son ministre de convaincre les Britanniques de ne pas laisser atterrir le vol QN 66, et cela après avoir illicitement et inutilement lancé la police nationale à la recherche d'un homme soupçonné d'être porteur d'une forme redoutable de virus grippal. En agissant ainsi sans consulter quiconque, pas même le Chancelier, le ministre avait ouvert ce qui ressemblait fort à un scandale politique et diplomatique. C'est en découvrant l'affaire, et en se disant qu'elle risquait de prendre de graves proportions si la presse l'apprenait, que le Chancelier en personne avait décidé de réunir une cellule de crise et d'y convoquer Zeitner avec son supérieur, qui ne savait plus où se mettre.

En pénétrant dans la salle de conférences aux murs richement décorés de bois, Zeitner rectifia le nœud de sa cravate rayée de bleu et resta debout comme s'il faisait face à un tribunal d'inquisition. Outre le chef de l'État, qui l'observait depuis son fauteuil en bout de table, il y avait là ses principaux collaborateurs directs. Le menton dans les mains, ses yeux vrillant ceux de l'homme qui venait de provoquer une nouvelle difficulté à un gouvernement visiblement condamné à vivre dans une crise permanente, le Chancelier commanda sans desserrer les dents :

— Allez-y, expliquez-nous, Herr Zeitner.

Celui-ci sentit toute l'amertume de cette voix.

— Un professeur américain, un certain Helms, enseignant à Heidelberg, a été exposé il y a deux jours en Bavière à une forme de grippe extrêmement pernicieuse. Il a été en contact avec un employé des laboratoires Hauptmann qui avait contracté ce virus. C'est le directeur de ces laboratoires qui nous a informés. (Horst Zeitner s'arrêta un instant pour considérer les visages fermés qui lui faisaient face, avant de poursuivre :) Nous pensions pouvoir attraper ce professeur et le placer sous une stricte quarantaine avant qu'il n'atteigne un aéroport ou une zone fortement peuplée. Nous estimions avoir la situation bien en main. Mais nos efforts ont échoué, et tout un avion est exposé au virus.

— Est-ce que ce professeur manifeste déjà des symptômes de maladie ? demanda le Chancelier.

— Il est dans un état très grave, à bord de cet avion, avec des symptômes que nous croyons liés à cette grippe et qui doivent avoir causé un arrêt cardiaque.

— Parce qu'une grippe peut provoquer une crise cardiaque ? Vous avez bien dit une grippe ?

Le regard du Chancelier était de plus en plus accablant, mais Zeitner surmonta sa nervosité pour continuer :

— Avec cette forme de virus, si j'ai bien compris, une personne sujette à des insuffisances cardiaques peut en effet en subir une, car l'organisme est soumis à une terrible tension.

— Comment a-t-il été contaminé, ce professeur ?

— Il... Il a été en contact avec le sang infecté d'un chercheur du laboratoire. Cet homme a essayé de voler la voiture de Helms, et s'est coupé à la vitre en la cassant. Je n'ai pas tous les détails, messieurs, mais apparemment cet employé était sous l'emprise d'une forte fièvre. L'hélicoptère du laboratoire a relevé le numéro d'immatriculation du professeur quand il est parti. Nous considérons que Helms a été contaminé par ce sang, déjà porteur du virus.

Le Chancelier se redressa dans son fauteuil et repoussa d'un geste l'offre d'une tasse de café que lui avait faite un de ses collaborateurs.

— Et quel est l'état de l'employé du laboratoire atteint ?

Zeitner hésita, se remémorant sa conversation avec le directeur des établissements Hauptmann.

— Il est... mort, monsieur. A la suite de complications.

Le front du Chancelier se plissa encore plus violemment :

— Zeitner, expliquez-moi bien tout cela. Hauptmann est une société pharmaceutique spécialisée dans la recherche biologique fondamentale, si je me rappelle bien ? (L'autre acquiesça.) Cette firme vous a prévenu qu'une personne devait être mise en quarantaine après avoir été contaminée par un de ses employés, lequel est mort depuis. Bon. Mais est-ce que nous parlons bien ici d'une forme de grippe maligne ?

— C'est exact, Chancelier.

— Et cela ne vous paraît pas curieux, Zeitner ? A moi, si. Est-ce qu'ils étaient affolés ?

Horst Zeitner secoua vigoureusement la tête.

— Aucunement, monsieur. Ils étaient seulement préoccupés. Je suis convaincu qu'ils ne nous cachent rien.

Le Chancelier agrippa la table à pleines mains et observa sans mot dire le fonctionnaire durant un moment qui lui parut une éprouvante éternité, avant d'enchaîner :

— Est-ce que quelqu'un d'autre risque d'avoir été contaminé, Zeitner ?

— Nous avons... Eh bien, oui, quelques personnes, mais nous les avons identifiées. Les gens qui vivaient dans le *Gasthaus* où Helms est descendu, ceux avec qui il a eu affaire à l'aéroport de Francfort. Mais nous ne savons pas qui il a pu toucher ou avec qui il a parlé avant d'embarquer. Sur ce point, nous avons vérifié, mais il n'y a pas de garantie absolue.

— Où se trouvent-ils tous maintenant ?

— Dans un centre d'isolement biologique de l'armée, près de Bitberg. Ils sont très bien suivis là-bas, et pour l'instant personne n'est tombé malade.

Deux des participants s'étaient lancés dans un aparté animé. L'un d'eux, en qui Zeitner reconnut un assistant du ministre de l'Intérieur, finit par élever la voix :

— Dieu du ciel, Herr Zeitner, on ne meurt pas de la grippe comme ça ! Si ce virus est capable de tuer, comment êtes-vous certain de garder la situation en main ? Que se passera-t-il si vous ne placez pas toutes les personnes exposées en quarantaine, ou si certaines vous échappent ? C'est une bombe à retardement !

Horst Zeitner fit un geste d'apaisement :

— Je crois sincèrement, vraiment, que nous avons isolé tous ceux qu'il fallait, mais bien sûr je ne peux pas le garantir à cent pour cent. Le professeur Helms peut s'être arrêté quelque part sans que nous le sachions.

— Vous avez reconstitué son itinéraire ? demanda le Chancelier.

Zeitner acquiesça.

— Et nous y travaillons encore. La police, je veux dire. Tous les magasins, tous les hôtels, tous les restaurants sur les chemins qu'il a pu prendre sont vérifiés, avec une photographie que nous a transmise l'université de Heidelberg.

— Mais si quelqu'un est passé entre les mailles, poursuivit le Chancelier, qu'il incube la maladie pendant quelques jours et contamine son entourage avant d'être isolé, que ferez-vous ?

La question qu'il redoutait le plus était venue. Comment pouvait-il leur dire qu'il n'avait pas de réponse ? Il déglutit péniblement et se força à parler :

— N'importe quelle grippe peut se propager comme un feu de forêt. Cela dépend de plusieurs variables, et malheureusement nous ne connaissons pas grand-chose à cette forme de virus. J'ai demandé de plus amples informations, mais pour l'instant...

Le ministre de l'Intérieur se pencha en avant avec une expression de panique :

— Donc, vous ne savez pas vraiment de quoi il s'agit ?

— Eh bien, monsieur, on m'a dit...

— Est-ce que les gens de chez Hauptmann vous ont donné tous les détails ? (Zeitner fit non de la tête. Il avait l'impression de se noyer.) Alors, ça pourrait être n'importe quoi. Même quelque chose de pire qu'une grippe. Et ils ne veulent pas le reconnaître.

Horst Zeitner voulut répliquer :

— Non, monsieur, on m'a assuré...

Le ministre le coupa sèchement :

— Nous avons besoin d'autre chose que de vagues assurances ! Bon Dieu, Zeitner, et s'il s'agissait de cet horrible virus venu d'Afrique ?

— Non, monsieur, c'est bien une grippe. L'agent pathogène africain que vous évoquez est tout à fait différent de la grippe : il s'agit d'un philovirus, par exemple le virus de Marburg, ou Ebola. Ces agents pathogènes dits hémorragiques sont en effet extrêmement dangereux ; ils détruisent les parois des organes et les malades se mettent à perdre leur sang par tous les orifices. Mais dans ce cas il s'agit simplement d'une grippe, comme on me l'a certifié. Qui peut certes devenir très grave, car on est en présence d'une forme mutante face à laquelle la plupart d'entre nous n'ont pas développé d'immunité.

Le Chancelier soupira à nouveau et se pencha en avant :

— Ce qu'il essaie de vous suggérer, Zeitner, c'est que, dans le cas où ce virus serait pire qu'une mauvaise grippe, nous risquerions d'être déjà dépassés par les événements.

— Oui, monsieur.

— Zeitner, à quoi faut-il nous attendre si le pire se produit et que l'épidémie se propage dans le pays ?

Horst Zeitner fixa la surface de la table, puis ses yeux revinrent sur le visage du Chancelier. Il était temps de gloser encore, pensa-t-il en espérant que personne ne poserait de questions plus précises. Il s'en voulait, maintenant, de ne pas avoir interrogé plus systématiquement le directeur des laboratoires Hauptmann : il avait été trop enclin à le croire, mais ne s'exprimait-il pas au nom d'un établissement puissant, jouissant d'une excellente réputation ?

— D'après les données en ma possession, cette épidémie pourrait, au pire, tuer des milliers de personnes âgées ou affaiblies dans le monde si elle se développait en milieu ouvert. Si l'on s'en tient aux conséquences négatives sur la productivité, les industries allemandes auraient à faire face à des surcoûts déstabilisants. (En achevant sa description, il surveilla la manière dont les visages qui lui faisaient face enregistraient le choc. Puis il continua :) L'Allemagne ne peut pas risquer une contamination d'autres pays et d'autres grands systèmes démographiques, d'autant que l'atmosphère artificielle des avions est un vecteur malheureusement très efficace. C'est pourquoi j'ai agi immédiatement, monsieur, sans attendre les autorisations habituelles. Quand j'ai découvert que M. Helms était parti sur un vol plus tôt que nous ne le pensions, le temps pressait ; il était impossible de les laisser se poser à Londres sans prévenir les autorités britanniques. Ce sont elles qui ont pris la décision de leur refuser l'atterrissage.

— Mais c'est vous qui le leur avez suggéré ?

Zeitner hésita trop longtemps avant de répondre, la gorge nouée :

— Oui, monsieur.

Le Chancelier dévisagea plusieurs de ses ministres, haussa les sourcils, avant de fixer à nouveau le fonctionnaire :

— Vous proposez d'isoler environ trois cents passagers uniquement sur l'hypothèse que l'un d'eux a été infecté ? C'est bien cela, Herr Zeitner ?

— Monsieur, cet homme est effectivement touché, et comme l'air de la cabine reste en circuit fermé nous devons admettre que tout le monde à bord de ce 747 a été exposé.

— La quarantaine, combien de temps doit-elle durer ?

Zeitner calcula désespérément dans sa tête :

— C'est difficile à dire, peut-être cinq jours, peut-être plus. Ceux qui ne tomberont pas malades ne représenteront aucun danger.

— Encore une question, Herr Zeitner, réclama le Chancelier avant de laisser passer un long silence. Puisque vous sembliez si désireux de ramener sur le sol allemand un avion aussi dangereux, et puisque vous êtes visiblement en train d'y parvenir, vous avez certainement prévu des mesures effectives de quarantaine pour trois cents personnes, dans des conditions au moins égales à ce qui serait nécessaire en cas de contamination par arme bactériologique ? Et vous avez dû aussi mettre sur pied une équipe de contrôle et de communication disposant de tous les moyens nécessaires pour répondre à la tempête de réactions que cette affaire va soulever, aux questions de la presse et des familles concernées ? Et vous avez aussi instruit tous les membres de notre gouvernement qui vont devoir faire face aux conséquences diplomatiques, légales, financières, logistiques, militaires, et de politique intérieure ? Vous vous êtes occupé de tout cela, hein, Zeitner ?

(Il eut un rire forcé, puis agita la main droite en signe d'incrédulité.) Parce que, dans le cas contraire, à quoi bon ramener ces gens ici, n'est-ce pas ? Ce serait tout à fait irrationnel. (Il pencha la tête, observant Zeitner qui se sentait plus mort que vif.) Eh bien, Herr Zeitner, toutes ces précautions ont-elles été prises ?

Le fonctionnaire voulut prendre une voix digne, mais ne parvint à émettre qu'un coassement :

— Non, monsieur, pas encore. Nous n'avons pas eu assez de temps.

Le Chancelier branla lentement de la tête, tel un professeur recevant pour la millième fois la même réponse d'un mauvais élève. Soufflant bruyamment, il se mit debout, fixa la surface de la table puis releva les yeux sur Zeitner pour l'écraser de sa désapprobation.

— Je vois. Donc, nous avons encore plus de pain sur la planche, pendant les quelques minutes qui nous restent avant que cette boîte de Pandore nous arrive dessus. (Il se tourna vers le ministre des Affaires étrangères en montrant un téléphone du doigt :) Karl, voulez-vous me suivre dans mon bureau ? Il faut que nous parlions à l'ambassadeur des États-Unis.

Les yeux fixés sur les notes qu'il rassemblait avant de quitter la salle, le Chancelier laissa planer un silence assez long pour que tout le monde en fût impressionné. Cette technique, maintes fois employée, eut comme d'habitude un effet foudroyant. Puis il releva brusquement la tête, fusilla à nouveau Zeitner du regard tout en finissant de s'adresser à son ministre :

— Car il va falloir présenter des excuses convaincantes aux Américains.

Le temps que le chef de la diplomatie approuve et que les deux hommes s'en aillent, Zeitner réalisa qu'il en avait oublié de respirer. Son esprit était embrumé, vacillant.

Bavière

Dans le poste de contrôle hermétiquement clos, devant une rangée d'écrans de télévision renvoyant l'image de pièces vides, le directeur du centre de recherche des laboratoires Hauptmann restait assis, les yeux dans le vague. Il n'avait pas besoin de regarder. Il savait que deux de ses employés, deux de ses collègues, avaient connu une mort affreuse dans la chambre d'isolation, juste à côté, et qu'il avait menti à leur sujet.

Presque vingt-quatre heures s'étaient écoulées depuis son éprouvante conversation téléphonique avec le P-DG de Berlin, mais elle repassait encore en boucle dans son cerveau. « Il est temps d'avertir le gouvernement de ce qui est en train de se produire », avait-il plaidé. Mais sa compagnie avait décidé de maintenir le mensonge : officiellement, on parlerait de grippe.

« Une grippe ? » s'était-il exclamé, presque en hurlant. La pathologie de ce virus provoquait des troubles du rythme cardiaque, une forte température, des douleurs incroyables, des nausées, puis une perte rapide du sens de l'orientation, des poussées d'hystérie panique comparables aux symptômes paranoïdes, peut-être même des hallucinations. Il tenait tout cela de Rolf Bronchman, le second chercheur à se retrouver infecté, qui avait pu décrire jusqu'à un certain point son état. « Il y a des effets psychoactifs ; cela affecte le cerveau, provoque des changements de personnalité... Aucune grippe au monde ne déclencherait ça ! »

Pourtant, la direction à Berlin s'était montrée inflexible : tant qu'il demeurerait une chance de résorber l'infection, personne d'autre qu'eux ne devait connaître la vérité. Le directeur du centre bavarois porta la main à son téléphone. Il avait un contact de haut niveau à Bonn. Mais il savait aussi qu'un tel appel ruinerait sa carrière.

Et ce dilemme le rendait fou.

CHAPITRE 4

A bord de QN 66.
Vendredi 22 décembre, 18 h 20 (17 h 20 Z)

Brenda Hopkins ajusta le masque à oxygène sur le visage d'Ernest Helms et leva les yeux vers le médecin suisse, qui était en train de lui tapoter le bras en guise d'encouragement. Ils ne pouvaient rien faire de plus, lui avait-il répété à plusieurs reprises. Le rythme cardiaque du malade était aussi stable qu'on pouvait l'espérer dans ces conditions.

— Combien de temps jusqu'à l'atterrissage, d'après vous ? interrogea le docteur.

— Euh... trente minutes, je pense. (Elle désigna Helms du menton :) Est-ce qu'il va tenir ?

Le médecin regarda loin vers l'arrière de l'avion avant de lui répondre, sans la fixer dans les yeux.

— Peut-être, articula-t-il, ne voulant pas la décourager.

A ce moment, Rachael Sherwood suivait l'hôtesse, qui répondait au nom de Dee, dans les escaliers, puis à travers la petite porte conduisant au cockpit du 747-400. Dee frappa deux fois, ouvrit, et fit entrer la jeune femme. James Holland lui fit signe de prendre place dans le siège rétractable qui se trouvait juste derrière la console centrale.

Se présentant comme le copilote, Dick Robb lui serra la main. Ses yeux errèrent quelques secondes sur le corsage de la jeune femme avant de remonter vers son visage, mais elle avait déjà tourné la tête vers Holland et ne remarqua pas son intérêt, si bien qu'il revint à ses instruments. Le commandant fit légèrement pivoter son siège pour pouvoir lui faire à peu près face en lui parlant.

— Je suis James Holland, mademoiselle Sherwood. Enchanté.

La main qu'elle lui tendit fut entièrement enveloppée par la chaleur de sa vaste paume, tandis que ses yeux d'un bleu profond la fixaient, suscitant en elle une vague d'émotion sensuelle qui la surprit. Malgré son air triste, elle trouva qu'il exerçait sur elle une attirance des plus troublantes. Les mêmes picotements qui lui avaient parcouru l'épine dorsale à Francfort revinrent, cette fois avec une force dévastatrice. Elle s'éclaircit la gorge, redoutant de se retrouver avec la voix d'une adolescente enjôleuse plutôt que celle de l'efficace assistante d'un ambassadeur des États-Unis. Incapable de détourner son regard du visage du pilote, elle lui expliqua les inquiétudes de l'ambassadeur.

— Non, il n'y a pas de pirates ici, la rassura-t-il, mais puisque vous dépendez du Département d'État, permettez-moi de vous poser une question à mon tour : quand un pays étranger force un avion américain rempli de citoyens américains à revenir se poser et le place en quarantaine, c'est un grave problème diplomatique, non ?

Rachael en resta pétrifiée. Avait-elle bien entendu le mot « quarantaine », et que venait-il faire là ? Dans son annonce, Holland avait seulement mentionné la nécessité de retourner à Francfort pour mieux assister le passager victime d'une crise cardiaque... Lisant ces interrogations sur ses traits décontenancés, Holland prit les devants :

— Oui, il n'y a pas que cela, voyez-vous. J'avais oublié que vous n'étiez pas au courant.

Il lui dépeignit la situation en quelques mots, telle qu'elle lui avait été présentée du sol. Rachael écarquilla les yeux :

— Vous voulez dire que nous sommes tous exposés ?

— Apparemment, répondit-il d'un ton bourru.

Le regard de la jeune femme erra avant de se diriger vers ses pieds.

— Votre patron, M..., euh...

— Lancaster, Lee Lancaster, précisa-t-elle en se réveillant d'un coup de sa stupeur.

— Oui, l'ambassadeur Lancaster. Puisque nous sommes tous impliqués là-dedans, il pourrait peut-être nous aider à suivre l'affaire au niveau gouvernemental...

— Combien de temps doit-elle durer, cette quarantaine ? demanda-t-elle en pestant intérieurement : ils avaient un emploi du temps chargé, à Washington, et ensuite cette conférence au Club de la presse nationale...

Holland secoua la tête et jeta un coup d'œil à Robb, qui faisait semblant de ne pas écouter :

— Je n'en sais rien, mademoiselle Sherwood.

— Rachael, proposa-t-elle, si rapidement qu'elle s'en mordit les lèvres.

Il approuva :

— Rachael. Bien entendu.

Comme s'il la voyait soudain sous un autre jour, il marqua une pause en esquissant un sourire. Il avait remarqué que l'éventualité de la quarantaine la tracassait plus que celle de risquer une grippe avec complications.

— Eh bien, Rachael, nous n'avons aucune idée du temps qu'ils veulent nous garder, ni du traitement auquel ils disent vouloir nous soumettre. Rendez-vous compte : comment stopper le développement d'un virus ? Comment isoler des ressortissants étrangers en respectant la légalité internationale ? Nous sommes en terrain inconnu, et j'aurai certainement besoin de l'expérience d'un diplomate.

En se levant, la jeune femme posa sa main gauche sur l'épaule du pilote, un geste rassurant qui lui était venu pratiquement sans y penser.

— Et je vous en prie..., poursuivit-il, n'en parlez pour l'instant à personne d'autre. Je n'ai même pas mis mon équipage dans la confidence.

Sa voix se fit douce, absente, presque :

— Pas de problème. Je demande à l'ambassadeur de venir vous voir.

De retour au salon des premières, Rachael passa sans le voir devant l'occupant du siège 3 B, un homme massif aux cheveux argentés et aux manières rudes, qui était en train de discuter tempétueusement de changement d'horaire avec un interlocuteur situé à une bonne moitié de planète de là. Soudain, il écrasa rageusement le combiné du téléphone satellite sur son socle et appuya sans plus de ménagement sur le bouton d'appel de l'hôtesse. Le révérend Garson W. Wilson, sommité du télé-évangélisme US, se tourna vers son secrétaire, un jeune homme répondant au nom de Roger, qui n'en menait pas large, et adressa un geste excédé au plafond.

— On ne peut pas reprogrammer l'interview avec NBC ! J'étais en ligne avec le producteur, Casey je ne sais plus quoi, et ce fils de p...

Il avait murmuré ces derniers mots sur un ton de conspirateur, ce qui n'empêcha pas Roger de sursauter et de poser un doigt sur ses lèvres. Son patron fronça les sourcils en roulant des yeux :

— ... OK..., ce jeune et incorrigible mécréant? corrigea-t-il sur le même ton.

— C'est mieux, remarqua Roger. Les murs ont des oreilles.

— Donc, cet incorrigible petit imbécile, articula-t-il d'un ton théâtral... (son célèbre accent du Tennessee traînant sur les fins de mots et accentuant leur nuance sarcastique, comme s'il en savourait toute l'acidité)... dit qu'il a déjà retenu le show de jeudi soir pour une vedette de cinéma quelconque. Ou bien nous y arrivons ce soir, comme prévu, ou bien c'est dans le lac.

— Ce n'est pas grave, monsieur. On pourra modifier plus tard. Je les appellerai, moi.

Wilson s'ébroua d'un air dégoûté :

— Mais Roger, on ne va pas perdre notre temps à Francfort, quand même ! Dès que nous touchons terre, je veux que vous trouviez un responsable, que vous lui disiez qui je suis, et que vous nous sortiez de ce... guêpier. Trouvez-nous un vol pour Londres et prenons le Concorde. Je ne vais pas rater cette émission ! Tout le monde la regarde, et ça tombe à point pour le lancement de mon nouveau livre.

Roger se mit à fixer un point devant lui en se frottant nerveusement les doigts. Il avait horreur de ce genre de scènes, hélas inévitables. Prenant sa respiration, il fit face à Wilson :

— Vous savez bien que cette interview me tracasse. Vous vous rappelez ce que je vous ai dit, qu'ils pourraient vous ressortir cette histoire de dégrèvement fiscal à propos de l'hôpital de Kansas City?

— Oui, oui, oui. Je me rappelle. Et ça ne me fait pas peur. J'ai l'habitude de m'en tirer, depuis quarante ans, grâce au ciel.

Roger remua sur son fauteuil :

— Mais, monsieur, vous est-il venu à l'esprit que Dieu aurait pu vouloir que nous nous trouvions justement sur ce vol et qu'ainsi vous n'alliez pas à cette interview ?

C'était un argument qui, Roger s'en souvenait, avait déjà fait mouche en de précédentes occasions. Wilson renifla avec mauvaise humeur. Il détestait qu'un subordonné ait raison : lui seul était censé se montrer infaillible, pas ce petit bêcheur assis à ses côtés ! Mais il recherchait peut-être un peu trop la publicité, et en effet cette émission sentait la poudre. Des révélations fracassantes sur les pratiques fiscales de sa chaîne d'hôpitaux seraient très dommageables pour ses affaires en ce moment. Même si son job, se remémora-t-il, consistait à sauver les vies et les âmes. *N'oublie jamais ton image !* La consigne lui revint une fois encore à l'esprit.

Il se redressa sur son siège confortable et adopta une expression des plus sévères. Il s'imagina en train d'agripper sa bible de l'air le plus vertueux qui soit et s'adressant à une forêt de microphones : *Mon travail, monsieur, est de répandre la parole de Dieu par divers canaux.* La phrase, prononcée pour lui seul, sonnait toujours aussi bien. Il était un homme d'Église, pas un comptable. Quelqu'un qui essayait de servir Dieu, non le service fédéral des impôts. Et ceux qui essaieraient de lui faire du tort en pâtiraient les premiers, non ?

Il se rendit compte qu'il ne voulait même pas penser qu'il puisse en être autrement. Tout ce qu'il voulait, c'était arriver dans les temps à New York.

Une trentaine de rangs derrière, Keith Erickson passa le téléphone portable à son épouse en se mordant la lèvre. Les gosses allaient bien, sa belle-sœur avait bien réagi à la nouvelle qu'ils rentreraient plus tard que prévu. Il était certain, en effet, qu'ils n'auraient pas le temps d'attraper leur correspondance, une fois arrivés à New York. Il observa Lisa en train de parler à leur fils âgé de deux ans, Jason, puis à Tommy, qui en avait cinq. Le petit dernier n'était pas en âge de mener une conversation téléphonique, mais il savait que Lisa réclamerait que l'on pose le combiné sur l'oreille de son plus jeune enfant afin qu'il entende ses paroles rassurantes. Il pouvait même voir d'ici sa belle-sœur prendre une mine extasiée.

Jetant un coup d'œil dans la travée, il se demanda comment le malade dont ils avaient parlé s'en tirait, en combien de temps ils pourraient le débarquer et reprendre leur route. Il lui avait fallu presque une année entière de cajoleries pour persuader Lisa de partir en vacances tous les deux, sans les enfants.

— Bien sûr qu'ils ont besoin de leur mère, mais moi j'ai aussi besoin d'une femme avec qui être en tête à tête, avait-il plaidé.

— Mais pourquoi l'Europe ?

Il se rappelait maintenant trop bien l'argument qu'il avait alors trouvé :

— Parce que de là-bas tu ne pourras pas téléphoner aux gosses tous les jours !

C'est ce qu'elle avait pourtant fait, avec un désir de se venger de lui qui avait fini par tourner à l'obsession. Le voyage avait été, de bout en bout, un désastre, commencé sur une scène d'adieux terriblement embarrassante à l'aéroport de Des Moines, où elle avait pris congé de ses enfants dans un tel déluge de larmes que les garçons s'étaient mis eux aussi à sangloter. Elle s'était montrée inquiète et irritable pendant tout le vol jusqu'à Francfort et, aussitôt arrivée, s'était enfermée deux heures dans une cabine téléphonique en se tordant les mains, avant d'apprendre que sa mère s'était absentée avec les petits pour une promenade. Et ainsi de suite, jusqu'à sa dernière crise de larmes en apprenant que leur retour était retardé. Son état devenait chronique, et inquiétant, tout comme son ressentiment de plus en plus violent à l'égard de son mari pour l'avoir entraînée loin de chez elle.

A part les téléphones à carte, elle ne s'était pratiquement intéressée à rien pendant ces deux semaines, ni aux monuments historiques, ni au sexe, ni à lui. Rien d'autre que ce chagrin hystérique à se sentir séparée de ses enfants. Elle le détestait de lui avoir imposé cette épreuve, avait-elle hurlé, en pleurs, quand ils étaient arrivés à leur hôtel à Paris. Non, non et non, proclamait-elle en considérant le lit d'un air égaré : il avait en tête de lui arracher ses enfants, n'est-ce pas ? C'était un coup monté !

Dans son for intérieur, il lui était arrivé de se dire, même à Des Moines, que les réactions de sa femme n'étaient pas toujours normales. D'instinct, il se doutait depuis longtemps qu'elle aurait besoin de l'aide d'un spécialiste mais, si à la maison ses bizarreries pouvaient encore être supportables, il s'était décidé un jour, à Francfort, à se glisser hors de l'hôtel pour appeler un psychiatre de Des Moines et convenir d'un rendez-vous la semaine suivante. Son interlocuteur l'avait écouté avec une grande attention, le prévenant même qu'une hospitalisation ne pouvait être exclue.

Lisa termina ses roucoulements à l'adresse du bébé, essuya ses larmes, et demanda à reparler à Jason. Le menton enfoncé dans sa main, Keith Erickson attendit encore, pensant aux dollars qui s'envolaient à toute vitesse dans cette communication par satellite. Mais il se garda bien de l'interrompre.

Centre de contrôle du trafic aérien, Amsterdam

Le message parvint au centre de contrôle d'Amsterdam par simple télex, suivi d'un coup de fil du trafic aérien de Francfort. En le recevant, le contrôleur chargé de suivre le vol QN 66 tomba presque de sa chaise, mais il brancha aussitôt son micro.

L'avion était en train de passer à trente-trois mille pieds au-dessus de la ville néerlandaise de Tilburg, à quelque quatre-vingts kilomètres de la frontière allemande : il n'avait pas le temps de se poser de questions.

— Quantum 66, ici contrôle Pays-Bas. Je vous informe que Francfort vient juste d'annuler votre autorisation d'entrer dans l'espace aérien allemand. Nous devons vous remettre sur une autre destination. Que comptez-vous faire ?

Dans le cockpit du 747, la nouvelle tomba comme une grenade dégoupillée.

— Comment ça, *annuler* ? s'indigna Robb. D'abord les Anglais, maintenant les Allemands ? Alors que tout est parti d'eux ! (Sa main bondit sur la touche de transmission :) Contrôle Pays-Bas, QN 66 retourne à Francfort sur injonction directe du gouvernement allemand ! Et nous avons une urgence médicale à bord !

La réplique fut d'une sécheresse inquiétante :

— Quantum 66, d'après ce que nous venons d'apprendre, vous avez interdiction d'entrer dans l'espace aérien allemand. Si vous ne formulez pas d'intentions précises, je serai contraint de vous considérer en attente avant que vous n'ayez atteint la frontière avec l'Allemagne.

D'un geste, James Holland fit signe à Robb de ne pas se précipiter. Il était en train de réfléchir à toutes les éventualités qui s'ouvraient maintenant à eux : la direction de Quantum avait-elle changé les règles du jeu en oubliant de les prévenir ? Peut-être le dispatching leur avait-il prévu une autre destination et en avait-il informé Francfort, négligeant simplement un « petit détail » : tenir au courant l'équipage concerné ? C'était une possibilité. Mais le terme *interdiction* continuait à tinter dans ses oreilles. S'il s'était agi d'un innocent changement de cap, ils ne l'auraient pas employé.

Il sentit ses cheveux se hérisser sur sa tête. D'un coup, il ne désirait plus qu'une chose : se poser aussi vite que possible, n'importe où, aussi bien pour lui que pour le malade à l'arrière. Il eut l'impression, certes irrationnelle, que le temps filait et qu'il fallait agir au plus vite.

Il connecta la transmission :

— Contrôle Pays-Bas, demandons vecteurs pour atterrissage immédiat à Schipol-Amsterdam.

Il y avait du soulagement dans la voix du contrôleur :

— Bien compris, monsieur. Vous tournez maintenant à gauche sur trajectoire deux-neuf-zéro degrés, vous descendez et vous vous maintenez à six mille pieds en étape de base. L'altimètre d'Amsterdam est à deux-neuf-huit-huit millibars et le code transpondeur réglé à trois-quatre-cinq-sept.

Robb répéta les instructions tandis que Holland débranchait le pilote automatique et faisait doucement basculer l'énorme 747 sur la gauche pour entamer une descente avec les moteurs au minimum. Il faisait confiance aux Hollandais. *J'aurais dû me dérouter sur Amsterdam dès le début*, pesta-t-il en lui-même, *eux ne refuseraient jamais l'atterrissage à un appareil civil en détresse.*

CHAPITRE 5

Amsterdam.
Vendredi 22 décembre, 18 h 40 (17 h 40 Z)

Une tasse de café fumant devant lui, la porte de son bureau bien fermée, le directeur des aéroports néerlandais se laissa lentement aller dans son fauteuil pivotant, enfin détendu. Il augmenta le son sur la commande à distance de son téléviseur. Ce moment, il l'avait attendu toute la journée, rêvant surtout du café. Le petit casse-croûte et les journaux français qu'il gardait dans un tiroir étaient ses trésors, tout comme sa copieuse provision de haricots Starbucks, seule concession à l'*american way of life* de cet Européen convaincu, à laquelle il sacrifiait dans la soirée. Pour ce qui était des informations internationales, il avait aussi un faible pour les médias américains, et CNN était sa bible.

D'où cette petite extravagance, ce privilège de fonction : la télévision câblée dans son bureau, qui lui donnait l'impression d'être branché sur le pouls de la planète. Et justement, quelque chose venait d'attirer son attention alors qu'il parlait au téléphone : un avion stylisé clignotait sur l'écran. *Un crash quelque part?* Il avait été envahi par la curiosité, mais il avait fallu attendre un moment avant que le présentateur d'Atlanta ne revienne devant les caméras, avec en haut à droite une lucarne symbolisant un Boeing 747. Alors le directeur s'était penché en avant pour mieux entendre.

« Selon des informations parvenues de Grande-Bretagne cet après-midi, un avion se dirigeant sur Londres s'est vu refuser l'atterrissage et a dû quitter l'espace aérien britannique. Dans une communication radio entre le pilote et la tour de contrôle, enregistrée à Londres, le commandant de ce vol de Quantum Airlines avait annoncé qu'il avait à bord un malade dont l'état nécessitait une intervention médicale immédiate. Mais d'après cet enregistrement, il lui a été répondu que le gouvernement britannique ne pouvait autoriser l'atterrissage. Toujours selon cet échange radio, un passager de ce vol aurait contracté une forme de grippe particulièrement dangereuse, et les autorités craignent que... »

Le téléphone se remit à sonner juste à ce moment. Le directeur fronça les sourcils. Sa secrétaire était pourtant au fait de ses habitudes. Oui, mais... Ah, c'était son jour de congé. Comme la sonnerie continuait, il décrocha avec impatience pendant que le flash de CNN se poursuivait.

— Oui ?

« ... se dirigerait actuellement vers un aéroport d'Allemagne, où passagers et équipage devraient être mis en quarantaine, ce qui serait certainement un cas unique dans l'histoire de l'aviation civile internationale... »

— Voulez-vous répéter ?

Son attention était partagée, mais il avait noté que son subordonné avait la voix altérée. Il y avait comme une urgence à Schipol, disait-il.

« ... du vol Quantum 66, qui devait normalement se

rendre à New York. Je le répète, l'appareil et ses passagers ne sont pas en danger, mais pour l'instant leur nouvelle destination reste inconnue. CNN continuera à couvrir cet événement et vous tiendra informés de tout nouveau développement. »

— Quelle urgence ?

Le directeur plissa les yeux sur l'écran, irrité par cette interruption, tout en attrapant un stylo et en gribouillant les informations qu'on lui communiquait au téléphone, dont le code radio de l'appareil en approche forcée.

— Ils se poseront dans quinze minutes, et ils demandent une équipe médicale, précisa son adjoint.

Le directeur hocha la tête, reposa son stylo, et le reprit pour ajouter l'identification de l'avion : Quantum Airlines 66.

Le temps de remercier son informateur et de raccrocher, la télé parlait déjà d'autre chose. Qu'est-ce qu'ils avaient dit, déjà ? Un avion porteur d'une épidémie refusé à Londres et dérouté pour mise en quarantaine. Ils devaient être en état d'alerte, là-bas. Comme nous ici. *Bizarre, deux urgences dans le même secteur et au même moment,* pensa le directeur. Il regarda son bloc-notes et, d'un coup, le *66* qu'il venait de tracer fit corps avec les mots du présentateur de CNN. Ce ne pouvait être que le même avion, un 747. Mais son adjoint n'avait pas parlé une seule fois de maladie contagieuse à bord...

Et maintenant il arrivait sur Amsterdam ! Personne à Schipol n'était en mesure de traiter une telle affaire !

Sa main s'abattit sur le combiné téléphonique.

A bord de QN 66

Le commandant James Holland redressa doucement le lourd Boeing sur la droite et attendit l'autorisation d'atterrissage. Plus loin, Amsterdam était un tapis de lumières scintillantes. Comme prévu, le contrôleur se mit à parler :

— Quantum 66, vous êtes bon pour une approche aux instruments sur piste 3-5. Portez-vous maintenant à droite sur trois-deux-zéro degrés et passez sur la fréquence de la tour de Schipol à la balise extérieure.

— QN 66, approche en cours, prenons fréquence tour.

Dick Robb tendit la main pour atteindre le bouton de commutation. Comme d'habitude, il hésita un instant, se demandant si le contrôleur avait quelque chose à ajouter. Et à cet instant sa voix revint en effet, hachée par la précipitation :

— Quantum, vous êtes toujours là ?

— Roger, répondit Robb.

— Nous avons un changement de procédure, monsieur.

Sur la ligne ouverte, ils purent entendre en fond la voix d'un autre homme, mais la conversation se déroulait en hollandais, se terminant par un *ja* sonore, tandis que le contrôleur ajustait bruyamment son micro :

— Euh, QN 66, combien d'heures de carburant avez-vous encore ?

Quelle drôle de question, se dit Holland. Après un coup d'œil sur les jauges, il se livra à un rapide calcul. Quarante et une tonnes, avec une moyenne de six tonnes par heure, cela donnait un peu moins de sept heures. Il en informa Robb, qui transmit. Une minute plus tard, le contrôleur reprit la parole.

— Désolé, monsieur, mais vous allez, s'il vous plaît, tourner à gauche sur une trajectoire de deux-sept-zéro degrés et vous établir à deux-quatre-zéro. L'atterrissage à Schipol est temporairement suspendu, nous devons vous mettre en attente au-dessus de la mer.

Holland et Robb se regardèrent, ébahis. Holland fut le premier à prendre la ligne :

— Contrôle Pays-Bas, ici QN 66. Nous avons un malade cardiaque dans un état critique. Nous ne pouvons plus perdre de temps. Il nous faut une aide médicale immédiate.

La réponse vint sur un ton pondéré, conciliant, mais aussi très énigmatique :

— Je comprends bien, QN 66, mais j'ai maintenant instruction de vous annoncer que, jusqu'à avis contraire, vous ne devez pas rester dans notre espace aérien, ni vous poser à Schipol. Je suis désolé. Je vous assure que nous faisons de notre mieux.

Dick Robb se redressa sur son siège, ses yeux lançant des flammes. Il brancha la transmission et se mit à hurler dans son micro :

— Contrôle Pays-Bas, mais POURQUOI? Pourquoi nous traiter de cette manière? (C'était presque un monologue.) Est-ce que vous comprenez ce que signifie une demande d'urgence? Nous demandons une... une urgence, maintenant, et vous ne pouvez pas nous empêcher d'atterrir!

Holland lui demanda d'un geste furieux d'arrêter, ce qui n'empêcha pas son copilote de continuer :

— Contrôle Pays-Bas, QN 66 va se poser à Schipol, que cela vous plaise ou non!

— Dick, bon sang! coupa Holland. Ça ne marchera pas. J'ai essayé moi aussi à Londres.

Il tenta d'intercepter le regard de Robb, mais celui-ci s'était buté. Il ne voulait pas entendre. Il avait peur, et James Holland savait bien ce qu'il éprouvait.

Une demi-minute au moins s'écoula avant que le

contrôle ne réponde. C'était une autre voix maintenant, à l'évidence celle d'un chef, sans la moindre trace de sympathie. Dans un anglais parfait, bien qu'avec un fort accent hollandais :

— QN 66, toute tentative de toucher le sol néerlandais ou de demeurer dans l'espace aérien des Pays-Bas sans autorisation vous exposerait à de fâcheuses conséquences, et pourrait même entraîner des mesures militaires. En raison de vos dernières déclarations, nous avons demandé l'assistance de l'armée néerlandaise. A moins que votre appareil ne soit plus techniquement en état de voler, vous devez vous en tenir à nos instructions. Nous opérerons les ajustements nécessaires aussi vite que possible.

Pendant que Robb se tassait dans son siège, Holland reprit la liaison d'un ton calme et professionnel :

— Contrôle Pays-Bas, ici QN 66. Bien compris, virons à gauche sur trajectoire deux-sept-zéro, commençons à monter pour nous établir à deux-quatre-zéro avant procédure d'attente. L'armée ne sera pas nécessaire. Pourriez-vous, s'il vous plaît, vérifier si nous pouvons nous dérouter sur Bruxelles ou Copenhague, et sinon, est-ce qu'Oslo ou Stockholm nous accepteraient ?

— Nous allons demander, QN 66. Je vous en prie... croyez-nous, nous comprenons votre situation, mais on nous dit qu'il y a une... possibilité de maladie à votre bord, et nos autorités ne sont pas préparées à y faire face.

— Compris, contrôle Pays-Bas. Nous avons besoin de votre aide, c'est tout ce que je peux dire.

Holland remit les gaz et rebrancha le pilote automatique avant de se tourner vers Robb, qui regardait droit devant lui.

— Appelez la compagnie sur le satellitaire, Dick. Tirez-leur les vers du nez. Ils doivent bien avoir un plan. Il faut tout de même que nous posions ce zinc quelque part ! De toute façon, même si notre malade va mieux, nous n'avons plus la réserve de carburant autorisée pour rejoindre New York.

Au même moment, l'interphone retentit. Robb grommela quelques mots et raccrocha, puis considéra à nouveau la vitre devant lui. Quand il parla, ses yeux étaient fixés sur l'horizon :

— C'était la chef de cabine principale en bas, annonça-t-il d'un ton neutre. Elle voulait vous dire qu'il n'y a plus d'urgence. Votre passager est mort.

CHAPITRE 6

A bord de QN 66.
Vendredi 22 décembre, 19 h 10 (18 h 10 Z)

Le 747 était stabilisé en attente à trente et un mille pieds au-dessus des ténèbres de la mer du Nord quand James Holland établit la communication avec le centre des opérations de Dallas. Il demanda aide et instructions à un aréopage de cadres perplexes tandis que le vol QN 66 effectuait de larges cercles, parcourant quinze mille pieds vers le nord, tournant à cent quatre-vingts degrés, revenant au sud sur la même distance, rebasculant à gauche, et ainsi de suite. Instruit à observer ce programme d'attente, l'ordinateur de bord était capable de s'y tenir jusqu'à la dernière goutte de kérosène. Au moins avaient-ils trouvé un petit coin de ciel pour ce mastodonte de trois cent soixante tonnes, pensa Holland. Jusqu'à ce que les Hollandais se décident à les laisser atterrir.

Dick Robb était ulcéré par ce nouveau retard, scandalisé par le profil bas que, selon lui, Holland adoptait devant la compagnie, mais il se refusait à intervenir. Ses yeux passant sans arrêt du tableau de bord au visage du commandant puis à la ligne moutonnante de cumulus postcrépusculaires au-dessus de la mer du Nord, il ne pipait mot.

Le vice-directeur opérationnel de Quantum était en train de revenir de son ranch texan par hélicoptère. Il avait l'air aussi perdu que les programmateurs de vol à l'aéroport de Dallas-Fort Worth, qui n'avaient pas voulu prendre de décision tant que leur supérieur n'était pas arrivé.

— Commandant, vous dites que les Hollandais vous ont placés en attente ? redemanda le chef des opérations.

Le pilote récita pour la troisième fois sa version des faits. Oui, ils étaient en attente. Oui, les Pays-Bas avaient exclu un atterrissage. Oui, leur passager malade était mort, et présumé porteur d'un affreux virus grippal. Et oui, ils avaient besoin d'un endroit où se poser. Un besoin qui, après quelques heures encore de vol à basse altitude, allait devenir une obligation.

— Bon..., risqua le gros ponte au salaire mirobolant qui occupait présentement le siège gauche d'un Jet Ranger fonçant vers le QG de la compagnie à Dallas-Fort Worth. Et est-ce que nous avons contacté le Département d'État ?

Un brouhaha de voix se fit à nouveau entendre sur la ligne, puis le chef des opérations de Dallas avoua qu'il n'avait pas su qui appeler.

— Nous avons appelé la Direction fédérale de l'aviation, nous avons informé leur QG, leur confia-t-il en guise de consolation.

— Et qu'est-ce qu'ils ont dit ? s'enquit le directeur adjoint.

— Ils ont dit de patienter. J'ai eu l'impression qu'ils étaient en train de mettre en place une cellule pour travailler là-dessus.

— Ils ont vraiment dit ça ? Est-ce qu'ils se mettent en contact avec les autorités néerlandaises ?

Holland sentit une hésitation alors qu'il suivait l'échange, l'écho du satellite détachant distinctement chaque phrase. Le chef de Dallas soupira :

— Je ne pense pas qu'ils sachent mieux que nous qui joindre, monsieur. Il n'y a pas de procédure prévue pour un tel cas. Nous avons les numéros de notre escale à Schipol, et nous avons contacté la direction aéronautique des Pays-Bas, mais ils nous ont dit eux aussi de patienter. Il paraît que le refus d'atterrissage leur est venu du gouvernement hollandais.

Le directeur adjoint savait que tout le monde était désormais suspendu à ses lèvres. Il s'était entouré d'un staff qui y aurait regardé à deux fois avant d'agir sans sa présence et son approbation. Maintenant, ils attendaient tous de lui qu'il se montre génial. S'éclaircissant la gorge, il affecta un ton assuré :

— OK, établissez le contact avec le QG de la direction fédérale, gardez-les sur ligne ouverte, et faites-leur contacter la permanence au Département d'État.

— Et nous ? intervint Holland. Qu'est-ce que nous sommes censés faire pendant ce temps ?

— Qui parle ? interrogea le directeur adjoint.

— QN 66 à l'appareil.

— Oh, excusez-moi, *captain*. Vous, vous vous maintenez en attente et vous restez connectés. Nous aurons bientôt une réponse. Il y a assez de carburant ?

— De quoi voler cinq heures en croisière, peut-être trois à basse altitude, mais c'est déjà trop tard pour rejoindre New York avec la réserve réglementaire.

— OK, OK... Restez où vous êtes. On vous rappelle.

— Monsieur, insista Holland, nous n'avons pas d'informations précises sur le genre de grippe auquel notre passager a été exposé, et nous avec. C'est une drôle de coïncidence, pour ne pas dire plus. Enfin, je veux dire, ce même passager qui nous amène une sale grippe à bord est foudroyé par une crise cardiaque : il y a un hic, non ? Je ne sais pas quel virus nous avons ici, mais en tout cas les Allemands en ont visiblement une peur bleue, et je dois savoir pourquoi. A quoi devons-nous nous attendre ici ?

Il entendit le vice-directeur soupirer.

— Je vous le répète, commandant, restez en contact. Nous allons nous débrouiller pour trouver des réponses, et nous vous rappellerons aussitôt.

D'un air incrédule, Holland résuma la situation à Robb.

— Ils nous demandent de demeurer en attente, « ne rappelez pas, nous nous en chargeons » !

Les mâchoires de Robb se serrèrent encore plus, mais Holland avait déjà détaché sa ceinture de sécurité et s'était levé.

— Je reviens dans un instant.

Intéressant, pensa-t-il, *Robb ne m'a même pas demandé où j'allais.* En fait, l'instructeur avait tout l'air d'être au bord de l'explosion.

En quittant le cockpit, Holland entra dans le premier cabinet de toilette et verrouilla la porte. Il lança un regard résigné à l'image que lui renvoya le miroir, celle d'un homme malchanceux, fatigué. Et il l'était réellement — épuisé. Les rides et les plis, sur ce visage dont il devait sans cesse contrôler l'expression, avaient pris des proportions alarmantes, et ces six derniers mois de complet célibat n'avaient rien fait pour arranger les choses.

Ses préoccupations présentes reprirent le dessus. Le besoin d'échapper quelques minutes à la présence de Robb avait été soudain plus fort que celui de faire face à cette crise, unique en son genre, qui seulement maintenant commençait à lui inspirer une véritable frayeur. A coup sûr, Barb devait déjà être paniquée, et plus encore Brenda, que ses efforts héroïques pour sauver

Helms avaient fatalement mise en contact avec ce mystérieux virus. Était-il assez dangereux pour qu'on les traite ainsi, comme des parias ? Ou bien tout cela n'était-il qu'une tempête dans un verre d'eau, provoquée par une bande internationale de bureaucrates qui perdaient les pédales dès qu'ils se sentaient tant soit peu dépassés ?

Ces deux hypothèses lui firent hausser les épaules. Quelle grippe serait assez terrible pour que les Anglais refusent même l'entrée sur leur territoire à la victime d'une crise cardiaque ? *Mais ce passager était déjà malade !* corrigea Holland par-devers lui. *Nous risquons tous d'être contaminés !*

La perspective de voir tout un 747 placé en quarantaine était absolument sans précédent. Quel que fût le virus porté par Helms, elle le rendait à elle seule effrayant. Et puis, il y avait le fait qu'ils ne savaient toujours pas où ils se poseraient, ni qui le déciderait.

Il ressortit, traversa le pont supérieur, descendit l'escalier en colimaçon. Il se sentait écœuré, d'autant que sa dernière conversation avec le sol n'avait rien eu pour le rassurer sur le sort de son équipage.

Parvenu en bas de l'escalier, Holland stoppa et se fit intérieurement la morale. Ces idées étaient intolérables : c'était un avion de Quantum, un équipage Quantum. La responsabilité de la compagnie était engagée et le cadre auquel il venait de parler au téléphone avait brisé la carrière de plus d'un pilote ayant tenté de se montrer imaginatif sans avoir eu l'aval de la direction. Sur la dernière marche, il en vint à la conclusion qu'il ne pouvait rien faire d'autre qu'attendre les instructions.

Quand il traversa une partie de la cabine en se dirigeant vers l'arrière, des dizaines d'yeux se braquèrent sur lui. Le corps de Helms, transporté derrière les derniers rangs de la classe affaires, était caché sous une couverture. Brenda Hopkins se tenait debout à ses côtés, épuisée, immobile, mais elle fit mine d'aller vers lui quand il s'approcha. Instruit de sa conduite exemplaire, il passa un bras autour de ses épaules et la réconforta ainsi un instant avant de l'entraîner derrière les rideaux des sièges de service. Là, loin des regards indiscrets, elle posa sa tête contre la veste du commandant et se mit à pleurer doucement. La dernière digue avait lâché, après une telle épreuve. Il savait qu'elle s'était exposée à la contamination, mais elle avait besoin de son soutien.

— J'ai fait tout ce que j'ai pu..., commença-t-elle entre ses larmes.

Il ne voulut pas la laisser poursuivre :

— Je sais. Je sais ce que vous avez fait. Je suis fier de vous. Peut-être qu'il aurait pu s'en tirer s'ils nous avaient laissés atterrir à Londres.

Barb Rollins, la chef de cabine principale, surgit soudain près d'eux. Elle attendit que Brenda ait relevé sa tête pour demander où on en était. Il les conduisit dans la cuisine des premières classes, tira les rideaux et leur dépeignit la situation. En apprenant que trois États avaient déjà refusé de les laisser se poser, Barb ouvrit des yeux comme des soucoupes :

— Quoi, quelqu'un nous aurait fait courir le risque d'attraper une mégagrippe ? Mais ce serait quoi, ce virus pas possible ?

Son accent new-yorkais poussant sa voix vers des aigus inquiétants, Holland leva une main pour la modérer :

— Ce n'est sans doute qu'une précaution. Ils doivent tous exagérer. Nous allons tirer ça au clair. Mais en attendant, je ne peux pas... je ne peux pas raconter aux passagers des choses dont je ne suis pas certain.

— Mais ils demandent tous des explications !

insista Barb. Vous avez seulement annoncé que nous attendions l'autorisation d'atterrir. Pratiquement tout le monde à bord sait que ça ne prend pas si longtemps, d'habitude ! Et ils savent aussi que Francfort ne se trouve pas au bord de la mer ! Ils se doutent de quelque chose, et ils ont appris que le type y est resté. Et puis aussi, James... Beaucoup savaient qu'il était déjà malade en montant à bord.

Holland se frotta le front et ferma les yeux avant de rétorquer :

— Mais si je fais ne serait-ce qu'allusion à ce qui se passe réellement, au moins une douzaine de passagers vont tomber sur-le-champ malades... de frousse !

— Alors, tu veux leur mentir ? demanda-t-elle d'une voix beaucoup trop forte.

Il lui fit signe de se calmer et vérifia si personne ne se tenait près des rideaux.

— Non, ce n'est pas ce que je veux. Mais je ne peux pas non plus leur annoncer que pour l'instant nous n'avons nulle part où aller, ni que la direction est tellement larguée qu'elle ne propose pas de solution, ni que... qu'ils ont peut-être été en contact avec un très mauvais virus contre lequel personne n'a été vacciné, un virus assez atroce pour avoir conduit trois États à rejeter un avion civil en détresse.

— Il faut bien que tu leur dises quelque chose. Et vite.

Le rideau de droite s'ouvrit alors. Un Noir américain de haute taille, dont la chevelure argentée accentuait l'air distingué, glissa la tête à l'intérieur, les yeux fixés sur Holland.

— Excusez-moi de vous interrompre, commandant. Je suis Lee Lancaster. Mon assistante m'a dit que vous désiriez me parler.

Sans perdre un instant, Barb prit Brenda dans ses bras et lui fit quitter les lieux tandis que Holland s'avançait vers le nouveau venu en lui tendant la main.

— Oui, monsieur l'ambassadeur, c'est exact.

— Rachael m'a expliqué ce qui se passait. Du nouveau ?

Ils s'accoudèrent à la desserte pendant que le pilote décrivait la confusion régnant à Dallas.

— Conclusion... ils ne savent pas qui contacter, monsieur l'ambassadeur.

— Eh bien, dit Lancaster en regardant Holland droit dans les yeux, si c'est ainsi, je m'en chargerai.

— C'est ce que j'espérais.

— Vous avez un téléphone satellite que je pourrais utiliser, dans le cockpit ? (Le pilote acquiesça.) Alors allons-y. Ce genre d'affaires doit pouvoir se régler de manière civilisée.

Amsterdam

Le directeur des aéroports des Pays-Bas raccrocha lentement en gardant les yeux fixés sur le mur. Il souhaitait de tout cœur que personne ne lui demande pourquoi son visage était devenu gris. Il était en train d'imaginer l'échantillon d'humanité qui se trouvait à bord du vol QN 66 : hommes d'affaires, enfants, épouses, amants, innocents et pécheurs. Tous réunis dans la carlingue d'un avion dont personne ne voulait sur terre.

Il regarda encore son téléphone, comme si une réponse allait enfin apparaître sur le visionneur à cristaux liquides. C'était une honte ! Les Hollandais étaient des gens charitables, tous, et lui comme les autres. Comment pouvaient-ils refuser l'asile à deux cent quarante personnes ou plus qui n'avaient besoin que d'une simple mise en observation médicale ?

— Alors, quel est le verdict ?

Le chef du contrôle aérien d'Amsterdam était venu

vers lui discrètement. Sur les écrans, le vol QN 66 était en train de devenir une obsession qui clignotait au-dessus de la mer à quatre-vingt-dix kilomètres à l'ouest. Chacun des contrôleurs présents brûlait de le faire revenir.

Le directeur secoua tristement la tête sans lever les yeux :

— Le gouvernement dit non. Tant que nous ne savons pas à quel point cette maladie est dangereuse, nous ne pouvons pas les autoriser à se poser.

— Et donc ?

Le directeur le regarda enfin en face :

— Nous avons demandé à la Belgique, au Danemark, à la Suède... (Il ébaucha un geste dépité à l'adresse du plafond.)... Tous nos chers partenaires de la CEE... tous, sans exception. Ils exigent tous des réponses claires des Allemands, et ne reçoivent que de sombres mises en garde. Personne ne veut d'une épidémie massive chez soi.

— Mais ces gens doivent bien aller quelque part !

Il hocha la tête :

— Je le sais bien, Hans. Grand Dieu, je le sais bien, mais visiblement, ce ne sera pas sur ce continent.

Il tourna les yeux vers la fenêtre située juste face au couchant. Le soleil avait disparu depuis longtemps ; il ne restait qu'une galaxie de lumières scintillantes, traversée de temps à autre par les feux d'un avion en approche finale.

— C'est aux autorités américaines de leur trouver une destination, finit-il par constater.

— Est-ce que nous pouvons au moins les ravitailler en carburant ?

Le directeur secoua à nouveau la tête :

— Ce serait une décision politique. Les ordres sont clairs et nets : l'appareil n'est pas autorisé dans l'espace aérien hollandais. Ils ont si peur de cette grippe bizarre qu'ils craignent même que l'atmosphère puisse être contaminée par l'air de la cabine expulsé par le système de pressurisation. Ça ne s'est jamais vu ! On m'a même dit... (Il eut encore un geste effaré.)... On m'a même dit que deux chasseurs ont été envoyés sur eux, pour être certains qu'ils resteraient là où ils sont. Vous parlez d'une mobilisation humanitaire, hein ?

Le chef du contrôle aérien inclina la tête en se grattant le cuir chevelu avec une nervosité que le directeur comprenait parfaitement.

— Ne vous inquiétez pas, Hans. Je vais le leur annoncer moi-même.

— Non, j'étais en train de calculer leur autonomie. A mon avis, ils pourraient atteindre le Canada avec ce qui leur reste de carburant, en tout cas l'Islande ou le Groenland. Ce sont les seules pistes à l'ouest, pour eux, d'après moi.

— Dans ce cas, ils feraient mieux d'y aller en secret.

Jetant un regard surpris à son supérieur, le chef du contrôle aérien vit que celui-ci était tout à fait sérieux :

— Mais pourquoi ?

— Parce que le Canada, le Groenland et l'Islande ont eux aussi dit non.

CHAPITRE 7

QG de la CIA, Langley, Virginie.
Vendredi 22 décembre, 14 h 30 (19 h 30 Z)

Le vice-directeur Jonathan Roth entra dans la petite salle de conférences comme il le faisait toujours : en examinant les alentours d'un regard soupçonneux par-dessus ses lunettes en demi-lune et en serrant contre lui un dossier bourré à craquer, couvert de mentions confidentielles. Avec son nœud papillon, son air compassé et son corps dégingandé, il faisait penser, selon la description d'un collaborateur depuis longtemps parti vers d'autres cieux, à un professeur d'Oxford expatrié, réduit à intimider les étudiants mal dégrossis du Nouveau Monde.

Roth posa sa charge sur la table d'acajou et observa l'assistance d'un air plus que revêche. Il était exaspéré d'avoir été dérangé dans sa journée de travail par une crise où la Compagnie n'occupait même pas le premier plan. Mais il n'avait pas le choix : l'ordre donné à l'Agence d'intervenir était venu du secrétariat de la Maison-Blanche, à la suite du branle-bas de combat déclenché par le Département d'État.

Il désigna les chaises d'un geste laconique. Les présents, trois hommes et une femme, dont deux analystes politiques qui venaient d'être convoqués d'urgence, y prirent place. La lumière rouge au-dessus de la porte fermée s'alluma. La spécialité de Roth était le terrorisme moyen-oriental mais, son supérieur hiérarchique ayant été transporté à l'hôpital dans le coma, il ne lui restait plus qu'à prendre sa relève.

— Je pense, commença-t-il en retirant ses lunettes, que vous avez tous été briefés à propos de ce QN 66. Exact ?

Tout le monde approuva, non sans parfois échanger de discrets regards. Roth avait la réputation de ne pas être commode, et il ne manquait pas d'histoires à Langley sur la furie méprisante dont il pouvait accabler des fonctionnaires coupables de la moindre bévue.

— Parfait. Dans les soixante prochaines minutes, nous devons donc résoudre les questions suivantes : Un, de quel type de grippe ou de quel autre virus s'agit-il exactement ? Deux, quel danger représente-t-il réellement ? Trois, quelles sont les caractéristiques de cette grippe, si grippe il y a, en termes d'incubation, de symptômes, de pathologie, de contamination potentielle, etc. ? (Ils prenaient tous consciencieusement des notes quand Roth fit un geste pour attirer leur attention :) De plus, je veux savoir qui est le principal expert d'un tel virus dans ce pays, et aussi si quelqu'un de chez nous est capable de nous dire si le système d'aération d'un avion commercial est susceptible de le laisser se propager.

Un des participants, un jeune homme brun aux mâchoires carrées de joueur de base-ball, leva le doigt. Roth lui adressa un signe du menton :

— Vous parlez pour tout le groupe, c'est bien ça, Mark ? demanda-t-il.

— Oui, monsieur, répondit Mark Hastings.

Un autre homme, visiblement de moindre rang dans la maison, eut un sourire intérieur tout en se forçant à garder un visage impassible. *Encore du cinéma,* se dit-il. Tout le monde savait que Hastings était depuis longtemps un fidèle poisson pilote de Roth quand il avait été nommé au département des projets. Alors, pourquoi ces simagrées ?

— Voici ce dont nous disposons pour l'instant, monsieur, était en train d'annoncer Hastings. La personne supposée avoir été infectée est bien ce passager décédé à bord il y a environ deux heures, semble-t-il d'une crise cardiaque. C'était un professeur américain du nom de Helms. Le ministère allemand de la Santé a été informé ce matin, heure européenne, que deux jours auparavant cette personne était entrée par mégarde en contact avec un citoyen allemand infecté par ce qu'ils appellent un virus de grippe humaine. D'après leur version des faits, il s'agirait d'un employé d'un laboratoire de recherche des établissements Hauptmann qui avait été placé en isolation après avoir été contaminé. Il a perdu la raison et s'est enfui. Il aurait repassé le virus à Helms en essayant de s'emparer de sa voiture de location garée non loin de là. Quand le professeur a repris sa route, les laboratoires Hauptmann ont lancé, avec l'approbation du gouvernement, des recherches à travers tout le pays, mais Helms est passé à travers leurs filets et s'est retrouvé sur ce vol. Et là, il a eu une crise cardiaque.

Roth se pencha en avant :

— C'est impensable ! Ils paniquent à cause d'une grippe ? Ils mettent un type en quarantaine et il s'échappe ?

Hastings secoua la tête en souriant :

— Nous n'en croyons pas un mot nous non plus, monsieur, mais cela demeure la version officielle.

— Et cette crise cardiaque ? En était-ce vraiment une, ou bien ce professeur est-il mort de cette soi-disant grippe ?

Hastings fit encore un signe dubitatif :

— Nous n'en savons rien. Le corps est toujours dans l'avion. En tout cas, les Allemands affirment que cette grippe a pu être la cause de l'arrêt cardiaque. Il est impossible de se prononcer avant d'avoir procédé à une autopsie.

Jonathan Roth se rejeta contre son dossier et se caressa le menton en dévisageant les participants l'un après l'autre.

— Et si quelque chose de vraiment mortel est sorti de ce laboratoire ? Qu'est-ce qu'ils vont faire dans ce cas, on le sait ?

Un analyste expliqua que ce centre venait juste de commencer des recherches sur des antibiotiques et des vaccins.

— Ce qui signifie qu'ils doivent tripoter tout un tas de cultures vivantes et de virus, grommela Roth.

— Oui, monsieur, approuva Hastings, mais ils ne font que commencer. Ce centre n'a pas encore été officiellement ouvert, mais on nous dit que par la suite ils seront capables de mener des recherches sur des agents pathogènes allant jusqu'au niveau quatre.

Roth acquiesça sans un mot et désigna le groupe d'un geste circulaire :

— Vous savez tous ce dont il s'agit, non ? (Seul un des assistants omit de hocher la tête. Il expliqua alors :) On désigne ainsi des maladies infectieuses, en général d'origine virale, avec un très fort taux de cas mortels et pratiquement pas de parade possible, ni vaccin, ni traitement.

— Virus de Marburg, ou fièvre Ebola, par exemple, proposa Hastings.

Roth reprit :

— S'ils travaillent sur ce genre de choses, il est possible qu'un virus assez effrayant ait échappé à leur contrôle. (Se tournant vers Hastings :) Pourrait-il s'agir d'un microbe militaire, Mark ? Qui serait sorti d'un laboratoire et dont ils ne veulent pas que nous apprenions l'existence ?

Hastings, hésitant, regarda cette fois son supérieur droit dans les yeux :

— Il n'y a pas moyen de le savoir encore. Nous interrogeons toutes les sources possibles. Ils peuvent dissimuler quelque chose, mais il est aussi possible que Hauptmann ne leur dise pas toute la vérité.

— Alors, votre avis ?

Hastings considéra le reste du groupe, avec lequel il avait fait le point avant l'arrivée de Roth et dont il était maintenant de facto le porte-parole :

— Nous pensons en effet qu'ils ont perdu le contrôle de quelque chose. D'après moi, le gouvernement allemand le soupçonne aussi, mais ils n'ont pas de preuves tangibles. Est-ce que l'armée allemande menait des recherches illégales ? (Il leva les mains, paumes grandes ouvertes :) Je peux vous assurer que les responsables du ministère allemand de la Santé sont morts de trouille. Et leur réaction prouve qu'ils pensent vraiment à pire qu'une simple grippe. (Il poussa sur la table un petit tas de feuilles marquées du tampon SECRET.) A propos d'épidémies majeures, ou pandémies, voici ce qui a été rédigé l'an dernier. C'est la panique causée par l'Ebola-Zaïre qui l'a suscité. Il y est question de prévoir les conséquences possibles de la propagation d'un agent pathogène de niveau quatre dans l'avenir. Ce sont des spécialistes de notre armée qui l'ont préparé, et c'est à vous flanquer des cauchemars !

— Est-ce que nous avons un nom pour cette... hmm... nouvelle forme de grippe ? interrogea Roth en feuilletant le rapport.

— Pas le moindre, monsieur. Il va falloir les travailler au corps pour qu'ils nous parlent franchement et avoir une idée de ce qui est réellement en cause. Pour l'instant, ils n'ont fait qu'essayer de limiter la casse, si bien que personne là-bas n'a eu le temps de penser à ce qu'il faudrait faire dans le cas où ils ne pourraient pas contenir une épidémie. Le moment est venu de les mettre en face de cette éventualité.

Roth approuva, puis :

— Mais finalement ils ont changé d'avis et refusé de laisser l'avion revenir en Allemagne. Pour quelle raison ?

— Nous pensons, répondit Hastings en jaugeant le reste du groupe du regard, que cela prouve à quel point ils ont peur. Car c'était certainement une décision prise en haut lieu à Bonn, et en y renonçant, ils se sont débrouillés pour semer la panique parmi les autres gouvernements européens.

— Et c'est pourquoi cet avion continue à tourner au-dessus de la mer du Nord, sans nulle part où aller, conclut Roth.

— Monsieur, poursuivit Hastings, permettez-moi d'insister sur le fait que le ministère allemand de la Santé, et pour être plus précis un certain Zeitner, nous dit que selon eux la période d'incubation de ce microbe serait de quarante-huit à soixante heures. Ce qui est très surprenant. On n'a pratiquement jamais vu un virus aussi rapide ! Si le professeur Helms en est une victime, si c'est véritablement ce virus qui a provoqué sa mort, alors il faut garder en tête que seulement cinquante et une heures se sont écoulées entre son éventuelle contamination et son décès dans l'avion...

Roth reposa le rapport, retira à nouveau ses lunettes, se frotta les yeux :

— D'accord. Et la question de l'air de la cabine ? Dans le cas où ce passager aurait été contaminé, est-ce qu'il a mis en danger tout le monde à bord, y compris ceux qui ne l'ont pas touché ?

Il baissa la tête, puis la releva pour regarder Hastings.

— Nous ne pouvons pas encore nous prononcer là-dessus, monsieur, mais nous avons chez nous un expert sur lequel nous essayons de mettre la main en ce moment même. C'est un ancien médecin de la Direction fédérale de l'aviation, il s'appelle Sanders, euh... (Il consulta ses notes.) Rusty Sanders, oui. Il s'est fait jeter de là-bas il y a quelques années pour avoir accusé en public les systèmes d'air conditionné des avions de propager les virus.

— La Direction de l'aviation civile le saque pour indiscipline et nous, évidemment, nous l'engageons ! constata Roth d'un ton aigre, en affectant un air surpris.

— Mais il connaît sa partie, monsieur, assura Hastings.

— Il a intérêt, prévint son supérieur. Il a bougrement intérêt.

A bord de QN 66. 20 h 45 (19 h 45 Z)

En saisissant le combiné de l'interphone de cabine, James Holland hésita un moment, se demandant ce qu'il allait dire à ses passagers. Une heure auparavant, tandis que l'ambassadeur Lancaster menait en chuchotant dans le téléphone satellite une partie serrée avec les hommes du Département d'État à Washington, le pilote avait essayé de leur dire la vérité, jusqu'à un certain point. En effet, avait-il expliqué à la cabine, le passager victime d'une crise cardiaque était décédé. Et ils ne prévoyaient plus pour l'instant de retourner à Francfort mais demeuraient en attente au-dessus de la mer du Nord. La raison, avait-il avancé, était que ce décès aux causes encore inconnues, au-dessus des eaux internationales, provoquait un charivari diplomatique impliquant plusieurs pays. Pendant qu'il parlait, Holland avait entendu à travers la porte du cockpit les exclamations indignées des occupants du pont supérieur. Ces absurdités bureaucratiques les bloquaient dans les limbes alors que les diplomates faisaient la liste des destinations possibles. Et ils n'avaient plus assez de carburant pour aller jusqu'à New York, avait-il prévenu. Mais il n'avait pas dit un mot sur le virus, ni sur une éventuelle quarantaine.

Désormais, c'était inévitable. Les deux cent quarante-cinq passagers commençaient à exiger que des mesures soient prises. Holland connecta donc l'interphone et plaça le micro devant sa bouche.

« Mes amis, ici votre commandant, James Holland. »

Il jeta un coup d'œil à Dick Robb. Quand il lui avait résumé ce qu'il s'apprêtait à déclarer aux passagers, celui-ci n'avait pas soulevé d'objections. En fait, il était resté passif.

« Pardonnez-moi de vous tenir ainsi en haleine, et excusez-nous pour ce retard tout à fait exceptionnel. Je... Notre situation appelle des explications claires. Maintenant, je vous demande de m'écouter attentivement. Il y a un moment, je ne vous ai pas donné un tableau complet parce que, franchement, je n'étais pas certain d'y croire moi-même. Comme je vous l'ai dit, nous sommes au cœur d'un charivari diplomatique, mais ce n'est pas pour la raison que j'ai avancée tout à l'heure. Quand nous avons quitté Francfort, les autorités allemandes nous ont fait savoir, à nous et aux autres gouvernements européens, que l'un des passagers embarqués à Francfort avait été exposé sans le savoir à un nouveau type de virus grippal. Cela signifie, et j'en suis désolé, que nous allons sans doute devoir être placés en quarantaine. Nous tous. Pour combien de temps, des heures ou des jours, je n'en sais rien. Croyez-moi, cela ne relève pas de moi. Vos pilotes viennent d'essayer en vain d'obtenir l'autorisation d'atterrir à Londres, puis à Francfort, puis à Amsterdam. Le Département d'État américain a pris maintenant la question en main et recherche la meilleure solution pour que nous nous posions. Nous avons déjà consommé trop de carburant en volant en rond à basse altitude pour rejoindre New York sans refaire le plein, donc nous allons inévitablement atterrir quelque part d'ici peu de temps. Personnellement, j'ai l'impression que tout cela provient d'un excès de précautions aberrant, mais le fait est là : pratiquement tous les responsables officiels à terre estiment que nous sommes tous exposés à ce mystérieux virus et, tant qu'ils auront cette idée en tête, nous dépendrons pour l'essentiel de leurs décisions. »

Il observa une pause pour réfléchir. En bas, dans la cabine, tout le monde ou presque attendait en silence la suite. Partout, ce n'était que pupilles écarquillées et regards incrédules. Près de la porte 2 L, Brenda Hopkins étendit une main tâtonnante pour ouvrir le siège pliable et se laissa glisser dessus, le cœur battant. Le souvenir de sa bouche sur celle d'Ernest Helms devenait un sinistre et inutile sacrifice : quelle qu'ait été sa maladie, elle était désormais certaine de l'avoir attrapée.

La voix du commandant de bord s'éleva à nouveau :

« Tout dépend donc de ce que les responsables de la santé publique auront décidé. Allons-nous vers trois ou quatre jours de quarantaine, ou plus, je ne peux vous le dire. Je sais parfaitement que beaucoup d'entre vous ont des agendas chargés, et que personne n'a envie de rater un Noël en famille à cause de tout cela, mais tant que nous n'aurons pas pu résoudre cette affaire, il faudra malheureusement s'armer de patience.

Je sais aussi très bien que nous désirons tous rester en bonne santé, et que vous voudriez, tout comme moi, avoir bien plus d'informations sur ce mystérieux microbe, savoir s'il est dangereux ou pas. Même si je ne suis pas en mesure de vous répondre pour l'instant, je vous promets de vous tenir au courant au fur et à mesure. En attendant, puisque j'ai été absolument franc avec vous, j'espère, et même j'attends en retour, que chacun d'entre vous s'abstiendra de s'abandonner à la panique, ou aux exagérations, ou à des suppositions sans fondement. »

La sonnette d'appel se mit immédiatement à retentir dans un brouhaha d'exclamations et d'interrogations angoissées, certains passagers se levant d'un bond sous le coup de la surexcitation. De tous les postes de la cabine, les membres de l'équipage se mirent à transmettre les questions dont ils étaient assaillis. Le tumulte parvint jusqu'aux pilotes dans le cockpit. Holland rebrancha l'interphone :

« A nouveau votre commandant. S'il vous plaît, ne harcelez pas mon équipage avec des questions auxquelles il ne peut pas répondre. Vous en savez autant que lui pour l'instant. Équipage, merci de me contacter sur la ligne de service pour un rapide briefing. »

Il porta l'écouteur à son oreille, attendant que les interphones des dix portes, du pont supérieur et du poste-repos se connectent.

— Bon, vous m'écoutez tous ? J'ai tout dit aux passagers, tout sauf une chose : la personne exposée à ce virus, c'était Helms, mais nous ne savons pas si la cause de sa crise cardiaque était celle-là. Quelqu'un d'autre pourrait tomber malade pendant que nous sommes encore en vol. Si vous voyez un passager manifester des symptômes anormaux, prévenez-moi, mais *discrètement.* Il faudra alors le séparer du reste de la cabine aussi vite que possible.

— Et où, *captain ?*

Trois hôtesses avaient posé la question en même temps.

— Au poste-repos. Là, il sera en isolation complète. Faites appel aux services de ce médecin suisse, mais d'abord vérifiez s'il est ou s'ils sont vraiment atteints.

— Commandant, ici... ici Brenda, au 2 G. Je me suis terriblement exposée. Et le docteur Turnheir, le médecin suisse, lui aussi. Nous avons tous les deux fait du bouche-à-bouche au professeur Helms...

James Holland entendit sa voix s'éteindre sous une montée d'angoisse.

— Brenda, nous ne savons même pas si ce virus est réellement dangereux. Mais bon, il serait peut-être préférable de transporter le corps de Helms au poste-repos, et d'y installer aussi ceux qui... euh... se sont occupés de lui.

— Avec lui, dans le poste-repos ? répéta Brenda.

Barb Rollins intervint sur la ligne :

— James, OK pour mettre Helms au poste-repos, mais plaçons plutôt Brenda et le docteur au pont sup, non ?

Holland hocha la tête :

— Tout à fait, Barb. Bonne idée. Brenda, je vous tiendrai au courant dès que j'aurai du nouveau, mais n'oubliez pas qu'il peut parfaitement s'agir d'une fausse alerte.

Au moment même où Dick Robb remarquait des feux de position arrivant vers eux de l'ouest, le téléphone satellite sonna. Holland décrocha.

— QN 66 ? Ici les opérations à Dallas.

— Ici QN 66, répondit le pilote.

— OK, je crois que nous avons trouvé une solution, commandant. L'armée de l'air a été mise dans le coup après accord diplomatique. On vous envoie deux chasseurs pour vous escorter jusqu'à la base aérienne de Mildenhall.

Holland hésita. Il croyait en effet apercevoir quelque chose sur sa gauche. Il brancha les projecteurs de l'aile gauche : c'étaient des F-15 et, contrairement aux Eagles hollandais qui avaient volé un moment en leur compagnie, ces appareils portaient les cocardes de l'US Air Force.

— Mildenhall en Angleterre, exact ? demanda Holland qui savait pertinemment que cette base se trouvait à moins de deux cents kilomètres au nord de Londres.

— Je crois bien, confirma son interlocuteur. De toute façon, ils attendent que vous les contactiez sur 124. 55. Les chasseurs, je veux dire.

— Ils sont déjà là. Mais est-ce que les Anglais ont bien changé d'avis et nous autorisent à nous poser sur leur territoire ?

L'opérateur ne répondit pas sur-le-champ.

— Visiblement oui, commandant. Contentez-vous de suivre leurs instructions. L'armée de l'air vous prendra en charge dès votre arrivée à la base.

— Il faut s'attendre à une quarantaine, ou quoi ?

Un chassé-croisé de voix se fit entendre avant que l'interlocuteur de Holland ne revienne en ligne :

— Euh, nous ne connaissons pas leurs plans. Tout ce que nous voulons, c'est vous faire atterrir. Contactez-nous dès que vous serez là-bas.

Holland le remercia et raccrocha, soulagé de constater que Dick Robb avait suivi toute la conversation sur son interphone. Ce dernier opina du chef et composa aussitôt la fréquence requise :

— QN 66 sur un-vingt-quatre-point-cinq-cinq.

— Roger, 66, ici Fox Un, sur votre aile gauche. Débranchez maintenant votre transpondeur, s'il vous plaît, et suivez-nous. Vous vous identifiez uniquement en tant que Fox Trois, bien compris ?

— Roger... J'en déduis que nos hôtes n'approuvent pas vraiment notre visite ?

Robb regretta d'avoir glissé cette remarque en constatant qu'un silence s'établissait sur la ligne. Après tout, ces gars-là étaient des pilotes qui obéissaient aux ordres, tout comme lui.

— Euh... Le général de brigade est prêt à s'entretenir avec vous maintenant, monsieur. Donc, merci de rester sur cette fréquence et de ne parler à aucun centre de contrôle aérien. Nous allons amorcer un virage à gauche et commencer la descente. On va y aller tranquille pour vous, donc, contentez-vous de rester sur mon aile.

Les deux chasseurs commencèrent à virer, puis à descendre posément, comme promis, par égard pour le gigantesque 747. Holland débrancha le pilote automatique pour les suivre.

— Vous saisissez ce qui se passe ? demanda-t-il à un Dick Robb soudain tout excité.

— Bien sûr, ils nous font atterrir en douce !

Holland acquiesça :

— Oui, et à moins que les Anglais n'aient donné leur accord, nous ne sommes pas sortis de l'auberge.

Du salon des premières, Lee Lancaster avait remarqué des lumières sur la gauche, sans savoir réellement de quoi il retournait. Et puis les deux avions apparurent soudain dans les faisceaux de lumière, vision d'autant plus réconfortante que les insignes de l'US Air Force se détachaient bien sur leur fuselage. *Mais pourquoi des F-15 ?* se demanda-t-il. Il ne restait plus de bases américaines aux Pays-Bas, et il n'y en avait que quelques-unes en Grande-Bretagne, sous administration conjointe. Des Eagles ne pourraient pas rejoindre l'Islande ou le Canada sans un avion ravitailleur. Et puis, à quoi bon une escorte militaire alors que personne ne leur avait tiré dessus ?

A moins que... A moins que certains finauds au Pentagone n'aient décidé de s'embarquer dans une folie et de damer le pion aux Anglais. Se mordillant un ongle, il regarda la formation virer sur la gauche, et devina aussitôt que leur appareil allait les suivre.

En une minute, il s'était levé pour se retrouver devant la porte du cockpit, à laquelle il frappa aussi discrètement que possible. Elle n'était pas fermée. Il passa la tête :

— C'est moi, commandant. Est-ce que ces chasseurs nous conduisent en Grande-Bretagne ?

Holland se tourna un peu, fit un signe affirmatif et revint à ses commandes. Fermant la porte derrière lui, Lancaster vint s'asseoir sur le siège devant la console centrale.

— Et les Anglais sont d'accord ?

Holland commença à faire non de la tête et allait répondre quand Robb prit les devants :

— Aucune importance, monsieur l'ambassadeur. Nous nous glissons à la base de Mildenhall déguisés en troisième F-15 qui aurait pris quelques kilos...

Lancaster n'apprécia pas cette tentative de plaisanterie. D'un air préoccupé, il se tourna vers Holland :

— Vous réalisez que si nous nous posons sans leur permission nous allons provoquer un incident diplomatique de premier ordre ?

Holland se tourna à nouveau vers l'ambassadeur :

— Je n'ai pas le choix. Ma compagnie nous a ordonné de suivre ces instructions. Pourquoi y aurait-il un problème alors que l'armée de l'air a tout arrangé ?

— Mais parce que Mildenhall est une base britannique avec laquelle nous avons un accord d'utilisation... Nous ne sommes pas les patrons, là-bas ! J'ai comme l'impression que quelqu'un, au Pentagone, a voulu jouer au petit héros. En traitant de cette façon un problème diplomatique, on le multiplie par cinquante... Puis-je utiliser encore une fois votre téléphone satellite ?

— Autant que vous voudrez, monsieur.

Lancaster saisit l'appareil et se mit à composer un numéro.

— ... Lee, si vous voulez bien.

Holland, dont l'attention avait été attirée ailleurs, releva les yeux :

— Quoi ?

— Moi c'est Lee, vous, James. OK ?

— D'accord... euh... Lee. Merci.

— Inutile de faire des cérémonies, non ? Nous allons devoir passer un bon moment ensemble... Surtout si nous atterrissons quelque part sans permission.

Base aérienne de Mildenhall, Grande-Bretagne

Le général de brigade commandant l'escadre américaine de la base de Mildenhall, qui distribuait ses ordres depuis vingt minutes, se sentait de plus en plus inquiet. Deux heures auparavant, il avait entendu l'histoire de l'avion de Quantum sur CNN, sans que l'idée l'effleure qu'il puisse s'y retrouver mêlé. Et puis, soudain, la ligne rouge avait sonné le branle-bas de combat : un général à trois étoiles du Pentagone, visiblement surexcité, lui avait demandé sans préambule s'ils disposaient d'assez d'équipement militaire de protection antibactériologique pour s'occuper d'un 747 rempli de passagers.

Après un rapide calcul mental, il avait répondu par

l'affirmative. Dix minutes plus tard, le sergent-chef chargé de ce secteur avouait le contraire d'un air torturé, mais il était alors déjà trop tard pour faire machine arrière. Tandis que deux Eagles décollaient pour une mission spéciale, un immense hangar était dégagé et une centaine d'officiers et de soldats se voyaient enjoints de revêtir les combinaisons protectrices qu'ils n'avaient jamais sortis depuis l'époque de l'opération Tempête du Désert. Le plan exposé par le général de brigade était le suivant : faire entrer le 747 aussi loin que possible dans le hangar, installer une passerelle isolée au mieux par un rideau plastifié, et se servir de l'avion lui-même comme zone de quarantaine en attendant que les spécialistes du contrôle épidémiologique rendent leur verdict. Le médecin de l'armée de l'air en charge de l'hôpital de la base, rien moins qu'un colonel, avait confirmé que seuls certains types de virus pathogènes présentaient des difficultés. Et le général avait mis en garde tout son monde :

— Personne à la Royal Air Force ne doit apprendre ce qui se passe ici, sous aucun prétexte. C'est une opération strictement US.

Centre de contrôle aérien, Londres

Son superviseur installé juste à côté de lui, le contrôleur aérien chargé de la zone de la mer du Nord entre Amsterdam et la Grande-Bretagne se pencha d'abord sans y croire sur son écran, observant une formation de F-15 américains approcher de la côte orientale.

— Tu es sûr? interrogea le superviseur.

— Pratiquement. Ils auraient dû normalement se trouver à la limite de ma zone, mais brusquement les données ordinateur ont changé pendant que je regardais le QN 66 en attente, et puis les deux Eagles qui entraient dans la zone de contrôle hollandaise ont changé de trajectoire, retour sur Mildenhall ; maintenant j'ai le 747 très clair, et il a l'air de virer sur la gauche avec les F-15.

— Et tu leur as donné le feu vert ?

— Oui, mais ils ne sont pas seuls. Ils essaient de le faire passer avec eux, les connards.

Le superviseur se leva d'un bond, bouche bée.

— C'est incroyable !

— Qu'est-ce que je fais ? demanda le contrôleur.

— Eh bien... joue le jeu pendant que j'essaie de joindre quelqu'un. (Et il disparut en marmonnant sans pouvoir s'arrêter :) Incroyable, incroyable !

CHAPITRE 8

QG de la CIA, Langley.
Vendredi 22 décembre, 15 h 00 (20 h 00 Z)

Passant une main sur sa tempe tout en tenant le combiné téléphonique de l'autre, Jonathan Roth considérait d'un air pensif la surface d'acajou de son bureau. Mark Hastings, qui n'avait pas répondu à son geste d'invite, restait debout devant lui, tel un soldat discipliné, pendant que son supérieur attendait que le fonctionnaire de la Maison-Blanche reprenne leur conversation.

— Oui, je suis toujours là ! Mais bon sang, quel est notre interlocuteur dans cette histoire ? Vous ? Le Président ? Le Pentagone ? Le Département d'État ? Nom d'un chien, qui ? (Il hocha la tête à plusieurs reprises, attrapant une feuille de papier et la tendant à Hastings auquel parvenait vaguement l'écho de la voix à l'autre bout du fil.) Donc c'est le Département d'État, hein ? (Couvrant de sa paume le bas du combiné, il leva les yeux vers Hastings.) Bon Dieu, Mark, asseyez-vous ! Vous me mettez sur les nerfs. (Il revint à sa conversation.) Quoi, quelle bagarre ? (Il approuva encore de la tête, gribouilla quelques notes et raccrocha en revenant à Hastings.) Bon, voici le dernier point de la situation. Visiblement, le Pentagone est en train de faire poser l'avion subrepticement sur une base au nord de Londres, sans autorisation des Britanniques. Au Département d'État, ils prétendent qu'ils ne connaissaient rien de ce plan et qu'ils ont été mis dans le coup par un ambassadeur américain qui se trouve sur ce vol. En ce moment, le secrétaire d'État adjoint est en train de remuer ciel et terre pour joindre le Président et le convaincre d'ordonner à l'armée de l'air d'arrêter cette manœuvre avant de déclencher une mini-guerre. Mais pour l'instant c'est vers nous qu'ils se retournent tous, en nous demandant de leur dire sur-le-champ, oui, *sur-le-champ,* quel danger ce virus représente réellement.

— La vache ! lâcha Hastings.

— C'est... c'est un commentaire comme un autre, il faut croire, répliqua Roth. Mais le fond de l'affaire, c'est qu'ils nous attendent, nous. Ils veulent savoir à quel point on doit flipper. Voilà. Et donc, Mark, à quel point flippons-nous ?

Il se pencha en avant, affectant une expression interrogative.

— Eh bien..., commença Hastings.

Mais une autre voix s'éleva derrière lui de manière impromptue :

— Comme des bêtes, malheureusement, si nous parlons d'un virus de niveau quatre !

Mark se tourna pour voir apparaître un homme de taille moyenne, vêtu d'un costume fripé, une cravate rouge négligemment nouée autour de son col de chemise déboutonné. Il parlait sur un ton très amical :

— Pardonnez-moi de surgir ainsi, monsieur Roth, mais on m'a dit que vous vouliez me voir de toute urgence, donc je me suis comme qui dirait précipité chez vous...

Jonathan Roth détailla l'accoutrement du nouveau venu sans déguiser sa désapprobation :

— C'en a tout l'air, oui... Vous êtes...?

Il s'avança un peu plus, la main tendue :

— Oh, excusez-moi, monsieur. Je suis le docteur Rusty Sanders, de l'étage en dessous.

Roth lui serra la main à contrecœur, puis le présenta à Mark Hastings.

— Alors, vous avez été briefé? demanda celui-ci d'un ton amène en lui rendant son salut.

Sanders désigna la porte d'un signe de tête :

— Oui, par une certaine Sherry Ellis, je crois, de votre section. Elle m'a mis au courant en m'appelant sur une ligne protégée. (Il jeta un regard circulaire sur les boiseries ouvragées, couvertes de certificats encadrés et de plaques en laiton.) Vous avez un bureau impressionnant, monsieur. Je n'étais jamais venu à cet étage.

Roth se pencha pesamment en avant :

— Nous ne vous avons pas fait venir ici pour vous faire apprécier le décor, docteur. Nous avons besoin de réponses immédiates, et absolument fiables bien entendu.

Sanders continua à regarder autour de lui en répondant :

— Compris, monsieur. Donc, les Allemands racontent qu'il s'agit d'une grippe, mais ils sont tellement paniqués qu'il faut bien penser à pire, peut-être même à un niveau quatre. Même en n'ayant que le début d'un soupçon que cela puisse être aussi grave, les mesures de prudence et de prévention les plus draconiennes seraient justifiées. Moi, dans un tel cas, je n'imaginerais même pas de pouvoir laisser cet avion revenir ici.

Roth se renfonça d'un coup dans son fauteuil.

— A ce point?

Toujours debout, Sanders posa ses deux mains à plat sur le bord de la table et s'inclina un peu vers l'autre :

— Sûr. Mais là, il y a un hic, et un sérieux, encore.

— C'est-à-dire ? souffla Roth.

— Nous ne savons pas exactement de quel virus il est question ; s'il s'agit d'une grippe, s'il appartient à une catégorie connue... Il me faut une information complète sur les symptômes de cet employé du laboratoire, et sur son état actuel. Nous devons pouvoir évaluer la vulnérabilité des gens peu résistants, des personnes âgées par exemple. Au cas où ce virus serait aussi dangereux qu'on le pense, quel est le taux de mortalité ? Comment se propage-t-il ? Quelles sont ses propriétés ? Les Allemands n'en savent sans doute rien, et c'est pourquoi ils prennent le maximum de précautions, ce qui est plutôt intelligent. Mais, si j'ai bien compris, toute l'information dont nous disposons est qu'il est issu d'un nouveau centre de recherche biologique en Bavière. Et que les officiels allemands parlent de grippe, mais ont l'air de s'attendre à pire.

Mark Hastings tendit au médecin la feuille de papier qu'il tenait, guettant sa réaction. Sanders émit une sorte de sifflement en finissant sa lecture :

— Donc, ce chercheur est mort, et c'est déjà le second ?

Roth approuva :

— Nous venons juste de recevoir ça de Bonn. D'après eux, ils viennent seulement de l'apprendre.

Sanders lui rendit le feuillet :

— Bon. Nous avons donc deux patients déjà décédés, et une petite idée de la vitesse à laquelle ce virus peut se propager. Mais nous n'avons pas d'examens au microscope électronique, pas d'échantillons, pas de caractéristiques, bref, nous sommes dans le noir complet ! Ensuite, nous avons un passager supposé avoir été exposé qui meurt dans un avion, mais dont le décès pourrait n'avoir pour cause qu'une simple crise cardiaque. Les Allemands parlent de deux jours d'incubation, ce qui est pratiquement sans précédent pour un virus, même dans les cas les plus foudroyants : les virus doivent se reproduire en trouvant un accueil au niveau cellulaire, et pour ça, deux jours, c'est plus que rapide ! Enfin, s'ils disent vrai, cela va pas mal bouleverser nos idées sur la question. Conclusion ? Nous ne savons pas ce que les Allemands ont découvert, nous ne pouvons pas dire avec certitude que ce virus a tué, ou même infecté, le passager en question, et tant que nous ne saurons pas ce qu'il *est* nous ne saurons pas ce qu'il *fait*... Je veux dire, sa symptomatologie.

Son laïus achevé, Sanders croisa les bras et se replongea dans la contemplation des murs, faisant quelques pas vers un tableau représentant un paysage des temps héroïques de l'Ouest.

Roth soupira :

— Mark, vous préconisez de traiter ce virus comme un niveau quatre en attendant d'en savoir plus, c'est bien cela ?

Sanders répondit aussitôt :

— Si vous avez dit ça, Mark, vous avez raison. (Puis, se tournant vers Roth :) Monsieur, on m'a signalé qu'il pourrait même provenir de recherches militaires clandestines en Allemagne. Mais le plus effrayant, selon moi, c'est cette combinaison possible de temps d'incubation très court et de taux de mortalité très élevé. Si c'est le cas, donc si ce virus tue en trois jours avec une probabilité de soixante-dix à quatre-vingts pour cent, il y a un danger énorme qu'il se répande parmi toute la population dans n'importe quelle partie du monde.

— Oui, et donc, docteur Sanders, quelles sont les hypothèses, les risques prévisibles, et que sommes-nous censés faire ?

Roth, irrité par le regard vagabond de son interlocuteur, voulait en arriver au fait.

— Le pire serait que nous nous trouvions devant un virus pathogène ayant subi une mutation, pas du tout un virus grippal, quelque chose d'aisément transmissible par l'air conditionné d'un avion, pouvant survivre plusieurs heures dans cette ambiance, et capable de tuer en moins de quarante-huit heures. C'est sans doute pour cela que vous m'avez convoqué : je connais bien les systèmes de conditionnement d'air sur les Boeing, les Airbus, et les McDonnell-Douglas.

— Alors, un tel virus pourrait-il se propager par cette voie ?

— Théoriquement, oui, s'il peut circuler dans l'air et si les filtres ne peuvent pas l'arrêter. (Il finit enfin par s'asseoir.) Bon, maintenant, est-ce que tout le monde dans ce 747 va l'attraper ? Sans doute pas. Est-ce que les filtres du système de pressurisation sont en mesure de le bloquer ? Dans certains cas, oui, mais pas s'il s'agit d'un agent très virulent. (Il fit mine de se lever, se ravisa, et se renfonça dans sa chaise.) Conclusion ? S'il y a un virus mortel dans cet avion, qui se propage dans l'air, nous devons considérer que pratiquement tout le monde dedans est exposé. S'il est très contaminant, ceux qui n'ont pas encore été infectés le seront très prochainement, et si son taux de mortalité est très élevé nous risquons de les perdre tous.

Roth fit pivoter son fauteuil vers la fenêtre :

— C'est exactement ce que je redoutais.

Mais Sanders poursuivait, comptant sur ses doigts :

— Il nous faut une autopsie du passager décédé, il nous faut des cultures, un test animal immédiat en laboratoire, un isolement bactériologique à cent pour cent, des combinaisons, et un labo portable. Les gens de l'armée de Fort Detrick peuvent se charger de tout ça. Et au cas où... Juste au cas où il s'agirait d'un virus vraiment, vraiment contagieux et mortel, d'un véritable niveau quatre, je conseille fortement de ne pas réaliser l'autopsie sur le continent.

Roth et Hastings échangèrent un regard avant de demander ensemble :

— Où, alors ?

Sanders désigna une carte de la planète accrochée au mur, se dirigea vers elle, traçant du doigt une ligne qui montait du centre de l'Atlantique Nord et s'arrêtait sur l'Islande :

— Si je ne me trompe pas, nous avons une base là-bas, Keflavik. On devrait les amener là-bas, ou au Groenland. Dans un endroit bien froid et bien isolé. (Il se tourna vers Roth :) C'est faisable ?

Avec un nouveau soupir, Roth secoua la tête. Mark Hastings résuma alors les grands traits de l'opération Mildenhall, non sans remarquer l'expression de stupeur qui envahissait les traits de Sanders. Lequel finit par s'exclamer :

— C'est une blague ? Quoi, en Angleterre ? On peut encore arrêter ça ?

— Pourquoi ? demanda Roth.

Rusty Sanders montra la carte d'un geste :

— S'il y a un virus mortel qui se transmet par l'air dans cet avion, il ne faut surtout pas qu'il entre en contact avec l'atmosphère humide des îles Britanniques. Une épidémie commence quand beaucoup de gens sont exposés. Or, ce coin de l'Angleterre est très peuplé, et, que je sache, ils ont tous besoin de respirer !

Base aérienne de Mildenhall, 20 h 15 (20 h 15 Z)

Le sergent de garde au QG de l'US Air Force s'approcha de la fenêtre et jeta un regard intrigué sur la voiture des troupes britanniques qui venait de piler devant le bâtiment dans un hurlement de freins. Il fut encore plus surpris d'apercevoir dans la lumière verdâtre des lampadaires le commandant anglais de la base qui, après s'être éjecté du véhicule tel un diable sortant de sa boîte, se rua vers l'entrée. Bientôt, le hall résonna d'un bruit précipité de bottes cloutées.

Sans perdre son calme, le sergent informait son supérieur de cette arrivée impromptue quand l'officier britannique fit irruption et, de toute évidence très énervé, se retrouva nez à nez avec le général de brigade de l'US Air Force.

— Bon sang de bonsoir, vous vous croyez où, général ? fut son unique formule de salutation. Et n'essayez pas de me bourrer le mou !

— Commandant Crandall ! Ravi de votre visite. Un problème, peut-être ?

— Comme si vous ne le saviez pas ! Vous avez fourré la moitié de vos hommes dans des combinaisons protectrices, vous avez dégagé une demi-douzaine d'avions du hangar et de la piste d'accès, l'hôpital est sens dessus dessous... Qu'est-ce que vous préparez, une soirée ?

— Écoutez-moi...

— Nous sommes ici en territoire britannique, jusqu'à plus ample informé, et j'ai des ordres très clairs : ce 747 que vous essayez d'aider ne se posera pas ici. Compris, général ?

— David, mes ordres à moi sont de les faire atterrir sans casse, de les maintenir isolés et d'attendre de nouvelles instructions. C'est un cas d'urgence humanitaire. Je ne peux même pas imaginer que vous leur fermiez la porte au nez !

— Ce n'est pas moi qui décide, mais le gouvernement de Sa Majesté, dûment élu par le peuple, auquel j'obéis en militaire. C'est aussi simple que ça. Je suis désolé de vous contrarier, mais il y a encore quelques Britanniques pour faire la loi dans ce pays, non ?

— Mais enfin, David, au pire, cet avion a été exposé à une nouvelle forme de grippe, ce n'est pas si terrible...

— Vous l'avez vérifié par vous-même, n'est-ce pas?

— Bien sûr que non, mais...

— Eh bien moi non plus, et il n'y a certainement pas de quoi me faire douter des ordres que j'ai reçus. J'aurais cru que vos connaissances en matière de guerre bactériologique vous auraient conduit à une plus grande prudence, mais si vous le prenez ainsi cela ne regarde que vous, et... Au diable! Maintenant, je vous conseille fortement d'appeler vos chasseurs et de dire à ce 747 de dégager.

Le général de brigade secoua la tête :

— Je ne peux pas faire cela, David!

— Oh, que si! A moins que vous ne vouliez provoquer une super-crise entre nos deux pays. Vous avez quand même été assez gonflés d'envoyer deux Eagles à la rencontre d'un 747 avec l'idée de le faire passer pour un membre de leur escadrille! Complètement dingue! Les contrôleurs de Londres ont éventé cette comédie en moins d'une minute.

— Écoutez, David, nous dirigeons cette base ensemble. Il y a des traités, et ils ne sont pas faits pour les chiens. Nous pouvons faire atterrir qui bon nous semble ici, dès lors qu'il s'agit d'Américains.

Un officier britannique qui s'était tenu sans mot dire un peu en retrait de son supérieur fit alors quelques pas en avant, un émetteur-récepteur au bout du bras. Les yeux fixés sur son homologue américain, le commandant de la RAF s'en saisit, porta le micro à ses lèvres et articula :

— Ici Crandall. Stoppez-le. Tout de suite!

— Mais quel est le problème, enfin? protesta le général de brigade.

Le commandant Crandall prit tout son temps pour rendre l'appareil à son aide de camp, puis laissa tomber :

— Le problème, c'est la souveraineté. (Et, en tournant les talons :) La nôtre.

Le regardant s'éloigner, l'officier américain en ignora presque le combiné rouge que lui tendait maintenant le sergent :

— Général ? C'est à nouveau la salle des opérations au Pentagone. Ils veulent vous parler immédiatement.

Les rares villageois encore dehors à cette heure tardive ne furent pas peu surpris d'apercevoir, troublant le calme habituel d'une nuit à la campagne, la silhouette d'un gros avion volant à basse altitude en compagnie de deux appareils d'une taille beaucoup plus modeste. Holland et Robb avaient déjà repéré les lumières de la piste et commencé la check-list d'atterrissage quand le leader des F-15 les appela.

— Euh, Fox Trois, je veux dire QN 66 ? Mon chef me demande de vous prévenir qu'il y a du changement dans nos plans.

Holland jeta un regard incrédule vers le chasseur pendant que Robb se connectait.

— Répétez, voulez-vous ?

— J'ai maintenant pour ordre de vous reconduire hors de l'espace aérien britannique. On m'a dit de vous prévenir que la décision vient de Washington, et que votre compagnie allait prendre dans quelques minutes contact avec vous pour vous donner une destination précise.

— Bon Dieu, non... Encore ! explosa Robb.

A une hauteur de quinze cents pieds maintenant, Holland aperçut plus clairement encore les lignes de balises. Normalement, il n'aurait pas pu distinguer la surface de la piste, mais il y avait cette fois des lumières inhabituelles qui l'intriguèrent d'abord avant de se préciser : sur toute la longueur du tarmac, c'était une masse solide de feux rouges et bleus clignotants sous laquelle se profilaient... des véhicules !

— Eh bien, eh bien, commença-t-il d'un ton égal, ils ont complètement bloqué la piste !

Passant sur la fréquence de la base de Mildenhall, Robb entendit aussitôt une voix à l'accent américain :

— QN 66, ici tour de Mildenhall. Décrochez, commandant ! Décrochez ! Vous n'êtes pas autorisés à atterrir. La piste est fermée, bloquée. De bout en bout. Merci confirmer !

Holland opina du chef :

— Dites-lui que nous avons vu. Dites-lui que nous interrompons l'approche.

— C'est pas croyable ! murmura Robb.

Holland secoua la tête et poussa les manettes des gaz.

— Plein régime, volets sur quinze.

Les veines du cou palpitantes, Robb s'exclama d'un ton qui frisait l'hystérie :

— Mais merde, on ne va pas rester en l'air toute la nuit !

La voix du contrôleur se fit entendre à nouveau :

— QN 66 ; je répète, décrochez ! La piste est entièrement bloquée !

Holland regarda son copilote :

— S'il vous plaît, les volets sur quinze.

Dick Robb hésitait, les mâchoires serrées, essayant de retrouver son calme. Mildenhall avait été une issue qu'il voyait maintenant se refermer devant ses yeux incrédules.

Holland étendit la main droite vers la commande des volets qu'il régla sur la position requise, puis revint aux manettes des gaz. Robb fut soudain tout confus de ne pas avoir réagi à temps.

— Excusez-moi... Volets sur quinze.

— C'est déjà fait. Variomètre positif, on remonte le train.

Cette fois, il s'exécuta sans perdre de temps, et le

paysage commença à disparaître de leur champ de vision tandis qu'ils reprenaient de l'altitude derrière le leader de la patrouille. Avec un détachement qui le surprit lui-même, Holland se demanda comment, et quand, ce cauchemar allait finir. Il se dit que logiquement la situation, sur le plan du carburant, n'était pas encore critique : ils avaient encore au moins quatre heures d'autonomie, et donc des dizaines d'aéroports à leur portée. S'il le fallait vraiment, il pourrait toujours se présenter par surprise sur une piste assez longue pour poser son 747. Mais il n'arrivait pas à dissiper l'angoisse que provoquait en lui l'idée qu'ils étaient devenus des parias volants, auxquels on refusait une autorisation d'atterrissage en bonne et due forme. Une chose était de se dire que les bureaucrates, en bas, avaient perdu les pédales, une autre de reconnaître que le monde entier semblait de plus en plus les fuir comme la peste.

Et si nous arrivions tous au sol porteurs d'un virus mortel? se demanda-t-il. *De combien de temps disposerions-nous encore? Combien de temps aurais-je pour poser correctement cet avion avant de ne plus être en état de le faire?* Il releva les yeux pour vérifier si tous les indicateurs étaient normaux. A son siège, Robb gardait un silence accablé. Ils dépendaient maintenant de décisions prises ailleurs, se raisonna Holland. Par la compagnie, par le Département d'État, par le gouvernement, par qui encore? Cet appareil ne lui appartenait pas, il devait seulement le mener à bon port, et attendre qu'on lui explique comment.

Il se rappela ses débuts, au moment où il avait quitté l'armée de l'air et avait été embauché en tant qu'ingénieur de vol. A cette époque, le métier de pilote de ligne était différent : on attendait de vous que vous sachiez prendre des décisions. Les temps avaient bien changé.

James Holland mit les manettes de gaz sur automatique, ajusta légèrement sa vitesse verticale et se renfonça dans son siège. Il se sentait désespéré. Il se rappela que la compagnie devait l'appeler très bientôt sur la ligne satellite.

Au moment même où son regard se posait sur le combiné, le téléphone se mit à sonner.

CHAPITRE 9

Bonn.
Vendredi 22 décembre, 21 h 30 (20 h 30 Z)

Dans la salle de conférences du ministère allemand de la Santé, Horst Zeitner aperçut enfin, dans un coin, le fonctionnaire qui tentait frénétiquement d'attirer son attention. Écourtant sa conversation téléphonique, il raccrocha et traversa la pièce, trop épuisé et groggy pour se sentir irrité.

— Oui, qu'est-ce que c'est ?

— Monsieur, il y a quelqu'un ici avec qui vous devriez parler le plus vite possible, je crois.

— Qui est-ce ? Pourquoi ?

L'assistant saisit son chef par le bras et entreprit de l'attirer dans le vaste corridor aux plafonds hauts, mais Zeitner le repoussa d'un geste exaspéré :

— Cessez, voulez-vous ? Répondez à mes questions !

L'autre jeta un regard inquiet autour de lui puis murmura :

— L'administrateur en chef des laboratoires Hauptmann vient d'arriver chez nous. En avion. Il a des informations que vous devez écouter tout de suite.

Zeitner se redressa, une douzaine de signaux

d'alarme s'allumant dans son cerveau. Il ne pouvait en aucune façon s'agir d'une visite de routine. Il devait y avoir un problème. Il s'engagea dans le couloir, l'assistant lui ouvrant la voie.

Andrew Hauptmann, un septuagénaire à la tête d'une très grosse fortune, Berlinois jusqu'au bout des ongles avec son port distingué et son complet de grande marque, avait une redoutable réputation malgré sa frêle constitution. Mais c'est un regard à la fois pathétique et angoissé, totalement dépourvu d'arrogance, qu'il adressa à Horst Zeitner.

— Où pouvons-nous parler tranquillement ? lui demanda-t-il aussitôt.

Sa voix tremblait notablement, ce qui impressionna encore plus son interlocuteur.

Désignant son bureau, il le fit entrer et referma la porte derrière eux. Hauptmann prit la première chaise et commença sans préambule :

— Herr Zeitner, mes employés de Bavière vous ont induit en erreur. Tous vos faits et gestes, cette opération policière, l'interdiction d'atterrissage signifiée à cet avion, tout cela a été induit par des informations inexactes.

Zeitner se laissa aller dans son fauteuil, le cœur oppressé, redoutant ce qui allait suivre. Si toute cette histoire n'était qu'une fausse alerte, sa carrière était terminée.

— Que... Que voulez-vous dire exactement, monsieur ?

— Mes gens en Bavière vous ont parlé d'un virus, d'une sorte de... grippe, c'est cela ? (Zeitner approuva.) Ils étaient paniqués, Herr Zeitner, ils ont émis une supposition. Mais, voyez-vous, il ne s'agit certainement pas d'une grippe, pas du tout.

Zeitner sentit son sang se figer.

— Alors, de quoi ?

Hauptmann le cloua de ses petits yeux perçants. Des secondes qui parurent interminables s'écoulèrent avant qu'il ne réponde :

— Laissez-moi vous raconter ce que nous savons... Tout ce que nous savons. Premièrement, nous avons eu deux décès, un laborantin très qualifié et un médecin-chercheur. Tous deux de bons éléments. Il y a cinq jours, le laborantin a commis une fausse manœuvre : il préparait un envoi d'échantillons qu'il avait obtenus, des échantillons de recherche virale et bactériologique dont nous connaissions le danger potentiel, et puis il est tombé, s'est cogné la tête et s'est évanoui. Dans sa chute, il a entraîné une boîte qui s'est ouverte sur le sol. Les cultures se trouvaient dans des éprouvettes hermétiquement fermées, mais certaines se sont cassées. Il était tout seul dans la salle d'isolation. Nous pensons que plusieurs heures se sont écoulées avant que la deuxième victime, le médecin, entre et le découvre. Il n'était pas protégé, lui non plus. Heureusement, la salle est munie de tous les dispositifs de filtrage contre des virus de niveau trois. Le médecin a fait tout ce qui convenait : il a sonné l'alarme, nettoyé et stérilisé la pièce, et s'est isolé avec son collègue, en observation.

— Ils ne portaient pas de combinaisons, ni l'un ni l'autre ?

— Non, seulement des blouses. Deux jours après, le laborantin est tombé très malade : forte fièvre, frissons, démangeaisons. Quelques heures plus tard, le médecin s'est senti mal lui aussi, pendant qu'il essayait de soulager son patient. Qui est mort. Alors, d'un coup, le docteur est entré dans un délire hystérique, comme s'il souffrait de claustrophobie. Il a fait sauter les scellés, il a déverrouillé les portes isolantes et s'est enfui.

Andrew Hauptmann se saisit d'une carafe d'eau qui

se trouvait sur le bureau et entreprit de se verser un verre. Zeitner contempla ses mains tremblantes, mais il était trop abasourdi pour penser à lui venir en aide. Le visiteur but lentement, puis reposa le verre sur la table, ses yeux à nouveau plongés dans ceux de Zeitner.

— Mes hommes lui ont donné la chasse en hélicoptère, mais quand ils l'ont repéré il avait déjà cassé la vitre de la voiture de ce professeur américain, celui que vous avez recherché par la suite. Notre médecin s'est enfui dans la forêt, il a été perdu de vue un instant, et quand il a resurgi dans la clairière, il était seul. La voiture n'était plus là. (Hauptmann fit une pause, reprit son souffle. Son visage s'était coloré à force de parler si vite, mais il se pencha en avant et poursuivit, ses mains osseuses soulignant chacune de ses phrases :) Le directeur du centre savait que le virus libéré, quel qu'il fût, était des plus dangereux, et quand ses hommes ont trouvé des débris de vitre sur le sol du parking, il a essayé d'apprendre qui était l'occupant de la voiture. On a examiné les alentours, on a retrouvé une étiquette de bagage au nom de cet Américain. Ils ont eu très peur, parce qu'ils se sont dit qu'il avait été exposé mais qu'il ne s'en doutait pas. C'est à ce moment qu'ils vous ont appelé pour vous demander de l'aide. Et c'est seulement en milieu de journée que j'ai découvert que la version qui vous avait été donnée mentionnait seulement un risque de grippe.

— Ce qui n'est pas le cas, constata posément Zeitner.

— Non, ce n'est pas le cas. Il s'agit de quelque chose d'infiniment plus grave, de plus inquiétant, et de plus... mortel.

Zeitner, qui s'était penché en avant lui aussi, se redressa lentement en levant les bras au ciel :

— Mais qu'y avait-il exactement dans ces éprouvettes ?

Hauptmann baissa les yeux avant de répondre :

— Nous ne sommes pas certains..., commença-t-il.

— Quoi ? Comment est-ce... ?

Il soupira et se lança :

— Comme vous le savez, il existait de nombreux centres de recherche bactériologique en ex-URSS. L'an dernier, nous avons été discrètement contactés par les responsables de deux d'entre eux. Ils essayaient d'échanger les résultats de plusieurs années de travail contre beaucoup, beaucoup d'argent. Nous avons fini par conclure un accord secret, en espérant que cela pourrait par la suite conduire à la mise au point de médicaments et de vaccins qui seraient commercialisables. D'emblée, l'affaire s'est cependant mal présentée : beaucoup d'échantillons étaient correctement identifiés, mais il y a eu aussi plusieurs envois où des cultures vivantes étaient mélangées à des cultures de bacilles, sans cohérence, et même avec des tubes ne portant aucune mention spécifique. Nous ne savions jamais précisément ce que nous recevions tant que nous n'avions pas ouvert les colis, et nous avons dû souvent en détruire quand il y avait trop d'incertitudes. D'habitude, ces envois étaient vérifiés à Hambourg avant d'être dirigés sur notre nouveau centre de Bavière. Mais cette fois une erreur s'est produite : la caisse est arrivée directement de Russie en Bavière. Le directeur du centre pensait qu'elle avait été analysée, ce qui n'était pas le cas...

— Vous voulez dire que vous n'avez aucune idée du nom, du type...

— Rien. Ce qui a tué ces deux hommes pourrait être d'origine virale, bactériologique, chimique, même, même si cette dernière hypothèse nous paraît très peu probable. Il s'agit sans doute d'un virus.

— Grand Dieu, cela signifie que nous ne disposons d'aucun repère !

Hauptmann fit oui de la tête, puis continua sur un ton plus posé :

— Aujourd'hui, nous avons parlé à un chercheur qui a travaillé là-bas. Nous n'avions jamais été en contact avec lui auparavant. C'est un ancien responsable de recherche, qui vit maintenant en Ukraine. Par bonheur, il a gardé des notes très fiables sur ses années en laboratoire. Il nous a appris plusieurs choses que nous ignorions. Les services secrets occidentaux étaient peut-être déjà au courant, mais nous, dans le secteur privé, nous n'en savions rien.

— Je ne vous suis pas.

— Herr Zeitner, ce laboratoire était un centre de recherche militaire sur la guerre bactériologique. Pendant des décennies, ils ont cherché à créer des agents viraux ou bactériologiques capables de tuer à grande échelle, contre lesquels la population et l'armée russes seraient immunisées. Ils sont allés très loin sur ce terrain, mais dans les derniers temps leurs découvertes ont effrayé même les généraux soviétiques : il y avait des agents pathogènes qui se répandaient à une vitesse incroyable, et d'autres contre lesquels tout vaccin se révélait inefficace. Les autorités soviétiques ont pris peur, parce que de tels agents dirigés contre l'ennemi pouvaient parfaitement se retourner ensuite contre leur camp et dévaster la population russe aussi. Il s'agit essentiellement de virus, y compris de formes primaires que l'on a récemment identifiées en Afrique et qui provoquent d'horribles maladies, à tout coup incurables. Certains détruisent les tissus internes, d'autres s'attaquent à des organes précis. On m'a dit que l'un d'eux faisait grimper l'organisme à une température inouïe, le consumant littéralement de l'intérieur. Parfois, ils stoppent la circulation sanguine en commençant par le cerveau. Tous les agents pathogènes de ce type devaient avoir un effet fulgurant, ne pas être vulnérables aux anticorps, et présenter un taux de contamination maximum, par l'air et par contact. Une fois mis au point, ils étaient stockés dans une chambre forte au sous-sol de ce centre. En russe, ils appelaient ça la classe *Tchortnie.* L'enfer en puissance. Ce que nous appelons, nous, la classe Oméga.

Horst Zeitner ne pouvait plus rester assis :

— Juste ciel, vous êtes en train de me dire que ces tubes en Bavière...

Hauptmann le coupa :

— Herr Zeitner, c'est exactement cela. Le colis qui a été déballé et endommagé en Bavière provenait de ce stock.

A bord de QN 66

Le centre de contrôle de Shannon transmettait les détails de la route que devait suivre le 747, en train de monter de trente-trois à trente-cinq mille pieds, quand les coups frappés à la porte du cockpit se firent de plus en plus insistants.

— Quoi encore ?

James Holland se retourna d'un air exaspéré et appuya sur le bouton d'ouverture. Il s'attendait à voir surgir une des hôtesses. Le visage qui se profila lui était pourtant vaguement familier. L'inconnu se projeta dans le cockpit, évaluant du regard qui faisait la loi ici. Son attention s'arrêta sur Holland :

— *Captain ?* Je suis le révérend Garson Wilson.

Le pilote serra sans enthousiasme la main épaisse qui lui était tendue au-dessus de la console centrale.

L'intrus comprit qu'il n'avait pas été reconnu :

— Wilson, l'évangéliste, précisa-t-il.

Holland hocha la tête.

— Oui, bien sûr, monsieur Wilson. Euh, malheureusement, nous commettons une infraction au règlement aérien en vous laissant entrer ici. C'est de ma faute : avec tout ce raffut à la porte, je croyais qu'un membre de mon équipage avait un problème urgent. Je vais être contraint de vous demander de bien vouloir regagner la cabine.

Wilson s'appuya de la main gauche sur le dossier de son siège, se déhanchant légèrement :

— Et vous êtes le commandant...

Il ouvrit la paume de sa main, attendant qu'un nom y tombe.

— Holland. James Holland.

— Parfait. Eh bien, James, je ne pense pas que la Direction fédérale de l'aviation voie un inconvénient à ce que le bon vieux révérend Wilson passe un petit moment avec vous. Je suis moi-même pilote amateur, et je connais le patron de la DFA depuis qu'il est haut comme trois pommes.

Il fit quelques pas en arrière, referma la porte et revint pour continuer son monologue. Holland lui fit face :

— Révérend, s'il vous plaît ! Respectez mes recommandations à bord de cet avion. Il faut que vous retourniez maintenant à votre siège.

— Oui, James, un instant. J'avais besoin de vous parler en personne parce que nous avons un grave problème, ici : il nous faut être à New York dans seulement quelques heures. Pour... euh... une intervention importante. Je sais que vous avez d'autres chats à fouetter, mais ce n'est pas moi qui ai été exposé au virus dont vous avez parlé. Je dois changer d'avion pour rejoindre New York aussi vite que possible. A moins que nous n'y allions tout de suite. Je me suis dit que vous pourriez m'aider. Je sais que la quarantaine dont on parle est un désagrément nécessaire pour les autres, mais moi je n'ai pas de temps à perdre.

Holland pivota légèrement pour considérer l'homme dont les traits lui étaient apparus lors d'innombrables spots télévisés et de retransmissions de rassemblements organisés sous le label « Garson avec Dieu ! ». L'idée de participer à ce genre de grand-messes ne l'avait jamais ne serait-ce qu'effleuré. Pour lui, la religion était une affaire trop personnelle. Transformer un service religieux en cirque médiatisé était un curieux passe-temps sudiste qui lui restait totalement étranger.

— Révérend Wilson, je n'ai pas l'intention de négocier avec vous quoi que ce soit à propos de la quarantaine et je vous demande encore une fois de quitter ce cockpit. Tout ce que vous pouvez dire ici ne peut que nous embarrasser un peu plus ; n'oubliez pas que la boîte noire enregistre tout.

Et il montra du doigt un petit micro installé dans le plafond.

Wilson eut un sourire et leva les mains en signe de reddition :

— D'accord, d'accord, j'y vais, mais vous direz bien tout de même à un vieux pasteur comme moi où on va l'emmener contre sa volonté ?

Holland soupira profondément et se tourna vers Robb, qui lui rendit son regard en levant les sourcils. Puis, à l'adresse de Wilson :

— Révérend, je peux simplement vous dire que nous n'allons pas à New York. Je vais faire une annonce d'ici peu. Et maintenant, je vous demande de partir.

Wilson réfléchit un moment puis décida d'obtempérer. Quand il montra la porte de la tête, son sourire rappela à Holland le rictus d'un crocodile.

— OK, James, je vous laisse tranquille. Je

m'incline, mais retenez bien ceci : quels que soient le moment et l'endroit où nous atterrirons, dès que nous serons posés je quitterai cet avion.

L'homme de Dieu fit un signe pour prendre congé et referma soigneusement la porte en quittant le cockpit, prenant bien garde que seul son secrétaire particulier puisse entendre la bordée d'injures qu'il susurrait entre ses dents tout en traversant à grands pas le pont supérieur, en direction de l'escalier.

Après avoir stabilisé le 747 au niveau trois-cinq-zéro, Holland vérifia les données de l'ordinateur de bord. A travers une série de points théoriques définis chacun par une longitude et une latitude, leur route allait jusqu'à Gander, à Terre-Neuve — mais ils savaient pertinemment que ce n'était pas leur véritable destination. Dix minutes auparavant, l'appel des opérations à Dallas avait apporté cette solution tant attendue, si bien que les deux pilotes se sentaient moins tendus.

— OK, QN 66, avait annoncé le vice-directeur, nous vous dirigeons sur Keflavik, en Islande, il y a une base de l'US Air Force là-bas. Mais attention, pas question de le clamer sur tous les toits. Entrez sur l'ordinateur un programme de vol vers Gander. Quelque part au sud de l'Islande, des chasseurs à nous vous attendront et vous escorteront.

— C'est ce que nous avons essayé de faire à Mildenhall, lui rappela Holland, et nous sommes toujours en l'air.

— Je sais, je sais. Ça a raté, je n'ai pas tous les détails, mais je vous garantis que cette fois sera la bonne, ils me l'ont promis.

— Qui, *ils,* monsieur?

— Nous sommes maintenant en contact permanent avec la salle des opérations de la Maison-Blanche, ni plus ni moins, leur apprit le vice-directeur, laquelle, de son côté, coordonne le travail de tout un tas d'institutions, CIA comprise.

La CIA ? se demanda Holland en son for intérieur, *et pourquoi la CIA ?* La question de l'accord des Islandais envahit son esprit. On lui avait assez donné d'assurances infondées depuis le début :

— Excusez-moi, mais l'Islande est un pays indépendant. Est-ce qu'ils ont donné le feu vert à notre arrivée ?

— Honnêtement, je n'en sais rien, commandant, mais je crois que cela n'a guère d'importance. Parce que je peux vous dire que l'Islande n'a pas de moyens militaires suffisants pour bloquer une piste, et que nos hommes sur place sont en train de tout préparer pour vous. Ils s'occuperont du carburant, de l'approvisionnement, et alors vous pourrez repartir sur n'importe quelle destination aux États-Unis dont nous déciderons ici. En d'autres termes, je pense que nous avons pratiquement réglé le problème.

— Mais une fois aux États-Unis, est-ce que nous devrons être mis en quarantaine ? Et combien de temps ? Que dois-je annoncer à mes passagers ? Noël arrive dans moins de deux jours.

Le bref gloussement à l'autre bout de la ligne paraissait un peu forcé :

— Nous pourrons peut-être vous envoyer à la base d'Edwards, en Californie, ou à celle d'Holloman, au Nouveau-Mexique. L'armée de l'air, la Croix-Rouge et le centre de contrôle anti-épidémiologique d'Atlanta sont en train d'étudier la meilleure solution. Il paraît qu'il faudra deux jours d'observation, et qu'ensuite tous ceux qui seront en bonne santé pourront rentrer chez eux. Dites-leur que nous paierons la note, et que nous les renverrons chez eux en première classe. Je sais bien que beaucoup de passagers seront en retard pour Noël, mais nous ferons tout notre possible.

— Tous ceux qui ne tomberont pas malades pourront partir, c'est bien cela? Et si quelqu'un tombe vraiment malade? Et s'il y en a beaucoup? Ils ne nous laisseront pas nous en aller tant que le processus viral ne sera pas achevé. Cette histoire de deux jours de quarantaine risque fort d'en durer quinze, ou plus, et moi je suis censé annoncer à ces gens que c'est une affaire de quarante-huit heures?

— Mais que faire d'autre, commandant? Il se peut très bien que cela ne dure pas plus.

Il y eut un silence sur la ligne qui permit à Holland de réfléchir à la situation :

— Donc, ils estiment que nous sommes réellement exposés.

— Commandant, il est très possible que tout cela ne soit qu'une fausse alerte. Même si votre passager est bien mort à cause de ce virus, cela ne signifie pas qu'il soit en train de se propager.

— Quoi? Qu'entendez-vous par là, monsieur, « si votre passager est bien mort de ce virus »?

Holland eut du mal à ne pas se laisser aller au sarcasme :

— Ce n'est qu'une hypothèse, non? Vous avez dit qu'il était déjà malade en montant à bord. On nous signale qu'une crise cardiaque pourrait en effet être un symptôme, mais seulement dans le pire des cas.

Holland sursauta, essayant de contenir sa colère. Des membres de l'équipage s'étaient occupés de ce malade, lui avaient fait du bouche-à-bouche, avaient transporté son corps! Si c'était aussi contagieux, ils devaient déjà être atteints eux aussi!

— James, on va vous faire rentrer à la maison, on va s'occuper de tous ceux qui tomberaient malades, y compris dans l'équipage, bien sûr!

— Allô? Il me faut des infos concrètes, vous m'entendez? A quel point ce truc est-il dangereux?

— C'est exactement ce que nous n'arrêtons pas de demander à Washington, et voici ce qu'ils nous ont répondu, je cite : « Les refus d'atterrissage en Europe ont été de simples mesures préventives prises par plusieurs gouvernements après avoir constaté que le ministère allemand de la Santé ne leur donnait pas une description détaillée de la maladie infectieuse qui, selon lui, se trouve à bord de votre avion. Les Allemands nous parlent d'une mutation inconnue du virus de la grippe. » Fin de citation.

— Ce n'est pas suffisant. Je dois connaître ses symptômes. Je dois savoir à quoi m'attendre. Et pour cette raison, je dois savoir combien de temps j'aurai, pour poser correctement cet avion, au cas où moi aussi je l'aurais attrapée.

— Je ne peux rien vous dire de plus pour l'instant, James, mais nous essaierons d'en apprendre plus, le plus vite possible.

Holland raccrocha et regarda Robb, qui paraissait un peu rasséréné.

— On va s'en tirer, Dick.

Le copilote fit une grimace, entre scepticisme et approbation.

Les prévisions météo pour l'Islande indiquaient un temps couvert et instable avec des vents d'ouest de quinze nœuds, des rafales de neige, et une température en dessous de zéro. Mais c'était la visibilité qui importait le plus, et pour l'instant elle était prévue correcte à plus de cinq kilomètres. Holland s'assura des réserves de carburant : ils pourraient rester en attente plus d'une heure au-dessus de Keflavik, mais après ils devraient forcément se poser.

— Vous allez leur dire ? interrogea soudain Robb.

— Pardon ?

— Aux passagers. Le nouveau plan, tout ça... Vous allez refaire une annonce ?

Holland soupira en faisant oui de la tête :

— A moins que vous n'ayez envie de vous en charger, Dick.

Celui-ci lui lança un regard ébahi :

— Hé, c'est à vous ! Moi je ne suis qu'un crétin de copilote.

Holland se surprit à rire de bon cœur :

— C'est ça ! Un copilote avec un œil de lynx, une langue de vipère et un stylo rouge !

Il s'attendait à voir Robb sourire, mais l'autre se détourna vers la glace. Holland appuya sur le bouton de l'interphone en essayant d'organiser ses pensées. *Il va bientôt revenir à son odieuse suffisance,* se dit-il. Surtout maintenant que le pire était derrière eux.

CHAPITRE 10

QG de la CIA, Langley.
Vendredi 22 décembre, 18 h 00 (23 h 00 Z)

Le sol jonché de papiers, la porte claquant sans cesse dans les allées et venues, la salle de conférences mitoyenne au bureau de Jonathan Roth avait été transformée en QG de crise. La Maison-Blanche se contentant essentiellement de gérer la crise, la CIA se voyait de plus en plus sollicitée et pressée de donner son avis, pour la plus grande gloire du sous-directeur Jonathan Roth. Avec la maestria du bureaucrate accompli, celui-ci ne cessait de harceler son staff tout en renvoyant une image stoïque et sereine à la présidence, ainsi qu'un flot ininterrompu d'expertises et de conseils. Et cependant, en début de soirée, la question qui continuait à obséder la Maison-Blanche restait celle à laquelle Rusty Sanders avait plus tôt été sommé de répondre : ce microbe à bord de QN 66, quel danger représentait-il ?

— Écoutez, nous ne sommes même pas certains qu'il y ait un microbe dans cet avion ! avait alors mis en garde Sanders, subodorant que la panique prenait de sérieuses proportions. Il nous faut d'abord autopsier ce Helms.

Roth avait arraché ses lunettes de son nez, s'était levé d'un bond et avait entraîné Sanders dans le couloir en lui parlant entre ses dents :

— La question n'est pas de savoir s'il s'y trouve, docteur, mais ce que nous devons faire si tel est le cas. C'est moi qui décide s'il faut travailler sur cette hypothèse, vous comprenez ? C'est *ma* décision, basée sur *mon* analyse !

— Monsieur, avait risqué Sanders, je suis désolé de vous importuner, mais je voulais seulement m'assurer que vous compreniez bien : pour l'instant, nous n'avons rien sur quoi baser une décision.

— Nous avons un mort dans un avion dont personne ne veut, Sanders. Un mort que l'on sait avoir été en contact avec ce microbe. Et nous avons aussi une reconnaissance officielle par les Allemands que ce virus, quel qu'il soit, a déjà tué deux personnes, sans compter le passager. Cela ne vous suffit pas ?

Sanders, qui percevait l'irritation croissante de son supérieur, avait répondu :

— Je voudrais seulement être sûr, monsieur. Il pourrait s'agir d'une banale crise cardiaque. Nous ne savons pas de quoi il est mort.

— Encore une fois, Sanders, c'est à moi de décider. Nous ne pouvons pas prendre le moindre risque. Maintenant, nom d'un chien, vous allez me trouver de quoi il retourne et comment nous devons répliquer, étant entendu qu'un microbe se trouve bien à bord de cet appareil. Et immédiatement !

Vingt minutes plus tard, Sanders était de retour, le visage sombre, mais avec une réponse. Tandis que Roth refermait la porte, les autres s'assirent.

— Bon. J'ai du nouveau et, comme on s'y attendait, les Allemands n'avaient pas reçu, ou pas donné, toutes les informations disponibles. Il n'y a pas à dire, nous sommes dans un sacré guêpier.

Sanders avait ouvert le feu en faisant les cent pas le long du mur, la cravate encore plus mal nouée qu'avant. Il raconta sa conversation avec Zeitner, à Bonn, qui lui avait rendu compte des révélations d'Andrew Hauptmann, puis rapporta le coup de fil qu'il avait lui-même passé à ce médecin russe installé en Ukraine.

— Par chance, je me débrouille assez bien en russe, je n'ai pas eu besoin d'interprète. Je crois aussi le comprendre correctement car, voyez-vous pas mal de traducteurs, quand il s'agit du russe, sont conduits à...

— Sanders ! aboya Roth, venez-en au fait !

— Désolé, monsieur. (Il gagna le bout de la table de conférences, à l'opposé de la place où trônait le sous-directeur.) Voici ma conclusion : en considérant, comme M. Roth m'y a enjoint, en considérant que Helms n'avait pas seulement été exposé à un agent pathogène de type inconnu mais qu'il était déjà atteint au départ de Francfort, et en reprenant ce que le médecin russe avait encore en tête à propos des pires agents contaminants qui auraient pu être expédiés par erreur en Bavière, nous devons assumer le fait que pratiquement quatre-vingt-dix pour cent des personnes à bord de cet avion ont désormais été exposées à, disons, pour employer un terme adéquat, la « partie active » de ce même virus. Et ce n'est pas une grippe !

— A ce point ? interrogea Roth.

— Oui, monsieur. La contamination aurait commencé dans les deux premières heures suivant le départ. Cependant, comme nous ne connaissons que ses effets sur ces deux hommes du laboratoire bavarois, je peux seulement extrapoler à partir de ce que le chercheur russe m'a raconté au sujet des agents pathogènes de ce type. L'une de leurs particularités, à ce qu'il paraît, est de présenter un taux élevé de propagation : en d'autres termes, si vous y êtes exposé, vous l'attrapez. Leurs caractéristiques diffèrent, m'a-t-il dit, mais tous ces virus ont pour point commun d'être pratiquement impossibles à contenir au sein d'une population civile. Ce qui signifie transmission par air et pénétration de la peau humaine même quand elle est intacte : vous pouvez l'attraper rien qu'en touchant une goutte de fluide corporel d'une personne infectée. Enfin, leur taux de mortalité doit être supérieur à quatre-vingt-cinq pour cent, avec une période d'incubation très rapide : cet agent pathogène venu de Bavière, apparemment, n'a besoin que de quarante-huit heures, ce qui est hallucinant.

Roth remua sur son fauteuil.

— Et comment peut-on être certain de tout cela, Sanders ?

— Le Russe m'a dit qu'ils sont arrivés à ces conclusions après des expérimentations sur des singes, mais de quel microbe s'agit-il précisément dans le cas présent ? Il ne peut qu'émettre des hypothèses... Ah oui, il y a eu aussi des expériences... euh... humaines. Sur des prisonniers politiques, m'a-t-il dit. Notamment dans les années cinquante. Enfin, ce virus bavarois présente certainement toutes ces caractéristiques. Et le plus fou, c'est qu'à l'époque déjà, les Russes se disaient qu'avec la modernisation des transports aériens n'importe quel virus se développant quelque part pourrait se répandre dans le monde entier en moins de quarante-huit heures ! Ça démarre à Francfort, et avant de pouvoir dire ouf il y a des gens infectés à New York, Chicago, Tokyo, et en deux jours encore ils en contaminent des dizaines d'autres... C'est une apocalypse en pyramide. Ce chercheur russe affirme — et cela fait longtemps que je le dis aussi — que les liaisons aériennes internationales sont potentiellement les vecteurs d'un holocauste viral. Voilà pourquoi je m'échine depuis des années à prévenir la DFA que le système de pressurisation des avions...

Roth leva une main pour l'arrêter :

— Ne nous égarons pas, docteur ! Je suis au courant de votre croisade.

Rusty Sanders demeura un instant silencieux, étudiant les traits de Roth et se demandant s'il devait laisser tomber ou non. Il s'éclaircit la gorge, brandissant la liasse de papiers qu'il gardait en main.

— En tout cas, monsieur, si c'est bien un agent pathogène de la classe Oméga que nous avons à bord de ce 747, un messager de la mort est en route dans les airs.

L'émotion était générale dans la pièce. Mark Hastings, se penchant en avant, risqua alors :

— Et à quel genre de mort... euh... faut-il s'attendre ? Rapide, ou bien quelque chose de...

— D'atroce, vous voulez dire ? l'interrompit Sanders.

— Oui, d'atroce. Bon sang, il y a deux cent quarante-cinq passagers dans ce zinc, en plus des douze membres d'équipage !

Sanders lança un coup d'œil à Roth, qui restait sans réaction à l'autre bout de la table, le menton dans une main, le regard fixé sur le médecin :

— Eh bien... La mort peut prendre plusieurs formes, selon le type de microbe dont il est question. Mais nous avons déjà ces deux décès en Bavière ; il paraît qu'une autopsie est en cours, on m'a promis des résultats au plus vite. Ainsi, nous aurons des éléments de comparaison. Des arrêts respiratoires, des hémorragies internes, des accidents coronariens pouvant prendre l'apparence d'une crise cardiaque, tout est possible. Mais les deux seules victimes connues ont présenté encore d'autres symptômes, y compris des accès de démence et d'autres comportements psychologiques aberrants. Alors, pendant les quelques heures entre le début de la maladie et le décès, les passagers de cet avion peuvent passer par toutes sortes de souffrances, surtout si tout le monde, y compris l'équipage, perd en même temps la raison.

Jonathan Roth demeura immobile, mais Mark Hastings se redressa sur sa chaise avec des yeux exorbités :

— Bon Dieu, oui, l'équipage ! Je n'y avais pas pensé !

Sanders lui adressa un geste apaisant :

— Ils ne sont exposés que depuis quelques heures seulement, Mark. Si nous arrivons à les faire se poser quelque part dans les... disons... prochaines quarante heures, le risque que les pilotes soient hors d'état d'agir est pratiquement nul.

— Oui, mais il faudra alors les boucler à double tour dans cet avion. L'isoler complètement.

Sanders inspira à fond, examina ses pieds puis plongea les yeux dans ceux de Roth :

— Je trouverais... je trouverais abominable de voir ces gens attendre leur mort enfermés dans un jumbo. Abominable de les laisser seuls, sans la moindre assistance, même si elle restait dérisoire face à la gravité du mal, même si elle devait être dispensée par des hommes en combinaison lunaire.

Sans y penser, il avait recommencé à faire les cent pas, et se retrouva tout surpris juste à côté du fauteuil du sous-directeur, qui avait pivoté pour pouvoir le suivre du regard tandis qu'il parlait. Sanders s'arrêta, sentant à quel point ses auditeurs étaient impressionnés. Lui, par contre, s'étonnait de son propre détachement. Il était en train d'évoquer sur un ton clinique et routinier un horrible fléau près de s'abattre sur des dizaines de personnes prisonnières d'une carlingue, une version inédite et monstrueuse de la souffrance humaine. Et il réalisa alors que son indifférence était, avant tout, de l'incrédulité. Il n'y croyait pas. Du moins, pas pour l'instant. Rien ne permettait d'affirmer que ce virus était à l'œuvre à bord de QN 66, même en admettant que le professeur Helms y avait bel et bien été exposé.

— Bon, maintenant, considérons les risques à l'extérieur de cet avion. (Il se dirigea vers un chevalet portant des feuilles blanches, se munit d'un marqueur, illustrant par de rapides croquis sa démonstration.) Encore une fois, il s'agit seulement d'extrapolations sur la base des informations générales communiquées par ce médecin russe. Mais enfin, par précaution, nous allons considérer que ce virus est capable de rester actif dans l'environnement d'une cabine d'avion, à une température au-dessus de zéro, pendant disons une heure, plus ou moins, selon le degré d'humidité. Cela lui suffit largement pour circuler dans tout le 747 et infecter n'importe qui, si bien sûr ses particules sont assez petites pour passer à travers les biofiltres du système d'aération, lesquels ne sont pas d'une grande efficacité ! Plus l'atmosphère est chaude et humide, mieux un virus survit et se prépare à tuer. Les microbes de ce genre prennent pour vecteurs les minuscules gouttelettes de l'humidité statique d'un avion. Sous un climat tempéré, ils peuvent se balader pendant des heures et des heures. Rappelez-vous comme il est facile de transmettre un simple rhume rien qu'en éternuant, ou en touchant quelqu'un. C'est le même degré de propagation que nous devons considérer, à part qu'au lieu d'avoir un peu de fièvre et le nez qui coule le risque ici est de mourir en trois ou quatre jours...

Il posa le marqueur et croisa les bras.

— Donc, le danger potentiel de contamination est...

Sanders devança Roth :

— Un danger à très grande échelle. En admettant que ce virus appartienne à une catégorie mortelle à quatre-vingt-cinq pour cent ou plus, je dois dire qu'il est pratiquement impossible de trouver quelque chose de plus hostile à la vie humaine à une échelle de masse, mis à part d'autres monstruosités de niveau quatre comme l'Ebola-Zaïre. Ce qu'il y a d'atroce avec l'Ebola, c'est qu'il vous désintègre littéralement, que vous mourez en pourrissant de l'intérieur. Mais si ce virus venu de Bavière provoque peut-être une fin moins horrible, il pourrait cependant être encore plus foudroyant. Ce qui signifie qu'on ne peut prendre aucun risque avec lui. La plus sévère des quarantaines est une question de vie ou de mort.

— Docteur, comme vous le savez, le plan était de les ravitailler en Islande et de les ramener ici. Est-ce toujours pertinent ? Et cette idée de les mettre en quarantaine quelque part au sud-ouest du pays ?

Rusty Sanders se concentra un instant : il savait que Roth répéterait mot pour mot sa réponse à la Maison-Blanche, et ne pouvait donc rien laisser au hasard :

— Bon. A mon avis, les risques pris en ramenant cet avion sur le continent nord-américain, sans même parler de climats plus chauds, sont tout bonnement incalculables. En théorie, le genre de virus dont nous parlons est capable de déclencher une épidémie incontrôlable. Voire une pandémie à l'échelle planétaire. Je n'aime pas brandir des scénarios catastrophes, monsieur, mais si jamais un tel engrenage infectieux s'engageait, il pourrait conduire théoriquement à la disparition de toute vie humaine sur ce continent ! A tout le moins, à des dizaines de millions de victimes. Je sais bien que des auteurs de science-fiction ont tâté de ce thème depuis longtemps, mais ce n'est pas de la littérature ! La menace de telles pandémies est bien réelle, en grande partie à cause du développement des liaisons aériennes.

Le silence fut enfin rompu par Mark Hastings qui demanda, d'une voix oppressée :

— Alors, il n'y a plus d'espoir pour ces gens là-haut ? Ils sont condamnés quoi qu'il arrive ?

Sanders le regarda longuement, puis leva un doigt :

— Eh bien, peut-être, mais essayons d'être précis. Ils sont probablement condamnés, ou au moins quatre-vingt-cinq pour cent d'entre eux, si... si... (Il attendit que tout le monde soit suspendu à ses lèvres, sachant que la suite allait à nouveau mettre Roth hors de lui :)... Si ce passager était bien atteint de la même maladie que celle dont sont morts les deux chercheurs du laboratoire bavarois. N'oubliez pas que pour qu'il y ait infection dans cet avion, il faut que ce virus soit actif dans un organisme. Si ce professeur n'en était pas porteur, il n'a pas pu infecter d'autres personnes.

Roth se redressa brusquement.

— Merci, docteur Sanders. L'un d'entre vous a-t-il quelque chose à ajouter ? (Pas de réaction.) Très bien. Tout cela reste évidemment sujet à débats et à désaccords, mais moi, je m'en vais conseiller à la Maison-Blanche de... refuser à cet avion le retour aux États-Unis, et de les confiner... je veux dire de les mettre en quarantaine, quand ils se poseront en Islande.

Rusty Sanders, qui s'était adossé contre le mur, se redressa brusquement et leva une main en l'air :

— Monsieur ? Il y a encore quelque chose de tout à fait prioritaire.

— Allez-y, consentit Roth en croisant les bras.

— Il nous faut une autopsie de ce passager aussi vite que possible. J'ai proposé que nous fassions appel à une équipe militaire de Fort Detrick spécialisée dans la prévention chimique et biologique, et que nous les envoyions là-bas au plus vite. Mais j'aimerais aussi pouvoir leur parler avant : un virus de ce genre ne se détecte pas aussi simplement. Cela dit, même une équipe de terrain sera en mesure d'établir si Helms est mort d'autre chose que d'une crise cardiaque.

Sanders scruta les traits de Roth, sur lesquels se succédaient l'intérêt pour sa proposition et la colère de le voir revenir à la charge. Ce fut l'intérêt qui l'emporta finalement :

— Vérifiez que tout cela se mette en place, docteur Sanders.

On frappa discrètement à la porte. Sherry Ellis entra dans la pièce :

— Désolée de vous déranger, mais il fallait que vous soyez au courant.

— Qu'est-ce que c'est, encore ? demanda Roth en branlant légèrement du chef.

— Le chercheur russe a rappelé Zeitner il y a un quart d'heure. Il voulait s'assurer que le fonctionnaire allemand avait bien compris que le taux de quatre-vingt-cinq pour cent de mortalité pour les virus de la classe Oméga était seulement une indication.

— C'est ce que nous avions compris, en effet, remarqua Sanders.

La jeune femme secoua la tête pour l'appeler à plus de prudence. Elle était livide :

— Oui, mais il voulait préciser à Zeitner qu'ils n'ont jamais donné l'homologation Oméga à un virus pathogène s'il n'était pas mortel à cent pour cent.

La phrase tomba dans un silence atterré.

A bord de QN 66

En vingt-neuf années de métier, Barb Rollins ne s'était jamais trouvée confrontée à une situation vraiment grave. « Bien sûr, disait-elle parfois à des non-navigants, j'ai eu la trouille quelquefois, mais c'était surtout quand nous n'avions plus de café sur un vol du matin bourré d'hommes d'affaires ! »

En refermant la porte du cockpit, elle resta un moment dans la pénombre de la coursive, essayant de reprendre ses esprits. En tant que CCP — chef de cabine principale —, son rôle était un peu celui de mère poule, mais elle ne se sentait guère prête à l'assumer : d'un coup, elle était plutôt comme une petite fille effrayée. Un prédateur invisible les menaçait tous, trop infime et trop rusé pour être combattu directement. Et l'idée qu'il était déjà peut-être à l'œuvre dans ses propres veines la glaçait de terreur.

Sentant que les passagers du pont supérieur la regardaient, elle se força à leur sourire en traversant la cabine vers l'escalier, puis fit une nouvelle pause. *Arrête de dramatiser !* se corrigea-t-elle. *C'est une grippe, au pire !* Mais l'inquiétude qui avait creusé ce trou glacé dans son estomac ne voulait pas se dissiper. Car pourquoi plusieurs gouvernements réagiraient-ils aussi agressivement face à une simple grippe ? Ce passager, de quoi était-il mort ? Et à quelle échéance risquaient-ils d'être touchés, eux aussi ?

James Holland s'en était magnifiquement tiré avec son annonce. Il avait évoqué d'un ton rassurant l'escale technique en Islande, la quarantaine dans un lieu encore imprécis des États-Unis, et l'inquiétude exagérée au sol. Mais cela n'avait pas calmé l'angoisse qui s'était emparée de tout le monde à bord. Chacun s'inquiétait de rater un Noël en famille, mais les questions qui se mirent à fuser vers Barb comme des rafales de mitraillette portaient avant tout sur la nature exacte de cette maladie qui était montée à bord avec eux à Francfort.

Au départ, devant la profusion de paquets-cadeaux qui avait transformé la cabine du 747 en une hotte géante, Barb avait lancé à Holland en plaisantant que les membres d'équipage auraient été plus dans l'ambiance s'ils avaient revêtu une tenue de Père Noël à la place de leur uniforme. Des étudiants, mais aussi des familles entières de militaires américains rentraient chez eux pour les fêtes et c'étaient eux, plus que les hommes d'affaires isolés ou les quelques voyageurs paraissant indifférents à l'époque de l'année, qui donnaient la note dans l'avion.

Barb se dirigea vers l'arrière, descendant posément l'allée de la classe touriste. Ses yeux répondaient au plus grand nombre de regards, comme elle avait toujours coutume de le faire. Malgré ses manières parfois abruptes de New-Yorkaise, elle aimait sincèrement les gens. Et ce dont elle avait le plus besoin en ce moment, pensa-t-elle, c'était de normalité, d'un sentiment rassurant de routine. Elle avait besoin de croire qu'il s'agissait d'un vol comme un autre. Aussi adressa-t-elle son sourire le plus rodé à tous, répondant aux questions comme si elle récitait une bande enregistrée alors que toute une partie de son esprit demeurait ailleurs, s'abandonnait à des pensées fugaces : *Ce jeune mec près de la cloison, avec une jambe dans le plâtre... Je l'ai aidé à mieux s'installer. Bien élevé. Les béquilles sont dans le placard des premières. Un accident de ski, où ça déjà ? En Suisse. Beau mec, et qui ne fait pas trop de chichis avec sa blessure. Timide, probablement. Il n'arrête pas de regarder cette superbe fille assise là-bas, l'Allemande, mais il essaie de ne pas se faire remarquer par ses parents alors qu'il brûle pour elle. Ah, les hormones, les hormones ! Dix-neuf ans, je dirais, et dangereux. Hop ! Il la mate encore en douce. Il ne voit pas que je le surveille, ou si, voilà, il m'a vue. Et maintenant, il se sent tout bête. Et elle aussi, elle le regarde ! Tiens, tiens, intéressant. Ouais, les hormones... Il y a encore ce couple qui n'arrête pas de se mettre les mains par-*

tout, elle le colle de près et maintenant ils ont étendu une couverture sur eux. Le vieux truc de la couverture ! Et elle m'envoie un sourire ! Elle croit que je ne sais pas ce qu'ils fabriquent là-dessous... Barb ne put réprimer un rire intérieur. Elle avait fait de même elle aussi, quelquefois. Ce n'était pas avec un sourire qu'ils pourraient dissimuler leur manège.

Un monsieur corpulent était assis en compagnie d'une dame très âgée. La mère et son fils, paria-t-elle, mais on se trompe souvent dans ce genre de suppositions. L'homme était en train d'observer un couple installé de l'autre côté de l'allée. En suivant son regard, Barb découvrit une jeune femme silencieuse mais de toute évidence au bord de la crise nerveuse et, dans le siège voisin, son mari qui tentait de la calmer. Un poing serré contre la bouche, elle agrippait de l'autre main un téléphone portable et refoulait ses sanglots, les yeux exorbités. Barb se pencha doucement au-dessus de l'homme, désignant son épouse d'un signe de tête :

— Excusez-moi, quelque chose ne va pas ? Puis-je vous être utile ?

Keith Erickson releva des yeux où se lisait l'inquiétude. Il eut une mimique d'impuissance :

— Je... Il n'y a pas moyen de la raisonner. Quand le commandant a annoncé que nous risquions d'être retenus plusieurs jours, l'idée de ne pas revoir tout de suite nos enfants... Et puis quand il a dit que nous ne serions sans doute pas rentrés chez nous pour Noël...

Lisa Erickson leva la tête vers Barb, enleva le poing de ses lèvres, et commença d'une voix à peine audible, torturée :

— C'est un malentendu, n'est-ce pas ? Nous ne pouvons pas rater Noël ! Mes petits ont besoin de moi ! Je ne peux pas les laisser !

Barb se pencha un peu plus pour se rapprocher d'elle.

— Madame euh...

— Erickson, précisa pour elle son mari. Lisa.

— Lisa, écoutez-moi. Tout va bien se passer, et vous serez sans doute à la maison pour Noël. Le commandant a juste évoqué le pire scénario possible, vous comprenez ? Tout ira bien. Vous voulez utiliser le téléphone ?

Comme un enfant craintif, Lisa acquiesça timidement, puis se tourna vers le hublot en dissimulant à nouveau sa bouche. Se redressant pour parler à l'oreille de Barb, Keith Erickson confia :

— Je suis désolé. Ça va aller. Elle a déjà téléphoné. C'est seulement qu'elle est très... contrariée.

Barb trouva Brenda assise sur le siège de service de la porte 5 G, seule. Le reste de l'équipage s'affairait à servir une rapide collation. Quand elle posa une main sur son épaule, elle reçut en retour un sourire las.

— Comment va, ma poulette ?

— Bien, mentit Brenda, mais la CCP sentit à quel point elle était bouleversée. Et pourtant, loin de vouloir ajouter à ses tourments, elle devait maintenant s'acquitter d'une tâche dont l'avait chargée le commandant.

Elle prit garde de ne pas élever la voix :

— Brenda, tu as entendu ce qu'a dit le *captain* ?

— Oh oui ! Je n'ai jamais eu un vol pareil... (Quand elle releva la tête, Barb s'aperçut que ses yeux étaient noyés de larmes. Elle réussit enfin à articuler :) J'ai peur, Barb, je suis folle de peur. Je crois... Je vais tomber malade. J'ai été en contact direct avec lui ! C'est sûr que j'ai attrapé ce qu'il avait, et... je ne sais pas ce que c'est, mais il en est mort, et moi...

S'asseyant à côté d'elle, Barb l'entoura de son bras. La jeune femme était toute tremblante.

— Brenda, ça va aller, ça ira bien ! Il n'y a aucune certitude que tu aies attrapé quoi que ce soit. Ce Helms était quatre fois plus vieux que toi, et probablement en mauvaise santé. On n'en sait rien.

La jeune hôtesse, la tête dans les mains, eut un geste d'incrédulité :

— On ne refuse pas l'atterrissage à un 747 en pleine période de Noël à cause d'un cas de grippe ! Si l'Europe entière a peur de nous, c'est que nous sommes vraiment en danger. Ou en tout cas que *moi,* je suis en danger ! (Elle leva les yeux vers Barb :) C'est pour cette raison que je n'aide pas les autres dans la cuisine. Je suis sans doute... Je dois être contagieuse !

Barb fit non de la tête, mais se rappela qu'elle disait vrai :

— Bon, tu te rappelles, le *captain* préfère que Dee et toi, et tous ceux qui l'ont touché, s'installent au pont sup. Il y a plein de sièges libres là-haut.

Brenda porta la main à sa bouche :

— Oh, non !

— Tout ira bien, je t'ai dit.

— Oui, oui, je sais... Je me sens bien, mais c'est juste que ça...

Sa main gauche dessina un vague geste dans l'air.

— Que ça confirme nos craintes ? interrogea Barb en regrettant aussitôt d'avoir parlé trop vite.

Brenda, qui cette fois ne put réprimer un sanglot, acquiesça :

— Oui !

— Allez, vas-y, reprends-toi, dit la CCP gentiment. Rejoins Dee et allez-y. Après tout, c'est du repos en rab.

L'image du passager titubant de fièvre quand il était monté à bord lui revint à l'esprit avec une implacable acuité. Il suait, se plaignait d'un étrange malaise.

Brenda se rappela aussi le contact de sa bouche lorsqu'elle avait tenté de le ranimer, et le désespoir dans ses yeux avant qu'il ne sombre dans l'inconscience. *Combien de temps ai-je encore devant moi ?* La question l'obsédait.

Base aérienne de Keflavik, Islande

Malgré les rafales de neige poussées par un vent tenace qui cachaient parfois entièrement la piste à la tour de contrôle, le va-et-vient des véhicules de l'US Air Force en pleine nuit arctique s'était intensifié au cours de la dernière heure. L'officier de permanence dans la tour, un sergent-chef, s'était fait rabrouer quand il avait demandé ce que signifiait ce ballet de gyrophares, mais la curiosité le taraudait : il y avait du grabuge dans l'air, et personne ne voulait le mettre dans le coup...

— Eddie, regarde-moi ça ! Ils sont en train de positionner la passerelle pour les jumbos, en bout de piste, s'exclama-t-il en passant ses jumelles au contrôleur militaire en charge des opérations au sol. Avant, il y a eu deux générateurs mobiles, un tas de camionnettes, un tracteur balèze, et maintenant, ce monstre de passerelle...

— C'est ce qui sert pour les 747 ou des gros-porteurs du même genre ? demanda le contrôleur.

— Tout juste. Ce qui veut dire que...

D'un coup, il se retourna vers son compagnon, avec une attitude qui semblait lui enjoindre d'aller jusqu'au bout de la pensée qui venait de lui traverser l'esprit. Il hésita une seconde :

— Quoi ? Euh... donc ça veut dire soit qu'un vol commercial a été dérouté vers chez nous, mais que personne ne nous a prévenus... Ou bien, ça ne peut être qu'Air Force One.

Son supérieur approuva :

— Air Force One, c'est un 747, non ? C'est forcément ça.

Le contrôleur abaissa les jumelles :

— Ah oui ? Manque de chance, le Président est à Washington. Il avait un discours à faire ce soir. Je l'ai vu sur CNN.

Le sergent lui reprit les jumelles des mains. Le ballet de véhicules autour de l'extrémité ouest de la piste se poursuivait. Et deux F-15 de la base volaient dans les parages. Tout à fait inhabituel.

— Ce ne pourrait quand même pas être..., commença-t-il.

— Quoi ?

— Cette histoire dont ils n'arrêtent pas de parler sur CNN ; un avion américain auquel toute l'Europe refuse le droit d'atterrir parce qu'il y a un malade à bord.

Le chef oublia les jumelles pour dévisager son compagnon :

— Ah oui ? Est-ce que ça pourrait être eux ?

Il se retourna pour observer l'écran radar de la tour, sur lequel un point venait d'apparaître lentement à l'ouest.

A bord de QN 66

Ayant vérifié une seconde fois la fréquence d'approche, Holland demanda à son copilote d'abaisser les volets et de commencer la check-list d'atterrissage. Les deux Eagles qui encadraient son avion prirent un peu de distance après avoir reçu de la tour de Keflavik l'autorisation radio d'atterrir. A quatre miles, Holland alluma ses feux d'atterrissage, s'attendant à une réaction de surprise des contrôleurs militaires : les lumières d'un 747 ne pouvaient aucunement être confondues avec celles d'une escadre de F-15. Mais il n'y eut pas de réponse. Holland réduisit la poussée, tandis que Robb décomptait à voix haute les derniers mètres. Puis le majestueux Boeing toucha doucement le sol et passa en roulant devant la tour de contrôle.

Aussitôt, deux camionnettes munies d'un panneau clignotant FOLLOW ME surgirent sur la droite de la piste, et une voix réclama sur la fréquence d'approche :

— QN 66, suivez les FOLLOW ME. N'ouvrez aucune porte, aucune trappe, et ne coupez pas les gaz tant qu'on ne vous le dira pas. N'ouvrez pas les fenêtres du cockpit non plus.

— Roger, répondit Robb.

Actionnant le train avant et les manettes des gaz, Holland fit pivoter le 747 et repartit lentement vers l'ouest. Ils étaient très attendus, constata-t-il : pas de citerne de ravitaillement, mais des passerelles mobiles et plusieurs véhicules, dont un imposant camion de pompiers. Il s'attendait à certaines précautions à leur arrivée. Pourtant, ce fut un choc de constater que l'homme chargé de les guider à leur place de parking était muni non seulement des deux lumières réglementaires mais aussi d'une combinaison argentée qui le couvrait entièrement, et d'un masque. Holland suivit néanmoins ses signes, faisant tourner le 747 de nouveau vers l'est, puis il coupa ses phares de roulage et immobilisa l'appareil. Il plissa les yeux pour observer à travers sa fenêtre les silhouettes qui s'approchaient du nez de l'avion. De loin ils avaient l'air de pompiers, équipés eux aussi de combinaisons et de masques. Le spectacle était surnaturel. Il regarda à gauche, vers les passerelles qui n'avaient pas été rapprochées du fuselage. Par contre, il y avait de plus en plus de pompiers, qui commençaient à encercler le 747.

— Qu'est-ce qui se passe ici? s'étonna Robb à voix haute.

Holland se pencha un peu plus, voulant en avoir le cœur net malgré la neige et la nuit que perçaient difficilement les projecteurs mobiles installés sur la piste.

— Il y a toute une escouade de pompiers de mon côté, et encore d'autres qui arrivent, annonça Robb. C'est quoi, ce foutoir? On a eu les freins qui ont chauffé, ou quoi?

— Rallumez les phares d'atterrissage! ordonna soudain Holland, le visage toujours tourné vers l'extérieur.

Robb s'exécuta, surpris par l'urgence de cet ordre. Les faisceaux de lumière trouèrent l'obscurité, obligeant les hommes debout devant l'appareil à se protéger les yeux.

Dick Robb fit un bond sur son siège en découvrant qu'ils portaient tout autre chose que l'équipement habituel des pompiers.

— Mais c'est quoi, ça? En quoi sont-ils habillés, et, ma parole... Ils portent des fusils, non?

Après avoir vérifié que pratiquement tout le monde à l'extérieur était ainsi équipé et armé, Holland se retourna vers lui. Un creux glacé au ventre.

— Merde! laissa-t-il échapper.

— C'est quoi? répéta Robb.

— Des tenues de protection pour... la guerre chimique. J'en ai vu souvent, à l'armée.

— De protection? Pour se protéger de quoi?

Holland le regarda droit dans les yeux :

— De nous.

CHAPITRE 11

Base aérienne de Keflavik, Islande.
Vendredi 22 décembre, 22 h 15 (23 h 15 Z)

Un gong discret se fit entendre dans le cockpit alors que James Holland venait de couper les moteurs. Quinze mètres plus bas, quelqu'un avait ouvert le bloc de communication et appelait les pilotes.

D'un seul geste, Holland et Robb s'étaient connectés à l'interphone extérieur, pour entendre aussitôt dans leurs casques une voix inconnue :

— Vous m'entendez, là-haut ?

Holland appuya sur le bouton adéquat :

— Ici le commandant. Qui êtes-vous ? Et qu'est-ce que vous êtes en train de faire, en bas ?

— Je fais partie de l'équipe au sol, commandant. Nous sommes en train de vous relier au véhicule du colonel... Le commandant de la base... Il veut vous parler.

Encore cette sensation de vide à l'estomac. Tout se répétait comme dans un mauvais rêve. Pourquoi n'utilisaient-ils pas la fréquence de la tour ? *Parce que quelqu'un de haut placé veut te parler en privé,* pensa-t-il, *quelqu'un qui va te dire ce que tu ne voudrais pas entendre : que cette histoire est en train de te dépasser complètement !* Il se tourna vers Robb, en train de lorgner d'un air scandalisé les jauges de carburant :

— Ils n'ont pas encore commencé à nous ravitailler ! annonça-t-il.

Holland secoua la tête :

— Je n'ai pas vu un seul camion-citerne, et je donnerais ma main à couper qu'il n'y a pas de poste de ravitaillement fixe, là où ils nous ont fait arrêter. Nous sommes sur une voie de dégagement latérale, à l'endroit le plus isolé qu'ils aient pu trouver.

Le gong à deux tons qui résonna alors les surprit, puis Holland se ravisa et se brancha sur l'interphone de cabine, reconnaissant tout de suite la voix de Barb Rollins.

— James ?

— Oui, c'est moi, Barb.

— Bon, quelle est la suite du programme ? On dit à tout le monde de rester assis, on sert des boissons, on fait quoi ?

Une autre voix s'immisça dans le casque des pilotes :

— Commandant ? Ici le colonel Nasher.

Holland vérifia si l'interphone de cabine était toujours connecté :

— OK, Barb, vas-y, faites passer des boissons. Je te rappelle. (Il repassa à l'interphone de communication avec le sol :) Oui, colonel, je vous entends. Ici le commandant James Holland. Êtes-vous prêts à nous ravitailler ?

De sa place, il pouvait voir le câble serpenter par terre vers ce qui ressemblait à un gros camion. C'était, de toute évidence, leur QG mobile. Il eut même l'impression d'apercevoir un visage derrière la vitre, et se dit que c'était sans doute celui de l'officier avec lequel il était en train de parler. Un silence tendu s'établit, puis :

— Mmm, commandant, comme vous le comprenez certainement, je suis en charge de cette base, mais je reçois en ce moment mes ordres de mes chefs au Pentagone. Ils ont l'air d'être en contact permanent avec tout un tas de services gouvernementaux là-bas.

En arrière-plan, Holland percevait d'autres conversations et les hurlements étouffés du vent glacial venu du nord-est.

— Je comprends, colonel. Mais nous, nous avons besoin de carburant ! Et un petit coup d'œil au niveau d'huile de nos moteurs ne serait pas superflu.

— D'accord, reprit l'officier en laissant échapper un soupir, d'accord... Maintenant, écoutez-moi bien, s'il vous plaît. Les ordres que j'ai sont les suivants : vous garder là où vous êtes, m'assurer que personne n'ouvre la moindre porte ou la moindre trappe de cet avion, plus encore que personne n'en sorte, et en rester là. Point. Pour l'instant, la base a été entièrement bouclée.

Holland tenta de surmonter sa stupéfaction :

— Très bien, cela nous paraît acceptable. Nous allons maintenir les portes fermées. Et nous n'avions pas l'intention de rouler où que ce soit, à part en bout de piste quand nous pourrons reprendre notre vol.

Une autre pause.

— Euh... J'ai l'impression que vous ne me suivez pas très bien, *captain.* Tant que je n'aurai pas d'ordre explicite à ce sujet, je ne peux pas vous autoriser à quitter la base.

Holland eut un léger sursaut, comme sous une décharge électrique. Il prit une longue inspiration, puis, se tournant vers Robb :

— Vite, appelez Dallas sur le téléphone satellite. Mettez-les au courant. Essayez de savoir ce qu'ils sont en train de fabriquer. (Il se reconnecta.) Colonel, il était question de refaire du carburant et de continuer sur la base militaire d'Edwards, ou peut-être sur Holloman, au Nouveau-Mexique. Sans vouloir être désobligeant, je me soucie assez peu des ordres que vous recevez. Moi, je ne vais pas m'amuser à laisser enfermés deux cent quarante-cinq passagers, et ça deux jours avant Noël. Alors, ce carburant ?

La réponse ne se fit pas attendre :

— Je suis sincèrement désolé, commandant, croyez-moi, mais tant que je n'aurai pas eu d'autres instructions, il n'est pas question de vous ravitailler, ni de vous laisser repartir. Au cas où il faudrait employer la force pour vous en empêcher, nous le ferions. Votre avion présente un risque d'épidémie grave, il est dorénavant immobilisé, sur ordre exprès de l'armée.

De plus en plus furieux, Holland écrasa encore une fois la touche de transmission :

— Mais c'est tout bonnement insensé ! A moins que vous n'ayez un endroit où isoler près de trois cents personnes, vous êtes en train de m'annoncer que nous allons devoir rester bloqués je ne sais combien de temps dans un avion ? Mais enfin, vous vous rendez compte que dans cinq ou six heures les toilettes vont déborder ? D'ailleurs, à ce propos, que nous restions ou que nous partions, pourriez-vous au moins nous réapprovisionner en eau et en nourriture ? Et faire nettoyer les W.-C. ?

Un silence encore, particulièrement long. *Ils n'ont pas prévu cette question,* se dit Holland. *Ils improvisent, en nous laissant totalement hors du coup.* Quand le colonel reprit la parole, il se montra froidement pratique, ne prenant plus de gants désormais :

— Bon, voilà le deal, commandant : la seule chose que j'aie l'autorisation de descendre de votre avion, c'est un corps... Le corps d'un de vos passagers qui est apparemment mort à bord. Quand nous aurons le feu vert, ce qui peut arriver dans douze heures ou plus, nous installerons une passerelle à l'une de vos portes, et quand nos gars le jugeront possible, vous serez autorisés à sortir le cadavre. On m'a dit qu'il fallait réaliser une autopsie au plus vite pour comprendre de quoi il est mort. Un groupe de médecins légistes est en route vers la base. Pour ce qui est de vos toilettes, la réponse est : Désolé, impossible. Tout ce qui est susceptible d'être contaminé doit rester à bord. La queue de votre zinc est positionnée au-dessus de la digue, de telle sorte que l'air que vous expulsez maintenant part en mer, j'ai dû faire enfiler à tous mes hommes ces fichues combinaisons d'extraterrestres, et si jamais une seule molécule de votre virus s'échappe et contamine qui ou quoi que ce soit, c'est moi qui trinquerai ! Maintenant, c'est à vous de jouer : vous allez expliquer tout ça à vos passagers, et leur faire rentrer dans la tête que personne, absolument personne, et en aucun cas, n'a le droit de sortir.

— Colonel, je ne suis pas gardien de prison. Si quelqu'un s'enfuit de cet avion, je ne peux rien y faire !

— Écoutez-moi donc ! C'est une affaire ultra-sérieuse, commandant. La police militaire vous encercle entièrement, compris ? J'ai ordre d'empêcher... pas d'essayer d'empêcher, mais d'empêcher quiconque de quitter le bord. Je peux utiliser la force jusqu'à ses conséquences les plus graves. Est-ce que c'est tout à fait clair ?

Holland se renfonça dans son siège en laissant échapper un juron. Dick Robb, qui venait de répondre à nouveau au gong de l'interphone de cabine, débloqua la porte du cockpit. Holland se rendit à peine compte que Lee Lancaster et Rachael Sherwood étaient entrés. Il appuya encore sur la touche de transmission :

— Vous êtes en train de me dire que si quelqu'un essaie de sortir de l'avion vous lui... tirerez dessus ?

La réponse fut immédiate :

— Exactement. Homme, femme ou enfant. Je n'ai pas le choix.

Robb s'était tourné vers l'ambassadeur avec un regard paniqué :

— Ils nous ont piégés ici ! On nous a entraînés dans ce trou et maintenant on ne nous laissera plus partir !

Très calme, Lancaster montra à Rachael le siège rétractable qui se trouvait derrière le fauteuil du pilote, et s'assit lui-même dans celui du milieu. Le combiné du téléphone satellite pressé contre l'oreille, Robb attendait que Dallas réponde.

Holland poursuivit son échange avec le sol :

— Et la nourriture, colonel ? Est-ce que quelqu'un y a pensé ?

— Oui, nous y avons pensé. (La voix était un peu moins cassante.) Je vais un peu improviser à partir des consignes reçues. Après tout, on ne m'a pas dit de ne rien faire rentrer dans l'avion ! Quand nous allons venir prendre le corps, il y aura des rations de vol sur la passerelle. Trois cents environ. Combien de nourriture avez-vous encore à bord ?

Holland s'ébroua :

— Mais je ne sais pas, moi. Il y avait un dîner et un petit déjeuner prévus pour ce vol. Je suis sûr que le petit déjeuner est prêt à être servi.

— OK. On ne vous laissera pas mourir de faim, mais vous feriez mieux de rationner vos gens... rapport aux toilettes. Pour l'eau aussi, on va vous renflouer. Simplement, vous ne devez rien rejeter.

Holland avait vu que Robb était entré en contact avec les opérations à Dallas. Il était en train de leur décrire la situation quand il se tourna soudain vers Holland, le visage blêmissant :

— Le boss veut vous parler. Il vaut mieux que ce soit lui qui vous annonce ça.

Il lui tendit solennellement le combiné. Le pilote échangea quelques phrases, puis coupa et laissa tomber l'appareil sur ses genoux. En déglutissant avec difficulté, il fit face à Lancaster.

— Qu'y a-t-il, James ? demanda ce dernier.

Holland reprit sa respiration :

— Je ne comprends pas bien pourquoi, mais une demi-heure avant notre atterrissage ils ont reçu un coup de fil de la salle des opérations à la Maison-Blanche.

— Et donc ? pressa Lancaster.

Holland déglutit à nouveau :

— Même notre propre pays a peur de nous maintenant, constata-t-il en désignant vaguement l'horizon, l'esprit accaparé par de nouvelles préoccupations.

— Que vous disent-ils, James ?

L'ambassadeur avait un peu élevé la voix. Il avait déjà remarqué que le pilote était fatigué, mais la lassitude qu'il lut alors dans ses yeux était inquiétante.

— D'après Dallas, finit par articuler Holland, le gouvernement est persuadé que nous transportons avec nous quelque chose de beaucoup plus grave qu'une grippe. Ils pensent que nous représentons un grave danger pour la population.

— Qu'est-ce que cela signifie ? interrogea Robb.

— Voilà ce que cela signifie : on nous refuse l'entrée aux États-Unis.

La Maison-Blanche, Washington

Depuis le début de son mandat, le président des États-Unis avait pris pour principe d'éviter comme la peste la salle des opérations de la Maison-Blanche en temps de crise. Du moins dans la mesure du possible. Le soir où la ville de Panama avait paru au bord de la guerre civile, il avait expliqué à son conseiller à la sécurité nationale, qui s'arrachait les cheveux devant sa décision :

— Non, je n'y vais pas. Voyez-vous, ce serait déclencher un engrenage infernal. (Et d'ajouter :) Nixon refusait d'y mettre les pieds, et Reagan de même, peut-être pour d'autres raisons. Eux, ils préféraient aller voir au Pentagone ce que racontait la cellule de crise des militaires.

— Mais, monsieur, il est bien plus discret de prendre l'ascenseur et de descendre deux étages !

— Écoutez, si j'apparais là-bas, ils vont tous se dire : La vache, si le Président se déplace, c'est encore plus grave que ce qu'on pensait ! Et donc la tension va monter, monter, et personne ne sera capable de me donner un avis la tête froide. Alors moi, je reste dans le Bureau ovale, ou dans mon fichu lit, et s'ils veulent me parler, ils peuvent prendre le téléphone ou monter ici. (Après une pause :) En plus, le service de presse est trop près, et certains journalistes ont l'air de ne jamais dormir !

Pourtant, le soir du 22 décembre à 18 h 30 heure locale, après une avalanche de coups de fil à propos du vol QN 66 venus de la salle des opérations, le Président dut jeter ses principes aux orties : il prit l'ascenseur.

Une douzaine d'hommes et de femmes se figèrent de surprise quand il fit irruption dans la pièce. Les traits tendus, le chef de l'État paraissait beaucoup plus que ses quarante-neuf ans.

— Bon, que se passe-t-il encore, ici ?

Il se pencha sur l'une des consoles, pesant de tout son poids sur ses bras tendus. Un assistant du conseiller à la sécurité nationale désigna un écran sur lequel s'affichait une carte de l'Atlantique Nord, avec la base de Keflavik entourée d'un cercle orange.

— Monsieur le Président, l'ambassadeur d'Islande est en train de remuer ciel et terre pour entrer en contact avec vous. Quelqu'un là-bas a entendu à la télévision qu'un 747 aux couleurs de Quantum venait de se poser. C'est un petit pays, vous savez : il a pris son téléphone, et maintenant les autorités islandaises sont au courant de notre stratagème. Ils sont dans tous leurs états, ils ont même tiré de son lit le secrétaire général de l'ONU. Ils veulent que cet avion s'en aille de chez eux.

Le Président se contenta de hocher la tête.

— La prochaine étape, ce sera les conférences de presse et les polémiques à propos de notre base en Islande, avertit le fonctionnaire.

— Ah, bravo ! Il a fallu passer deux heures au téléphone pour calmer le Premier ministre britannique après l'entourloupe à Mildenhall. Il y a un général à trois étoiles qui devrait se retrouver lieutenant rien que pour ça, si je m'écoutais !

— Mais... Je croyais que vous aviez personnellement autorisé l'atterrissage en Islande...

Il baissa les yeux et secoua la tête :

— Oui, oui... Je l'ai autorisé. Comme un imbécile. J'ai vraiment cru qu'ils pourraient le faire se poser discrètement.

— Monsieur le Président, si vous voulez faire le point, Jonathan Roth, le sous-directeur de la CIA, est là.

L'apercevant dans l'embrasure de la petite salle de conférences mitoyenne, le chef de l'État lui fit signe d'approcher.

— Il y a du nouveau, Jon ?

Roth fit non de la tête :

— Une équipe de spécialistes allemands est arrivée à ce laboratoire en Bavière pour essayer de comprendre la nature du microbe en question, mais nous n'aurons pas de résultats avant plusieurs jours, au bas mot.

Le Président s'appuya contre la console et croisa les bras :

— Donnez-moi vos pronostics, Jon, sur la base de ce que vous savez déjà : s'ils ont tous attrapé ce machin, combien de temps leur faudra-t-il pour guérir, et quel sera le taux de mortalité ?

Jonathan Roth se racla la gorge, très gêné de découvrir que la plus haute autorité du pays n'était pas au courant. C'était le bureau du conseiller à la sécurité nationale qui devait s'en charger, mais visiblement ils ne lui avaient rien dit.

— Monsieur le Président, excusez-moi... Je pensais que vous aviez été informé...

Il reçut un regard perplexe et une invitation sans appel :

— Allez-y, Jon, crachez le morceau !

— Eh bien, le taux de contamination doit être de cent pour cent dans cet avion, et nous pensions à un taux de mortalité de quatre-vingt-cinq pour cent, mais il y a très peu de temps nous avons reparlé avec l'un des chercheurs russes, qui nous a dit qu'il fallait s'attendre à un taux de... de cent pour cent.

Les traits du Président prirent une expression incrédule. La bouche à moitié ouverte, il eut cette mimique interrogative si familière aux téléspectateurs américains :

— Cela signifie que tous ceux qui... ont attrapé ce microbe à bord de l'avion vont mourir ?

— Oui, selon toute vraisemblance, oui, monsieur le Président.

— Oh, Dieu du ciel ! Et moi qui pensais qu'on pourrait s'en tirer sans panique majeure ! Je me disais qu'on allait les isoler quelques jours, que personne ne tomberait malade, et que si c'était le cas ça n'irait pas très loin...

Roth, d'un air navré, lui adressa un signe de dénégation :

— Monsieur le Président, au-delà d'une période d'incubation de deux jours minimum, nous devons nous préparer à voir deux cent cinquante-sept passagers et membres d'équipage mourir dans l'avion. Tant qu'ils seront en Islande, nous pouvons au moins les approcher avec toutes les précautions nécessaires et faire monter à bord des volontaires pour les aider... Enfin, je ne parle pas d'euthanasie, mais de morphine, ou de traitements similaires pour rendre leur fin un peu moins insoutenable. Mais il est hors de question de les faire sortir de l'appareil.

— Qu'est-ce que vous racontez, Jon? Il y a des règles à respecter là-dessus, non?

Se mordant la lèvre inférieure, Roth baissa les yeux un instant, puis les braqua soudain sur ceux du chef de l'État :

— Ce que je raconte, monsieur le Président, c'est que nous nous préparons à une tragédie qui restera l'un des pires chapitres de l'histoire de l'humanité. Ce qui va se produire dans ce 747 sera susceptible de fendre les cœurs les plus insensibles. Je... je voulais juste être certain que vous saisissiez tout cela, parce que nos décisions, quelles qu'elles soient, seront analysées au millimètre près au cours des décennies à venir.

Se redressant, le Président mit les poings sur les hanches :

— Et vous êtes certain qu'il n'y a pas d'espoir? Est-ce que nous avons au moins procédé à une autopsie de ce passager décédé? Ce professeur...

Jonathan Roth secoua la tête. Tout en suivant le chef de l'État qui s'était mis à déambuler lentement dans la pièce, il énuméra ses arguments :

— L'équipe médicale est en route, mais l'enchaînement des faits est déjà très clair. D'abord, nous savons que cet agent biologique est terriblement mortel parce qu'il provient d'un petit stock de virus d'une puissance apocalyptique, mis au point par les Soviétiques dans le passé, un stock qu'ils ont eux-mêmes eu peur d'exploiter. Ensuite, nous savons qu'il a été envoyé par erreur à ce laboratoire bavarois, que deux chercheurs ont été contaminés et sont morts en deux jours. Nous savons encore que l'un d'eux, en proie à la maladie, s'est enfui et s'est retrouvé en contact direct avec le professeur Helms. Les Allemands pensent qu'il a touché du sang infecté au cours de leur lutte à travers une vitre de voiture cassée. Et enfin, monsieur le Président, nous savons que le professeur s'est senti mal lui aussi au bout de quarante-huit heures, et qu'il est mort dans un 747 bourré de passagers. Le fait qu'il ait été infecté signifie qu'il pouvait contaminer les autres, et d'après mes experts, les risques de contamination à travers le système d'air conditionné sont de cent pour cent.

Le Président se rapprocha de Roth. Il parlait lui aussi un ton plus bas :

— Attendez, attendez ! Mais vous aviez dit qu'il s'agissait d'une crise cardiaque ! C'est ce que vous affirmiez il y a seulement quatre heures, Jon !

— Oui, c'est vrai. Mais on nous a expliqué que cela pourrait être un des effets de ce virus. Nous ne savons pas encore *comment* il tue, mais seulement qu'il le fait. Les symptômes sont peut-être moins atroces que... Enfin, je veux dire qu'il peut y avoir des problèmes respiratoires, ou cardiaques, ou autres, mais finalement le résultat est le même : c'est à cent pour cent mortel.

— Il paraît que le type du laboratoire est devenu fou avant de mourir. Eh bien, est-ce que c'est arrivé aussi à ce professeur ?

— Pas à ma connaissance, mais une réaction psychotique n'est pas obligatoire, cela dépend des cas. Le chercheur allemand a pu céder à la panique ou à l'hystérie en se rendant compte de son état.

Le chef de l'État prit un air plus que dubitatif :

— Jon, la relation que vous établissez entre les deux cas ne me paraît pas du tout évidente. On peut encore espérer que Helms est mort d'autre chose. Peut-être aurons-nous quelques survivants. Peut-être en aurons-nous beaucoup !

Roth prit son temps pour répondre :

— Et dans ce cas, même ces rescapés seront peut-être infectés, ils ne pourront pas retrouver une vie normale. Quelqu'un qui a attrapé le virus HIV, par exemple, le garde toujours. (Conscient du silence impressionné qu'observait son interlocuteur, il poursuivit :) Vous savez, moi aussi j'essaie de garder un peu d'espoir, mais mon instinct me dit que ce n'est pas justifié. Et si mon instinct ne se trompe pas, il faut que nous soyons prêts au plus vite. Où voulons-nous que cela se produise ?

— Quoi, pour les histoires de relations publiques ? s'exclama le Président sur un ton à la limite du sardonique.

Il imaginait déjà les titres ravageurs de certains organes de presse : « Pendant que des centaines d'Américains connaissent une mort affreuse, le chef de l'État soigne son image. »

Roth repoussa de ses deux mains levées un ennemi imaginaire :

— Non, non ! Je veux parler des conséquences pour la population. Il faudra brûler cet avion, de même que tous les corps. Il va peut-être même falloir le faire se poser dans une région désertique, loin de tout, et utiliser une toute petite charge nucléaire, à effet localisé, pour éliminer le moindre risque de prolifération. Parce que si nous ne nous sommes pas à la hauteur, monsieur le Président, si ce virus arrive à se répandre, ce pourrait être fatal à la moitié de l'humanité ! Je n'exagère pas, croyez-moi : nous avons là l'équivalent biologique d'une guerre thermonucléaire, si nous ne prenons pas les mesures qui s'imposent ! Pensez, un virus qui tue en trois jours, et contre lequel il n'y a aucun traitement possible...

Le Président regarda le patron en exercice de la CIA si fixement que ce dernier s'en inquiéta, se demandant s'il n'était pas entré dans une sorte de transe.

— Thermonucléaire... (Il finit par se détourner, les yeux fixés sur la carte, mais quand il retrouva la voix, il s'exprima avec assurance, sur un ton péremptoire :) D'accord, Jon. Vous avez parlé d'un désert. C'est une bonne idée. Trouvez-moi un endroit de ce genre à l'étranger, avec une piste assez longue pour un 747, où l'on puisse acheminer de l'aide d'urgence, des tentes, de quoi sortir ces gens de l'avion et les traiter décemment... s'ils sont vraiment condamnés. (D'un mouvement brusque, il fit face à Roth :) Repérez un endroit où nous puissions faire pour eux tout ce qui est humainement possible sans mettre en danger des zones de fort peuplement. Mettez-vous en contact avec le Département d'État, la Défense, sortez les pontes de leur lit, installez-vous ici et travaillez au téléphone avec vos services. Faites tout votre possible pour me trouver une réponse en une heure. En attendant, je vais parler à l'ambassadeur d'Islande. Gagner du temps, quoi.

Sans attendre la réponse de Roth, le Président quitta la pièce et se dirigea vers l'ascenseur, puis revint sur ses pas. Il passa la tête dans l'embrasure de la porte, presque en déséquilibre :

— Jon ? Trouvez-moi le moyen de venir en aide à ces gens sans renoncer à aucune de nos options.

QG de la CIA, Langley, Virginie. 18 h 45
(23 h 45 Z)

En entrant dans la salle de conférences que Jonathan Roth avait transformée en centre de commandement, Mark Hastings fut surpris d'y découvrir Rusty Sanders voûté sur un terminal installé en hâte. Pardessus son épaule, il aperçut une suite interminable de dénominations médicales défilant sur l'écran : des listes entières de virus infectieux, accompagnées d'une description détaillée de leurs symptômes.

— Je pensais que vous étiez déjà parti, lança-t-il.

Sanders sursauta légèrement et se retourna :

— Quoi ? Ah, c'est vous, Mark ? (Il montra l'écran d'un geste accusateur :) C'est fichtrement intéressant... et décevant. Je suis en train d'essayer de trouver un agent pathogène comparable à la description donnée par notre ami russe... Celui que M. Roth est si sûr d'avoir décelé sur le vol QN 66. Seulement, voilà, il n'y a pas de précédent.

Attirant une chaise près de Sanders, Hastings s'assit pour suivre le doigt du médecin sur l'écran :

— Regardez, celui-là, par exemple : forte fièvre, délire, complications respiratoires, plein d'autres troubles physiologiques, mais pas d'accidents coronariens !

Hastings releva les yeux pour les porter sur Sanders. Lequel avait fait disparaître sa cravate, ce qui était tout aussi bien. *Brouillon comme pas deux, mais pas antipathique, et malin, surtout,* pensa-t-il.

Un bloc-notes couvert de gribouillis s'étalait sur ses genoux, une tasse de café intacte avait refroidi à côté de l'ordinateur. *Et en plus, consciencieux...*

Sanders finit par remarquer le silence du visiteur et désigna enfin un point sur l'écran :

— Mais à quoi bon farfouiller là-dedans ? Nous ne

connaissons même pas encore lequel de ces microbes russes est en cause.

— Exact, approuva le médecin en hochant la tête et en reculant un peu son siège de la table. Seulement voilà, Mark... Cette histoire, je ne la *sens* pas. Enfin, disons que pour moi, rien ne permet d'affirmer qu'un type s'effondre d'un coup et meure d'une crise cardiaque à cause d'un virus... A moins que ce virus n'ait pour caractéristique de s'attaquer en premier au cœur.

— C'est le cas de ce professeur qui vous chiffonne, hein ?

— Tout juste ! (Sanders se leva d'un bond, adressant à l'ordinateur un large geste :) Enfin quoi, Mark... Écoutez ! Le seul lien possible entre ce virus et ce 747, c'est le professeur Helms. S'il n'existe pas, il n'y a aucun problème avec cet avion. Et si ce type est vraiment mort d'une crise cardiaque, cela réduit sérieusement les risques qu'il ait pu être porteur d'un virus mortel.

Hastings approuva :

— Admettons. Mais dans ce que vous dites, il y a un point qui me gêne. Évidemment, je ne suis pas de la partie comme vous, mais je me demande si quelqu'un infecté par un tel virus ne pourrait pas *aussi* avoir un arrêt cardiaque... Je veux dire, pas du tout lié à la contamination.

Sanders recula de quelques pas, tambourina des doigts sur la table d'un air concentré, puis se laissa retomber sur sa chaise en se penchant vers Hastings :

— Dites-moi, Mark, vous avez été avocat, non ? J'ai l'impression de témoigner en tant qu'expert à un procès. Enfin, c'est une bonne question...

Hastings éclata de rire :

— Ça se voit tellement ?

Sanders voulut le rassurer :

— Je n'irais pas jusque-là...

— Si, si, vous iriez jusque-là. Oui, c'est vrai, je suis un de ces avocats qui n'aiment pas plaider. Mais bon, revenons au problème : s'il est mort d'une crise cardiaque, est-ce que cela prouve forcément qu'il n'a pas pu être atteint par ce... comment dites-vous... cet agent pathogène ?

— Oui, c'est le mot. Les bons dictionnaires définissent ainsi tout ce qui provoque une maladie, avec ses spécificités. Vous avez raison, on ne peut pas conclure ceci de cela, et réciproquement. Je dois aussi reconnaître que le seul stress causé par l'offensive virale, même à ses débuts, peut provoquer une attaque, surtout si le sujet a déjà le cœur faible. C'est pour cette raison que j'essaie de me procurer son dossier médical. (Visiblement fier de son coup, il lança, un sourcil levé :) Vous savez que j'ai eu un des membres d'équipage au téléphone il y a quelques minutes ?

Non, Hastings ne le savait pas, mais il était très impressionné que Sanders ait trouvé par lui-même le moyen d'établir la communication.

— Les pilotes ont fait venir la chef de cabine au cockpit pour qu'elle me parle. Elle a dit que Helms était déjà malade quand il est monté à bord, qu'une hôtesse a dû l'aider à s'asseoir. Cela étant, un premier accident cardiaque peut parfaitement provoquer les symptômes qu'elle a décrits : fièvre, vertiges, troubles respiratoires, nausée, et même accès de délire, au cas où l'insuffisance circulatoire devient assez grave avant une grosse récidive... (Il s'arrêta, haussa les épaules :) Mais notre directeur a l'air de penser que ce débat est clos.

Hastings sourit et détourna les yeux un instant. Il se demandait jusqu'à quel point il pouvait parler. Sanders était à coup sûr pétri d'énergie et de curiosité, la Compagnie lui faisait assez confiance pour lui donner un salaire et un badge, mais il ne semblait pas avoir acquis le sens des nuances qui permettait de s'en tirer à Langley.

— Est-ce que je peux vous tutoyer Rusty?

— Mais bien entendu, Mark!

— Alors, Rusty, un petit conseil : fais très, très attention à Jonathan Roth. C'est quelqu'un de puissant, et d'aussi déterminé que bien placé. Il a pu, et il pourra encore, se débarrasser de tous ceux qui l'ont pris dans le mauvais sens du poil. Je ne veux pas rentrer dans les détails, mais je te conseille de te méfier de lui. Il a passé la majeure partie de sa vie dans les services secrets : agent de renseignements pendant des années, chef d'antenne dans une foultitude d'endroits, et c'est maintenant un expert incontournable dans la lutte contre le terrorisme moyen-oriental. Il y a une véritable légende autour de lui, autour de sa capacité à démasquer les plans terroristes avant même que des intérêts occidentaux ne soient touchés.

Sanders approuva du chef :

— Je sais, je connais son histoire. Et j'ai été estomaqué quand votre joyeuse bande m'a convoqué pour le briefer. En temps normal, je ponds des rapports ésotériques dans ma cave. Ce qui ne manque pas d'intérêt scientifique, mais ne va pas très loin.

— Tu n'es pas un clampin toi non plus! On t'a fait venir sur de très bonnes recommandations. Seulement, sois aussi... comment dire... aussi diplomate que possible avec lui.

— Je te remercie du conseil, mais je ne vais pas m'écraser. Dans cette affaire, il tire des conclusions trop rapidement, ce qui peut avoir une influence négative sur des décisions hypergraves! Bon sang, rien qu'en ce moment, il est en train de donner son avis au Président en personne!

Hastings voulut se montrer apaisant :

— Je ne t'ai pas demandé de t'écraser, mais de réunir des arguments assez solides pour le convaincre.

Sanders se mordit les lèvres :

— J'ai compris, j'ai compris, mais je sais aussi me fier à mes intuitions, et en ce moment il me semble criant que nous nous sommes lancés dans un engrenage très dangereux, sans conclusions claires.

Surgie de l'autre bout de la pièce où elle avait été un moment en grande conversation téléphonique, Sherry Ellis s'approcha de Mark Hastings et sourit au médecin toujours installé devant son ordinateur :

— M. Roth vient juste d'appeler de la Maison-Blanche, annonça-t-elle de sa voix où perçait l'accent du Sud. Il faut laisser tomber tout ce que nous avions en train pour chercher trois possibilités de pistes d'atterrissage dans un désert.

— Je peux aider? proposa Sanders en se levant.

— Avec cette façon que tu as de gigoter devant ton clavier, docteur? Moi, je ne te laisserais pas sortir d'ici! Et, Mark, il a dit que nous avions trente minutes, pas une de plus.

Hastings se leva aussi, une expression soupçonneuse sur le visage :

— Qu'est-ce qu'il mijote?

Sherry soupira avec une mimique désolée :

— Tu ne vas pas apprécier, Mark, mais voilà : il a besoin d'un endroit désertique où le Président puisse les envoyer mourir discrètement. Un endroit assez loin de tout pour que le microbe ne se propage pas.

Hastings se tourna vers Sanders :

— Tu avais dit qu'il ne fallait pas les diriger vers un climat chaud, non?

Rusty Sanders fit oui de la tête, mais leva un doigt en signe de mise en garde :

— Un climat chaud et humide serait le pire. L'air sec d'un désert ne devrait pas poser trop de problèmes, mais ce n'est pas la vraie question, Mark. Tu vois ce que j'étais en train de critiquer, les conclusions hâtives qui s'enchaînent?...

Sherry les coupa :

— Ce n'est pas tout, très chers : cette piste doit se trouver à environ dix heures de vol de la côte Est, mais assez isolée pour permettre une frappe nucléaire de faible puissance.

Ces derniers mots firent aux deux hommes l'effet d'un véritable coup de poing et ils s'écrièrent ensemble : « Quoi ? »

Sherry poursuivit sur un ton grave :

— C'est exactement ce qu'il m'a dit. Quand ils seront tous morts, l'avion et les cadavres doivent être incinérés, et une charge nucléaire offre le plus de garanties.

Sanders fit quelques pas vers la fenêtre :

— Mais c'est incroyable, ça ! Il n'y a même pas un cas de rhume dans ce zinc, et lui se voit déjà en train de faire partir les cadavres en fumée !

Il se rapprocha de Sherry, regarda Mark Hastings qui, encore sous le choc, essayait de retrouver ses réflexes professionnels :

— Mon Dieu... Et quels sont... quels sont les sites possibles, Sherry ?

— Le premier, c'est une piste construite en plein Sahara par les Soviétiques, dans le temps. Latitude vingt degrés nord, longitude huit degrés ouest. Elle se trouve théoriquement en Mauritanie, mais à mon avis il n'existe rien d'organisé à moins de huit cents kilomètres à la ronde. Il y a encore deux possibilités dans le sud de l'Égypte et de l'Algérie, deux pistes abandonnées au milieu de nulle part. Le Département d'État est en train de vérifier le degré de sensibilité des pays concernés, l'ONU est dans le coup, la Défense étudie les questions logistiques, et nous, nous devons nous charger du reste. D'après ce que je sais, ils sont en train de charger des transporteurs C-5 et C-17 à Douvres pour acheminer du matériel et des spécialistes. On leur donnera leur destination en vol.

Mark Hastings hocha la tête :

— Pour chaque site, il nous faut les derniers rapports sur la situation politique, la stabilité des gouvernements en place, les révoltes locales, les agissements des tribus nomades, les risques de coup d'État militaire, etc. Aussi, les derniers clichés satellites de l'Agence pour la sécurité nationale, et puis les trajectoires actuelles des satellites disponibles, et la liste de ceux que nous pourrons utiliser, et à quel moment.

— Ce sera tout ? demanda Sherry sur un ton sarcastique.

— Oui, je pense, répliqua Hastings.

— Eh bien tu te trompes ! lança la jeune femme. Notre directeur a encore une autre exigence, et tu sais comme il peut être exigeant. Les enquiquineurs des renseignements militaires, pour reprendre ses termes, vont essayer de nous doubler là-dessus en présentant leurs conclusions au Président avant nous. Donc, et je cite toujours, ou bien toi et moi nous les battons au poteau, ou bien nous sommes bons pour aller faire du terrain au pôle Sud !

Rusty Sanders fit aller un regard incrédule de l'un à l'autre, puis explosa :

— Les renseignements militaires... Encore cette histoire ! On n'en sort jamais, dans cette maison ? La vie de centaines de personnes est en jeu, et Roth se préoccupe de rivalités entre services ?

Esquissant un sourire, Hastings donna une tape sur l'épaule du médecin et commença à se diriger vers la porte :

— C'est une question à laquelle nous pourrions répondre, Rusty, mais après il faudrait qu'on vous descende. (Sur le point de sortir, il ajouta, toujours mi-figue mi-raisin :)... Avant que les renseignements militaires ne s'en chargent, évidemment !

CHAPITRE 12

A bord de QN 66.
Vendredi 22 décembre, 23 h 45 (0 h 45 Z)

Poussées par les vents glacés qui faisaient rage de l'est, les rafales de neige assaillaient les flancs du géant immobilisé. Grâce au générateur auxiliaire de puissance (l'APU en jargon aéronautique), la carlingue du 747 demeurait cependant baignée d'une confortable chaleur, que James Holland ne ressentait aucunement, tant son esprit demeurait accaparé par la conversation téléphonique qu'il venait juste de terminer avec Dallas.

Un peu plus tôt, les trente-huit passagers du pont supérieur s'étaient vu discrètement prier de rejoindre des places vacantes en bas. Ils s'étaient tous exécutés sans broncher, et Brenda Hopkins ainsi que les quatre autres personnes à avoir été en contact direct avec Helms étaient maintenant installées dans les dernières rangées. Alors, Holland avait convoqué tout le reste de l'équipage en haut, près du cockpit qu'il n'avait pas quitté depuis des heures.

En allant vers eux, le pilote observa leurs visages anxieux. Ils s'étaient tous assis aux premières rangées, à l'exception de Dick Robb resté debout, appuyé contre un des sièges, les bras croisés, silencieux. Au troisième rang attendaient l'ambassadeur et son assistante, eux aussi conviés à ce briefing plus qu'insolite. Wilson, le télé-évangéliste, de plus en plus irritable, avait tenté de leur emboîter le pas quand il les avait vus se lever et gagner l'escalier, mais Barb Rollins lui avait barré le chemin et sèchement intimé l'ordre de rester à sa place. Impressionné par la détermination de la chef de cabine, il avait obéi et maugréait maintenant des insanités entre ses dents, tandis que son secrétaire fronçait les sourcils et jetait des regards inquiets à la ronde.

Holland s'éclaircit la gorge, baissa les yeux, les releva en essayant de les garder dans ceux de ses interlocuteurs. Il ne voulait pas leur mentir, mais il était aussi douloureusement conscient du fait que, si ses sentiments le poussaient à tout leur dire, sa raison exigeait plus de prudence.

— Bon, mes amis, nous nous retrouvons dans une situation vraiment sans précédent, mais nous allons très bien nous en sortir, j'en suis sûr. Maintenant, il va falloir être le plus ferme et le plus professionnel possible pour que les passagers restent tranquilles et confiants. Cela étant dit, je vais vous communiquer les dernières informations transmises par le sous-directeur des opérations. (Il fit une pause et se força à sourire.) Donc, voilà : les autorités ont certifié à notre compagnie que notre passager a été exposé à un virus particulièrement dangereux. Bon, ce que nous savons de ce microbe est qu'il peut vous mettre dans un sale état pendant un moment, mais enfin, avec du repos et une bonne réaction de l'organisme, la plupart des virus sont éliminés en une semaine et quelque.

Holland les regarda dans les yeux, un par un, puis laissa son regard s'attarder sur Rachael Sherwood, qui l'écoutait attentivement. Elle eut un timide sourire et lui fit un petit signe d'encouragement de la tête. Il se remémora les paroles du sous-directeur : *C'est peut-être une fausse alerte. Même si votre passager est mort à cause de ce truc, il ne se propagera peut-être pas.*

Ses yeux passant à Barb Rollins, le pilote poursuivit :

— Maintenant, la compagnie est absolument convaincue qu'il s'agit d'une fausse alerte, d'une panique de bureaucrates, et qu'en tout cas les réactions de tous ces pays sont grandement exagérées. Il se peut très bien que ce passager ait été victime d'une crise cardiaque, rien de plus. Ou qu'il ait eu une simple grippe, et non ce microbe dont ils ont tous si peur. Le médecin qui a aidé Brenda dans ses efforts héroïques pour sauver le malade confirme que cela ressemblait beaucoup à un accident coronarien avec tous les symptômes habituels, comme la nausée et les vertiges. (Il regarda à nouveau tout le groupe en essayant de sourire. Il espérait terriblement avoir l'air sincère :) Quant à toute cette absurdité, le rejet de Londres, le retour à Francfort qui a tourné court, les refus d'atterrissage à Amsterdam et à cette base en Angleterre, tout cela est le résultat de l'intox entre gouvernements qui se repassent des informations tronquées ou erronées. Il y a eu en effet des rumeurs assez effrayantes, en partie reprises par les médias, et donc, même les officiels, qui devraient pourtant être mieux informés, ont réagi en nous claquant la porte au nez. Je suis désolé de ne pas vous avoir tenus au courant au fur et à mesure, mais tout s'est passé si vite, et puis, il y a du pain sur la planche quand on est seulement deux dans un cockpit...

La voix du sous-directeur résonna une nouvelle fois dans sa tête : *James, depuis notre dernière conversation, il y a eu... Enfin, vous devez savoir que les États européens sont persuadés que vous êtes tous contaminés par un virus tellement mortel qu'ils paniquent à l'idée de vous accueillir chez eux. Bien entendu, je suis sûr qu'ils sont cinglés, mais nous devons faire avec. Le gouvernement US sait que ce n'est pas si grave, seulement il y a des impératifs diplomatiques et, bref, en conclusion, la Maison-Blanche préfère que vous ne reveniez pas en Amérique tant que nous n'aurons pas tiré au clair toute cette histoire. C'est de la politique, vous comprenez : si l'Europe a la trouille, ils se disent que ça va aussi paniquer chez nous. Donc nous allons vous faire rester où vous êtes jusqu'à ce que tout le monde soit OK, ou plutôt que personne ne soit tombé malade, ensuite, il n'y aura plus de problème.*

Holland détourna son regard vers les hublots. Il nota que les flocons de neige arrivaient pratiquement à l'horizontale, comme si l'avion était en vol, et non à terre.

— Je sais bien que c'est Noël, reprit-il, je vois les conséquences que tout cela a déjà et aura pour nous tous, même si en définitive personne n'attrape rien de plus grave qu'un refroidissement et que nous nous retrouvions tous chez nous pour le réveillon. Nous devons nous préparer à voir les passagers s'énerver, et à contrôler nos propres réactions. Donc, la compagnie me charge de vous dire que les téléphones satellites de bord peuvent être utilisés gratuitement par tous, y compris vous-mêmes. Avec le tintouin que doivent faire les télés autour de nous, ce ne sera pas superflu d'appeler vos proches pour leur dire que tout va bien.

Et en arrière-fond encore : *Écoutez, James, ce n'est pas nous qui décidons dans cette affaire, c'est le gouvernement, et d'après mes informations le Président lui-même est sur le pont. Nous continuons d'essayer d'en finir avec cette aberration et d'obtenir l'autorisation pour votre retour ici, n'importe où.*

— La compagnie s'occupe de nous, en étroite coopération avec les autorités, ils sont en train de voir comment faire avec la réglementation sanitaire officielle, parce que si nous allions tout de suite à New York ça ferait du grabuge. En conséquence, ce que nous avons de mieux à faire pour l'instant est d'attendre ici.

Il leur expliqua ensuite que le ravitaillement en carburant ne se ferait pas tant qu'ils ne connaîtraient pas leur destination finale, et que personne n'était autorisé à quitter l'appareil. Il n'alla pas jusqu'à évoquer le fait que les hommes qui montaient la garde autour du 747 avaient ordre de tirer sur les récalcitrants.

— Bon, je vais maintenant faire une annonce pour les passagers. Ce n'est pas facile, croyez-moi, je vais leur dire à peu près ce que je vous ai raconté en me montrant encore plus positif et optimiste. Alors, s'il vous plaît, gardez le sourire, et serrons-nous les coudes. Si jamais des passagers réagissent vraiment mal, prévenez-moi, et j'irai personnellement leur parler.

Après avoir répondu à quelques questions, il les renvoya à leurs postes de travail en leur recommandant encore de garder l'œil sur la cabine. Quand ils furent presque tous partis, Holland se tourna vers Dick Robb :

— Dick, s'il vous vient la moindre suggestion, la moindre remarque, je vous en prie, n'hésitez pas et dites-la-moi, d'accord ? Je suis désolé de vous avoir... brusqué, quand nous étions au-dessus de Londres. J'ai vraiment besoin de vos conseils.

Robb fit un geste de la main, comme pour repousser dans le vide le rappel de cet incident, et observa minutieusement le bout de ses chaussures, avant de laisser échapper un « Pas de problème ».

— Ce que j'ai dit, ça vous allait ?

Il releva les yeux vers Holland :

— Oui, bien sûr.

— Je dois savoir, parce que c'est vous qui avez la responsabilité de ce vol.

— Mais vous êtes le commandant de bord.

D'un geste brusque, Robb se plaça bien en face de Holland :

— James, est-ce que vous avez déjà connu une situation qui ressemblait à celle-là ?

Le pilote fit non de la tête :

— A mon avis, personne n'a jamais connu une situation de ce genre.

Robb laissa échapper un soupir, regarda encore à ses pieds :

— J'ai vraiment flippé tout à l'heure, vous savez ? D'une certaine manière, je suis presque content que nous restions ici. (Il releva les yeux.) Au moins, c'est une base américaine. Même s'ils ne nous laissent pas rentrer chez nous pour Noël, on est en sécurité, ici.

Holland tarda à dissiper le silence qui tomba alors entre eux, puis se força à montrer d'un bras la porte du cockpit :

— Oui, euh... Cette annonce, je ferais mieux d'y aller.

Robb approuva sans le regarder dans les yeux, et tourna les talons.

Au fond de la classe économique, Lisa Erickson suivait d'un air concentré chacune des paroles prononcées par James Holland. Serrant contre son cœur le petit coussin qui lui avait été donné, les yeux fixés sur le haut-parleur au-dessus de sa tête, elle s'humecta les lèvres, pressée d'entendre que tout était réglé et qu'ils seraient enfin chez eux dans quelques heures. Chez eux, où ses enfants l'attendaient.

« Nous voudrions plus que tout vous ramener tous à la maison pour Noël... » était en train de dire le commandant, ce qui provoqua chez elle un pâle sourire et un hochement de tête ; c'était ce qu'elle voulait plus que tout, elle aussi, et c'était ce qu'il fallait plus que tout : rentrer à la maison !

« ... mais nous devons regarder la réalité en face, mes amis : nous n'aurons probablement pas le temps d'arriver à bon port avant le début du réveillon, quand nous en aurons fini avec cette mini-quarantaine. »

Au début, Keith Erickson crut qu'une sirène s'était déclenchée : ce hurlement perçant était trop soutenu et insistant pour provenir d'un être humain. Mais très vite, et alors que toutes les têtes dans la cabine se tournaient vers eux, il réalisa que ce son barbare venait de sa femme.

C'était un monstrueux cri de douleur qui ne connaissait ni modulations ni limites. Un cri qui montait d'un esprit torturé et qui dura une éternité, jusqu'au moment où les poumons qui l'expulsaient demandèrent grâce, puis qui reprit tandis que deux hôtesses, les tympans affolés et les nerfs en pelote, se précipitaient vers le couple.

Keith prit Lisa dans ses bras, la berça, lui parla, la secoua, et réussit finalement à réduire le hululement à une plainte inarticulée, puis à un silence hébété. Et elle resta là, la bouche pincée, le regard perdu dans le vide, se balançant lentement d'avant en arrière, les bras noués autour de ses genoux qu'elle avait relevés.

— Chérie, ça va ? Tu m'entends ? lui répétait son mari à l'oreille.

Tout d'abord, elle ne réagit pas, puis elle se tourna vers lui, tenta un sourire absent et articula, en prenant une voix d'épouse modèle :

— Je me sens parfaitement bien, Keith. (Son ton était étrangement calme, comme si rien ne s'était produit.) Je me sens très bien, dit-elle à nouveau.

Quand Barb Rollins s'éloigna lentement du couple, Lisa se remit à se balancer, la même curieuse expression revenant sur ses traits.

Après l'entrevue au pont supérieur, Lee Lancaster redescendit en première classe, non sans avoir demandé à Rachael de dire au pilote qu'il n'hésite pas à faire encore appel à son aide en cas de besoin. Demeurée en retrait, la jeune femme, ayant vu Dick Robb se diriger vers l'escalier, alla jusqu'à la porte du cockpit et resta à regarder James Holland enfoncé dans son siège, les sourcils froncés. Quand il eut terminé son annonce, il découvrit avec surprise qu'elle se tenait dans l'embrasure. Il lui sourit :

— Rachael ! Mais entrez donc !

— Merci. Est-ce que je dois fermer la porte ?

Le regard de Holland parcourut la travée derrière elle. Personne. Pourtant, il acquiesça d'un geste. Sans se retourner, Rachael chercha d'une main le loquet et le tourna posément.

— On est un peu à l'étroit ici, mais ce n'est pas si mal, remarqua-t-il comme pour s'excuser.

Il lui fit signe de prendre le siège du copilote et de s'asseoir de biais pour qu'ils puissent être face à face. Elle contourna la console, s'assit, releva les yeux et les laissa se perdre dans ceux du pilote. Celui-ci se sentit soudain gêné, sans savoir pourquoi. Il regarda par la fenêtre, observant les balises de la piste. La neige tombait encore plus fort, mais le vent avait faibli, même si des bourrasques faisaient légèrement tanguer l'appareil.

— Euh... Je vous suis très reconnaissant pour votre aide, à l'ambassadeur et à vous, finit-il par articuler.

— Ce n'est rien, répondit-elle en souriant. Je suis contente que nous ayons été là. (Son regard revint sur elle avec une nuance de stupéfaction. Elle rougit :) Oh, je voulais dire... ce n'est pas que je sois contente que nous soyons dans... cette situation, mais...

— J'avais compris, la rassura-t-il avec un petit rire.

— Enfin, je voulais dire que, vu la situation, ce n'était pas plus mal que...

— Que vous soyez là ?

Il remarqua qu'elle riait de bon cœur. Elle avait un sourire ravissant. Il se sentait bien en sa compagnie.

— C'était une formule ridicule, n'est-ce pas ? Disons que je suis contente que nous puissions vous aider, puisque nous sommes assurément dans le même bain.

Ils gardèrent le silence un moment, écoutant le vent souffler et le bourdonnement des circuits électriques qui semblaient battre comme le pouls du cockpit. Holland désigna, sous eux, le salon des premières :

— Je voudrais vous poser une question : est-ce que vous connaissez ce Wilson, Garson Wilson ?

— Le représentant personnel de Dieu sur terre ? plaisanta-t-elle. Oui, j'ai observé son manège. Il se couperait une main pour pouvoir sortir de cet avion. Pendant ce temps son pauvre petit secrétaire s'exténue à le calmer. C'en est presque amusant. Mais je suis plus fascinée par d'autres passagers.

— Ah oui ?

— Oui, par exemple il y a en bas un couple absolument délicieux. En voyage de noces. Dans les quatre-vingts ans, je dirais. Ils viennent de passer trois semaines en amoureux sur le vieux continent, et ils reviennent tirés à quatre épingles. Betty et Bill Palmer. Ils prennent tout ça le plus philosophiquement du monde. C'est un vrai plaisir de bavarder avec eux, ils sont si mignons ensemble : ils sont restés main dans la main depuis le décollage !

Elle s'aperçut qu'il l'écoutait avec moins d'attention et regardait la porte. Quand elle s'arrêta, ses yeux revinrent sur elle et lui sourirent :

— Je suis trop égoïste. Je ferais mieux de descendre leur parler un peu à tous. Ils ont besoin de savoir ce qu'il y a derrière cette voix dans l'interphone.

Elle inclina la tête de côté :

— Comment, égoïste ?

James Holland se mit debout et lui tendit une main pour l'aider à se lever, ce qu'elle accepta de bonne grâce.

— Oui, égoïste. Parce que je préférerais de loin rester ici avec vous que de me confronter à tout ça.

— Eh bien, merci, cher monsieur !

Rachael tenta de garder un sourire tranquille pour cacher la rougeur qui lui montait au visage, de très loin en elle ; une douce vague d'émotion qui lui parut à la fois incongrue dans ce contexte, mais aussi délicieusement réconfortante.

Holland allait se tourner vers la porte mais, comme elle gardait sa main dans la sienne, il lui fit face à nouveau.

— James, vous me dites... Enfin, vous nous dites tout, n'est-ce pas ? Vous ne pensez pas que nous allons tous être contaminés ?

Il détourna son regard un instant, ce qui fit passer en elle un frisson d'angoisse, mais il se ressaisit aussitôt :

— D'après moi, Rachael, nous sommes plus menacés par des bureaucrates bornés que par n'importe quel virus. Non, vraiment, je ne pense pas que nous risquions de tomber malades.

Il la laissa lentement retirer sa main, comme à regret, se dit-elle, et alla ouvrir la porte. Quand il se retourna encore vers elle, il avait la même expression hantée, hagarde, presque, qu'elle lui avait vue à l'aéroport de Francfort.

— Ce que j'espère seulement, c'est qu'ils me disent tout, *à moi*...

CHAPITRE 13

La Maison-Blanche, Washington.
Vendredi 22 décembre, 21 h 00 (2 h 00 Z)

Dévalant le porche de la Maison-Blanche, Jonathan Roth sauta dans la Mercedes noire qu'il avait laissée dans l'allée principale. La nuit était froide, sombre, et les rues de Washington pratiquement désertes. Il avait descendu plus d'un kilomètre sur Pennsylvania Avenue, en direction de Georgetown, quand ses pensées retournèrent à la piste du Sahara où le vol QN 66 allait se conclure. Une tragédie. Deux cent quarante-cinq hommes, femmes et enfants et douze membres d'équipage condamnés à une mort sans doute atroce.

Le Président s'était presque tout de suite rangé à ses arguments en faveur de l'option mauritanienne. C'était la piste la plus proche de l'Atlantique, à plus de huit cents kilomètres du premier avant-poste de la civilisation, toutes raisons pour lesquelles les Soviétiques avaient investi tant d'argent dans cette base secrète avant la désintégration de l'URSS.

L'image de ces êtres devenant l'un après l'autre la proie d'une terrible maladie s'imposa de nouveau, insidieusement. Il fut surpris par le flux d'émotions qui l'envahissait : il se croyait psychologiquement blindé par l'expérience, ayant assisté à nombre de scènes révoltantes et ayant lui-même provoqué la mort de plusieurs personnes au temps où il était un homme de terrain. Il avait aussi été le premier responsable de la CIA à arriver sur place à Jonestown, lors du suicide collectif de la secte du Temple de Dieu. Le spectacle des corps décomposés avait été encore plus horrifiant que la puanteur, dont le souvenir, toujours vivace, suffisait à lui donner la nausée.

Son esprit revint au drame présent. *Tous ces gens et un 747-400 dernier modèle à faire passer à la trappe ! Quel gâchis !* Il repensa à ses interlocuteurs de Quantum, à Dallas. Ils semblaient si confiants, au téléphone. Le Président lui avait recommandé de ne rien leur dire quant à la nature supposée de ce virus et à son taux de mortalité. Il était exclu que les controverses politiciennes et les calculs personnels puissent troubler ceux qui, la tête froide, devaient prendre les mesures qui s'imposaient. A Quantum, on ne savait donc pas que l'avion et la plupart de ses occupants, sinon tous, étaient condamnés à disparaître dans une tragédie sans précédent. Une idée lui traversa l'esprit : *Si seulement le 747 avait raté son atterrissage et s'était abîmé dans l'océan ! C'en aurait été fini en une seconde. Le coup de grâce. Pas de souffrances, pas d'agonie, et surtout pas la perspective de devoir incinérer des dizaines de cadavres contaminés, avec les télés essayant de tourner en direct.*

Roth passa sur Conrail Road sans croiser le moindre véhicule. Il était comme programmé pour rejoindre Langley, n'ayant même pas besoin d'oublier ses préoccupations pour penser à la route. Le Président, déjà affolé par la perte prochaine de l'ambassadeur Lancaster, se rongeait les sangs en se demandant quand il devrait l'appeler au téléphone, et s'il faudrait le mettre dans leur terrible secret, lui annoncer que tout le monde à bord allait mourir dans les prochaines soixante-douze heures.

Le sous-directeur de la CIA poussa un soupir qui se termina en grognement. Quelle ironie du sort ! Il avait rencontré l'ambassadeur à plusieurs reprises. Un brillant diplomate, mais une véritable plaie pour les services de renseignements : à chacun de ses pas, la CIA avait dû faire des heures supplémentaires pour déjouer les tentatives d'attentats terroristes contre lui. Il avait depuis longtemps renoncé à tenir la liste des avions que l'ambassadeur avait pris et qui avaient échappé de peu à une bombe. Il secoua la tête rageusement : *Juste quand il n'y avait pas de complot contre lui ; c'est exactement la fois où nous en aurions eu besoin !*

Al-Aqbah. Le plus récent, le plus dangereux des groupes terroristes bénéficiant du soutien de l'Iran. Une organisation d'autant plus effrayante qu'elle disposait de moyens technologiques inédits dans ces milieux. Il se souvint du pilote d'aviation iranien, entraîné aux États-Unis, qu'ils avaient pris quelques mois auparavant alors qu'il se préparait à mener une action kamikaze à Rome, aux commandes d'un chasseur Mig-29. Sa cible était le Vatican, le Pape en personne. Ces gens-là ne semblaient même plus avoir besoin de détourner des avions ou des bateaux pour tenter des attaques-suicides : maintenant, ils disposaient d'avions de combat, de missiles, et, selon toute vraisemblance, de têtes nucléaires, pour la plupart achetés à des unités militaires de l'ex-URSS prêtes à tout monnayer. Il était mieux placé que quiconque pour savoir combien il était désormais facile d'acheter du matériel militaire ultra-sophistiqué dans les pays de l'ancien bloc de l'Est. *Y a-t-il une possibilité, même minime, qu'Aqbah soit impliqué dans la contamination de cet avion par un virus mortel ? Ils seraient bien assez inhumains pour ça !*

Tout comme il avait contribué à détruire Septembre Noir et à saper la cohésion du Fatah, il s'était juré de rayer Aqbah de la carte. Sa réputation de maître de l'espionnage venait de là : tous les services de renseignements voyaient en lui un génie capable de deviner ce que de tels groupes projetaient avant même que les intéressés le sachent eux-mêmes. Mais si on attendait maintenant de lui qu'il contre durement Aqbah, il n'avait pour l'instant pas réussi à déjouer leurs opérations. Bien plus qu'à ceux de l'électronique, c'était aux atouts du cerveau humain qu'il faisait confiance : il avait plus vite fait de deviner ce qu'ils avaient en tête que de le prouver au moyen des satellites-espions.

La vue d'une Cadillac dernier modèle, arrêtée sur le bas-côté, le fit sortir de ses réflexions. Le capot était relevé, quelqu'un braquait une lampe-torche sur le moteur. Tant d'années passées sur le terrain avaient aiguisé en lui de tels réflexes qu'il réalisa avoir déjà envisagé toutes les possibilités de parer, au cas où la voiture et son chauffeur auraient constitué une menace. Poursuivant sa route, il réprima un rire et se remit à penser aux terroristes d'Aqbah.

Selon les premiers rapports parvenus de Beyrouth en 1994, ce groupe s'était formé à la veille de la guerre du Golfe, s'était servi de l'argent de Saddam Hussein pour accumuler un arsenal des plus sophistiqués, puis avait lâché Bagdad et s'était rallié à l'Iran. Après une série d'attentats et d'assassinats, les menaces d'Aqbah étaient prises au sérieux dans le monde entier. Mais, au grand dam de la CIA et d'autres services, un nombre grandissant d'experts du renseignement avaient commencé à développer une sorte d'admiration malsaine pour la complexité technologique des méthodes du groupe qui, avec son mélange de discipline incroyablement efficace, de fanatisme chiite sans aucun scrupule et de savoir-faire électronique fourni par des spécialistes du genre, était en train de s'entourer d'une aura surnaturelle. Aux dépens de Roth, et du reste du monde libre.

Le sous-directeur s'ébroua et se laissa aller à sourire. Lui seul savait que sa réputation tapageuse devait tout au hasard et aux circonstances. Il avait à chaque fois découvert la bonne solution en avançant à l'aveuglette, tel un inspecteur Clouseau bien réel. Ses succès avaient toujours été, en grande partie, une question de chance. Il se demanda si les dirigeants d'Aqbah étaient au moins au courant de la présence de Lancaster à bord de l'avion de Quantum. Même si le monde ne pourrait jamais le voir de cette manière, faire exploser le vol QN 66 en plein vol reviendrait finalement, aussi aberrant que cela puisse paraître, à accomplir un acte charitable. *Aqbah ne tenterait pas le coup sans garantie de succès, mais s'ils le faisaient, notre rôle serait de les en empêcher,* pensa-t-il. Lancaster était pour eux une cible de choix : ils avaient promis aux mollahs iraniens de l'exécuter pour crimes contre l'islam, au nom de griefs si confus qu'il avait renoncé à s'en souvenir.

Le cerveau toujours en ébullition, il s'engagea sur la rampe qui conduisait au pont enjambant le Potomac, avant l'entrée dans le comté d'Arlington. Et soudain tout se mit en place dans son esprit. Il donna un coup de volant à droite, écrasa la pédale de frein. La Mercedes s'immobilisa au bord de la route dans un crissement de pneus. Il resta une seconde immobile, puis tendit le bras vers le siège arrière pour attraper sa mallette. Il fit sauter les fermoirs et en sortit son ordinateur portable, l'alluma, écouta le ronronnement du disque dur en train de démarrer. Il attendit avec impatience l'apparition du menu principal, choisit un programme protégé et demanda une recherche. Enfin, une ligne de commande et un curseur clignotant apparurent. Il entra quelques mots clés, pressa la touche ENTER. Soupirant d'aise quand les informations commencèrent à s'afficher sur l'écran, il les étudia longuement, puis sortit du programme, éteignit le portable qu'il referma. Il resta au volant du véhicule, silencieux, plongé dans ses pensées. Il ne lui restait plus que quelques heures pour mettre son adversaire échec et mat. Si Aqbah jouait un coup, il allait falloir aller plus vite que lui, mais il avait l'avantage de son réseau personnel. C'était un atout énorme que de pouvoir prévoir le prochain coup de l'ennemi. Or, ce que tenterait Aqbah si le groupe disposait des informations et des opportunités nécessaires ne faisait aucun doute : ils se chargeraient eux-mêmes de détruire ce 747. Il avait devant lui la chance qu'il attendait depuis des années !

Roth remit le contact, passa une vitesse, et lança la Mercedes en direction de Langley.

A bord de QN 66. Base aérienne de Keflavik, Islande

James Holland étant descendu en cabine, Dick Robb avait regagné le cockpit. Il était en train d'ajuster ses écouteurs quand il entendit un grondement de turbines monter à la gauche de l'appareil, et il eut la vision fugitive d'un Lockheed C-141B de l'armée de l'air américaine touchant la piste à l'ouest puis disparaissant dans les rafales de neige où ses feux de position continuèrent à clignoter, fantasmagoriques.

Le copilote brancha l'interphone extérieur, dans l'espoir que le QG mobile serait toujours connecté à eux.

— Il y a quelqu'un ?

On lui répondit instantanément :

— Oui ?

— Je croyais que la base était fermée, mais je viens de voir un avion atterrir.

— C'est la mission venue de Douvres, monsieur. L'équipe médicale pour l'autopsie.

Des lumières bougeaient ici et là dans la nuit, maintenant : celles du gros-porteur qui venait de s'immobiliser au loin, celles d'une voiture de service s'approchant du camion du commandant. Il surprit sur la droite une autre forme en mouvement, mais l'aile du 747 lui boucha la vue avant qu'il ait pu déceler de quoi il retournait.

— Quand est-ce qu'ils vont demander que le corps soit sorti ? interrogea le pilote.

— Peut-être dans une heure, monsieur. Ils doivent se préparer. On vous rappellera.

L'apparition de l'imposante silhouette du commandant au milieu de la cabine principale du 747 avait fait sensation. Plusieurs passagers s'étaient levés pour l'assaillir de questions, d'autres avaient quitté leur siège mais n'osaient s'approcher et demeuraient en petits groupes qui le suivaient de loin, tandis qu'il commençait à descendre l'allée droite vers l'arrière de l'appareil.

— Commandant, si New York ne veut pas de nous, pourquoi ne pas essayer avec d'autres États ?

— Nous étudions cette possibilité.

— Commandant, ma femme et moi avons été vaccinés contre la grippe avant de partir en voyage. Est-ce que nous sommes à l'abri ?

— C'est possible, mais personne ne nous a encore dit s'il s'agit vraiment d'une grippe. En plus, vous savez que de nouvelles formes de grippe apparaissent sans arrêt.

— Commandant, ma fille de huit ans est très effrayée. Pourriez-vous lui parler un peu ?

— Bien sûr. Où est-elle ?

— Commandant, vous ne nous dites pas la vérité, reconnaissez-le !

Holland se figea sur place pour regarder droit dans les yeux la femme d'environ soixante-dix ans qui guettait sa réaction d'un air impassible. Elle ressemblait à une maîtresse d'école irascible, pensa-t-il. Ou à l'archétype de la bibliothécaire revêche, avec ses lunettes de presbyte en sautoir. Il secoua la tête :

— Non, madame, je vous assure que je vous dis tout ce que je sais.

— C'est une plaie de l'Apocalypse, coupa-t-elle, et si elle est vraiment parmi nous, si ce professeur était vraiment contaminé, nous sommes tous morts, n'est-ce pas ? Vous voulez seulement éviter la panique.

— Non, c'est inexact, madame, je...

— Je le comprends rien qu'à votre voix et à vos yeux, jeune homme. Parce que vous êtes jeune, comparé à moi !

Il ne put s'empêcher de sourire :

— Merci.

— C'est un constat, pas un compliment. Nous risquons tous de mourir, tous, avouez-le.

Holland jeta un coup d'œil à la ronde. Plusieurs passagers s'étaient rapprochés pour mieux suivre leur échange. Et la vieille dame ne le quittait pas de ses yeux inquisiteurs, dans l'attente d'une réponse sans détour.

— Est-ce que vous avez l'impression que je suis paniqué, madame ? lui demanda-t-il. Si ce que vous supposez est exact, je suis condamné moi aussi, et je n'ai pas particulièrement envie de... de...

— De mourir, commandant, c'est le mot que vous

n'arrivez pas à prononcer. Moi non plus, je ne suis pas prête à cela. C'est vrai, vous n'avez pas l'air d'avoir peur, mais je ne vous crois pas pour autant. Et vous savez pourquoi ?

Il soupira :

— Non, je ne sais pas. Pourquoi ?

— Parce que vous laissez les soi-disant « autorités » mener la barque.

— Mais madame, cet avion n'est pas ma propriété personnelle ! Je ne suis que le représentant d'une grande compagnie aérienne, et nous sommes des citoyens d'un très vaste pays qui a ses lois et ses règles...

— Et ses ronds-de-cuir sans cœur qui se fichent éperdument de ce qui peut nous arriver. Pour eux, commandant, nous sommes un problème, juste un problème. Et c'est pour cela que je ne vous crois pas, parce que vous laissez les autres penser à votre place !

Avant qu'il ait eu le temps d'ajouter quoi que ce soit, elle avait tourné les talons pour redescendre l'allée.

Il ne s'attendait pas à trouver tant d'enfants à bord. Ici, une famille avec trois petits garçons, dont l'aîné devait avoir huit ans. Plus loin, une jeune mère donnait le sein à un nourrisson pendant que son mari, à côté, contemplait l'opération : à peine la vingtaine, il avait plus l'air d'un adolescent que d'un père de famille. Et puis, il y avait ce groupe dans les sièges du centre, des lycéens ou de jeunes étudiants dont les pulls et les chemises étaient identiques, de toute évidence en voyage de classe. Il pensa à la légion de parents affolés qui devaient être maintenant collés à leurs écrans de télévision, priant pour leurs fils et leurs filles. Il tenta de sourire aux visages anxieux qui se levaient vers lui. Son travail était de piloter des avions, pas de jouer les relations publiques. Il se sentait aussi ridicule que peu convaincant dans son rôle de messager rassurant.

Un homme âgé vint vers lui, les épaules voûtées sous le poids des ans mais le regard encore très vif. Il tendit une main étonnamment robuste à Holland, qui la serra :

— Je m'appelle Homer Knutsen, mon commandant, j'ai été pilote de la Pan Am pendant trente-quatre ans. J'ai volé sur à peu près toutes les machines. (Holland sentit que la main de son ancien collègue était légèrement ankylosée, comme par un début de paralysie.) Je comprends ce que vous êtes en train de faire. Je voulais juste vous dire que vous avez bien fait de venir dans la cabine. J'ai moi-même connu pas mal de situations critiques et, on ne sait pas comment, mais ça finit toujours par s'arranger.

— Merci, commandant, dit Holland sincèrement, mais la phrase de la vieille dame résonnait toujours dans sa tête quand il prit congé de Knutsen :... *Parce que vous laissez les autres penser à votre place !*

Les questions reprirent de plus belle :

— Commandant, c'est vraiment une catastrophe si nous ne sommes pas de retour à la maison pour Noël...

— Commandant, votre hôtesse m'a envoyé balader quand je l'ai interrogée, mais il me faut tous les détails sur ce virus. Je suis microbiologiste, je pourrais être utile...

— Commandant, on meurt de faim ici et l'équipage refuse de nous servir quoi que ce soit...

— Commandant, vous êtes au courant de l'odeur qu'il y a dans les toilettes ?

— Commandant, les médicaments de mon mari sont dans nos bagages en soute ; encore quelques heures et il n'en aura plus. Que devons-nous faire ?

Après avoir demandé à une hôtesse de s'occuper de la passagère qui avait formulé cette dernière réclamation, Holland alla retrouver Barb à l'arrière. Il lui demanda où ils en étaient sur le plan de la nourriture.

— Nous sommes prêts pour servir le petit déjeuner, mais j'avais l'intention d'attendre au moins six heures du matin. C'est comme tu veux : ou bien on sert maintenant, ou bien on fait passer tous les biscuits et les cacahuètes qui restent avec des boissons, on éteint les lumières et on attend qu'ils s'endorment.

Il opina du chef :

— Garde le petit déjeuner et sers le reste maintenant. Qu'est-ce que je peux faire de mon côté ?

— Monte le chauffage dans la cabine quand nous serons prêts. Ça les aidera à faire dodo. (Elle montra d'un bras le poste-repos :) Il va falloir attendre encore longtemps avant de pouvoir sortir le corps du professeur ?

Il eut un geste d'impuissance :

— Ils doivent nous tenir au courant. Pourquoi ?

Barb regarda au loin, fronçant les sourcils, puis revint à Holland :

— Il y a un jeune en classe éco, devant la cloison, il a une jambe dans le plâtre, elle a enflé et le médecin suisse dit qu'il faut la placer en extension. On avait pensé le mettre sur une couchette, mais je ne voudrais pas qu'il se retrouve avec... euh... avec M. Helms.

— Vérifie que le corps est bien caché par les rideaux. Et puis... Bon, ça me tue de dire ça, mais peut-être que Brenda et le médecin pourraient l'envelopper dans des sacs-poubelle, puisqu'ils ont déjà été exposés. Si les autres ne touchent pas au cadavre, je ne pense pas qu'il y ait un risque à utiliser les autres couchettes.

— D'accord. Aussi, James...

Barb le prit par le menton et fit tourner sa tête d'un côté puis de l'autre, comme si elle se livrait à un examen.

— Oui ?

— Si ça doit durer encore longtemps, il va falloir organiser un roulement pour dormir. Ça te concerne aussi. Tu es crevé. Tu veux prendre quelque chose ?

Elle retira sa main tandis que Holland lui tapotait l'épaule en plaisantant :

— Oui, disons un litre d'adrénaline et quelques tonnes de kérosène !

— Deux comprimés d'Excédrine et un Coca Light, ça ira ?

Il eut un petit rire :

— Allez, oui, je vais en avoir besoin. Il faut que j'aille reprendre les rênes au cockpit.

Barb le servit en un clin d'œil. Il avala les comprimés et vida la canette de Coca-Cola en quelques gorgées. L'interphone de cabine se mit à sonner. Après avoir décroché, Barb passa aussitôt le combiné au pilote :

— C'est ton partenaire qui t'appelle du studio, persifla-t-elle.

— Ah oui ?

Il se saisit de l'appareil : « Dick ? » La chef de cabine vit son expression passer à l'étonnement, puis à une vive satisfaction. Il raccrocha avec un grand sourire.

— C'est quoi, c'est quoi ? demanda-t-elle avec ses intonations nasales typiques de Brooklyn.

— Ils nous ravitaillent en carburant, annonça-t-il. Ils n'ont pas dit pourquoi. Ça signifie sans doute qu'ils sont en train de changer d'avis et qu'ils vont nous relâcher.

Il faisait mine de s'en aller, mais Barb l'attrapa par les épaules et le fit pivoter vers elle. Son regard était d'une sévérité inhabituelle :

— Qu'est-ce que tu entends par « relâcher », James ? Je croyais que c'était notre choix de rester ici.

Tu es en train de me dire que nous y étions forcés, en fait ?

— Eh bien...

— James, s'il te plaît, ne raconte pas de craques à ton équipage.

— Ce n'est pas mon intention, Barb. Simplement, ils ne pouvaient pas nous ravitailler tant qu'ils n'avaient pas reçu de nouvelles instructions, c'est-à-dire tant que la compagnie n'avait pas décidé de notre destination en Amérique. Visiblement, c'est chose faite.

— Bon, admit-elle sans conviction.

S'étant dégagé de son emprise, Holland partit vers l'avant d'un pas décidé.

Dans le cockpit, il trouva Robb plongé dans ses méditations :

— Je regardais ces foutues jauges en pensant à autre chose, lui raconta le copilote, et d'un coup elles se sont mises à bouger. Le sergent dit qu'ils viennent juste de recevoir le feu vert pour faire le plein. Pas d'autres détails.

Holland se glissa dans son siège.

— Vous avez essayé d'appeler Dallas ?

— Pas encore, répondit Robb.

Quand il eut en ligne le sous-directeur des opérations, Holland remarqua tout de suite qu'il ne paraissait pas étonné :

— Oui, James, la décision a été prise de vous envoyer dans un endroit plus sûr.

— Plus sûr ? Je ne comprends pas. Sûr pour qui ? Nous sommes en sécurité, ici !

Une pause, puis :

— Euh, James, rappelez-vous, tout le monde en rajoute dans cette histoire. Eh bien, le gouvernement islandais a appris votre présence à Keflavik, et ils veulent que vous déguerpissiez au plus vite... Disons qu'ils auraient même aimé ne vous avoir jamais vus.

— Ils ont peur d'être contaminés, c'est ça?

— Oui, vous savez, le trip de l'Apocalypse...

Encore ce mot! pensa Holland. Où l'avait-il bien entendu, moins d'une heure auparavant? Ah oui, la vieille dame en bas. *Une plaie de l'Apocalypse...*

— Qu'entendez-vous par là?

Encore une pause, beaucoup trop longue cette fois.

— Euh, ce n'est sans doute pas le bon terme, reprit le sous-directeur, mais le gouvernement allemand a mis les boules au monde entier en racontant aux médias que le microbe qui, selon eux, se trouve dans votre avion peut exterminer la moitié de la planète. C'est évidemment d'une stupidité crasse, mais ils veulent ainsi justifier leur refus de vous laisser vous poser à Francfort. Bon, je vous avais prévenu que si l'Europe se mettait à paniquer, l'Amérique en ferait autant. Et maintenant c'est l'Islande.

— Alors, qui panique en Amérique, et où sommes-nous censés aller?

— Eh bien... Il ne va pas être possible de vous faire venir là où nous le pensions il y a encore très peu de temps. Mais la Maison-Blanche et le Département d'État vous ont trouvé un aéroport convenable. Assez éloigné pour éviter les protestations et les intrigues des politicards, vu? Il y a une heure environ, toute une armada d'avions militaires est partie là-bas, bourrée de tentes, de ravitaillement, de médecins, de tout ce dont vous auriez besoin au cas où le pire se produirait... Ce qui n'arrivera pas.

— Et ils sont tous en combinaison hermétique, non?

— Je... J'imagine, James, qu'ils ne prendront pas de risques tant qu'on n'aura pas établi qu'il ne s'agit que d'une fausse alerte.

— Bon, alors notre programme pour le réveillon, c'est quoi ? L'Arizona ? Le Nevada ? Le Nouveau-Mexique ?

Il sentait que son ton devenait peu amène, mais il n'en avait cure. Tout cela devenait trop bête.

— L'Afrique, annonça le responsable. Il y a une base là-bas avec une piste excellente, construite par les Soviétiques dans le temps.

— QUOI ? (Holland réalisa à peine qu'il s'était mis à hurler dans le combiné. Avec une expression inquiète, Robb pressa son commutateur pour écouter la conversation.) Comment ça, l'Afrique ? s'indignait Holland. Mais c'est la direction opposée !

— Je sais que cela paraît dingue, James, mais c'est pour le bien de tous. Le dispatching va transmettre d'ici peu les nouveaux plans de vol à votre ordinateur, mais je peux déjà vous dire que vous allez à vingt degrés latitude nord, huit degrés longitude ouest, au Sahara occidental. Voulez-vous le noter ?

Robb ouvrait des yeux comme des soucoupes. Holland, essayant de maîtriser sa voix, voulut argumenter :

— Excusez-moi, mais je ne pense pas que ce soit une bonne idée. Les passagers sont déjà assez énervés. Si nous repartons dans le mauvais sens, ils vont se dire qu'on a fait une croix sur nous. Ils ne croiront plus un mot de ce que je pourrai leur dire. Et si vous disiez à l'auteur de ce plan lumineux que le *captain* refuse ? Après tout, nous ne savons pas dans combien de temps nous risquons de tomber malades...

Robb l'encouragea par force hochements de tête et un pouce levé. Le sous-directeur reprit la parole :

— James, écoutez-moi bien. Ce n'est pas négociable, d'accord ? Il y a un problème diplomatique très sérieux ici. On me dit que les autorités islandaises menacent d'abroger le traité qui les lie à nous et de fermer la base si vous ne partez pas au plus vite. J'ai besoin de votre coopération. A moins que vous n'ayez une difficulté technique majeure qu'ils puissent vérifier par eux-mêmes, vous devez partir. Et quant à votre remarque, on me certifie que rien de grave ne peut vous arriver d'ici quarante heures. Mais nous n'avons pas le temps de discuter.

Holland se frotta la tempe de la main droite.

— Je n'arrive pas à le croire.

— James, comprenez-moi, Washington nous soumet à une pression terrible. Le Président suit personnellement cette affaire.

Avec un profond soupir, Holland s'enfonça dans son siège, pressant le combiné contre son oreille, et il surprit sa propre voix, ou plutôt un pâle reflet de sa voix habituelle, à articuler ce que ni lui ni son copilote ne voulaient entendre :

— Bon, d'accord. Si c'est ce que vous attendez de nous, on va emmener l'avion en Afrique.

Une tempête de sons furieux lui parvint de l'autre siège, puis il entendit Robb rugir :

— MON CUL, OUI ! (Holland se tourna vivement vers l'homme, qui, mâchoires serrées, pupilles dilatées, grondait férocement :) Dites-lui que ce fichu zinc ne bougera pas d'ici !

Holland leva sa main libre, en signe d'apaisement :

— Dick, ce n'est...

— DITES-LE-LUI, MERDE !

A l'autre bout du fil, le sous-directeur s'inquiéta :

— Qu'est-ce qui se passe chez vous, James ? Qui est en train de crier comme ça ?

— Seulement un désaccord ponctuel entre nous, monsieur. N'en tenez pas compte. Allez-y, envoyez-nous le plan de vol. Je vais raccrocher maintenant.

Holland reposa le téléphone. Il sentait que Robb avait peur, et que son accès de colère tonitruant n'était qu'un moyen de le cacher.

— Vous avez accepté, comme ça ! Vous vous êtes déculotté ! Mais qui commande, ici, en fin de compte ? Bon sang, James, il n'est pas question, PAS QUESTION, de décoller d'ici tant que cette histoire n'est pas réglée !

Les yeux hermétiquement clos, Holland se frottait furieusement les tempes. Sa réponse ne fut qu'un murmure :

— Pourquoi ?

Robb demanda d'une voix interloquée :

— Quoi ? Vous avez dit pourquoi ? Pourquoi quoi ?

Posant ses mains sur ses genoux, Holland se tourna vers lui et parla d'un ton calme :

— Pourquoi ne pas s'en aller d'ici ? Ils ne nous aident pas, il fait un froid terrible dehors... Ce sera peut-être plus confortable dans le désert. On pourra sortir de l'avion.

— Vous feriez toutes les conneries qu'ils pourraient vous demander, hein ?

A peine maître de sa voix, Robb frisait dangereusement l'insulte personnelle. Holland soupira et préféra éviter l'affrontement :

— C'est une question qui ne mérite pas de réponse, Dick.

— Nom d'un chien ! Écoutez, Holland, je vous donne toute latitude pour exercer votre autorité de commandant de bord, et au moment critique tout ce que vous arrivez à faire, c'est obéir aux ordres ! Nos *captains* sont censés avoir du répondant, pas s'aplatir au premier coup de sifflet. Bon Dieu, je n'ai jamais vu une lavette pareille !

— Dick, tout à l'heure je vous ai demandé des conseils, pas des insultes. Et je recommence maintenant : puisque d'après vous je ne suis pas à la hauteur de mes responsabilités, qu'est-ce que vous feriez, vous ?

Un court silence préluda à une nouvelle explosion :

— Bon, pour commencer, leur montrer qu'on a des couilles !

Holland approuva du bonnet, posément :

— Donc, vous voulez prendre le commandement ?

— Bon Dieu, non ! Je veux que vous agissiez conformément à votre fonction !

— En d'autres termes, vous voudriez que je leur dise non ?

— Bon Dieu, oui, dites-leur non ! Ce zinc, nous ne l'emmenons nulle part ailleurs qu'au pays ! Si vous aviez refusé, ce sous-directeur de mes deux aurait appelé la Maison-Blanche et aurait dit : Désolé, le *captain* a invoqué son autorité en cas d'urgence, nous devons nous incliner !

Holland observa le sol entre ses jambes, puis secoua la tête :

— Dick, je suis beaucoup plus vieux que vous...

Robb le coupa, entre fureur et dérision :

— Ah ça, oui ! Même si ça ne se voit pas à votre foutu comportement !

Le pilote choisit de passer outre :

— ... Et d'après moi j'ai un peu plus d'expérience que vous sur la manière de se battre avec le système. Depuis Francfort, nous avons essayé par deux fois d'invoquer l'urgence, sans succès. Oui ou non ?

— Là, c'était avec des... gouvernements. Moi, je vous parle de notre foutue direction !

— Et aussi de notre gouvernement, répliqua Holland, mais enfin, puisque vous mettez le doigt là-dessus, est-ce que vous avez seulement pensé que le type avec lequel je viens de parler pouvait nous vider rien qu'en levant le petit doigt ?

— C'est tout ce qui vous préoccupe, hein ? Garder votre foutu job !

Se redressant, Holland fusilla Robb du regard, un index tendu vers son visage :

— Vous allez arrêter immédiatement d'employer ce mot devant moi ! C'est clair ? J'attends de vous une certaine correction professionnelle, et je ne suis pas prêt à vous tolérer longtemps dans mon cockpit si vous n'avez que des ordures à la bouche !

Robb en resta désarçonné, sans voix. Il finit par se reprendre :

— Je... D'accord. Mais la question reste là : c'est vous qui avez le commandement, or vous vous laissez mener par le bout du nez.

— Et vous, vous lui auriez dit non ?

— Un peu !

— Et c'est ça que propose l'instructeur qui me tanne depuis le début avec le respect scrupuleux du règlement ?

Robb fit un geste dégoûté de la main :

— Oh, allez, un vrai *captain* sait à quel moment il doit dire à sa direction d'écraser et prendre les décisions tout seul !

— Donc, en prenant les décisions tout seul, je remplis mon rôle de commandant ?

— Mais oui !

— Parfait, mon cher. Eh bien j'ai agi de cette manière en décidant que la meilleure voie à suivre était d'accepter les ordres de la compagnie et d'aller en Afrique ! C'est ce que nous allons faire. Cela vous paraît correct, question autorité ?

— Vous ne me comprenez pas, James, c'est ça ?

— On ne dirait pas.

— L'esprit de commandement, cela signifie pouvoir dire non !

— J'en ai assez de vos salades, Dick. Lâchez-moi cinq minutes !

D'un geste brusque, il se pencha vers la gauche de son siège, fourragea dans sa sacoche de pilote, puis se redressa et jeta sèchement un dossier réglementaire dans le giron du copilote.

— Qu’est-ce que c’est ? demanda Robb, éberlué.

Holland se pencha lentement au-dessus de la console, réellement menaçant, et ne s’arrêta que quand son visage se trouva à quelques centimètres de celui du copilote. Sa voix était basse, gutturale, mais chargée d’une indignation difficilement contrôlée après ce qu’il venait de subir :

— OK, voilà le marché : ou bien vous signez tout de suite ma qualif, espèce de petit morveux de merde, ou bien vous montrez l’*autorité* dont vous êtes capable et vous prenez les commandes !

Robb le regarda dans les yeux plus longuement qu’il ne l’avait jamais fait, puis observa le dossier sur ses genoux. Prendre les commandes, exercer tout seul l’autorité... C’était la dernière chose qu’il désirait.

Lentement, sans un mot, il porta la main à la poche de sa chemise et en sortit un stylo.

CHAPITRE 14

Kiev, République d'Ukraine.
Vendredi 22 décembre, 4 h 28 (2 h 28 Z)

Youri Steblinko aurait été incapable de dire depuis combien de temps son téléphone sonnait, dans l'obscurité glaciale de l'aube, mais la sonnerie avait fini par envahir le rêve dont il était en train de sortir maintenant. Il s'était vu dans l'espace, enfin cosmonaute, en route vers... quelque part. Cela n'avait plus d'importance, maintenant que les images se dissipaient à toute vitesse.

Il ouvrit les yeux dans la nuit noire. De retour sur terre, il sentit la douceur féminine du corps étendu sur lui, la cascade de cheveux contre son visage, le parfum qu'il exhalait. Elle respirait régulièrement, comme en cadence avec les sonneries insistantes du téléphone. Il voulut se dégager, mais réalisa avec un sourire inconscient qu'ils étaient toujours accouplés dans la chaleur des couvertures. Il dut donc la faire doucement basculer sur le côté avant de se glisser hors du lit et de s'assurer qu'elle était bien couverte.

Debout, il écouta encore, pensant que le vacarme allait finir par s'arrêter, mais le téléphone ne se tut pas. Parfois, les caprices des lignes soviétiques le faisaient sonner sans raison, mais parfois aussi le coup de fil lui était véritablement destiné. Seulement, qui pouvait appeler à une heure pareille ?

Il était content qu'Ania ne se soit pas réveillée. Il pensa un instant envoyer l'inconnu au diable, retrouver au plus vite la chaleur de ses bras. Mais la curiosité était la plus forte. Sans plus réfléchir, il traversa le salon du vieil appartement et décrocha. « *Da ?* » demanda-t-il à voix basse. A l'autre bout du fil, on parlait russe aussi, mais avec un fort accent qu'il reconnut sur-le-champ.

— Oui, c'est moi. Qui est à l'appareil ?

— Un ami, et peut-être un futur employeur.

— Très bien. Je dois deviner ?

— Oui, mais pas de nom, d'accord ?

Youri s'ébroua pour se réveiller un peu. Il était nu, et la pièce, glaciale.

— Attendez une minute. (Il alluma la petite lampe qui se trouvait près du téléphone, repérant la robe de chambre d'Ania sur une chaise : une chose informe, mais bien chaude, dont il s'enveloppa en hâte avant de reprendre l'écouteur.) Bien, alors on va jouer aux devinettes. Quelles pistes vous me donnez ?

— Vous vous souvenez de Vladivostok, mon cher ? interrogea son interlocuteur. Vous vous rappelez la personne que vous aviez rencontrée à cet hôtel, qui pouvait éventuellement vous trouver du travail et même vous aider à changer de carrière comme vous en avez envie ?

Tous les réflexes acquis en vingt ans passés au service du KGB lui revinrent. L'inconnu ne voulait pas se nommer, et ce n'était pas un jeu. Il se creusa la tête, encore tout ensommeillé. Il s'était rendu assez récemment en Extrême-Orient soviétique, oui, mais quand ? Deux ou trois ans plus tôt, pour une mission concernant l'armée de l'air russe. Une de ses dernières activités en tant que colonel de cette arme. Mais non, l'homme avait mentionné Vladivostok. Or il ne s'était rendu qu'une seule fois dans le beau port oriental de la Russie. Un voyage absolument privé.

— Cette... personne, c'était vous?

— Exact. Vous avez deviné. Il y a deux ans, à Vladivostok.

L'image de son interlocuteur commença à se former dans son esprit. Avec la disparition pagailleuse de l'URSS et sa carrière militaire compromise, Youri avait en effet cherché à cette époque une issue. Mais ce qui n'était alors que simple curiosité s'était transformé en quête désespérée, tant le travail et l'argent se faisaient rares.

— Je n'osais plus espérer! Oui, je me souviens de Vladivostok, et de vous! Mais je pensais que vous, vous aviez oublié...

— Pas un instant, Youri, pas un instant. Est-ce que vous pilotez toujours? Est-ce que vous avez toujours accès aux équipements dont nous avions parlé?

— Je suis pilote d'essai maintenant, sur plusieurs appareils. Le prototype du supersonique commercial Sukhoï, par exemple. Des fois, je suis le pilote d'essai principal.

— Excellent. J'ai sans doute un contrat pour vous, mais nous ne devons pas en parler maintenant.

— Quand, alors? Dois-je venir vous voir?

— Non, le temps presse. (Youri s'assit sur la chaise. La robe de chambre glissa, mais il ne sentait plus le froid.) Si vous êtes toujours tenté par les conditions que nous avions évoquées, mon organisation est prête à conclure l'affaire, à condition que vous puissiez nous rendre tout de suite un service très, très important. Ce qui signifie se procurer l'équipement nécessaire en quelques heures.

— Dites-moi où je dois me rendre.

— Je vais vous donner une adresse à Kiev. Il faut que vous vous trouviez là-bas à neuf heures précises, heure locale. Un Russe qui se présentera sous le nom d'Alexandre vous expliquera ce que nous voulons. Si vous marchez, vous devrez lui indiquer ce dont vous aurez besoin question liquidités, et il vous les fournira dans les... disons... trois heures qui suivront. Vous êtes libre dès maintenant ?

— Oui, oui, bien entendu !

— Parfait. Nous ne disposons que de très peu de temps pour que vous arrangiez tout et que vous puissiez partir.

Autrefois, se dit-il, une telle conversation eût été impensable : aucun agent ne se serait exprimé aussi ouvertement au téléphone. Il copia rapidement l'adresse qu'on lui donnait, et quand son interlocuteur raccrocha il n'entendit pas un autre déclic comme au temps où toutes les lignes étaient écoutées.

Et Ania ! Il se remit au lit en un clin d'œil, tâtonnant de ses mains glacées sous la couverture pour la retrouver. Elle se réveilla avec un petit cri de surprise, son visage émergeant d'un fouillis de mèches blondes, les yeux grands ouverts sous le choc :

— Mais qu'est-ce que tu fabriques, Youri ?

Il posa un doigt sur ses lèvres pour la tranquilliser, puis se pencha et l'embrassa.

— Je viens de recevoir un coup de fil extraordinaire. Il faut que j'y aille. Je serai peut-être revenu ce soir, peut-être dans plusieurs semaines. Mais quand je vais revenir, Ania, si tout se passe bien, nous pourrons partir d'ici !

— Et pour aller où ?

Il l'embrassa encore, écarta les couvertures pour baiser ses seins, l'un après l'autre, et la regarda dans les yeux en lui passant une main dans les cheveux.

— Dans un endroit dont il ne faut pas parler maintenant. Un endroit dont nous avons déjà parlé tous les deux. Où nous pourrons vivre enfin, pour de vrai, Ania. Vivre, se marier, avoir des enfants...

Les pupilles de la jeune femme s'étaient dilatées. Un sourire commença à envahir ses traits. Youri lui sourit en retour, puis posa à nouveau un doigt sur ses lèvres :

— Mais, mon amour, comme dans l'ancien temps, tu ne sais rien de rien, tu n'as pas la moindre idée de l'endroit où je suis allé.

A bord de QN 66

Brenda Hopkins, qui s'était assoupie dans son fauteuil du pont supérieur, se réveilla en sursaut pour découvrir le commandant de bord penché au-dessus d'elle.

— Brenda ? Désolé de vous déranger, mais nous avons besoin de votre aide à l'arrière.

— Quoi ? Oh, excusez-moi !

Elle se frotta les paupières, retrouvant peu à peu ses esprits.

— Il faut enlever le corps de M. Helms du poste-repos. Il faudrait que ce soient les mêmes personnes qui l'ont déjà touché...

Elle hocha la tête. Aucune raison de mettre en danger d'autres membres d'équipage, en effet.

Au moment même où Brenda achevait la tâche éprouvante d'empaqueter le cadavre dans des sacs en plastique et où, à l'extérieur, une passerelle était installée à la porte arrière gauche du 747, la consigne des ceintures de sécurité s'alluma et la voix de James Holland résonna dans toute la cabine.

« Mesdames et messieurs, ici votre commandant de bord. Je vous demande de rester tous assis. Nous ne sommes pas encore tout à fait prêts à repartir, mais nous allons ouvrir une porte pour embarquer de nouveaux plateaux-repas. Nous allons aussi remettre le corps du passager décédé aux autorités compétentes. »

Des murmures de protestation se firent entendre dans toute la cabine, attirant l'attention de Brenda qui se tenait dans la cuisine arrière. Elle jeta un coup d'œil à travers le rideau : au milieu de la classe économique, un groupe d'hommes réunis dans l'allée refusait de s'asseoir; l'un d'eux était en train d'insulter copieusement un passager qui, de son siège, lui avait enjoint d'obéir à la consigne. Elle en reconnut plusieurs, parmi eux, qui étaient venus dans la cuisine auparavant pour demander plus d'alcool.

— Va te faire mettre, toi! lança l'homme resté debout en soulignant ses paroles du geste correspondant. Si t'as envie d'être un mouton, tant mieux pour toi! Moi, les manigances de ces pilotes surpayés, j'en ai ma claque!

Deux autres passagers élevèrent la voix pour le faire taire, et en prirent autant pour leur grade. Deux autres encore quittèrent leur siège pour lui tenir tête, un cinquième pour venir à sa rescousse.

La voix de Holland retentit à nouveau : « Je vais maintenant vous donner quelques informations sur les derniers développements de cette étrange équipée. Donc, d'ici quelques heures, si tout se passe bien, nous allons quitter l'Islande... »

D'un coup, la cabine ne fut plus qu'applaudissements, vivats et cris de joie.

« ... Mais nous ne prenons pas encore le chemin de la maison. Notre compagnie aérienne, conjointement avec le gouvernement US, a décidé d'envoyer des avions de transport de l'armée de l'air, avec du matériel et du personnel médical, dans un hôpital isolé, au cas, certes improbable, où quelqu'un à bord aurait attrapé, euh... cette forme particulière de virus. Je ne suis pas en mesure de vous dire exactement où nous allons les retrouver, mais en tout cas ce sera dans un endroit beaucoup plus chaud et accueillant que l'Islande. Une fois arrivés sur les lieux de la quarantaine, tout le monde pourra sortir de l'avion. »

Il y eut encore des applaudissements, cette fois moins convaincus. Le groupe qui était resté debout faisait grise mine.

« Nombre d'entre vous m'ont demandé si nous serions rentrés chez nous pour Noël. La réponse, malheureusement, est non. »

La cabine fut parcourue de protestations, et les contestataires plantés au milieu de l'allée reprirent leurs imprécations.

« Nous allons rester encore ensemble deux jours, peut-être plus. Mais je vous assure que nous vous ramènerons à la maison aussitôt qu'on nous le permettra. »

Barb et deux autres hôtesses, qui s'étaient rapprochées pour calmer les hommes restés debout, n'arrivaient plus à faire face. Brenda attrapa l'interphone pour prévenir le cockpit.

En quelques secondes, James Holland apparut au bout de l'allée où les mécontents étaient en train de houspiller les membres d'équipage et de les faire reculer. Brenda entendait Barb répondre énergiquement aux insultes. Elle vit aussi, de loin, le commandant de bord s'avancer dans leur dos et ouvrir un coffre à bagages pour y chercher quelque chose. Le mégaphone ! En un clin d'œil, il l'avait porté à ses lèvres et se plantait au milieu de l'allée : « Tout le monde reste à sa place ! Vous, là-bas, vous allez vous taire et retourner immédiatement à vos sièges ! » Deux d'entre eux battirent prudemment en retraite, mais le meneur du groupe et son compagnon marchèrent vers le commandant en vociférant de plus belle. Holland les laissa approcher, abaissant le mégaphone pour se préparer à leur parler, quand Barb eut la malencontreuse idée de les contourner par la cuisine avant et de leur barrer la route. Le passager, fou de colère, lui bloqua un bras et la propulsa brutalement en arrière. Quand elle s'écroula, sa tête heurta avec un bruit sourd le bord métallique d'un chariot.

Confus, l'agresseur hésita un instant mais Holland l'avait déjà saisi par le col de sa chemise, le poussait et le plaquait violemment contre la paroi. Il vit que la chef de cabine se relevait, étourdie et indignée. Il lui demanda :

— Barb, veux-tu porter plainte contre cet individu ?

Tout en se frottant le crâne, elle vint se placer à quelques centimètres du passager :

— Ça dépend, murmura-t-elle.

Holland attira l'homme vers lui :

— Quel est votre nom ? Allez, tout de suite ! Votre nom ?

— Euh... Je... Chet Walters. Je... Je m'excuse...

Son haleine empestait l'alcool.

— Bon, monsieur Walters, écoutez-moi bien. Je veux que vous soyez muet pour le restant de cette équipée, vous m'entendez ? Ce que vous venez de faire est un crime. Vous avez agressé un membre d'équipage, et vous en avez insulté d'autres dans l'exercice de leurs fonctions. Si je vous entends ne serait-ce que respirer trop fort avant la fin du voyage, à notre retour vous serez immédiatement présenté au FBI pour être emprisonné et inculpé. Dans ce cas, la chef de cabine principale ici présente, Mme Rollins, pourra porter plainte en son nom, et je serais alors témoin direct. Est-ce que vous me comprenez ?

— Oui, monsieur ! articula l'homme, les pupilles agrandies par l'effroi.

Holland nota que son compagnon de chahut s'était éclipsé.

— C'est à Mme Rollins de décider si nous vous remettons au FBI ou si nous vous laissons tranquille. Maintenant, vous allez retourner à votre siège et garder votre grande bouche hermétiquement close. C'est clair ?

— Oui, monsieur.

Holland l'ayant libéré, il s'engagea dans l'allée, tout penaud.

— Merci, James. Ils étaient quatre à nous hurler dessus, mais celui-là était le pire.

— Et toi, ça va ?

— Moi, oui. Mais tu sais, il faut s'attendre à plus de grabuge encore. Quand tu parlais, il y a un instant, ça a très mal réagi. Les passagers sont fatigués, énervés, et puis, James, il n'y a plus beaucoup de gentlemen sur cette terre.

Il lui tapota affectueusement l'épaule et ramassa le mégaphone :

— Il n'y en a jamais eu beaucoup, Barb !

Puis il alla vers la porte 3 G et saisit l'interphone pour poursuivre son annonce : « Mesdames et messieurs. Nous traversons tous des moments difficiles, mais je suis légalement responsable de cet avion, et je ne tolérerai pas les émeutes. Celui qui ne veut pas comprendre cet avertissement n'a qu'à venir me voir sur-le-champ, et je le lui expliquerai. Je suis désolé de devoir employer ce ton, puisque la plupart d'entre vous font preuve de civisme et de patience dans l'épreuve que nous vivons. Mais ceux qui d'aventure prétendraient gêner mon travail ou celui de mon équipage doivent savoir qu'ils finiront devant un tribunal pour atteinte aux lois fédérales. Quant à vous tous, l'immense majorité, qui essayez de nous aider, je vous dis sincèrement merci. Maintenant, veuillez ne pas quitter vos sièges. »

Il était en train de raccrocher quand il vit une femme d'une trentaine d'années se lever de sa place près du hublot et s'engager dans l'allée. *Oh, non, qu'est-ce que c'est, encore?* se demanda-t-il. L'homme qui occupait le siège d'à côté faisait tout pour la retenir, mais elle se dégagea d'un geste brusque et se mit à descendre la travée à pas désordonnés, les yeux hagards. Holland s'avança vers elle :

— Madame, je dois vous demander...

Elle s'esquiva sans un mot. Elle approchait déjà des premières classes quand il se retourna pour se lancer à sa poursuite, mais il entendit quelqu'un arriver dans son dos et fit face à l'homme qui, de toute évidence, essayait aussi de la rattraper.

— C'est ma femme, commandant, expliqua-t-il d'un air éploré. Elle ne se sent pas bien.

Holland acquiesça, et ils partirent tous les deux vers l'avant.

Ayant repéré l'arrivée du pilote, Garson Wilson ignora l'irruption impétueuse de la jeune femme dans le salon des premières et se mit debout pour apostropher le commandant de bord.

— Madame ! Arrêtez-vous, s'il vous plaît ! criait Holland.

Wilson se dressait maintenant entre Lisa Erickson et lui :

— James, il faut que je vous parle. Immédiatement.

Poursuivant son chemin, Lisa alla jusqu'au bout de la cabine, trouva une porte qu'elle ouvrit, et resta toute décontenancée en constatant qu'il s'agissait d'une penderie. Elle fit machine arrière, revenant vers Wilson qui, se tournant à son approche, l'attrapa dans ses bras :

— Que vous arrive-t-il, ma petite dame? lui demanda-t-il.

— Mes enfants! Il faut que je sorte, il faut que... (Elle désigna d'un geste maladroit les hublots. Quand elle aperçut son mari qui passait devant James Holland et s'approchait, elle se recroquevilla contre le révérend en glapissant :) Non, non!

Garson Wilson étendit une main devant Keith Erickson :

— Laissez-la tranquille, mon enfant. Elle a peur de vous.

L'autre en bafouilla :

— Mais c'est... c'est ma femme! Elle est très énervée... Elle essaie... de s'en aller.

— Eh bien, c'est aussi mon cas, répondit Wilson avec une moue sarcastique.

— Nooooon! hulula Lisa. Il veut me prendre mes enfants! (Se haussant contre l'oreille de Wilson, elle commença à murmurer, comme en confidence :) Il essaie de m'attraper! Pour se débarrasser de moi! Pour me prendre mes enfants!

Un soudain changement dans la pressurisation de la cabine s'était produit avec l'ouverture de la porte arrière gauche. A plusieurs dizaines de mètres de là, Lisa Erickson l'avait aussi ressenti. Jetant un regard de bête traquée autour d'elle, elle se dégagea brusquement de l'étreinte de Wilson et se précipita dans l'autre allée pour repartir vers la queue de l'appareil. Keith Erickson voulut la bloquer, mais Wilson lui barra la route puis, soudain, avec une agilité surprenante pour un homme de sa corpulence, il se précipita dans la même direction que la jeune femme. Holland et Erickson, coupant à travers les sièges pour rejoindre l'autre allée, la suivirent. Lisa avait une tête d'avance, mais elle trébuchait en courant, de telle sorte que Wilson se retrouva bientôt à la même hauteur qu'elle sur l'autre allée. Ils dévalèrent ainsi quarante rangées, obligeant les passagers assis au bord à s'écarter précipitamment. Mais comme ils se penchaient ensuite pour observer la fuite de Lisa, Holland et Erickson furent retardés dans leur course.

A travers la porte ouverte, une silhouette en combinaison était en train de passer deux par deux des coffrets-repas à Brenda et à deux autres hôtesses. Débouchant dans la coursive arrière, Lisa Erickson repéra aussitôt l'ouverture béante. Personne ne s'attendait à voir surgir cette forme menue, suivie dans la foulée par la masse impressionnante de Garson Wilson. Lisa hésita un peu, mais le révérend se mit à crier de son côté :

— Allez-y, ma petite ! C'est votre chance ou jamais. Je vous suis !

Bousculant les membres d'équipage et l'homme en combinaison, Lisa se jeta sur la passerelle. Elle disparut dans la nuit.

Wilson, toujours sur ses talons, s'arrêta sur les premières marches en découvrant les soldats au pied de la passerelle, revêtus eux aussi de combinaisons. Leurs M-16 étaient pointés vers eux. Effaré, il fit quelques pas en arrière. L'homme près de la porte le saisit par les épaules et le repoussa sans ménagement dans l'avion. Holland, qui était arrivé à l'issue au moment où Lisa commençait à dévaler les escaliers, écarta Wilson, se glissa dans l'ouverture en jetant à Erickson qui faisait mine de le suivre :

— Restez où vous êtes ! On n'a pas le droit de sortir !

L'homme en combinaison était déjà au milieu des escaliers, criant à Lisa de s'arrêter d'une voix étouffée par son masque, quand il entendit du bruit derrière lui et se tourna pour voir Holland passer comme une flèche.

En se retrouvant au pied de la passerelle, le pilote entendit au loin des exclamations. Dans le vent glacial, il fut aussitôt pris de frissons. A quelques pas seulement d'un cordon de sécurité tendu au-dessus du sol, Lisa Erickson avançait en chancelant, les bras serrés autour de son corps tout tremblant. De l'autre côté de la limite de sécurité, des silhouettes se rapprochaient rapidement.

Jetant un regard circulaire, Holland s'aperçut que le cordon entourait entièrement le 747, établissant ainsi une zone d'exclusion large d'une vingtaine de mètres. Et Lisa continuait de s'éloigner...

Le pilote connaissait la mentalité de la police militaire : si jamais quelqu'un se risquait à franchir le cordon...

Il fit un pas en avant quand des tirs éclatèrent. Plusieurs balles sifflèrent devant lui en trouant l'obscurité. Le groupe d'intervention qui se ruait vers la jeune femme lui fit signe de reculer tout en continuant à essayer d'attirer l'attention de Lisa. Bien entraînés, ils s'étaient placés de façon à pouvoir tirer sans risquer d'atteindre le 747. Leurs masques et les rafales de vent rendaient leurs voix inintelligibles, mais leurs gestes étaient assez éloquents : elle devait retourner dare-dare à l'avion.

Plaçant ses mains en porte-voix, il se mit à crier à leur intention :

— Elle n'est pas dans son état normal ! Ne lui faites rien !

Les mots se perdirent dans la bourrasque. Il fit encore un pas, mais dut battre en retraite quand des balles vinrent cribler le tarmac juste devant lui. Deux des hommes, sur la gauche, avaient mis un genou à terre et le couchaient en joue. Un autre était en train de viser Lisa. Et un soldat, se plaçant dans le vent, arracha son masque pour plaquer sur sa bouche un mégaphone :

— Arrêtez, ou nous tirons ! Vous, là-bas, près de la passerelle, si vous avancez, vous êtes mort ! Et vous, près du cordon ! Madame ! Reculez tout de suite, ou bien on sera forcés de tirer !

Ils répétèrent ces menaces à plusieurs reprises, mais Lisa, d'une démarche de somnambule, avançait toujours droit devant elle. Holland agita les bras, cria une fois encore que cette femme avait l'esprit dérangé. Sans effet. Deux autres soldats, arrivés de la droite, ajustaient leurs fusils sur Lisa. Quand il fit un pas de côté, il vit que les M-16 qui le visaient suivaient son mouvement et que, sous leurs gants de protection, les hommes cherchaient la détente.

Il cria de toutes ses forces en direction de la passagère en fuite :

— Lisa, je vous en prie, arrêtez-vous ! Vos enfants sont à bord !

Elle continua d'un pas lent mais obstiné. Elle était maintenant tout près du cordon de sécurité. Holland savait qu'un seul soldat aurait pu aisément l'immobiliser, mais qu'aucun d'eux ne s'y risquerait : on leur avait dit que tous les passagers du 747 étaient contaminés, qu'ils représentaient un danger mortel.

L'homme au porte-voix se fit encore plus menaçant. Un autre tira une rafale de semonce au-dessus de la tête de la jeune femme. Mais rien ne semblait pouvoir la stopper.

Dans son dos, Holland entendait la voix suppliante du mari. Il y eut encore des tirs, toujours en l'air, et d'autres mises en garde, de plus en plus pressantes. Puis l'homme abaissa son porte-voix et donna un ordre que le pilote n'arriva pas à comprendre. Aussitôt, le soldat le plus proche de lui ajusta son M-16 et visa la femme dans les jambes. Holland hurla à pleins poumons :

— Non ! Ne tirez pas ! Contenez-la ! Elle a perdu la tête !

Soudain, Lisa pila, à moins de trois mètres du cordon, et se retourna. Seulement vêtue d'une robe légère que le vent faisait claquer, elle frissonnait violemment, les cheveux hérissés. Elle lança un regard vide en direction de l'avion. Les soldats faisaient mine d'abaisser leurs fusils. Sans même être certain qu'elle le voyait, Holland lui adressa de grands gestes pour la rassurer et l'encourager à revenir. Keith Erickson, qui s'était avancé sur la plate-forme de la passerelle, l'appelait aussi d'une voix éplorée :

— Chérie ! S'il te plaît ! Je t'aime, Lisa ! Reviens, pense à moi et aux enfants, chérie !

Elle se contenta de rester là, le visage tourné vers lui. Il dévala l'escalier et s'apprêtait à courir vers elle mais Holland l'attrapa par la taille. Une nouvelle rafale fit voler des éclats de béton juste à leurs pieds.

— C'est ma femme ! Ne tirez pas ! hurlait Keith Erickson.

Il était terrorisé, fou d'inquiétude, et claquait des dents.

Lisa bougea bizarrement la tête, qu'elle entoura lentement de ses bras. Puis elle les étendit parallèlement au sol, et demeura dans cette position de crucifiée. A cinq ou six mètres, de l'autre côté du cordon, d'autres soldats la tenaient en joue. Ils se tournaient vers leur sergent pour attendre ses ordres quand elle les surprit en pivotant soudain sur ses talons et en se précipitant vers eux, les bras toujours en croix, des mots incohérents sur les lèvres.

Les jeunes soldats en armes étaient abasourdis. Cette inconnue était sortie de l'avion et, femme ou pas, constituait une menace de mort. En la regardant arriver, ils se remémoraient les ordres : tirer sur tous ceux qui franchiraient le cordon de sécurité. Keith voulut se jeter à son secours, mais Holland le fit tomber au sol quand une brève rafale d'arme automatique leur déchira les tympans.

Le corps désarticulé de Lisa Erickson s'abattit sur le tarmac en entraînant le cordon dans sa chute. Elle demeura là, une mare pourpre s'élargissant sous elle, tandis que les deux tireurs se relevaient, horrifiés par ce qu'ils venaient de faire. L'un d'eux s'approcha du cadavre et mit un genou à terre pour l'effleurer du bout de son fusil. Les autres braquèrent leurs armes sur les deux hommes, certains marchant vers eux et tirant encore pour les intimider pendant que le soldat au porte-voix leur ordonnait de remonter immédiatement à bord.

Keith Erickson sanglotait et se débattait pour échapper à l'emprise du commandant de bord :

— Oh, mon Dieu, non, NON !

— Ne faites pas ça ! Ils vous tueront aussi ! Vos enfants ont besoin de vous ! Vous m'entendez ? Pensez à vos enfants !

Toujours couché en joue, Holland entraîna le malheureux, lui fit remonter la passerelle, passer la porte de l'avion, et le confia aux soins de Barb. Il voulut lui raconter ce qui venait de se passer, mais elle le coupa :

— Je sais, James ; tout le monde est au courant.

— Installe-le au pont supérieur," lui demanda-t-il d'un ton neutre.

— Où il est, ce fichu *captain* ?

Un des soldats était arrivé devant la porte. Sa voix, étouffée par le masque, était cependant audible. Holland passa la tête à l'extérieur, se retrouvant nez à nez avec lui :

— Tas de salauds ! Vous ne pouviez pas comprendre, non ? Est-ce qu'elle avait l'air d'une terroriste, ou quoi ? Vous venez d'assassiner une mère de famille ! Et tout ça pour quoi ?

— Mais merde, enfin, on vous avait prévenus que personne ne devait quitter l'avion ! (Holland sentit que l'homme était presque aussi révolté que lui.) Les consignes sont d'empêcher quiconque de franchir cette ligne, là-bas, par tous les moyens. Nous lui avons laissé plus de chances que nous n'aurions dû, et à vous aussi ! Si j'avais vraiment respecté les ordres, j'aurais dû vous abattre !

Holland eut un geste d'écœurement et d'impuissance :

— Mais j'ai essayé de vous dire qu'elle était mentalement dérangée ! Vous ne pouviez pas vous en rendre compte par vous-même ?

L'homme en combinaison était visiblement un officier, un sergent sans doute. Il abaissa son arme et secoua la tête :

— On ne pouvait pas la laisser continuer, monsieur. Les ordres sont bien clairs. Nous l'avons mise en garde, et vous aussi !

Holland, le cœur lourd, préféra couper court à cette discussion absurde. Il se tut, puis finit par demander :

— Que va-t-on faire du corps ?

Le sergent se retourna vers la forme recroquevillée que ses hommes, à une trentaine de mètres de là, étaient en train de couvrir d'une bâche. Son attention revint à Holland :

— Cela ne relève pas de moi. On vous tiendra informé. Bon, maintenant, il s'agit de finir d'embarquer ces rations, d'évacuer le passager décédé en vol, et de refermer cette porte. Et dites à vos gens que cette fois-ci, le premier qui posera un pied sur la passerelle se fera descendre sur place.

Holland sentit le peu de patience qui lui restait craquer comme une digue sous la tempête. Il agrippa des deux mains ce qui pouvait passer pour un revers sur la combinaison du sergent, l'attira vers lui. Il cherchait à se battre, mais curieusement l'homme ne résista pas :

— Espèce de petit automate minable ! Et si nous sortions tous ensemble, maintenant, qu'est-ce que vous feriez ? Vos ordres, c'est aussi de nous tuer en masse ?

Le sergent hésita, puis opina du bonnet, à plusieurs reprises. Holland arrivait presque à lire dans son regard à travers la visière. Quand il choisit de le relâcher, l'autre articula :

— Dans ce cas, commandant, ce serait un massacre. Pour mes gars et moi, notre vie serait sans doute un enfer après ça, mais les ordres sont les ordres. Nous vous avions prévenus.

Non sans le plus grand mal, Barb Rollins s'était forcée à reprendre ses occupations après ces événements sanglants. Avant de reverrouiller la porte, elle avait supervisé l'évacuation du cadavre du professeur, et s'était assurée que les coffrets-repas étaient correctement entreposés. Ensuite, elle avait enlevé les draps de la couchette où Helms avait reposé, tiré les rideaux, et installé le jeune homme à la jambe cassée sur un lit intact. En revenant à la cabine, elle tomba sur Brenda, qui paraissait très déprimée et désireuse de parler à quelqu'un.

— S'ils sont capables de nous tirer dessus, Barb, s'ils ont aussi peur de nous que cela, il faut croire que nous sommes vraiment dangereux !

— Du calme, ma chérie, du calme ! Tout ira bien. Ce n'est qu'une fausse alerte, rappelle-toi !

— Moi je ne crois pas !

Barb la prit par les épaules :

— Écoute ! Ils peuvent toujours paniquer dehors,

mais nous, nous savons que Helms est mort d'une crise cardiaque, maladie ou pas ! (Brenda ferma les yeux et fit mine de protester.) Écoute, Brenda, au sol, ils croient que nous avons à bord un virus apocalyptique capable de tuer toute la planète. James, lui, dit que c'est impossible.

— Il ne sait pas exactement ! Il essaie seulement de nous protéger. Il fait de son mieux, mais il ne peut pas tout savoir !

— Mais toi, oui ? la coupa Barb avec plus de véhémence qu'elle n'en avait l'intention.

Brenda la regarda et secoua la tête en silence. Barb retira ses mains des épaules de la jeune hôtesse en essayant d'ignorer le frisson de terreur qui lui parcourut l'échine. Elle s'était résignée à l'idée de ne pas être chez elle pour Noël : son mari n'en ferait pas une maladie, ils auraient leur réveillon à eux un ou deux jours plus tard. Mais elle se surprenait maintenant à se demander si elle le reverrait jamais.

La tête basse, dans un murmure, Brenda dit :

— Je me dis... Je me dis que c'est peut-être Mme Erickson qui a eu de la chance.

CHAPITRE 15

QG de la CIA.
Vendredi 22 décembre, 23 h 00 (4 h 00 Z)

Alors qu'ils partageaient un moment de calme dans la salle de conférences transformée en QG de crise, Sherry Ellis confia à Rusty Sanders qu'elle travaillait sous les ordres de Jonathan Roth depuis quatre ans déjà.

— Il a une carapace en acier inoxydable, lui dit-elle. Le résultat d'années d'activités clandestines, et d'un bon bout de temps en tant que haut fonctionnaire capable de faire tout un foin à propos de pas grand-chose. Ce n'est pas un homme facile à cerner.

Rusty vit ses yeux verts pétillants se plisser un peu tandis qu'un léger sourire commençait à envahir son visage. Pendant toutes ces dernières heures, il l'avait observée à maintes reprises, et il était enchanté par ce qu'il avait découvert : une séduisante jeune femme, frêle mais pleine d'assurance, et terriblement intelligente. Sans même parler de son physique, il était tombé sous le charme de son humour décapant et de sa force tranquille. Il savait bien que le moment n'était pas à de telles pensées, mais à mesure que le temps passait et que le dilemme du vol QN 66 se développait dans toute son horreur, il avait de plus en plus besoin de se changer les idées.

— Tu l'aimes bien? lui demanda-t-il.

— Pourquoi?

Elle n'était pas sur la défensive.

— Juste par curiosité. Moi, je travaille au sous-sol, compris? Je n'ai pas l'honneur de fréquenter les super-espions, les grands stratèges.

Elle pencha la tête en souriant :

— Ah oui, j'ai déjà entendu l'air du modeste tâcheron, cher docteur! C'est un truc qui a déjà été utilisé par Andy Griffith, l'inspecteur Columbo, Nikita Khrouchtchev, Yasser Arafat... Tu es démasqué!

— Non, sincèrement, je suis juste curieux! insista-t-il en riant et en levant les mains en signe de reddition.

Elle hocha la tête et se leva d'un bond souple avant de gagner la porte sous les yeux admiratifs de Sanders qui suivaient sa démarche gracieuse. Il se félicitait d'être resté seul avec elle, et se demandait aussi où elle pouvait bien aller.

Quand elle revint, elle inspecta le couloir avant de refermer la lourde porte capitonnée avec des airs de conspiratrice qui ne manquèrent pas de l'étonner. Les yeux droit dans les siens, elle se rassit et demeura silencieuse un long moment. Il devina qu'elle était en train d'évaluer la confiance qu'elle pouvait lui porter, bien qu'ils n'aient jusqu'alors jamais travaillé ensemble.

— Tu m'as demandé si je l'aimais bien. Je travaille pour Jon Roth, tu comprends, Rusty? Il est incroyablement doué. Je ne suis pas censée l'aimer ou ne pas l'aimer.

Il se sentit un peu ridicule sous son regard :

— Excuse-moi. Je n'avais pas l'intention d'être indiscret.

— Mais si, mais si, le rassura-t-elle avec un sourire. Tu as un badge de la CIA, non? Tu as plus qu'intérêt à être indiscret. Tu es payé pour ça!

Quand la nouvelle de la mort de Lisa Erickson commença à se répandre dans la fourmilière de Langley, Sherry disparut pour aller conférer avec Roth dans son bureau. Elle revint peu après, accompagnée par un Mark Hastings à l'air sombre qui fit glisser une boîte de doughnuts sur la table.

— Le café arrive, annonça-t-il gravement. Visiblement, on est partis pour un marathon.

— Du nouveau? interrogea Sanders, qui entretemps s'était replongé dans ses banques de données informatiques.

— On va les maintenir en Islande jusqu'à ce que la position en Afrique soit fin prête. Une demi-journée, en gros. On va essayer d'étouffer l'histoire de la fusillade, mais les médias sont en train de déferler sur l'Islande, et ils écoutent à tous les coups nos communications. C'est en train de devenir aussi fumant que l'invasion du Koweit!

Il désigna d'un geste une rangée de téléviseurs installés en hâte contre un mur. CNN assurait une couverture en continu, les trois principales chaînes américaines annonçaient des reportages en direct de Keflavik dès le lever du jour, à condition qu'elles aient pu acheminer d'ici là leurs relais satellites.

— Oh, à propos, Rusty, Roth m'a dit de te remercier personnellement pour avoir contribué à la rapidité de notre réponse. On a mis vingt minutes dans la vue aux services de l'armée.

Sanders écarta ces éloges d'un léger revers de main. Mark leur donnait déjà les nouvelles consignes : les rapports sur la situation en Afrique du Nord avaient été transmis à qui de droit, la surveillance satellite de la région était en place ; maintenant, le sous-directeur voulait connaître la réaction des services de renseignements des principaux pays à l'affaire du 747 de Quantum. Plus précisément, avait-il confié à Mark, il leur demandait de vérifier si la présence de l'ambassadeur Lancaster dans cet avion donnait des velléités d'intervention aux Iraniens ou aux groupes terroristes qu'ils téléguidaient.

— Quelle est sa question, au juste ? s'enquit le médecin. Est-ce qu'il suppose que le Hezbollah ou Aqbah chercheraient à prendre l'appareil pour cible ? Ils ne pourraient pas faire un meilleur travail que ce qu'ont déjà réalisé nos amis allemands !

Mark et Sherry approuvèrent, tout comme les trois autres analystes qui s'étaient joints à eux. Mais Hastings revint aux dures réalités :

— D'accord, ce n'est pas de la tarte, mais Roth veut être sûr que personne ne va gêner les plans du Président. Alors mettons-nous au travail.

Chacun retourna donc à ses occupations.

Soudain, Mark Hastings s'aperçut qu'il avait oublié de laisser une liasse de rapports sur le bureau de son supérieur. Rusty se porta aussitôt volontaire :

— Donne, je vais les lui apporter. Je voulais lui parler, de toute façon.

Mark lui lança un regard ironique : un sous-fifre prétendant aller discuter le bout de gras avec une huile de la Compagnie, sans y avoir été invité ! Roth l'avait d'ailleurs catalogué comme fantaisiste. Mais il avait aussi déjà été invité dans le bureau du sous-directeur...

Il lui tendit les feuillets. Sanders s'en saisit et sortit de la pièce.

Jonathan Roth était au téléphone lorsque le médecin

passa la tête dans l'embrasure de sa porte. Il lui fit signe d'approcher tout en terminant sa conversation. Sanders, qui s'était forcé à prendre place sur une chaise, se tint coi jusqu'à ce que le sous-directeur lève les yeux de son portable :

— Eh bien, docteur ?

Il poussa la liasse sur le bureau. Roth le remercia et se renfonça dans son fauteuil en lui jetant un regard interrogateur.

— Monsieur, l'équipe chargée de l'autopsie du professeur Helms va commencer son travail incessamment. Je leur ai demandé de m'appeler dès qu'ils auront pu établir ou non la trace de symptômes dus à une affection virale, mais pour conclure à la présence d'un virus spécifique dans son organisme, il faudra beaucoup plus de temps. Même si nous savions précisément quel microbe nous recherchons, et même si nous étions en mesure de l'étudier sur culture, cela prendrait des jours, voire des semaines. Ce n'est pas comme une culture bactériologique que l'on peut développer in vitro en quelques heures.

Le téléphone sonna. Roth décrocha en faisant signe à Sanders de patienter, parla brièvement, raccrocha et se leva. Comme le médecin l'imitait, il lui demanda de se rasseoir en promettant de revenir au plus vite. Rusty fit un effort pour rester tranquille sur sa chaise. Il avait envie de bouger, de marcher, et de réfléchir. Il laissa errer son regard sur l'ordinateur portable toujours allumé, sur les feuillets agrafés dont le format lui rappela soudain quelque chose. En se penchant, il reconnut la transcription d'un plan de vol international à partir de Keflavik, en Islande.

Curieux, se dit-il : pourquoi un plan de vol pour le 747 de Quantum se retrouvait-il sur le bureau de Roth ? C'était l'affaire de l'armée de l'air et de la compagnie aérienne. Pas de la CIA.

Ah, mais si ! Nous devons étudier les menaces potentielles sur toute la route, se reprit-il en son for intérieur. Il tourna les pages vers lui. La trajectoire survolait presque entièrement l'Atlantique, sur près de quatre mille kilomètres. Il étudia les relèvements de la fin de parcours avec l'œil d'un pilote expérimenté : la côte africaine était franchie à environ deux cent quarante kilomètres à l'est des Canaries, au-dessus de Tan-Tan, au Maroc, puis c'était un morceau de territoire marocain avant la Mauritanie. Le point d'atterrissage prévu était éloigné d'au moins huit cents kilomètres de toute trace de civilisation. Mis à part l'aviation marocaine, n'importe quelle force militaire arabe devrait franchir une énorme distance en un laps de temps très court pour prétendre menacer le 747. Et à sa connaissance, la destination de l'avion demeurait secrète. Alors ?

Il y eut un bruit de pas dans le couloir. Sanders se hâta de remettre les papiers à leur place. Roth entra et vint s'affaler dans son fauteuil.

— Excusez-moi, docteur. Des messages à envoyer. (Apercevant son portable toujours allumé, il fit une rapide opération pour sauvegarder son fichier et éteignit l'écran.) Allez-y, docteur, continuez, je vous écoute, le pria-t-il d'une voix apparemment calme, tandis que ses doigts se mettaient à tambouriner sur l'accoudoir.

— Bon. Donc, le problème est le suivant : si jamais l'autopsie ne décèle absolument aucune trace d'infection dans les poumons, le cœur, le sang, cela signifiera que le professeur Helms n'a pas été victime des effets extrêmes d'une infection virale, mais cela ne prouvera en aucun cas que ce virus n'était pas présent dans son organisme.

— Et donc, ajouta Roth, cela ne permettra pas d'exclure qu'il ait pu contaminer d'autres personnes, n'est-ce pas ?

Le médecin soupira en secouant la tête :

— Non, monsieur, il faut l'admettre.

— Et alors, docteur, où voulez-vous en venir ?

— Eh bien, si je reviens ici pour vous dire que nous n'avons pas de preuve indiscutable, que ferons-nous ? Je veux dire, je sais bien que nous n'avons pas le projet de les abattre ! Ou bien ils tombent malades, ou bien il ne se passe rien.

Roth approuva :

— A mon avis, vous avez vous-même répondu à votre question.

Sanders l'observa, essayant de suivre ses pensées :

— En d'autres termes, monsieur, pour ce qui est de nos projets concernant cet avion, est-il juste de penser que les conclusions de l'autopsie n'ont finalement pas d'importance, puisque nous ne pourrons pas obtenir à court terme une réponse excluant avec certitude la présence d'un virus ?

— C'est à mon sens un résumé tout à fait exact, docteur. Je désire bien entendu connaître au plus vite les résultats de l'autopsie, mais cela n'aura aucune incidence sur nos plans. Si personne ne tombe malade, ils rentreront le plus tôt possible chez eux. Dans le cas contraire, comme vous nous en avez prévenus, ils mourront tous. Mais si cela arrive, cela se produira dans un endroit protégé, avec des professionnels pour s'occuper d'eux sur place.

Le médecin était déjà près de la porte quand Roth le rappela. Il posa ses lunettes sur le bureau, choisissant à l'évidence ses mots avec le plus grand soin :

— Docteur, permettez-moi une question et, s'il vous plaît, répondez-moi en toute honnêteté. Étant donné que Helms a été exposé en Bavière, que le chercheur qui apparemment s'est battu avec lui est bien mort de cette infection... (Roth énumérait chaque point sur ses doigts...) que le délai d'incubation de quarante-huit heures coïncide avec l'apparition des symptômes du professeur dans l'avion, et que Helms est effectivement décédé, est-ce que vous conservez réellement des doutes sérieux ? Ou bien êtes-vous influencé par le besoin de garder l'espoir, voire par un certain refus d'accepter l'évidence, tant elle est affreuse ?

Sanders revint sur ses pas. Il était troublé, et surpris. Roth ne simulait pas, il semblait vraiment attendre sa réponse. Reprenant son siège, il serra ses mains l'une contre l'autre, se plongea dans sa réflexion, et regarda enfin le sous-directeur droit dans les yeux :

— Eh bien... pour être tout aussi honnête et impartial que j'en suis capable, je dois dire qu'il demeure en dernière instance une objection, et qu'elle ne cesse de me hanter, monsieur.

— Laquelle ?

— Est-ce que, en montant dans l'avion, le professeur Helms présentait des symptômes qui n'avaient rien à voir avec le début d'un accident coronarien ? Si oui, je ne peux que reconnaître avec vous que la situation est certainement sans espoir, même si j'essaie toujours d'espérer. Mais si, par contre, tous les symptômes peuvent être expliqués par un problème cardiaque, alors j'affirme qu'il y a encore des raisons de croire qu'il n'était pas infecté, ni contagieux, et que les passagers ne risquent peut-être rien. Je n'ai pas trouvé un seul exemple de virus provoquant uniquement les symptômes habituels d'un accident coronarien. Il est possible que ce soit le cas pour celui-là, mais je continue à penser que nous allons trop vite dans nos conclusions.

Roth l'étudia un moment avant de répondre :

— Rappelez l'avion, docteur. Questionnez à nouveau la chef de cabine et tous ceux qui se sont occupés de lui. Vous pouvez faire ça rapidement ?

— Et comment ! s'exclama Sanders en bondissant sur ses pieds.

Il lui fallut plus de vingt minutes avant d'atteindre le 747 par le satellitaire : toutes les lignes destinées aux passagers étaient occupées, chacun à bord voulant rassurer sa famille, et celle réservée à l'équipage était elle aussi encombrée.

Finalement, Sanders expliqua le but de son appel et attendit. Encore sous le choc de la mort de Lisa Erickson, Brenda s'efforça cependant de répondre. Non, il n'y avait pas de problèmes médicaux à signaler, à part une jambe plâtrée qui avait enflé en vol... Le médecin la fit revenir patiemment à l'état du professeur Helms quand il avait embarqué : de nouveaux détails lui étaient-ils revenus en mémoire ? Il y eut un silence.

— Euh... Brenda, vous êtes toujours là ?

— Oui.

— J'aimerais que vous me redécriviez un par un tous les symptômes au moment où il est monté dans l'avion, et quand il a eu son arrêt cardiaque.

Elle parla pendant plusieurs minutes d'affilée, sans attendre d'être relancée par son interlocuteur. A la fin, Rusty Sanders reprit sa respiration : ce qu'il venait d'entendre l'avait atterré.

— Brenda, vous dites qu'il toussait beaucoup ?

— Oui.

— Et qu'il s'en est excusé ?

— Oui, il a dit que cela faisait plusieurs heures qu'il n'arrêtait pas de tousser. C'était une toux, comment... caverneuse, grasse.

— D'accord, je vois. Merci beaucoup.

— Qu'est-ce que cela signifie, docteur ?

— Oh, sans doute rien. J'essaie simplement de vérifier toutes nos données.

Quand il raccrocha, il se sentait lui-même mal en point. Une grosse toux ne signifiait rien en soi, mais quel rapport avec un accident cardiaque ? Helms souffrait de quelque chose d'autre quand il avait embarqué à Francfort.

Roth avait donc probablement eu raison depuis le début. Apparemment, tout le monde à bord de cet avion était infecté. Ils étaient devenus des parias, et constituaient un grave danger pour le reste de l'humanité.

Kiev. Samedi 23 décembre

Une fois achevé le rendez-vous dont il avait été question lors de sa matinale conversation téléphonique, Youri Steblinko descendit à pas rapides vers le centre de Kiev, en réfléchissant à la mission qui l'attendait. Il avait tout de suite reconnu l'intermédiaire russe qui s'était présenté à lui sous le nom d'Alexandre : c'était un homme efficace, l'un des meilleurs agents que le KGB avait eus au Moyen-Orient. Il n'avait pas été surpris de le retrouver dans ces circonstances.

Ce que son client exigeait de lui était faisable, mais il allait falloir appeler pas mal de monde. Et dépenser beaucoup d'argent. « Alexandre » lui avait remis une valise contenant cent mille dollars américains en roubles. Si besoin était, il pourrait lui en donner encore plus à partir de midi, une fois qu'il aurait trouvé une autre banque ouverte. Il avait un crédit illimité, car il faudrait acheter la confiance de beaucoup de gens.

Mais ce dont avait le plus besoin Youri, maintenant, c'était d'un téléphone absolument sûr. Sûrement pas celui de son appartement. D'instinct, il avait toujours évité d'utiliser son téléphone personnel pour ses activités secrètes, dont il n'avait jamais parlé à Ania. Cela valait mieux ainsi, et pour elle et pour lui. D'ailleurs, elle le comprenait, et n'avait jamais posé de questions. Youri eut un bref sourire en pensant à la jeune femme, et plusieurs passants se retournèrent pour l'observer. *Je perds la main,* se dit-il, *il ne faut pas laisser apparaître ses sentiments comme ça !*

Il se rendit au bureau d'un de ses amis, qui essayait tant bien que mal de se débrouiller dans l'import-export. Celui-ci ne trahit aucune surprise quand Youri lui tendit vingt mille roubles en lui demandant d'emmener ses employés et d'aller faire un tour pendant quelques heures. Une grosse vente d'avions, expliqua-t-il à son ami, qui connaissait son passé kagébiste. Avec un clin d'œil, il s'éclipsa, en compagnie de ses quatre collaborateurs.

S'étant assuré qu'il était bien seul, Youri entreprit une longue série d'appels. D'abord, il demanda à deux de ses connaissances les plus fiables de vérifier si un Mig-25 opérationnel, ou un Mig-29, ou un appareil équivalent, pouvait se trouver immédiatement, à bon prix. Il leur affirma servir d'intermédiaire pour un riche homme d'affaires occidental. Il savait que la source incontournable pour se procurer du matériel militaire lourd était un certain Yevchenko. Il détestait cet homme, mais de toute façon, même lui ne serait pas en mesure de trouver quelque chose dans un délai si court.

Et il y avait encore la question du rayon d'action. Il avait besoin, lui, d'un appareil disposant d'une autonomie de plus de six mille kilomètres. Mais l'arsenal de l'ex-URSS ne comportait aucun chasseur de ce type, à part les super-bombardiers, qui eux nécessitaient plusieurs pilotes et ingénieurs de vol.

Il devait bien y avoir une solution, pourtant. Youri en était convaincu : la vie lui avait enseigné qu'il y avait toujours une solution, si inattendue fût-elle. Mais dans le cas présent, la barre était particulièrement haute.

Il reposa le combiné, se radossa à la chaise branlante, et essaya de se concentrer. Trouver une machine de ce genre nécessitait normalement des mois de préparation, même avec l'aide active de l'armée de l'air. Sans soutien officiel, il pourrait y arriver avec du temps et de l'argent, mais dans le cas présent il disposait seulement du deuxième élément. *Parfait, qu'est-ce que nous avons, et de quoi avons-nous besoin ?* réfléchit-il. *Il me faut un appareil ayant un rayon d'action de six mille kilomètres. Il me faut l'armement adéquat, et un plan de vol impeccable, avec les documents appropriés, les cartes, les diagrammes. Et il me faut tout ça sur-le-champ !* Youri secoua la tête en souriant. Comment était-ce, déjà, cette expression américaine qu'il aimait tant ? Ah oui : « Ce qui est presque impossible, on le fait immédiatement. Pour l'impossible, il faut quelques heures de plus. » S'il réussissait son coup, ça deviendrait sa devise. Mais il fallait d'abord réussir ! Au bout, il y avait une nouvelle vie pour Ania et lui. Et il deviendrait instantanément une légende vivante dans le monde du renseignement... s'ils arrivaient à découvrir quoi que ce soit !

Assez ! se reprit-il. *L'avion, d'abord.* Les chasseurs, ça ne manquait pas, ils étaient facilement achetables, avec un pot-de-vin, mais il ne pouvait pas tout simplement décoller à bord d'un Mig-29 armé jusqu'aux dents et se poser comme une fleur dans une série d'aéroports internationaux pour refaire le plein ! En plus, il n'aurait pas le temps de maquiller les cocardes militaires sur le fuselage.

Or, les apparences comptaient beaucoup. Avec un avion de ligne américain à bord duquel se trouvait un ambassadeur connu pour ses sympathies pro-israéliennes, le monde entier attribuerait aussitôt le geste à Aqbah, et tous les projecteurs tenteraient de se braquer sur cette organisation mystérieuse, si redoutable sur le plan de l'efficacité technologique. Il devait tout faire pour renforcer l'hypothèse que le plan avait été exécuté par un de leurs commandos professionnels. Son contact le lui avait bien dit : il serait comme le nègre d'une célébrité littéraire, ce serait lui qui ferait le travail mais d'autres qui en seraient crédités. Et son client, pour sa part, resterait entièrement en dehors.

Youri se souvint d'un entretien discret avec un agent iranien, deux ans auparavant, à Téhéran. Les gens d'Aqbah étaient très malins, avait souligné l'Iranien : contrairement à la majorité des groupes terroristes, qui revendiquaient même les actions les plus bâclées, eux préféraient jouer le jeu de la responsabilité « présumée », ce qui leur permettait de faire vibrer beaucoup mieux la corde de la peur : « Laissons le grand Satan conclure de lui-même qu'un acte criminel quelconque est l'œuvre d'Aqbah, y compris en l'aidant un peu avec des coups de fil passés aux médias, mais ne revendiquons jamais rien ouvertement... »

Bon, pensa-t-il, *à part un Mig-29, quoi d'autre serait immédiatement disponible?* Quelques minutes plus tôt, un de ses plus vieux amis avait éclaté de rire à l'idée de pouvoir trouver l'après-midi même l'appareil recherché :

— Youri, Youri ! A moins d'en voler un, je ne vois pas comment ce serait faisable. C'est la Russie, non?

— Non, c'est l'Ukraine, maintenant, Pavel.

— Ça revient au même. Ici, les choses ne vont pas vite...

Voler un avion, pensez donc. Youri Steblinko, colonel de l'armée de l'air soviétique, plusieurs fois décoré... *Il n'y a plus d'armée de l'air soviétique, imbécile !* se corrigea-t-il. La suggestion de Pavel l'avait amusé. Mais soudain il eut une illumination. Bon sang ! Mais c'était tout à fait dans le style d'Aqbah ! Ne disposant évidemment pas de leur propre aviation, ils n'hésiteraient pas à s'emparer d'un appareil dont ils auraient besoin.

Il n'avait pas même besoin d'obtenir le feu vert de son client. Ce n'était pas seulement une bonne solution, c'était l'unique solution !

Son enthousiasme retomba d'un seul coup. La décision était excellente, encore fallait-il avoir quelque chose à voler. Et là, il n'avait rien en vue.

Youri s'imagina dérobant sur une base militaire un gros bombardier soviétique. Il était pilote de chasse ; il serait à l'aise avec un Mig-25 ou un Mig-29, mais il ne serait même pas capable de faire démarrer sans aide ce genre de machine, sans parler de la piloter ensuite. Ce qu'il lui fallait, c'était un jet privé à grand rayon d'action !

L'image du superbe Gulfstream IV blanc et bleu sur lequel il avait effectué un vol d'essai un mois plus tôt s'imposa à lui. Un sourire satisfait apparut sur ses lèvres. Mais bien sûr ! Un vrai plaisir, cet appareil : deux turboréacteurs hyper-puissants, une cabine impeccable, toute plaquée de bois précieux, et un cockpit bourré des instruments de navigation les plus performants, de toutes les liaisons satellites possibles et imaginables, et d'un système de défense perfectionné... Sa mission avait justement été de tester les défenses de ce petit bijou. Son propriétaire, un prince saoudien, développait une véritable paranoïa à l'idée de tomber sur des chasseurs irakiens, voire israéliens. Détestant l'idée de constituer une proie facile, le prince voulait être protégé. Il avait bien pensé se faire escorter en permanence par la chasse saoudienne, mais le roi avait catégoriquement refusé. « Pourquoi ne pas armer votre Gulfstream ? lui avait alors suggéré une connaissance. Il y a des gens en Ukraine qui peuvent l'équiper de missiles air-air rétractables. » Sans regarder à la dépense, le prince avait allongé trois millions en liquide pour modifier l'appareil, l'armer et le doter des radars nécessaires. Et il s'apprêtait donc à ramener en Arabie Saoudite un jet équipé de quatre missiles, de leurres, d'un système antimissiles téléguidés et d'un radar d'attaque. Le plus grand secret était indispensable, avait-on répété à Youri. Le prince redoutait que quelqu'un, en Irak ou en Iran, n'en vienne à apprendre les transformations subies par son jet.

Zut, la livraison, c'était pour quand? Youri se leva d'un bond, le cœur battant la chamade. Où était l'appareil, à cet instant? Voyons, il devait être livré... Oui, le 26 décembre. Il allait bondir sur le calendrier posé sur le bureau voisin quand il se ravisa. Il connaissait la date : samedi 23. Donc, le Gulfstream IV était toujours sur le tarmac, à Kharkov, à l'est de Kiev. Un avion pouvant couvrir six mille kilomètres, un jet privé en apparence inoffensif mais qui pouvait lancer des missiles, intercepter les communications de n'importe quel autre appareil, et même espionner des liaisons satellites. Une machine qu'il savait piloter, et dont il savait comment s'emparer!

C'était presque trop beau, se dit-il. Aqbah dérobant la perle volante de celui qui, pour Téhéran, était un ennemi de l'islam, d'un sunnite, qui plus est membre de la famille royale saoudienne, et s'en servant pour frapper une cible occidentale...

Se rasseyant devant la table, il regarda le téléphone. Jusqu'ici, il s'était agi de planifier, mais après les avoir induits en erreur, les avoir conduits à armer et à ravitailler le jet, il entrerait dans un processus qui lui soulevait maintenant l'estomac. Il se rappela sa mission d'inspection dans l'unité de l'armée de l'air de l'île de Sakhaline, qui avait été à l'origine de la destruction du 747 des Korean Airlines en 1985. Il agissait alors en tant que major du service d'enquête de l'aviation militaire soviétique, participant aux efforts acharnés du KGB pour suggérer au secrétaire général du Parti quel officier supérieur devrait être exécuté, expiant ainsi le tort international causé à l'URSS par cette affaire. Et il se souvint de la prostration dans laquelle il avait trouvé le pilote qui avait appuyé sur la détente.

Une vague de honte passa rapidement en lui, une honte qu'il avait aussi ressentie lors de son entrevue avec Alexandre. Voilà ; le prix à payer pour refaire sa vie et celle d'Ania était l'assassinat de deux cent cinquante-sept citoyens américains, et la disparition en vol d'un 747-400 flambant neuf.

Mais de toute façon, ils sont condamnés à une mort horrible ! Une agonie interminable, atroce. Rappelle-toi ! C'est un acte de charité, en fin de compte. Tu ne dois penser à rien d'autre ! Il avait été témoin des effets de la guerre bactériologique lors des expériences criminelles menées par l'armée soviétique en 1972 sur des prisonniers politiques servant de cobayes. L'image de ces êtres suppliciés venait encore le hanter dans ses cauchemars. Or, le dénommé Alexandre lui avait affirmé que le microbe qui sévissait dans le 747 américain provenait d'un laboratoire russe... Si ses effets ressemblaient, même de loin, à ce qu'il avait vu alors, la mission à laquelle il se préparait était, sans nul doute, un acte de charité...

Chassant toutes ces idées de son cerveau, il saisit le combiné et entreprit de composer un numéro.

CHAPITRE 16

A bord de QN 66, base aérienne de Keflavik.
Samedi 23 décembre, 4 h 30 (5 h 30 Z)

La mort de Lisa Erickson avait radicalement transformé l'état d'esprit des passagers du 747 des Quantum Airlines : l'irritation doublée d'anxiété s'était muée en une peur tenace, incontournable. « Mon Dieu, s'ils nous craignent à ce point... » C'était devenu le thème essentiel des échanges murmurés. Mais dans la cabine régnait désormais un silence tendu.

Au cours d'une annonce émouvante et terriblement attendue par les passagers, James Holland avait expliqué les circonstances de la fusillade. Chacun avait pu ressentir la tristesse et l'indignation du commandant de bord quand il avait évoqué les méthodes inhumaines de la police militaire et le décès tragique de la jeune femme :

« Mes amis, les jeunes soldats qui montent la garde dehors ont été convaincus par leurs supérieurs que nous étions tous porteurs du virus, extrêmement dangereux, qui d'après eux se trouverait à bord de notre avion. J'ai toujours le ferme espoir qu'il s'agit seulement d'une gigantesque méprise, mais pour l'instant l'attitude du monde extérieur à notre égard ne va pas changer substantiellement, du moins tant que le délai d'observation qu'ils ont fixé ne se sera pas écoulé sans que personne tombe malade. Je comprends votre inquiétude, mais je vous redemande de rester calmes et disciplinés. Pendant au moins quelques heures encore, nous serons à la merci de forces qui veulent nous séparer du reste de l'humanité, mais nous ne nous laisserons pas aller à la panique. Merci de votre compréhension. »

Holland avait tout fait pour paraître optimiste, prenant sur lui-même pour garder espoir. Mais le rejet universel dont ils étaient désormais l'objet rendait ses mots dérisoires, il le savait. Qui était-il, lui, pour réfléchir à la place de la planète entière ?

A trois heures vingt, Dick Robb avait suggéré que l'équipage soit divisé en deux tours de garde, A et B, pour se relayer toutes les quatre heures jusqu'au départ de Keflavik. James Holland, épuisé, l'approuva. Une fois le plan expliqué aux autres, il éteignit la cabine et fit fermer les rideaux de séparation. Au pont supérieur, demeuré éclairé, les membres de l'équipe B s'installèrent dans les sièges vides pour dormir un peu. Holland, qui s'était placé dans ce tour de garde, promit d'en faire autant. Il s'étendit sur l'une des deux couchettes réservées aux pilotes dans un petit réduit juste à côté du cockpit, étendit une couverture sur ses jambes et ferma les yeux.

Malgré la fatigue et la tension accumulées, le sommeil ne venait pas. Au contraire, il fut assailli par les images du drame survenu sur la piste, et il revécut le sentiment d'impuissance qui l'avait étreint en voyant la jeune femme se précipiter au-devant de son peloton d'exécution. *J'aurais dû lui courir après !* se maudit-il intérieurement. *Ils n'auraient pas osé me tirer dessus...* Mais sa raison le corrigea : s'il l'avait rejointe près du cordon, son corps serait maintenant étendu dans la neige. Pourtant, il aurait dû essayer.

Après la fusillade, les hôtesses s'étaient relayées pour rester auprès de Keith Erickson, installé à un rang vide du pont supérieur. Holland avait aussi passé un moment avec lui avant de retourner à son poste. Et maintenant, dans le noir et le silence, le calvaire de cet homme ne cessait de l'obséder. Il avait déjà éprouvé la souffrance de perdre une femme aimée, non pas aussi définitivement que par la mort, certes, mais avec cette sensation insupportable de vide que lui avait laissée son divorce, quand Sandra avait fini par ne plus supporter son caractère renfermé. Comparaison stupide, se morigéna-t-il. Sandra, elle, était toujours en vie.

Il revit les premiers jours de leur union, la passion qui les poussait l'un vers l'autre, et se demanda comment il aurait réagi s'il avait dû voir son beau corps massacré par les balles, dans le froid de la nuit polaire... comme Lisa Erickson. La seule évocation de cette image le fit frissonner : ce que devait éprouver cet homme était tout simplement inconcevable.

A quoi bon rester là, étendu, puisqu'il lui était impossible de dormir ? Lentement, il se releva et ouvrit la porte, hésitant à écarter le rideau qui le séparait du reste du pont supérieur. Quand il le fit, il aperçut aussitôt Keith Erickson assis au fond de la cabine, un petit groupe autour de lui. La scène n'était éclairée que par une lampe de lecture individuelle. Son sens des responsabilités le poussait à retourner vers lui, mais il eut un mouvement de recul devant l'énormité de ce malheur, l'aura de tragédie qui faisait comme un trou noir dans lequel le veuf était seul, implacablement seul. En tant que commandant de bord, il pouvait se confronter au deuil de cet étranger, mais il ne s'en sentait pas capable personnellement, après toute une vie passée à se protéger contre la douleur, l'affliction, l'impression de vacuité qui l'assaillait si souvent.

S'adossant à la cloison, il tourna son regard vers les

hublots à droite de la cabine. Il souhaita de tout cœur qu'il y eût, dans cet avion, un endroit où se retrouver à l'abri de tous, face à face avec soi-même, où fermer les yeux et arrêter de faire comme s'il ne se sentait pas angoissé, perdu, désespéré, tout ce qu'il ne devait surtout pas montrer... Où pleurer, même.

Non. Pas un commandant de bord. Reprenant sa respiration et se redressant de toute sa taille, James Holland fit quelques pas et se dirigea vers l'homme en deuil.

Dans le poste-repos à l'arrière du 747, Gary Strauss, vingt ans, essayait de réprimer le sourire de contentement qui était en train de lui monter aux lèvres. C'était déjà assez fabuleux que la superbe jeune Allemande qu'il avait rencontrée en Suisse se soit retrouvée sur le même vol que lui, mais le fait que Stefani Steigal (c'était son nom) ait été assise à la même rangée était un incroyable coup de chance. Et maintenant, elle apparaissait en haut des marches conduisant au poste-repos, elle venait prendre de ses nouvelles !

Quand il l'avait vue la première fois, sur les pistes de ski, une semaine auparavant, il avait remarqué comment ses mèches blondes cascadaient sur ses épaules de sportive jusqu'à ses seins, et de nouveau il fut empli d'un désir fou de la toucher.

— Hello, monsieur Strauss ! (Son fort accent germanique rendait encore plus attirante sa voix mélodieuse. Et elle ne s'empêchait pas de sourire, elle !) *Wie geht es dir ?*

Il pencha la tête, feignant l'étonnement :

— Quoi ?

— J'ai dit : Comment ça va ?

Il répondit d'un air ravi :

— Je sais ! Eh bien, dix mille fois mieux depuis que tu es là !

Stefani se rapprocha et se mit à genoux devant la couchette. Elle sentait très bien sur quelle partie de son anatomie les yeux du jeune homme s'étaient posés. Le saisissant par le menton, elle lui releva la tête jusqu'à ce que leurs regards se croisent :

— Tu vas arrêter de regarder mes seins et faire un peu attention à moi, d'accord?

Il eut un sourire un peu confus :

— C'est que je les admire beaucoup...

Elle ignora sa remarque :

— Sérieusement, comment te sens-tu? Est-ce que ça te fait du bien d'être étendu?

— J'ai l'impression, oui. Mais le docteur Turnheir pense qu'il va peut-être devoir ouvrir le plâtre. Il s'inquiète pour ma circulation; la jambe a vraiment enflé, il dit qu'elle est trop serrée.

— Oh, je suis désolée, vraiment. Qu'est-ce que je peux faire pour toi?

— Rester là pour que je te regarde, et tout ira bien.

— Tu es impossible! Pense un peu aux choses sérieuses!

— Oui, m'dame!

Stefani soupira. Son visage changea d'expression :

— Gary, qu'est-ce que tu penses de tout ça, toi?

Pendant qu'il réfléchissait à sa réponse, il la contempla encore. Elle était bronzée, pleine de vigueur, de deux ans plus âgée que lui. L'attirance avait été réciproque dès leur première rencontre. Quand elle était montée dans l'avion et l'avait découvert avec sa jambe cassée, elle s'était juré de le dorloter, mais les événements avaient miné son moral, elle se sentait maintenant pleine d'appréhension.

— C'est effrayant, avoua-t-elle, ces types, dehors, capables de tuer une femme sous prétexte qu'elle voulait franchir une ligne...

— Le commandant l'a expliqué, Stefani, il a dit qu'ils avaient peur de nous.

— Et toi ?

— Comment ça ?

— Est-ce que tu as peur de tomber malade ? Est-ce que cette histoire pourrait finir comme dans *Le Mystère Andromède* ? Tu sais, ce film... Je l'ai vu quand j'étais petite ; il m'avait flanqué une frousse terrible.

Il haussa les épaules :

— Je ne sais pas quoi en penser. L'équipage n'arrête pas de dire que c'est une fausse alerte.

— Moi je prie pour qu'il en soit ainsi, mais je crois qu'eux aussi ont peur.

Gary lui prit doucement une main, secrètement transporté en constatant qu'elle se laissait faire. Elle était étudiante en troisième année à Yale, il avait commencé Princeton : ils étaient faits l'un pour l'autre. En Suisse, déjà, il s'était mis à échafauder des plans d'avenir. Et en plus, la retrouver dans l'avion ! Il en était presque heureux que ses parents et lui aient dû écourter leurs vacances à cause de son accident. Un élancement dans sa jambe blessée le fit grimacer. Oui, *presque* heureux...

— Tu ne vas pas passer Noël avec ta famille ? demanda-t-il à la jeune fille, pour ne pas penser à la douleur.

— Mais si, mon père travaille aux États-Unis. Ma mère est morte il y a plusieurs années. Je passerai le réveillon avec lui... Enfin, j'espère ! (Elle fit un signe vers l'avant de l'appareil :)... Si nous arrivons à sortir de là.

— C'est vraiment génial d'être venue me voir, Stefani. Écoute, le mieux à faire est de ne pas se laisser abattre. Je suis sûr que le commandant a raison : nous sommes en plein psychodrame, comme les aiment les fonctionnaires, les diplomates, les militaires. Ils ont décidé qu'un microbe bizarre s'était retrouvé dans cet avion, alors ils pètent les plombs en essayant de nous isoler du reste du monde.

Elle lui lança un regard perplexe :

— C'est quoi, *péter les plombs* ? Je ne connais pas...

— Une expression idiomatique. Devenir fou, quoi, yoyoter du cerveau, partir du caisson...

Elle secoua la tête. Son sourire avait disparu.

— Il y a des langues étranges, remarqua-t-elle d'un air grave en regardant vers la porte derrière elle.

— Tout ira bien, Stefani. Je t'assure.

Elle fit en sorte de retrouver son sourire, le plus beau que le jeune homme ait jamais vu, il en était convaincu.

— Gary, il faut que tu te reposes. Et moi aussi.

Il leva un sourcil, essayant de voir jusqu'où il pouvait aller avec elle :

— Tu pourrais... euh... t'allonger ici. (Il désigna sa jambe plâtrée :) Je veux dire qu'il y a bien assez de place, et de toute façon, avec ma patte cassée je suis inoffensif, et puis, on peut tirer le rideau...

Elle ne l'écoutait pas. Le visage penché de côté, elle redevint très sérieuse.

— Pourquoi ton père a-t-il été si désagréable avec moi quand j'ai proposé de t'aider, Gary ? Est-ce que j'ai dit quelque chose qu'il ne fallait pas ?

Les interminables cours d'histoire familiale que son géniteur aimait tant administrer lui revinrent aussitôt à l'esprit. Ses grands-parents avaient été déportés à Auschwitz vers la fin de la guerre. Son père les avait vus de l'autre côté d'un grillage, en ligne avec d'autres prisonniers entièrement nus, hommes, femmes et enfants, avant d'être conduits de force vers un four crématoire, seuls les plus chanceux recevant le coup de grâce d'une balle dans la tête. Le petit Abe Strauss, âgé alors de six ans, n'avait jamais su pour quelles raisons inavouables on l'avait épargné... Et puis, les Alliés étaient arrivés pour le délivrer. Depuis, il détestait les Allemands, et tout ce qui se rapportait à l'Allemagne. Et il s'était mis en rage quand il avait découvert que la nouvelle date pour leur retour les obligeait à changer d'avion à Francfort et non à Paris, comme prévu. C'est dire avec quelle satisfaction il avait découvert que son fils s'intéressait maintenant à une jeune Allemande...

— Stefani, nous sommes juifs. Papa a été à Auschwitz quand il était gosse.

Il l'entendit reprendre péniblement son souffle, surprit ses yeux qui se détournaient un instant avant de revenir se poser sur lui et qu'elle tente un faible sourire :

— Alors je comprends, maintenant. Je suis navrée.

Comme elle faisait mine de se relever, il la retint par la main, avec gentillesse mais fermeté.

— Stefani, c'est l'histoire de leur génération, pas la nôtre.

Elle approuva vaguement :

— Je ne veux pas créer de problèmes.

Il lui décocha une petite grimace pleine d'humour :

— Tu n'en crées pas du tout. A part si tu m'abandonnes tout seul ici, évidemment. Si c'est le cas, mes lamentations vont réveiller tout l'avion !

— Je l'avais dit, tu es insupportable ! Un vrai ado trop porté sur le sexe. C'est clair, tu es beaucoup trop jeune pour moi !

Elle se dégagea et se remit debout et, en s'étirant machinalement, elle mit encore plus en valeur son buste émouvant. Avec un gémissement sourd, il serra le poing et se mordit une phalange, ce qui la poussa à le taquiner en affectant un air sévère :

— Puisque tu es en chaleur, je m'en va.

— On dit : Je m'en vais, et puis, je ne suis pas en chaleur, je suis amoureux.

— *Schweinehund !* Je reviendrai dans un moment pour voir si tu es mort.

Il la contempla en train de redescendre l'escalier, puis se rallongea quand elle disparut. Le sourire aux lèvres, il se mit à calculer la durée du parcours entre leurs campus, à évaluer les avantages qu'il y aurait à s'inscrire à Yale. Pour l'instant, virus foudroyants et jambes cassées étaient à mille lieues de ses pensées.

En regagnant sa place, Stefani laissa passer dans l'allée un homme d'une cinquantaine d'années, un peu enveloppé, avec un début de calvitie, qui après s'être excusé retira une mallette du coffre à bagages et se dirigea vers l'avant. S'installant dans une rangée inoccupée sur la droite, il sortit son portable. Il répondit aux regards interrogateurs de plusieurs passagers, certain de ne pas être reconnu : c'était un grand avantage, pensa-t-il, que d'être à la fois célèbre et anonyme. Journaliste depuis vingt ans au *Washington Post,* prix Pulitzer, sa signature était fameuse et respectée, mais son apparence passe-partout lui permettait de jouer les caméléons, d'arriver à mieux connaître les gens sans attirer d'emblée leur attention.

Don Moses lança son ordinateur. Quatre heures durant, il avait observé ce qui se passait autour de lui, pris des notes, surtout pour s'occuper. Jusqu'à la mort de Lisa Erickson, tout cet affolement lui avait paru plutôt grotesque : exagérations habituelles de bureaucrates se prenant trop au sérieux, comme l'avait dit le commandant de bord. Mais d'un coup, le drame était survenu, et l'agacement avait fait place à l'appréhension. Posant ses doigts sur le clavier, il se décida pour une longueur de trois feuillets. Ensuite, il brancherait le modem de l'ordinateur au téléphone satellite installé dans l'accoudoir, et l'article serait aussitôt disponible à Washington, prêt à l'édition.

Il eut une pensée pour sa femme, Jaimie, en train de

l'attendre au chalet qu'ils avaient loué à Aspen pour la fin de l'année. Jill et Jake, ses enfants, devaient déjà être arrivés dans leurs breaks respectifs, avec leurs époux et progéniture. Grâce au ciel, ils avaient bien réagi quand leur père s'était remarié après la mort de leur mère. Autrement, passer Noël ensemble aurait tourné à la catastrophe. A trente-quatre ans, Jaimie était plus jeune que Jill, mais tous l'avaient bien accueillie et elle faisait désormais partie de la famille.

Moses commença son papier en donnant le lieu et l'heure des événements, puis laissa son esprit revenir au coup de fil qu'il leur avait passé. Il s'était montré blasé, indifférent, presque. Eux qui suivaient les spots incessants de CNN étaient au contraire terrifiés. Avec un petit rire, il avait minimisé les risques d'épidémie et encore moins parlé d'un virus mortel. Oui, il y avait bien des soldats autour de l'avion, comme CNN l'avait annoncé, mais ce n'était rien d'autre que la paranoïa classique des militaires ! Personne, sur place, ne pensait que la mesure de quarantaine était plus qu'une précaution tatillonne...

Depuis cette conversation, cependant, la police de la base avait donné une preuve sanglante du contraire. Et soudain cette histoire était devenue un sujet sans précédent que son instinct journalistique ne pouvait plus dédaigner. Il devait aussi reconnaître, toutefois, qu'en se mettant devant son ordinateur il refoulait surtout la frayeur qui l'avait envahi. Observer, analyser, rendre compte, c'était se plonger dans l'illusion réconfortante qu'une fois l'histoire racontée, il pourrait, lui, s'en sortir indemne.

CHAPITRE 17

QG de la CIA.
Samedi 23 décembre, 6 h 00 (11 h 00 Z)

Rusty sanders s'attendait à tout, sauf au message urgent venu de l'antenne du Caire sur lequel il était tombé alors que, passé maître dans les arcanes du système informatique central de la CIA, il avait chargé un programme sélectionnant spécialement pour lui toutes les informations concernant le vol QN 66.

L'alerte avait été donnée depuis la capitale égyptienne à 5 h 43. Rusty appela sur-le-champ Mark Hastings, qu'il trouva à son bureau.

— Je vais te l'imprimer, lui dit-il, mais, pour résumer, selon des informations du Caire, un groupe terroriste chiite a notre 747 dans le collimateur. Ils citent des rumeurs selon lesquelles des contacts seraient pris actuellement en Égypte et en Libye pour trouver un avion de chasse avec une autonomie suffisante pour frapper à l'est de la Mauritanie.

— Incroyable ! s'exclama Mark. Ils connaissent déjà la destination ? Roth va en avoir une attaque !

— Sont-ils capables d'aller aussi vite ? Les Iraniens, je veux dire.

— Absolument, et ils ont tout l'argent qu'il faut

pour se payer le matériel et les spécialistes dont ils ont besoin. Fais-moi une copie, s'il te plaît, j'arrive. Mais d'abord, je dois prévenir Roth.

Sanders avait rappelé le texte sur son écran quand Sherry Ellis entra dans la pièce et vint se pencher au-dessus de son épaule gauche.

— Tu veux bien m'en imprimer un aussi, Rusty ? le pria-t-elle doucement.

Il ne demandait pas mieux, et fit les opérations tout en respirant avec plaisir le parfum discret que dégageait la jeune femme. Elle lut attentivement le message tandis que le médecin examinait les multiples codes et chiffres d'identification qui l'accompagnaient.

— Alors, qu'en penses-tu ? demanda-t-il quand Sherry se releva.

— Ça paraît crédible, reconnut-elle d'un air intrigué. N'importe quel groupe qui disposerait des moyens suffisants pourrait survoler le désert et atteindre cette cible, à mon sens.

— Mais dans quel but ? Enfin, même l'organisation terroriste la plus minable du Moyen-Orient est abonnée à Reuters et à CNN ! Donc, s'ils ont découvert sa destination, ils savent aussi pourquoi cet avion est dérouté là-bas. D'accord, il y a Lee Lancaster à bord : mais d'après les informations dont ils disposent, il est condamné à mourir avec les autres. A quoi bon risquer des hommes et du matériel pour descendre un mort vivant, devant des centaines de témoins, en plus ? Ça n'a pas de sens !

S'asseyant à la table, Sherry posa son menton dans sa paume et fixa le mur :

— Je ne te le fais pas dire... (Sans changer de position, elle lui lança un regard de biais :) Mais, vois-tu, il y a tellement de gens chez nous qui ne savent pas quoi faire de leur peau... Ils font un cauchemar, ils se réveillent, et ils se mettent à envoyer au Centre des rapports ébouriffants.

— Je n'ai jamais été agent de terrain.

— Eh bien moi, si, et crois-moi, des fois, on s'ennuie tellement qu'on ferait n'importe quoi. (Elle se mit debout.) Ce qui me chiffonne surtout, c'est la manière dont ils ont pu découvrir si vite la destination. Évidemment, la compagnie aérienne a dû en informer ses pilotes par satellite, mais le seul groupe assez bien équipé pour écouter de telles communications est aussi celui qui aurait les moyens techniques d'attaquer.

— Et c'est ?

— Je suis sûre que tu as lu au moins une ou deux notes d'information sur eux : al-Aqbah. Tu te rappelles, cette organisation apparue à l'époque de la guerre du Golfe ? Jon Roth est un expert de la question, et je suis bien payée pour savoir qu'il les redoute comme la peste.

Elle lui fit une brève description du développement d'Aqbah et de sa force de frappe.

— Reste un problème, Sherry, remarqua le médecin quand elle eut terminé.

— Lequel ?

— S'ils étaient aussi forts que tu les décris, ils ne claironneraient pas sur tous les toits qu'ils veulent emprunter une escadrille de chasse. Ils se prépareraient sans que rien transpire.

Elle eut un sourire admiratif :

— Bien vu ! Tu as raison.

— Je vis dans la logique, rétorqua-t-il avec un gloussement.

— Alors, c'est quoi, docteur ? Un romancier raté qui tue le temps à l'antenne du Caire ? Ce genre de rapports, tu en analyses tous les jours, toi aussi...

— Oui, mais essentiellement à propos de questions médicales ou d'aviation civile...

Ils se regardèrent en silence un instant. Soudain, Rusty Sanders se remit à l'ordinateur et entreprit de rechercher des codes d'identification. Puis il imprima les données obtenues, arracha la feuille, et se tourna vers Sherry :

— Tu crois que le service des liaisons pourrait me donner une ligne protégée pour appeler Le Caire ?

— On peut essayer. Tu sais où ils sont ?

Il se leva, fila vers la porte et lui lança en passant :

— Je reviens.

Au bout d'une vingtaine de minutes, de maints appels et messages codés adressés à l'ambassade américaine et à d'autres sources sûres dans la capitale égyptienne, le bilan fut établi : celui qui avait envoyé ce message avait agi sans en informer le chef de l'antenne, et ce dernier n'était absolument pas au courant des rumeurs évoquées.

Pourtant, quelqu'un avait bien écrit ces quelques lignes, et plus il se creusait la tête, plus Sanders avait envie de savoir de qui il s'agissait.

Repensant aux codes d'identification, il alla jusqu'à la salle des ordinateurs, où un informaticien compréhensif accepta d'aller regarder dans la matrice qui avait reçu le message original. L'homme disparut un instant dans le labyrinthe informatique maintenu à basse température, avant de revenir au bout de quelques minutes, l'air très étonné :

— Aucune trace, docteur. Ces chiffres ne collent pas.

— Comment ça ?

— Bon, j'ai peut-être cherché au mauvais endroit, ou bien il y a un bug quelque part, mais si cette info est arrivée sur une ligne normale, alors c'est que les codes d'identification ont été déformés. J'ai aussi vérifié à partir de l'origine : aucune trace d'un message de ce genre en provenance du Caire.

— Mais il est bien arrivé de quelque part ! Vous aussi vous l'avez vu quand vous avez regardé le fichier.

L'informaticien hocha la tête, jeta un regard inquiet autour de lui et finit par rendre le papier à Sanders.

— Désolé, docteur. On ne va pas plus loin.

— Mais comment est-ce... ?

L'homme posa une main sur l'épaule de Sanders et l'entraîna vers la porte :

— De deux choses l'une, lui souffla-t-il dans un murmure, ou bien il y a un bug, ou bien ce message n'est pas arrivé de l'extérieur. (Il le laissa méditer là-dessus un instant, observant sa réaction :) Mais moi, je ne vous ai rien dit, compris ?

Le médecin fut tétanisé :

— Vous voulez dire que si quelqu'un d'ici a entré ce fichier avec un code bidon, il n'y aura pas de trace ?

L'homme examina une nouvelle fois les alentours, ses yeux s'arrêtant sur la caméra du système de surveillance :

— Je ne vous ai pas parlé, d'accord ? A vous de tirer vos propres conclusions.

Plus perplexe que jamais, Rusty Sanders ne put qu'approuver.

Il revint à son bureau tout pensif : si l'on suivait les sous-entendus de l'informaticien, il fallait conclure que le message n'était pas venu du Caire, mais qu'il avait été entré dans le système informatique à Langley même. Dans quel but ? Devait-on y voir un faux pur et simple, quelqu'un cherchant à inventer cette piste ? Ou bien son auteur avait-il voulu renforcer la crédibilité de rumeurs qui circulaient bel et bien au Caire, ou ailleurs au Moyen-Orient ?

Rusty Sanders prit une feuille pour y coucher hâtivement les différentes hypothèses. L'alerte avait peut-être été donnée par téléphone, mais dans ce cas, pourquoi celui qui l'avait répercutée sur l'ordinateur s'était-il donné la peine de forger de toutes pièces des codes d'identification et d'inventer une heure de réception ?

Il relut une fois encore le texte. C'était le style habituel, allusif, prudent, mais avec quelque chose en plus qu'il n'arrivait pas à définir. *Booon, quelqu'un fait de l'intox en plein QG de la CIA !* conclut-il. *Autant chercher une aiguille dans une meule de foin ! Qui sait, ce sont peut-être les grands chefs qui s'amusent à ce genre de petits jeux pendant le week-end, juste pour regarder des débiles comme moi se casser la tête dessus...* Il se leva pour arpenter son petit bureau, regrettant de ne pas pouvoir disposer d'autant de place que Roth : chez lui, au moins, il y avait de l'espace pour faire les cent pas !

Mais pourquoi voudrait-on lancer un avertissement pareil ? Pour donner des boutons à Roth ? Mark disait qu'il allait se mettre dans tous ses états en apprenant que les affreux avaient découvert le pays d'Afrique choisi pour l'atterrissage... Il s'arrêta soudain, frappé par une révélation. *Une minute ! Supposons que je veuille impliquer un groupe terroriste comme Aqbah, même sans avoir de preuves qu'il prépare réellement une opération ? Supposons que j'essaie de l'exposer à une condamnation internationale ? Est-ce que ce ne serait pas un bon moyen de commencer ?*

Il reprit ses allées et venues. Pour susciter une réaction internationale d'ampleur contre Aqbah ou d'autres, il faudrait avoir l'aval d'autres États, voire de la presse. Donc, en admettant que le message soit un faux, son auteur devait se préparer à faire autant de bruit que possible autour.

Résolu à garder pour l'instant sa théorie par-devers lui, il reprit le chemin de la salle de conférences. Elle était vide. Il se rassit à l'ordinateur et se mit à survoler le trafic non protégé qui était sorti de Langley. Il cherchait la preuve que la mise en garde avait été ou venait juste d'être répercutée aux pays alliés. Rien.

Sherry fut de retour au moment même où Mark revenait de son entrevue avec Roth. Le directeur adjoint, annonça-t-il, était dans tous ses états. Il exigeait toute la lumière sur la façon dont Aqbah avait pu intercepter l'information concernant la destination du 747 :

— Il veut notamment vérifier si aucun d'entre nous, y compris toi, Rusty, n'a utilisé de ligne téléphonique non protégée.

Sanders les regarda tous deux l'un après l'autre, puis se tourna vers Hastings :

— On a déjà envisagé la question avec Sherry. On s'est dit que Quantum en avait parlé avec les pilotes sur leur ligne satellite. Ils ont déjà les plans de vol.

Mark jeta à la jeune femme un regard surpris :

— Quoi, quels plans de vol ?

— Mais oui ! reprit le médecin, je les ai remarqués sur le bureau de Roth il y a plusieurs heures. Ça sortait de l'ordinateur central de Quantum ; donc, ils ont dû les transmettre à l'avion sur leur réseau informatique. Qui n'est pas hermétique, évidemment : n'importe qui, bien équipé, peut décoder du digital... (Soudain, une idée l'illumina :) Attends voir, Mark. Est-ce que Roth pense que le message fait référence à Aqbah, précisément à Aqbah, quand il y est question de « groupe terroriste chiite » ?

— Oui, pourquoi ?

Sanders tourna les yeux vers Sherry, dont le visage restait sans expression. Pourtant, ils avaient conclu tous les deux une heure avant qu'Aqbah n'avait aucun intérêt à attaquer l'avion ! Elle était tombée d'accord avec lui, non ? Alors, pourquoi n'en avait-elle rien dit à Mark ?

Holà, mon vieux, fais gaffe ! se reprit-il en son for intérieur. *Tu n'es pas sur ton terrain. Ils font un blocage quelque part ; pourquoi, tu n'en sais rien.*

— Pourquoi cette question, Rusty ? relança Mark.

— Non, rien. Je ne sais plus où j'en suis, à force de lire des messages de mort.

A moitié juché sur une table, Hastings regardait ses chaussures, tandis que Sherry observait tranquillement la scène. Il releva les yeux :

— Dis-moi, Rusty, tu as appelé plusieurs fois l'avion cette nuit, non ?

— Oui. Je peux te retrouver les heures, si tu veux...

— Pas besoin. Mais seulement une chose : est-ce que tu as parlé à un moment ou un autre du Sahara ?

— Avec les pilotes ? En tout cas, avec les hôtesses, c'est impossible.

— Avec n'importe qui. Les pilotes, les hôtesses, l'ambassadeur... N'importe qui.

Son cerveau marchait à plein régime. Lors de son deuxième appel, il avait eu le commandant en ligne, qui venait de recevoir le nouveau plan de vol. Que lui avait-il demandé ? Ah oui : « Pourquoi l'Afrique ? » Il fixa Hastings droit dans les yeux :

— En réponse à une question du pilote, en effet, j'en ai parlé. Ils connaissaient déjà leur destination. Je ne me rappelle pas qui a été le premier à y faire allusion, mais il a été question de la Mauritanie.

Hastings regarda ailleurs :

— Oh, non ! A tous les coups, les services d'Aqbah ont surpris votre conversation...

— Mais ils n'auraient jamais pu avoir la localisation exacte, aucun d'entre nous ne l'a mentionnée !

Sherry sortit enfin du silence dans lequel elle s'était retranchée depuis le début :

— Mark, arrête un peu ! Ils bavassaient là-dessus depuis des heures sur cette ligne, Rusty vient de te le dire. Il n'a rien à voir là-dedans !

Hastings se tourna vers elle :

— D'accord, mais Roth cherche un bouc émissaire, et notre ami ici présent a l'air de convenir parfaitement.

— Pas si vite, protesta Sanders en se levant d'un bond. Tu es en train de nous expliquer que Roth cherche un coupable pour une goutte d'eau dans l'océan ? Mais enfin, le lieu d'arrivée était tombé dans le domaine public dès que Quantum en a été informé !

Mark Hastings se leva aussi, sur la défensive :

— Écoute, Rusty, il m'a chargé de vérifier un truc dans l'heure qui suit. Pour l'instant, il est retourné à la Maison-Blanche mais à son retour il veut savoir tout ce qui s'est dit au cours des communications avec l'avion. Mais si je ne t'ai pas vu, qu'est-ce que je pourrais savoir de ce coup de fil ? Autrement, il y a un risque grave...

— En d'autres termes, ce que j'ai de mieux à faire est de rentrer chez moi, de débrancher mon fichu téléphone, et de me faire oublier ?

Mark lui tapota l'épaule, tout en appelant du regard une réaction de Sherry, qui demeura impassible.

— Demain, tout ça aura l'air d'une tempête dans un verre d'eau. Repose-toi bien, et encore merci pour ton aide.

Sanders le regarda s'en aller, plus que dubitatif. L'idée qu'il puisse être responsable de la fuite lui paraissait difficilement acceptable. Le message pouvait provenir de n'importe quel ordinateur se trouvant dans cette pièce, ou ailleurs à Langley. Il lança un coup d'œil à Sherry. Affairée à examiner une liasse de feuillets, elle lui rendit néanmoins son regard. Il finit par lui demander :

— Tu es d'accord avec ça, Sherry? Je dois en prendre plein la gueule pour pas un rond?

Elle désigna la porte d'un seul signe, avec ce qui ressemblait à un sourire sur les lèvres :

— A plus, conclut-elle laconiquement.

Rusty Sanders ramassa ses notes et se prépara à sortir. Au fond de lui-même, il se sentait un peu trahi.

A moins de quinze mètres de la salle de conférences, il s'arrêta net, frappé par une nouvelle découverte. Pour vérifier s'il ne se trompait pas, il parcourut en hâte les papiers qu'il tenait dans la main. C'était bien ce qu'il pensait : le message comportait l'expression « risque grave », celle-là même que Mark Hastings venait juste d'employer... *Mais je l'ai vue, ou entendue ailleurs,* se dit-il. *Où donc?* Il marcha jusqu'au point où le couloir faisait un coude, s'adossa au mur, poursuivant son raisonnement. *Si ce texte a été écrit sur un ordinateur portable, il a dû être stocké sous forme de fichier avant d'être envoyé dans le système. Pour trouver ce fichier, il faut trouver le portable.*

Il entendit quelqu'un marcher dans le couloir, qui venait de la gauche. Soudain, il se rendit compte que, sur sa droite, le bureau de Jonathan Roth était tout proche. Il franchit les derniers mètres, s'étonna de trouver la porte ouverte. Certain que le sous-directeur serait là, il hésita un moment, constata que l'antichambre était vide, se décida à entrer et à refermer la porte derrière lui au moment où les bruits de pas se faisaient tout proches. Il ne serait pas repéré, à moins que l'inconnu n'ait justement l'intention de pénétrer dans ce même bureau... Si Roth ou Mark Hastings faisait maintenant irruption, il serait inconscient d'essayer de se cacher quelque part. Raconter qu'il attendait le sous-directeur dans l'antichambre, tout seul, la porte fermée, le ferait sans doute passer pour un hurluberlu, mais pas pour un fouineur, en tout cas. Il s'installa dans le canapé prévu pour les visiteurs, un machin en cuir rouge déployé devant la table de la secrétaire, se faisant tout petit en guettant le bruit de pas qui ralentit, cessa, puis reprit en s'éloignant.

Il réalisa que sa respiration était oppressée. *Quel agent minable je ferais,* plaisanta-t-il en son for intérieur, *on me repérerait rien qu'en m'entendant claquer des dents !* Il allait se glisser hors de la pièce quand il se souvint du portable de Roth.

C'était un IBM : si le sous-directeur ne l'avait pas pris avec lui, il n'aurait aucune difficulté à accéder au gestionnaire de fichiers. Et s'il trouvait ce qu'il cherchait, s'il établissait que le message venait de Langley et non du Caire, on ne pourrait plus l'accuser d'avoir trop parlé au téléphone !

Il se dirigea sans bruit vers la porte de séparation, appuya sur le loquet. Elle était ouverte. Il n'aurait aucun alibi plausible, mais il décida cependant d'entrer dans la pièce, vaguement éclairée par les lampadaires du parking voisin. Le portable était là, toujours allumé et branché au secteur. Se laissant tomber dans le fauteuil de Roth, il se mit au travail, inspectant les répertoires. Il repéra un programme de communication dont il demanda la liste de fichiers. Un message apparut instantanément sur l'écran : TAPEZ VOTRE MOT DE PASSE.

Nom de nom, un mot de passe pour appeler un répertoire ? Il tenta plusieurs combinaisons, à partir de chiffres comme le numéro du poste téléphonique de Roth à Langley, le code postal, l'âge du sous-directeur. Aucun ne marcha, évidemment. Il était presque certain qu'il s'agissait d'un code à quatre touches, mais son patron avait pu en choisir un plus long, plus complexe...

Oh, merde ! Le juron avait explosé dans sa tête.

Sherry Ellis se tenait sur le pas de la porte, en silence, ses yeux allant de Sanders au portable et retour, une expression impénétrable sur les traits.

Il bredouilla, cherchant ses mots :

— Ah, Sherry, tu m'as fait peur... J'étais...

Sans faire mine de répondre, elle se dirigea lentement vers lui, contourna le bureau. Il fit pivoter le fauteuil vers elle, hésitant à se lever :

— Sherry?

Mais que dire? Elle était l'assistante de Roth, il n'y avait aucune explication à sa présence ici...

Elle s'arrêta tout près de lui, tendit soudain sa main droite vers le clavier de l'ordinateur, les yeux maintenant braqués sur l'écran. Elle tapa à toute vitesse sur quelques touches, puis fit ENTER, se redressa et regarda Sanders bien en face :

— Je crois que c'est le code que tu cherchais.

Il lui lança un regard stupéfait, qu'elle soutint tout en désignant l'écran d'un signe de tête :

— Allez! Il peut revenir d'un instant à l'autre. Fais travailler tes doigts!

— Tu... tu t'intéresses à la même chose que moi?

Impatiente, elle se pencha à nouveau et fit courir ses doigts sur le clavier pour appeler le répertoire, désormais non protégé.

— Qu'est-ce que tu cherchais, exactement?

Il brandit la copie papier du message d'alerte, provoquant un hochement de tête approbateur de sa part. Elle s'y attendait.

— Je voulais voir s'il provenait de son portable, expliqua-t-il.

— Impossible. Mais tu as déjà découvert qu'il ne venait pas du Caire.

— Ah, toi aussi, tu crois?

— L'heure.

— Quoi, l'heure? Qu'est-ce que tu veux dire?

— L'heure d'envoi indiquée était dans la nuit de vendredi à samedi. Au Caire... Impensable ! Même les zombies les plus dévoués à la boîte détestent travailler le vendredi soir. Je connais nos machos, là-bas : s'il y a de quoi boire ou de quoi draguer, ils ne vont certainement pas se pourrir la vie à rester devant leur télex à quatre heures du mat' ! (Elle saisit la feuille que Sanders avait reposée sur le bureau :) Ce truc sort bien d'ici, mais Jon Roth n'est pas le coupable.

— Comment en es-tu si sûre ?

— Mais vas-y, gros malin, lance une fichue recherche, avant qu'ils nous tombent dessus. Vérifie par toi-même.

Sanders choisit une phrase du message au hasard et sélectionna la fonction RECHERCHE, déclenchant le ronronnement consciencieux du portable. Il releva les yeux vers elle :

— Au début, c'était de la simple curiosité, mais quand Mark a insinué qu'ils me soupçonnaient d'avoir donné la destination au téléphone, je n'ai plus eu le choix : si ce machin est un faux, comme nous le pensons tous les deux, cela suffit à me dédouaner.

— Il y a quelque chose de bizarre avec Mark. Je n'ai pas pu te mettre en garde assez vite parce que j'ai mis du temps à m'en rendre compte.

Le médecin ne chercha pas à dissimuler son effarement :

— Mais enfin, tu le connais bien, Mark ! Tu m'as raconté toi-même que tu travaillais avec lui depuis des années.

Son front se plissa :

— Rusty, dans ce boulot, tu ne peux entièrement faire confiance à personne. La manière dont il a voulu te faire quitter les locaux m'a mis la puce à l'oreille. Peut-être avait-il ses propres raisons, peut-être y a-t-il quelqu'un d'autre à Langley que tu inquiètes et à qui Mark obéit.

— Qui, moi ?

— Tu es trop curieux. Et tu ne fais pas partie de leur bande de chouettes copains. Moi non plus, d'ailleurs.

Sanders posa un regard insistant sur sa poitrine, puis remarqua d'un air narquois :

— Non, tu n'as vraiment pas le genre.

— Ne te disperse pas, Rusty. C'est très sérieux.

— Pardon.

— Ils ne me considèrent pas entièrement comme des leurs, mais j'ai la réputation d'être quelqu'un de fiable et de discipliné. Toi, par contre, tu es un renégat. Et c'est pourquoi il y en a un qui veut que tu déguerpisses d'ici et, à mon avis, on ferait mieux de s'exécuter, pour ton propre bien. (Elle l'observa un court instant en silence :) Mark croit que tu es déjà parti. Il pourrait parfaitement appeler la sécurité pour vérifier si tu t'es présenté à l'entrée principale.

— Sherry... Jusqu'où tout ça pourrait aller ? Enfin, je veux dire, qu'est-ce qui se trame ici ?

— On est dans un jeu de miroirs, en plein milieu d'une tempête. Il est possible que quelqu'un cherche à profiter de l'occasion. Ça pourrait devenir très, très chaud, surtout si ce quelqu'un est en train de doubler le directeur sans passer par les canaux réguliers pour mener ses propres affaires.

— Mais c'est possible ? Avec toutes les précautions existantes ?

Elle soupira, secoua la tête comme si elle était déçue par sa question :

— Et le Pape, il est catholique ?

Le portable finit par émettre un bip, et ils se penchèrent ensemble pour lire sur l'écran : NOT FOUND. Pas trouvé.

— Laisse-moi essayer autre chose, plaida Sanders.

Il tapa une longue suite de commandes qu'il lança d'un geste magistral.

— C’est quoi, ça?

— Juste une autre procédure, pour voir s’il n’a pas d’autres répertoires protégés.

L’ordinateur digéra les données pendant une demi-minute environ, puis il émit un bip, mais la jeune femme n’eut pas le temps de lire la réponse, tant elle était apparue brièvement.

— Impasse! maugréa Sanders en se mordant les lèvres. Quelle saleté!

— Tu comprends, maintenant?

Il s’inclina de bonne grâce :

— OK, ce message n’a pas été créé sur le portable de M. Roth.

Elle se pencha au-dessus de lui pour atteindre le clavier, revint au menu principal pour remettre l’ordinateur dans l’état où Sanders l’avait trouvé, se redressa, l’attrapa sans cérémonie par la main et le fit lever.

— Évacuation immédiate, agent zéro-zéro-zéro! Je t’avais bien dit que mon chef n’était pas le méchant.

— Mais alors, qui?

— Toi, tu disparais, moi je continue à chercher. Et tout ceci n’a jamais eu lieu, compris?

— Tu finis par me faire peur, avoua-t-il.

Et elle, très grave :

— La meilleure défense, c’est de savoir s’esquiver. File à la maison.

De retour à son bureau, Rusty Sanders s’assit en hâte devant le moniteur, exécutant plusieurs commandes avant d’insérer une disquette. La copie prit deux longues minutes, après quoi il retira la disquette, qu’il fourra dans la poche de son manteau. Puis il ramassa quelques papiers épars et sortit d’un tiroir son agenda électronique, un appareil de la taille d’un bloc-notes connecté au réseau cellulaire. Sherry avait ses coordonnées, elle pouvait transmettre directement des messages sur le petit écran par téléphone ou par voie informatique, et lui de même puisqu'elle était pareillement équipée.

Il avait laissé derrière lui les bâtiments de la CIA depuis dix minutes quand le bip retentit. Un envoi laconique apparut sur les cristaux liquides :

> Visiblement, trop de questions posées aux gens des coms en bas. Services de sécu viennent de passer, cherchent un ancien médecin de la DFA. Quelqu'un a les boules. Reste en contact. Tu as mis le doigt sur un truc.

CHAPITRE 18

Kharkov, Ukraine.
Samedi 23 décembre, 19 h 00 (16 h 00 Z)

Youri Steblinko fit quitter la piste principale au petit biréacteur pour rouler lentement vers la zone où le Gulfstream du prince saoudien attendait, fin prêt au décollage. A la descente, ils avaient eu une brève flambée de crépuscule mais maintenant l'esplanade était plongée dans une obscurité que perçait çà et là le halo orangé des lampadaires. Heureusement, il se souvenait bien des lieux.

Il jeta un coup d'œil à l'ancien major de l'armée de l'air assis à côté de lui, un vieil ami qui était désormais riche de cinquante mille dollars pour lui avoir trouvé le Hawker-Siddeley avec lequel ils avaient rejoint Kharkov — un jet privé qui n'était plus de la première jeunesse —, et pour l'aider à préparer le plan de vol dont Youri allait avoir besoin.

Auparavant, le soi-disant pilote personnel du prince avait téléphoné à la petite compagnie chargée d'équiper l'avion en missiles pour prévenir que son employeur le voulait prêt immédiatement. Lui-même allait arriver dans la nuit ou au petit matin, afin d'effectuer un vol de vérification sur le Gulfstream. Le prince se présenterait un jour plus tard, avec l'argent.

Cette partie du travail n'avait pas été compliquée. Mais s'assurer que le véritable pilote n'allait pas apparaître de manière intempestive, par contre, avait demandé plusieurs heures...

Quelques avions stationnés sur le tarmac apparurent dans la lumière des projecteurs du Hawker. Plus loin, ce furent les ailerons recourbés du Gulfstream IV. Personne n'était en vue autour de l'appareil.

Youri immobilisa le jet en repensant au programme qu'ils avaient tous deux mis soigneusement au point. Il devait s'envoler aux commandes du Gulfstream en s'identifiant comme s'il pilotait le Hawker. Dans le cas où il serait repéré, il suivrait un autre plan de vol préparé avec les coordonnées véritables de l'avion princier, tandis que le major décollerait quelques minutes après à bord du Hawker.

Après avoir donné à son complice une tape affectueuse dans le dos, Youri se glissa dans le salon du jet pour revêtir son déguisement de pilote au service de la famille royale saoudienne : keffieh, barbe et moustache postiches. Il vérifia son apparence dans un miroir de poche, attrapa une petite valise, déploya l'escalier escamotable et partit à pas rapides vers le Gulfstream.

Dans la pénombre, il débrancha la batterie mobile connectée au nez de l'appareil, la fit rouler doucement sur le côté, puis fit descendre l'échelle avant, non sans appréhension. *Et s'ils n'ont pas fait le plein ? Et s'ils ne l'ont pas armé ?* Pénétrant dans le cockpit, il mit aussitôt en marche l'alimentation du tableau de bord : les jauges indiquèrent que les réservoirs étaient pleins. Il examina le système de contrôle d'armement qui venait d'être installé, appuya sur la touche ÉTAT DES STOCKS ; là aussi, tout était en ordre, la présence des quatre missiles air-air confirmée.

Il était retourné dans la cabine pour remonter l'échelle et s'apprêtait à verrouiller la porte quand il aperçut les phares d'une voiture surgissant à quatre ou cinq cents mètres sur l'esplanade. Il en resta momentanément pétrifié : le véhicule venait tout droit sur le Gulfstream. Il fallait choisir, vite : il pouvait encore fermer en hâte la porte et se cacher dans l'avion en espérant que personne ne voudrait y monter ; ou bien il devrait tenir le rôle qu'il avait répété.

La voiture accéléra. Les phares allaient tomber sur la porte ouverte dans moins de dix secondes. Il fallait se décider, tout de suite !

Saisissant au vol sa valise et une lampe de poche, il redescendit les marches au moment même où le véhicule s'arrêtait près de la queue de l'avion. Il attendit, observant l'approche de l'inconnu qui s'était extrait du siège arrière.

— Cheikh Farouk Akim ? interrogea ce dernier.

— Mon nom est Ahmed Amani, je suis son second, répondit-il en un russe fortement teinté d'accentuations arabes.

— Les gens de la tour de contrôle nous ont signalé du mouvement autour de l'avion. (Il scruta la porte entrebâillée, puis le visage grimé de Youri :) On ne vous attendait pas ce soir !

— Pourriez-vous rapprocher la batterie d'alimentation et la brancher, s'il vous plaît ? se contenta de demander le prétendu Saoudien.

L'homme parut hésiter un moment, puis il fit un signe au chauffeur, qui comprit aussitôt ce que l'on attendait de lui. Il revint à Youri :

— Si vous nous aviez prévenus, nous vous aurions accueilli comme il se doit.

Youri, qui avait dévisagé l'importun, garda un air impassible, même s'il avait éprouvé un choc en le reconnaissant : c'était Nikolaï Sakharov, ancien membre de la Commission du développement aéronautique de l'URSS, et présentement patron de la compagnie à laquelle le Gulfstream avait été confié. Et Sakharov connaissait très bien Youri Steblinko !

Ce dernier se reprit alors qu'il allait machinalement lui serrer la main : il ne le fit qu'après avoir incliné le torse à la manière arabe, comme s'il répugnait à sacrifier à cette coutume occidentale. Nikolaï Sakharov lui rendit son salut sans enthousiasme, continuant à l'examiner dans la lumière incertaine.

— Nous sommes-nous déjà rencontrés, commandant Amani ? finit-il par demander.

— Je crois que l'on s'est parlé au téléphone, c'est tout. (Penchant un peu la tête de côté, Sakharov se dit que les traits étaient en effet arabes, mais que la voix continuait à l'intriguer.) Je suis arrivé un peu avant Cheikh Farouk, poursuivit Youri en surveillant ses intonations, parce que j'étais en Europe pour régler des petits détails à propos de nos achats d'Airbus. Voyez-vous, j'ai aussi des responsabilités au sein des Saudi Airlines, c'est moi qui dois choisir à qui confier la maintenance et les modifications des appareils qu'ils achètent.

Le visage de Sakharov s'éclaira, le nuage de soupçon se dissipant peu à peu. Si cet Arabe décidait pour la compagnie aérienne saoudienne, c'était un client potentiel de choix, qui devait être traité avec tous les égards.

— Que vous soyez arrivé plus tôt ne pose pas de problème, assura-t-il.

— L'avion est prêt, comme convenu ?

Sakharov opina énergiquement du bonnet :

— Bien sûr ! Tous les équipements demandés, y compris l'armement, qui est opérationnel immédiatement.

— Remarquable efficacité. Le cheikh arrive

demain matin vers dix heures. Je vais l'essayer un moment cette nuit. Et vous avez prévu un hôtel pour moi dans le coin, je suppose ?

Sakharov prit un air inquiet :

— Vous allez... vous allez voler cette nuit ?

Youri lui adressa un regard imperturbable :

— Pourquoi ? Il y a une objection ?

— Non... euh... certainement pas. C'est juste que nous n'avions pas prévu de vol avant demain.

— Mon copilote va me rejoindre d'ici peu. Nous allons procéder à quelques vérifications au sol, et ensuite à un rapide essai.

— Comme vous voulez, capitula Sakharov en jetant un coup d'œil inquiet à l'avion.

Youri comprit les raisons de sa nervosité :

— Monsieur Sakharov, dès lors que tous les systèmes sont prêts maintenant, rien ne s'oppose à ce que vous fassiez une inspection finale approfondie ou des ajustements mineurs demain matin, si c'est ce que vous aviez prévu.

Sakharov parut soulagé :

— C'est ce que nous voulions faire, en effet. Comme vous le savez, les exigences du cheikh étaient très précises...

— Oui, absolument. Le cheikh est toujours très exigeant quand il s'agit de l'avion du prince. A mon retour, l'appareil est à vous jusqu'à l'arrivée du cheikh. Moi, je ne vais faire que des vérifications générales.

— Merci ! lança Sakharov.

— Et après, vous pourrez nous envoyer quelqu'un pour nous conduire à l'hôtel ?

— Mais bien entendu ! Dans une heure environ, ça ira ?

— Pas avant.

Youri sentit que l'homme n'était pas entièrement

rassuré. Il avait été surpris, et il restait encore mal à l'aise. Mais le million et demi de dollars qu'il devait recevoir dans moins de vingt-quatre heures était une perspective qui suffisait à lui donner le sourire : après tout, une fois ses dépenses déduites, c'était un demi-million qu'il allait se mettre dans la poche.

Sakharov parut satisfait de ne pas être mêlé à l'inspection au sol que commença alors Youri, après lui avoir expliqué que son copilote était allé s'entretenir avec le personnel de la tour de contrôle, et qu'ils se retrouveraient par là-bas. Il finit par prendre congé avec force gestes du bras et à retourner dans sa voiture. Mais Youri constata qu'elle alla se garer un peu plus loin pour rester en vue, phares éteints.

Une fois la procédure de mise en route des réacteurs terminée, il roula vers la tour de contrôle comme il l'avait dit, s'arrangeant pour que la porte d'accès du Gulfstream ne soit pas dans le champ de vision de Sakharov. Il jeta un coup d'œil au Hawker. Le major, qui avait dû surveiller l'irruption de Sakharov, s'apprêtait maintenant à exécuter le plan B. Les moteurs toujours allumés, Youri serra le frein de parking, alla descendre l'échelle et s'engagea sur les marches quelques secondes avant de faire marche arrière et de fermer la porte. Grâce à cette pantomime, il savait que Sakharov n'aurait vu que ses pieds et ses jambes s'il surveillait l'avion aux jumelles : il penserait ainsi que le copilote, après avoir attendu dans le noir, avait embarqué.

Dès que le Gulfstream eut atteint le bout de la piste, la voix endormie du contrôleur autorisa le décollage. En trente secondes, Youri avait quitté le sol et mis le cap à l'ouest. Il évaluait les réactions à venir de Sakharov : pour avoir travaillé avec lui, il connaissait trop bien sa nature survoltée. C'était tout sauf un diplomate ! Dans une heure et quart environ, constatant que le Gulfstream ne revenait pas (évidemment !), il allait se mettre à interroger la direction du trafic aérien pour découvrir avec horreur, une trentaine de minutes plus tard, que le jet princier avait quitté l'espace aérien ukrainien. Il soupçonnerait le prince de l'avoir grugé. Il solliciterait ensuite l'aide de l'aviation et des autorités russes puis, comme il n'obtiendrait ainsi aucun résultat, il appellerait Riyad pour lancer des accusations tonitruantes contre Farouk Akim. Les Saoudiens lui annonceraient qu'ils ne connaissaient personne répondant au nom d'Ahmed Amani, et menaceraient de partir eux-mêmes à la recherche de l'avion. Ainsi, Sakharov serait convaincu qu'ils avaient volé leur propre appareil pour ne pas avoir à payer, et les Saoudiens que Sakharov avait pensé à cette mise en scène pour de sombres motifs.

Et à ce moment-là, Youri serait dans d'autres cieux, avec un autre code d'identification, à des milliers de kilomètres, au-dessus de la Méditerranée.

Phase 2 réussie ! annonça-t-il pour lui-même. *Et maintenant, il faut envoyer la confirmation du départ.* Parvenu à son altitude de croisière, il quitta le cockpit pour trouver à l'avant de la cabine la console de communications, superbement encastrée dans un habillage en noyer. Il choisit un canal satellite, lança l'ordinateur, tapa le code convenu et demanda la transmission. En moins d'une minute, le message parviendrait à son destinataire, un technicien sans état d'âme surveillant ce transpondeur. De la même manière, il allait être informé du moment où sa cible décollerait, puis de l'heure d'arrivée prévue aux coordonnées déjà connues. A chaque nouvelle entrée dans l'ordinateur de communication, une sonnerie retentirait dans le cockpit : il l'avait vérifié pendant ses vols d'essai.

Dans la petite cuisine, il trouva des biscuits et des

friandises qu'il rangea dans un sac, retourna à la console et abaissa le panneau de bois. Un déclic attira son attention : rouvrant la console, il s'aperçut que l'alimentation avait été automatiquement coupée avec la fermeture du panneau. Il relança l'ordinateur, contrôla la programmation, et bloqua le panneau en position haute pour éviter le moindre risque.

Se réinstallant dans le siège de pilotage et bouclant sa ceinture, il repassa mentalement l'opération périlleuse qu'il allait falloir réaliser dans tout juste une heure. Il l'avait conçue avec une précision chirurgicale : parvenu à environ quatre-vingts miles de la frontière turque, il devrait simuler un atterrissage sur une piste non contrôlée, mais quand il serait assez bas pour échapper aux radars, il s'esquiverait à plein régime vers le nord, sur une centaine de miles, avant de remonter comme s'il venait de décoller d'un aéroport proche, et d'annoncer un nouveau plan de vol sous une fausse identité : un vol charter américain devant survoler les îles Canaries sur le chemin du retour...

Jadis, les radars soviétiques auraient immédiatement repéré la supercherie. Mais depuis la disparition de l'URSS, le système n'était plus aussi infaillible, loin de là, et il avait entendu parler huit mois auparavant de ce « trou » dans le maillage radar au-dessus de la Turquie.

Après, il aurait à tuer le temps pendant six longues heures. Une fois le plan de vol soigneusement chargé dans l'ordinateur de bord, il pourrait se détendre un peu et goûter au confort de cette belle machine sans avoir à se préoccuper de quoi que ce soit. Il s'autoriserait peut-être même une petite sieste sur son siège : il devait avoir bon pied bon œil pour la suite de l'opération. Mener une attaque aux commandes d'un jet privé ne permettait aucune erreur.

L'ordre de décollage arriva de Dallas à 14 h 50. Dick Robb appela James Holland à l'interphone et prévint l'équipage. Le QG mobile de l'armée de l'air, sur la piste, confirma avoir reçu la nouvelle, et promit de dégager le terrain dès que les pilotes seraient prêts. La piste serait alors à eux.

Holland entra dans le cockpit, Barb sur ses talons.

— Vous avez pu dormir ? lui demanda Robb.

Il s'accouda sur le dossier de son siège en se frottant les yeux :

— Un peu. Deux heures et quelques.

— Bon, voici les dernières nouvelles. Ils sont prêts à charger encore plus de trois cents coffrets-repas, comme convenu, nous avons reçu le plan de vol modifié et... euh... ils nous apportent aussi les cisailles pour le type à la jambe cassée...

— Comment ça, des cisailles ?

— Pour le jeune homme au poste-repos, expliqua Barb. Le médecin suisse, qui, soit dit en passant est un vrai cadeau du ciel, a besoin d'ouvrir le plâtre, il dit que la jambe a trop enflé.

Holland hocha la tête :

— Ah, d'accord.

— Et le dîner arrive, ajouta Barb en montrant la lumière rouge qui venait de s'allumer sur le tableau de commande frontal, indiquant que la porte arrière gauche avait été ouverte.

Robb consulta son pense-bête avant d'ajouter :

— J'ai aussi demandé des médicaments pour trois passagers qui ont laissé les leurs en soute. Ils doivent les apporter aussi, normalement... (Barb eut un geste approbateur. Le copilote poursuivit :) Bon, nous allons décoller au maximum de notre charge de kérosène, les réserves d'eau sont faites, le circuit d'huile des quatre réacteurs a été vérifié. L'ordinateur est reprogrammé, les trois systèmes de navigation inertielle sont ajustés.

Holland s'assit avant de se tourner vers la CCP :

— Et de ton côté, tout est prêt aussi ?

Elle acquiesça :

— Oui, et la bonne nouvelle, c'est qu'en bas personne n'est malade, ni n'a manifesté le moindre symptôme pour l'instant. Mais enfin, si j'ai bien compris, il faut encore attendre vingt-quatre heures avant que le risque ait disparu, donc...

— Et le moral ?

Elle ne put s'empêcher de soupirer :

— Tout ce que je peux dire, c'est qu'il y a des gens tout bonnement terrorisés, et que ça se voit. Beaucoup d'anxiété, des gosses qui pleurent, et des hôtesses qui n'en mènent pas large. L'ambassadeur a été fantastique : il a eu l'idée de réunir un groupe de volontaires pour donner du courage aux plus abattus et vérifier si tout allait bien dans la cabine. Le type à qui tu as dû remonter les bretelles se tient plus tranquille que le Sphinx, et même le saint père Garson a proposé son aide. Il est vrai que Lancaster le tient à l'œil. En fait, ils sont presque tous merveilleux.

— Et M. Erickson ?

— Je l'ai poussé à appeler chez lui. Il a parlé à sa belle-sœur, et aux enfants. Très dur, mais ils l'ont réconforté. A mon avis, ils se rendaient tous compte que la santé mentale de sa femme allait en se détériorant depuis des années. Il est encore sous le choc, mais je suis certaine qu'il va tenir le coup.

Holland lui tapota le bras :

— Que la cabine soit prête, Barb. Nous allons rouler dès que possible. Je ne suis pas... euh... convaincu que cela change quoi que ce soit d'aller ailleurs, mais bon...

— D'après moi, c'est le meilleur traitement possible répliqua Barb; bouger, aller quelque part, voir qu'il se passe quelque chose! On crève, de rester là à ne rien faire! Les passagers finissent par ne plus être capables que de se demander qui sera le premier à s'écrouler en tremblant de fièvre.

Après le départ de la chef de cabine, Robb scruta le visage de Holland :

— James?

— Oui?

— Vous savez, j'ai repensé à certaines de mes paroles, hier, assez lamentables...

Le pilote le fit taire d'un brusque mouvement de tête :

— N'y pensons plus, Dick. La seule chose qui compte, c'est de nous tirer de ce bourbier.

Robb se mordit les lèvres et détourna le regard :

— Euh, bon, je voulais simplement vous dire que vous pouvez compter sur moi. Demandez-moi ce que vous voulez, d'accord?

— D'acc, mon vieux. C'est vraiment chic.

Les quatre réacteurs mis en route, les pilotes du 747 avaient terminé la check-list de prédécollage à 15 h 45 quand le téléphone satellite sonna. Dallas leur demandait de ne pas bouger pour l'instant.

— Combien de temps? interrogea Holland. Nous sommes prêts au décollage, nous!

— Sans doute trente minutes ou plus, commandant, lui répondit-on. Nous attendons une confirmation définitive de la Maison-Blanche, et d'après moi ils attendent eux-mêmes que la Défense certifie que la piste est OK pour vous.

Les averses de neige avaient cessé dans la matinée. A travers les nuages qui dérivaient rapidement, on apercevait des coins de bleu, mais le vent d'est dominait toujours et le temps restait instable. A la lumière du jour, les hommes de la police militaire paraissaient encore plus étranges dans leurs combinaisons, plus effrayants. Après avoir battu la semelle autour de l'avion dans le froid mordant, ils s'étaient maintenant tous réfugiés dans des véhicules. Le cordon d'isolation avait été enlevé. Aucune trace ne demeurait du martyre de Lisa Erickson.

La consigne de décollage leur parvint à 16 h 08. En trois minutes, James Holland avait poussé la machine à deux cent soixante kilomètres-heure et propulsé ses trois cent soixante-douze tonnes dans le ciel d'Islande. A cinq cents pieds, il vira à droite sur l'océan et poursuivit sa montée. Dans l'ordinateur de bord, leur destination avait le code sibyllin de « N 2000 W 00800 ». Elle les attendait à près de six mille kilomètres, de l'autre côté de l'Atlantique.

L'annonce du décollage fut retransmise par les opérations de Dallas à la Maison-Blanche sur un téléphone non protégé. Relayées par plusieurs satellites, les images du départ, filmées par plus d'une douzaine de chaînes de télévision installées sur une hauteur, à quatre kilomètres de Keflavik, furent aussitôt présentées à un public de plus de deux cent quatre-vingts millions de personnes à travers le monde. Embarquée sur un avion privé, un Learjet 25, une autre équipe de télévision suivit le 747 à bonne distance, diffusant en direct grâce à une antenne satellite portable hâtivement installée dans le cockpit.

A deux cents kilomètres au sud de Keflavik, le jet, qui ne disposait pas de l'autonomie d'un gros-porteur, renonça à sa poursuite et prit la route du retour vers les États-Unis.

Le vol QN 66 était à nouveau seul face à son destin.

A 16 h 18 heure islandaise, 20 h 18 heure de Moscou et Kiev, un bip discret se fit entendre à l'avant de la cabine du Gulfstream IV qui, en solitaire, volait vers la frontière entre l'Ukraine et la Turquie. L'unique occupant de l'appareil, Youri Steblinko, s'arracha de son siège de pilotage pour aller consulter le message qui était en train de s'afficher sur l'écran de la console de communications. Il était rédigé en arabe, une langue qu'il maîtrisait bien. Avec un hochement de tête, il imprima le texte : la cible avait décollé, il disposait de ses coordonnées de vol et même d'une ETA provisoire, l'heure d'arrivée estimée.

Youri retourna aux commandes et entra de nouvelles instructions sur son ordinateur de bord. Si son passage à basse altitude le long de la frontière se déroulait comme prévu, il arriverait avec quinze minutes d'avance sur l'horaire initial au point où la troisième phase de sa mission devait commencer. Il se laissa aller en arrière en s'humectant les lèvres. Son temps était compté, et les vents prévisibles au-dessus de la Méditerranée l'inquiétaient.

Mais la phase 3 allait réussir, *devait* réussir.

Il se pencha une nouvelle fois au-dessus de sa carte. Les vraies difficultés commenceraient quand, une fois ses missiles tirés, il devrait disposer d'assez de temps, de latitude et de carburant pour s'esquiver. Une erreur, une seule, ou un unique mauvais coup du sort, et Ania attendrait en vain son retour.

CHAPITRE 19

Washington.
Samedi 23 décembre, 12 h 45 (17 h 45 Z)

Au volant de son Blazer Chevrolet, le docteur Rusty Sanders se demandait que faire. Et n'en menait pas large. Trois heures auparavant, il était rentré chez lui, à Herndon, mort de fatigue et affamé. Il avait posé sa serviette et son agenda électronique sur la table, et aussitôt un message de Sherry Ellis s'était affiché :

Où es-tu ?
Réponds seulement sur mon pager.

Avec le petit stylo prévu à cet effet, il avait écrit sa réponse sur l'écran, comme toujours fasciné par la vitesse avec laquelle le minuscule cerveau informatique déchiffrait ses gribouillages et les restituait en caractères d'imprimerie qu'une simple commande permettait de transmettre :

A la maison.
A Herndon.
Pourquoi ?

Reposant son agenda, il était allé à la cuisine chercher de quoi casser la croûte quand le bip familier l'avait à nouveau alerté. Il avait abandonné la boîte d'œufs qu'il venait de sortir du frigidaire pour retourner dans la salle de séjour. Le message était lisible à un mètre, sans aucune équivoque :

DÉGAGE !
TOUT DE SUITE !
RAPPELLE-MOI PLUS TARD SUR LE PAGER.
NE TRANSMETS PAS DE CHEZ TOI.

Pendant tout ce temps, il avait roulé à l'aveuglette, seulement préoccupé de ne pas dépasser la limitation de vitesse et d'entrer en contact avec Sherry. Mais il n'avait obtenu aucune réponse à ses envois, ni à la question qui ne cessait de le tarauder : *Que se passe-t-il, enfin ?*

Il s'était finalement dirigé vers le centre, avait choisi le plus grand parking possible, un énorme garage de plusieurs niveaux sur M Street, s'était garé à une place aussi discrète que possible, et s'était tapi derrière son volant. Sherry s'était peut-être fait confisquer son pager à Langley... Il se demanda s'ils étaient en mesure de suivre sa trace grâce aux messages qu'il avait essayé de lui envoyer. Décidément, il valait mieux continuer à pied.

Il jeta son agenda dans la serviette, ferma la voiture et marcha jusqu'à la station de métro de Dupont Circle. Se mêlant à la foule qui descendait les escaliers mécaniques, il commença à chercher un téléphone public, mais se reprit mentalement : *Erreur ! S'ils écoutent, ils sauront que je suis dans le métro...*

Revenant à la surface, il trouva une cabine à l'entrée d'un immeuble de bureaux, et composa son numéro personnel. Le répondeur se déclencha au bout de trois sonneries. Sanders appuya alors sur la touche étoile pour interrompre le message, puis mit en route le micro de l'appareil en tapant son code à trois chiffres, 7-2-8. Il avait souvent recours à ce truc pour vérifier s'il avait bien éteint la télé en partant, ou pour écouter si la femme de ménage était réellement en train de passer l'aspirateur. Cette fois, cependant, les bruits qu'il entendit n'avaient rien d'habituel : des meubles brutalement remués, des pas précipités dans la pièce, des voix masculines, puis soudain le silence. Quelqu'un s'avançait vers le répondeur.

— Qu'est-ce que..., commença une voix, aussitôt coupée par un : « Chuuuut ! »

Il entendit qu'on décrochait le combiné. L'inconnu avait compris que le micro avait été déclenché à distance, et si c'était vraiment un pro il se doutait que seul le maître des lieux, parce qu'il connaissait le code secret, avait pu le faire. Sanders ne put s'empêcher de sursauter quand l'autre se mit soudain à parler :

— Docteur Sanders, c'est vous, je le sais. Répondez.

Son ton était posé, amical presque, mais ses intentions étaient indubitablement agressives. Le médecin sentit ses cheveux se hérisser, un frisson le parcourir. Il aurait voulu raccrocher sans répondre, mais ces intrus, chez lui...

— Qui êtes-vous ? Que faites-vous dans mon appartement ?

Il essayait de se montrer aussi menaçant qu'il le pouvait.

— Vous avez pris quelque chose qui appartient à la Compagnie. Si vous nous dites où ça se trouve, vous pourrez encore reconnaître votre maison à votre retour. Marché conclu ?

Sanders sentit son estomac se retourner. Il tenta de contrôler sa voix. Il devait rêver :

— Quoi, *quelque chose*? Qui êtes-vous, bon sang?

— Nous? Mais votre employeur, docteur! La Compagnie!

— Conneries! Mon employeur ne viendrait pas chez moi tout mettre à sac!

— Mais vous imaginez que vous travaillez pour qui, docteur? Des gardes champêtres? Hé, réveillez-vous! (Son ton était toujours tranquille, amusé, même. Sanders comprit qu'il avait perdu depuis le début. L'inconnu reprit :) Vous avez copié des informations sur votre ordinateur, docteur. A partir du terminal de la salle de conférences. Vous n'auriez pas dû. C'est une grosse, grosse erreur. Avant de partir, vous avez effacé le fichier de votre ordinateur, mais vous l'aviez copié sur une disquette. Autre grosse erreur. Qui nous fait penser que vous voulez vendre à quelqu'un ce que vous avez volé.

— C'est absurde...

— Ah oui? Les fichiers que vous avez copiés sont top secret. C'est une atteinte très grave à la sécurité. Mais si vous nous dites immédiatement où est la disquette, nous pourrons peut-être minimiser l'affaire.

Sanders fit un effort pour garder une respiration normale. Il sentait qu'il donnait l'impression d'avoir peur. Mais aussi, pourquoi ne pas l'avoir appelé d'abord sur son pager? Pourquoi entrer chez lui comme des voleurs? Le silence se poursuivit aux deux bouts de la ligne. *Est-ce qu'il raconte la vérité?* se demanda-t-il. *Est-ce que j'aurais copié autre chose que ce que je cherchais?*

— Docteur? Vous êtes toujours là?

— Oui. Vous vous trompez. Je n'ai touché à rien de ce qui est en accès protégé. Et puis, vendre des informations, c'est la dernière chose au monde que je ferais!

— Pas mal de gens qui passeront la fin de leur vie en prison ont déjà dit ça...

Sanders eut un pincement au cœur. Ils avaient dû découvrir le programme espion qu'il avait installé dans l'ordinateur de la salle de conférences, un ingénieux collecteur destiné à recueillir tous les fichiers récemment créés quand on voulait les effacer. C'était une simple précaution : si le « message du Caire » avait bel et bien été écrit sur ce terminal, le programme récupérerait le fichier dès que son auteur tenterait de détruire les preuves.

Mais comment avaient-ils pu le démasquer aussi vite ? Et surtout, qu'avait-il pu attraper de si important dans sa nasse informatique ?

— Docteur, ou vous parlez, ou on va vous dépiauter tout votre mobilier !

Sanders réfléchissait à toute allure : *Voyons voir. Ils ne peuvent matériellement pas être sûrs que j'aie copié des fichiers sur une disquette ! Un PC ne garde pas la trace de ce genre d'opérations. Donc, ils ne font que supposer...* Il pensa à Sherry Ellis, se demandant quelle place elle occupait dans l'équation. Bien entendu, il n'allait pas faire allusion à elle. Mais s'ils savaient déjà qu'elle l'avait aidé...

— Docteur ? C'est votre dernière chance. Si vous nous donnez la disquette, vous pourrez peut-être garder votre job.

Il vérifia du bout des doigts qu'elle était toujours dans sa poche. Une fois encore, il se retrouvait en conflit avec le système, mais là, c'était vraiment sérieux. Une voix cria en lui : *Enfin, quoi, ces enfoirés sont chez moi !* Il attrapa le téléphone de la cabine voisine, composa le 911 et resta ainsi, un combiné sur chaque oreille.

— C'est une urgence ! Passez-moi la police de Herndon, s'il vous plaît !

— Ne quittez pas, répondit la standardiste qui avait décroché.

Au bout de l'autre ligne, l'inconnu émit un rire sec :

— Voilà qui ne va pas arranger vos affaires, docteur. Ce n'est pas seulement votre emploi, c'est votre liberté qui est en jeu...

Sanders entreprit d'expliquer au policier de Herndon qu'on était en train de dévaliser son appartement :

— Allez-y tout de suite, avec les sirènes et tout. Je les entends toujours s'activer là-dedans !

Le « voleur » s'était retourné pour parler à son complice, qui murmura une réponse incompréhensible. Sanders réalisa que le policier lui avait posé une question :

— Je répète, est-ce que vous avez été prévenu par votre alarme, ou quoi ?

— Non. Ces salauds sont en train de me parler au téléphone !

— Ah bon... Et qu'est-ce qu'ils disent ?

Il improvisa :

— Pas grand-chose. En fait, ils ont laissé le téléphone et maintenant ils mettent ma maison sens dessus dessous. Il y a un raffut pas possible. Dépêchez-vous, je vous en prie !

La voix susurra dans son oreille gauche :

— Pas mal, docteur, pas mal, pour un embusqué ! Mais ces clowns ne seront pas là avant vingt minutes au moins, donc vous n'avez rien gagné.

Placé en attente par le policier, Sanders reporta toute son attention sur ce qui se passait chez lui. Il crut deviner que l'un des hommes s'était mis à chuchoter dans un téléphone portable. Pourquoi donc ? *Mais, idiot, parce qu'ils sont en train de demander aux flics avec qui tu parles de leur dire d'où tu appelles...*

— La disquette n'est pas là, annonça-t-il pour en finir. Maintenant, tirez-vous de chez moi. Je retourne à Langley, avec tout ce que j'avais en partant !

Il se débarrassa des deux combinés et se rua à nouveau vers le métro. Il acheta en hâte une carte de transport et prit la ligne sud.

Il se sentait de plus en plus oppressé. Il devait réfléchir, mais il ne pouvait s'empêcher de dévisager les passagers. En arrivant à la station Metro Center, il était presque convaincu que la moitié d'entre eux étaient des agents de la CIA lancés à ses trousses. Sautant dans une autre rame, il descendit à L'Enfant Plaza, grimpa l'escalator. Tout près, les touristes affluaient devant le Musée national de l'aéronautique et de l'espace, ouvert le samedi. Il se perdit dans la foule, puis se glissa dans le cinéma IMAX, où il trouva une place dans le fond de la salle.

Le film venait juste de commencer quand un faible bip monta de sa serviette. C'était un message de Sherry, le premier depuis des heures :

> Impossible d'appeler avant. Grosse crise. Ils pensent que tu as trouvé quelque chose qui compromet l'opération en cours. Très bizarre. Mark apparemment dans le coup. Des agents que je ne connais pas ont fait une descente et nous ont isolés. J'ai l'impression que ça a à voir avec QN FLT 66. Impossible de parler au boss avant son retour de M-B. Il n'est pas encore au courant. Il y a un coup fourré dans l'air. Ils me serrent de près moi aussi. Attention : l'équipe qui est après toi n'est pas Compagnie officielle ! Ne viens pas ici. Je ne sais pas qui croire. Si possible, je rappelle. Désolée si ça fait mélo, mais c'est du sérieux. Je suis allée aux toilettes pour transmettre.

Sanders stocka le message en mémoire, réfléchit quelques secondes puis écrivit sa réponse :

> Compris. Ils ont saccagé mon appart pour trouver

une disquette. J'ai parlé avec eux au tél. Impossible de comprendre ce qu'ils cherchent. Merci pour tout.

La disquette. Mais qu'y avait-il donc dessus ? Il n'avait cherché à copier que du trafic non classifié. Il comptait en étudier la liste à tête reposée, chez lui. Il fallait maintenant trouver un endroit pour le faire. Et un lecteur de disquettes.

Ayant quitté le musée, il prit un taxi jusqu'à l'université George-Washington. Plusieurs des ordinateurs destinés à la consultation des catalogues étaient équipés de lecteurs. Choisissant le coin le plus tranquille, il sortit la disquette de sa poche et l'inséra dans l'appareil en lui demandant de lire les fichiers un par un. Le programme qu'il avait installé à Langley était d'une simplicité biblique : il convertissait en fichier texte tout ce qui était envoyé à la poubelle, et c'est ce matériau de récupération que Sanders se mit à consulter page après page.

Il retrouva d'abord la plupart des messages de la nuit précédente concernant la nouvelle destination du 747 de Quantum. Une litanie bien connue, dont il avait composé lui-même certains passages. Puis, à sa grande surprise, car il n'avait vu personne l'introduire dans l'ordinateur de la salle de conférences, apparut une copie du plan de vol entre l'Islande et la Mauritanie. Encore après, sans crier gare, ce fut le fameux message du Caire, celui dont il avait été le premier à rendre compte. *Rien de spécial, c'est une copie,* pensa-t-il au début. Il relut pour la énième fois le texte. Quelque chose ne collait pas : il ne reconnaissait pas l'original. Quand il demanda la page suivante, une autre version encore s'afficha, puis encore une autre. Il était en train de lire le fichier qui avait servi de brouillon à l'auteur de ce mystérieux envoi ! *Alors il l'a écrit dans la pièce où je travaillais, l'enfant de salaud !* La trace encore fraîche du faussaire était là, confirmant ses soupçons.

Mais la question demeurait entière : dans quel but? S'agissait-il d'une vague hypothèse à propos de projets terroristes, ou bien se fondait-elle sur des informations fiables effectivement recueillies par l'antenne du Caire? Impossible de trancher. Il continua à naviguer dans la liste : un mémo anodin concernant la mission logistique de l'armée de l'air, une analyse convenue de la situation politique en Afrique du Nord, un bulletin météo pour l'Islande, et...

Sanders resta pétrifié devant l'écran. Il avait devant lui des bouts de message écrits visiblement en arabe! A part des chiffres indiquant, semblait-il, des heures et des dates, et une longue série de numéros, cette mixture de codes informatiques et de tirets demeurait impénétrable. A une exception près : en plein milieu se détachait la séquence de lettres latines et de chiffres que Sherry venait d'employer : QN FLT 66.

Il revit en pensée la route établie pour le 747, qui passait au-dessus ou à côté d'un certain nombre de pays musulmans. Si l'un d'eux était le destinataire de ce message, rien d'étonnant qu'il ait été rédigé en arabe. Mais qui, alors, parmi ceux qu'il avait côtoyés la nuit dernière, avait écrit dans cette langue?

Sanders examina de plus près les indications d'heures. Il ne comprenait rien au contexte, mais le moment évoqué s'établissait entre 22 h 20 Z et 22 h 35 Z, abréviation de l'unité du temps universel coordonné. Et puis, à la dernière ligne, une référence que seule un pilote ou un contrôleur aérien pouvait comprendre : 3A/3966, probablement le code sous lequel le 747 devait transmettre sur son transpondeur en mode 3 A. Tout en communiquant son identification et son altitude, la petite « boîte noire », dont pratiquement tous les avions modernes sont équipés, donne aussi aux radars de contrôle aérien une image de l'appareil. Mais cette information n'avait de valeur que si l'on pouvait lire le code sur un écran radar. Un avion de chasse, par exemple.

Un battement de quinze minutes, et le code radar de QN 66 : il était probablement question de l'heure d'arrivée en Mauritanie.

Il parcourut le dernier fichier. Du tout-venant. A part, encore une fois, des fragments de l'étrange message en arabe. Il imprima la première des trois pages de ce texte sibyllin, fourra les feuillets dans sa serviette, retira la disquette et se dirigea vers la sortie. Soudain, il se ravisa et obliqua vers la section des usuels. Il voulait consulter un atlas au plus vite.

Ainsi fait, et après avoir établi approximativement la route empruntée par le 747, il sortit son agenda pour transmettre une brève question à Sherry, en espérant qu'elle serait en mesure de lui répondre :

L'heure définitive de départ de FLT 66 et l'ETA, c'était quoi, déjà ?

Elle mit cinq minutes pour transmettre :

Départ 17 h 11 Z. ETA 23 h 56 Z.

Sanders se mit à couvrir de calculs un bout de papier. Si l'ETA originellement prévue pour le 747 avait été 22 h 20 Z, cela lui aurait fait quitter Keflavik à 15 h 30 Z, c'est-à-dire 10 h 30, heure de Washington. Mais l'heure de départ initialement prévue, dans son souvenir, était midi à Washington, soit 17 h 00 Z... Il se redressa, plus perplexe que jamais. Avec un décollage effectif à 17 h 11 Z, où pouvait bien arriver l'avion à 22 h 20 Z ? Calculant à partir de la vitesse de croisière habituelle d'un 747-400, il lui fallut quelques minutes pour parvenir à cette surprenante conclusion : à 22 h 20 Z, l'appareil se trouverait à environ deux cents miles au nord-nord-ouest des côtes africaines. Au-dessus de l'Atlantique.

Il vérifia sur l'atlas la latitude et la longitude de ce point approximatif : trente et un degrés, trente minutes latitude nord, treize degrés, zéro minute longitude ouest. Ce qui, sur un ordinateur de bord, donnait N 3130 W 013.

Avec un cri à peine étouffé, il se jeta sur sa serviette pour en sortir les feuilles de l'imprimante. Son doigt courut le long des lignes pour retrouver enfin la séquence qui avait attiré plus tôt son attention : 313324-0132410. *Mais j'ai le plan de vol sur la disquette !* se rappela-t-il d'un coup. Ignorant les regards de plus en plus intrigués d'une bibliothécaire, il revint à grands pas à l'ordinateur et rechargea la disquette. Il lui fallut un certain temps pour récupérer le plan de vol sur l'écran et suivre la course prévue de l'avion vers le sud. A cinq points de navigation de l'arrivée, il repéra finalement ce qu'il cherchait : N 3133.24 W 01324.10.

Sanders sentit que son cœur battait à se rompre.

Quelqu'un avait été informé par sa source à Langley, en arabe, de l'heure exacte à laquelle le 747 survolerait un certain point à plusieurs centaines de kilomètres du continent.

Dans quel but ? Une notification à la défense aérienne d'un pays voisin, afin que personne ne prenne au tragique le passage du long-courrier ? Il y avait des manières plus formelles pour ce faire, par exemple un échange de télex : sans cela, à quoi servaient les règlements aériens internationaux ?

Il regarda encore le plan de vol. A chaque fois que la route traversait l'espace aérien d'un pays, une indication spécifique apparaissait. Ce point, par contre, semblait avoir été choisi arbitrairement. Encore une fois, dans quel but ? Quel intérêt pouvait-il représenter ? Sanders éteignit le lecteur et rangea ses affaires. Il avait très envie d'envoyer à Sherry toute une liste de suppositions, mais il ne voulait pas trop tenter le destin. Elle était peut-être surveillée. Et même, elle pouvait jouer un double jeu avec lui...

Il eut un frisson à l'idée que la jeune femme puisse se trouver dans le camp de l'ennemi. Mais il la repoussa aussitôt : n'était-ce pas elle qui l'avait averti juste à temps en le pressant de quitter son domicile ? De toute façon, sans elle, il était totalement démuni. Il quitta la bibliothèque et se mit à marcher vers l'est, plongé dans ses pensées. Sans réfléchir, il avait pris la direction du parking où il avait laissé sa voiture, descendant Pennsylvania Avenue vers la Maison-Blanche, puis prenant la 19e Rue au nord.

Donc, où en sommes-nous ? résuma-t-il en lui-même. *C'est à cause de ce message en arabe qu'ils flippent. Il n'y a rien d'autre d'inhabituel sur la disquette. Conclusion : ou bien il se trame un mauvais coup, ou bien ils croient que je vais l'interpréter de travers. Je suis certain de deux choses : primo, que la soi-disant mise en garde venue du Caire a été fabriquée à Langley, secundo, que quelqu'un a communiqué, en arabe, une heure et des coordonnées pouvant servir à localiser le 747 au-dessus de l'Atlantique. Pourquoi, ça, je n'en sais rien !*

Les termes du message du Caire, qui faisaient incontestablement référence à Aqbah, lui revinrent en mémoire : « Une organisation terroriste chiite pourrait être à la recherche d'un appareil militaire et de l'armement adéquat dans le but d'opérer à l'est de la Mauritanie. »

Sanders sentit son visage se glacer. Était-il possible que quelqu'un, à l'intérieur de la CIA, fût en train d'aider Aqbah ?

A bord de QN 66. 19 h 45 (18 h 45 Z)

Alors que le 747 survolait l'Atlantique à quelque mille cinq cents kilomètres au sud de l'Islande, le révérend Wilson, debout à l'arrière de l'appareil, jeta un regard circulaire sur ses compagnons d'infortune et fut traversé par une prémonition : il allait mourir. Vingt minutes auparavant, tandis que l'obscurité était revenue à l'extérieur et que la plupart des passagers s'étaient assoupis, il n'avait plus supporté de rester assis. Il s'était levé en pensant vaguement se rendre aux toilettes, où la puanteur avait eu sur son estomac un effet encore plus dévastateur que celle des rustiques latrines de sa jeunesse par une chaude journée d'été. Il s'était forcé à retenir sa respiration pour surmonter l'épreuve, puis s'était extrait de là aussi rapidement qu'il était humainement possible.

Ensuite, il avait erré dans la cabine, adressant un signe de tête aux rares personnes encore éveillées, surtout lorsqu'elles paraissaient le reconnaître et le considérer avec quelque respect. Certains inconnus avaient tenté d'engager la conversation, mais il les avait calmés d'un murmure : « Plus tard, peut-être ? » Ses propres préoccupations l'accaparaient trop, il n'aurait guère été de bon conseil pour quiconque.

Mais la culpabilité ne cessait de grandir en lui. Après tout, il était un ministre de Dieu, il était censé ne pas s'appartenir, consacrer tous ses efforts sur cette terre au réconfort spirituel de l'humanité. Et jusqu'à présent, quel était son bilan ? Avoir contribué à la mort d'une jeune mère de famille. Tout le monde savait dans l'avion qu'il l'avait encouragée à s'enfuir par la porte arrière. Mais il savait aussi, lui, qu'il avait été bien trop lâche pour la suivre.

Ce que ressentait uniquement Garson Wilson, désormais, c'était la peur, une frayeur dévorante, obstinée, qui s'était répandue dans tout son être et ridiculisait jusqu'à la simple idée de pouvoir venir en aide aux autres. Il avait peur du virus, peur d'être méprisé. Et peur de mourir.

Le désordre régnant contribuait encore plus à son abattement. Les hôtesses avaient bien essayé de maintenir un semblant d'ordre et de propreté, mais comme les passagers s'étaient étendus en tous sens à la recherche du sommeil, l'amoncellement de papiers, de gobelets, de couvertures sur le sol devenait aussi inquiétant que déprimant.

— Il faut toujours sauver les apparences, monsieur, lui avait rappelé Roger, son secrétaire, avant l'épisode de la mort de Lisa Erickson. Votre image est un élément très important de votre mission au service de Dieu. C'est elle qui permet aux gens de vous faire confiance. Vous devez garder le contrôle de vos humeurs et de vos peurs.

— Peur, moi ? avait-il nargué Roger en s'efforçant péniblement de ne pas élever la voix. Qui êtes-vous, jeune homme, pour m'accuser de couardise ?

Roger avait soupiré, puis il avait braqué ses yeux dans ceux du révérend :

— Pour être franc, monsieur, si vous n'aviez pas peur, c'est que vous seriez idiot, ce que je ne peux pas croire un seul instant. Il n'y a aucun inconvénient à avoir des réactions normales devant votre proche collaborateur, mais vous ne devriez pas trahir une trop grande émotivité devant vos ouailles. C'est tout ce que je dis. (Après un reniflement dubitatif de Wilson, il avait ajouté :) Quand j'ai commencé à travailler pour vous, vous m'avez prévenu que l'une de mes principales responsabilités serait de vous aider à conserver une bonne image dans des passes difficiles...

Je me suis battu pour maintenir mon image intacte, pensa-t-il, *et je me bats encore.* Mais il était en train de perdre cette bataille. Garson Wilson, ou plutôt l'acteur terrorisé qui occupait le rôle du révérend Wilson, star du télé-évangélisme américain, se remit tête basse en route vers l'avant de l'appareil, prenant bien soin de contourner les jambes de passagers étendues ici et là en travers de l'allée.

C'était l'interview à la radio qui avait tout fait basculer. Grâce à toute la magie de l'électronique que Roger était capable de convoquer, les appels qui leur étaient destinés à terre avaient été dirigés sur le récepteur satellite de son siège. Et quand l'animateur du talk-show d'une radio californienne avait téléphoné pour demander une interview, Wilson s'était dit : *La communication, c'est ma vie. Ça ne peut jamais faire de mal...*

L'animateur avait débuté par une vertiginieuse introduction rappelant les hauts faits de Wilson et vantant l'incroyable efficacité de sa propre équipe, capable de trouver un si grand homme en plein milieu d'événements si dramatiques.

— Comment vous sentez-vous, mon révérend? avait-il fini par enchaîner.

— Eh bien, je crois que nous sommes tous un peu fatigués. Il y a eu une longue attente en Islande, très éprouvante, avant que les autorités nous permettent de gagner un endroit plus sûr. Mais Dieu veille sur nous.

— Mon révérend, votre mission spirituelle vous a rendu célèbre dans le monde entier. Vous prêchez l'espérance, l'attente du salut, et je suis certain que vous avez souvent assisté des personnes à l'article de la mort, n'est-ce pas?

— Oui, c'est exact. Il n'est jamais facile de quitter cette terre pour un monde meilleur. Les gens ont besoin d'être aidés pour comprendre...

— Je le sais bien... Mais maintenant que vous vous retrouvez dans cette situation, comment réagissez-vous — personnellement, je veux dire?

Wilson avait marqué une pause, interloqué :

— J'ai peur de ne pas avoir bien compris votre question, Bill.

Il était presque sûr que l'autre s'appelait Bill, même s'il était incapable de se rappeler le nom de la station, pas plus que celui de la ville d'où elle émettait.

— Je voulais dire... enfin, mon révérend, vous êtes là comme tous ces gens, dans cet avion, avec, disons, moins de trente heures à vivre. La terre entière vous a rejetés. Ici, en bas, nous sommes tous choqués, mais la vérité est là, incontournable : ils vous envoient dans le plus grand désert au monde pour y mourir. Alors, moi, je voudrais au moins vous donner la chance de dire ce que vous avez sur le cœur maintenant, et je crois que nos auditeurs aimeraient aussi savoir comment un homme de votre gabarit regarde en face sa propre mort...

Une peur panique s'empara de Wilson. D'où cet histrion tirait-il des informations aussi fantaisistes ?

Dans les studios de la station, en Californie du Sud, l'animateur attira vers lui une chemise remplie de coupures de presse et de dépêches d'agence, qu'il ouvrit en fronçant les sourcils. Il ne trouvait plus la dernière dépêche qu'il avait parcourue avant le début de l'émission, mais si ses souvenirs étaient bons, elle annonçait que l'autopsie avait révélé la présence du virus. Il fit un signe de tête au technicien et entreprit de relancer l'interview :

— Mon révérend...

Wilson lâcha un soupir très audible. Il n'avait pas le droit de montrer combien la question l'avait désarçonné.

— Je suis désolé, Bill, commença-t-il sur un ton confidentiel, mais à mon avis vous êtes mal informé. Oh, nous le savons, le bruit court que nous sommes en danger, mais l'équipage ici certifie qu'il s'agit d'une fausse alerte !

— Mon révérend, je suis vraiment navré de jouer les oiseaux de mauvais augure, mais je suis contraint de vous apprendre que, d'après les agences de presse, une autopsie a été menée et que votre destination reste l'Afrique.

Preuve était donc faite de l'existence d'un virus mortel ? Mais personne n'en avait parlé, au cockpit !

— Excusez-moi, est-ce que les gens ont commencé à tomber malades à bord ?

— Non ! s'entendit-il couper d'une voix agressive. (Après s'être ressaisi, il avait repris d'un ton plus amène :) Non, Bill, tout le monde va bien, et tant qu'il en sera ainsi, je jugerai qu'il est prématuré de nous condamner...

— Eh bien, permettez-moi alors de formuler ma question de cette manière : si quelqu'un tombe effectivement malade, s'il s'agit d'une réalité incontestable, comment réagirez-vous ?

— Réagir... au fait qu'il y aurait un virus dans l'avion ?

— Oui, et au fait qu'il est mortel à cent pour cent ?

— Qu'est-ce que vous entendez par là, Bill ? Allons, ce n'est qu'une forme de grippe, virulente, certes, mais rien de plus !

— Euh... Eh bien, mon révérend, c'est peut-être ce que vous raconte la compagnie aérienne, mais pour le reste du monde, il s'agit d'un microbe dévastateur. Quelque chose d'apocalyptique. On dit aussi qu'il a été mis au point par une organisation terroriste arabe.

— Ah bon ? s'était défendu Wilson. Écoutez, à mon sens il faudrait considérer tout cela comme... euh... des rumeurs, voyez-vous ? Mais si pour une raison quelconque Notre Seigneur décide que notre heure a sonné, alors il nous faut tout simplement accepter Sa volonté...

Jusqu'à la fin, il avait lutté pour rester calme et

convaincant. Les passagers, avait-il soutenu, étaient stoïques, imprégnés de résignation religieuse. Ils priaient. Est-ce que lui-même conduisait des prières? Certainement, avait-il répondu, pour ceux qui étaient déjà sauvés, ou qui désiraient l'être, certainement. N'était-il pas prêcheur de son état? Il continuerait à porter la bonne parole. Mais malgré tous ses efforts, les mots du présentateur continuaient à résonner dans ses oreilles : *Mortel à cent pour cent... ce que vous raconte la compagnie aérienne... microbe dévastateur... terroristes...*

Sa main tremblait quand il avait raccroché. Il était resté hébété avant de bondir hors de son siège avec l'envie irrépressible de s'enfuir. Il avait pensé foncer au cockpit pour sommer le commandant de s'expliquer, mais cela lui avait paru futile : il était piégé, lui aussi.

Il n'y avait pas d'issue. Depuis, il errait dans la cabine, toujours sous le choc. Il revint au salon des premières dans un état second, pour découvrir qu'une fillette de sept ou huit ans s'était pelotonnée dans le fauteuil inclinable qu'il avait occupé. La couverture était tombée par terre, on comprenait qu'elle avait froid dans son sommeil rien qu'à voir comment elle avait les bras serrés autour du corps.

Wilson pensa à sa propre fille, Melissa. Melissa la rebelle, qu'il connaissait si peu, qui avait grandi sans son père, toujours par monts et par vaux à sauver des âmes et à bâtir son empire. Quel âge avait-elle maintenant? Vingt-six ans? Il était déjà honteux de ne s'en souvenir que par un effort de mémoire. A huit ans, ses yeux étaient porteurs de tant de promesses... Mais il n'avait jamais eu de temps à lui consacrer. Il avait raté l'occasion. Et c'était trop tard, désormais.

La fillette lui rappelait Melissa à cette époque enfuie. Il s'agenouilla à côté d'elle, la larme à l'œil, et replaça doucement la couverture sur l'enfant endormie, recouvrant avec soin ses épaules.

Et soudain, l'idée s'imposa, insoutenable : cette petite fille, elle aussi, allait mourir.

CHAPITRE 20

Washington.
Samedi 23 décembre, 15 h 00 (20 h 00 Z)

A la moitié du trajet de retour vers Dupont Circle, Rusty Sanders se souvint brusquement de l'autopsie. L'équipe qu'il avait contribué à envoyer en Islande avait sans doute déjà transmis un rapport préliminaire. Étrange comme tout, dans ce drame, tournait autour d'une seule et même question dont personne d'autre que lui ne semblait se préoccuper : est-ce que, oui ou non, le professeur Helms avait été la victime du monstrueux virus libéré accidentellement en Bavière ?

Se réfugiant sous un porche, il demanda des nouvelles à Sherry par l'entremise de son agenda cellulaire. Elle répondit aussi rapidement que dans les premiers temps :

Rien entendu à ce sujet. Je ne suis plus associée à l'opération.

Il fallait entrer directement en contact avec eux, mais comment ? Par quel moyen étaient-ils censés transmettre de Keflavik, déjà ? Sanders se dit qu'ils ne disposaient certainement pas de lignes téléphoniques normales dans le bâtiment retiré où ils avaient été installés à la base aérienne, mais que le médecin-chef serait sans doute équipé d'un portable quelconque. Le commandant de la base, à coup sûr, devait connaître le numéro.

Il s'arrêta, s'apercevant qu'il était tout prêt des cabines d'où il avait téléphoné plus tôt. Les barbouzes avaient dû les repérer maintenant. Inutile de s'attarder dans le coin. Il fit un long crochet vers le nord, puis obliqua à droite et redescendit la 14e Rue en se dirigeant vers le parking où il avait laissé sa voiture. Le moindre regard dans sa direction le mettait mal à l'aise : ils avaient des photos de lui dans son dossier, à Langley, si bien qu'il serait aisément reconnaissable par les sbires qu'ils lanceraient à sa poursuite.

A une trentaine de mètres du garage, un homme aux cheveux très blonds, jeune, qui était en train de lire son journal sur un banc en béton, se leva dès que Sanders passa. Sur l'autre trottoir, à gauche, un Noir de grande taille, en costume strict, regardait les voitures passer. Sanders crut remarquer qu'il faisait un signe à quelqu'un derrière lui, peut-être à ce type qui avait quitté le banc à son passage. Il jeta un coup d'œil pardessus son épaule : le jeune homme le suivait, et il portait un manteau qui pouvait dissimuler n'importe quoi.

Sanders accéléra le pas, guettant de l'oreille si l'autre faisait de même. Oui. A la prochaine intersection, il devait prendre à droite pour rejoindre le parking, puis ce serait le passage difficile de l'ascenseur. Par chance, il n'y en avait qu'un. Mais d'abord, l'épreuve de vérité : si l'homme qui lui avait emboîté le pas tournait aussi à droite, aucun doute ne subsisterait. Ou presque.

Sanders changea brusquement de cap, repéra un renfoncement dans une façade et s'y dissimula, tapi contre le mur. Comme il le craignait, le jeune homme l'avait suivi. Il écouta ses pas, sachant qu'il demeurerait invisible tant que l'autre ne serait pas arrivé à sa hauteur. Il fut soudain là, à quelques centimètres, et Sanders se dit qu'il allait forcément le voir. Mais le jeune homme continua son chemin sans un regard, dépassa l'entrée du garage, entra dans un drugstore et disparut.

Il est bien entraîné, conclut Sanders. *Et il appartient certainement à tout un dispositif : il sort de la course, un autre le remplace.* Un ami appartenant au FBI lui avait expliqué jadis l'art de la filature.

Sanders étudia le trottoir opposé : parmi les gens qui attendaient un autobus ici et là, personne ne paraissait s'intéresser particulièrement à lui, mais comment savoir si l'un ou l'autre n'était pas en train de le surveiller ?

De sa cachette, il surveilla l'intersection d'où il était venu. Rien de suspect. Cependant, il fallait encore compter avec les voitures, avec toutes ces fenêtres alentour... S'ils étaient quatre à le filer, ils pouvaient sans difficulté aucune se fondre dans le décor.

Sanders se raisonna : *Arrêtons, avec cette stupide paranoïa ! D'accord, ils sont entrés chez moi, mais pourquoi seraient-ils en train de me suivre maintenant.* Il finit par se propulser sur le trottoir. L'entrée du garage était vide, tout comme l'ascenseur dans lequel il monta en appuyant sur le bouton du troisième sous-sol.

La porte ne se referma pas.

Quelqu'un avait pénétré dans le hall. De là où il se tenait, il apercevait les lieux réfléchis dans une plaque de cuivre qui se trouvait en angle, face à l'ascenseur. Il appuya de nouveau sur le bouton tout en scrutant le reflet mouvant d'une silhouette qui lui parut familière.

C'était l'homme au journal, dont la couleur de cheveux était bien reconnaissable sur la plaque. Il pressa encore la touche, rageusement, tandis que le bruit de pas se rapprochait.

Reflétée de la même manière, il eut l'image de la porte principale s'ouvrant une deuxième fois, et d'un autre homme entrant dans le garage, avec, en arrière-plan, deux silhouettes immobiles sur le trottoir. Ne pas paniquer. Choisir entre les deux issues possibles : l'ascenseur ou cette même porte donnant sur l'extérieur. Calculant les risques, il se préparait à bondir quand les panneaux coulissants daignèrent enfin commencer à se refermer.

Pris au dépourvu, le jeune homme à la chevelure couleur sable se précipita vers l'ascenseur. Il hésita à étendre le bras pour arrêter la fermeture des portes, se ravisa et appuya sur le bouton d'appel dans l'espoir d'arrêter le mécanisme pendant que Sanders, de l'autre côté, gardait le doigt sur CLOSE DOOR en priant pour que l'appareil lui obéisse. Les panneaux restèrent fermés. Avec une lenteur désespérante, l'ascenseur descendit : *Maintenant, je suis prisonnier de ce machin,* se dit Sanders. *Bien joué !*

Il les imagina en train de dévaler les escaliers. Il y en aurait au moins un pour l'attendre à la sortie, mais s'il se précipitait dehors à l'ouverture des portes, il pourrait peut-être le semer.

Il s'adossa à la paroi du fond, muscles tendus. Dès que les portes coulissèrent un peu, il se jeta en avant, tenant sa serviette à bout de bras devant lui. Il se mit à courir à toutes jambes vers sa voiture, s'attendant à entendre des bruits de pas derrière lui, ou pire encore.

A une dizaine de mètres de la Chevrolet, il se faufila entre deux voitures et se retourna. Le parking était silencieux. Pas un bruit, pas une âme. Il resta là, accroupi, pendant environ deux minutes, avant d'entendre que l'ascenseur revenait à l'étage. Le type blond en sortit, toujours avec son journal. Il jeta un bref regard circulaire et se mit à marcher dans sa direction. Il était à moins de vingt mètres. *Pour l'instant, il ne peut pas me voir,* pensa Sanders en se recroquevillant un peu plus, *mais s'il avance encore?* Le journal dissimulait peut-être un revolver. Sherry avait dit que ce n'était pas une opération officielle de la CIA. Leur but n'était peut-être pas de l'arrêter, mais de le liquider sur place...

L'homme s'arrêta à une dizaine de mètres, derrière une BMW. Il fouilla dans sa poche. Alors, toujours surveillé par Sanders qui n'en croyait pas ses yeux, il alla à la portière du conducteur, l'ouvrit, s'installa au volant, et s'éloigna le plus naturellement du monde.

Un long moment, Sanders demeura dans sa position, le cœur battant. Il se sentait idiot. Finalement, il se releva et alla vers sa voiture. Avant de poser sa serviette sur la banquette arrière, il en retira son pager et referma le hayon. Il se dirigeait vers sa portière quand une main l'agrippa par l'épaule.

Sanders sursauta, se dégagea maladroitement et se retourna pour voir son assaillant.

— Sherry? Sherry! Quoi, c'est toi?

— Eh ben... Est-ce que je suis si mal coiffée?

— Mais qu'est-ce que tu...

— ... fais ici? Emmène la dame pour une petite promenade, et elle te racontera. Autant ne pas rester plantés là, on fait une cible idéale!

Sanders avait posé une main sur son cœur, qui avait atteint un rythme d'après-aérobic.

En quittant le parking, ils se dirigèrent vers Silver Springs. Sherry se mit à raconter comment elle l'avait retrouvé :

— Il fallait que je te localise avant eux. Le monde entier peut te repérer grâce à ton téléphone de voiture!

— Comment ça, mon téléphone?

— Je t'ai appelé après avoir reçu un de tes messages. Tu n'as pas décroché, mais lui, il répond à ta place ! Pour eux, c'était du gâteau.

— Comment ça, il répond ?

— Allons, allons. Tu es une bête en électronique et tu ne sais pas ça ? Quand ce genre de téléphone est contacté par système cellulaire, il répond : Moi, je suis là, mais mon benêt de propriétaire est ailleurs...

Sanders secoua la tête :

— Non, mais qu'est-ce que je suis stupide ! J'ai oublié. Tant qu'il est branché, on peut le repérer.

Il l'éteignit aussitôt, puis tâtonna à la recherche de son agenda cellulaire et le coupa aussi.

Elle poursuivit :

— Donc, j'ai eu les gens de la compagnie du téléphone avant les autres, et ils ont bien bossé : avec tous les relais cellulaires qu'ils ont dans le centre, ils m'ont proposé deux pâtés de maisons où localiser le naze que je cherchais. Je connaissais ton numéro d'immatriculation. Après, il suffisait de se laisser guider par l'intuition que tu avais planqué ta voiture dans le coin le plus discret possible. Et maintenant, on est ensemble, dans la panade...

— Sherry, qui sont ces mecs ? Dans quoi on a bien pu s'embringuer ?

D'un coup, elle retrouva tout son sérieux :

— Il y a un coup fourré qui se prépare à propos du 747. Je ne peux pas le prouver encore, mais j'en suis sûre. Une opération en dehors des canaux normaux. Mais comme ils ne laissent aucune trace, si on alerte qui que ce soit, on nous prendra pour deux paranos !

— Mais ils ont été assez maladroits pour laisser traîner ce soi-disant message du Caire...

— Parce qu'ils n'ont pas calculé avec toi ! Toi, tu ne suis pas les procédures, tu es un électron libre, et ils ne pensaient pas que ta curiosité serait aussi efficace.

— Tu sais, ils ont commis encore une autre erreur. Je crois savoir maintenant ce qu'ils trament, mais dans quel but, je n'en ai pas la moindre idée.

Il lui parla du message en arabe découvert sur la disquette.

— Alors, tu as vraiment détourné des informations importantes ! Je suis réellement impressionnée : ça risque de te coûter dix ans de taule, mais c'est fort, et ça explique le reste.

— Quel reste ?

— Eh bien, on m'a demandé, poliment mais fermement, si moi ou un autre membre de l'équipe avions emporté une disquette hors des locaux. Ça m'a tellement révoltée que j'ai failli leur cracher à la figure.

— Qui est dans le coup, alors ? interrogea Sanders.

— Mark, je crois. Mais il y a quelqu'un d'autre derrière. Ils ont établi un cordon sanitaire autour de Roth. J'ai essayé de le joindre, mais il est toujours bloqué à la Maison-Blanche, et il n'a pas rappelé. Finalement, je me suis dit qu'ils allaient avoir des soupçons en me voyant aller si souvent aux ouaouas ! Avec mon pager fourré sous la robe, juste pour t'écrire des mots d'amour. Je me suis dit qu'il valait mieux me tirer de là pour te retrouver et mettre un plan au point !

— Où ?

Sherry Ellis parut décontenancée :

— Quoi ?

Il s'était arrêté à l'entrée de l'échangeur.

— Où on va ?

— Hé ! j'en sais rien. Pas du côté de Langley, en tout cas. Allez vers l'est, mon jeune ami, allez vers l'est...

Sanders engagea la voiture sur la rampe. Ils firent quelques kilomètres sans parler, et ce fut lui qui rompit le silence :

— Alors, qu'est-ce qu'on fait ? Moi, ma carrière est

probablement fichue, mais je ne voudrais pas que tu te retrouves impliquée là-dedans.

Elle se tourna vers lui en souriant et lui tapota affectueusement le genou :

— Mais je suis impliquée ! Et puis, si on ne se fait pas allumer les premiers, on sera à tous les coups décorés pour avoir démasqué les ripoux !

— Oui, mais comment s'y prendre ?

Elle pencha la tête de côté :

— Hein ? Tu veux dire que je galère pour te retrouver et que tu n'as pas de plan ?

Sanders fit une grimace :

— La clé, c'est Roth. Il faut qu'on lui parle. Lui, il peut arrêter tout ça, non ?

— Arrêter quoi ? Nous ne savons même pas ce que ces mecs ont en tête.

Il prit sa respiration :

— Sherry, je crois qu'ils veulent aider Aqbah à abattre cet avion en plein vol.

— Mais pourquoi ? Qui pourrait avoir une idée pareille ?

— Pourquoi ? Pour pousser Aqbah à s'immoler sur l'autel de l'autosatisfaction, par pure bêtise. Les exposer à une condamnation internationale pour avoir détruit un appareil civil plein de gens innocents, avec l'idée que l'ONU serait forcée de sortir de sa torpeur et obligée de sanctionner économiquement ses clients les plus scélérats, l'Iran et la Libye.

— La Libye ? C'est rien du tout ! Ils ne savent que glapir dans leur coin !

— Bon, mais ce n'est pas le cas de l'Iran !

— Je te l'accorde. Mais est-ce qu'Aqbah est assez stupide pour ne pas calculer les conséquences d'un tel acte ?

Sanders poussa un soupir avant de continuer :

— Je n'ai pas arrêté de retourner la question dans

ma tête, ces dernières heures. Il faut se rappeler le degré de folie fanatique que les chiites ont atteint dans leur vision de l'Occident. Ils sont prêts à abandonner le peu de rationalisme qui leur reste, à faire de l'opprobre occidental une forme de consécration religieuse, une sorte de martyre collectif. En tout cas, c'est vrai pour la fraction la plus délirante du clergé islamique iranien, et ce sont eux qui tiennent Aqbah.

— Alors, nous les aiderions à se perdre en anéantissant nos concitoyens...

Sanders la reprit en levant sentencieusement un doigt :

— ... Que nous avons déjà condamnés à une mort certaine, ne l'oublie pas. Écoute, je crois que quelqu'un de chez nous a vu là une occasion en or : donner le coup de grâce à ces gens en leur évitant une agonie atroce, et en même temps lancer l'assaut final contre le groupe terroriste le plus dangereux au monde. Sans que personne n'apprenne la relation entre les deux, évidemment ! Mais les morts du 747 de Quantum serviraient au moins à quelque chose s'ils permettaient d'anéantir Aqbah...

Avec un mouvement de recul, Sherry Ellis écarquilla les yeux :

— C'est révoltant, mais... mais je crois comprendre la logique.

— Il n'y a qu'un seul problème, ajouta le médecin, mais un très gros.

— Lequel ?

— Eh bien, même si ce professeur Helms était malade, il n'y a toujours aucune preuve qu'un virus soit à l'œuvre dans l'avion. De sorte que nos ripoux sont peut-être en train de se préparer à descendre un zinc bourré de gens en parfaite santé, et cela à deux jours de Noël ! Moi, tant que je n'aurai pas les résultats de l'autopsie...

Elle l'approuva :

— Oui, il nous les faut absolument !

Sanders lui rapporta sa conversation avec Jonathan Roth : si elle ne pouvait rien prouver de définitif, l'autopsie était cependant une indication à prendre en compte.

— Il faut que je trouve un téléphone. On ne va pas se risquer à utiliser le système cellulaire. (Il hésita un instant :) Je n'arrive pas à imaginer une autre raison à ce message en arabe...

— Tu l'as traduit, au moins ? (Il fit signe que non.) Alors, tu peux l'avoir interprété de travers.

— Possible. Mais ce n'est pas l'amicale des anciens de la CIA qui a mis à sac mon appartement ce matin !

Plongée dans ses pensées, la jeune femme garda le silence, puis son visage s'éclaira progressivement :

— D'accord. Si on arrive à apporter une preuve quelconque, on pourra peut-être convaincre Roth assez vite pour tout arrêter. Cette disquette serait une bonne preuve... (Elle hésita :) Mais alors, c'est aussi une bombe à retardement, parce que l'auteur du message fera tout pour nous empêcher de la montrer à Roth, ou à d'autres officiels. Un type capable de monter un plan pareil n'hésitera pas à employer les grands moyens pour nous faire taire. La fouille chez toi, c'était seulement un galop d'essai.

— Mais enfin, Sherry, ce sont des gens de chez nous ! Tu les crois capables de nous tuer ?

Après un long silence, elle reprit la parole :

— Rusty, tu te rappelles ce que je te disais cette nuit ? Que tu ne peux jamais être sûr de personne, dans ce métier ?

— J'ai toujours cru que c'était des fantasmes de roman d'espionnage.

— Parfois oui, parfois non. Tu te souviens de l'affaire Iran-Contra ?

— Qui ne s'en souvient pas ?

— La majorité, répliqua-t-elle. La plupart des gens ne se doutent même pas de ce qui a pu se passer réellement, ni pourquoi. Pour l'amour du ciel, n'oublie pas que Oliver North a monté tout son coup de la Maison-Blanche ! Même pas de Langley, mais de la présidence !

— Oui, pendant que Reagan ronflait...

Elle opina :

— Ce n'est pas parce qu'on porte un badge de la CIA qu'on n'est pas une quantité négligeable. Rappelle-toi, tu ne fais pas partie de leur clan ! Bon, maintenant, qu'est-ce qu'on fait, petit génie ?

— Notre directeur est toujours dans le coma, si je comprends bien ?

— En soins intensifs à Bethesda. Oublie !

— Très bien, et Roth ?

— Je te l'ai dit, bloqué dans la salle des opérations à la Maison-Blanche.

— Quand j'étais gosse, on m'a toujours dit que la Maison-Blanche nous appartenait, à nous, le peuple...

La jeune femme posa son bras sur le haut du siège de Sanders et plissa les yeux :

— Où veux-tu en venir, exactement ?

— Eh bien, au lieu de tourner autour à vingt bornes de distance sur le périph, pourquoi ne pas tout bonnement y aller, trouver Roth, lui annoncer que les internés sont en train de prendre le contrôle de la maison de fous, et que la balle est dans son camp ?

— Mais on ne rentrera jamais là-bas ! Tu ne peux pas enfoncer les portes comme ça. C'est le genre de cas où les services de sécurité deviennent très, très nerveux...

Sanders prit un air solennel :

— Tu as raison, seulement, je connais un moyen, peut-être.

Elle se rencogna contre la portière, le menton dans une main, regardant à travers la vitre, puis :

— Alors, dépêchons-nous, parce que si une embuscade aérienne doit vraiment se produire aux coordonnées que tu as découvertes, il nous reste moins de deux heures.

— Sherry, il y a une chose que je voudrais te demander...

— Vas-y.

— Tu es absolument certaine que Roth ne peut pas avoir trempé dans tout ça ?

Elle le dévisagea en souriant :

— Absolument !

A bord de QN 66

La rumeur s'était répandue, lentement d'abord, puis comme un feu de brousse, et bientôt la cabine ne fut plus, de bout en bout, que chuchotements inquiets et interrogations au bord des larmes. En tenant sa petite radio contre le hublot, un passager de la classe touriste avait entendu un bulletin d'informations sans appel : l'autopsie en Islande du professeur Helms avait conclu à la présence du virus redouté. Il n'y avait plus d'espoir pour la fraction d'humanité embarquée sur le vol QN 66. Ils allaient au Sahara pour y mourir.

Après le premier choc, certains passagers, cherchant un exutoire à l'indignation qui les avait envahis, formèrent spontanément une délégation qui se présenta à la porte du cockpit. Ils voulaient savoir pourquoi le commandant James Holland leur avait menti.

— Écoutez, leur répondit-il, je ne sais pas qui d'autre est en contact avec la Maison-Blanche, mais notre compagnie est en relation directe avec la présidence. Je me suis assuré à chaque fois qu'ils nous répercutaient tout en détail. On nous dit maintenant que les résultats de l'autopsie ne sont pas complets, qu'il faut encore attendre. Je les ai appelés dès que j'ai eu vent de ces rumeurs. Et depuis le début je vous ai dit tout ce que je savais !

Un homme d'une cinquantaine d'années, qui se donnait beaucoup d'importance, le coupa :

— Comment allons-nous croire une seule de vos fichues annonces ? Le monde entier affirme que nous sommes en train de mourir !

— C'est le cas ? rétorqua sèchement Holland.

— Quoi, c'est le cas ?

— Sommes-nous en train de mourir ? Vous avez vu quelqu'un tomber malade ?

L'homme, un peu déconcerté, finit par répliquer :

— Apparemment, c'est... c'est une question de temps...

Holland avait devant lui une vingtaine de visages sur lesquels la colère cherchait à masquer la panique.

Il retourna au cockpit pour faire une annonce rassurante, mais rien ne pouvait désormais dissiper la méfiance et le sentiment d'être trahis, abandonnés, à l'œuvre dans tous les cœurs.

Washington. 16 h 10 (21 h 10 Z)

Après avoir raccroché le téléphone public qu'il venait d'utiliser sur le parking d'un fast-food proche de Capitol Hill, Rusty Sanders revint à la voiture où l'attendait Sherry Ellis. Il lui avait fallu près de vingt minutes pour joindre le médecin-chef de Fort Detrick qui dirigeait l'autopsie du professeur Helms.

— Finalement j'ai pu l'avoir personnellement, raconta-t-il à la jeune femme. Ce que prétend la presse est faux. Un type des relations publiques à Keflavik a simplement fait part de ses propres suppositions à un journaliste. Il m'a dit que jusqu'à mon appel ils n'avaient rien dit, qu'ils ont l'ordre absolu de ne pas faire de déclaration publique, tant qu'ils vérifient leurs résultats.

— Et donc...

— Une thrombose coronarienne est prouvée, mais pour l'instant, aucun signe d'infection virale.

— Vraiment ?

— Oui, mais rappelle-toi ce que Roth a souligné à juste titre : autant que nos connaissances en pathologie le permettent, nous pouvons dire avec certitude que ce n'est pas un virus qui a tué Helms ; ce qui ne signifie pas qu'il n'ait pas été contaminé, ou qu'il n'en ait pas été porteur.

— Mais puisqu'il ne présentait pas de symptômes particuliers ?

Sanders poussa un soupir :

— C'est là que ça devient atrocement compliqué. Même s'il avait été infecté, et même s'il avait ce virus dans son système sanguin, il n'aurait pas été particulièrement contagieux, ou du moins il n'aurait pas pu contaminer tout un avion, à moins que ledit virus ne se soit propagé ultra-rapidement dans son organisme et n'ait atteint les poumons.

« Mais ce matin j'ai parlé à l'hôtesse qui l'avait aidé à embarquer à Francfort : elle m'a dit qu'il toussait beaucoup. Ce qui ne colle pas avec les résultats de l'autopsie, puisqu'ils n'ont pas trouvé d'infection pulmonaire, ni rien qui puisse expliquer cette toux. En d'autres termes, il pourrait très bien s'agir d'une crise cardiaque, doublée du fait qu'il ait été assis à côté de quelqu'un qui fumait en allant à l'aéroport ! L'autopsie n'a pas relevé d'inflammation là où un virus agit habituellement. Rien ! Conclusion : nous n'avons pas de preuve irréfutable d'infection virale.

— Et donc, même si elle ne la certifie pas, l'autopsie renforce la théorie selon laquelle il n'aurait pas été contaminé !

Sanders approuva du chef et tira le levier de vitesses tout en regardant sa montre :

— Il faut que nous arrivions jusqu'à Roth le plus vite possible. Le 747 va atteindre le point d'interception dans un peu plus d'une heure.

CHAPITRE 21

A bord du Gulfstream IJSVA.
Samedi 23 décembre, 22 h 10 (21 h 10 Z)

Youri Steblinko compara une nouvelle fois les coordonnées du système de navigation inertielle de son Gulfstream avec celles du contrôle satellitaire de position. La cible se trouvait droit devant, comme prévu. L'ordinateur de bord, qu'il avait programmé pour suivre une course orbitale à angle droit avec la trajectoire de l'avion en approche, se mit à transmettre silencieusement ses ordres au pilote automatique. Quelques minutes auparavant, il avait failli changer de cap pour vérifier si ses réacteurs laissaient des traînées de condensation derrière l'appareil : à haute altitude, ces lignes épaisses pouvaient rester visibles dans la stratosphère pendant près d'une demi-heure. Mais cette nuit-là le Gulfstream fonçait pratiquement sans laisser de traces. Telle une araignée volante, il allait tisser une toile invisible de cristaux de glace translucides dans le noir avant d'y prendre au piège sa victime.

Le jet réduisit de lui-même sa vitesse et se mit à gagner en bruissant sa position d'attente à quarante-trois mille pieds. Après avoir suivi tous les relevés de position du 747-400 en écoutant les liaisons radio du contrôle aérien, Youri Steblinko avait finalement surpris la bonne nouvelle : l'avion de ligne passerait en face de lui à 22 h 23 Z précises.

Il consulta sa montre : 21 h 44 Z. La pleine lune, suspendue au-dessus de l'horizon, à l'ouest, baignait son cockpit d'une douce lumière qui s'harmonisait avec la lueur des écrans à cristaux liquides devant lui. A des kilomètres en contrebas, une couche de nuages compacts plafonnait au-dessus de l'Atlantique, mais à son niveau l'air était d'une pureté de gemme. Feux de position et clignotants éteints, le jet faisait penser à une apparition flottant à travers un champ d'étoiles sans fin.

Le risque d'être aperçu plus tard de l'autre avion était pratiquement nul. Mais *eux,* par contre, allaient être tout à fait repérables quand le 747 se profilerait devant lui, la lune se reflétant sur ses ailes et son fuselage. Il pensa qu'il n'aurait aucune excuse s'il ratait une telle cible.

Il baissa le volume du receveur satellitaire : il n'aurait plus besoin des relevés de position du 747. Le reste du plan de vol vers la Mauritanie n'avait plus de raison d'être, puisqu'ils n'arriveraient pas jusque-là...

Il sentit brusquement la faim l'aiguillonner. Grâce au pilote automatique, il pouvait sans risque s'absenter du cockpit quelques minutes. En espérant seulement que là-bas, en Ukraine, Nikolaï Sakharov avait eu le temps d'approvisionner la cuisine. En ouvrant placard après placard, Steblinko constata que son ancien patron ne s'était pas moqué du monde, bien au contraire : les meilleurs cigares cubains, des alcools, des mets recherchés, du vin, et même le pur arabica dont raffolait le prince. Il en prépara une cafetière, ajouta de la vraie crème qui se trouvait dans le frigidaire, prit une boîte de biscuits et retourna à son siège, où il sirota son café avec une lente délectation. Il mâcha ensuite quelques biscuits sans y penser. Avec quarante minutes d'attente passive devant lui, il pouvait laisser son esprit dériver vers Ania, et les raisons pour lesquelles il se retrouvait maintenant dans le cockpit d'un avion volé.

S'imaginer en train de faire l'amour avec elle sur une plage perdue était tout simplement paradisiaque. Il dénicherait pour eux la maison idéale, même si ce n'était qu'une cabane sur une île du Pacifique, déserte ou presque. Ania adorait le soleil, qui le lui rendait bien : son corps admirablement proportionné était encore plus sensuel sous un léger bronzage.

Durant les heures précédentes, dans la monotonie du vol, il avait beaucoup pris sur lui pour ne pas laisser son esprit se focaliser sur la mission écrasante qui l'attendait. Mais parfois, comme maintenant, la vision d'un 747 en flammes arrivait presque à enfoncer les barrières d'un raisonnement froidement professionnel. Jadis, et ce n'était pas si loin, il n'aurait pensé qu'aux aspects techniques de la tâche à venir. Pour un bon officier, la fin justifiait les moyens : il n'aurait donc pas éprouvé la moindre émotion. Mais les choses avaient changé. La disparition de l'Union soviétique avait été aussi celle de la détermination aveugle, et de l'impunité accordée à tout acte voulu par la raison d'État, si dévastateur et criminel fût-il. Il réalisait désormais que le geste auquel il se préparait était pour le bien d'Ania et de lui-même, non pour celui du pays, ou du Parti, ou d'une quelconque cause. Un geste de pur égoïsme...

Oui, mais Ania, à elle seule, est une assez bonne cause ! se dit-il. Ce constat enthousiasmant fut toutefois aussitôt obscurci par un aveu beaucoup moins agréable : il ne voulait plus jamais avoir à agir de la sorte. C'était sa dernière mission, sa dernière

« action ». L'image du 747 incendié, entraînant vers la mort, dans une longue vrille de terreur, des dizaines de passagers innocents, revint se glisser dans son cerveau. Le vol KAL 007 avait connu pareil sort, mais cette fois, ce serait *son* crime, *sa* responsabilité. Même si ces êtres étaient de toute façon condamnés, il regrettait déjà d'avoir à leur infliger ces quelques secondes de panique indescriptible qui précéderaient leur fin.

Le pilote s'ébroua pour chasser ces idées, et se força à les remplacer par l'évocation d'Ania vêtue d'un bikini réduit à presque rien, au pied de leur future maison tropicale. Une vie de plaisirs et de confort, loin des pénuries et des tracas de l'ex-URSS, en échange d'une dernière mission. *Et c'est aussi un acte de charité,* se remémora-t-il pour la centième fois.

Mieux valait concentrer son esprit sur Ania. Non pas seulement sur son corps voluptueux, mais sur tout ce qu'elle était pour lui, elle qui ne l'avait jamais abandonné, même aux pires moments. Ania, qui méritait tout ce qu'il y avait de mieux sur terre.

A bord de QN 66

James Holland ne s'attendait aucunement à cette soudaine alerte. Voyageant non accompagnée, une fillette qui était venue s'installer en première pour dormir s'était réveillée avec des nausées, frissonnante, brûlante de fièvre. Barb Rollins, le médecin suisse, deux autres passagers encore, s'étaient aussitôt portés à son chevet, et le commandant avait été appelé en bas.

Sa température dépassait les quarante degrés. Laissant la petite entourée de soins, Holland retourna au cockpit et envoya Robb prendre quelques heures de repos, avant d'arriver au-dessus des côtes africaines.

Ils ne firent ni l'un ni l'autre la moindre allusion à ce qui venait de se produire. Il était assez évident que *cela* avait commencé.

La Maison-Blanche, Washington

Le docteur Rusty Sanders avait fait un pari : que le médecin personnel du Président, un vieil ami de la faculté, serait joignable un samedi et se montrerait assez coopératif — surtout lorsqu'il lui aurait fait entendre qu'il s'agissait d'une affaire urgente concernant la CIA — pour quitter son domicile de Georgetown et l'escorter à l'intérieur de la plus fameuse résidence des États-Unis.

Il avait gagné : quand Sanders, que Sherry Ellis avait déposé un peu plus loin, se présenta à l'entrée est de la Maison-Blanche, Irwin Seward l'attendait déjà. La jeune femme devait se garer près d'un téléphone public. Son acolyte l'y appellerait, ou l'y rejoindrait. C'est lui qui avait insisté pour qu'elle reste en retrait : travaillant directement sous les ordres de Roth, il valait mieux pour elle ne pas trop s'exposer.

Sanders savait que son collègue lui témoignait une grande confiance en se portant garant de lui auprès du service de sécurité. Parce que après tout, pensa-t-il, l'histoire avait déjà prouvé que la CIA pouvait nourrir en son sein des traîtres qu'il n'était pas nécessaire de laisser approcher de la famille présidentielle.

— C'est vraiment chic de ta part, Irwin, le remercia-t-il tandis qu'ils suivaient un des responsables de la garde vers le principal bâtiment du 800, Independence Avenue. Je t'expliquerai tout en détail après.

— Bon, simplement, ne me crée pas d'ennuis,

répondit son ami. Dès qu'on t'aura conduit jusqu'à la salle des opérations, moi, je me taille.

Sanders lui adressa un clin d'œil entendu :

— Une partie de golf?

Avec un sourire, Seward le détrompa :

— Non, mieux que ça : une balade en voilier. Avec une superbe nana en bikini d'enfer qui m'attend. Et moi, je n'ai pas trop envie d'attendre avant de le lui enlever !

— Irwin, tu planes ou quoi? le réprimanda Sanders. Tu es marié, et en plus on est en décembre !

L'autre eut une grimace réjouie :

— Ouais, mais la fille en question est mon épouse, et la cabine du bateau est chauffée !

Ils se dirent au revoir à la porte du sous-sol névralgique. En entrant, Sanders tomba sur Jonathan Roth qui avait été prévenu et l'attendait. « Docteur », un signe de tête, mais pas de poignée de main.

— Allons dans la salle de réunion, par là. Et refermez derrière vous, docteur. Je veux croire qu'il s'agit d'une question urgente? Normalement, nous réglons nos affaires à Langley, par les voies habituelles.

Comme Sanders ignorait cette rebuffade, le sous-directeur poursuivit :

— Le Président va revenir dans une demi-heure, nous avons donc un peu de temps devant nous.

— Non, monsieur, je ne crois pas, articula Sanders.

Après s'être assis avec lui à la table de conférences, le médecin poussa la disquette informatique vers Jonathan Roth et attaqua sans préambule :

— J'ai sorti ces données du siège parce que j'ai craint qu'elles ne soient détruites. Je peux me tromper, mais à mon avis une opération illégale présentant les plus graves dangers est en cours chez nous.

Le sous-directeur arqua les sourcils :

— Dites-moi tout, docteur. Qu'avez-vous trouvé? Quelles sont vos preuves?

Sanders reprit l'histoire à partir du message du Caire, que son interlocuteur avait déjà vu, et décrivit le piège informatique qu'il avait tendu au QG de Langley.

— Je dois dire que moi aussi j'ai été étonné par la rapidité de réaction de notre antenne en Égypte, reconnut Roth en tambourinant des doigts sur la table. Si, comme vous l'envisagez, ce message a été fabriqué chez nous, cela semblerait en effet plus plausible : ce serait un faux, d'accord, mais avec un contenu véridique. Celui qui pourrait avoir entré cette mise en garde dans le système serait tout à fait susceptible d'avoir, d'une manière non orthodoxe, répercuté une véritable information recueillie sur le terrain !

Sanders hocha la tête, satisfait de voir que Roth suivait un raisonnement qu'il avait lui-même imaginé :

— Oui, monsieur, j'ai aussi étudié cette hypothèse : quelle que soit l'origine du message, son avertissement serait de toute façon pertinent... Aqbah pourrait en effet chercher à détruire cet avion. En fait, je suis convaincu que c'est le cas.

Roth le regarda droit dans les yeux :

— Ah oui ? Et pourquoi ? Sur quoi vous appuyez-vous ? A part cette mise en garde, nous ne disposons d'aucun renseignement allant dans ce sens.

Sanders montra la disquette du doigt :

— Si, là. Il y a un message en arabe envoyé de Langley à un destinataire inconnu. Il cite un point de passage au-dessus de l'Atlantique dans le plan de vol du 747, avec l'horaire correspondant. C'est-à-dire dans moins d'une heure maintenant. Si c'est bien ce que je crois, cela signifie que quelqu'un est là-bas en train d'attendre l'avion, pour l'abattre.

— Impressionnante théorie, docteur. Et si vous vous trompez ?

Le médecin haussa les épaules :

— Eh bien, nous aurons juste l'air un peu bizarres en demandant au *captain* de modifier sa route, ou en envoyant des avions de combat sur place, s'il en existe de disponibles assez près. En réalité, je ne pense pas qu'ils puissent arriver à temps.

Roth prit un air encore plus perplexe :

— Donc, vous voudriez que nous changions la trajectoire de l'avion pour qu'il évite ce point ? En quoi cela empêcherait-il un éventuel assaillant de repérer le changement de cap sur son radar et de se lancer à la poursuite du 747 ?

— En rien, monsieur, si ce n'est que nous aurions plus de temps et de distance pour nous, deux choses dont nous manquons de plus en plus désormais.

Roth baissa les yeux vers la table, où ses doigts tambourinaient de plus en plus nerveusement.

— Monsieur, ces... ces mêmes éléments véreux s'en sont déjà pris à moi. Ils ont essayé de s'emparer de cette disquette !

Tandis qu'il lui relatait les événements du matin, Jonathan Roth saisit un bloc de papier et se mit à prendre des notes.

— Conclusion ? poursuivit Sanders. Je crois que ce groupe procure une aide directe à Aqbah, qu'il est prêt aux pires turpitudes dans le but de faciliter ce qui pourrait être un acte suicidaire pour Aqbah. Étant donné que l'autopsie parvenue d'Islande est négative en ce qui concerne un agent viral actif, si nous n'arrêtons pas la main d'Aqbah, nous nous rendrons complices d'un meurtre de masse, d'un meurtre encouragé et approuvé par la CIA, mais qu'aucun verdict signé par le Président, j'en suis sûr, n'aura jamais autorisé !

Roth se mordit les lèvres, émettant un bref soupir :

— A propos de l'autopsie, je croyais que nous étions tombés d'accord sur le fait qu'une conclusion négative ne garantissait absolument pas l'absence de virus ? Enfin ; que ce professeur ait été exposé, c'est un fait. Nous étions d'accord là-dessus, docteur.

Sanders approuva :

— Oui, monsieur, c'est exact. Mais le résultat de l'autopsie vient renforcer le sentiment que j'ai depuis le début, à savoir que ces gens ne sont pas forcément condamnés. Malgré le témoignage de l'hôtesse à qui il a semblé que le professeur était déjà malade en montant à bord, il peut tout de même être mort d'une crise cardiaque et non d'autre chose et, même s'il était porteur du virus, il ne l'a peut-être pas propagé. On n'en sait rien.

Roth parut un peu ébranlé. Il attrapa la disquette pour en tapoter la table :

— Donc, nous avons ici ce message en arabe, avec les coordonnées, l'heure de passage, le code transpondeur, c'est ça ? Avez-vous fait d'autres copies ? (Sanders fit non de la tête.) Eh bien, je pense aussi qu'il faut agir très vite. Je vais m'en charger. Je prends immédiatement contact avec l'avion. (Il se leva.) Excellent travail, vraiment. Maintenant, puisque nous ne connaissons pas l'identité de ceux qui ont décidé de rouler pour eux, vous allez vous mettre à l'abri quelque part loin d'ici. Je ne parle pas d'une planque, vous n'êtes pas préparé à ce genre de chose, n'est-ce pas, docteur ? Non, ce n'est pas votre rayon. Simplement, trouvez-vous un terrier où vous cacher. Disons un hôtel, par exemple. Ensuite, vous appellerez ce numéro. (Il se pencha pour griffonner quelques chiffres, se redressa et tendit le papier au médecin.) C'est une ligne directe d'ici. Demandez à me parler, ne dites rien à personne d'autre, du moins tant que nous n'aurons pas éclairci cette affaire. Vous m'entendez : ne laissez de message à personne d'autre.

Sanders acquiesça :

— Bien, monsieur.

Après l'avoir escorté jusqu'au bout du couloir, Roth demanda à un appariteur de le reconduire à la porte est.

Sherry Ellis l'attendait comme prévu dans la voiture, près de la cabine téléphonique. Elle était plongée dans la lecture du *Washington Post,* ce qui ne l'empêchait pas de l'avoir vu arriver à deux pâtés de maisons de distance. Il se glissa au volant, démarra, roula quelques dizaines de mètres avant de venir raser le trottoir en freinant brutalement. La jeune femme lui lança un regard étonné :

— Qu'est-ce qui t'arrive ?

— Mon Dieu ! Oh, mon Dieu !

— Qu'est-ce qui t'arrive, enfin ? Parle ! (Les yeux exorbités, son compagnon fixait l'horizon, ne prêtant aucune attention à ses appels.) Hé ? docteur Sanders ? Hé, ho ? Vous êtes toujours là ?

Il finit par hocher la tête, prit une longue bouffée d'air, montra la Maison-Blanche d'un pouce par-dessus son épaule, puis lui lança un regard horrifié :

— Sherry, quand j'allais partir, Jonathan Roth a fait mention du code transpondeur du 747...

— Bon, et alors ?

— Il a voulu résumer ce que je venais de lui apprendre, et il a dit : « Donc, cette disquette contient les coordonnées, l'heure de passage, et le code transpondeur, c'est ça ? » et moi j'ai répondu oui !

— Et alors ?

— Sherry, il n'avait pas encore regardé le contenu de la disquette ! Je ne lui ai pas donné le tirage papier du fichier, et je suis absolument certain de n'avoir jamais parlé de code transpondeur mentionné dans le message en arabe...

— J'avoue que je ne te suis pas, Rusty.

Il se tourna d'un bloc vers elle, les yeux lançant des éclairs :

— Le seul à savoir qu'il y est question du code transpondeur, à part moi, est celui qui a envoyé ce message à Aqbah ! Jonathan Roth ne pourrait pas en avoir parlé s'il n'était pas dans le coup, d'une manière ou d'une autre !

La jeune femme se recula contre la portière, l'air incrédule :

— Qu'est-ce que tu racontes? Je croyais qu'on avait réglé cette question. Tu as visionné les fichiers de Roth, il n'y avait rien dedans !

— Mais c'était avant que je trouve le message en arabe, qui provenait d'un des ordinateurs de la salle de réunion ! D'ailleurs, ça renforce encore ma thèse : s'il ne se trouvait pas dans son ordinateur et si pourtant il savait qu'il y avait dedans quelque chose dont je n'ai pas parlé, c'est qu'il est forcément dans le coup !

Abasourdie, elle observa les traits du médecin, se passa la langue sur les lèvres, puis finit par murmurer sans pouvoir terminer sa phrase :

— Oh, mon Dieu ! Je n'aurais jamais pensé...

— Sherry, il devait appeler immédiatement l'avion pour demander au commandant de modifier sa trajectoire.

Elle tourna brusquement la tête vers lui :

— Si Jon Roth est réellement impliqué, Rusty, il ne va pas faire machine arrière. Il n'appellera pas l'avion pour les prévenir. Il laissera faire ! Je le connais. Je sais comment il est quand il s'accroche à une idée; il va jusqu'au bout. S'il met une opération en route, il n'acceptera jamais de l'annuler !

Il fit un signe d'approbation :

— Quand j'ai insisté sur la prudence que recommandait l'autopsie, il n'a pas semblé plus impressionné que ça.

— Il faut trouver un téléphone, conclut-elle.

— Absolument !

Sanders redémarra en trombe vers l'est, sans voir qu'une berline noire s'était placée dans leur file en laissant quelques voitures entre eux.

— Comment on procède, Rusty ? Est-ce qu'on peut tout simplement appeler l'avion comme tu l'as déjà fait ? Tu as toujours les numéros ?

— Peut-être...

— Et où on va ? On ne peut tout de même pas s'arrêter à une cabine sur le trottoir. Ils sont peut-être en train de nous filer !

Il leur restait moins de trente minutes. Apercevant l'hôtel Hyatt, Sanders jeta sa voiture dans la rampe d'accès, pila sous le porche et lança ses clefs au portier : « On prend une chambre ! » eut-il le temps de mentir avant qu'ils se précipitent ensemble dans la porte-tambour. Disparaissant dans le hall, ils ne remarquèrent pas les deux hommes qui jaillissaient de la berline noire, arrêtée de l'autre côté de la rue, traversaient à toutes jambes et s'engouffraient dans l'hôtel, sous l'œil exercé du portier.

Observant ce manège, l'employé de l'hôtel ne perdit pas de temps pour se faire une idée : *Intéressant ! Il y a de la filature dans l'air...*

Au troisième étage, près des salles de réception, les téléphones ne manquaient pas, mais Sanders les trouva trop peu discrets.

— Viens, je connais un vieux truc, invita la jeune femme en le poussant dans l'ascenseur.

S'assurant qu'ils seraient seuls tous les deux, elle sélectionna plusieurs des derniers étages, sortant en hâte à chaque arrêt pour inspecter le couloir. Enfin, elle trouva ce qu'elle cherchait et revint devant la porte ouverte de l'ascenseur pour lui souffler :

— Suis-moi, mais ne t'occupe de rien, fais-moi confiance.

Après avoir dépassé un coude du couloir, ils s'arrêtèrent net devant le chariot du personnel d'entretien, garé devant deux chambres qui n'étaient pas fermées. Il la vit étudier rapidement celle de droite, puis celle de gauche qu'elle lui montra du doigt en lui faisant signe de patienter. Mais d'abord elle passa la tête dans l'entrebâillement de l'autre porte, s'adressant de toute évidence à la femme de chambre :

— Vous avez fini avec la nôtre, la 1443 ?

— Oui, m'dame !

— Merci, lança Sherry en traversant le couloir pour entrer dans la pièce opposée.

Elle referma soigneusement la porte derrière eux, enclenchant même la chaîne de sécurité.

Des bagages et des vêtements étaient visibles un peu partout.

— Et s'ils reviennent ? s'inquiéta Sanders.

Elle le rassura d'un bref : « Dans ce cas, je m'en occuperai. »

Sans plus hésiter, le médecin décrocha le téléphone pour appeler aussitôt le siège des Quantum Airlines à Dallas, en demandant à parler au sous-directeur des opérations.

— Vous êtes monsieur... ?

— Docteur Sanders. J'appelle du QG de la CIA. Pour une affaire urgente !

Il y eut un long silence, puis la même personne reprit la parole :

— On nous a prévenus que vous alliez essayer de nous joindre, monsieur Sanders, pour nous donner de fausses informations. La police est au courant, je vous préviens. Ne tentez plus ce genre de chose.

Sans un mot de plus, on raccrocha.

Sherry Ellis, l'oreille tout près du combiné que Sanders tenait, de sorte qu'elle puisse écouter, se saisit immédiatement de l'appareil et refit la même tentative en s'inventant une identité.

— Nous ne connaissons personne de ce nom, s'entendit-elle répondre. Vous travaillez pour qui, déjà ?

— Direction fédérale de l'aviation. Ne me dites pas que vous ne connaissez pas, nous sommes même dans l'annuaire ! J'appelle du bureau du président.

— Parfait, nous avons ses coordonnées. Donnez-moi votre numéro de poste, nous vous retéléphonons tout de suite afin d'authentifier l'appel.

La jeune femme raccrocha au nez de son interlocuteur :

— C'est sans espoir. Toujours aussi efficace, ce Roth ! Et ce numéro de satellitaire, tu ne l'as plus ?

— Si, annonça-t-il après avoir déballé tout le contenu de sa poche de chemise. Noter les choses sur des bouts de papier, c'est une sale habitude, mais des fois elle a du bon !

Après avoir donné à l'opérateur électronique les coordonnées de sa carte bancaire, il attendit de longs instants avant qu'une voix enregistrée ne réponde : « Le navire ou l'avion que vous avez voulu joindre n'est pas connecté pour le moment. Veuillez rappeler ultérieurement. »

Avec moins d'une demi-heure devant eux, ils se retrouvaient dans l'impasse. Toutes les tentatives pour entrer en contact avec l'avion semblaient vouées à l'échec. Sanders s'assit sur le lit, le front dans les mains, réfléchissant de toutes ses forces :

— Il doit bien y avoir un moyen, Sherry, il y a sûrement un moyen ! Et je n'arrive pas à mettre le doigt dessus !

La jeune femme allait et venait en face de lui :

— Bon, comment appeler un 747, encore ? Par radio-aviation ? (Il fit non de la tête.) OK, tous leurs téléphones sont bloqués, ils doivent bien avoir encore une liaison satellite avec leur compagnie à Dallas, mais impossible d'entrer dessus. De quoi disposent-ils d'autre à bord pour communiquer? La radio? Autre chose? Et est-ce vraiment impossible de convaincre les gens de Dallas d'appeler leur commandant et de nous le passer?

Sanders eut un geste découragé :

— Roth nous a complètement court-circuités. Si on ne se présente pas comme de la CIA, personne ne voudra nous écouter et, dans le cas contraire, ils nous prendront pour ces imposteurs auxquels on leur a demandé de ne pas répondre. Avec du temps, encore... Mais nous n'en avons pas, Sherry! Et l'avion va tomber dans le piège! (Tapant du poing dans sa paume, il se leva, bouillant d'indignation.) Roth est en train d'aider ces salauds de terroristes à assassiner deux cent cinquante personnes. Il pense probablement qu'il a raison, en plus! Il se dit : Bon, de toute façon ils sont déjà morts... Et c'est moi, c'est moi qui lui ai parlé d'un virus mortel, d'un danger qui à tous les coups n'existe même pas!

Elle le coupa d'un ton sans appel :

— D'accord, mais maintenant calme-toi. Réfléchis encore. Est-ce qu'il y aurait moyen de joindre le téléphone cellulaire de quelqu'un à bord?

Sanders, qui avait ébauché un signe de dénégation, se redressa soudain :

— Iridium!

— Comment?

— Iridium, le nouveau système cellulaire par satellite! Et si un des passagers en était équipé? C'est un appareil qui peut aussi recevoir des messages en mode passif.

— Super. Mais qui appeler, quel numéro? Est-ce qu'il l'aura avec lui? Est-ce qu'il répondra?

— C'est dur à dire, mais je ne peux pas croire que

Roth ait pu aussi braquer cette compagnie-là contre nous.

— Pourquoi pas ?

— Par manque de temps !

Sherry Ellis s'apprêtait à appeler les renseignements quand le médecin l'arrêta d'une main levée :

— Attends. Je connais le numéro de leur centre d'opérations.

— Alors, vas-y, appelle ! Il nous reste exactement dix-neuf minutes...

A bord de QN 66

Rachael Sherwood surgit dans le cockpit dès que le commandant eut déverrouillé la porte.

— Je ne dérange pas ?

Sa voix, aussi douce qu'enjouée, était un véritable réconfort.

— Mais je vous en prie ! On se sent seul, ici...

— Où est passé votre copilote ? demanda-t-elle en prenant place sur le siège amovible central.

James Holland ne pouvait pas ne pas apercevoir ses jambes au galbe harmonieux, ni s'empêcher de humer le léger parfum qu'elle dégageait et auquel il n'avait jusqu'ici pas prêté attention. C'était un parfum qui évoquait les fleurs, la beauté, la femme dans toute sa splendeur.

— Nous nous relayons pour dormir, lui expliqua-t-il. (Il se retourna autant que possible pour lui faire face et lui sourire :) Ce n'est pas facile de vous parler si vous restez assise derrière moi. Vous ne voulez pas prendre son siège ? (Elle obtempéra sur-le-champ, puis un bref silence s'établit, rompu par le commandant :) Rachael, dites-moi, comment va la petite fille en bas ?

Elle soupira :

— Si nous n'étions pas préoccupés par ce... microbe, j'aurais pensé à une simple fièvre, comme il arrive à tous les gosses d'en avoir. Elle a certainement dû se fatiguer, prendre froid, et voilà tout. Elle n'a jamais été assise près du professeur, et puis personne d'autre n'est tombé malade ! Mais enfin, vous savez...

Elle marqua une pause, regarda ailleurs.

— Mais... ? la pressa Holland.

Ses yeux revinrent sur lui, souriants, malgré l'appréhension :

— Bon, dans ce contexte, ça prend des proportions...

— Et vous, comment ça va ? enchaîna-t-il.

Son sourire s'élargit. Elle détourna une nouvelle fois son regard puis le fixa dans celui du commandant :

— C'était justement ce que j'étais venue vous demander ! Moi, tout va bien. Lee est un vrai roc, comme vous, et je me suis reposée sur lui.

Non sans étonnement, James Holland ressentit une pointe de jalousie : il pensa qu'il aurait aimé la rassurer, être à la place de l'ambassadeur. Mais elle avait dit : « ... Un vrai roc, comme vous. » Et ces mots lui plaisaient.

— Alors, James, comment vous sentez-vous, vraiment ?

Il tenta en vain de plaisanter :

— Vous savez, c'est comme « mais à part ça, madame la marquise, tout va très bien »... (Le regard qu'elle maintenait sur lui était si direct, si intime, qu'il détourna la tête, embarrassé.) Je crois que je vais aussi bien que possible, compte tenu des circonstances.

Aussitôt, il s'en voulut, se jugeant trop cassant. Elle se mordit la lèvre inférieure, réfléchit un instant avant de reprendre :

— J'ai l'impression que vous devez vous sentir très

seul, en tant que commandant. Surtout avec votre copilote. Vous ne pouvez pas vous laisser aller un peu, devant personne, c'est bien ça?

En la regardant cette fois, et de nouveau avec le sourire, il l'interrogea sans détour :

— Vous vous dites que je suis en train de craquer dans mon coin, Rachael?

Elle protesta :

— Pas du tout! Mais vous n'êtes pas le genre de dur à cuire qui se ronge les ongles en pensant seulement à avoir l'air le plus macho possible. Vous ne me faites pas cet effet-là, malgré votre uniforme!

— Ah oui, vraiment?

Elle fit un signe de tête énergique :

— C'est mon idée. Je juge plutôt bien les gens, James. Et je crois que je me débrouille pas mal pour les écouter. Vous savez, je ne vais pas me jeter sur le premier mégaphone à ma portée quand je retournerai à ma place!

Il rit à cette petite pique, et la jeune femme pensa que c'était de meilleur cœur.

— Eh bien, reprit-il, mon ex-femme vous dirait que je ne suis pas très doué pour la conversation.

— Mais elle n'est pas à bord, n'est-ce pas?

Il se sentit désarçonné par la question, finissant par répondre avec un regard interloqué :

— Non, absolument pas.

En l'entendant faire allusion à son ancienne épouse, Rachael Sherwood fut assaillie par des sentiments contradictoires, espoir et inquiétude mêlés, qu'elle voulut dissiper. Trop souvent, dans le passé, elle s'était réfugiée dans sa coquille, elle avait joué le jeu de la femme réservée, discrète, effacée, même, qui refusait jusqu'à la pensée de se montrer entreprenante, chaleureuse. Après tout, elle connaissait si peu cet homme, voire pas du tout... Mais là était justement la question!

— Eh bien, James, moi, je suis là, et je... je me soucie de vous. Une forme d'égoïsme bien placé, disons !

En lui aussi, quelque chose s'éveilla tandis qu'il croisait à nouveau son regard pénétrant. Il vit bien qu'elle était sérieuse, et résolue. Son instinct le poussait à se cuirasser, à élever des barrières pour éviter de s'exposer trop intimement. Mais dans quel but ? La question ricocha dans son cerveau sans trouver de réponse convaincante. Alors il sourit à Rachael et se sentit un peu moins tendu. Avec elle, il éprouvait une confiance qu'il n'avait jamais connue en compagnie d'une femme séduisante, du moins jamais pendant très longtemps.

Maîtrisant son souffle, il commença prudemment :

— Je n'ai pas de... je n'ai pas de confidences bouleversantes, vous savez. Enfin, je veux dire que nous sommes tous les deux inquiets...

— « Morts de peur » serait peut-être plus juste ! corrigea-t-elle, ses yeux s'attardant sur ses mains puissantes et ses tempes aux veines palpitantes.

— D'accord, il y a un peu de ça, reconnut-il. Simplement, je n'arrive pas à savoir ce qu'il faut croire, vous comprenez ? Tantôt on me dit à Dallas que c'est sans doute beaucoup de bruit pour un virus pas méchant du tout, tantôt on me laisse entendre que le monde entier nous redoute, et puis je vois un de mes passagers se faire massacrer, sous mes yeux...

La voix brisée, il détourna son visage pour cacher cette soudaine faiblesse. Rachael enchaîna d'un ton convaincu :

— Vous avez fait tout ce que vous pouviez, James. Je suis au courant de la manière dont cela s'est passé.

— Vraiment ? interrogea-t-il, non sans une certaine amertume. Mais j'aurais pu lui courir après, la maîtriser, que sais-je ? Grand Dieu, Rachael, une jeune mère ! Ils l'ont quasiment coupée en deux...

— Écoutez, s'il y avait besoin d'une preuve qu'ils étaient prêts à vous tuer, vous, c'est sa mort à elle ! Vous l'avez expliqué vous-même aux passagers : on ne leur demandait pas de réfléchir, mais de défendre un périmètre ! (Il baissa les yeux vers ses instruments, sans répondre.) James, nous avons besoin ici d'un leader, de quelqu'un de fort. Si vous y étiez resté, vous, cela n'aurait pas arrangé les choses, bien au contraire...

Encore cette idée de force. Le sourire qui lui venait se transforma en un rire désabusé :

— Est-ce que j'ai l'air d'un leader, Rachael ? Je ne suis qu'un pilote qui aime son métier. Piloter, c'était mon rêve depuis toujours.

— Votre père était pilote aussi ?

Elle constata qu'elle avait touché une corde sensible sitôt après avoir parlé. D'un air profondément choqué, dégoûté, presque, il se mit à secouer lentement la tête, puis rétorqua :

— Pourquoi cette question ?

— Mais je ne sais pas, par automatisme peut-être... vous voyez ?

Après une pause, il se décida à ne pas laisser tomber la conversation :

— Greeley, dans le Colorado, vous connaissez ?

— Non, je connais Denver. Mais j'avais une amie au lycée qui venait de Greeley. C'est au nord de Denver, non ?

— Environ à quatre-vingt-dix kilomètres...

— Vous avez grandi là-bas ?

— Si on peut dire, oui.

Sans saisir le sous-entendu, elle s'anima :

— C'est une petite ville, n'est-ce pas ? Mon amie connaissait peut-être votre famille ?

Sa réponse n'eut rien d'encourageant :

— J'espère que non, vraiment, parce que dans ce

cas elle ne pourrait qu'avoir de mauvais souvenirs. A Greeley, mon père était considéré comme la catastrophe locale. Il a brassé les affaires les plus grotesques, s'est présenté aux élections dans le seul but de se faire de la publicité... J'ai passé ma jeunesse à essayer de nier toute relation avec lui.

— Il s'appelait James, lui aussi?

Holland eut un grognement :

— Big Jim, oui! C'était le nom qu'il préférait. Big Jim Holland. Pas gêné, il a même gardé ce surnom pour sa campagne électorale. C'est la raison pour laquelle je ne supporte pas qu'on m'appelle Jim.

— Qu'est-ce qu'il faisait dans la vie, exactement?

— Oh, je vous l'ai dit, c'était le type même du fantaisiste véreux. Vous voyez le genre? Il était capable de vendre n'importe quoi, des années de taule supplémentaires à un prisonnier, des frigidaires à un Esquimau, du soufre à un damné. Le problème, c'est qu'il se souciait comme d'une guigne de savoir si ce qu'il vendait marchait ou avait un quelconque intérêt. Toute mon adolescence, j'ai entendu ma mère essayer de calmer des clients, des associés, des inspecteurs des impôts, des créanciers, qui étaient à ses trousses. Parce que mon père pouvait acheter n'importe quoi à crédit, et il arrivait à se faire prêter de l'argent par n'importe qui. Il y a encore à Greeley des immeubles qui portent son nom : dès qu'il achetait ou construisait quelque chose, il s'empressait d'apposer une plaque dessus, si possible coulée dans le béton. De telle sorte que même quand le bâtiment changeait de mains, il laissait sa marque...

— Et vous, par réaction, vous vouliez au contraire passer inaperçu? demanda-t-elle.

Il eut une moue écœurée :

— Dites plutôt que je voulais être invisible! (Il examina sa large paume ouverte, comme à la recherche des mots les plus justes, puis ses yeux revinrent sur elle.) D'ailleurs, pour lui j'étais invisible, même si de temps à autre il avait besoin d'un gosse pour jouer un peu le rôle du fils de Big Jim, toujours pour sa publicité personnelle. C'étaient les seuls moments où je comptais pour lui.

— Je suis désolée...

— Je sais, je ne suis pas très sociable. Un solitaire, quoi. C'est sans doute en réaction...

— Mais je vous ai vu avec les passagers, James. Vous êtes plus proche des gens que vous ne le dites.

— Oui, mon personnage public, peut-être ! Au fond de moi, j'ai longtemps rêvé d'être né deux siècles plus tôt et d'avoir été ermite dans la montagne. Sans doute à cause de ce besoin d'échapper à la désapprobation sociale, à la honte d'être le fils de mon père. J'ai toujours voulu éviter les projecteurs. Je suis même un de ces rares commandants à s'abstenir de faire des annonces, sauf quand elles sont absolument nécessaires.

Un ange passa, puis Rachael Sherwood reprit la parole en s'éclaircissant la gorge :

— Votre père vit toujours ?

— Non, il est mort il y a quinze ans. Je n'ai même pas assisté à l'enterrement. (Il l'observa.) Excusez-moi, je ne sais pas pourquoi je vous raconte toutes ces histoires. Toutes ces vieilles fadaises...

Elle écarta la remarque d'un geste de la main :

— Qu'est-ce qui vous a poussé à devenir pilote ?

— Le hasard, et un coup de foudre.

Il lui raconta comment, encore au lycée, il avait gagné une heure de pilotage à un concours, et à quel point cette première expérience l'avait marqué, puis son entrée à l'école de l'armée de l'air, et la longue liste de médailles et de distinctions venues récompenser ce besoin de se mettre à l'épreuve qui l'animait. Il lui raconta comment, premier de sa promotion, il était parti au Viêt-nam, et ses soixante-trois missions aux commandes de Phantom F-4, à partir de Da Nang.

Il lui parla aussi de son épouse, Sandra.

— C'était de ma faute, affirma-t-il pour résumer les causes de leur divorce. J'ai vraiment un caractère renfermé, je ne suis pas doué pour communiquer. Tenez, vous en avez plus appris sur moi en dix minutes que Sandra en dix ans de mariage... (Puis, se tournant sur son siège pour lui faire face :) Sincèrement, je suis désolé d'avoir déballé tout ça.

— C'est ce que je voulais que vous fassiez.

— Eh bien, vous aviez raison. Et vous n'exagériez pas en disant que vous saviez écouter, Rachael. Grâce à vous, j'ai l'impression que nous nous connaissons depuis très, très longtemps...

Un sourire revint sur les lèvres de la jeune femme :

— Mais c'est le cas ! Nous nous sommes rencontrés au début de cette crise, n'est-ce pas ? En très peu de temps, il s'est passé tant de choses !

James Holland hocha la tête, et laissa ses yeux s'attarder dans ceux de la jeune femme, si accueillants. En les baissant finalement, il remarqua qu'elle ne portait pas d'alliance.

Il se racla la gorge. Il venait de prendre une décision qui n'avait rien de capital, mais qui n'en était pas moins intimidante :

— Et maintenant, j'aimerais vous poser une question, à mon tour.

— Très bien, allez-y !

— J'aimerais en savoir plus sur le compte d'une de mes passagères, aussi belle que charmante, une certaine Rachael Sherwood...

CHAPITRE 22

Hôtel Hyatt, Washington.
Samedi 23 décembre, 17 h 04 (22 h 04 Z)

Devant Sherry Ellis qui faisait nerveusement les cent pas, Rusty Sanders, accroché au combiné téléphonique, calculait le temps qu'il leur restait : plus que seize minutes ! Elle s'impatienta :

— Qu'est-ce qu'ils font, là-bas ?

Sanders posa la main sur le haut-parleur du téléphone :

— Le technicien principal d'Iridium est en train de regarder son ordinateur. Habituellement, ils ne communiquent pas la localisation de leurs appareils, mais il a accepté pour cette fois.

En appelant la compagnie, le médecin s'était présenté comme un officiel de la CIA chargé de régler une affaire tellement urgente qu'il ne pouvait pas passer par les canaux habituels. Il avait souligné que l'information recherchée, même s'il en avait besoin sur-le-champ, n'était pas particulièrement susceptible d'attenter à la vie privée de quiconque, ni à des secrets d'État.

— Que voulez-vous, exactement ? avait demandé le responsable d'Iridium qu'il avait en ligne.

— Les numéros d'accès de tous vos appareils qui, durant les sept dernières heures, ont pu appeler ou recevoir des appels en Islande jusqu'à 17 h 11 Z, ensuite n'importe où sur une ligne allant de l'Islande aux côtes occidentales de l'Afrique, en tenant compte d'une vitesse de déplacement d'environ huit cents kilomètres-heure...

— Rien que ça ! Mais dites donc, docteur Sanders, ça n'aurait pas à voir avec le 747 qui trimbale ce virus abominable ?

— Exact, et j'enquête pour l'équipe de la présidence qui est chargée de ce problème.

Après un long silence, son interlocuteur avait annoncé laconiquement :

— Ne quittez pas.

On l'avait transféré au département technique, puis à la direction opérationnelle de la compagnie, puis de nouveau au responsable qu'il avait eu en premier :

— Bien, docteur Sanders, nous avons onze clients qui ont utilisé leur appareil en Islande durant ce laps de temps, mais neuf d'entre eux s'en sont servis après l'heure de décollage que vous m'avez donnée, donc, il en reste deux qui se trouveraient théoriquement dans l'avion. Je dis *théoriquement,* parce que depuis ils n'ont pas effectué d'appels...

— Magnifique. Allez-y, je note !

Son interlocuteur lui dicta les deux numéros en question et lui rappela aussi la procédure à suivre pour appeler d'un téléphone normal ou pour envoyer un message à ces appareils. Mais il ajouta :

— Je dois vous signaler que ces équipements ne sont pas prévus pour une utilisation en vol. Si l'antenne est tout près d'un hublot, il y a une petite, toute petite chance pour qu'ils fonctionnent.

— Compris. Vous n'avez pas une idée de l'identité des propriétaires de ces deux postes, par hasard ?

Encore un silence :

— Bon, vu les circonstances, je vais vous les donner. L'un est enregistré sous le nom de Carl Wilhoit, de la chaîne NBC, New York. L'autre appartient à un... je n'arrive pas à lire le prénom, un certain Lancaster, de Manassas, Virginie.

— OK. Mille fois merci !

Sans même raccrocher, Sanders dégagea la ligne pour composer le premier numéro. Une voix masculine répondit instantanément :

— Ici Wilhoit.

— Euh, Carl Wilhoit ?

— Ouais, c'est toi, Bill ? Tu as bien reçu mon heure d'arrivée estimée pour le zinc ?

— Wilhoit, ici le docteur Sanders, de la CIA. Êtes-vous à bord du vol 66 de Quantum ?

— A bord ? Grand Dieu, non ! J'ai déjà eu assez de mal à le suivre ! Nous sommes dans un jet privé qui revient sur New York. Mais comment avez-vous eu ce numéro ?

— Pardon pour le dérangement, abrégea Sanders en coupant la ligne.

Le deuxième numéro sonna huit fois avant de répondre par un message enregistré : « Le numéro du système mondial Iridium que vous avez appelé ne répond pas pour l'instant à notre signal. Notre usager sera prévenu de votre tentative. A cette fin, veuillez taper le code de votre pays, de votre ville, et le numéro où vous désirez recevoir une réponse. Après le bip, donnez aussi votre nom. »

Sherry Ellis tapa du pied en le voyant pianoter à nouveau sur les touches téléphoniques :

— Quatorze minutes, Rusty, c'est tout ce qui nous reste !

— Je sais, je sais...

Le numéro sonna quatre, cinq, six, sept fois. Sanders s'apprêtait à entendre à nouveau la bande enregistrée quand il réalisa que la voix de la femme à l'autre bout du fil n'était pas la même qu'auparavant.

— Allô ?

— Euh... Ce n'est pas un répondeur ?

— Non. Qui est à l'appareil, s'il vous plaît ?

— Vous êtes, euh... (il jeta un coup d'œil à ses notes)... vous êtes Mme Lancaster ?

On lui répondit sur un ton très étonné :

— Non, pas du tout. Vous vouliez parler à Lee Lancaster ?

L'ambassadeur ! C'était le téléphone cellulaire de l'ambassadeur !

— ... Oui, oui, c'est cela ! Qui êtes-vous ?

Dans le cockpit du vol QN 66, James Holland avait eu l'attention attirée par un bip dont la tonalité lui était inconnue. Si c'était un équipement Boeing, il ne l'avait jamais entendu jusqu'alors. Il parcourut tous les instruments de bord d'un œil exercé, puis le bruit cessa. Rachael Sherwood, elle, l'avait trouvé familier, mais au milieu de tous ces cadrans, boutons, voyants, elle avait pensé qu'il s'agissait d'une commande de l'avion. Quand il se fit à nouveau entendre, elle avait soudain réalisé qu'il provenait de son sac à main.

Elle avait sorti le receveur et appuyé sur la touche *On*.

— Je suis Rachael Sherwood, annonça-t-elle, en réponse aux bredouillements d'un Sanders tout décontenancé, l'assistante de l'ambassadeur Lancaster. Et vous êtes ?...

— Le docteur Rusty Sanders, de la CIA, à Washington. Écoutez-moi très attentivement, mademoiselle Sherwood. Nous sommes face à une urgence absolue. Pourriez-vous, avec votre téléphone, vous rendre au poste de pilotage et me passer le commandant au plus vite ? Et, au cas où nous serions coupés, il faudrait lui demander de garder le téléphone près de sa fenêtre en attendant que je rappelle.

— Certainement. Mais je suis déjà sur place, le commandant est juste à côté de moi. Ne quittez pas.

A des milliers de kilomètres, dans une chambre du Hyatt Washington, Rusty Sanders éprouva un vertige passager. Que voulait-elle dire par : « le commandant est juste à côté de moi » ?

Rachael Sherwood remit le combiné au pilote :

— Ici le commandant Holland.

— *Captain ?* C'est vous qui commandez ce vol ?

— Oui. Qui êtes-vous ?

— Je travaille pour la CIA, commandant. Docteur Rusty Sanders. Je voudrais que vous m'écoutiez très attentivement. Ce que je vais vous annoncer peut paraître plus qu'étrange, mais si vous n'en tenez pas compte et n'agissez pas sur-le-champ, cela pourrait avoir des conséquences dramatiques.

— Notre situation l'est déjà, dramatique ! Vous n'êtes pas au courant ?

— Commandant, s'il vous plaît, écoutez-moi. Vous avez appris qu'une autopsie du cadavre du professeur Helms avait été menée en Islande ?

— Oui, et j'ai aussi appris que les médias de toute la planète racontent qu'elle a conclu à la présence d'un virus.

— Eh bien c'est faux, commandant. J'ai parlé avec le médecin-chef là-bas. Apparemment, le professeur est bien mort d'une crise cardiaque. Il n'y a pas de preuve irréfutable d'infection virale. Je sais bien qu'il avait déjà de la fièvre à Francfort, mais c'était lié au début de l'accident cardiaque.

Holland se montra un peu moins sur la défensive :

— Vraiment ?

— Oui, vraiment. Cela dit, c'est insuffisant pour prouver qu'il n'était pas porteur du virus, mais c'est assez pour établir qu'il n'en est pas mort. Commandant, je suis personnellement convaincu que la majeure partie d'entre vous ont plus qu'une simple chance de ne pas avoir attrapé ce microbe. Il peut très bien s'agir d'une fausse alerte. D'ailleurs, même si Helms était porteur du virus, il n'était pas entré dans la phase de contamination, donc, il ne pouvait pas le repasser à d'autres dans l'avion...

— Docteur, j'ai le regret de vous dire que nous avons déjà un autre malade à bord. Une petite fille. Avec une forte fièvre, et des symptômes rappelant la grippe.

Après un rapide calcul mental, Sanders se montra catégorique :

— Non, c'est trop tôt. Il ne peut pas s'agir de ce virus venu d'Allemagne. Le temps d'incubation est insuffisant, personne n'est susceptible d'être déjà dans la phase active de la maladie.

— Bon, admettons. Mais qu'est-ce vous aviez peur de m'annoncer en pensant que je n'y croirais pas ?

— Voilà : commandant, il faut que vous changiez de route. A moins de treize minutes devant vous, un appareil non identifié est en train de vous attendre pour vous abattre. Je suis persuadé que le guet-apens a été monté par une organisation terroriste redoutablement efficace, le groupe Aqbah, qui a le soutien des Iraniens. Je ne pourrais vous dire quel type d'avion est à l'affût, mais je sais qu'ils ont réussi à apprendre les coordonnées de votre nouveau point de passage. Nous... nous avons intercepté un message en arabe. A propos, coupez immédiatement votre transpondeur : ils ont aussi votre code !

James Holland lança à la jeune femme un regard préoccupé. Posant la main sur le receveur, il lui demanda d'une voix tendue :

— Rachael, voulez-vous aller me chercher le copilote ? Il est dans la couchette, juste en sortant du cockpit à droite. J'ai besoin de lui tout de suite.

Avec un signe de tête, elle quitta aussitôt les lieux. Se disant que deux précautions valaient mieux qu'une, il éteignit le transpondeur et reprit sa conversation :

— Qui aurait un intérêt quelconque à nous abattre, docteur? Tout le monde pense que nous sommes morts, virtuellement.

— Lee Lancaster se trouve dans votre avion, non?

— Oui, si c'est de l'ambassadeur que vous parlez.

— Commandant, la moindre organisation terroriste au Moyen-Orient rêve depuis des années de le tuer. Ils se contrefichent des victimes qu'ils feraient autour de lui. Et en ce moment même, vous êtes en train de leur amener Lancaster droit sur leur terrain. C'est leur cible, mais collectivement vous l'êtes aussi, pour des raisons que je n'ai pas le temps de vous expliquer...

James Holland se tut quelques secondes :

— Donc, vous me demandez de changer de route, de contourner ce fameux point de passage, et puis de poursuivre jusqu'à notre destination?

Sanders réalisa soudain qu'à force de penser à ces coordonnées il en avait oublié le but final du 747. Si Aqbah n'arrivait pas à les détruire en vol, il s'arrangerait pour les attendre à l'atterrissage, ou au sol. Une escale en Mauritanie leur serait fatale : en une fraction de seconde, il perçut le plan de Roth dans sa totalité. Un 747, quelle proie facile... Que faire, alors? Le médecin se frotta le front, les yeux fermés, en essayant de convoquer dans son esprit une image de l'océan Atlantique au large de l'Afrique. Au sud, il y avait des îles, dont aucune ne voudrait du vol QN 66.

— Commandant, il est exclu de continuer jusqu'en Mauritanie. S'ils ne vous abattent pas dans quelques minutes, ils vous auront au-dessus du désert.

La voix du pilote exprimait une évidente incrédulité :

— Qu'est-ce que vous êtes en train de suggérer, Sanders ? Que j'ignore les instructions de ma compagnie, celles de la cellule de crise de la Maison-Blanche, que je fasse comme si un énorme déploiement de moyens techniques n'avait pas été prévu pour nous dans le désert, et tout ça juste pour partir n'importe où ? Mais je ne vous connais même pas ! Après tout, vous pourriez être un terroriste, le diable seul le sait !

— Mais je ne vous ai pas proposé une destination quelconque, n'est-ce pas ? Je vous ai juste averti que vous étiez un homme mort si vous alliez là où ils vous attendent ! (Il y eut une longue pause, dont Sanders profita pour consulter sa montre. Plus que dix minutes.) Commandant, je vous en prie, modifiez votre route, au moins. Et vite ! Est-ce que vous avez assez de carburant pour arriver, disons, aux Canaries ?

Encore un silence, puis Holland se décida à laisser libre cours à ses doutes :

— Pourquoi devrais-je vous croire, Sanders ? Vous êtes qui ? le directeur de la CIA ? Pourquoi tous ces ordres que vous me donnez ne viennent-ils pas de plus haut ?

— Appelez-moi Rusty !

— Cela ne change rien au problème, coupa vertement le commandant, tout en tendant la main pour débrancher la connexion entre l'ordinateur et le pilote automatique. Appuyant sur la touche de sélection directionnelle, il commença à faire basculer imperceptiblement le 747 sur son flanc droit.

— *Captain,* d'accord, d'accord, je vais vous expliquer. Je suis un analyste, ancien de la DFA, on a fait appel à moi pour vous aider depuis le début de cette crise. Il se trouve que j'ai découvert l'existence d'un groupe qui mène un double jeu au sein de la CIA, grâce à un message en arabe qu'ils ont envoyé à

Aqbah pour donner à votre assaillant votre heure d'arrivée estimée et votre code transpondeur. Alors, je vous en supplie, changez au moins de route !

— C'est ce que je fais, juste par précaution, au cas où vous ne seriez pas fou à lier. Continuez.

— Bon... (Sanders reprit son souffle.) Les traîtres de chez nous sont menés par un sous-directeur de la CIA... Ah, sachez aussi que le directeur est à l'hôpital, dans le coma. Ce type s'appelle Jonathan Roth. C'est un ennemi acharné des groupes terroristes, depuis longtemps.

— Qui ne l'est pas ? persifla Holland.

— Oui, évidemment, mais lui s'est bâti la réputation d'être imbattable pour les coincer, et je pense qu'il vient maintenant de sauter sur l'opportunité d'exposer Aqbah à une condamnation internationale s'ils font sauter votre avion.

Sanders sentit de la réprobation dans le silence qui s'installa sur la ligne.

— Pour quelle raison agiraient-ils ainsi, en sachant pertinemment qu'ils se retrouveront isolés sur le plan international ? finit par lui lancer Holland.

Encore cette question ! pesta Sanders en son for intérieur.

— Pourquoi ? Mais parce qu'ils perdent littéralement la boule dès qu'ils entrevoient une possibilité de liquider Lancaster... Ils sont prêts à n'importe quoi dans ce but. Et cette chance, Roth la leur a tendue sur un plateau. Commandant, quelle est votre position ?

— Calmez-vous, docteur. J'ai obliqué sur la droite. Le ciel est dégagé devant nous. Alors, cette force d'intervention, de quoi est-elle censée avoir l'air ?

— Je n'en ai pas la moindre idée, mais il faut vous attendre de toute évidence à un appareil armé de mitrailleuses ou de missiles, ou des deux. Comme vous n'avez pas de système de détection militaire, et comme ils ne vont certainement pas s'annoncer, vous ne les verrez sans doute pas arriver. Donc, il faut que vous changiez carrément de cap !

Dick Robb venait d'arriver, Rachael le suivant de près. Holland lui fit signe de reprendre son siège, non sans remarquer son air alarmé, tout en répliquant au téléphone :

— S'ils existent, bien sûr. Par ailleurs, je suis ancien pilote de guerre, je comprends les données du problème.

— Très bien !

— Attendez un moment !

Se radossant à son fauteuil, le commandant réfléchit un moment en silence, puis commença à secouer la tête sous l'emprise d'un scepticisme grandissant. Cette histoire ne tenait pas debout ! Posant le combiné contre sa cuisse, il expliqua brièvement à Robb ce qu'il venait d'entendre. Bouche bée, les yeux comme près de sortir de leurs orbites, celui-ci tenta un : « Comment peut-on savoir... »

— Exactement ! coupa Holland qui, reprenant le combiné, lança sa réponse sur un ton cassant. Pour moi, Sanders, vous n'êtes qu'une voix inidentifiable à l'autre bout du fil. Ce n'est pas parce qu'un inconnu arrive sans recommandation officielle, avec une théorie tirée par les cheveux, que je vais dérouter sur un cap non prévu ! Et si nous avons été réellement contaminés ? Là-bas, ils ont tout prévu pour nous aider, nous permettre de descendre de cet avion. Les toilettes débordent, les réserves de nourriture baissent, je n'ai pas de carburant en trop, alors nous n'allons pas nous lancer dans un tour du monde !

Rusty Sanders essaya de contrôler la fébrilité qui le gagnait. Il n'avait qu'une seule chance de convaincre cet homme :

— Commandant, tout ce que vous avez à faire,

c'est de rester vivant et en bonne santé pendant encore vingt-quatre heures. Si à ce moment-là les personnes à bord ne sont pas tombées malades, cela signifiera que ce virus n'existe pas ! Vous saisissez ? Il faut que vous gagniez du temps pour prouver qu'il n'y a pas d'infection ! (Pas de réponse.) Commandant ?

Quand Holland reprit la parole, sa voix était grave, déterminée. Il avait pris sa décision, reconnectant l'ordinateur au pilote automatique, si bien que le 747 se mit aussitôt à pencher légèrement sur la gauche pour retrouver sa trajectoire initiale.

— Je ne vous crois pas, Sanders — en admettant que cela soit votre nom. Vous avez déjà entendu parler des interférences, de l'intox ? C'est une vieille tactique que le Viet-cong adorait employer contre nous pendant la guerre : ils trouvaient nos fréquences radio, se faisaient passer pour des radiotechniciens à nous, et ils attendaient que nous tombions dans leurs pièges. A mon avis, c'est à ce petit jeu que vous vous livrez en ce moment.

Atterré, le médecin articula :

— Je... ne comprends pas.

— Et moi je mets immédiatement fin à cette mascarade !

— NON, commandant, non ! Attendez, notez au moins mon téléphone, ou laissez-moi vous rappeler, s'il vous plaît !

— Laisse tomber, sale Viet ! Tu as joué, tu as perdu. On continue tout droit. Et dis à celui qui te paie que c'était bien imaginé, mais que vous êtes tombés sur le mauvais cheval !

Il coupa la ligne d'une simple pression du doigt.

A bord du Gulfstream IJSVA

Grâce ses années de service dans les unités de combat de l'aviation soviétique, Youri Steblinko connaissait pertinemment le risque de se rapprocher trop tôt de sa cible : le pilote ennemi pouvait tout de suite détecter l'approche du radar d'attaque en percevant dans ses écouteurs cette tonalité inconnue. Même quelques secondes ainsi gagnées lui donnaient la possibilité de décrocher, ou du moins d'éviter le premier tir.

Mais un 747 équipé pour de simples vols commerciaux ne disposait pas de ces ressources, pas plus qu'un Gulfstream IV de série.

Celui qu'il pilotait, par contre, disposait d'un radar d'attaque des plus perfectionnés, que l'assaillant avait braqué sur la trace électronique du vol QN 66 depuis déjà cinq minutes, certain que sa cible n'était pas en mesure de le détecter.

Et pourtant, il y avait un accroc : d'abord, le transpondeur du 747 avait brusquement cessé d'émettre. Le petit bloc de codes alphanumériques qu'il surveillait autour de l'altitude F 370 (pour trente-sept mille pieds) s'était évaporé. Et puis, avec des yeux fascinés, il avait vu sur son écran le 747 quitter soudain sa trajectoire pour basculer à droite. Youri Steblinko s'apprêtait à quitter sa position d'attente en haute altitude pour donner la chasse au jumbo quand il s'était aperçu que sa cible, tout aussi soudainement, avait repris sa course normale. Le transpondeur, cependant, restait muet.

Qu'est-ce que ça signifie ? se demanda-t-il. Le 747 était maintenant à dix miles devant lui, revenant tout droit sur la position programmée. Steblinko vérifia une nouvelle fois que ses feux de position étaient éteints.

— *D'accord, dès qu'il se retrouve en dessous de moi j'amorce une descente en douceur pour me placer derrière lui à cinq miles environ, ce qui me donne une bonne approche,* pensa-t-il tout haut. Il repassa dans son esprit les procédures qui devaient suivre : sortir le porte-missiles sous le flanc gauche du jet, armer les missiles, viser le réacteur intérieur gauche du 747. Chaque missile emportait une charge de quatre kilos et demi, ce qui devait suffire. La première tête explosive arracherait sans doute le réacteur et son support, voire toute l'aile gauche, avec un peu de chance. Dans le cas contraire, il en tirerait un second sur le côté droit.

Il augmenta le volume de contrôle pour entendre le faible ronronnement des détecteurs à infrarouge des deux missiles, à l'affût d'une source de chaleur devant eux. Il avait suffi de deux tirs pour abattre le Boeing de la KAL, mais ils étaient munis de charges autrement plus impressionnantes, treize kilos. Avec la puissance de feu dont il disposait, il devait viser au plus juste. Il murmura quelques remerciements à la Providence : heureusement, le cheikh n'avait commandé ni des missiles russes Atol ni des Aim-9 américains, incapables d'abattre un 747, à moins de faire mouche sur le cockpit et de tuer instantanément les pilotes.

Le retour radar se déplaçait régulièrement vers le centre de l'écran. Youri Steblinko repéra enfin sa cible de visu : les clignotants qui trouaient la nuit de loin, les ailes argentées qui reflétaient le clair de lune, les feux de position bâbord et tribord, les traînées blanches que laissaient les réacteurs. Sa main gauche se referma sur le palonnier, la droite sur les commandes des gaz, prêtes l'une et l'autre à débrancher la fonction automatique. A environ mille huit cents mètres en contrebas, le jumbo glissait dans l'obscurité, les glaces du poste de pilotage ne laissant filtrer aucune lumière. Il arrivait pile, et c'était le moment de passer à l'action.

Il appuya en même temps sur les deux touches débranchant le pilote automatique, négocia un virage à droite serré en laissant le nez de l'appareil plonger vers le bas et en ouvrant les gaz. Pour rejoindre le 747, qui avançait à 0,80 Mach, soit quatre-vingts pour cent de la vitesse du son, il lui suffisait d'accélérer à 0,87, ce qui lui permettrait d'atteindre la même altitude en deux minutes, puis de rester stable pour la mise à feu des missiles. Avec la sensation et le bruit de l'accélération, il retrouva l'état d'esprit dans lequel il avait vécu tant de scénarios de combat.

Celui-ci, il est vrai, n'avait rien d'égal.

Le poste de pilotage du vol QN 66 était plongé dans l'obscurité : James Holland avait ainsi voulu faciliter sa vision directe des cieux avoisinants. Il se doutait qu'un éventuel assaillant se présenterait tous feux éteints, et serait donc très difficilement repérable. Mais, sans pour autant accorder crédit aux avertissements grotesques de cet inconnu, mieux valait rester vigilant.

— Je ne vois rien du tout, finit-il par lancer à la cantonade.

Dick Robb, lui aussi, observait l'horizon de tous ses yeux.

Rachael Sherwood, assise derrière le commandant, avait gardé son poste Iridium avec elle. Il se mit soudain à biper. Elle lança un bref regard à Holland, certaine qu'il lui ferait signe de ne pas répondre. Pourtant, après une seconde de réflexion, il tendit la main sans se retourner et elle y plaça l'appareil. Dès qu'il eut branché la communication, Holland reconnut une voix désormais familière :

— Alors, monsieur Sanders, démarra-t-il sans attendre, qu'est devenu ce fameux attaquant? Nous venons juste de passer vos coordonnées fatidiques...

Le copilote, qui s'était penché sur l'écran du radar météo, y vit soudain apparaître une nuée d'interférences très inhabituelles, des spirales rayonnant sur toute la surface, qui attirèrent aussitôt l'attention du commandant. Ce dernier fronça les sourcils pendant que Robb laissait échapper : « Mais c'est quoi, ces cochonneries ? » La bouche légèrement entrouverte, James Holland scruta l'écran encore un bref instant puis, d'un geste rapide, se saisit du palonnier, coupa le pilote automatique et fit brutalement virer le 747 sur la gauche, ses yeux surveillant la nuit dans la même direction.

— Dick, éteignez les feux de position et les clignotants ! Tout de suite !

Après une brève hésitation, Robb obtempéra, les traits déformés par l'appréhension.

— Que se passe-t-il ?

Entièrement concentré sur la fenêtre à sa gauche, Holland tarda à répondre. L'énorme Boeing avait maintenant basculé à quarante-cinq degrés de sa trajectoire initiale, sur un angle de roulis de quarante degrés. Sans détacher son regard de l'horizon, le commandant se décida enfin à parler :

— Le radar digital réagit rarement de la sorte, à moins qu'il n'y en ait un autre braqué sur lui, tout près !

— Vous voulez dire, le radar météo d'une autre machine ?

Holland fit non de la tête :

— Pas assez puissant. Non, ça, c'est un radar tactique.

Maintenant le palonnier dans la nouvelle direction, il reprit le téléphone cellulaire dans la main droite, en se demandant s'il n'avait pas été trop rapide dans ses conclusions, si la mise en garde n'était pas finalement justifiée. Et dans ce cas...

— Quel est votre prénom, déjà ? demanda-t-il en hâte. Oui, Rusty. Je vous demande de rester en ligne un moment.

— Vous voyez quelque chose, commandant ?

— Patientez un instant, voulez-vous ?

L'estomac noué, il rendit le combiné à la jeune femme, déclencha la consigne des ceintures de sécurité et brancha l'interphone des annonces de cabine : « Ici votre commandant de bord. Veuillez tous retourner à vos sièges et attacher vos ceintures, immédiatement. L'équipage aussi. »

D'un coup, il fut envahi par une myriade de souvenirs de procédures de combat, en manœuvre ou en situation au Viêt-nam. Il avait contribué à l'élaboration de certaines évolutions tactiques destinées à des avions de transport lourd menacés par des chasseurs, mais pas à un 747 volant à haute altitude ! D'où le constat qui obsédait son esprit : *Si quelqu'un est vraiment en train de nous prendre en chasse, il peut nous allumer comme à l'exercice !*

Après avoir poussé le Gulfstream à plein régime, Youri Steblinko avait commencé sa descente à trente-sept mille pieds. Le 747 était à huit kilomètres devant, exactement comme prévu. Un peu avant le début de ses préparatifs, il avait noté que sa cible avait temporairement changé de course mais là, soudain, il s'aperçut qu'elle virait nettement sur la gauche. Au même moment, tous les feux de position du vol QN 66 s'éteignirent.

Il se doute de quelque chose ! conclut-il en essayant d'imaginer ce qui pouvait bien se passer dans l'autre cockpit. *Bon, tu peux toujours tourner, mon vieux, ça ne servira à rien. Tu ne peux pas me semer avec un engin pareil !*

Réduisant sa vitesse, il sortit la rampe des deux missiles de gauche. Le bruit de l'entraînement hydraulique se fit entendre jusque dans le cockpit tandis que le jet, en raison de ce changement de sa résistance à l'air, faisait une légère embardée à gauche. Son radar d'attaque était déjà branché, il donna un petit coup d'aile pour suivre le jumbo, et déplaça le curseur sur le HUD, l'affichage d'infos tête haute, pour le rapprocher du réacteur numéro 2, celui de gauche, le plus proche de la carlingue du 747, sur un angle grandissant au fur et à mesure que l'avion de ligne modifiait sa course. Stimulés par l'intense chaleur détectée devant eux, les circuits électroniques des missiles émettaient un ronronnement de plus en plus intense.

Youri Steblinko fronça les sourcils. S'il n'effectuait pas une frappe dans les prochaines secondes, il devrait se placer dans le sillage du 747 et le suivre en attendant qu'il arrête d'obliquer. Il fallait se décider immédiatement. Dès qu'il fit son choix, il sut que c'était une erreur, mais son doigt avait déjà appuyé sur la détente, libérant le missile braqué sur le réacteur numéro 2. L'engin partit dans un bruit assourdissant, guidé par l'image infrarouge de sa cible. Mais le jumbo tournait si rapidement que l'aile gauche vint masquer la tuyère visée, tandis que le réacteur extérieur droit apparut à sa place dans la ligne de mire.

Retenant sa respiration, le pilote attendit la réaction du cerveau de silicone qui régissait le système de guidage. Programmé pour se focaliser sur la source de lumière infrarouge qu'on lui avait indiquée, le missile n'avait pour seule raison d'être que de l'atteindre et d'exploser. Mais voici qu'elle s'était soudain estompée et avait été remplacée par une émission lumineuse encore plus forte. Les puces informatiques hésitèrent quelques microsecondes pour déterminer si cette nouvelle source de lumière était la cible initiale, ou une autre nécessitant un changement de trajectoire. C'est à cette dernière conclusion que parvint le système informatique, imposant aussitôt aux ailerons directionnels du missile une légère modification, suffisante pour le faire se ruer sur la nouvelle cible engagée dans son mouvement giratoire.

James Holland se fia à son expérience, qui lui recommandait de demeurer imprévisible pour un éventuel assaillant, et de continuer à tourner. Il laissa son appareil descendre ainsi de plusieurs centaines de mètres à la faveur du virage. *En tout cas, je ne vois toujours rien,* constata-t-il en se parlant à lui-même.

Satisfait par les nouvelles coordonnées qu'il enregistrait à toute vitesse, le cerveau électronique du missile se prépara à l'instant où la tête entrerait en contact avec la structure de sa cible. La réception de lumière infrarouge était à son apogée quand l'engin reçut le signal lui ordonnant de faire ce pour quoi il était programmé depuis le début : exploser.

Holland eut le souffle coupé quand il eut brusquement la sensation d'être approché sur la gauche. Une lumière aveuglante, un rugissement passèrent à une vitesse incroyable au-dessus du 747, et aussitôt le côté droit de l'appareil subit un choc terrible. Se dévissant le cou pour regarder dans cette direction, Robb articula un vague cri de surprise apeurée. La jeune femme eut une exclamation étouffée. Le pilote sentit son cœur s'emballer sous le flux d'adrénaline, tandis qu'il se rendait soudain à la réalité : *Bon Dieu, nous sommes touchés ! Il y a vraiment quelqu'un après nous !*

Holland et Robb portèrent simultanément les yeux sur le tableau de contrôle des réacteurs. Le quatrième était hors service. Tous ses réflexes de pilote de guerre lui revinrent instantanément : jumbo ou pas, son avion était maintenant pris pour cible, ce qui ne pouvait pas durer plus longtemps. Il ramena les manettes des gaz au point mort, accentua son virage à gauche pratiquement à quatre-vingt-dix degrés en poussant du pied la pédale de gouvernail. Le nez de l'appareil plongeant vers la couche de nuages à quelque trois mille pieds en contrebas, il tira de la main droite la manette de rétro-freinage : le 747, vibrant sous la contrainte de l'air, se lança dans une descente à grande vitesse.

— Dick, est-ce qu'il y a un feu dehors ? demanda-t-il en repensant au choc reçu sur la droite.

— Non ! répondit son copilote en allumant le projecteur latéral et en se penchant pour regarder l'aile. Mais il a sauté ! Il n'y a plus de réacteur sur le support 4 !

Est-ce que les instruments de contrôle marchent encore ? pensa Holland. Il inspecta les jauges hydrauliques. Le bloc 4 était mort, mais le reste avait l'air de fonctionner normalement.

L'ennemi était quelque part sur sa gauche, et en toute logique il devait maintenant s'apprêter à tirer une deuxième fois, dès qu'il aurait trouvé la position adéquate pour atteindre l'avion de ligne lancé dans son virage. Et c'était ce que James Holland voulait éviter à tout prix. Il était impossible d'évaluer les dégâts produits dans la structure de l'appareil par le premier impact. L'aile tout entière pouvait se détacher ; un deuxième coup serait fatal. Leur seule chance était de continuer à tourner vers l'assaillant et de descendre encore, ce qui refroidirait les réacteurs et rendrait leur trace infrarouge aussi indistincte que possible.

Une idée jaillit dans son esprit : la radio ! Lui faire croire qu'ils étaient gravement touchés...

— Dick, réglez la radio sur un-vingt-et-un-point-cinq, vite ! Annoncez que nous sommes touchés, que nous tombons, que l'aile droite est très abîmée, que l'appareil est devenu incontrôlable... Faites-leur croire que nous sommes fichus ! J'en fais autant sur la HF.

D'une voix anormalement aiguë, Robb chercha encore à comprendre :

— Mais qu'est-ce que c'était, ce truc ?

— Un missile air-air.

Sans plus de questions, le copilote trouva la fréquence et se mit à hurler dans son micro : « MAYDAY ! MAYDAY ! MAYDAY ! QUANTUM 66, NOUS AVONS ÉTÉ TOUCHÉS PAR UN MISSILE, L'AILE DROITE EST SÉVÈREMENT ABÎMÉE, L'AVION NE RÉPOND PLUS AUX COMMANDES ! NOUS TOMBONS ! » Comme Holland sur haute fréquence, il ajouta leur position en longitude et latitude.

Le commandant jeta un coup d'œil à Rachael Sherwood et attrapa le combiné de l'interphone près du genou de la jeune femme :

— Appuyez sur un et trois, voulez-vous, et dites-leur en bas que j'ordonne d'éteindre absolument toutes les lumières, sur-le-champ !

Elle s'exécuta tandis que Robb coupait les projecteurs extérieurs. Holland reporta toute son attention sur le tableau de bord. L'angle et la vitesse de descente étaient plus que périlleux. Si l'aile droite avait trop souffert, l'avion risquait de se désintégrer.

Mais c'était la seule issue possible.

Suivant des yeux la trajectoire du missile, Youri Steblinko enregistra, au lieu de la boule de feu attendue, un éclair beaucoup moins puissant. Étrange. L'aile gauche du 747 était pourtant demeurée sans cesse dans son champ de vision, alors qu'il gardait pour cible ses réacteurs. Mais le pilote du jumbo avait eu un bon réflexe pour éviter la frappe, avec son virage serré. Et presque instantanément il avait entendu sur sa radio un message de détresse, une voix au bord de l'hystérie annonçant des dégâts à droite !

Puis le 747 avait commencé à plonger en virant à gauche, réaction logique de la part d'un avion de ligne qui venait de perdre un réacteur et peut-être une partie de l'aile à gauche.

Alors, pourquoi le pilote avait-il mentionné le côté droit ? L'explosion se serait-elle produite sur le flanc opposé du jumbo, sans qu'il puisse la voir ? Mais dans ce cas, pourquoi viraient-ils à gauche ?

Il n'avait pas le temps d'analyser cette incohérence. Comme il était trop près du 747 pour s'engager immédiatement dans son sillage, il reprit un peu d'altitude puis vira à gauche pour plonger à sa poursuite. Lancé à pleine vitesse, il se demanda si une deuxième frappe valait la peine : si le jumbo tombait réellement en vrille, il suffisait de le suivre pour s'assurer qu'il s'écraserait au sol. Mais dans le cas contraire... Il accentua son piqué, écoutant le vent de la descente se renforcer contre les glaces du cockpit.

L'altimètre du 747 des Quantum Airlines indiquait maintenant trente mille pieds en chiffres digitaux. Secouée de tremblements, la lourde structure approchait de la vitesse limite.

Dans la cabine totalement obscure, passagers et membres d'équipage s'accrochaient à leurs accoudoirs, l'estomac soulevé par les soubresauts de l'appareil, l'esprit luttant avec acharnement contre l'idée qu'ils allaient bientôt s'écraser, et encore hanté par le choc effroyable qu'avait provoqué le missile. A ce moment, deux hôtesses avaient échappé de justesse à un chariot de repas dont la secousse avait fait sauter les freins et qui était venu cogner contre la porte numéro 3.

L'explosion avait arraché le même cri guttural à toutes les bouches, puis il y avait eu un autre hurlement général quand l'avion avait plongé en avant.

Agrippant fermement le palonnier pour garder le contrôle de sa vitesse, James Holland continua à virer à gauche à un angle à soixante-dix degrés. Tous les contrôles répondaient normalement. C'était comme si le réacteur extérieur droit avait été méticuleusement détaché de l'appareil.

A vingt-huit mille pieds, il renversa sa course pour partir à droite, en lacet aussi serré qu'il pouvait se le permettre. Il savait que son énigmatique assaillant allait tenter de trouver ses marques pour tirer à nouveau. Il devait lui compliquer la tâche au maximum.

— Mais qu'est-ce que vous faites ?

La voix de Robb était proche du glapissement.

— Les nuages ! J'essaie de nous mettre à couvert. Si nous parvenons à nous rapprocher du sol, peut-être que le type qui nous poursuit ne sera pas équipé d'un système d'attaque capable de nous repérer.

Robb reprit, cette fois avec une nuance suppliante :

— Vous croyez qu'il a... qu'il a entendu nos appels ? Il pense que nous sommes touchés ?

James Holland se contenta de secouer la tête d'un air dubitatif. Comment savoir ?

Youri Steblinko lâcha un juron en russe. Le 747 ne se trouvait pas où il l'avait cru. Scrutant son écran d'attaque, il s'aperçut qu'il avait basculé sur la droite. Un avion de ligne incontrôlable qui changeait de cap : que se passait-il réellement ? Si le pilote, là-bas, essayait de maîtriser son appareil, il pouvait certes inverser la direction de sa vrille. Mais cette manœuvre pouvait aussi prouver que le 747 était intact et tentait tout simplement de s'échapper.

A l'évidence, la deuxième hypothèse était la bonne. Ce qui signifiait qu'il devrait faire feu une seconde fois...

— James, on va trop vite ! Et on ne sait pas ce qui se passe, dehors !

Avec l'aiguille du compteur de vitesse dans le rouge, et le signal d'alerte se mettant à émettre son claquement caractéristique, Dick Robb arrivait difficilement à maîtriser sa peur. Holland redressa légèrement l'appareil et ralentit un peu la descente en virant à nouveau sur la gauche.

— Dick, voulez-vous me donner la vitesse de descente ?

— Euh, nous sommes... voyons... à vingt et un mille pieds maintenant, en descente à six mille pieds-minute.

En lui-même, le commandant calculait : *Il va encore faire feu, juste avant que nous atteignions les nuages. Et si c'est un F-15 ou un Mig-29, même si nous y arrivons, il pourra nous atteindre par en haut.* S'attendant d'une seconde à l'autre à une explosion, il bascula encore sur la droite. Le danger avait pour lui un aspect très précis : un éclair puissant, puis toute la cabine se mettrait à trembler tandis que la dépressurisation commencerait, en raison de la fracture ouverte par le missile dans la carlingue. Puis les commandes cesseraient de répondre, et si une aile avait été arrachée ils se mettraient à tomber en torche, de plus en plus vite, jusqu'à l'impact. Lui n'aurait rien d'autre à faire que de signaler au monde que c'en était fini pour eux...

Il s'ébroua, bien décidé à ne pas se laisser abattre tant qu'il n'aurait pas épuisé toutes ses chances.

Derrière lui, Rachael Sherwood se rendit compte qu'elle serrait toujours contre sa poitrine son téléphone cellulaire, que le commandant lui avait tendu quelques longues minutes auparavant. Elle le porta à l'oreille, espérant entendre une parole réconfortante. La ligne était coupée. Pour quelle raison essayait-on de les abattre ? Elle aurait eu des centaines de questions à poser, mais ce vide sidéral en elle primait sur tout le reste. Elle serra le combiné dans sa main, agrippant de l'autre le siège de James Holland. Le commandant était, littéralement, leur seul espoir.

Parvenu à une position de tir favorable — même s'il savait qu'elle serait de courte durée —, Youri Steblinko caressa la détente de l'index. Le deuxième missile avait été programmé sur la cible mouvante qui perdait rapidement de l'altitude, mais, dépourvu des moyens technologiques des chasseurs les plus sophistiqués, il devait encore pointer le nez de son Gulfstream sur elle avant de tirer. Même si le jet avait protesté de toute sa structure pendant son vertigineux piqué, il devait absolument opérer une deuxième frappe.

Le jumbo était réapparu sur son écran radar. Il pouvait maintenir sa descente à la vitesse du son pendant quelques secondes encore. Le 747 se trouvait maintenant à quatorze mille pieds en contrebas, se rapprochant du tapis nuageux.

Soudain, la trace infrarouge de l'avion de ligne se mit à faiblir. Youri Steblinko se dit que c'était le moment ou jamais. L'ordinateur, qui avait eu besoin d'un certain temps pour repérer l'objectif, venait de perdre le contact. Il réaligna lui-même le pipper — le petit cercle de visée au milieu du HUD — et relança le suivi informatique en toute hâte, car le 747 était en train de pénétrer dans les nuages et le signal infrarouge de ses réacteurs commençait à se perdre dans les gouttes d'eau en suspension.

Vas-y! ordonna son cerveau au doigt posé sur la détente, une fraction de seconde avant de lui envoyer l'ordre contraire. Cette fois, le réflexe avait été assez rapide. Le missile demeura sur sa rampe. *Merde!* L'ordinateur s'était à nouveau refusé à assurer un guidage trop incertain.

A près de dix mille kilomètres de là, dans un hôtel de Washington, Rusty Sanders s'était assis lourdement sur le lit, baigné de sueur froide, les yeux fixés sur le poste de téléphone. Sa communication avait dû être coupée en raison du mouvement giratoire trop brutal de l'avion parti en piqué.

Sherry Ellis, qui avait suivi toute la conversation en pressant son oreille contre la sienne, restait à côté de lui, également effondrée.

— Tu as entendu ça? lui demanda-t-il en se tournant vers elle.

La jeune femme poussa un profond soupir :

— Je crois... Il me semble avoir entendu quelqu'un crier qu'ils étaient touchés et qu'ils tombaient. Avant, il y a eu comme une explosion...

Rusty opina du bonnet, reportant ses yeux sur le téléphone en déglutissant péniblement :

— Bon sang, ils les ont eus! Et ce malheureux qui ne voulait pas me croire... Et puis, il a repéré quelque chose, il commençait à me prendre au sérieux, mais c'était trop tard...

L'image du 747 s'abattant en torche vers les flots sombres de l'Atlantique hantait son esprit, réveillant le souvenir de ce jour où, debout dans la foule des invités à Cap Canaveral, il avait assisté avec horreur à l'explosion de la fusée Challenger, dont les débris, y compris la cabine de pilotage, étaient retombés comme au ralenti au-dessus de l'océan. A ce moment, il avait compris que l'équipage du vaisseau spatial avait vu la mort arriver, et cette fois c'étaient deux cent cinquante-sept civils qui allaient passer par la même terrible et ultime expérience. *Dans quelques instants seulement,* se répéta-t-il, comme en transe.

La voix posée et assurée de Sherry Ellis vint le rappeler à la réalité :

— Essaie encore, on ne sait jamais... (Répondant au regard stupéfait qu'il lui lançait, elle ajouta d'un ton plus pressant) : Vraiment, je t'assure, on ne sait jamais.

Finalement, il obtempéra et composa d'une main tremblante le numéro, dans un dernier effort qu'il savait vain.

Youri Steblinko retira son doigt de la détente. Inutile de risquer un coup perdu contre le 747, désormais entièrement enveloppé par les nuages. Après un court instant où il s'était maintenu légèrement en dessous de Mach 1, il engagea le Gulfstream dans un piqué un peu moins prononcé. *Je descends le chercher !* décida-t-il en écoutant l'air siffler le long du cockpit. Il fallait essayer de confirmer l'impact, ou lui donner la chasse si le jumbo était encore capable de manœuvrer. Et dans ce cas, avec ses trois missiles restants, l'affaire serait vite réglée.

Dès qu'ils eurent atteint la couche nuageuse, James Holland fit une nouvelle fois basculer le 747 à un angle moins serré.

— Et maintenant? interrogea Dick Robb, dont la voix, déformée par la tension, demeurait presque méconnaissable.

— Il va nous poursuivre. Il n'est pas certain que nous ayons été gravement touchés. Il faut que nous descendions assez bas pour nous cacher dans le brouillard radar de surface et disparaître de la circulation. On va voler au plus près du sol jusqu'à ce qu'on soit certains qu'il n'est plus derrière nous. Il n'y a pas d'autre choix possible...

— Six mille pieds, annonça Robb, il faudra arrêter votre descente à environ trois mille.

Holland hocha la tête :

— On le fera à deux mille.

Robb acquiesça d'un air hésitant. Ils étaient en train de foncer vers la mer dans un appareil endommagé, qui ne résisterait peut-être pas à la manœuvre si elle se produisait trop tard.

— On est à deux mille! annonça-t-il enfin en implorant le pilote. Redressez, James! REDRESSEZ!

Holland se mit à tirer le palonnier vers lui. L'indicateur de vitesse verticale commençait à baisser, mais le manche résistait. L'avion fut pris de terribles soubresauts, ce qui n'empêcha pas le pilote de poursuivre sa lutte : autrement, ils allaient s'abîmer en mer. Comme l'obscurité était totale au-dehors, il ne pouvait se fier qu'aux instruments de bord pour établir sa nouvelle altitude. S'il la choisissait trop haute, un deuxième missile pourrait toujours se guider sur une des tuyères du 747 et l'abattre. Holland était convaincu que leur assaillant était toujours lancé à leur poursuite. Il fallait voler à une soixantaine de mètres au-dessus du niveau de la mer, soit à deux cents pieds, voire à moins encore.

L'altimètre passa en un éclair au-dessous de mille pieds. La descente se ralentissait certes un peu, mais les vibrations rendaient les voyants cathodiques difficiles à déchiffrer.

— Cinq cents pieds, James ! Redressez ! supplia Robb.

Le pilote tira une dernière fois sur le palonnier, de toute son énergie. Il sentit les vibrations augmenter encore pendant que l'altimètre égrenait inexorablement des valeurs décroissantes.

Poursuivant sa descente, Youri Steblinko entama un cercle à droite. L'objectif, réapparu un instant sur son écran, s'était estompé, puis avait entièrement disparu. Après avoir cherché dans différentes directions, il effectua un tour complet à trois cent soixante degrés, ne recevant que des retours radar erratiques répercutés par les vagues. A trois cents pieds d'altitude, le Gulfstream sortit de la couche nuageuse, mais avec ses feux éteints le jumbo serait impossible à repérer à l'œil nu au-dessus du noir intense de la mer. Surtout s'il s'était déjà abîmé dans les flots...

Le pilote aperçut soudain des lumières au loin sur la droite. Il donna un coup d'aile et ouvrit les gaz. Le radar n'enregistrait rien, mais les feux étaient visibles, stationnaires, bas sur l'horizon. Il s'avéra qu'il s'agissait d'un bateau quelconque...

Youri Steblinko décrocha et revint aux coordonnées d'origine, surveillant toujours la zone au radar, sans aucun résultat. *Peut-être ai-je fait mouche, finalement,* se demanda-t-il, *l'explosion a pu être cachée par la carlingue, ou bien le missile est entré dans la tuyère du réacteur avant d'exploser...*

Ayant repéré un vague indice à l'ouest, il se lança dans cette direction en ajustant le radar. D'abord, il ne reçut rien, puis il obtint un faible retour, provenant d'un point légèrement à l'ouest de sa position précédente. Il accéléra pour partir en chasse, tout en évaluant la possibilité que le 747 ait déjà pu franchir ces quelque vingt miles. Il en était capable, en effet.

Mais la forme disparut encore, ne laissant sur le radar que des échos de surface. Il fit encore deux cercles en reprenant de l'altitude. Enfin, revenu au-dessus des nuages à douze mille pieds, il décida que sa mission était achevée.

Youri Steblinko se renfonça dans son siège. Envahi d'un coup par la fatigue, il avait besoin de réfléchir à la suite. La question, maintenant, était de disparaître et de se poser pour se présenter au prochain rendez-vous, déjà convenu.

Les autorités américaines allaient se rendre compte tôt ou tard de la réalité, et lancer des recherches systématiques. Le rôle du Gulfstream dans cette histoire finirait par être découvert. Mais lui, personnellement, n'avait aucune raison d'être inquiété, à moins de commettre une erreur irréparable.

Toujours focalisé sur la suite des événements, il fit remonter le jet jusqu'à son altitude de croisière. Ses réserves de carburant baissaient. Dans la région, les îles ne manquaient pas, où il pourrait atterrir sans se présenter et s'esquiver de l'appareil. Mais un endroit isolé, sans grand passage, serait plus difficile à quitter, même s'il détenait trois passeports différents : canadien, jordanien, pakistanais, toutes identités qu'il pouvait aussi bien représenter grâce à sa formation d'agent soviétique et à son teint basané... Ces documents, dus à l'ingéniosité du KGB, dataient de quelques jours seulement avant l'effondrement de l'Union soviétique.

L'image des rues bondées du Caire lui vint à l'esprit. Pour un Jordanien au portefeuille bien garni, les moyens de quitter discrètement l'Égypte ne manquaient pas. Quant aux autorités locales, il leur faudrait au moins une semaine pour réaliser que le Gulfstream abandonné dans un des aéroports du pays était précisément celui qu'un fameux prince saoudien recherchait furieusement à travers le monde entier. C'est alors, et seulement alors, que l'on retrouverait la rampe de missiles vide. Et à ce moment il aurait déjà mis la moitié de la planète entre les enquêteurs et lui.

Youri Steblinko refit ses calculs : il lui était impossible d'atteindre l'Égypte sans refaire le plein, sans faire escale sur l'une des pistes qu'il avait notées quelque temps auparavant sur la carte qu'il examinait maintenant. Les îles Canaries lui paraissaient la meilleure solution, les coûteux jets privés n'étant pas rares à se poser sur l'aéroport de Las Palmas. En trente minutes, il pouvait payer son carburant en liquide, entrer un nouveau plan de vol dans son ordinateur, et repartir.

Quand il commença à pianoter les coordonnées de Las Palmas, l'évocation d'Ania et celle d'une jeune femme à la poitrine impressionnante qu'il avait connue jadis au Caire vinrent se disputer son attention. Mais ce fut Ania qui triompha, comme toujours. Et il savait qu'il en serait à jamais ainsi.

Avec un passeport jordanien et autant d'argent cash, il pouvait s'éclipser du Caire pour réapparaître en lieu et temps convenus avec elle. Entre-temps, il se serait doté d'un confortable compte en banque en Suisse.

Ses pensées revinrent au 747. La seule conclusion possible, désormais, était qu'il s'était abîmé, après avoir eu l'aile arrachée sans qu'il ait pu le constater lui-même de visu. La mission était un succès. Dans un recoin de son cerveau, cependant, le souvenir des changements de course du jumbo sur son écran continuait à l'empêcher d'être pleinement satisfait.

CHAPITRE 23

La Maison-Blanche.
Samedi 23 décembre, 17 h 50 (22 h 50 Z)

Des quatre coins de l'Atlantique, la nouvelle du message de détresse lancé par le vol QN 66 parvint à la salle des opérations de la Maison-Blanche à partir de plusieurs sources différentes : un autre avion de ligne, un satellite orbital, des stations de radio... Puis le 747 n'avait plus donné signe de vie.

— Le radar le plus proche est aux Canaries, mais c'est encore trop loin, expliqua un analyste à Jonathan Roth revenu en toute hâte de la pièce voisine où il s'était retiré un moment. Nous avons un porte-avions, l'*Eisenhower*, qui croise à environ deux cents miles à l'ouest. Ils vont entreprendre des recherches. Le satellite de localisation d'urgence doit repasser au-dessus de la zone dans trente minutes, mais pour l'instant on n'a repéré aucun signal ELT, vous savez, ce qui permet de repérer un avion accidenté...

— Quelles conclusions tirez-vous de tout cela? demanda Roth.

L'analyste hésita :

— Eh bien, on m'a expliqué que le choc a peut-être été si grave que la balise de détresse a été mise hors d'état, ou bien qu'ils ont été touchés au niveau de la dérive et que la balise a été détruite par l'explosion.

Les traits tirés, Roth se tourna vers l'opératrice assise à la console de communications :

— Appelez le Président pour moi, voulez-vous ?

Quelques secondes plus tard, il lui rapportait sur un ton funèbre les informations ayant fait état des intentions d'un groupe terroriste soutenu par l'Iran, le message de détresse du 747 et la crainte qu'il n'ait été abattu. Puis, après l'avoir laissé digérer ces sombres nouvelles, il ajouta :

— Je sais que cela ne relève pas de ma compétence, monsieur le Président, mais à mon avis il serait très opportun que vous envisagiez avec vos conseillers une déclaration télévisée, dans le cas où la responsabilité iranienne serait confirmée. Par exemple s'il s'agit bien de ce groupe, Aqbah. Le monde entier a suivi l'histoire, et si nous faisons assez de bruit, ce pourrait être enfin l'occasion de convaincre les autres services de renseignements de nous aider à liquider cette vermine !

A bord de QN 66

Un instant, James Holland avait cru que leur fin était venue : dans les dernières secondes de la descente, l'altimètre avait paru se refuser à admettre que le 747 puisse retourner à l'horizontale avant de toucher les flots, mais il avait finalement consenti à se stabiliser à quatre-vingts pieds. Ayant fait remonter l'appareil jusqu'à une trentaine de mètres au-dessus du niveau de la mer, le pilote garda cette altitude pendant dix longues et éprouvantes minutes, le temps que Robb vérifie sur l'écran radar si leur assaillant était toujours dans les parages. A part les interférences dues aux vagues toutes proches, l'écran resta vide.

— Comment se présentent les contrôles ? demanda Robb.

— Tout va bien, il y a seulement un problème d'asymétrie en raison du réacteur en moins sur la droite. Il faut beaucoup peser sur les volets de gauche.

Enfin, il se risqua à remonter à trois cents pieds, confia les commandes à son copilote et décrocha l'interphone de cabine pour une annonce, la première depuis l'attaque : « Mes amis, ici votre commandant de bord. Je... je veux vous expliquer ce qui vient de se passer, sans détour. L'explosion que vous avez entendue tout à l'heure était due à un missile air-air tiré contre nous. Qui a voulu nous abattre, je n'en sais rien. Mais il n'a réussi qu'à faire sauter le réacteur extérieur sur l'aile droite. Nous pouvons parfaitement voler avec les trois restants, et nous avons assez de carburant. Ce qui nous manque, c'est une réponse à cette question : qui a cherché à nous détruire en plein espace aérien international ? Comme je ne veux prendre aucun risque, je ne me dirige pas vers la piste initialement prévue pour nous dans le désert, parce que l'avion de chasse qui nous a pris pour cible pourrait nous attaquer à nouveau. Pour l'instant, je suis donc obligé de suivre une route différente, sans lui laisser prévoir notre position. Maintenant, je vous en conjure, restez calmes. Ceux qui le veulent peuvent dire quelques prières, mais vous devez comprendre que notre appareil demeure tout à fait fiable, que nous modifions seulement nos plans. Je continuerai à vous tenir informés. Une nouvelle fois, je vous demande de ne pas harceler l'équipage de questions, car il ne sait rien de plus que ce que je viens de vous expliquer. »

En raccrochant, Holland se remit immédiatement à réfléchir à son principal problème : ils volaient toujours, d'accord, mais vers où? En bas, ses passagers, êtres aimés ou parfaits étrangers, tentaient de se réconforter réciproquement dans un silence hébété, tandis que les hôtesses, sur les conseils de Barb Rollins, passaient dans la cabine pour rassurer les plus paniqués. Il recommença à examiner sa carte, à la recherche d'une destination possible, se souvenant de l'avertissement que Robb lui avait lancé : « Le kérosène part à une vitesse dingue, James! » A basse altitude, les réacteurs consommaient beaucoup plus, mais il était hors de question de remonter. Il jeta encore un coup d'œil aux jauges. L'une d'elles baissait à vive allure. Il réagit sur-le-champ :

— Nous avons une fuite au réservoir 3, Dick. Je vais envoyer tout ce qui reste dedans sur les autres circuits. Dites-moi quelles conséquences ça aura sur notre rayon d'action.

Après avoir consulté rapidement ses documents, Robb releva la tête :

— Si nous restons à la même hauteur, nous n'aurons même pas de quoi arriver à cette piste en Mauritanie...

— De toute façon, nous n'y allons pas. Ce type de la CIA avait raison, c'est trop risqué.

— Mais alors, on va où? Nous ne sommes plus que sur trois moteurs, nous perdons du carburant, nous sommes à un cheveu de la mer, et on nous poursuit toujours... Et si on rallumait la radio pour demander de l'aide?

Holland secoua la tête :

— Non, le chasseur pourrait nous entendre, et puis ils sont peut-être toute une escadrille à nous chercher. Ils croient que nous sommes morts; ne les détrompons pas. Ne transmettez absolument rien.

Il se détourna pour regarder une nouvelle fois l'altimètre, tandis que Robb se mordait les lèvres et acquiesçait à contrecœur. Les sourcils froncés, le copilote fit soudain un bond sur son siège :

— Les téléphones satellites dans la cabine ! Les passagers peuvent s'en servir...

Holland eut un rapide mouvement de tête avant de reporter son attention sur l'altimètre :

— Exact. C'est suffisant pour nous faire repérer. Il faut les couper. Allez-y, Dick, les interrupteurs sont derrière vous.

Robb s'exécuta, puis regarda successivement Holland, plongé dans ses pensées, et Rachael Sherwood, dont les yeux restaient fixés sur le pilote. Ce dernier finit par reprendre la parole, d'un ton amèrement résigné :

— Écoutez, il faut se rendre à l'évidence. Nous sommes entièrement seuls. Je ne peux risquer aucune communication avec le reste du monde, pas même par le téléphone satellite. Nous ne pourrons faire confiance à personne tant que nous ne serons pas posés quelque part, et même alors...

Levant posément l'appareil cellulaire qu'elle avait gardé en main, la jeune femme intervint :

— James, il nous reste au moins un ami. Ce médecin de la CIA pourrait encore nous aider. Voilà un téléphone qui marche toujours, et qui ne nous fera pas repérer puisqu'il n'est pas enregistré au nom de l'avion.

Holland se retourna, garda les yeux fixés sur l'appareil pendant une minute, puis le saisit et appuya sur la touche ON.

Hôtel Hyatt, Washington

Dans le hall principal, un homme aux traits et aux habits passe-partout, qui examinait discrètement les clients tout juste sortis d'un des ascenseurs, poussa un juron étouffé. Il n'avait toujours pas retrouvé le visage qu'il avait mémorisé à partir de son dossier. Les portes coulissantes s'étant refermées, il se glissa dans un coin sans attirer l'attention sur lui et se passa une main sur le visage, comme s'il réfléchissait, ce qui lui permit de poser contre sa bouche le microphone miniature installé dans sa paume et d'entrer en contact avec son acolyte, posté plusieurs étages plus haut et tout aussi bredouille que lui.

Malgré leur expérience et leur froide détermination, les deux hommes se trouvaient à court d'idées. La filature se révélait trop compliquée, et cependant ils devaient poursuivre leur mission sans compter sur du renfort. Ils avaient bien retrouvé la voiture, qu'ils avaient truffée de micros, mais leurs cibles, un vague collaborateur de la CIA et sa compagne, s'étaient purement et simplement volatilisées dans le labyrinthe du grand hôtel. Cette virtuosité professionnelle, tout à fait inattendue chez de tels sous-fifres, les rendait encore plus furieux.

— Je vais inspecter le quatorzième étage, annonça le second agent.

C'était le seul qu'il n'avait pas encore vérifié, et il ne s'attendait pas à y trouver grand-chose. Mais les ordres étaient les ordres.

Dans la chambre 1443, l'ambiance était funèbre. Assis sur le lit, Rusty Sanders continuait mécaniquement à composer un numéro de téléphone qui, il en était presque certain, ne pouvait désormais sonner que dans les eaux de l'Atlantique.

Sherry Ellis était restée quelques instants les bras

passés autour de lui, en une brève étreinte, la tête posée sur son épaule. Il ne se rappelait plus quand elle s'était dégagée pour allumer la télévision, mais le flash d'informations de CNN les avait aussitôt atteints de plein fouet : rediffusé par la chaîne, le message de détresse qu'ils avaient écouté eux-mêmes au téléphone paraissait désormais indiscutable. Le vol QN 66 avait péri corps et biens. Personne ne pouvait survivre à un tel choc. Deux cent cinquante-sept personnes venaient de mourir. Peu leur importait leur propre sort de parias dans la capitale américaine, désormais.

Le médecin refaisait sans cesse le numéro, laissait sonner, rappelait, comme au milieu d'un cauchemar, quand une voix se fit soudain entendre :

— Allô, c'est le docteur Sanders ? demanda-t-on.

— Oui, répondit-il sans savoir que penser : s'il s'était trompé de destinataire, comment celui-ci pouvait-il connaître son nom ? Ou bien les ripoux de la CIA avaient-ils fini par intercepter cette ligne ?

— Ici James Holland, docteur. Nous avons besoin de votre aide.

Le visage en feu, Sanders se leva d'un bond :

— James HOLLAND ? Mais alors, vous êtes vivants ?

Après une pause, le commandant reprit :

— Nous sommes vivants, oui, mais nous avons un gros, gros problème...

— Lequel ? Dites-moi, de quoi s'agit-il ?

— Voilà, vous aviez raison, quelqu'un nous attendait. Il nous a démoli un des réacteurs. Le numéro 4. A part cela, nous pouvons toujours voler, à basse altitude pour le moment. Je pense que nous avons semé ce salaud, mais...

— Que puis-je faire pour vous aider, commandant ? Dites-moi.

Il entendit Holland souffler :

— Eh bien, vous vouliez que je m'enfuie. C'est ce

que je fais, mais vers où, bon sang ? (Le pilote changea le téléphone de main.) Docteur, vous êtes toujours là ?

— Oui.

— Alors, il vous vient une idée ? A ce rythme, il ne nous reste même pas deux heures de carburant.

Rusty Sanders s'efforça de retrouver ses esprits. Ce n'était pas le moment de se laisser aller à sa surprise. Il aurait le temps de la savourer après.

— Commandant, les médias du monde entier ont annoncé que l'autopsie avait confirmé la présence du virus, vous vous le rappelez, donc aucun pays n'est prêt à vous laisser atterrir. Notre propre gouvernement se conduit comme s'il le pensait aussi. Il se pourrait même qu'on préfère vous abattre plutôt que de vous laisser approcher d'une piste !

La voix de Sanders parut à Holland aussi surexcitée que celle de Robb. Il prit son ton le plus posé pour lui demander :

— Qu'est-ce que je fais, alors ? Il y a des îles dans les parages, les Canaries, par exemple, mais ils ne nous accepteront pas plus que les autres.

— Écoutez, il faut que nous gagnions du temps. Au moins vingt-quatre heures de plus. Je n'ai pas de carte avec moi, mais vous dites que les Canaries sont à votre portée ?

Holland poussa un soupir exaspéré :

— Quoi, vous n'y aviez pas pensé la première fois que vous m'avez appelé ?

— Je n'ai pas eu le temps ! plaida Sanders, décontenancé. (Après tout, il leur avait sauvé la vie, ou du moins il avait essayé, alors pourquoi se faisait-il agresser de la sorte ?) Pour commencer, ça a été une galère de vous joindre !

Il lui expliqua en quelques mots qu'ils se trouvaient clandestinement dans une chambre d'hôtel, sans doute pourchassés.

— D'accord, d'accord, excusez-moi, convint Holland. Je vous remercie pour votre aide. En fait, vous êtes visiblement notre unique recours. Seulement, je ne suis pas sûr que vous puissiez faire quelque chose pour nous...

Le médecin se sentit envahi par une appréhension nouvelle. Jusqu'alors, il n'avait été qu'un franc-tireur essayant de mettre en garde des êtres en danger de mort, et il se retrouvait maintenant entièrement responsable de leur sort, de l'avenir d'un 747 endommagé à bord duquel se trouvaient des gens susceptibles de répandre une pandémie dévastatrice. Pressant le combiné contre son oreille, il ferma les yeux, réfléchissant à toute allure. Il était ici question d'un virus pathogène de niveau quatre, d'un danger biologique de première amplitude qui menaçait de tuer les occupants de cet avion en l'espace de quatre jours. Était-il en droit, éthiquement parlant, d'exposer à un tel risque la moindre zone habitée ?

Il réévalua son raisonnement à propos de l'autopsie menée en Islande. Son instinct pouvait être bon dans ce cas aussi, et certes, la contamination n'avait aucunement été prouvée. Mais s'il se trompait ? Que ferait-il s'il devenait, en fin de compte, responsable de la mort de dizaines de millions d'individus ?

En tout cas, il devait les aider, de toutes ses forces.

Dans le cockpit du 747, Holland avait repris les commandes, tandis que Dick Robb, avec Rachael Sherwood derrière lui, étudiaient la carte qu'il avait étalée sur la console centrale. Après avoir demandé à Sanders de patienter, Holland se tourna vers son copilote :

— Et vous, Dick, vous avez une idée ? Le temps passe, il faut se diriger vers une terre quelconque...

Robb pencha la tête :

— Au plus près, comme vous avez dit, ce sont les

Canaries. Voyons, il y a deux, trois, quatre aéroports possibles, sur chacune des îles principales de l'archipel. Le plus grand, c'est Las Palmas.

Holland eut une moue dubitative :

— Dick, reprenez le manche, s'il vous plaît. Restez à deux cent cinquante pieds, en nous maintenant sur deux-sept-zéro. (Un œil sur la carte, il plaça le téléphone devant sa bouche :) Bien, nous avons déjà connu cette mésaventure en Islande : on a atterri, et ils nous ont piégés. Cela peut se reproduire n'importe où. Mais en y réfléchissant bien, n'est-ce pas exactement dans notre intérêt ? On reste garés quelque part vingt-quatre heures, personne ne tombe malade, et tout le monde est content ? Exact ?

Il y eut une notable hésitation à l'autre bout du fil. Une remarque de Sherry Ellis venait de resurgir dans la mémoire du médecin, à propos de la légendaire ténacité d'Aqbah : il ne suffirait pas que Roth change d'avis pour qu'eux renoncent et rentrent sagement dans leur tanière. Dès qu'ils apprendraient que le 747 s'était posé, ils modifieraient leur tactique, mais pas leur plan criminel... Mais dans quel but ? Pourquoi une organisation terroriste aussi implacable que celle-ci irait-elle délibérément au-devant d'une condamnation unanime ? La mort de Lancaster était-elle si importante pour eux ? Ou bien y avait-il une autre motivation, moins évidente ?

Rusty Sanders tapa du pied, furieux contre lui-même : l'explication logique de tout cela était à portée de la main, mais il n'arrivait pas à l'atteindre. Encore connaissait-il assez bien la mentalité de ce genre de groupe pour savoir que, même avec les caméras de télévision du monde entier braquées sur eux, les gens d'Aqbah feraient tout leur possible pour liquider Lancaster, et se soucieraient comme d'une guigne du reste de l'avion.

Il fit part de ces sombres pensées à Holland, qui se montra sans illusions :

— Si ce que vous dites est juste, cela ne nous laisse guère de choix, hein ?

— J'en ai bien peur.

— OK, ne quittez pas.

Abaissant le combiné, James Holland se tourna vers ses deux compagnons. Il en était venu à considérer Rachael Sherwood comme un membre de son équipage, au même titre que Robb, ou peut-être plus encore. Elle ne parlait pas beaucoup, mais il sentait sa présence réconfortante juste derrière lui, les ondes d'encouragement et de confiance qu'elle lui envoyait et qui l'emplissaient d'une étonnante sensation de force. Après leur avoir résumé ce que Sanders venait d'expliquer, il désigna une des îles Canaries sur la carte :

— Celle-là, Dick. Je vais entrer les coordonnées dans l'ordinateur. Vous nous gardez à la même altitude et vous vous dirigez vers cette île.

Le copilote lui lança un long regard :

— Vous pensez que c'est... prudent d'atterrir là-bas ?

— Non. Je crois que Sanders a raison. Mais nous n'avons pas le choix. Si nous pouvons refaire le plein et repartir, tant mieux. Sinon, eh bien... (Il laissa sa phrase en suspens, reprit le téléphone cellulaire et expliqua sa décision, ajoutant :) Est-ce que vous êtes en mesure de vérifier s'ils ont du carburant, docteur ? Et pendant que vous y êtes, voyez si vous pouvez nous trouver du ravitaillement et des services de nettoyage. Peut-être que s'ils ne savent pas qui nous sommes, s'ils croient que nous sommes un vol charter dérouté, cela marchera. Nous pouvons être là-bas dans, disons, une heure vingt.

— Je vais faire mon possible ! s'exclama Sanders.

En attendant, gardez le téléphone près des fenêtres, je rappelle dès que j'ai du nouveau.

— Docteur, dites-leur que vous appelez de la direction des opérations à Quantum. Dites-leur ce que vous voudrez ; de toute façon il fait sombre, donc, ils risquent de ne pas s'apercevoir qu'il nous manque un réacteur. Mais vérifiez bien s'ils ont des camions-citernes ou des points fixes.

— Des points fixes ?

— Les endroits sur une piste où l'on peut pomper du carburant depuis des canalisations souterraines.

— Bon, approuva le médecin qui avait tiré devant lui un petit bloc de papier de l'hôtel et prenait rapidement des notes. Et le kérosène, combien ?

— Le plein. Douze tonnes de Jet A, ou de n'importe quel carburant pour avion à réacteurs. Et puisque nous n'allons pas au grand rendez-vous qu'ils avaient organisé pour nous en plein désert, je vais avoir besoin de... voyons... trois cents repas. N'importe quoi fera l'affaire... (Il s'arrêta une seconde pour réfléchir :) Attendez, nous sommes censés être un vol charter avec un pépin technique, un moteur en moins, même, donc nous cherchons une assistance technique, pas un dîner ! Mais on peut quand même demander qu'ils nettoient les toilettes et qu'ils nous remettent de l'eau potable.

— Compris, répondit Sanders. Mais si tout se passe bien, si vous pouvez repartir, il faudra encore que nous décidions où vous irez.

Nous ? pensa immédiatement Holland, *quoi, je vais encore laisser quelqu'un d'autre prendre les décisions à ma place ?* Il réfléchit encore : *C'est mon unique allié au sol ! J'ai besoin de lui. Va pour le « nous »...*

Il souffla longuement :

— Votre prénom, c'est comment, déjà ?

— Rusty.

— Bon, Rusty, moi c'est James. Plus de « commandant », entendu ?

— Bon.

— Voilà, je me dis qu'il faut choisir une destination tout à fait inattendue, un endroit très peuplé où des terroristes n'oseraient pas nous attaquer. Par exemple Rio, ou Le Cap, en Afrique du Sud. Enfin, dans le cas où je pourrais voler jusque-là. Vous voulez bien y réfléchir, m'aider à définir où aller si nous arrivons à partir des Canaries ?

— Très bien, James.

— Je vous en remercie. Et merci pour tout ce que vous avez fait avant. Je suis... je suis désolé de ne pas vous avoir écouté au début.

— Croyez-moi, je comprends très bien votre position.

— Oui, mais moi aussi j'aurais dû comprendre...

Rusty Sanders était en train de raccrocher quand Sherry et lui entendirent une clef tourner dans la serrure.

CHAPITRE 24

La Maison-Blanche.
Samedi 23 décembre, 18 h 00 (23 h 00 Z)

Sous le coup du message en provenance de Langley, Jonathan Roth, les lunettes remontées sur la tête, se radossa à la chaise en cuir trop rembourrée et adressa un signe d'une lassitude étudiée au fonctionnaire qui venait de le lui apporter de la salle des opérations. Celui-ci, plus qu'habitué aux airs blasés que savent prendre les hommes importants lorsqu'ils veulent dissimuler leur désarroi, s'empressa de se retirer. Il était certain que le sous-directeur de la CIA n'attendait que sa sortie pour se jeter sur le papier et le relire en calculant déjà ses ennuis à venir, et les chances à saisir.

Toutes les communications téléphoniques du vol QN 66 étaient surveillées, non de Langley mais du nouveau centre de surveillance de la Compagnie, au sud du périphérique. Leur message de détresse avait été enregistré à 22 h 26 Z. En toute logique, le 747 devait s'être pulvérisé à la surface de l'océan trois ou quatre minutes plus tard. L'avion, mais aussi ses moyens de communication satellitaire, bien entendu.

Or, d'après le message qu'il avait sous les yeux,

deux appels téléphoniques avaient été passés de l'appareil pas moins de quatorze minutes après ! Plus ; ils avaient permis de maintenir une conversation assez longue les deux fois... *Donc, ils seraient restés aussi longtemps en l'air avant de perdre finalement le contrôle et de s'écraser*, se dit Roth en ne trouvant pas l'hypothèse absurde : le porte-avions *Eisenhower*, qui n'avait rien repéré sur son radar, aurait difficilement pu rater un avion aussi énorme qu'un 747 prenant la tangente du lieu présumé du crash !

Mais quatorze minutes, tout de même... Il y avait une autre possibilité, beaucoup plus inquiétante, et qui exigeait des mesures immédiates : ils auraient pu feindre la catastrophe, puis s'éloigner à l'insu de tous. D'ailleurs, s'ils étaient toujours en vie et n'avaient contacté officiellement personne, c'était la preuve qu'ils essayaient de tromper leur monde : autrement, comme n'importe quel pilote d'un vol commercial en pareil cas, celui-là aurait appelé à l'aide, face à un assaillant.

Il poussa un profond soupir. Le jeu était très serré. Son directeur était toujours à l'hôpital, pratiquement condamné, mais le Président n'avait pas encore nommé de remplaçant pour assumer transitoirement sa charge. Roth savait qu'elle lui reviendrait à coup sûr, ou presque, et cependant, s'il donnait l'impression de ne pas trop bien savoir où il allait, il risquait de permettre aux conseillers présidentiels de jaser sur son compte. L'hôte de la Maison-Blanche, connu pour sa versatilité, serait alors bien capable de le mettre immédiatement sur la touche.

De plus, si cet appareil était toujours opérationnel, il constituait une menace très sérieuse pour toute l'humanité, et en particulier pour son plan minutieux visant à attirer sur Aqbah la vindicte du monde entier ! *C'est là ma carte maîtresse*, se rappela Roth. *Il faut bien souligner devant le Président que c'est un avion américain qui risque de contaminer toute la planète !* Il se leva d'un bond : pas question pour l'instant que le chef de l'État s'exprime en public à ce sujet. Faire annuler la conférence de presse prévue ne serait pas très difficile.

Mais convaincre le Président de lancer les chasseurs de l'US Air Force contre un 747 civil serait une autre paire de manches.

Hôtel Hyatt, Washington

Tout l'après-midi, Harold et Janie Hollingsworth, originaires de Chinook, dans le Montana, avaient flâné le long des couloirs de la National Gallery. Au troisième jour de leurs vacances, ils étaient euphoriques en revenant à leur hôtel. Janie, une brune séduisante à qui sa trentaine révolue n'interdisait nullement un goût prononcé pour les mini-jupes les plus audacieuses, chroniqueuse pour le journal de sa ville et s'essayant à écrire des romans noirs, se rappelait très bien qu'ils avaient réservé une table pour le dîner dans un petit restaurant romantique de Georgetown. Mais d'abord, elle comptait tourner la tête à son mari grâce à de nouveaux dessous particulièrement affriolants qu'elle avait glissés dans sa valise avant de partir.

Elle eut un sourire de contentement en pensant que leur passion sexuelle n'avait pas été entamée par le temps. Dans l'ascenseur, Harold n'avait pas arrêté de caresser ses petites fesses rondes, et elle n'avait pas été en reste de privautés. Pris d'une joyeuse impatience, il fourrageait maintenant dans la serrure de leur chambre, la 1443. A peine avait-il ouvert la porte que Janie passa devant, déboutonnant déjà son chemisier, puis resta pétrifiée.

— Dites donc, qu'est-ce que vous faites ici? l'entendit articuler son mari avant de venir à sa hauteur, saisi par ce qu'il venait de découvrir : un homme, debout à côté du lit, téléphone en main, et une femme en train de faire les cent pas. Tous deux avec l'air d'être pris la main dans le sac.

Rusty Sanders reposa le combiné et éleva une main en signe d'apaisement tout en cherchant de l'autre sa carte d'identité dans la poche arrière de son pantalon. L'occupant en titre des lieux, croyant qu'il cherchait une arme, attrapa sa femme par les épaules pour la faire reculer vers la porte encore ouverte.

— Attendez !

C'était l'inconnue qui avait lancé l'ordre, d'un ton si catégorique qu'il s'immobilisa. Au même moment, Sanders tendait devant eux, à bout de bras, une carte plastifiée qu'il fixa de tous ses yeux :

— S'il vous plaît, refermez derrière vous. Je suis le docteur Rusty Sanders, de la CIA, et voici l'agent Sherry Ellis.

La jeune femme eut du mal à réprimer l'hilarité qu'avait provoquée en elle ce titre pompeux. Le médecin, qui n'avait jamais eu à se présenter dans un tel contexte, se trouvait lui aussi un peu ridicule.

— D'accord, c'est bon, convint prudemment Hollingsworth tandis que Janie se dégageait de son emprise.

Sanders désigna la table de nuit d'un geste :

— Vous avez déjà entendu parler de cas où la police réquisitionnait un véhicule ? Oui ? Bon, en quelque sorte nous avons réquisitionné votre chambre pour passer un coup de fil. Nous sommes en plein dans une opération... euh... disons, complexe, il nous fallait un endroit discret pour téléphoner... (Avec beaucoup plus d'assurance maintenant :) Écoutez, je n'ai pas le temps de vous donner de détails. Vous allez vous asseoir tous les deux, ma collègue va vous expliquer de quoi il retourne ; moi, je dois me remettre au travail. Avec un peu de chance, nous en aurons fini dans une demi-heure... Sherry, tu veux bien les mettre au courant ?

Harold et Janie Hollingsworth se lancèrent un regard où la curiosité l'emportait sur leurs intentions initiales et leur soudaine frayeur. Ils savaient par ouï-dire que Washington était un endroit où tout pouvait arriver, mais avec cette histoire ils auraient de quoi tenir en haleine leurs amis pendant des années, sans parler du sujet sensationnel que cela fournissait à l'ambition littéraire de Janie... Tenant sa femme par le bras, M. Hollingsworth s'assit posément sur le lit.

A bord de QN 66

Après avoir convoqué Barb Rollins dans le cockpit et demandé à Rachael d'aller chercher l'ambassadeur, James Holland pivota autant qu'il le pouvait sur son fauteuil pour animer cette réunion d'urgence.

— Nous avons été attaqués, et nous sommes toujours pris en chasse, leur annonça-t-il en leur rapportant les informations données par Sanders.

Puis il résuma pour les deux nouveaux venus la tactique qu'il avait suivie, expliqua qu'il n'avait pu entrer dans les détails lors de son annonce, pressé par le temps comme il l'avait été, même s'il était conscient de l'angoisse qui devait régner dans la cabine. Après avoir souligné qu'ils devaient continuer à voler bas pour éviter les radars, il garda le pire pour la fin :

— Ce médecin, Sanders, dit que nous n'avons sans doute pas été contaminés, mais que les traîtres en action à Washington ont convaincu le monde entier, y compris notre Président, que nous étions fichus. Ils ont menti à propos de l'autopsie du professeur... euh...

— Helms, souffla Barb Rollins.

— Oui, Helms. Il paraît qu'il n'existe aucune preuve d'infection virale, pour reprendre les termes de Sanders, mais les médias prétendent le contraire, et d'après lui cette fausse rumeur pourrait venir de la CIA elle-même. Conclusion : personne ne veut de nous, tous ceux qui regardent la télé ou lisent des journaux pensent que nous sommes pires que la peste noire, nous avons été bannis jusque par notre propre pays, et nous ne pouvons même pas appeler la compagnie puisque n'importe quelle communication remettrait les terroristes, quels qu'ils soient, sur notre piste... (Il lança un regard circulaire avant de poursuivre :) Nous faisons semblant d'être morts. De cette manière, nous essayons de gagner du temps. En restant vingt-quatre heures ou plus coupés du monde, si personne ne tombe malade à bord, nous serons considérés autrement par les autorités, du moins je l'espère. Mais en attendant, nous avons la CIA et un groupe de fanatiques moyen-orientaux aux trousses. Et ils veulent notre peau.

Barb Rollins secoua la tête comme pour se débarrasser d'une vision cauchemardesque, baissa les yeux puis les releva vers Holland :

— Si je comprends bien, James, il n'y a qu'un seul être au monde à savoir que nous sommes vivants et à qui nous puissions parler, et c'est un zombie de la CIA planqué dans un hôtel de Washington avec son téléphone ?

Le pilote acquiesça d'un air contrit :

— Je conviens que cela paraît...

Lançant à chacun des participants puis à Holland un regard dont la gravité démentait ses propos, elle l'interrompit :

— Pourquoi est-ce que je continue à me croire dans *La Guerre des étoiles* ?

— Si étrange que cela en ait l'air, c'est pourtant la réalité, répliqua le commandant.

— Mais tu en es sûr ?

Holland montra du doigt l'aile droite de l'appareil :

— Là où se trouvait auparavant le réacteur 4, il y a un trou. C'est un missile qui en est la cause. Nous avons tous entendu l'explosion. Voilà la seule certitude que je puisse avoir. On ne survolait pas une zone interdite, mais les eaux internationales. Pourtant, on a été attaqués. Tout cela a beau paraître incroyable, l'explication de Sanders tient debout.

Après un bref soupir, Lee Lancaster prit la parole :

— Permettez-moi d'ajouter une chose, James... (Son regard passa de Barb Rollins à son assistante puis revint à la chef de cabine, qui se tenait debout tout près de lui.) Aussi bien au niveau national qu'international, de simples observateurs comme nous peuvent trouver incompréhensible, absurde, aberrant, ce qui n'est que le résultat logique de raisonnements dus à des gens aussi ordinaires que nous mais forcés d'assumer des responsabilités extraordinaires. Eux, ils passent de la conclusion A à la conclusion B, et ainsi de suite, ils suivent leur logique, et pourtant le résultat peut nous sembler incompréhensible, voire criminel. (Il regarda Holland droit dans les yeux.) Vous avez mis le doigt sur le point qui m'inquiète le plus, James : en bas, ils pensent tous que nous représentons un danger biologique mortel pour toute l'espèce humaine. Nous, nous croyons que c'est faux, nous savons seulement que cela n'est pas prouvé pour l'instant, mais ceux qui ont pour habitude de prendre des décisions plus vite que ne travaille leur cerveau en ont visiblement fait leur conclusion A...

En étudiant le visage de l'ambassadeur, dont la peau

était si sombre qu'elle se confondait presque avec l'obscurité du cockpit mais faisait ressortir la chaleureuse profondeur de son regard, le pilote comprit à cet instant le rôle apaisant que pouvait jouer cet homme dans le tumulte des pulsions homicides auquel le Moyen-Orient était perpétuellement en proie.

— Monsieur l'ambassadeur..., commença-t-il.

— James, ma mère m'a appelé Lee, oublions les titres !

— Pardon... Donc, vous pensez que Sanders dit vrai ?

Lancaster pencha légèrement la tête de côté :

— Je pense que vous avez déjà répondu vous-même à cette question, James. Comme vous l'avez dit, un réacteur en moins est une preuve suffisante. L'appareil qui nous a attaqués n'était pas piloté par quelqu'un de la CIA, mais on peut raisonnablement supposer qu'ils l'ont aidé à le faire. Oui, je crois que sa version est plausible, et même juste. Rappelez-vous, tout découle de la conclusion A ! Et même...

Il baissa les yeux au sol un bref instant.

— Et même quoi ? pressa Holland.

Fixant un à un les occupants du cockpit, sauf Dick Robb dont le regard restait braqué sur l'altimètre, Lee Lancaster poursuivit :

— Eh bien, James, quand certains secteurs de notre administration, y compris ce groupe de traîtres, vont découvrir que nous sommes encore en vie, ils ne vont pas du tout renoncer à leur conclusion première. Au contraire, ils vont rechercher une solution encore plus radicale, dans la même logique.

— Comme quoi ? interrogea Barb Rollins.

— Comme de se dire : Cet avion va-t-il risquer de contaminer une zone de peuplement quelconque ? Si oui, il mettra en danger la vie de milliers, voire de millions d'individus. Donc, il faut l'en empêcher, par la persuasion si possible, sinon par la force.

— Que voulez-vous dire, Lee ? interrogea Holland d'un ton posé.

L'ambassadeur reporta son regard sur lui :

— Si nous nous rendons en Mauritanie, ceux qui ont déjà cherché à nous éliminer voudront en finir avec nous. Cela ne fait aucun doute. Si nous prenons une autre destination, les États-Unis peuvent très bien décider de nous détruire eux-mêmes afin de nous empêcher de propager un virus inconnu aux millions d'habitants innocents d'un autre pays. Ce que je veux dire, c'est que le plan consistant à disparaître aussi longtemps que possible me paraît judicieux, à condition que nous ayons le temps de l'appliquer. Parce qu'il est très possible que notre armée reçoive dans les heures qui suivent l'ordre de nous rechercher. Et de nous abattre.

— Notre propre aviation... ?

Holland n'arrivait pas à réaliser cette éventualité, mais l'ambassadeur insista :

— Oui, notre propre aviation, et la marine aussi. N'oubliez pas leur hypothèse de départ : nous sommes une bombe à retardement volante, un danger sans précédent dans l'histoire. Un peu comme ces navires qui portaient la typhoïde, seulement nous sommes à l'âge du jet, et les conséquences seraient dix mille fois plus graves.

— Et si nous nous posions aux Canaries en refusant de repartir ?

Lancaster eut un sourire :

— Ce pourrait être la meilleure solution, James, mais c'est plus facile à dire qu'à réaliser. Vous pourrez atterrir, j'en suis certain. Je ne sais par contre pas le degré d'hystérie que cela déclenchera, et en tout cas, au bout d'un moment, vous n'aurez plus la situation en main. C'est un choix que vous devez faire en tant que pilote, en tant que commandant de cet appareil.

Holland baissa un peu la tête :

— Je ne suis pas sûr de vous comprendre...

— Il faut trancher entre deux solutions extrêmes : un, est-il plus prudent de refaire le plein et de repartir en essayant d'échapper au reste du monde, ou, deux, est-il plus raisonnable de nous poser sur un aéroport quelconque et de laisser le filet des réactions internationales retomber sur nous ? Dans ce dernier cas, je ne pourrais rien faire pour vous. J'ignore quel est le meilleur choix, mais le second me semble le plus risqué, même si les médias sont en mesure de garder l'attention de la planète entière focalisée sur nous. Au milieu d'une crise pareille, un exécutant peut parfaitement commettre une erreur calculée...

— Vous pensez à quoi ?

— Un incendie, une explosion, un service de sécurité à la gâchette trop sensible, comme en Islande... Mais enfin, c'est peut-être mieux que de voler avec trois réacteurs ?

Le commandant de bord fit un signe de dénégation :

— Non, Lee, un Boeing, ça a de la résistance ! Il faudrait bien plus que la perte d'un moteur pour décourager un avion pareil.

— Alors, nota sobrement Lancaster, c'est que vous avez sans doute déjà trouvé la solution.

Hôtel Hyatt, Washington

Sherry Ellis partie dans la salle de bains pour se servir de l'autre ligne téléphonique, Rusty Sanders avait commencé à négocier le rechargement du 747 en carburant avec les autorités compétentes à l'aéroport des Canaries. Sous le regard tranquille du couple Hollingsworth, il essaya d'obtenir une facturation différée, pensant en même temps au crédit de sa carte de téléphone qui était en train de fondre comme neige au soleil. Son interlocuteur hésita longuement :

— Euh, je suis désolé, mais il nous faut une couverture bancaire... Par contre, nous accepterions une carte de crédit.

Le médecin se demanda comment persuader American Express d'endosser une telle opération sur son compte personnel. *Peut-être Holland a-t-il avec lui une carte de la compagnie,* se dit-il. *Le principal, c'est qu'ils ouvrent la pompe...*

— D'accord, señor, dès que le plein sera fait, le commandant présentera la carte de crédit. Ça marche ?

— C'est pour quelle compagnie, déjà ?

Sanders calcula les issues possibles, se remémorant aussitôt le logo de Quantum, un grand Q stylisé planant sur un fond rouge, blanc et bleu. Il présentait une telle ressemblance avec celui d'une autre compagnie très connue que le risque d'une action en justice avait été évoqué... Ah oui, United Airlines ! Il lança ce nom, en improvisant d'un souffle :

— C'est un nouveau service de la compagnie, et nous utilisons ponctuellement un autre avion.

Après tout, rien n'interdisait à United d'affréter un appareil de Quantum...

Quarante minutes plus tard, Sherry Ellis et lui avaient raccroché et comparaient leurs notes. Le carburant et l'eau seraient fournis. Il n'y aurait pas de nettoyage des toilettes : le camion prévu à cet effet pour les 747 était hors d'usage. Il faudrait attendre encore, mais en y réfléchissant, Sanders se dit que cette anicroche éviterait au moins de transférer des déchets contaminés dans un aéroport où rien n'avait été prévu pour une telle éventualité... Au cas où il se tromperait, au cas où ils seraient réellement infectés.

Sans plus attendre, il composa le numéro Iridium de Lee Lancaster pour mettre le commandant au courant :

— James, il faudra vous présenter comme un vol d'United, je vous ai annoncés sous ces couleurs.

— United !

Holland parut un peu froissé. Cette compagnie était l'un de leurs plus féroces concurrents.

— C'est la première idée que j'aie eue, plaida le médecin, et vos emblèmes sont presque similaires. D'ailleurs, à votre place, j'éteindrais ce projecteur qui éclaire la dérive de votre zinc...

— C'est déjà fait, le rassura laconiquement Holland.

A bord de QN 66

A une soixantaine de kilomètres de l'île choisie, James Holland reprit les commandes et fit redescendre le 747 à moins de deux cents pieds au-dessus des flots. Il savait que l'armée de l'air espagnole avait une base dans l'archipel, mais il ne l'imaginait guère lancer une escadrille de chasseurs en pleine nuit à la recherche d'un vague retour radar qui allait probablement faire de brèves apparitions sur ses écrans.

Quand les lumières de la ville apparurent sur l'horizon bombé de l'océan, il obliqua vers l'est, longeant le bord septentrional de l'île pour s'aligner sur la piste orientée est-ouest, puis fonça tout droit dans cette direction à une altitude de cent pieds, tandis que la côte commençait à se profiler dans son champ de vision. Il prenait un risque assumé, qu'il avait détaillé à Rachael Sherwood et à Lee Lancaster : sans lumières, sans radar, il avançait maintenant au jugé, cherchant à deviner le point géographique où la plaine côtière venait rejoindre la mer.

Comme il ne pouvait indéfiniment maintenir cette tactique, il fit remonter le 747 à cinq cents pieds et adressa un signe de tête à Robb, qui appuya aussitôt sur la touche de transmission. Le copilote, qui avait auparavant entré en mémoire la fréquence radio de la tour de Tenerife, annonça sans attendre :

— Contrôle Tenerife, ici United Charter douze-onze en approche deux-sept.

Une voix circonspecte, au fort accent, répondit sur un ton hésitant :

— Euh, United Charter... Où vous êtes, là ?

Holland tendit la main vers le panneau tête-haute pour allumer tous les phares que le 747 pouvait aligner. Il se doutait que le contrôleur était en train de scruter l'occident, avec des jumelles sans doute ; il allait être pratiquement aveuglé par cette soudaine explosion lumineuse, mais au moins cela le dérouterait-il assez pour l'empêcher de se poser trop de questions sur une arrivée aussi étrange, aucunement annoncée par les relais habituels.

— Bien, euh... United Charter, prêt pour atterrissage.

— Roger, prêt pour atterrissage.

Tout en actionnant les volets et les trains en vue de la manœuvre finale, James Holland constata avec soulagement que la situation paraissait normale au sol. Il baissa les gaz pendant que Robb récitait la check-list, jusqu'à donner au lourd jumbo une vitesse de descente de sept cents pieds-minute. Et même s'il dut peser sur le gouvernail gauche pour compenser l'absence du réacteur, le contact avec le sol fut l'un des plus doux de sa carrière.

Au même moment, deux cent cinquante kilomètres plus au sud, sur l'aéroport de Las Palmas, un employé de la maintenance venait de plonger le bec du tuyau de ravitaillement dans le réservoir d'un luxueux jet privé appartenant selon toute vraisemblance à un riche Arabe. En son for intérieur, il maudissait le sort, car il ne supportait plus ce genre d'individus depuis qu'il avait travaillé pendant un an pour une compagnie aérienne saoudienne. Le contrat lui avait assuré un bon salaire, mais personne ne parlait espagnol et les milliardaires arabes auxquels il avait eu affaire pour l'entretien de leurs avions l'avaient traité comme un moins-que-rien.

Levant les yeux vers le pilote enturbanné, il s'efforça de garder un visage impassible, tout en rêvant de se servir de son tuyau pour asperger ce type de kérosène. Mais un tel geste lui coûterait sa place, et les emplois corrects étaient trop rares aux Canaries pour se permettre ce genre de caprices. Il l'observa faire le tour de son appareil, mettre un genou à terre et inspecter plusieurs longs coffres qui s'allongeaient sur le ventre du Gulfstream.

Il n'avait jamais vu un avion de ce type avec un tel équipement. A quoi cela pouvait-il servir ? Sur le flanc du Gulfstream, derrière l'un des coffrets, il remarqua une longue traînée de suie noire, comme une trace d'échappement, et se dit que le propriétaire ferait bien de la nettoyer : acide, la suie pouvait à la longue provoquer des corrosions sur le fuselage. Bien sûr, maugréa-t-il en lui-même, *ces riches Arabes s'en fichent éperdument... Regardez-moi ce frimeur ! Il va laisser son zinc s'esquinter, et après ? Il en achètera un autre !*

L'employé fit semblant d'aller inspecter un des cordons qui reliaient l'avion à son camion-citerne pour se rapprocher de la porte ouverte et jeter un coup d'œil à l'intérieur. *Il doit y avoir une belle nana dans le coin*, pensa-t-il. Il y en avait toujours, autour d'eux. A Riyad, il avait failli se faire jeter en prison pour avoir lancé des regards trop insistants à des femmes saoudiennes. Les hommes d'Arabie Saoudite ne pouvaient pas supporter ces manières, mais ici il était chez lui et ses yeux ne devaient de comptes à personne ! En fait, il adorait énerver les Arabes qu'il croisait sur sa piste en lorgnant leurs femmes.

Mais la cabine était vide. Et pas de second pilote en vue. Ce qui était encore plus étrange. Alerté par un léger bruit derrière lui, il se retourna pour se retrouver pratiquement nez à nez avec l'étranger. Il sursauta, comme s'il avait été pris en faute, mais aussi parce que cet homme et son avion exprimaient une menace indéfinissable et pourtant oppressante.

Aéroport de Tenerife

L'APU, le groupe auxiliaire de puissance, ayant pris le relais pour alimenter le 747 en électricité et en air conditionné, James Holland serra les freins de parking et laissa les moteurs s'éteindre. Leurs dernières vibrations parcouraient encore le cockpit qu'une passerelle roulante assez haute pour un jumbo s'approcha prudemment de côté, prête à être arrimée à la porte arrière gauche.

Auparavant, le commandant avait donné des instructions précises à l'équipage et aux passagers : chacun devait rester assis à sa place, et personne ne serait autorisé à monter à bord. « De plus, avait-il ajouté dans son annonce, je dois vous demander à tous, sans exception, de baisser les rideaux des hublots et de ne les ouvrir sous aucun prétexte. Il est hors de question que l'on découvre que cet avion transporte des passagers. Pourquoi ? Parce que nous ne voulons pas qu'ils apprennent qui nous sommes. Pour eux, il s'agit d'un 747 qui se rend à vide quelque part afin d'assurer un vol charter. Respectez mes instructions à la lettre, donc, car notre sécurité à tous en dépend. » D'après Barb Rollins, cet appel n'avait soulevé aucune objection. Tout le monde avait bien trop peur pour ne serait-ce que penser à discuter.

Au cas où ce serait nécessaire, la chef de cabine devait se charger de dialoguer avec l'équipe du sol à travers la porte 5 G, qui serait seulement entrebâillée. Elle expliquerait que les douanes ne leur avaient pas donné l'autorisation de laisser quiconque entrer dans l'appareil ou en sortir.

— Mais quand ils vont apprendre notre véritable identité, James, avait objecté Robb durant ces préparatifs, ils vont nous en vouloir à mort d'avoir menti et risqué de contaminer leur île...

D'un hochement de tête, le commandant en était convenu :

— Oui, mais c'est ainsi. Par ailleurs, on ne peut pas les mettre en danger avec un virus dont nous ne sommes pas porteurs, très probablement ! Avec un peu de chance, nous aurons repris notre vol avant qu'ils se doutent de quoi que ce soit.

Robb acquiesça sans enthousiasme :

— Espérons. Mais après, où irons-nous ?

— J'ai une idée là-dessus. On en reparlera dans quelques minutes.

La sonnerie de l'interphone extérieur, actionné par quelqu'un du sol, les interrompit. Holland sélectionna le canal approprié pour répondre.

— Ici le cockpit.

L'accent espagnol était encore plus prononcé en raison de l'affolement perceptible dans la voix qui s'éleva :

— *¡ Comandante ! Comandante !* Vous avez plus de moteur au numéro 4 ! Le moteur, il a disparu ! *¿ Comandante, entiende ?*

— Oui, compris. Nous sommes au courant. S'il

vous plaît, ne vous occupez pas de cela. Il faut simplement refaire le plein, mais sans remplir le tank de réserve 3, OK ?

— Mais *comandante,* vous... Un moteur, parti ! Vous pouvez pas voler avec un moteur en moins, *no ?*

— C'est OK, señor, OK ! Ne vous en faites pas. On conduit l'avion à un centre de réparation.

En bas, un silence interloqué s'établit quelques secondes :

— Mais on nous a dit que vous étiez un charter ! Non ? C'est un vol technique, *o qué ?*

Holland répliqua patiemment :

— Non, nous nous apprêtions à effectuer un vol charter, mais là on voyage à vide à cause de ce problème de réacteur qui s'est détaché. (Nouveau silence. Le commandant revint à la charge :) Señor ? Vous m'avez compris, à propos du réservoir de réserve ?

— Oui, oui, *comandante, entendido.* Donc vous n'avez pas de passagers à bord, hein ?

— Non.

Le technicien parut réfléchir. Le doigt toujours appuyé sur la touche de communication, il conféra en un espagnol au débit rapide avec quelqu'un prêt de lui, puis reparla dans l'interphone :

— Où vous allez pour la réparation ?

— A Madrid, lança Holland d'un ton sec. C'est Iberia qui s'en occupe. D'accord ?

— OK, *sí,* accepta le technicien, que le seul nom de la compagnie nationale espagnole avait un peu rassuré.

Cinq minutes plus tard, les jauges de carburant commençaient à remonter.

Tambourinant des doigts sur son bureau de bois copieusement entaillé, le chef de l'antenne locale de maintenance d'Iberia, un certain Francisco Lizarza, trouvait son bureau encore plus petit que d'habitude. Retenu tard au travail par un appareil de sa compagnie qu'un incident technique avait empêché de décoller, mais qu'il avait maintenant oublié, il était fort préoccupé par le 747-400 qu'il apercevait sur la piste éclairée, à travers de poussiéreux stores vénitiens. Pourquoi, ne cessait-il de se demander, pourquoi un équipage confirmé continuait-il à voler sur une machine avec un réacteur en moins, des câbles sectionnés se balançant à l'air libre, des traces d'incendie sur une aile endommagée, un réservoir qui fuyait encore, et tout cela sans même prendre la peine d'effectuer des réparations mineures ? Le commandant l'avait certes dit au chef d'équipe sur la piste : ce serait aux services madrilènes d'Iberia d'y remédier. Mais de sa place il voyait le kérosène continuer à goutter de la réserve numéro 3, par plusieurs vilaines fissures que, selon lui, le réacteur 4 avait provoquées en explosant et en s'éjectant de son support.

Avec une vivacité inattendue, il attrapa son téléphone pour composer les yeux fermés le numéro de sa direction à Madrid, demanda le responsable de permanence et lui expliqua la situation. Avant que l'équipage ne conduise le Boeing là-bas, devait-il, lui, au moins colmater la fuite et mettre de l'ordre dans ces câbles ?

— Mais de quel Boeing tu parles, Francisco ? lui répondit-on alors. On n'a rien prévu de tel pour cette nuit !

En raccrochant, Lizarza était encore plus décontenancé. Dans quel but le commandant de bord aurait-il menti ? Il attrapa son exemplaire du *World Aviation Guide* afin de rechercher les coordonnées des services techniques d'United en Amérique, puis pensa appeler directement Quantum, histoire d'en avoir le cœur net.

Et à ce point, un écho insistant s'éveilla en lui. *¡Madre de Dios!* Il se tourna d'un coup vers le petit poste de télévision perché en haut d'un classeur en acier. Grâce à un ami technicien qui lui avait bricolé une antenne satellite, il recevait plusieurs chaînes étrangères, dont CNN qu'il avait regardée beaucoup plus tôt dans la journée. Il se jeta sur le poste, l'alluma, attendit impatiemment que les tubes daignent chauffer.

Juste en face de sa fenêtre, les lampadaires du terminal éclairaient assez bien la dérive de cet énigmatique vol United-Quantum pour qu'il y distingue sans effort l'emblème de la compagnie américaine, ainsi que l'immatriculation de l'appareil, N 47475 QA.

Soudain, le modeste écran de télévision s'illumina. Le présentateur d'Atlanta égrenait à ce moment précis les grands titres du jour, à commencer par cette terrible histoire d'un avion de ligne américain contaminé par le pire virus que l'humanité ait jamais connu, et qui s'était écrasé quelques heures auparavant. La présence du virus à bord avait été certifiée, les passagers étaient déjà à l'évidence condamnés, et aucun État au monde n'avait eu le courage de les accueillir. Pas même leur propre pays, trop effrayé par le spectre d'une épidémie capable de ravager des villes entières. Oui, il se rappelait avoir ressenti un mélange de compassion et de crainte envers ces malheureux ; il y avait eu le flash annonçant l'accident, puis la chaîne avait fait état de rumeurs selon lesquelles l'avion aurait été abattu.

Une lucarne vidéo apparut au-dessus de l'épaule du présentateur, avec des images du 747 sur le point de quitter l'Islande. Comme le cameraman avait zoomé sur la dérive de l'avion, le numéro d'immatriculation devint nettement déchiffrable : N 47475 QA. Sous le choc, Lizarza fit deux pas en arrière. Un Boeing avec le même numéro et le même emblème se trouvait à quelques mètres de lui, un réacteur en moins...

Ils avaient échappé à une attaque pour se poser chez lui sans autorisation ! Ils étaient toujours en vie ! Ou plutôt... Il avait devant lui le vaisseau de la mort, un fléau volant qui selon les médias constituait une menace pour l'humanité tout entière. Personne n'était à l'abri ! Sa femme, ses enfants étaient à quelques kilomètres de là, et ses voisins, et des milliers d'êtres innocents !

Tout chancelant, Francisco Lizarza revint à son bureau, attrapa son téléphone d'une main tremblante. Mais il ne savait que faire.

Après son copilote, James Holland avait quitté un instant le poste de pilotage pour aller se rafraîchir et se dégourdir les jambes pendant que le réapprovisionnement en carburant continuait. Soudain, il entendit la voix de Dick Robb à l'interphone de cabine :

— Le commandant est demandé d'urgence au cockpit !

Il lança un regard résigné à Rachael Sherwood, avec laquelle il s'était assis au pont supérieur, et se leva en soupirant :

— Qu'est-ce qui va nous tomber dessus, encore ?

— Est-ce que... Est-ce que je peux y aller avec vous ?

L'ombre d'un sourire passa sur son visage :

— Dans le cas contraire, je me sentirais abandonné...

Ils franchirent ensemble les quelques pas qui les séparaient du poste de pilotage.

A leur entrée, Dick Robb se dévissa le cou pour les regarder en face et raconta aussitôt :

— Ils ont découvert qui nous étions, James ! Ils ont arrêté de nous ravitailler, nous avons moins de la moitié du plein ; j'ai vu des voitures venir se garer devant l'avion, d'autres s'éloigner, et un type visiblement au bord de la crise de nerfs est venu me demander à l'interphone si nous étions bien le vol Quantum 66...

— Et vous avez dit quoi ?

Robb haussa les épaules :

— Je lui ai dit que je ne comprenais pas un traître mot de ce qu'il criait.

Deux véhicules munis de gyrophares fonçaient maintenant vers eux sur la piste, avant de piler à une trentaine de mètres du nez du 747. Autour de leurs occupants descendus sur le tarmac, des hommes en armes étaient visibles depuis le cockpit. Une minute plus tard, une voix nettement plus posée fut retransmise par l'interphone extérieur.

— Commandant, vous êtes là ? interrogea-t-on en anglais avec une pointe d'accent.

— Oui, répondit Holland en branchant le haut-parleur pour que l'assistante de l'ambassadeur puisse entendre elle aussi.

Après s'être nommé et présenté comme le directeur de l'aéroport, le nouveau venu poursuivit :

— Vous n'aviez pas l'autorisation d'entrer sur notre territoire ! Vous êtes porteurs d'une très dangereuse maladie. Il ne faut pas que vous ouvriez vos portes, vous comprenez ?

— Oui, je comprends, répliqua Holland, il suffit que vous finissiez de nous ravitailler pour que nous quittions les lieux.

— Écoutez, commandant, j'ai demandé des instructions à mon gouvernement. Je ne suis pas habilité à vous laisser repartir. Nous attendons des consignes. Les responsables des douanes et de l'immigration vont arriver, et eux aussi ils sont très, très mécontents de ce que vous avez fait !

— Notre appareil a été touché, nous perdions du carburant. Je n'avais pas le choix. J'ai utilisé les prérogatives du commandant de tout avion volant dans l'espace aérien international qui se retrouve dans une telle situation d'urgence. J'étais en droit de me poser.

— Commandant, vous mettez en danger toute la population de cette île. Nous devons décider de la marche à suivre, et je ne peux pas prendre cette responsabilité seul.

— La décision est déjà prise : nous voulons repartir, autant que vous voulez nous voir repartir, sinon plus. Donc, je vous en prie, continuez le ravitaillement.

Les mots de Lee Lancaster lui revinrent clairement en mémoire : dès que politiques et militaires se mettraient de la partie, il n'aurait plus voix au chapitre.

— Commandant? Mon gouvernement doit savoir ce qu'il en est de cette maladie. Ils vont parler avec vos responsables, et puis qui sait? Moi, je ne suis que le directeur d'un petit aéroport. Tout ce que je peux faire, et je l'ai déjà fait, c'est appeler Madrid.

— Alors vous ne continuez pas le ravitaillement?

— Non, désolé, non, je ne suis pas habilité...

James Holland jeta un coup d'œil à la fenêtre. Il essayait d'imaginer les traits de son interlocuteur, qui se trouvait à une douzaine de mètres sous ses pieds. S'il ne prenait pas l'initiative maintenant, ils allaient se retrouver encore une fois piégés. Il avait déjà conçu un plan alors qu'il réfléchissait à ce scénario, presque un rêve éveillé en fait : une surprenante inversion des rôles à laquelle il avait même trouvé un certain humour alors. Et qui lui paraissait désormais l'unique solution envisageable.

Il supputa à nouveau ses chances. A force d'avoir lu sur le sujet, d'avoir étudié les précédents, d'avoir mis au point des parades avec leurs compagnies et les directions nationales de l'aviation, tous les pilotes commerciaux sont des experts en détournement d'avion. Holland pensait même que l'entraînement d'un pilote de ligne aux États-Unis constituait virtuellement une école de piraterie aérienne, tant on y décortiquait la manière de préparer un détournement, de le réaliser, de s'en sortir... Bien sûr, il n'était pas question pour lui d'en arriver là. Lui n'était qu'un rouage discipliné, un exécutant qui pensait avant tout à se faire oublier.

Qu'avait donc dit cette vieille dame, dans la cabine? Qu'on ne pouvait pas le croire parce qu'il laissait les autres penser à sa place? Le souvenir lui fit mal, mais il devait reconnaître qu'elle avait eu raison. Seulement, la situation avait changé. Et lui aussi! Il en avait assez de se retrouver sans cesse dans le rôle de la victime.

— Dick, allumez toutes les lumières extérieures, y compris les projecteurs d'atterrissage! (Le copilote lui lança un regard intrigué.) Tout de suite, s'il vous plaît!

— D'accord, d'accord. Est-ce que je peux demander pourquoi?

— Vous allez voir tout de suite, répondit Holland en ajustant son casque d'écoute. Señor Ignacio, vous êtes toujours là?

— Oui, commandant.

— Bon, vous allez m'écouter très attentivement. Comme vous l'avez deviné, nous ne sommes pas un vol d'United, mais bien le QN 66. Et vous avez raison, nous sommes porteurs d'un virus capable de décimer toute la population en quatre jours s'il se répand à Tenerife. Nous-mêmes, nous allons commencer à en être affectés dans moins de vingt-quatre heures. Et dans deux jours nous serons tous morts. Vous comprenez?

Le directeur de l'aéroport observa un long silence.

Quand il reprit la parole, c'était sur un ton beaucoup moins tranchant :

— Oui, je comprends... C'est une terrible tragédie. Je suis désolé pour...

— Laissez tomber ces salades, Ignacio. Je me fiche de ce que vous ressentez. Le fait est que nous représentons un grave danger pour vous, oui ou non ?

— Oui, c'est vrai.

— Vous ne voudriez pas exposer à ce virus vos employés, vos concitoyens, n'est-ce pas ?

— C'est exact, commandant.

— Alors, écoutez-moi bien. En ce moment même, tous les membres de mon équipage sont postés aux dix portes de l'appareil. Ces portes sont toutes munies d'un toboggan pour les évacuations d'urgence, vous le savez. Si je leur en donne l'ordre — et ne vous méprenez pas, je le donnerai en cas de besoin, c'est terriblement sérieux — donc, si je leur en donne l'ordre, ils vont ouvrir les portes, déployer les toboggans, et faire sortir tous nos passagers, contagieux, dans l'atmosphère humide de votre île. Le virus va se répandre comme une traînée de poudre, à chaque fois que l'un d'eux respirera. Vous n'avez pas assez de puissance de feu pour nous tuer tous, mais même si vous y arriviez, il aura suffi d'ouvrir les portes pour contaminer votre île. Vous comprenez ce que je m'apprête à faire si vous ne répondez pas à mes exigences ?

— Oui, commandant, mais ce serait un crime ! Pourquoi faire de nouvelles victimes ? Pourquoi...

— Fermez-la, et écoutez. Les *pourquoi* ne servent à rien, ce qui compte c'est ce que je vous ai dit : si vous ne reprenez pas immédiatement le ravitaillement jusqu'à ce que mes réservoirs soient pleins, je vais donner cet ordre et dans quatre jours Tenerife ne sera plus qu'un rocher couvert de squelettes. Nous mourrons, mais nous mourrons ensemble. Vous avez saisi ?

— Commandant, commandant, s'il vous plaît ! Vous devez comprendre...

Holland le coupa :

— Je n'ai rien à comprendre. C'est moi qui décide ici. Votre vie et celle de tous les habitants de cette île contre du carburant et de l'eau, point final. Si vous acceptez, nous partons. Sinon, vous mourrez. Et dégagez-moi ces fichues bagnoles de la piste ! Dès que je mettrai en route pour rouler, pas question d'essayer de m'empêcher de décoller, c'est clair ?

— Je ne suis pas autorisé à prendre de telles décisions !

— Eh bien, vous allez prendre au moins celle d'assassiner toute la population de Tenerife. A moins d'avoir un peu de cran, mon vieux. Je ne demande pas l'impossible. Mon équipage attend votre réponse... Je ne vois pas mes jauges bouger. Vous avez exactement trente secondes pour commencer le plein.

Il entendit de brefs échanges en espagnol dans l'interphone, puis la voix d'Ignacio :

— D'accord, commandant, nous allons faire ce que vous exigez, mais il faut réinstaller le tuyau, et...

Il cherchait à gagner du temps ; Holland, qui avait prévu cette tactique, n'était pas prêt à la laisser se développer :

— Bon, attention, portes une gauche, une droite, deux gauche et deux droite, préparez-vous à déployer les toboggans et à évacuer les passagers !

— Non, non, non ! hurla le directeur. Commandant, nous acceptons, nous rebranchons le tuyau !

— Équipage, dans trente secondes vous ouvrez les portes si je ne donne pas l'ordre inverse. Et vous faites de même si vous entendez des tirs.

Ignacio, persuadé que les hôtesses avaient déjà la main posée sur les verrous, se mit à hurler dans l'interphone :

— ON REPREND LE RAVITAILLEMENT, COMMANDANT ! ON FERA CE QUE VOUS DITES !

Holland laissa délibérément s'écouler une quinzaine de secondes. Les jauges s'étaient remises à monter :

— OK, Ignacio, je vois que les réservoirs se remplissent. Vous comprenez bien que si la moindre balle est tirée contre l'avion, notamment vers le cockpit, tout le monde évacuera. Et toute tentative d'obstruction aura le même résultat.

— OK, OK.

— Allez-y, enlevez ces véhicules garés devant nous. TOUT DE SUITE !

— Compris.

Sentant une douce pression sur son épaule droite, Holland se retourna d'un air surpris pour découvrir le sourire que lui lançait Rachael Sherwood.

— Vous feriez un acteur hors pair ! Vous m'y avez fait croire moi-même... J'étais en train de me demander quand vous aviez eu le temps de prévenir l'équipage.

— Je ne l'ai pas fait. (Il regarda Robb, qui semblait très impressionné.) Dick, les camions-citernes sont à notre droite. Dès que nous aurons deux tonnes cinq de carburant, nous allons lancer les réacteurs 1 et 2. Ça va les faire paniquer, mais c'est justement ce que nous voulons.

Secouant la tête, Robb finit par articuler :

— Grand Dieu, James ! Jamais, vous savez, jamais je ne me risquerai à jouer au poker contre vous !

Ils entendirent les voitures démarrer pour dégager la piste devant eux. Il faudrait encore attendre le transfert de trois tonnes de kérosène supplémentaires, mais Holland comptait bien gagner cette course contre la montre entre le débit du carburant et les réactions officielles. Il savait que l'ordre de rejeter son chantage allait rapidement arriver de Madrid. Il espérait seulement avoir d'ici là fait le plein.

CHAPITRE 25

Aéroport de Las Palmas.
Dimanche 24 décembre, 0 h 10 (0 h 10 Z)

A peine les réservoirs du Gulfstream avaient-ils été remplis qu'une voiture surgit de la nuit, dont les deux occupants descendirent pour se lancer dans une conversation animée avec le technicien au sol. Youri Steblinko n'avait pas une maîtrise suffisante de l'espagnol pour suivre ce qu'ils se disaient, mais son cœur se pinça quand il vit l'homme désigner son jet d'un geste aux deux nouveaux venus. Ce type, qu'il avait surpris en train d'essayer d'espionner l'intérieur du Gulfstream, ne lui inspirait aucune confiance.

Pourtant, les deux inconnus remontèrent en voiture et s'éloignèrent aussi vite qu'ils étaient arrivés, laissant à nouveau en tête-à-tête le pilote et l'Espagnol. Ce dernier gribouilla quelques chiffres sur une facture qu'il tendit à celui qu'il prenait pour un Saoudien. Lequel paya en liquide, ajoutant deux cents dollars de pourboire : il avait deviné ses préventions contre les Arabes, mais savait qu'il les empocherait malgré ses airs méprisants.

Le technicien au sol articula un vague remerciement

et tournait déjà les talons quand Youri Steblinko l'arrêta en posant une main sur son épaule :

— *¿Señor, qué es el problema con sus amigos?*

L'homme parut embarrassé :

— *¿Qué?*

— *Sus amigos, en el coche... ¿Qué estaban diciendo a usted?* (L'autre eut une mimique perplexe.) Euh, vous parlez anglais?

— Oui, un peu.

— Bon, donc vos amis, là, ils avaient l'air tout excités par quelque chose. Par quoi?

— Mes... amis?

— Oui, *amigos,* dans la voiture!

— Ah oui! (Son visage s'éclaira un peu.) Il y a... des drôles de choses qui se passent à Tenerife. Ils me disaient ça.

— Et que se passe-t-il donc, à Tenerife?

Le technicien hocha la tête :

— Un gros avion s'est posé avec une maladie dedans. Ils n'ont pas prévenu, et maintenant ils veulent du carburant. Un *siete...* Euh, un 747, *entiende?*

— Oui, je connais les 747...

— Eh bien, un 747, normalement, il a quatre moteurs, *claro?* Mais celui-là, seulement trois!

Même s'il luttait pour garder un visage impassible, la nouvelle le terrassa. Un Boeing avec un réacteur en moins, plein de passagers malades... Ce ne pouvait être que le sien! Donc, ils s'en étaient tirés; son missile n'avait causé que des dégâts mineurs... Le technicien continua :

— Et maintenant, ils menacent le directeur de l'aéroport!

— Menacent?

— Oui, ils disent que si on ne leur donne pas de carburant, ils vont débarquer les malades et contaminer tout le monde.

Youri Steblinko l'attrapa par les deux épaules :

— Cet avion... il est encore là-bas ?

Le technicien prit un air effrayé :

— ... Je ne comprends pas, señor.

— Le 747 est toujours sur la piste de Tenerife ?

L'autre éleva ses paumes ouvertes, comme pour se disculper :

— Je ne sais pas.

— Vous avez une radio, un moyen d'entrer en contact avec votre supérieur... Votre *jefe* ?

— Oui.

— Appelez-le ! commanda le pilote en fourrant encore deux cents dollars dans la main du technicien. Appellez-le, demandez-lui de se renseigner pour savoir si cet avion est déjà reparti. OK ?

L'homme eut un pâle sourire :

— *¡ Sí, señor !*

Youri Steblinko eut du mal à s'empêcher de se précipiter vers son jet et de reprendre aussitôt l'air. Il avait vu Tenerife sur la carte, le nom lui était familier depuis la terrible collision survenue entre deux 747 sur cet aéroport en 1986. Ce n'était pas loin ; il pouvait s'y rendre en une trentaine de minutes. A condition d'avoir décidé de la marche à suivre là-bas... Ce qui était sûr, c'est que son avenir — et celui d'Ania — dépendait de cet appareil américain !

Après avoir parlé dans un imposant talkie-walkie qu'il avait sorti de son camion, le technicien annonça :

— Il a entendu les dernières nouvelles à la radio. L'avion est encore là-bas, mais ils sont prêts à partir, les moteurs sont en route...

— *¡ Muchísimas gracias !* lança le pilote en faisant volte-face et en piquant un sprint vers le Gulfstream, sous le regard intrigué de l'Espagnol.

Ce Saoudien enveloppé dans son keffieh avait l'accent américain quand il parlait anglais, décida-t-il.

Quant à l'effet produit sur lui par ce 747 de Tenerife, c'était tout bonnement incompréhensible. Il se gratta le cuir chevelu, ne sachant que penser.

La Maison-Blanche. 19 h 10 (0 h 10 Z)

Ses bras croisés reposant sur la console de communication dans la salle des opérations de la Maison-Blanche, le président des États-Unis d'Amérique essayait d'intégrer le fait que l'avion de ligne américain dont ses services lui avaient annoncé la disparition se trouvait maintenant sur une piste des Canaries avec un réacteur en moins. La présence sur le sol espagnol de cette menace biologique aux couleurs US avait déjà déclenché un tremblement de terre diplomatique dont Madrid était l'épicentre, et dont les ondes de choc avaient projeté dans la pièce une kyrielle de fonctionnaires du Département d'État, de généraux à trois étoiles, ainsi que l'inévitable Jonathan Roth.

Le vice-directeur de la CIA lui communiqua les dernières informations :

— Monsieur le Président, un C-17 va quitter incessamment la piste en Mauritanie pour se rendre à Tenerife, avec une partie de la mission médicale et des équipements anti-contamination. Le général Lawson, ici présent, peut vous donner toutes précisions sur l'un des pilotes du C-17 : c'est un réserviste qui est commandant de bord dans la vie civile, avec une qualification sur 747-400. Si besoin est, il pourra lui-même piloter ce maudit avion jusqu'à l'endroit que nous avions prévu pour lui.

Le chef de l'État arrêta Roth d'un geste :

— Vous voulez dire que le *captain* du vol 66 refuse de continuer ?

— Eh bien, nous n'en savons rien, monsieur.

L'équipage a coupé toute relation avec l'extérieur ; ils n'acceptent de parler qu'aux autorités de l'aéroport de Tenerife. Ils exigent du carburant, ils menacent de laisser partir les passagers dans la nature... Le gouvernement espagnol est totalement paniqué.

— Est-ce que vous avez envisagé la possibilité que le pilote demande à être ravitaillé pour se rendre en Mauritanie comme prévu ? interrogea le Président.

Jonathan Roth répliqua aussitôt :

— Monsieur, nous ne connaissons pas ses intentions réelles, mais il est aussi possible qu'il veuille se diriger vers les États-Unis. Le problème, que nous avons déjà examiné sous toutes les coutures, c'est que l'unique destination raisonnable est la Mauritanie, ou à la rigueur une autre piste au Sahara. S'il prend une autre direction, il met en danger toute l'humanité. Vous vous souvenez des détails que nous vous avons communiqués précédemment.

— Oui, je m'en souviens. Par contre, je n'ai rien vu au sujet des résultats de l'autopsie de ce professeur.

Jonathan Roth affecta un air surpris :

— Oh, pardon... Je croyais que vous aviez vu la note que j'ai fait passer à ce sujet.

— Allez-y, Jon, résumez-la pour moi.

— Très bien. Donc, selon une fuite non confirmée en provenance de Keflavik, l'autopsie prouve que Helms était infecté. Cette version ne provient pas de notre équipe sur place, qui n'a pu établir de conclusions définitives. En fait, rien n'a permis de lier ce qui semble avoir été une crise cardiaque à la présence d'un virus, mais cela ne prouve pas non plus que le professeur n'ait pas été contaminé. Ce dernier point demeure impossible à établir.

— Et donc ?

Jonathan Roth reprit sa respiration et regarda le Président droit dans les yeux :

— Donc, nous avons une présence présumée d'un agent pathogène de niveau quatre, que nous ne nous pouvons ni confirmer ni infirmer. Ce qui est certain, c'est que Helms a été exposé à ce virus. Même si la maladie n'était pas entrée dans la phase active chez lui, cela signifie qu'il a pu infecter n'importe qui d'autre dans l'avion. Si nous supposons le contraire, nous prenons le risque d'une pandémie sans précédent, sur la foi d'une simple hypothèse. En d'autres termes, il est indispensable d'attendre encore au moins trois jours, sans parler de l'examen au microscope électronique des échantillons relevés en Bavière et en Islande, qui demande aussi du temps.

Le Président dévisagea un moment son interlocuteur :

— Qu'est-ce que vous proposez exactement, Jon ?

— Voilà. Nous avons évidemment demandé aux Espagnols de ne pas les laisser repartir...

— Bien entendu. Mais si jamais ils redécollent tout de même et s'en vont ailleurs, qu'est-ce que prévoit la CIA ? Je donne une priorité à votre avis sur la question parce que vous êtes en mesure d'évaluer les conséquences internationales de ce virus. D'après ce que je sais, les gens du renseignement militaire à Fort Detrick disent que la balle est dans votre camp, puisque eux n'ont pas idée du microbe qui est en cause.

Jonathan Roth baissa les yeux, les releva sur le général d'aviation avec lequel il avait envisagé les différentes options, et revint au chef de l'État :

— Monsieur, si le commandant de cet appareil refuse de coopérer, s'il refuse de se rendre en Mauritanie, je pense que l'emploi de la force est malheureusement l'unique solution possible.

Décroisant les bras, le Président s'écarta de la console, bouche bée :

— Vous voulez dire que nous menacerons de les

abattre nous-mêmes s'ils n'obéissent pas ? Des salauds de terroristes l'ont déjà tenté, tout le monde est en train d'apprendre les détails par CNN... Vous me dites que nous allons menacer nos propres concitoyens d'employer les mêmes méthodes contre eux, alors que nous ne sommes pas certains qu'ils soient contaminés ?

Roth approuva gravement, puis secoua la tête :

— Il ne s'agit pas seulement de mises en garde, monsieur le Président. Étant donné le risque biologique très grave qu'ils présentent selon toute probabilité, il est prévisible que nous aurons à passer aux actes.

Hôtel Hyatt, Washington. 19 h 12 (0 h 12 Z)

Une fois confirmé l'atterrissage du 747 sur l'aéroport de Tenerife, Rusty Sanders se décida à tenter une démarche périlleuse auprès de l'une de ses vieilles connaissances, membre des services de renseignements de l'armée. La conversation fut brève : sachant que la ligne n'était pas fiable, l'analyste demeura évasif, et d'autant plus gêné quand il entendit un collaborateur de la CIA en cavale évoquer un complot au sein de la Compagnie. Cependant, il nota le numéro du téléphone cellulaire de Sherry Ellis et promit de rappeler après avoir enquêté de son côté.

Le médecin garda soigneusement sous silence le fait qu'il demeurait en contact avec le pilote du vol 66. Son ami soupira :

— Rusty, je ne le ferais pas, même pour toi, si je n'étais pas convaincu que tes inquiétudes sont sérieuses. Je sais que tu as passé toute la nuit à travailler sur cette affaire.

— Tu n'imagines pas à quel point je te suis reconnaissant, Stan.

— Bon, seul quelqu'un de très impliqué dans l'opération peut savoir comment vous nous avez squeezés la nuit dernière. Maintenant, j'aimerais bien savoir pour quelle raison Jonathan Roth était si désireux de nous court-circuiter...

— Jusque-là, je parierais qu'il s'agit simplement de la vieille rivalité entre services.

— OK, je te rappelle.

Rusty Sanders aurait voulu entrer une nouvelle fois en contact avec l'avion, mais il était plus que temps de quitter cette chambre d'hôtel, il en était conscient. Leurs hôtes forcés, les Hollingsworth, en avaient déjà trop entendu. Après les avoir remerciés, il se glissa avec la jeune femme dans le couloir. Ils dépassèrent le chariot de la femme d'étage, arrêté sur la droite, prirent à gauche jusqu'au fond et se hâtèrent d'entrer dans la cage d'escalier de l'issue de secours. Instinctivement, Sherry Ellis posa un doigt sur ses lèvres et revint à pas de loup vers la lucarne de la porte pour inspecter le couloir. Il n'y avait personne en vue.

— On fait quoi, maintenant ? chuchota-t-elle.

— Tu as laissé le portable branché ?

Elle fit oui de la tête :

— Où on va ? Ils sont toujours à Tenerife, non ? Est-ce qu'ils attendent de nous des informations quelconques ?

Jetant à son tour un regard en arrière, Sanders la mit au courant :

— Non. Mais Holland n'a pas encore décidé où aller, ni même s'ils allaient repartir ou non. Il faut que je rappelle pour connaître ses plans, voir si nous pouvons aider à quoi ce que soit. Cela fait presque une journée que nous sommes les seuls à qui ils aient pu parler en confiance !

Sherry Ellis garda le silence. Elle venait de repérer par la vitre un homme en costume sombre qui avait surgi de l'ascenseur. Elle le vit prendre le couloir dans la direction opposée, dépasser le chariot abandonné, et s'arrêter devant une porte à laquelle il frappa avant de regarder à droite et à gauche puis de sortir une clef de sa poche et d'ouvrir. En un clin d'œil, il disparut à l'intérieur. Percevant la nervosité grandissante de la jeune femme, Sanders l'interrogea à voix basse :

— Tu penses qu'ils nous recherchent toujours ? (Elle opina du bonnet, les yeux toujours fixés sur l'autre bout du couloir.) Moi aussi, Sherry, j'ai le mauvais pressentiment que Jon Roth va essayer de faire le ménage en nous supprimant. Ou bien je suis trop parano ?

Elle lui lança un regard sans expression, puis tenta de faire le point :

— Tous les deux, on soupçonne Roth d'avoir aidé Aqbah à trouver le 747. Depuis, ils se sont fait tirer dessus et ils ont perdu un réacteur. Nous ne savons pas qui a fait le coup, mais tu avais prévenu Roth de cette éventualité. Donc, s'il est vraiment mouillé, tu es à coup sûr dans sa ligne de mire, et vraisemblablement moi de même... D'après la version officielle du règlement, la CIA ne va plus jusqu'à assassiner les gens, mais si Roth a fait ce que nous croyons, il se moque bien des règles.

— Ce qui signifie ?

— Ce qui signifie que tu n'es pas parano. Non, pas du tout. Il faut être prêts à n'importe quelle éventualité. N'oublie pas les barbouzes chez toi, ce matin !

Ils commencèrent à descendre l'escalier de secours sans plus regarder derrière eux. Ils ne virent donc pas l'homme au costume sombre ressortir de la chambre et revenir au chariot. Il frappa à la porte ouverte pour attirer l'attention de la femme d'étage qui s'activait à l'intérieur. Si quelqu'un de suspect avait refusé de lui ouvrir à cet étage, elle pourrait le lui dire...

Parvenus au cinquième, ils trouvèrent un ascenseur de service, comme Sherry Ellis s'y était attendue. Ensuite, ils traversèrent sans se faire remarquer un vestiaire pour employés, puis un corridor derrière le restaurant principal de l'hôtel.

— Il doit y avoir une entrée à la cuisine pour les fournisseurs, murmura la jeune femme. On passe par là, et on arrive dans la rue.

L'agent, chargé de surveiller le hall et pas moins de six sorties différentes, accusait la fatigue. Il annonça dans son micro miniature à son acolyte qu'il retournait inspecter les issues de service. En rebroussant chemin, il aperçut un individu qu'il reconnut sur-le-champ : le suspect qu'il recherchait. Il le vit filer à travers la cuisine, une femme sur ses talons. Il n'avait pas le temps d'alerter son partenaire.

La plupart des employés étant occupés ailleurs, Sanders et la femme se retrouvaient à sa merci dans un couloir retiré. C'était presque trop beau pour être vrai.

Il fit un pas vers eux :

— Excusez-moi, m'dame, m'sieur ! Vous voulez bien attendre un moment ?

Sanders décida de faire comme si de rien n'était et poursuivit son chemin. Un second appel le fit s'arrêter et se retourner vers un homme d'une quarantaine d'années, qui lui souriait de toutes ses dents. Il sentit que Sherry Ellis s'était elle aussi immobilisée, attendant dans son dos. Avec son sourire désarmant, Sanders le prit pour un membre du service de sécurité de l'hôtel qui se demandait ce que ces clients pouvaient fabriquer en cuisine.

— Oui ?

— Puis-je vous demander vos papiers ?

Tandis que le médecin tâtonnait à la recherche de son portefeuille, Sherry Ellis cria soudain :

— Rusty, attention !

L'homme avait sorti de son manteau un pistolet muni d'un silencieux. Sanders releva les yeux — trop tard, l'arme était déjà braquée tout contre sa poitrine. La jeune femme resta pétrifiée sur place, s'attendant d'un instant à l'autre à entendre une détonation étouffée.

Mais l'inconnu se contenta de sourire encore et, sans détourner le canon, il annonça avec une certaine jubilation :

— Docteur Sanders ! On vous cherchait...

— Qui, *on* ? Et abaissez cette arme, d'accord ?

Il fit un signe négatif :

— Vous nous avez donné du fil à retordre pour vous retrouver ! Vous deviez prendre une chambre, non ?

Les affreux de Roth ! conclut aussitôt le médecin. C'était le vice-directeur qui lui avait suggéré de se faire oublier dans un hôtel.

— Pourquoi un pistolet ? Si vous êtes de la Compagnie, pourquoi une arme ?

Pour toute réponse, l'homme porta la main devant sa bouche ; il demandait à son acolyte de récupérer leur voiture et de les attendre à la sortie. Puis, détaillant la silhouette de Sherry Ellis, il ajouta :

— On vous expliquera tout en temps voulu. (Il désigna la jeune femme de la pointe du canon :) Et celle-là, qui c'est ?

Sanders ne répondit pas. Au bout de quelques secondes, elle fit un pas en avant :

— Je suis l'assistante de Jonathan Roth. Et vous, qui êtes-vous, à la fin ?

L'inconnu eut un moment de flottement, imperceptible presque, mais pendant ce très bref instant il éprouva un doute quant à sa mission. Le nom de Roth venait d'être lancé d'une voix ferme, assurée. Que faisait là une collaboratrice aussi proche du chef? Et s'il se trompait de personne en exécutant son « contrat »? Préoccupé, il relâcha un peu sa prise sur le pistolet. Sherry vit l'arme s'abaisser légèrement. Avec un sourire surprenant, elle attira le regard de l'homme en levant sans raison apparente les bras au-dessus de sa tête. Au même moment, avec une énergie qu'elle devait à des années d'entraînement, elle lui lança un coup de pied à l'entrejambe. L'agent, qui avait écarté un peu le doigt de la détente, le crispa vainement sur le barillet tandis qu'une douleur inexprimable convulsait ses muscles abdominaux et le faisait se plier en deux. Les yeux exorbités, articulant une sorte de râle, il tomba en avant, et la jeune femme n'eut qu'à lui faire sauter le pistolet de la main.

— Ramasse-le ! ordonna-t-elle à Sanders, qui émergea de sa stupeur pour s'exécuter, puis braqua l'homme prostré, auquel elle était en train d'arracher son émetteur-récepteur et qu'elle fouillait rapidement, à la recherche d'une autre arme.

Enfin, elle cria à un employé qui s'était approché, attiré par le bruit :

— Appelez la police ! Le complice de ce type va arriver devant la sortie de service, il est armé lui aussi ! Maîtrisez-le ! (Tétanisé par la peur, le nouveau venu la regarda retirer le pistolet à Sanders et le lui fourrer dans la main.) Bon, surveillez cette ordure ! C'est un assassin !

Entraînant Sanders par le bras, elle lui fit traverser la cuisine en bousculant les cuistots et en ouvrant à toute volée la porte à double battant, qu'un infortuné serveur reçut en pleine figure. Ils coururent jusqu'à l'entrée principale. Un taxi attendait devant. Sherry s'y jeta, Sanders se laissant tomber à sa suite sur la banquette.

— Allez-y !

— Mais où ? demanda le chauffeur, stupéfait.

— N'importe où ! Prenez vers le sud. Vers l'aéroport ! Vite !

Le taxi, un Noir d'un certain âge, appuya sur l'accélérateur sans en demander plus.

Après bien des efforts pour retrouver son souffle, le médecin osa lever les yeux vers sa compagne :

— Tu as dû esquinter ce type, tu t'en rends compte ?

— Et toi, tu as compris ce qui allait se passer ?

— Il allait nous emmener quelque part...

— Ouais, pour faire la causette. Ou pour nous descendre. Je t'avais dit qu'il fallait s'attendre à tout ! Il pouvait très bien avoir l'ordre de nous liquider. Deux balles dans la tête, même pas besoin d'une dans le cœur. Les gens des opérations spéciales adorent parler de leur technique, histoire de filer les foies aux autres. Mais merde, quand je me retrouve du mauvais côté d'un flingue, je n'ai pas envie de prendre des paris !

— Tu parles sérieusement, n'est-ce pas ?

— Ils devaient déjà avoir prévu où faire disparaître les corps. Vous et moi, cher docteur, disparus en fumée ! Oh, il y aurait tout un foin d'enquête, histoire de rassurer le public, et la Compagnie aurait simplement remis ses listes à jour. (Sanders resta coi, les yeux fixés sur elle.) Nous sommes dans de sales draps, Rusty. Tant que nous n'avons pas démasqué Roth, nous sommes en danger. Même si, comme tu le penses, ce barbouze voulait simplement tailler le bout de gras...

Pris au jeu, le chauffeur négocia un tournant sur les chapeaux de roues. Sanders se pencha vers la vitre de séparation :

— Pas aussi vite ! On ne veut pas se faire arrêter par les flics !

Le conducteur hocha la tête d'un air amusé : quand un client était pressé, il devait en avoir pour son argent.

Quelque chose pépia dans le sac à main de la jeune femme. Elle en retira le téléphone portable qu'elle tendit au médecin :

— Je parie que c'est pour toi.

C'était son contact des renseignements militaires. Il se passait des choses incroyables chez eux, lui confia-t-il d'une voix tendue. L'aviation et la marine venaient d'être mises en alerte pour rechercher et détruire un objectif qui, il en avait bien peur, risquait d'être ce fameux 747.

— Comment, *rechercher* ? Qu'est-ce que tu racontes ? protesta Sanders. Ils sont toujours à Tenerife. C'était sur CNN.

— *C'était,* Rusty... Ils ont décollé il y a environ vingt minutes, sans rien dire. Il y a un plan de vol pour l'Islande dans l'ordinateur, mais personne n'y croit. Ici, on dit qu'il est parti vers l'ouest. Peut-être pour retourner aux États-Unis...

— Bon sang ! Qui a donné l'ordre de les abattre ?

— La Maison-Blanche, figure-toi. Évidemment, je ne devrais pas te raconter tout ça, mais il y en a qui ont pété les plombs, en haut ! Tu imagines les retombées ? Enfin, il faut que j'y aille. Vois ce que tu peux faire de ton côté.

Sanders le remercia, coupa l'appareil, et rapporta la conversation à Sherry Ellis, occupée à masser sa main droite endolorie, qu'elle s'était un peu abîmée en arrachant le revolver à leur agresseur.

— Essaie de les appeler, conseilla-t-elle. On est encore libres de nos mouvements, et visiblement ils ne savaient pas que j'étais dans le coup. Mon téléphone ne devrait pas encore être pisté.

Les derniers litres de kérosène ne s'étaient pas encore écoulés dans les réservoirs que James Holland et son copilote avaient mis au point leur nouvelle course, non sans évaluer soigneusement la capacité de l'avion à décoller avec presque toute sa charge de carburant mais un réacteur en moins. Cela s'annonçait délicat, mais pas impossible.

Le commandant ne rencontra aucun obstacle en roulant sur la piste pour prendre un départ à l'est. Dès qu'il fit pivoter le gros Boeing, il lança d'abord les moteurs 2 et 3 pour conserver l'équilibre au décollage, puis le numéro 1. Lentement mais inexorablement, le 747 accéléra et atteignit la vitesse nécessaire juste au moment où les feux de bout de piste menaçaient de disparaître sous le nez de l'appareil.

A mille pieds, Holland redressa et prit vers le nord, conformément à leur plan de vol. Le transpondeur était toujours coupé, de même que toutes les communications radio. A cinquante miles au nord de l'île, il redescendit à cent cinquante pieds pour amorcer un long tournant ouvert vers l'ouest. Le but était de faire croire qu'ils repartaient en Islande, alors qu'ils se dirigeaient en fait vers l'occident.

Avant qu'il ne regagne le cockpit, Rachael Sherwood l'avait pris à part pour lui demander où il comptait aller.

— En admettant que personne ne tombe malade dans les dix heures à venir, je comptais me diriger sur la Barbade, ou bien les îles Vierges.

Elle parut désemparée :

— Et pourquoi ?

— C'est assez près de Miami pour la presse. Très vite, nous aurons des douzaines d'équipes télé autour de nous. Avec une couverture pareille, personne n'osera s'en prendre à nous. Et sitôt établi qu'il n'y a pas de contamination à bord, on nous laissera enfin en paix.

— On ne peut pas tout simplement arriver au-dessus des États-Unis et se poser...

— J'y ai pensé. Miami, Charleston, ou même Washington, tant qu'à faire... Mais il y a les radars côtiers, nous serions repérés de loin, et si jamais quelqu'un perd la tête il y aura du grabuge. Tandis que la Barbade ou les îles Vierges, c'est du gâteau pour un appareil arrivant à basse altitude. On va descendre à quatre cents miles de l'arrivée, et ça devrait marcher aussi bien qu'à Tenerife.

Le téléphone cellulaire, installé contre la fenêtre gauche du poste de pilotage, se mit à sonner. Holland confia les commandes à Robb pour répondre.

— Commandant Holland ? Euh, James ? C'est Rusty.

Malgré les distorsions, la voix était reconnaissable.

— Oui, c'est moi. J'ai du mal à vous entendre.

Il y eut une vague de grésillements, d'où émergèrent les derniers mots de Sanders :

— ... êtes-vous ?

— Où nous sommes ?

— Oui. (Comme par miracle, la ligne s'éclaircit d'un coup, ce qui permit à Holland de donner sa position et d'expliquer ses projets.) Mais, James, c'est impossible ! L'armée de l'air et la marine sont à vos trousses. D'après mes informations, ils sont prêts à vous abattre. Si vous vous rapprochez du continent, ils n'hésiteront sans doute pas !

James Holland lança un coup d'œil à Rachael Sherwood, sur le visage de laquelle il découvrit une expression inquiète. Il n'avait pas le temps de lui retransmettre l'avis du médecin : le téléphone émettait maintenant un bip intermittent qu'elle entendait distinctement elle aussi.

— Mon Dieu, c'est la batterie ! Elle est à plat ! s'exclama-t-elle.

Holland revint à sa conversation :

— Rusty ? Vous êtes sûr de ce que vous dites ? Ils ont lancé l'armée contre nous ?

— Écoutez, James, on vous considère comme un fléau terrible. Il y a des gens aux échelons supérieurs qui sont devenus totalement incontrôlables... Vous ne pouvez pas choisir une autre destination ? Trouvez un endroit discret, restez tranquillement là-bas encore une journée, et après vous rentrez à la maison sans problème !

— Mais où, bon sang ? Avec trois réacteurs seulement, j'ai un rayon d'action limité, l'odeur commence à devenir insupportable dans la cabine, nous n'avons presque plus rien à manger... Tout ce dont on a plus qu'assez, c'est de l'eau !

Le bip se faisait de plus en plus insistant.

— James, quelle est votre autonomie ?

— Je dirais quatre mille miles sans prendre trop de risques, un peu plus de dix heures de vol. Attendez, on regarde.

Rachael l'aida à étendre la carte aéronautique de l'Atlantique sur la console centrale. Avec ce rayon d'action, ils avaient à leur portée l'Islande, le Canada, les États-Unis, l'Amérique du Sud, les Antilles, une série d'îles au sud, ainsi que la majeure partie de l'Afrique et de l'Europe.

Un endroit retiré. Sans installations militaires US. Les yeux du commandant s'arrêtèrent sur un point figurant une île minuscule, sans doute un des sommets de ces chaînes de récifs qui affleuraient dans l'Atlantique tropicale, à des milliers de kilomètres des continents. Il estima en gros la distance avant de charger les coordonnées géographiques dans l'ordinateur, qui rendit son verdict : trois mille quatre cents miles. C'était faisable.

Et personne, absolument personne, ne s'attendrait à les voir atterrir là-bas.

— Dick, je programme le pilote automatique. Activez-le. (Le copilote hocha la tête pendant que Holland reprenait en main le portable :) Rusty? Bon, j'oblique vers le sud. L'île de l'Ascension. Je dois savoir ce qu'ils ont pour nous dans ce trou... (Aucun son ne sortit du téléphone. Holland se tourna vers la jeune femme :) Vous avez une pile de rechange?

— Non, elles sont dans les bagages... Je suppose que d'ici on ne peut pas arriver à la soute à bagages?

Faisant signe que non, il lui rendit l'appareil d'un air sombre :

— C'était notre dernier recours...

En quelques mots, il expliqua à ses deux compagnons d'infortune que la machine de guerre US avait désormais quartier libre pour les rechercher. Avec de grands yeux, Robb encaissa la nouvelle.

— Vous croyez qu'ils iraient jusque-là, James? Que notre pays serait prêt à nous éliminer?

Le commandant souffla, détourna son regard vers l'immense voûte nocturne avant de croiser celui de Rachael Sherwood. Il hocha tristement la tête :

— Pendant encore au moins vingt heures, nous n'aurons pas un seul allié, Dick. Nous sommes la souris, et Dieu sait combien de chats sont partis en chasse pour nous attraper...

CHAPITRE 26

Washington.
Samedi 23 décembre, 19 h 45 (0 h 45 Z)

A travers la vitre du taxi, le pont de la 14e Rue apparut tout brouillé à Rusty Sanders quand il laissa tomber le téléphone cellulaire sur ses genoux.

— Non, je ne peux pas y croire... La batterie ! Cette saleté de batterie est morte avant qu'il puisse me dire où ils allaient !

Sherry tenta de le réconforter :

— Mais au moins, ils sont en route, et ils vivent ! C'est le plus important.

Sanders l'approuva. Il ne pouvait s'empêcher de garder en tête l'image d'un avion blessé, abandonné à son sort. Il laissa ses yeux sur la jeune femme pendant qu'ils franchissaient en trombe le pont, passant devant le Pentagone à droite, roulant à vive allure vers Richmond, à l'ouest. Elle lui prit la main :

— Rusty, nous ne pouvons plus rien désormais. Tu as fait tout ce qui était humainement possible. Maintenant, il faut qu'on se préoccupe un peu de notre propre sort.

Le médecin eut un geste de rage :

— Je ne peux simplement pas arrêter de penser à ce

gars qui pilote en pleine nuit, seul, sans personne à qui parler, sans aucun soutien, pourchassé par son propre pays... Tu arrives à imaginer ce qui doit lui passer par la tête, en ce moment, au milieu de nulle part? (Elle acquiesça doucement tandis que Sanders continuait, désespéré :) Et tous ces gens dont il tient le sort entre ses mains, ces gens à qui on a annoncé qu'ils étaient condamnés... Avant c'était à cause d'un virus, maintenant c'est l'engrenage implacable qu'on a enclenché... (Il se tourna d'un seul bloc vers elle.) Sherry, tu crois qu'Aqbah va les retrouver?

— Mais, Rusty, même nous, nous ne connaissons pas leur destination! Alors, comment Aqbah serait-il au courant?

Rusty Sanders soupira à nouveau, le regard perdu à travers la vitre de la voiture.

— Je ne sais pas, mais c'est horrible, j'ai l'impression qu'ils n'ont pas renoncé.

— Et nous, où on va?

Il sursauta :

— Quoi?

— On est en train de foncer droit devant dans un taxi, à point d'heure, mais où on va? Tu as un plan?

Il donna l'impression d'émerger d'un cauchemar :

— ... En fait, je n'ai pas vraiment pensé à nous. En esprit j'étais de l'autre côté de l'océan, avec eux.

— Très bien, mais nous sommes bien là, nous, et j'avoue que je tiens pas mal à ma peau.

— Ils ont pu nous suivre, non? commença-t-il. (Elle opina du bonnet.)... Et donc, il semble acquis que Roth a donné l'ordre de nous éliminer tous les deux, même s'il ne sait sans doute pas encore que tu es dans le coup.

— On le saura vite si le type dans la cuisine est encore capable de parler.

— Sherry, je peux te demander? Au Caire, tu étais agent opérationnel, n'est-ce pas?

— Un brin d'opérations spéciales, oui.

— Donc, tu es entraînée pour ça. Eh bien, pas moi.

— Tu veux que je fasse une suggestion? (Il l'encouragea d'un signe.) Allons à l'aéroport. Plus il y aura de monde autour de nous, mieux ce sera. Ils doivent déjà être sur notre piste. Tu as du liquide sur toi? S'il te plaît, réponds oui, et beaucoup!

Il la regarda avec étonnement.

— Il se trouve que oui. Trois cents et quelques...

— Génial!

— Mais pour quoi faire?

— La navette aérienne de New York. On va aller là-bas, c'est plus simple pour disparaître de la circulation.

— Et puis?

— On prend une chambre d'hôtel sous un faux nom, on ferme la porte à double tour, et on se creuse les méninges pour trouver une issue.

Il n'arrivait plus à détacher ses yeux de ceux de la jeune femme. Et elle, devant cette proximité soudain révélée, devant son attitude qui exprimait pour la première fois autant de confiance et d'intimité, découvrit qu'ils étaient désormais liés, à un point qui rendait dérisoires des commentaires sarcastiques ou faussement détachés.

Ils risquaient leur vie. Mais c'était ensemble, tous les deux.

Elle se sentit rougir en entendant Rusty donner au taxi la destination qu'elle avait suggérée. Ses yeux restaient plongés dans les siens.

Au nord-ouest de Las Palmas

Dans un rugissement de réacteurs, Youri Steblinko poussa son jet à la vitesse maximale afin d'arriver sur Tenerife avant que la trace radar du 747 n'ait disparu vers le nord.

Trop tard. Son écran demeurait vide là où le vol QN 66 aurait dû se trouver. Par le contrôle aérien, il avait eu la confirmation que, selon son plan de vol, le 747 repartait en Islande, mais il ne se faisait pas d'illusions. Le commandant du Boeing, qui avait déjà donné la preuve de la pertinence de ses déductions, devait s'attendre que son assaillant demeure à l'affût, tout près. Sous couvert d'un faux plan de vol, il devait avoir pris une direction diamétralement opposée, n'importe où à au moins quatre-vingt-dix degrés de la route septentrionale théorique. Le contrôleur de Tenerife avait dit que le 747 avait décollé dix-huit minutes auparavant. Avec sa vitesse de montée, il avait certainement pris une avance de soixante-quinze à cent miles. La portée de son radar d'attaque était pourtant de deux cents miles... Le chasseur se sentit gagné par l'appréhension.

Il se stabilisa à quinze cents pieds et garda le cap au nord en se creusant la tête. *Où est-ce que j'irais, si j'étais à sa place?* ne cessait-il de se répéter. Qu'il soit déjà reparti vers le sud, et leurs deux appareils s'éloigneraient l'un de l'autre à plus de mille six cents kilomètres à l'heure! Non, il était persuadé que le 747 restait quelque part à sa portée, mais il lui était impossible de quadriller toute la zone. Et s'il se lançait dans une fausse direction, l'écart deviendrait infranchissable. Son unique chance était de suivre le raisonnement logique qui avait dû être celui du pilote. Ainsi seulement, il pourrait retrouver la trajectoire de l'avion de ligne.

Voyons, il ne va pas retourner à l'est, parce qu'il pense que je l'attends là-bas, calcula-t-il. *Il va se dire qu'une route orientale vers le Sahara est trop risquée, puisque la détection côtière dans cette région pourrait le repérer et me le signaler... Bon, et au nord? J'ai déjà conclu que non.* Restaient l'ouest et le sud. Youri Steblinko bascula vers l'occident en continuant à réfléchir avec acharnement. Il réajusta son radar sur plusieurs rayons d'action, sans succès. *A l'ouest, cela voudrait dire qu'il va aux États-Unis. Au sud, il a seulement quelques îles, la côte de l'Amérique du Sud, et encore l'Afrique.* Certes, le 747 avait refait le plein à Tenerife, mais il ne volait que sur trois réacteurs, ce qui limitait probablement son autonomie à quatre mille miles, au maximum. De quoi atteindre Miami. Ou Recife, ou peut-être Rio de Janeiro.

Brusquement, une cible apparut sur l'écran, dans le rayon des quatre-vingt-dix miles, qui semblait bouger vers le sud avant de disparaître comme elle était venue. *Fausse alerte,* pensa le pilote.

Au cours des dernières heures, il avait écouté toutes les radios commerciales qu'il avait pu capter. Les derniers bulletins confirmaient la contamination de tout le vol QN 66. L'avion, d'abord donné pour perdu corps et biens, avait été ensuite signalé à Tenerife, où les autorités locales avaient été soumises à un ignoble chantage. Le flash le plus récent, sur la Voix de l'Amérique, affirmait que l'imprévisible commandant de bord du 747 semait une panique internationale en refusant de se plier aux moindres instructions et de rejoindre l'endroit désertique où ils auraient dû attendre patiemment leur mort.

Youri Steblinko ressentit un flux de sympathie et de respect pour cet Américain, aviateur comme lui, à qui il donnait la chasse mais qui forçait son admiration. Pour avoir su esquiver sa première attaque avec un tel brio, il devait certainement avoir reçu une instruction militaire. Un chasseur, lui aussi, qui se savait poursuivi et choisirait donc une solution à laquelle personne ne s'attendait.

Il allait tenter de revenir chez lui. Il avait décidé de voler vers l'ouest. A sa place, il aurait fait de même.

Youri entra dans son ordinateur de vol plusieurs variantes de trajectoires occidentales et se prépara à la suite. Il décida de monter à trente-deux mille pieds, une altitude peu fréquentée par les vols commerciaux, et de filer à l'ouest. Avec sa vitesse d'interception, il pourrait rejoindre le Boeing en deux heures, soit à près de deux mille kilomètres au milieu de l'océan, sans repère aucun. Mais quand il serait prêt à l'intercepter, il lui resterait trois missiles — de quoi terminer enfin sa mission.

La Maison-Blanche, 20 h 20 (1 h 20 Z)

Les consultations téléphoniques, menées depuis déjà plusieurs heures entre le Centre de contrôle anti-épidémiologique d'Atlanta, les responsables à Bonn et des experts de l'ex-Union soviétique, se retrouvèrent en suspens avec l'arrivée à la Maison-Blanche d'un officier supérieur de l'armée américaine, le colonel Jerret Webster, commandant en second de l'Institut militaire de recherche sur les maladies infectieuses de Fort Detrick, qui annonçait une conclusion imminente.

Essayant de dominer son trac alors qu'une escouade de conseillers présidentiels le conduisaient à la table de conférences de la salle des opérations, le colonel s'assit gauchement, sous l'œil attentif de Jonathan Roth qui avait rejoint le groupe. Il ouvrit sa serviette de cuir usée et en sortit plusieurs papiers, dont des agrandissements de clichés pris au microscope électronique qui lui avaient été faxés d'Allemagne sur une ligne ultra-protégée. Ayant été prévenu que le Président les rejoindrait un peu plus tard, il débuta sans plus attendre :

— Messieurs, malgré certains désaccords encore ouverts parmi nous, la grande majorité des épidémiologistes qui ont travaillé sur ce cas sont enclins à penser qu'il s'agit d'un virus de niveau quatre, certes, mais qui ne peut se transmettre par l'air.

Le conseiller du chef de l'État pour les affaires étrangères se pencha en avant, attirant vers lui deux feuilles :

— C'est ce qui est là ?

Le colonel Webster approuva :

— Tout à fait. Voici les images du virus qui a pu être isolé sur les deux victimes du laboratoire de Regensburg. A première vue, il présente une grande ressemblance avec une catégorie de virus pathogènes très actifs, contre lesquels il n'existe aucun vaccin ni aucun traitement. Mais il se trouve que ce type de virus ne se propage qu'à travers les fluides corporels, notamment lorsque le sang d'une personne contaminée se trouve en contact avec une blessure ou une muqueuse. Rien ne nous permet de supposer qu'un individu infecté soit en mesure, par les voies respiratoires, de le diffuser en quantité suffisante pour provoquer une contamination.

— Vous pouvez nous redire cela dans une langue connue, colonel ? lança Roth.

— Tout à fait. Pour résumer, il n'existe pratiquement aucune probabilité que le professeur Helms ait infecté qui que ce soit dans l'avion. A moins d'avoir été en contact direct avec quelqu'un, mais même... Sans échange sanguin, cela paraît très improbable.

Le conseiller objecta :

— Et ceux qui lui ont fait la respiration artificielle ? Cela pourrait suffire ?

Le colonel hocha lentement la tête :

— Peut-être, mais sans doute pas. Évidemment, je préconiserais une quarantaine pour tout le monde pendant quatre jours, mais à mon avis, le plus important serait de séparer ceux qui l'ont touché des autres. Eux n'ont pratiquement aucune chance d'avoir été contaminés.

Roth fit une moue incrédule :

— Et comment en êtes-vous si sûr ?

Le colonel le fixa :

— Il n'y a aucune certitude. Cependant, l'équipe d'autopsie en Islande vient de terminer l'analyse des poumons de la victime, et il n'y a pas la moindre trace de virus dans les tissus. Ce qui prouve qu'il n'a pu contaminer les autres en respirant. (Il jeta un regard circulaire sur l'assistance avant de poursuivre :) Si j'ai bien compris, nos forces ont reçu l'ordre d'abattre cet avion, mais il n'y a aucune, je dis bien *aucune* justification médicale à une telle extrémité. Je suis venu ici pour vous demander, à vous, et bien sûr au Président, d'annuler immédiatement ces instructions. Quel que soit l'endroit où ces pauvres gens vont finir par se poser, il suffira de les placer en isolation le temps nécessaire. Et il s'agit avant tout d'une mesure de précaution.

Quelques minutes plus tard, le Président était mis au courant. Le Pentagone avait déjà été prévenu d'urgence de suspendre les opérations prévues.

— Vous avez contacté le commandant de bord ? s'enquit le chef de l'État dès qu'il reparut dans la salle.

Tous ces fonctionnaires importants, au salaire plus que confortable, firent semblant de ne pas avoir entendu. Quelques regards se tournèrent vers Jonathan

Roth, si prompt à donner son avis d'habitude mais qui pour une fois gardait un silence gêné. Devant l'embarras du patron en exercice de la CIA, un général de l'armée de l'air se décida à parler :

— Je sais qu'on a essayé, monsieur le Président... Seulement, depuis son départ de Tenerife, l'avion ne répond plus. Personne n'a pu entrer en contact avec lui, pas même la compagnie aérienne.

Le Président observa Jonathan Roth, dont les yeux demeuraient fixés sur la console de communications :

— Jon, est-il envisageable qu'ils puissent nous entendre, mais ne répondent pas ? (Le vice-directeur se racla la gorge, assailli par une multitude de pensées aussi confuses que contradictoires. Il ne se serait jamais attendu à un tel revirement. Jamais...) Jon ? insista le chef de l'État.

Il tenta péniblement de prendre un air enjoué :

— Euh, eh bien, je pense que nous avons une chance de les joindre si nous passons le mot à toutes les stations de radio. Il y a sûrement quelqu'un à bord qui écoute Voice of America, ou peut-être pourrions-nous émettre sur la fréquence des urgences pour les avions. Le pilote doit certainement la surveiller.

— Très bien, faisons cela ! ordonna le Président. Ramenons au sol ce malheureux avant qu'il lui arrive encore un coup dur ! (Il se tourna vers le général d'aviation :) Bill, avec l'amiral Tomasson, vous allez réunir toutes les forces disponibles pour l'escorter et le faire atterrir en sécurité, aux Canaries ou ailleurs. Si vous avez le moindre indice sur celui qui leur a tiré dessus tout à l'heure, je veux que vous m'en teniez informé sur-le-champ. Et puis, général, assurez-vous qu'il n'y a aucune trace, ni aucune fuite, à propos des dispositions antérieures...

L'officier approuva sans mot dire. Dès qu'il eut quitté les lieux, Jonathan Roth gagna le fond de la pièce en attrapant par la manche un de ses subalternes. Il voulait envoyer tout de suite un message d'une importance capitale.

— Il me faut une ligne sûre pour joindre Langley. Celles de la salle des opérations feraient l'affaire ?

— Oui, monsieur. Prenez celle qui est au bout de la table.

Roth se hâta vers le combiné, composa le numéro, entendit aussitôt la voix de Mark Hastings tandis que s'allumait le voyant indiquant que la communication était électroniquement protégée. Les yeux aux aguets, le vice-directeur raconta à voix basse ce qui venait d'arriver, puis ordonna :

— Envoyez à qui vous savez un message prioritaire sur le satellite. Dites-lui de décrocher, de disparaître et de se présenter au rendez-vous et à l'heure convenus. Faites vite, et demandez-lui de confirmer. Sa mission est terminée.

Aqbah avait attaqué le 747. Peu importait qu'ils n'aient pas réussi à l'abattre, cette prétendue tentative suffirait à attirer la désapprobation générale sur l'organisation terroriste.

— Et nos fouineurs maison ? demanda Hastings. Comme je vous l'avais dit, Sanders était bien avec Sherry. Elle a mis hors course un de nos hommes en ville, en fait, elle l'a salement amoché, et ils se sont esquivés. On est à leur recherche.

Roth se passa une main sur le front. Comment toute l'histoire avait-elle pu se compliquer à ce point ? Il avait eu l'occasion rêvée... Elle était encore là, à condition de ne pas perdre le contrôle.

— Alors, continuez. Ramenez-les.

— Bon, mais ils n'ont rien de gravissime. Ici, tout a été nettoyé, et vous avez gardé la disquette. Il suffit peut-être de leur flanquer une bonne frousse à tous les deux...

Le vice-directeur ne put réprimer un geste de colère. Il s'en voulait terriblement d'avoir laissé un spécialiste indiscipliné entrer dans le saint des saints. Et maintenant ce petit imbécile était dans la nature, prêt à raconter à qui voulait l'entendre une histoire qui ruinerait sa carrière. Il avait entraîné Sherry avec lui, en plus. Alors qu'il avait toujours fait confiance à cette collaboratrice hors pair...

— Prenez les mesures que vous jugerez les plus appropriées, mais il est impossible de les laisser vadrouiller avec ce qu'ils pensent avoir découvert. N'oubliez pas le vieux dicton, Mark : « Bouche avant que ça se mette à fuir »...

A trois cent vingt miles à l'ouest des îles Canaries

Jetant un coup d'œil à sa montre, Youri Steblinko conclut qu'il s'était encore trompé. Le vol QN 66 n'était décidément pas parti à l'ouest.

Il reprit la feuille sur laquelle il avait aligné ses calculs. Quand il avait lui-même pris en direction de l'occident, le 747 devait avoir à peu près soixante miles d'avance. Étant donné la vitesse de son jet, il aurait dû être en vue, ou à une quinzaine de kilomètres. Or, il volait depuis trois quarts d'heure, et son radar ne signalait toujours rien. Il savait que le 747 allait reprendre de l'altitude, pour épargner ses réserves en carburant. Un avion de ligne ne pouvait survoler tout l'océan sans se porter à trente mille pieds, ou plus. Même si la trajectoire du 747 s'écartait jusqu'à trente degrés de la sienne, le radar du Gulfstream était capable de le retrouver dans un cône de cent cinquante miles. Une dernière fois, il accomplit une recherche radar, toujours en vain. Alors, il débrancha le pilote automatique et dirigea le Gulfstream au sud-est, puis attrapa un crayon pour établir une trajectoire d'interception. Si le Boeing avait pris vers le sud, il devait être maintenant à quatre cents miles en avant. Se rendre directement à la position qu'il avait calculée creuserait encore son retard...

Il fallait donc admettre que sa cible se dirigeait vers le sud, vers le milieu de l'Atlantique, et prendre une tangente établie sur le point où elle se trouverait dans cinq heures environ, le temps nécessaire pour la rattraper. Mais sur quelle trajectoire ? Rapprochant la carte, il fit courir son crayon vers le sud. Dans l'hypothèse qu'il avait retenue, le 747 passerait tout près des îles du Cap-Vert, mais il supposa que le commandant de bord les contournerait par l'ouest afin d'éviter la détection au sol.

Il corrigea le tracé pour l'établir trois cents miles plus à l'ouest. Et après ? Jusqu'au petit archipel brésilien dit des Rochers de Saints-Pierre-et-Paul, deux promontoires montagneux dépourvus de piste d'atterrissage, il n'y avait rien que l'océan. Et encore après...

Au sud-est, il trouva un autre point infime dont le nom ne lui était pas inconnu. Une colonie britannique tropicale, éloignée de tout, presque déserte, mais qui, elle, avait une piste encaissée entre deux montagnes, assez longue pour servir de piste d'atterrissage alternative à la navette spatiale américaine, en cas de besoin. L'île de l'Ascension. Après, le 747 n'aurait plus assez de carburant pour continuer sa course sans risques. Ce devait être là !

Il traça une ligne jusqu'à l'île, calcula les vitesses et les angles nécessaires, releva deux coordonnées qu'il entra dans l'ordinateur de vol, vérifia ses calculs et, seulement alors, rebrancha le pilote automatique. Les dés étaient jetés : dans un peu plus de quatre heures, le Boeing allait apparaître sur son écran, ou bien le ciel resterait vide et il serait lui-même forcé de se poser sur l'île pour se payer un plein au prix fort. A condition que la nouvelle selon laquelle un coûteux jet privé avait été volé ne soit pas déjà arrivée là-bas. C'était sa seule chance. S'il s'était trompé, si le 747 avait pris au nord ou à l'est, sa mission avait dès à présent échoué.

Il repensa au message satellite qu'il avait envoyé à son client en reprenant sa poursuite aux Canaries : « Cible se dirige à l'ouest. Je la suis. » Il n'avait pas été surpris de ne pas recevoir de réponse, mais il ne serait pas plus mal de le corriger... Après avoir contrôlé le pilote automatique, il retourna à la cuisine, sans arrêter de se demander si le vol maudit allait bien vers l'île de l'Ascension.

Après s'être préparé une autre cafetière, il envoya un correctif qu'il valida sur l'ordinateur de communication. En se relevant pour reprendre le café et un paquet de gâteaux, il ne remarqua pas que le panneau de la console s'était pris à sa chemise et retombait en position fermée. A l'instant même où un léger bip annonçait l'entrée d'un message venu du sol, l'alimentation fut coupée.

Revenu sur son siège, Youri savoura son café en se préparant à la suite. Il s'accorda une heure de repos après avoir réglé le réveil de sa montre-bracelet. Pourtant, il avait envie d'écouter ce que disaient les radios, même s'il en avait eu plus qu'assez de suivre leurs bavardages sur le puissant récepteur du Gulfstream. Au cas où. Au cas où du nouveau se produirait, au cas où il apprendrait quelque chose qui romprait sa solitude, certain que son client serait le premier à l'appeler en cas d'urgence, il repoussa cette idée. D'autant que les médias pouvaient toujours annoncer du nouveau sur la position du 747 : lui ne se fierait qu'à son instinct.

A quoi bon rester à l'écoute des stations, ou des

vols réguliers au-dessus de l'Atlantique ? Il était un avion fantôme, en route pour une mission secrète. Il se redressa sur le siège en cuir pour couper la radio commerciale.

CHAPITRE 27

Aéroport de Washington.
Samedi 23 décembre, 20 h 20 (1 h 20 Z)

Le cœur dans les chaussettes, Rusty Sanders aurait voulu scruter un à un les centaines de visages rencontrés au hasard du terminal. Parmi eux, il y avait à coup sûr un agent de la CIA en route pour l'éliminer.

Pendant que leur taxi se faufilait dans la cohue du samedi soir, Sherry Ellis l'avait mis en garde avant d'arriver à l'aéroport :

— Si les barbouzes de Jon se pointent, ils seront au moins deux, chacun armé d'un silencieux. Ils vont te chercher, toi et la femme qu'ils ont repérée à l'hôtel. Ce qu'ils voudront, c'est nous forcer à monter dans une voiture banalisée qui attendra dehors.

— Pour aller où ? demanda-t-il en devinant déjà la réponse.

— Là d'où on ne revient pas, Rusty. Tu me crois maintenant ?

— Oui, articula-t-il en espérant qu'elle ne remarquerait pas qu'il avait du mal à avaler sa salive.

— Les entrées principales seront certainement surveillées, avait-elle ajouté, donc nous allons arriver par l'étage en dessous, au niveau des navettes pour les gens qui rendent les voitures de location. Après, il y a un ascenseur.

Elle lui avait demandé de partir en avant et de l'attendre à la librairie, au niveau des départs, en se faisant tout petit parmi les rayonnages.

— Et si tu te fais prendre, toi ?

Elle avait souri :

— Au cas où ce serait encore un de ces mâles si fragiles, il faudra recourir à la même technique que tout à l'heure. (Avec une grimace :) Même si j'ai les orteils en compote, maintenant !

— Tu parles ! J'ai mal rien qu'à y penser.

— C'était lui ou nous...

Tout de suite après qu'ils furent arrivés au terminal, la jeune femme disparut en direction des guichets, tandis que Sanders essayait de se perdre dans la foule. Il repéra à sa gauche un bar dont la télévision était branchée sur CNN. Au moment où il passait devant les tables, désertées en cette heure de pointe, il surprit sur l'écran l'image du 747 fatidique, et stoppa en se mettant à l'écart du flux des passagers. Le son était assez fort pour qu'il n'ait pas à s'approcher : « Nous venons juste d'apprendre les dernières conclusions des experts à propos de l'avion de Quantum : ses occupants ne seraient pas menacés par le redoutable virus qui a coûté la vie à un enseignant américain à bord de cet appareil. »

Abasourdi, le médecin se laissa aller contre un mur. Le présentateur poursuivit avec un bref récapitulatif de l'odyssée et conclut en promettant de revenir au plus vite sur cette affaire.

Ils ont changé d'avis ! Comment ? Pourquoi ? Sanders arrivait encore mal à analyser cette bombe quand il aperçut, dans un état second, le sigle de la CIA apparaître sur l'écran et qu'il reconnut, dans le flot de paroles, le nom du directeur en titre de l'agence, « qui occupait cette charge depuis 1995. Après deux mois dans le coma à la suite d'une hémorragie cérébrale, son décès cet après-midi n'a pas pris de court le gouvernement qui, par égard pour sa famille, s'est cependant refusé jusqu'ici à nommer un remplaçant. Selon des sources proches de la présidence, cependant, il ne fait pas de doute que le sous-directeur de la CIA, Jonathan Roth, occupera désormais son poste. On attend pour le début de la semaine prochaine un communiqué de la Maison-Blanche en ce sens ».

Et Holland injoignable ! Avait-il le moyen d'apprendre, d'une manière ou d'une autre, que ses passagers, son équipage et lui-même avaient été décrétés hors de danger ? Ou bien s'agissait-il d'une manœuvre tapageuse pour l'amener à se découvrir ? Mais comment pouvaient-ils être certains que le commandant de bord serait à l'écoute des radios commerciales ? Un homme qui luttait pour rester en vie... Il y avait une chance, cependant. Lui, ou quelqu'un d'autre dans l'avion. Sanders se dit que cela ne suffirait pourtant pas à le rassurer. Il en avait trop vu pour se faire abuser par des bulletins d'information. Oui, Holland s'en tiendrait à son plan.

Son attention fut attirée par une soudaine affluence autour de lui. Tout en sachant qu'il risquait ainsi de devenir encore plus repérable, il se retourna pour dévisager les passants. Mais Sherry et lui étaient-ils toujours en danger, dès lors que Roth savait son avenir assuré ? Est-ce qu'il allait passer l'éponge, ou au contraire se sentir encore plus en mesure de les éliminer discrètement ? Ou, plus effrayant encore, le nouveau directeur de la CIA avait-il les moyens de joindre ses sbires avant qu'ils ne commettent l'irréparable ?

Sanders se dirigea vers le stand des livres en essayant de surmonter sa panique. Au hasard, il prit un ouvrage, fit semblant de le feuilleter tout en surveillant les alentours. Son cerveau continuait à fonctionner à toute vitesse. Quoi qu'il fasse, Roth restait extrêmement vulnérable. Ou bien non ? Il avait rendu la disquette. On pourrait aisément prétendre que la copie papier qu'il conservait sur lui était un faux. En fait, il ne disposait d'aucune preuve. Et il était incapable d'attribuer à la CIA ce qui s'était passé chez lui ou à l'hôtel. De quelle arme disposait-il contre Roth ? Il fallait se rendre à cette triste évidence : aucune, mis à part les soupçons qu'il partageait avec Sherry. L'ennemi avait gagné. Même si le Président tardait à rendre sa nomination officielle, Roth continuait à bénéficier de sa confiance.

Mais alors, pourquoi voudrait-il encore leur peau ? Pourquoi ne pas les laisser parler, les laisser se ridiculiser, et sortir indemne de cette histoire ? Cela paraissait logique, certes, mais la jeune femme avait l'air tellement convaincue du contraire... Et le pistolet de tout à l'heure n'était pas un mirage, non plus ! Il ne savait plus que penser.

Un souvenir infime émergea soudain de sa mémoire, accaparant rapidement son attention. Un petit programme informatique qu'il s'était préparé tout seul un an auparavant, et qui garantissait une sauvegarde automatique afin d'éviter la destruction accidentelle de fichiers. Un truc aucunement orthodoxe, absolument impossible à repérer, grâce auquel il avait sauvé à la fois la version originale du « message du Caire » et la copie du mystérieux texte en arabe... Il la tenait, sa preuve ! Elle restait au chaud dans l'ordinateur de Langley.

Cette découverte l'avait empêché momentanément de surveiller les allées et venues dans la boutique. Il reporta son attention sur les clients. Il y avait un homme, trop vieux pour représenter un danger potentiel, en train d'inspecter la sélection des livres de la semaine sur une étagère ; à sa gauche, une fille dont la robe moulante révélait presque toute l'anatomie ; devant la caisse, un homme d'affaires d'une trentaine d'années, qui avait l'air de reprocher au vendeur de ne pas pouvoir trouver l'ouvrage qu'il cherchait ; et une dame à lunettes, en tailleur strict, à la chevelure argentée, dont l'expression sévère lui rappela une bibliothécaire acariâtre de son adolescence.

Celui de la caisse ? Son algarade avec le vendeur était peut-être une mise en scène. Il avait à peu près le même âge que l'agent esquinté par Sherry. Brusquement, il leva les yeux vers Sanders et les posa sur lui avec insistance. Quand il les détourna enfin et recommença à sermonner l'employé, le fugitif sentit une sueur froide couler dans son dos. Pourquoi lui avait-il jeté un tel regard ?

Soudain, l'homme tourna les talons et quitta la boutique. Sanders le vit disparaître à l'autre bout du terminal. Pour aller chercher du renfort ? Il s'en voulut de céder aussi facilement à sa peur. Il ferma les yeux un moment. Quand il les rouvrit, l'autre n'était pas revenu, et il ne vit personne de suspect autour de lui. *Fausse alerte,* pensa-t-il avec un petit rire intérieur. Cette idée lui apporta un certain soulagement, qui cessa brusquement lorsqu'il ressentit une forte sensation de piqûre dans le flanc gauche. Affolé, il s'ébroua pour tenter d'échapper à cette inexplicable agression.

Il entraperçut un bras près de lui ; un éclair métallique passa au-dessus de la main qu'il avait portée instinctivement au côté. Se tournant, il découvrit avec stupéfaction la femme qui lui avait fait penser à une bibliothécaire. Il baissa des yeux incrédules pour la voir glisser prestement une seringue vide dans son sac. Elle le regarda en silence, l'attrapant par le bras gauche.

— Mais... Mais qu'est-ce que vous faites, bon sang ? bredouilla-t-il.

D'une poigne de fer, elle l'attira vers l'entrée de la boutique, murmurant dans son oreille d'une voix grave, gutturale presque, mais indiscutablement féminine :

— Docteur Sanders, écoutez-moi bien, et n'essayez pas de vous retourner, ni de résister.

— ...

— Taisez-vous, contentez-vous d'écouter ! Je viens de vous injecter quatre-vingts centimètres cubes d'un neuroleptique très puissant. En vingt minutes, votre système nerveux sera entièrement atteint, et vous mourrez. Vous pouvez toujours appeler à l'aide, le temps que les secours arrivent, vous vous retrouverez paralysé, incapable de parler, puis le cœur s'arrêtera. Si vite qu'ils vous transportent, vous serez mort à l'arrivée. Et il n'y a pas de traitement. (Comme Sanders faisait mine de tourner la tête en arrière, elle resserra sa prise jusqu'à lui faire mal.) N'essayez pas de me regarder !

Il voulut avaler sa salive. Il avait du sable dans la gorge. Le nom d'une série de neurotoxines lui passa par la tête. Elles avaient toutes leurs spécificités, il fallait des heures pour trouver l'antidote.

— Que... que voulez-vous de moi ? réussit-il à articuler. La voix revint dans son oreille, calme, égale, d'une détermination effrayante :

— Vous allez me suivre dehors sans histoires. Nous allons devant l'entrée ; un autre agent nous attend en voiture. Là, nous vous injecterons un antidote. Si vous n'êtes pas derrière moi quand j'ouvrirai la portière, nous partirons en vous laissant en plan, sans l'antidote. Vous mourrez sur le trottoir, seul, comme un chien. C'est compris ?

— Oui, d'accord : si je ne viens pas avec vous, je suis mort.

— Exact.

— Et si je viens, je suis mort aussi. Parce que vous allez me tuer de toute façon, non ? s'entendit-il demander.

Sans y penser, il avait verbalisé ses peurs les plus secrètes. En imaginant la progression du neuroleptique dans son organisme, il eut un frisson d'horreur. C'en était fini pour lui. Et elle ne bluffait pas : il sentait toujours la douleur à gauche.

— On n'est pas là pour vous tuer. On veut juste vous parler, précisa la femme d'un ton froid en le poussant un peu dans la direction de la sortie.

Sanders se mit en marche. Il luttait pour garder le contrôle de ses jambes flageolantes. C'était pire qu'un pistolet braqué sur lui : il avait été chimiquement violé, et sans l'antitoxine adéquate il n'avait aucune chance de s'en sortir. *Mais si elle ment ? Et s'ils veulent seulement me faire monter en voiture pour emporter discrètement mon cadavre ?*

Après lui avoir lâché le bras, la femme passa devant. Visiblement, elle se moquait de savoir s'il la suivait ou pas. Mais il n'avait pas le choix.

Dans le hall, il s'efforça de marcher aussi vite qu'elle. Il eut l'impression que l'extrémité de ses pieds commençait à s'engourdir. Et il se demanda ce qui allait suivre, s'il serait même capable de parvenir jusqu'à la voiture. *Où est passée Sherry ? Est-ce qu'ils l'ont attrapée, elle aussi ?* Sa ravisseuse passa la porte coulissante d'un pas rapide, sans regarder derrière elle. Elle était sûre qu'il arrivait derrière elle. Le contraire eût été suicidaire.

Les deux billets pour New York dans son sac à main, Sherry Ellis se hâta vers le stand des livres. Elle pila net en apercevant son compagnon marcher vers la sortie et s'apprêter à disparaître dans la nuit. Quelque chose dans son attitude, dans sa démarche, la dissuada de le héler. Elle regarda par-dessus son épaule : aucune présence inquiétante. Et Rusty ne semblait pas non plus avancer sous la menace d'une arme. *Mais qu'est-ce qu'il fiche ?* maugréa-t-elle entre ses dents. Il avait franchi la porte quand elle partit à sa poursuite, en essayant de ne pas trop se faire remarquer. Plusieurs passants la suivirent cependant du regard tandis qu'elle se hâtait dans son sillage.

Elle dut s'arrêter pour laisser passer un porteur et son long chariot à bagages. De loin, elle vit Sanders s'approcher du bord du trottoir, toujours d'un pas pressé. Plusieurs véhicules étaient garés là, mais son attention se fixa sur une berline noire stationnée en double file, dont la portière arrière venait d'être ouverte par une femme trapue, aux cheveux gris, qui se retourna soudain pour observer l'approche du médecin.

Alors qu'il s'engageait sur la chaussée, Sherry piqua un sprint pour l'arrêter. Sentant le regard de l'inconnue sur eux, elle lui fit faire volte-face.

— Mais qu'est-ce que tu fabriques ici ? (Elle découvrit la terreur dans ses yeux.) Rusty, qu'y a-t-il ?

Il se débattit pour échapper à son emprise :

— Tire-toi, Sherry ! Ils m'ont eu !

— Quoi ? Qui ça ?

Alors qu'elle le maintenait tourné vers elle, il se pencha pour lui murmurer à l'oreille :

— Cette femme, là, près de la voiture. Elle m'a injecté un poison. L'antidote est avec eux. Je dois la suivre, autrement je suis fichu dans... vingt minutes. (Il se redressa, la respiration haletante, les yeux étincelants :) Laisse-moi, Sherry ! Et toi, cours, tire-toi de là !

Ils entendirent ensemble l'inconnue lancer d'une voix coupante :

— C'est votre dernière chance, Sanders !

Mais, loin de le libérer, Sherry resserra sa prise et le souleva presque de terre pour l'orienter vers les baies illuminées de l'aéroport.

— Allez, viens, vite ! SUIS-MOI !

Il fit d'abord quelques pas hésitants, puis accéléra tandis qu'elle le tirait à l'intérieur du terminal, sentant le regard maintenant stupéfait de la femme toujours posé sur eux. Ils passèrent en flèche devant les guichets, reprirent le corridor par lequel ils étaient arrivés. Elle le poussa dans le bureau d'une compagnie aérienne, brandissant son badge devant la secrétaire médusée par cette entrée tempétueuse.

— Vous avez une pièce que je puisse utiliser quelques minutes ? (Pas de réponse.) CIA. Pas le temps d'expliquer.

La secrétaire se ressaisit un peu :

— Vous pouvez rester là, j'attendrai dehors.

— Ne dites à personne que nous sommes ici, compris ?

D'un air terrifié, l'employée acquiesça et sortit en fermant la porte derrière elle.

Sherry fit pivoter son compagnon face à elle. Dans un état second, il obéissait, certain de sa mort imminente.

— Rusty, écoute-moi ! Tu ne vas pas mourir !

— ... Je ne sais pas de quelle toxine il s'agit, mais elle a dit...

— Il n'y a pas de toxine ! Elle s'est servie d'une seringue ?

— Oui.

— Une piqûre soudaine, dans la hanche ou dans la fesse ?

— A la hanche.

Elle hocha la tête :

— C'est bien ce que je pensais. (Elle l'agrippa plus

fort par les épaules pour le secouer comme un prunier :) C'est un vieux truc, Rusty, valable quand on a affaire à des amateurs. C'est de l'eau qu'elle t'a injectée. De l'eau, tu comprends ? Ou à la limite du glucose. Tu ne cours aucun danger !

Il ne pouvait en croire ses oreilles :

— Tu veux dire que c'est un... piège ? Comment peux-tu en être certaine ?

— Parce qu'on m'a entraînée à en faire autant ! De cette façon, elle n'avait même pas besoin de brandir un revolver devant tout le monde pour te faire obéir comme un mouton. L'aiguille, la surprise, c'est très convaincant. Diaboliquement futé, même.

Elle fut rassurée de le voir opiner du bonnet :

— Pour ça, j'ai marché à fond ! Cette seringue m'a fait tellement mal ! J'étais persuadé que la toxine commençait à agir...

— C'est toi le médecin, tu connais les réactions psychosomatiques, non ?

— Oui, oui, bien entendu.

— Voilà, c'est ce qui s'est passé. Tu te sens bien, maintenant ?

— Je crois, oui. Mais quel choc !

— J'imagine. On m'a déjà joué ce tour, une fichue blague de deux agents. Moi aussi, je les ai crus ! C'était tout déballer, ou pas d'antidote...

— Quoi, ils t'ont violée ?

— Simplement flanqué une trouille bleue. Un de ces stupides rites d'initiation pour entrer dans la Fraternité des agents de la CIA.

— Et tu as été admise ?

— Non, les femmes ne sont pas acceptées. Ils voulaient juste me faire croire que je pouvais l'être... Alors ? (Elle l'attrapa par le menton, observa attentivement ses pupilles, l'une après l'autre.) Ça va mieux ?

— Ouais, ça va. Je ne vais pas mourir tout de suite !

Elle lui décocha un sourire :

— En tout cas, pas à cause de cette injection... (Lançant un regard circulaire, elle poursuivit :) Mais si nous ne déguerpissons pas d'ici vite fait, ils vont revenir à la charge avec des moyens beaucoup moins raffinés. Je parierais n'importe quoi que la mamie dehors a déjà appelé du renfort. Tu vois, Rusty, je ne t'avais pas menti, nous sommes vraiment dans de sales draps. Je ne sais pas exactement s'ils veulent nous éliminer ou d'abord nous neutraliser, mais, dans un cas comme dans l'autre, s'ils réussissent, Jon s'en tirera à bon compte.

Quand il lui raconta ce qu'il avait vu sur CNN, elle ne parut pas étonnée outre mesure :

— Je me doutais qu'il allait être nommé directeur de la Compagnie, mais je ne m'attendais pas à un bulletin de santé aussi impeccable pour le 747. Ça pourrait être un coup monté, histoire que Holland se découvre.

— Oui, moi aussi j'y ai pensé. Mais même dans ce cas, il n'est pas du tout évident qu'il soit au courant, de toute façon. (Il baissa les yeux, soupira : l'image de l'avion en détresse était revenu le hanter.) Tu sais, nous pouvons encore les perdre. Ils ont un réacteur en moins, et ils doivent toujours être pourchassés...

Appuyée contre une table, la jeune femme garda le silence, les yeux fixés sur la porte.

— Il faut que nous démasquions Roth, reprit finalement le médecin. A moins que quelque chose ne m'ait échappé, c'est lui qui a mis l'attaque en branle.

— Non, rien ne t'a échappé, Rusty, tu as une logique d'enfer. (Elle le regarda et grimaça un sourire.) Enfin, pardon pour l'expression, vu les circonstances !

Sanders poursuivit :

— La mamie à la seringue... Elle m'a dit qu'ils

voulaient seulement me parler. Je suis sûr qu'elle s'exprimait au nom de Roth. Tu trouves ça plausible ?

Elle fixa à nouveau la porte, puis revint à lui :

— Peut-être. Mais tu as envie de risquer notre peau en faisant de tels paris ?

— On représente vraiment un grand danger pour lui, hein ?

— J'aimerais bien... Seulement, tu lui as rendu la seule preuve que nous avions contre lui : la disquette.

Le visage de Sanders s'illumina d'un coup :

— Faux.

Elle leva vers lui des yeux intrigués :

— Comment ça, *faux* ? Tu as gardé quelque chose sans me le dire ?

Quand il lui révéla l'existence de son programme clandestin, elle se redressa et lui saisit le bras :

— Vraiment ? C'est toujours là-bas ? Tu es sûr ?

— Je ne peux pas l'être à cent pour cent tant que je ne serai pas allé voir dans l'ordinateur, or ils ont dû pour l'instant bloquer nos codes d'accès. Mais en tout cas ils ne peuvent pas être au courant que ces fichiers existent. Ils sont dans un répertoire spécial, pas dans mon directoire personnel. Deux précautions valent mieux qu'une, non ?

— Donc, il y a une possibilité qu'ils soient là-bas ? Bon ! (Elle se frotta le menton pensivement.) Rusty, il y a au moins quelqu'un que Roth ne peut pas manipuler. Il a souvent essayé, mais l'autre est trop malin, et il ne lâche jamais de l'œil notre chère Compagnie !

— Qui ça ? Le Président ?

Elle fit une moue sardonique :

— Tu rigoles ? Ce mollasson ? C'est un vrai pantin dans les mains de Roth. Non, je pense au sénateur Moon. Jake Moon, de l'Arkansas. Le président de la commission spéciale du Sénat sur les services de renseignements.

— Moon... Mais c'est un mythe vivant, ce type ! Tu le connais personnellement ? Assez bien pour l'appeler ?

Elle acquiesça :

— Je crois même savoir où trouver son numéro chez lui...

Sanders réfléchit quelques secondes :

— Attends ! Le Sénat siège toujours. C'est le coup de feu d'avant Noël, tu connais : on essaie de finir avant la fête, mais l'héroïque opposition résiste pied à pied !

— Et alors ?

— Alors, il est sans doute à la tribune, ou dans son bureau !

Il y eut soudain un bruit de conversation étouffée à l'extérieur. Sanders reconnut immédiatement la voix de la femme à la seringue. Posant un doigt sur sa bouche, il prit Sherry Ellis par le coude, l'entraînant par une autre issue au moment où la porte par laquelle ils étaient entrés s'ouvrait bruyamment. Ils se retrouvèrent dans un couloir de service du deuxième étage, avec sur leur droite un escalier qu'ils dévalèrent pour émerger finalement dans un corridor mal éclairé desservant les services techniques des différentes compagnies aériennes. La jeune femme prit les devants pour ouvrir la première porte à la volée. Deux pilotes en train de prendre leurs documents de vol sursautèrent. Derrière eux, l'issue conduisant sur la piste venait juste d'être ouverte par un agent au sol qui s'apprêtait à entrer. Elle lui brandit son badge sous le nez tout en le poussant de côté. Avec un cri où se mêlaient indignation et surprise, il les laissa passer.

Ils émergèrent devant plusieurs convoyeurs à bagages. Sans hésiter, elle bondit au volant du plus proche d'entre eux, en faisant signe à Sanders de s'asseoir près d'elle. Elle alluma les phares et démarra, quittant le garage en trombe avec six chariots accrochés à la machine, tandis qu'un groupe de manutentionnaires stupéfaits essayaient de leur courir après.

— Où on va ? hurla Sanders.

— Sur l'aire de Delta Airlines. C'est la sortie la plus rapide.

Indifférente aux cris outragés qui s'élevaient derrière eux et au vacarme que faisaient les valises en s'éparpillant sur le sol, elle accéléra encore.

— Mais comment diable connais-tu aussi bien le coin ?

— Job d'été à TWA, pendant trois ans de fac ! A la manutention. Idéal pour repérer les lieux !

Au-dessus d'eux, deux agents de la CIA aperçurent à travers les baies vitrées l'attelage à bagages qui s'enfuyait en brinquebalant juste au moment où deux autres de leurs collègues débouchaient sur la piste, s'arrêtaient une seconde à la recherche d'un véhicule disponible, sautaient dans une passerelle autotractée et se lançaient en chasse. Coupant à travers l'aire de parking, Sherry se retrouva nez à nez avec un Boeing 757 dont les feux de position étaient allumés. Sanders, tout en se cramponnant à la barre devant lui, avait tourné la tête et aperçu l'engin fonçant à leur poursuite. La jeune femme passa à toute vitesse entre le train principal de l'appareil et un camion-citerne stationné à côté, sans éviter les câbles qui couraient au sol pour le relier à l'avion, semant encore des valises sous les yeux effarés de l'opérateur perché sur son échelle.

In extremis, le conducteur de la passerelle mobile réalisa que son véhicule était trop haut pour se faufiler lui aussi sous l'aile. Il freina brutalement avant de repartir sur la droite, dans un long détour pour contourner le Boeing et le camion-citerne, mais il reprit bientôt sa course. Et il gagnait du terrain. Sanders vit l'homme assis à droite sortir un bras de sa fenêtre. Ce qu'il tenait avait tout l'air d'un pistolet.

Longeant le terminal qui faisait un coude à cet endroit, la jeune femme évita de justesse un tracteur qui était en train de dégager un MD-80 de sa porte d'embarquement. A nouveau, des cris de protestation retentirent sur le tarmac. Leurs poursuivants n'étaient pas encore apparus à la sortie du tournant. Les installations de Delta se trouvaient maintenant en face d'eux, mais Sherry fit soudain une brusque embardée à droite pour éviter un autre attelage, dont le conducteur exécuta une manœuvre périlleuse afin d'échapper à la collision. Dans l'embardée, Sanders se retrouva pratiquement sur les genoux de la jeune femme.

La tour de contrôle, qui avait repéré le convoi fou, donna l'ordre à tous les appareils de garder leur position, ce qui obligea deux autres tracteurs et un 727 au roulage à s'immobiliser sur place. Se retournant encore une fois, Sanders vit apparaître la passerelle mobile, que sa taille faisait tanguer de manière inquiétante tandis qu'elle contournait le MD-80. Puis il entendit le bruit d'une balle ricochant sur du métal, et un sifflement, un vrombissement plutôt, comme si un énorme frelon était passé juste au-dessus de leur tête.

— Ils nous tirent dessus !

— Baisse-toi ! cria-t-elle en donnant un coup de volant à gauche pour les mettre à couvert derrière leurs chariots.

Une balle perdue passa encore au-dessus d'eux, puis l'un des compteurs du tableau de bord vola en éclats : cette balle-ci, constata Sanders, était passée exactement entre eux.

La jeune femme repéra un 727 de Delta arrêté sur l'aire de dégagement, conformément aux instructions de la tour, et prit à droite pour se diriger vers lui, tandis que leurs assaillants se rapprochaient.

— Accroche-toi bien ! hurla-t-elle à l'intention de Sanders, qui protesta :

— C'est ce que je fais !

De nouveaux projectiles touchèrent les chariots, mais leurs poursuivants allaient devoir suspendre le tir quand ils seraient trop près de l'avion : même pour des traîtres, la perspective de faire exploser un Boeing plein de passagers sur un aéroport était suffisamment épouvantable pour conseiller la prudence. Le pied au plancher, Sherry alla droit vers la queue de l'appareil. Le bruit des balles avait cessé, mais le ronflement de l'engin derrière était maintenant audible.

Dès qu'ils se retrouvèrent sous l'empennage du 727, elle tourna brutalement le volant à gauche, manquant de renverser l'attelage. Comme elle s'y attendait, les chariots firent des embardées désordonnées à droite, éjectant le reste de leur contenu sur le sol. Elle repartit de plus belle pour passer à mi-chemin entre le train d'atterrissage et le bout de l'aile droite ; elle avait calculé que son attelage arriverait à se faufiler, mais que la passerelle serait trop haute pour suivre le même chemin, et perdrait donc du temps.

Sanders, dont la vue était dégagée par une nouvelle embardée des chariots, aperçut le visage du conducteur. Entièrement accaparé par la poursuite, il ne remarqua donc pas l'aile se profilant sur le ciel obscur. Le haut de la structure cogna de plein fouet le bord arrière de l'aile. Le peu de carburant qui restait dans le réservoir s'écoula en s'enflammant aussitôt, transformant l'engin en une boule de feu. Les deux hommes descendirent précipitamment, les vêtements de l'un d'eux déjà en flammes. L'incendie gagna très vite toute l'aile. Sur le flanc gauche du 727, les toboggans d'évacuation apparurent et l'on vit les passagers commencer à glisser vers le sol. Dans la tour, où l'alerte générale avait été donnée, un contrôleur guidait par radio les véhicules des pompiers vers les lieux de l'accident.

Abasourdi, Sanders cessa de se dévisser le cou et regarda le circuit à bagages se rapprocher. Arrivée devant, la jeune femme stoppa net, sauta à bas de la voiture et courut vers le tapis roulant qui montait vers l'intérieur du terminal. L'attrapant par la main, elle se jeta dessus, laissant le mécanisme les emporter comme de vulgaires sacs de voyage. Parvenus au carrousel, et sans se soucier des regards ébahis des rares passagers dont l'attention n'avait pas été attirée par la lueur des flammes et le bruit des sirènes en contrebas, ils quittèrent le tapis pour courir à toutes jambes vers la porte principale.

Devant les taxis, il y avait la queue. Sherry Ellis s'en souciait peu : elle ouvrit la portière du premier véhicule à sa portée, poussa Sanders à l'intérieur et se tourna vers l'employé de la compagnie de taxis qui, du trottoir, les observait d'un air furibond :

— Gouvernement ! C'est une urgence ! lui cria-t-elle, sachant que ces mots sibyllins neutraliseraient l'homme pendant au moins quelques secondes.

Se laissant tomber sur le siège arrière et, tendant son badge de la CIA au chauffeur médusé, elle ordonna :

— Allez, vite, vite, vite !

Il manœuvra aussitôt pour quitter la file et partit en trombe vers le pont de la 14e Rue. De loin, Sanders put encore entrevoir une colonne de fumée noire montant de la piste. Les feux clignotants des véhicules de secours se reflétaient dans les volutes.

Sans perdre un instant, la jeune femme tira le téléphone portable de son sac pour appeler les renseignements. Puis elle composa le numéro du bureau du sénateur Moon. Comme ils allaient sortir du pont, le médecin lui demanda :

— Où doit-il aller ?

— Au Sénat ! L'immeuble Hart, lança-t-elle d'un

ton sans appel. Un instant plus tard, elle refermait le portable et se tournait vers Sanders : Le sénateur est dans la salle, ils vont lui dire de se rendre à son bureau. On le retrouve là-bas, c'est convenu avec son assistante.

Non sans jeter des regards inquiets en arrière, ils demeurèrent silencieux pendant les dix minutes qui s'écoulèrent avant d'arriver à l'entrée sud de l'édifice sénatorial. Après avoir payé en hâte le chauffeur, Sanders suivit la jeune femme à l'intérieur. Une fois la sécurité passée, ils prirent un ascenseur jusqu'au deuxième étage. Ils avaient déjà parcouru une enfilade de corridors quand il l'attrapa soudain par l'épaule. Elle tourna la tête pour lui lancer un regard étonné :

— Qu'est-ce qu'il y a ?

— Je ne sais pas... J'ai comme l'impression que tout se passe un peu trop facilement. Normalement, on devrait avoir la moitié de la police de ce pays aux basques.

— Allons, voyons, nous sommes tranquilles ici. Si on était repérés, la sécurité nous aurait mis le grappin dessus à l'entrée.

— Et si l'assistante avait prévenu Roth ?

— Pourquoi ferait-elle une chose pareille ?

Il réfléchit un bref instant :

— Bon. Admettons, mais attends une seconde.

Il avança jusqu'au coude que faisait le couloir, se pencha pour observer avec soin les alentours. Les bureaux du sénateur étaient sur la gauche, la porte ouverte, mais malgré l'affluence tout autour, personne n'avait l'air de monter la garde devant. D'un signe de tête, il invita la jeune femme à le suivre.

Sanders avait l'estomac noué. Ses collaborateurs avaient-ils eu le temps de prévenir Moon de leur arrivée, en moins d'un quart d'heure ? Probablement pas. Leur proposer de se rendre directement à son bureau n'avait rien d'aberrant, et cependant il avait la désagréable impression qu'une mauvaise surprise les attendait encore.

A quelques pas, par la porte ouverte, il aperçut plusieurs personnes debout dans l'antichambre. L'une d'elles passa la tête par l'embrasure et, en voyant arriver le couple, recula soudain. Sanders sentit qu'on s'agitait à l'intérieur. De nouveau, il obligea Sherry à faire halte. Un autre homme apparut, qui braqua directement son regard sur eux. Voyant qu'ils restaient pétrifiés, il hésita un moment avant d'avancer d'un pas ferme :

— Vous êtes bien le docteur Sanders?

Était-ce le ton de sa voix, ou la manière dont il prononça son nom? En tout cas, le médecin fut aveuglé par une évidence : le piège se refermait à nouveau sur eux. Saisissant la jeune femme par le bras, il tourna les talons pour repartir d'où ils étaient venus. Dans leur dos, ils entendirent tout un groupe sortir du bureau en désordre pour leur courir après.

Sanders connaissait bien cet immeuble. Droit devant, il y avait un escalier qui les conduirait au tram souterrain par lequel on gagnait le Capitole. Même le plus corrompu des ripoux n'oserait pas dégainer son arme dans un tunnel bourré de sénateurs! Ils dégringolèrent les marches, sprintèrent sur le quai vers une navette en partance, qu'ils attrapèrent au vol, après avoir bousculé le garde en faction. Sanders eut le temps de voir débouler sur le quai trois hommes hors d'haleine. L'un d'eux parlait dans un talkie-walkie, un autre interrogeait le garde.

Il dévisagea les autres occupants de la navette, reconnaissant au moins trois sénateurs, ainsi que le secrétaire d'État au Commerce. Ils n'allaient pas faire stopper le tram, mais le médecin était convaincu qu'ils auraient droit à un comité d'accueil musclé à l'arrivée.

— Qu'est-ce qu'on fait, maintenant ? murmura Sherry.

— Prépare ta carte d'identité. Il va falloir s'expliquer vite : c'est la garde du Capitole qui va nous réceptionner.

Il jeta un dernier coup d'œil en arrière, tant que la plate-forme restait encore en vue. Une algarade semblait avoir éclaté entre les trois barbouzes et les membres de la sécurité arrivés sur place. Un des agents de la CIA était en train de calmer un comparse visiblement surexcité. Soudain, ce dernier se jeta sur un des gardes, et en moins d'une seconde les trois barbouzes se retrouvèrent entourés de revolvers pointés vers eux. Sanders n'eut pas le temps d'en voir plus, car la navette avait obliqué sur la droite, mais il osa espérer que leurs ennuis resteraient limités à cette extrémité du tunnel.

A l'arrivée sous le Capitole, la sécurité était aussi présente, mais personne ne fit mine d'empêcher le couple de sortir du véhicule et de se diriger vers l'ascenseur. Les portes coulissantes allaient se refermer quand deux autres gardes arrivèrent en courant vers le tram. Après avoir regardé à l'intérieur, ils stoppèrent net devant l'ascenseur. L'un d'eux se jeta en avant pour essayer d'arrêter la fermeture des portes. Sanders le vit retirer ses mains au tout dernier moment.

Dans la cabine qui s'ébranlait vers le haut, tout le monde se demandait ce qui pouvait bien arriver. Les gardes allaient prévenir l'étage supérieur, pensa Sanders, mais ils n'avaient d'eux qu'une description partielle. Et il y avait trois autres femmes, à part Sherry, dans l'ascenseur...

— On se sépare ! chuchota-t-il à son oreille. Suis-moi de loin, on se rejoint au vestiaire.

A l'ouverture des portes, pas moins de six gardes

apparurent, qui surveillèrent la sortie du groupe, sans intervenir. Ils recherchaient un couple, un homme et une femme, mais Sanders était sorti seul parmi les premiers et sa compagne, après avoir attendu au fond de la cabine, avait fait son apparition aux côtés d'une autre femme à laquelle elle parlait comme si elles allaient de conserve. Par contre, un vrai couple, émergeant dans les derniers, se vit encercler en un clin d'œil.

Se guidant de mémoire, Sanders partit vers la zone d'accès contrôlé où se trouvait le vestiaire des sénateurs. Ayant présenté sa carte d'identité à un garde, il lui demanda si le sénateur Moon était prêt.

— Prêt à quoi ?

— Je dois le conduire à une réunion. Il est toujours en session ?

Derrière lui, il sentit que Sherry venait d'entrer dans la pièce. Le garde se gratta les cheveux, examina encore la carte :

— Si vous voulez bien attendre, docteur, je vais voir.

Il lui tourna le dos pour se diriger vers le vestiaire. Faisant discrètement signe à la jeune femme de l'imiter, Sanders le suivit. Le garde était déjà entré dans le vestiaire proprement dit quand un sixième sens lui commanda de se retourner. Il fronça les sourcils en découvrant le médecin dans son sillage. Au même moment, Sherry aperçut le sénateur Moon à quelques mètres.

— Eh, vous, arrêtez ! ordonna le garde, qui fut encore plus énervé en constatant la présence de la jeune femme. Et vous, m'dame, qui êtes-vous ?

Sans lui prêter la moindre attention, elle essaya de se glisser en avant :

— Sénateur Moon ? appela-t-elle.

Tout le monde dans le vestiaire se retourna vers eux.

Attrapant Sherry par le bras, le garde barrait la route à Sanders. Soudain, on entendit un bruit de pas précipités dans le passage qu'ils venaient d'emprunter, des cris : « Arrêtez-les ! »

— A TERRE, TOUT LE MONDE ! IL EST ARMÉ ! lança le garde, sortant un pistolet muni d'un silencieux de sa veste. Il tomba à genoux en position de tir, visa Sanders à la tête. Devant les yeux de ce dernier, la scène se déroulait maintenant au ralenti, tandis que mille pensées fourmillaient dans son cerveau. Il entendit distinctement l'homme déverrouiller son arme. Il n'avait plus le temps de se mettre à couvert. Il croyait déjà que la détonation allait lui déchirer les tympans quand un individu de grande taille surgit par-derrière et vint se placer entre eux.

— Ne tirez pas ! commanda-t-il d'une voix grave. (Le garde retira à l'instant son doigt de la détente et se releva.) C'est bon, Martin, ajouta le nouveau venu. Maintenant, je prends les choses en main.

Sanders entendit un laconique : « Oui, m'sieur », Sherry Ellis qui émettait un bruit entre le soupir et le gémissement, la voix, reconnaissable entre toutes, du sénateur Moon qui s'exclamait, de l'endroit où il s'était immobilisé : « Mais qu'est-ce qui se passe ici, à la fin ? » puis se rapprochait d'eux... Alors, il dévisagea l'homme qui venait de lui sauver la vie, et n'en crut pas ses yeux.

C'était Jonathan Roth.

Qui lui rendit un regard, non dépourvu d'ironie :

— Alors, docteur, à force de voir des conspirations partout...

Le sénateur intervint à nouveau :

— Mais c'est Sherry Ellis ! Que faites-vous ici ? (Puis, se tournant vers Roth :) Ce sont bien les deux personnes dont vous parliez, Jon ?

— Oui, sénateur.

Sanders fit un pas vers lui :

— Monsieur, j'ai la preuve...

Le sénateur leva une main pour l'arrêter :

— D'abord, vous vous expliquerez avec votre chef ici présent, ensuite Sherry, M. Roth et vous-même, vous êtes invités à me rejoindre dans mon bureau d'ici une demi-heure.

Et il repartit vers la salle où siégeaient les sénateurs.

Sanders sursauta quand il sentit Roth poser doucement une main sur son épaule. Les yeux du nouveau directeur de la CIA passaient de l'un à l'autre :

— Vous vous êtes mépris, vous savez, commença-t-il, oui, tous les deux...

— Je ne le pense pas, monsieur le directeur, répliqua le médecin.

— Il ne faut pas se fier aux apparences, Rusty. Vous avez mal interprété certains indices, tiré des conclusions trop rapidement... Visiblement, vous en étiez même arrivés à penser que nous cherchions à vous éliminer. Il faut que nous parlions. Tout de suite. Grâce à votre duo de brise-fer, je me retrouve avec deux hommes à l'hôpital, un avion incendié en plein aéroport de Washington, et le président de notre commission sénatoriale de tutelle fou furieux d'avoir été dérangé par des racontars selon lesquels le chef intérimaire de la CIA remuait ciel et terre à la recherche de terroristes prêts à abattre ce maudit 747 pour lui...

Il fit mine de les entraîner vers l'antichambre. Comme Sanders résistait, Roth se tourna vers lui en soupirant :

— Quoi encore, docteur?

— Je vous avais donné des preuves concernant une opération scélérate en cours dans votre propre organisation. Vous m'aviez promis de vous en charger.

— C'est exact, et j'ai pris aussitôt les mesures qui s'imposaient. Mais vous, Sanders, vous n'avez pas agi comme convenu. Je vous avais dit de disparaître et de reprendre contact avec moi. Depuis, je n'ai jamais eu l'occasion de vous dire que vous aviez mal interprété ce que vous aviez découvert. Vous avez démasqué un complot, d'accord, mais qui n'était pas ourdi par la CIA, ni par moi. Vous comprenez ?

Le médecin regarda Sherry, puis à nouveau Roth.

— On peut y aller, maintenant ?

Après avoir feint une bonhomie amicale devant le sénateur, Roth avait repris son ton habituel, sec, irrité.

— Où ? s'enquit la jeune femme.

Roth soupira encore :

— Mais voyons, au bureau du sénateur Moon...

CHAPITRE 28

Au nord de l'île de l'Ascension.
Dimanche 24 décembre, 6 h 15 (7 h 15 Z)

Il est là! Youri Steblinko pointa son index sur l'écran du radar tactique dont il avait réglé le spectre à cent cinquante miles. Un point brillant était apparu à une minute droit devant son Gulfstream. Il attendit que l'antenne eût accompli sept révolutions : la trace était toujours là, insistante, exactement à l'endroit qu'il avait prévu. Il regarda sa montre. A moins de cent miles au nord de l'île, il aurait atteint sa position de tir.

A bord de QN 66

C'était le moment. Dans le cockpit, James Holland avait lui aussi surveillé l'heure avant de se décider à empoigner un petit volant installé à la verticale qu'il tourna pour incliner vers la terre le nez de l'appareil, et entamer ainsi une lente descente en pilotage automatique. L'île de l'Ascension, qui se trouvait maintenant à cent cinquante miles, venait de surgir sur son écran radar. En cinquante miles, il voulait avoir atteint une altitude de cent cinquante pieds au-dessus de l'océan. Dick Robb venait de regagner son siège, les yeux cernés, le col de sa chemise ouvert. Depuis longtemps déjà, il avait fait disparaître sa cravate d'uniforme.

Rachael Sherwood, après quelques heures de sommeil, l'avait précédé au poste de pilotage depuis trente minutes. Elle avait été heureuse d'y trouver le commandant de bord seul avec ses instruments de vol : elle n'avait rien contre le copilote, mais se sentait toujours mal à l'aise en sa présence. Elle était restée assise derrière lui, sans rien dire. Finalement, Holland s'était tourné pour lui adresser un sourire, et lui avait pris la main. Se sentant envahie par un mélange de quiétude et de désir, elle avait caché le tumulte de ses émotions en lui rendant son sourire et en répondant à la pression de ses doigts robustes. Envers et contre toutes les sombres perspectives qui restaient toujours devant eux, il était capable de lui communiquer une tranquillité et une énergie qui l'étonnaient. Et quand l'heure était arrivée de réveiller le copilote, elle n'avait pu s'empêcher de ressentir un petit pincement de dépit.

— Comment ça se passe, question carburant? interrogea Robb en reprenant sa place.

— A peu près comme prévu, répondit Holland en examinant attentivement ses traits. Et vous, Dick, comment va? Vous avez pu prendre du vrai repos?

Robb acquiesça, non sans se frotter les yeux :

— Un peu. Suffisamment. Quand ce tohu-bohu se sera calmé, après notre retour, j'aurai besoin de plus encore!

— Comme moi, approuva Holland, comme nous tous.

Il y eut une pause, pendant laquelle Robb regarda la

jeune femme et lui adressa un sourire amical, auquel elle répondit. Puis il se tourna à nouveau vers le commandant :

— James, j'ai réfléchi pendant que j'étais couché. Vous ne pensez pas que nous devrions recommencer à écouter les radios ondes courtes, des fois qu'il y aurait eu du changement, ou qu'on nous ait organisé une petite réception militaire à l'arrivée ?

— Si tel est le cas, il n'y a rien à faire. Nous n'avons pas assez de kérosène pour choisir une autre destination.

Robb hocha la tête, resta un moment perdu dans ses pensées avant de conclure :

— Je suppose que vous avez raison.

Holland lui lança un coup d'œil :

— En fait, j'ai moi-même fait un essai tout à l'heure, avec le petit récepteur d'un des passagers. Je n'ai rien pu capter. Sous l'équateur, le signal radio n'est pas suffisant, avec toutes les interférences que produisent nos instruments. Tout ce que j'ai obtenu, c'est de la friture ou des bips.

Encore une fois, un retour radar apparut sans crier gare sur l'écran, droit devant, à environ soixante miles au nord de l'île. Robb le montra du doigt :

— On dirait une turbulence, là-bas. Je vois du rouge au milieu.

— Oui, un orage isolé. Pas étonnant un peu avant le lever du jour. C'est sans doute le résidu d'une grosse tempête qui a dû passer hier.

— Vous allez le contourner ? demanda Robb.

— Oui, mais pas avant de m'être rapproché encore un peu.

Un ciel d'un noir d'encre, parsemé d'étoiles mais sans lune, s'étendait devant eux. Le soleil ne commencerait pas à rosir l'horizon avant une demi-heure encore. Pour l'instant, ce n'était partout que l'obscurité, filant autour d'eux à soixante-douze pour cent de la vitesse du son. Holland baissa l'éclairage du cockpit et des cadrans pour ménager leurs yeux. Au loin, un halo de lumière diffuse annonçait l'île de l'Ascension. Le petit foyer orageux était à vingt miles maintenant et se déplaçait vers l'est. Holland modifia la course du pilote automatique vers l'ouest pour l'éviter de dix miles. Des éclairs sporadiques surgissaient du centre du nuage. Sur l'écran radar, une lueur rouge continue indiquait qu'il s'agissait d'un orage, limité, certes, mais plein d'énergie concentrée. Partout ailleurs, l'image de l'horizon était claire, avec la masse de l'île s'avançant régulièrement vers eux.

— Je braque un poil de plus, annonça Holland en obliquant à quarante-cinq degrés sur la droite.

Il regardait à travers sa fenêtre quand Robb se pencha à nouveau vers l'écran et resta fasciné par des lignes qu'il venait de voir apparaître et s'évanouir presque aussitôt. Le copilote se sentit frissonner. Il avait déjà surpris la même chose, des heures auparavant, quand ils se rapprochaient de la côte africaine...

— Dites, James..., bafouilla-t-il.

Se tournant vers lui, Holland suivit son regard sur l'écran, qui juste à cet instant ne présentait rien d'anormal. Percevant son agitation, il releva les yeux vers lui :

— Qu'est-ce qu'il y a, Dick ? Vous avez vu quelque chose ?

Robb se figea un moment, les yeux toujours fixés sur le radar, puis se décida à faire non de la tête. *Inutile de passer pour un paranoïaque,* se dit-il, *c'est la fatigue qui me joue des tours.* Et, à voix haute :

— Juste quelques lignes, un peu comme tout à l'heure. Mais aucun chasseur n'aurait pu nous suivre pendant aussi longtemps au-dessus de l'océan !

Après avoir réglé son radar d'attaque sur une amplitude de cinquante miles, Youri Steblinko vérifia le système de déploiement des missiles. Le 747 était désormais à moins de dix miles droit devant, même s'il se trouvait plus près de l'île qu'il ne l'avait calculé... Aucune importance, pensa-t-il, l'épave du Boeing tomberait de toute façon en pleine mer.

L'avion de ligne avançait sans aucune lumière, aucun feu de position, aucun clignotant, mais sur son écran il était une cible phosphorescente. Le pilote estima que l'appareil, engagé dans sa descente, volait maintenant à cinq mille pieds. De toute évidence, son ennemi savait naviguer en surface pour éviter les radars... Il eut un bref sourire : voilà pourquoi il lui avait échappé la fois précédente !

Il fit obliquer le Gulfstream légèrement sur la droite. Son plan était des plus simples : programmer un missile sur la trace infrarouge du réacteur que le 747 gardait à droite, et l'arracher de l'aile. Le commandant de bord se retrouverait alors confronté à la pire des situations pour un pilote : deux moteurs en moins sur le même côté. Et puis, avec un peu de chance, l'aile se désintégrerait ce coup-ci. Sinon, il avait encore deux missiles. *Et cette fois, il ne se doute pas que je suis là !* ajouta-t-il en son for intérieur.

Il fit sortir le porte-missile gauche, ce qui déstabilisa un instant le jet. Après l'avoir fait revenir à sa position normale, il porta le pipper du radar d'attaque sur la cible et chercha la trace infrarouge du réacteur droit restant. Encore quelques miles ! Le Gulfstream arrivait sur le Boeing à une vitesse supérieure d'au moins cent nœuds — près de deux cents kilomètres-heure. Se jugeant assez près, il baissa les gaz, laissant le jet adopter exactement la vitesse du 747. La « signature » du réacteur était devenue très nette sur l'écran. Il pressa donc le bouton qui autorisait le missile à se guider sur elle. Ils étaient arrivés à quinze cents pieds, la descente se ralentissait, le Boeing naviguant devant à plus de deux cent cinquante nœuds — environ quatre cent soixante kilomètres-heure.

Youri Steblinko décida d'attendre de le voir se stabiliser, même à très basse altitude. C'était encore mieux ainsi : une explosion juste au-dessus de l'eau était plus dangereuse. Au cas où l'avion pourrait continuer à voler, une simple erreur de manœuvre due à la panique, et le gros jumbo percuterait les vagues.

Comme il s'y attendait, le 747 descendit encore et redressa à l'horizontale pour rester à cinq cents pieds. L'assaillant contrôla son écran de navigation. Ils se trouvaient à cinquante-deux miles au nord de l'île. Il fallait passer à l'action !

Il porta son jet à deux miles derrière le Boeing, vérifiant que le système de guidage de la tête explosive était bien braqué sur la tuyère du réacteur 3. Le doigt sur la détente, il recontrôla encore une fois le moindre détail.

Son adversaire avait fait preuve d'un remarquable savoir-faire. C'était presque une honte qu'après tous ses efforts, et alors qu'il était en vue de sa délivrance, il soit sur le point de se faire abattre en plein vol. Ces malheureux auraient dû rencontrer leur destin bien plus tôt, avant que l'espoir ait pu renaître en eux.

Mais ils n'avaient jamais eu le droit d'espérer, corrigea-t-il en lui-même. S'abîmer au large des Canaries ou au milieu des immensités perdues de l'Atlantique Sud ne présentait aucune différence substantielle. *Et puis, souviens-toi, ils étaient déjà condamnés... Certains ont dû commencer à mourir.*

Youri appuya sur la détente. Le son assourdissant du missile démarrant et s'éjectant de sa rampe emplit le cockpit. Sa trace lumineuse partit en spirale devant lui, si vite qu'il eut l'impression qu'une fraction de seconde seulement s'était écoulée avant qu'elle n'eût rejoint la cible. Alors, à l'endroit où s'était trouvé le 747, l'explosion, qui lui parut d'une puissance incroyable, lui fit presque mal aux yeux.

La droite du Boeing parut s'embraser d'un coup. Un choc hallucinant venait de se produire, projetant une lueur phosphorescente, orange vif, dans la cabine et le poste de pilotage. L'appareil fut parcouru d'un monstrueux tremblement tandis que le réacteur numéro 3 était arraché de son support et que des pièces métalliques rebondissaient ou s'écrasaient sur l'aile et le fuselage, comme si les pilotes venaient de passer à travers un cimetière d'avions.

— C'EST QUOI, NOM DE...

Le cri avait fusé en même temps de la bouche des deux pilotes. En bas, le bruit de l'explosion ne suffit pas à couvrir un hurlement de terreur collectif. Les passagers qui s'étaient assoupis se réveillèrent en sursaut pour trouver la cabine baignant dans la sinistre lueur venue de l'aile droite.

Convaincu qu'ils venaient de s'écraser, le cœur battant à se rompre, Don Moses s'agrippa aux accoudoirs. Il jeta un coup d'œil de côté, aperçut les flammes mourantes et les étincelles jaillies de l'emplacement du réacteur pulvérisé, puis réalisa qu'ils continuaient à voler.

D'un seul geste félin, James Holland attrapa le palonnier et débrancha le pilote automatique, observant de tous ses yeux les contrôles devant lui. Dick Robb avait le visage tourné vers la droite, mais il avait été ébloui par la vive lumière.

— Le numéro 3 est mort ! annonça le commandant.

Son copilote reporta les yeux sur ses instruments, essayant de regarder à travers les taches lumineuses qui brûlaient ses pupilles.

— Bon sang, comment a-t-il pu exploser? s'interrogea Holland à voix haute.

Malgré ses troubles de vision, Dick Robb réfléchissait à toute allure. Il se souvint des lignes suspectes apparues quelques minutes avant sur l'écran radar :

— Un autre missile, James ! Notre ennemi est toujours là. Il nous avait suivis !

— Impossible, ça ne peut pas être encore ce salopard !

— La vitesse relative ! rappela le copilote.

Holland hocha la tête. Il avait déjà poussé les deux réacteurs gauche, en pesant fortement sur la dérive pour contrer le roulis à droite.

— Nous sommes encore à combien ?

— Quarante-cinq miles, répondit Robb.

Le commandant regarda sur sa gauche en laissant échapper un juron :

— Le fils de pute !

Il fit basculer l'avion du côté des moteurs restants tout en redressant le nez pour reprendre de l'altitude.

— James, qu'est-ce que vous faites ?

— Ce salaud attend la suite. On va lui donner du spectacle, qu'il soit seul ou non. Si nous fonçons droit vers notre destination, il va faire feu de nouveau.

Le 747, incliné à quarante-cinq degrés sur la gauche, atteignit une altitude de huit cents pieds. Holland essayait désespérément de vérifier s'ils étaient suivis. Leur assaillant pouvait parfaitement virer comme eux, mais... il partit, lui, sur la droite.

— Trains sortis ! Volets sur un !

Robb eut une expression effarée, mais obéit instinctivement et répéta :

— Trains sortis, volets sur un ! (Il surveilla les cadrans, guettant un dysfonctionnement du mécanisme d'entraînement des volets droits.) Ils ont l'air de sortir normalement, pour l'instant !

Holland mit les manettes des gaz sur zéro, équilibra les ailes à l'horizontale, puis fit piquer du nez à l'appareil, qui dévala une centaine de pieds. Il rouvrit alors les gaz pour virer lentement sur la droite, faisant garder ce mouvement à l'avion pour l'aligner vers le sud-ouest, dans la direction de l'île.

Les secondes paraissaient durer des heures. A chaque instant, il s'attendait à subir un nouvel impact. Les dents serrées, entièrement concentré sur la manœuvre, il se força pourtant à expliquer :

— Si jamais... je peux continuer à le berner... on arrivera peut-être à se rapprocher suffisamment de la terre.

— James, nous sommes à cent pieds ! On touche une vague du bout de l'aile, et on est fichus !

— Surveillez tout ce que je fais, Dick ! Surveillez l'altimètre ! On va s'en tirer !

Youri Steblinko, qui craignait de croiser un maelström de débris, décrocha dès qu'il eut constaté l'explosion. Incliné à droite, le jet partit latéralement sur un demi-mile à l'ouest avant de redresser. Il écarquilla les yeux pour apercevoir le jumbo sur sa gauche. Le retour radar était toujours là, plus intense même quand sa cible, contre toute attente, se mit à tourner à gauche... *Encore un petit jeu, hein ?* pensa-t-il. *Mais cette fois tu ne t'échapperas pas !*

Il partit lui aussi à gauche, en se demandant si le Boeing allait accomplir un cercle complet ou prendre une nouvelle direction. Est-ce qu'ils avaient seulement un plan ? Pourtant, la frappe n'avait pas arraché l'aile droite, comme il l'espérait, et l'appareil ne paraissait pas ingouvernable.

Le pilote redressa à mille pieds, en direction de l'est, et jeta un coup d'œil à son écran. Le retour commençait à faiblir rapidement. *Ah, ah, alors, on refait le même coup, on veut surfer, hein?* A son tour il perdit de l'altitude, tout en virant légèrement à gauche pour ramener le spectre de son radar au point où la trace électronique du jumbo avait disparu. A trois cents pieds, il redressa, ne recevant que les interférences produites par les vagues de l'Atlantique. Il y eut bien une brève trace lumineuse, plus au nord, mais il se refusa à la prendre au sérieux. Encore une trace, à droite, qui s'évanouit aussitôt. Sur le détecteur infrarouge, il ne trouva rien non plus. *Peut-être qu'il est parti?* se demanda-t-il avant de se reprendre tout de suite : la même erreur de déduction lui avait déjà coûté cher. *Non, il est toujours dans les parages. Il n'a pas assez de carburant pour tenter de gagner une autre destination. Et cette fois, je sais où le retrouver.*

L'écran toujours vide, il inclina à gauche pour survoler les flots de ce côté, avant d'accomplir la même manœuvre à droite. Il n'y avait que des vagues, et encore des vagues. *Très malin! Mais je t'aurai à l'approche de l'île!* Il remonta un peu pour repartir dans cette direction. Il allait se porter au sud de la trajectoire d'approche de la piste, orientée est-ouest, et rester à traîner par là, en attente, son radar braqué vers l'aéroport. Dès qu'il se présenterait, le 747 ne pourrait pas lui échapper.

Et il lui restait deux missiles.

A bord de QN 66

Dans le poste-repos à l'arrière du jumbo, Gary Strauss avait été brutalement réveillé par la douleur et un choc effrayant. Amplifiée par l'étroitesse du fuselage à ce niveau, l'explosion l'avait fait rouler vers la gauche sur sa couchette.

Stefani avait émergé du sommeil en même temps que lui, et attrapé le poignet de Gary d'un geste paniqué. Quand il s'était endormi un peu avant, calmé et ravi par la présence de la jeune fille, une hôtesse était venue éteindre la lumière. Maintenant, ils se tenaient par la main, dans une complète obscurité, et se demandaient ce qui était en train de se passer.

— Stefani ?

— Oui, je suis là. C'était quoi ?

Il fit signe qu'il n'en savait rien avant de se rappeler qu'elle ne pouvait pas le voir :

— Je ne sais pas !

— Tu peux te pousser un peu ?

— Pourquoi ?

— Parce que je voudrais que tu me serres fort dans tes bras. J'ai peur, atrocement peur.

Il sentit l'émotion étreindre sa gorge tandis que le 747 tanguait encore violemment et que Stefani roulait sur la couchette pour venir presser son corps contre le sien.

Dans le salon des premières, Lee Lancaster avait sursauté à la vue de l'éclair orangé, puis essayé de comprendre. Son regard se posa sur les visages cireux de Garson Wilson et de son secrétaire, puis rencontra les yeux affolés du couple dont Rachael lui avait parlé. Il s'efforça de leur sourire, et eux de lui rendre la pareille, tandis que l'énorme avion se mettait à virer sur la gauche en tremblant violemment... et à prendre de l'altitude !

A la porte 2 L, Barb Rollins gardait un sourire impassible. Mais elle avait caché ses doigts entrecroisés derrière le siège de service rabattable, en espérant que personne ne le remarquerait. Elle se dit qu'elle aurait dû être rodée, depuis le temps, et cependant elle n'avait jamais eu aussi peur de sa vie. L'idée d'appeler James à l'interphone lui effleura l'esprit, puis elle la repoussa : elle ne comprenait pas ce qui venait de se passer, mais il devait en ce moment consacrer toutes ses forces à faire face à la situation. Elle, elle ne pouvait qu'attendre. Attendre et prier.

Au-dehors, c'était le noir absolu. Luttant pour maintenir le 747 à une trentaine de mètres seulement au-dessus de l'océan, Holland était conscient que la moindre erreur de pilotage leur serait fatale. La machine se dérobait comme un cheval rétif, mais les contrôles répondaient toujours, même si les deux pilotes estimaient que le dessous de l'aile droite avait subi de graves dégâts. En outre, ils disposaient encore de deux systèmes hydrauliques.

Le commandant savait que son mystérieux assaillant avait le temps de les retrouver, mais qu'en restant assez longtemps en surface il échapperait à son radar d'attaque. Le pari, évidemment, était terriblement risqué. Plaçant le sélecteur de destination droit sur l'image de l'île, il vit s'afficher la distance restante : quarante-deux miles. Il mit les deux réacteurs intacts en poussée ascendante autant qu'il le pouvait, tout en maintenant le nez du Boeing à l'horizontale. La vitesse relative atteignait deux cent quatre-vingts nœuds.

— Vous laissez les trains d'atterrissage sortis? s'étonna Robb.

— Ils sont très bien comme ça. Ne les surmenons pas.

— Roger, répondit le copilote.

L'ennemi était encore là, c'était certain. Il y avait peut-être plus d'un chasseur. Mais la question qui les obsédait le plus, c'était la raison de son — ou de leur — acharnement. Pourquoi les prenait-on pour cible? Ils n'avaient guère le loisir d'y penser. Quelque part dans la nuit, la mort rôdait toujours.

— Et si on lançait un message de détresse? proposa Robb.

Holland fit une moue sceptique :

— Ça ferait plus de mal que de bien. D'autres avions de chasse en attente sur l'île en profiteraient pour venir l'aider à nous liquider. Il serait trop content.

— Qui est-ce, ce *il*? s'interrogea Rachael Sherwood d'une voix oppressée.

Elle s'accrochait des deux mains à la console centrale, les yeux agrandis par l'inquiétude.

— Je n'arrive pas à croire qu'il s'agisse du même type que tout à l'heure, Rachael, mais si c'est le cas, on peut dire que c'est un véritable démon, qui s'acharnera sur nous jusqu'à la fin. Nous n'avons pas le moindre indice sur le genre d'appareil qu'il pilote. Un chasseur, en tout cas, ne pourrait pas franchir trois mille miles sans se ravitailler.

— Vingt-cinq miles, James. On se rapproche. (Dick Robb voyait la distance se réduire peu à peu sur le compteur tandis qu'ils approchaient d'Ascension à une vitesse de quatre miles et demi par minute.) La piste sera plus haute, ajouta le copilote en étudiant la carte, le seuil est à cent pieds au-dessus de la mer.

Holland hocha la tête :

— On va faire l'approche finale à trois miles de là. (Il examina la reconstitution des lieux que Robb avait dessinée sur l'écran de l'ordinateur de vol. La piste s'étendait à environ quarante degrés à gauche de leur trajectoire.) Définissez-moi un point de repère sur l'écran, Dick, à trois miles à l'ouest de l'approche finale. C'est de là qu'on va surgir.

Robb pianota une série de formules sur l'ordinateur. Un repère en forme de petit diamant apparut sur l'écran.

— Nous sommes maintenant à huit miles, annonça-t-il.

— Allez-y, Dick, faites une annonce pour la cabine. Dites-leur de se tenir prêts.

Le Gulfstream passa par le travers de l'aéroport d'Ascension à huit miles, volant à mille pieds environ. Sa trace radar ajouta à la perplexité des contrôleurs aériens : depuis un moment, ils avaient suivi avec effarement une étrange succession de retours radars qui venaient vers eux du nord, à des altitudes variables, sans capter ni codes transpondeurs ni appels radio.

— Si on était encore au temps de la guerre des Falklands avec l'Argentine, je dirais qu'il va y avoir du grabuge ! s'exclama l'un deux.

Le clignotement qui venait de passer au sud-ouest de la piste paraissait désormais repartir vers le nord, mais il renversa soudain sa course, accéléra, vira encore, et remonta lentement vers le nord. Comme s'il était en train d'attendre quelque chose.

Une bande lumineuse à l'orient annonçait le lever imminent du soleil, mais la nuit restait noire du côté de ces mystérieux retours radars. Les contrôleurs écarquillaient en vain les yeux sur les viseurs de leurs jumelles.

— C'est un OVNI, ou quoi ?

Alors qu'il entamait son deuxième circuit d'attente, Youri Steblinko revit la trace du 747 sur son radar d'attaque. Comme il s'y attendait, l'appareil avait l'air de foncer tout droit vers la piste. « Piégé ! » cria-t-il dans le cockpit.

Il était déjà en train de réfléchir à la manière dont il allait le contourner pour venir se placer derrière lui au plus vite : le jumbo était en train de quitter la zone des hauts-fonds, il ne devait pas le laisser gagner la côte.

Le Gulfstream se rapprocha de quelques centaines de mètres du Boeing avant de virer à soixante degrés sur la droite pour se placer dans son sillage par le haut. Dans les premières lueurs de l'aube, le pilote de chasse distinguait la masse imposante de l'avion de ligne. Il se stabilisa puis descendit à cent pieds en cherchant le réacteur intérieur gauche de son curseur sur l'écran.

Merde ! La rampe ! Il avait oublié de sortir son troisième missile pour l'installer en position de tir. Il appuya en hâte sur la commande. Rien ne se passa. Encore une fois, et une autre. Toujours rien. *Oh, non !* Derrière le siège vide du copilote, comme près du sien, s'alignaient plusieurs rangées de disjoncteurs. Il se creusa la cervelle pour se rappeler lesquels avaient été ajoutés à l'équipement initial et correspondaient au système de déploiement des missiles. Ce devait être derrière l'autre siège, sur la huitième rangée.

Mais essayer d'atteindre une commande aussi éloignée tout en pilotant au ras de l'océan était tout bonnement suicidaire. Il remit les gaz et remonta à mille pieds, conscient qu'il allait ainsi se faire à nouveau repérer par le radar de l'aéroport. Ayant branché le pilote automatique, il alluma le panneau droit des disjoncteurs et se pencha dessus. Il n'arrivait pas à trouver le bon. Il se pencha encore plus pour tenter de lire les instructions affichées près du panneau. Impossible. Il jeta un coup d'œil à son compteur : plus que neuf miles ; c'était maintenant ou jamais.

Tandis que le pilote automatique maintenait la trajectoire sud-est, Youri Steblinko se coucha presque sur la console centrale pour se rapprocher encore du panneau. Dans un recoin pratiquement inaccessible, il eut enfin la vision d'une plaque minuscule portant le mot RAMPES.

Évidemment, le disjoncteur avait sauté. Même en étendant le bras au maximum, il ne parvenait pas à l'atteindre. Et puis, finalement, au prix d'un effort épuisant, il sentit que son doigt avait assez de prise sur la commande pour la réenclencher.

Il se redressa sur son siège. Une fraction de seconde plus tard, le bruit du disjoncteur sautant une nouvelle fois parvint à ses oreilles. *Ktchortou !* (Au diable !) hurla-t-il en russe. Il lui restait moins de cinq miles avant l'aéroport. Le 747 était plus bas, à deux miles devant. Il allait rater son coup !

Il se pencha encore, bandant tous ses muscles du dos, des bras, des doigts, pour retrouver le disjoncteur et le maintenir baissé tout en étendant la main gauche vers la touche de commande sur son tableau de bord. Enfin, un bruit bien connu monta du ventre de l'appareil : la rampe venait de sortir.

Il se redressa aussi vite que possible, reboucla sa ceinture de sécurité. Le 747 commençait son approche finale, beaucoup trop bas et à la fois trop près de lui : il lui était impossible désormais de prendre sa position de tir avant l'atterrissage du jumbo. La gorge serrée, il réalisa qu'il était en train de tomber à son tour dans un piège fatal : si les autres arrivaient à se poser sans encombre, il serait immédiatement arrêté en atterrissant après eux, mais il n'avait plus assez de carburant pour repartir ailleurs. Il ne lui resterait plus qu'à tenter un amerrissage forcé, au large. Ce qui signifiait la mort. Il s'interdit de penser à Ania, dont l'image venait de traverser fugitivement son cerveau.

En un éclair, il entrevit pourtant une chance, certes très mince, mais qui avait au moins le mérite d'exister : détruire le 747 sur la piste puis amerrir tout près de la côte, nager jusqu'à la terre, et inventer une histoire acceptable pour les autorités de ce coin perdu. Le plan, plus que risqué, valait la peine d'être tenté.

Il décrocha abruptement à droite : il allait tourner à trois cent soixante degrés et revenir viser l'arrière du 747 quand ce dernier roulerait sur la piste. Normalement, le commandant du jumbo allait mettre en route son unité auxiliaire, et créer ainsi une source de chaleur sur laquelle la tête du missile se reprogrammerait volontiers. Aucun appareil ne pouvait échapper à un coup ainsi placé, pas même un 747. *Et en plus, il y a un réservoir de carburant dans la queue aussi !* se rappela-t-il.

James Holland fit incliner les volets autant que le permettait la navigation d'un appareil privé de deux réacteurs, laissant le 747 se rapprocher du sol à un coefficient de descente de sept cents pieds-minute pour le dernier demi-mile. L'aéroport semblait des plus paisibles, sans lumières menaçantes. Visiblement, l'île de l'Ascension ne se doutait pas de leur arrivée.

Dans les premières lueurs du jour venues de l'est, il arrivait déjà à discerner le tarmac de la piste quand Dick Robb lâcha d'une voix altérée :

— Bon sang, il y a une asymétrie des volets !

Holland appuya aussitôt le palonnier à gauche.

— Quoi ? Où ?

— Les volets de droite sont moins sortis que ceux de gauche ! Ils se sont bloqués. On les a à environ dix degrés sur la gauche, et seulement à sept sur la droite !

— Je le sens ! La machine essaie de basculer à droite, j'ai du mal à garder le contrôle ! Essayez avec les volets alternatifs ! Je n'arrive plus à la tenir !

Tout en exerçant du pied une pression limite sur la pédale gauche du gouvernail, Holland remit légèrement les gaz. Déséquilibré par la poussée unilatérale des moteurs subsistants et l'asymétrie des volets, le 747 franchit les huit cents mètres qui restaient jusqu'à la piste en menaçant à chaque instant de faire un tonneau à droite. Mais Robb, après avoir déployé les volets alternatifs, fit revenir les volets de gauche, qui eux n'avaient pas été endommagés, à sept degrés, cran par cran. Ils sentirent immédiatement que la machine réagissait et revenait d'aplomb.

— C'est bon, laissez-les comme ça ! lança Holland.

Le bout de la piste passa en contrebas du cockpit.

— Cinquante pieds, quarante, trente..., récitait Robb, les yeux braqués sur l'altimètre.

Holland ramena en arrière les manettes des gaz en actionnant la dérive pour garder l'avion stable, puis le laissa toucher le sol, actionna les aérofreins et pesa sur les freins des trains d'atterrissage.

Devant eux se dressaient deux hautes collines, à gauche et à droite, mais il aperçut une voie de dégagement sur la gauche qui faisait une boucle et rejoignait l'autre extrémité de la piste. Il ralentit jusqu'à quarante kilomètres-heure avant de négocier la courbe.

— Dieu soit loué ! s'exclama Robb.

— Amen, répondit le commandant. Maintenant, nous n'allons plus être une cible facile. Les réacteurs refroidiront vite. On finit la check-list d'atterrissage, et on ne sera plus vulnérables aux infrarouges.

Suivant la procédure normale, le copilote repositionna commutateurs et interrupteurs avec dextérité. En passant le long du tableau de bord, sa main appuya par réflexe sur la touche de mise en route de l'APU, le groupe auxiliaire de puissance. A l'autre bout de l'avion, la petite turbine qui assurait l'alimentation en électricité et en air pressurisé quand l'appareil était au sol commença à tourner lentement sous l'impulsion électrique. Au moment où l'ordinateur de contrôle le jugea nécessaire, la valve de carburant s'ouvrit, l'ignition fut déclenchée et la turbine accéléra rapidement sa rotation. Elle rejetait maintenant par la tuyère arrière des gaz d'échappement dont la température dépassait les six cents degrés.

Son cercle terminé, Youri Steblinko accéléra et baissa les yeux sur la silhouette infrarouge du 747 que lui renvoyait son écran. Comme prévu, un point brillant apparut soudain à l'arrière : ils avaient bien allumé leur APU !

Tout en amenant le curseur sur cette source lumineuse, il engagea le jet dans une descente peu marquée, et ralentit assez pour passer au-dessus du bout de la piste à moins de deux cents nœuds.

Inopinément, la trace infrarouge obliqua sur la droite et se mit à faiblir. Son doigt toucha la détente. Le 747 était en train de sortir de la piste. S'il ne tirait pas très vite, la cible choisie et les réacteurs encore chauds sur l'aile gauche ne seraient plus détectables par son équipement.

Il pressa la détente, entendit le missile bondir dans un rugissement. Occupé à regarder le 747 en train d'obliquer rapidement sur la gauche, il évita de justesse la colline qui s'élevait sur sa droite. Remontant brusquement, il inclina le jet à gauche pour pouvoir observer ce qui se passait en bas.

Il se trouvait presque à la verticale de l'impressionnante explosion qui plongea d'un coup l'arrière du 747 dans un brasier, tandis que des débris de fuselage jaillissaient en tous sens. A la lumière des flammes, il vit toute la queue se détacher et s'effondrer au sol... Mais le Boeing continuait à rouler !

— Oh non, c'est pas vrai ! hurla Robb.

Répercuté jusqu'à l'autre extrémité de l'avion, le choc secoua les trois occupants du cockpit avec une rage malveillante. Réagissant instantanément, Holland passa en revue ses cadrans et ordonna au copilote de demander par l'interphone si le feu s'était déclaré à bord. Robb, qui avait appelé tous les postes à la fois, entendit Barb Rollins et plusieurs hôtesses décrocher en même temps :

— Quelle est la situation à l'arrière ?

Barb essaya de dominer le tremblement de sa voix :

— Il y a eu une explosion atroce ! Le bout de la cabine a été emporté ! Je me demande si le poste-repos n'a pas sauté avec ! D'ici, je vois des débris qui pendent à l'arrière. La porte 5 L est ouverte, ou bien elle est partie aussi... Vous voulez qu'on déclenche l'évacuation ?

— Dites-lui non ! lança Holland, qui écoutait la communication. C'est trop dangereux, ici. A moins que la cabine ne commence à se remplir de fumée, donnez-moi le temps de retourner sur la piste !

Robb relaya ses instructions :

— Pas tout de suite ! Est-ce qu'il y a de la fumée ?

— Non, répondit la chef de cabine, mais j'ai l'impression qu'il y a des flammes dehors. Je ne sais pas. En tout cas, pas de fumée à l'intérieur.

— Barb, on va vous rappeler. Mais si vous voyez de la fumée, vous nous prévenez tout de suite !

— D'accord.

Holland relança les réacteurs 1 et 2 pour hâter le roulage.

— Comment sont les systèmes hydrauliques, Dick ?

— Le 1 et le 2 ont l'air d'aller. Celui du groupe aux' est mort. J'ai l'impression qu'ils... que quelqu'un nous a tiré dessus à l'arrière, ou bien c'est l'APU qui a explosé ?

Comme s'il se parlait à lui-même, le commandant murmura :

— On est lourds du nez, tellement lourds...

Le 747 avançait toujours, et Youri Steblinko ne pouvait en croire ses yeux. Malgré sa détermination, il se sentait terriblement impressionné par la résistance structurelle de l'appareil, toujours plus à mesure que ses frappes échouaient. Non, il ne pouvait s'empêcher d'admirer la robustesse de l'avion, et le talent de son infatigable commandant.

Quelle machine superbe ! pensa-t-il en constatant que le jumbo, à part sa queue littéralement arrachée et ses deux réacteurs hors d'usage, semblait indestructible. Il remonta et, afin de revenir au-dessus de la piste, exécuta un « whifferdill », un brusque renversement de trajectoire, acrobatie à laquelle un jet commercial n'était pas censé se prêter.

Il n'avait qu'une seconde pour prendre une décision. Pas assez de place pour se poser devant l'intersection où la voie de dégagement rejoignait la piste principale, ni assez de temps pour faire ralentir le Gulfstream, revenir par-derrière, et tirer.

Par contre, il pouvait atterrir, rouler jusqu'à lui sur la piste, puis pivoter et faire feu. Ce qui se passerait après ne comptait pas. Tout son instinct, aiguisé par des années d'opérations, le poussait à ne penser et agir que pour accomplir la manœuvre qu'il venait de choisir.

Il abaissa les trains d'atterrissage, sortit les volets, et réduisit les gaz. A vue de nez, le 747 se déplaçait à quinze nœuds, environ trente kilomètres-heure. Il allait émerger sur la piste juste au moment où son jet atterrirait. Cela se jouerait à un cheveu.

Il arma le dernier missile. Il n'avait pas le temps de

tout revérifier : le Gulfstream planait déjà vers le sol. Il avait laissé ses phares d'atterrissage éteints, mais se ravisa au dernier moment et tendit la main vers les commutateurs.

James Holland avait choisi de reprendre la piste pour se hâter vers une grande aire de stationnement, côté sud, où l'ordre d'évacuation serait enfin donné. Il arrivait à l'intersection, se disant que le Boeing réagissait bizarrement entre ses mains, comme s'il ne manœuvrait plus que la moitié de son avion, lorsqu'il aperçut soudain sur sa gauche les projecteurs halogènes d'un appareil en approche finale. Au même moment, Robb l'avertissait :

— Quelqu'un veut atterrir, James !

Le commandant freina et ramena les manettes des gaz, avant de se raviser brusquement et de relancer sa machine en avant.

— Hé ! qu'est-ce que vous faites ? cria le copilote.

— C'est ce fils de pute qui se pointe ! Il veut la piste, mais il ne l'aura pas !

Le 747 était reparti, d'abord un peu ralenti dans son avance. Holland, d'une main, ralluma tous les projecteurs dont il disposait encore.

A la vue de ce feu d'artifice, Youri Steblinko comprit instantanément ce que son adversaire avait en tête. A quelques mètres du sol, il rallongea sa descente, planant dans le but de dépasser d'aussi loin que possible l'intersection.

Le nez du 747 pointa sur la piste. Son pilote accélérait pour lui barrer la route. Celui du Gulfstream laissa le train principal toucher le sol et utilisa le gouvernail pour se déporter vers la gauche. Il était à moins de deux cents mètres du jumbo, arrivant à une vitesse de deux cent cinquante kilomètres-heure vers le gros appareil qui était engagé au quart sur la piste et ne faisait aucunement mine de s'écarter ou de ralentir.

Youri Steblinko se déplaça encore plus sur le côté gauche, toujours libre mais qui se réduisait de plus en plus puisque le 747 mutilé barrait désormais plus de la moitié de la piste. Le jumbo ne cessait de grandir dans son champ de vision. Il devait avoir mal calculé sa vitesse. Mais le pilote de chasse eut le sang-froid de ne pas toucher à ses freins, tout en sachant que, s'il réussissait à passer, il devrait peser dessus sévèrement, une fois de l'autre côté du Boeing...

Avec la masse illuminée du 747 juste à sa droite, Youri serra de si près le bord de la piste que son train gauche faillit sortir du tarmac. Il y eut un brusque éclair de lumière : une fraction de seconde, il crut que les deux appareils venaient d'entrer en collision et qu'il allait s'écraser contre le jumbo. En fait, l'extrémité de son aile droite venait de toucher le train avant du Boeing, mais il était passé !

Alors, le cœur battant, il appuya sur les freins.

Les dents si serrées qu'il en avait la mâchoire douloureuse, James Holland avait prié pour entendre, en bas, l'aile droite de l'autre avion se déchirer. Quand il vit que le Gulfstream s'en était tiré et ralentissait en revenant au centre de la piste, il donna un coup de frein brutal et poussa la barre à droite pour éviter d'aller dans le décor.

Un jet privé ! Et si ce n'était pas son assaillant ? Il s'escrima à ramener le lourd jumbo au milieu de la piste, puis le laissa repartir vers le Gulfstream en exprimant à haute voix sa perplexité :

— Qu'est-ce que ça veut dire, bon sang ?

Dick Robb tendit soudain le doigt vers le pare-brise :

— James, attention, il a un porte-missiles, là, sous l'aile droite !

— Quoi, sur un Gulfstream ? Impossible !

— Je vous dis que si !

— Appelez la tour, demandez-leur s'ils savent qui il est !

— Mais ils ne savent même pas qui nous sommes, nous !

— Bon, essayez.

Par pure précaution, le copilote avait présélectionné la fréquence de l'aéroport plusieurs heures auparavant. Il établit donc la liaison sans perdre un instant :

— Ascension, Ascension, ici le 747. Est-ce que l'autre appareil sur la piste s'est identifié ?

— Grand Dieu, mais c'est le salaud qui vient de vous tirer dessus ! Nous n'avons pas le moindre renseignement à son sujet. Et puis, au cas où vous ne l'auriez pas vu, vous êtes en feu à l'arrière !

— Merci ! se borna à répondre le copilote.

Devant eux, le Gulfstream continuait à freiner. Holland nota sur la gauche l'entrée de l'aire sur laquelle il avait prévu de s'immobiliser. Mais le pouvait-il vraiment ?

— Dick, est-ce que vous voyez encore des missiles sur sa rampe ?

— ... Je crois, oui. J'ai l'impression.

— Il va tirer encore ! Il a peut-être des mitrailleuses !

De la main droite, il poussa les manettes des gaz presque jusque dans le rouge, sous le regard paniqué de Robb :

— Qu'est-ce que vous allez faire ?

— Le priver de ce plaisir !

— Mais, James, on doit évacuer... James ?

Penché vers la glace frontale, le copilote vit le Gulfstream commencer à pivoter à environ six cents mètres, non loin du petit escarpement contre lequel venait s'achever la piste.

Le compteur de vitesse en face du commandant de bord indiquait vingt nœuds, et ne cessa de monter tandis qu'il s'efforçait de maintenir en droite ligne le jumbo déséquilibré par la perte des réacteurs tribord. Ses phares étaient braqués sur le jet qui, en bout de piste, sans aire de dégagement ni boucle de contournement, se retrouvait ainsi coincé dans un cul-de-sac.

Youri Steblinko était conscient de sa situation, mais il n'avait de toute façon pas l'intention de s'enfuir. Lancé dans un mouvement pivotant à cent quatre-vingts degrés, il posait déjà son doigt sur la détente. La trace infrarouge de la face avant d'un des deux moteurs suffirait à attirer son dernier missile. Et dans la confusion qui suivrait, il avait une petite chance de s'esquiver...

Les phares du 747 troublèrent sa vision quand il eut terminé son demi-tour. Et son raisonnement. Il s'attendait à retrouver le Boeing encore à la moitié de la piste, alors qu'il le voyait maintenant grossir de plus en plus vite dans son pare-brise, comme s'il était lancé pour redécoller! *Mais qu'est-ce qu'il fiche? Il n'a plus de queue! Il ne veut pas s'envoler avec ce... machin?*

Il formula mentalement la réponse sans pouvoir s'empêcher de frissonner : il était acculé. Il n'avait plus assez d'espace pour décoller, et sa victime potentielle, sa cible condamnée d'avance, était en train de se ruer sur lui de tous les seize pneus de ses puissants trains d'atterrissage, prêt à pulvériser le coûteux joujou du prince!

En hâte, il aligna le curseur, appuya rageusement

sur le déclencheur. Rien. Après un regard affolé vers le disjoncteur à sa droite, il se souvint que la rampe était déjà sortie, puisqu'il avait pu tirer le troisième missile. Il appuya encore.

Toujours rien !

Avec les réflexes du pilote de chasse, il pensa immédiatement à se rabattre sur les mitrailleuses. Mais le jet princier n'en était pas muni. Il essaya une nouvelle fois la détente, sans plus de résultat.

Les lumières se rapprochaient à toute allure, à cent cinquante kilomètres-heure ou plus. Il ne pouvait pas se ranger de côté pour éviter les roues du monstre, et s'il choisissait de sortir de la piste il causerait des dégâts irrémédiables au Gulfstream, qui ne serait plus en état de redécoller.

Il pressa encore la détente, tout en sachant que le missile n'aurait désormais plus le temps de s'allumer et de trouver sa trajectoire. Mais il était déjà armé, et si la collision se produisait, la charge explosive...

Soudain, il comprit enfin ce qui se passait : le détecteur air-sol, auquel était relié le système de mise à feu, avait automatiquement bloqué ce dernier. Pour laisser son pilote utiliser les armes, l'appareil devait être sûr qu'il se trouvait bien dans les airs !

D'un geste calme, il appuya sur le commutateur pour désarmer la tête du missile. Il capitulait.

A plus de cent quarante kilomètres-heure, Holland réduisit les gaz. S'il endommageait ses trains dans ce qu'il se proposait d'accomplir, il n'aurait plus assez de piste pour freiner à temps. Les formes graciles du jet, dans ses phares, évoquaient un daim aux abois. Il vit que l'autre pilote essayait d'accélérer. Pour s'en sortir, il devrait foncer, à gauche ou à droite. Holland agrippa le manche, prêt à réagir dès qu'il détecterait un mouvement de son ennemi vers l'un ou l'autre côté.

— Allez, salopard ! siffla-t-il entre ses dents, vas-y, décide-toi !

Youri Steblinko ouvrit les gaz à fond. Mais le jet ne réagissait pas comme une formule 1. Il eut l'impression que l'appareil mettait un temps insupportable à s'ébranler. D'un coup, les réacteurs le propulsèrent en avant et il actionna son manche pour esquiver à gauche. Le 747 obliquait dans la même direction !

Opérant un tournant à quarante-cinq degrés, le Gulfstream partit à droite, les réacteurs maintenant à plein régime. Il vit le Boeing se profiler sur la gauche de son pare-brise, et pria en son for intérieur pour qu'il n'ait pas le temps de changer de cap.

— Attrape ça ! murmura Holland en suivant la manœuvre du Gulfstream, tandis que le train situé sous l'aile gauche frôlait le bord de la piste.

Il entendit Robb hurler son nom, mais surtout le vacarme des réacteurs du jet sous leurs pieds. Le nez du 747, qui dominait le Gulfstream d'une hauteur équivalant à deux étages d'immeuble, passa au-dessus de l'avion et lui arracha sa dérive en T.

Le choc contre le haut de la dérive projeta Youri Steblinko vers la droite. Dévié de sa course, il se retrouva en train de foncer non plus vers le bord de la piste, mais droit sur le train d'atterrissage central. Il essaya frénétiquement de virer à droite, mais c'était sans espoir : la gueule béante du réacteur intérieur gauche du Boeing lui arriva en pleine face.

Les deux cent cinquante tonnes du 747 l'avalèrent. Tandis que le train central pulvérisait son aile gauche et une partie de son fuselage droit, la nacelle du réacteur 2 se chargea du reste.

Dans un fracas infernal de métal déchiré et broyé, le pilote aperçut pendant une fraction de seconde un visage lointain, celui de son amante qui l'avait attendu avec confiance : « Ania ! »

Aussitôt après la collision, Holland entreprit de stopper aussi vite que possible son mastodonte en pesant de toutes ses forces sur les freins et en inversant la poussée du dernier moteur dont il disposait encore. La fin de la piste se rapprochait très vite, mais les freins répondaient toujours, même si l'impact avait secoué le 747 de bout en bout. Ils avaient aussi entendu une explosion en bas.

La priorité des priorités était de s'arrêter. Les balises rouges du bout de piste commencèrent peu à peu à se rapprocher moins vite. Mais c'était encore bien trop rapide, alors qu'il sentit brusquement que les freins avaient lâché. A moins de dix kilomètres-heure désormais, le Boeing n'en continuait pas moins d'avancer inexorablement vers la colline. Le système de freinage d'urgence avait lui aussi rendu l'âme. Holland augmenta encore la poussée inversée du moteur 1, ce qui ébranla toute la machine mais la fit aussi pivoter un peu à gauche.

Lentement, les balises rouges passèrent sous ses yeux et disparurent. Le train avant commença à gravir l'escarpement, ralentit de plus en plus, puis consentit à s'arrêter. Le gigantesque avion s'était enfin immobilisé.

Holland coupa les gaz de son dernier réacteur, et le 747 demeura là.

Sans leur donner une seconde de répit, l'interphone se mit à sonner. C'était Barb Rollins :

— Il y a des flammes à l'arrière qui sont en train de gagner la cabine ! On a heurté quelque chose en roulant !

— Évacuation, Barb ! Servez-vous uniquement des portes de droite, les quatre premières !

— OK !

Elle avait déjà commencé à donner la consigne sur la ligne des annonces quand Holland demanda à Robb de démarrer la check-list d'évacuation. Ensemble, ils la déclinèrent point par point, méthodiquement.

Vu de la tour de contrôle, le duel entre les deux avions avait paru dantesque, irréel, plus encore. Les contrôleurs n'avaient pas tardé à reconnaître l'insigne de Quantum sur le 747. Et ils avaient déjà appris que la machine de guerre américaine avait été lancée à sa poursuite, non par les canaux officiels, mais par CNN...

Dès avant la collision, un des membres du personnel de la tour avait décroché un téléphone satellite. La gorge nouée par l'excitation, il raconta à ses collègues ce qu'il venait d'apprendre :

— Ils disent qu'on peut leur parler, leur donner de l'aide, mais qu'il ne faut toucher personne sans porter de gants. Ils vont envoyer le matériel nécessaire par avions de l'US Air Force. Londres a été mis au courant. Moi, j'avais déjà prévenu les pompiers.

Sur les toboggans déployés à droite du jumbo, des passagers commençaient à surgir en glissant vers le sol. Le 747 avait quitté la piste d'à peine une trentaine de mètres vers l'ouest. Environ à cinq cents mètres dans la direction opposée, l'épave du Gulfstream était en flammes.

Les camions des pompiers se rapprochaient à toute vitesse. La tour leur avait dit d'ignorer pour l'instant les débris du jet et de se concentrer sur l'arrière du Boeing, d'où s'élevait une fumée de plus en plus épaisse.

— Et faites attention! les avait-on prévenus par radio, il y a des gens partout, ils évacuent par le côté droit!

James Holland s'assura que Rachael Sherwood s'était lancée sur le toboggan juste derrière l'ambassadeur Lancaster avant de jeter un coup d'œil circulaire pour voir qui restait encore à bord. Un par un, il obligea les membres de son équipage à évacuer, y compris Robb, qui avait reçu la mission de superviser la situation sur la piste.

Il entendait les lances à incendie cracher leur neige carbonique à l'arrière, et cependant la fumée ne cessait de s'épaissir dans la cabine. Après avoir avancé aussi vite que possible vers le fond, il s'apprêtait à monter les quelques marches menant au poste-repos quand un nuage épais lui bloqua la route. Même de l'endroit où il se trouvait, il sentit sur son visage la chaleur cuisante des flammes qui ravageaient l'habitacle. Personne n'aurait pu survivre à cet enfer. Il recula.

Après avoir emprunté le toboggan le plus proche, il se retrouva debout sur la piste. Ses yeux horrifiés tombèrent sur l'extrémité déchiquetée de son avion, puis sur les trains d'atterrissage qui avaient traîné jusque-là une confusion de débris du jet. Enchevêtré au train principal, l'avant du fuselage en lambeaux était encore reconnaissable; le cockpit, à moitié broyé, avait éclaté comme une noix.

Holland surmonta l'impulsion de partir à la recherche du pilote. Aucun être humain n'aurait pu survivre à un tel choc : au mieux, il n'aurait retrouvé que des vestiges sanguinolents. L'inconnu avait payé au prix le plus fort sa criminelle tentative.

Trois des passagers qui s'étaient blessés au cours de l'évacuation venaient d'être transportés en civière au bout de la piste : un homme aux vêtements trempés de sang, qui paraissait avoir subi une grave commotion, et deux autres présentant des blessures aux jambes. Holland vint s'agenouiller devant le premier. Il était inconscient, mais respirait normalement. Aucune de ses blessures, au front et à la poitrine, ne semblait fatale. Holland se dit que ses traits ne lui rappelaient absolument rien, mais il se reprit aussitôt : comment aurait-il pu se souvenir de tous ses passagers, ces dizaines de visages qu'il avait entrevus lors de ses passages en cabine ?

La silhouette qui passait à côté, au contraire, lui était des plus familières, et il cria :

— Barb !

— James !

Fléchissant les genoux, elle se jeta dans ses bras ouverts.

— Tu n'as rien ? (Elle leva la tête pour le regarder, sourit, fit non de la tête. Il osa alors demander :) Et ces gens à l'arrière, Barb ? Tu m'avais dit que le poste-repos était occupé...

Avant de répondre, la chef de cabine montra du doigt, un peu en retrait de la foule hébétée des passagers, une jeune fille assise près d'un homme étendu par terre :

— Ils sont sains et saufs ! Ils ont réussi à sortir de l'habitacle avant qu'il ne soit trop tard !

— Quel bonheur ! murmura le commandant, dont les yeux venaient de découvrir la présence de Rachael Sherwood à quelques mètres de là.

Dans la confusion, Dick Robb avait vite retrouvé Holland. Il s'avança en compagnie du chef des pompiers. Holland se releva pour les accueillir, tout en se demandant pourquoi l'homme avait accepté de se mêler à eux, sans aucune protection. Ignorait-il ce que le monde entier pensait d'eux ?

— Vous nous avez donné un sacré spectacle, commandant ! lança le pompier d'un ton admiratif.

Holland balaya l'éloge d'un geste discret :

— On a fait... ce qu'on pouvait. Ce salaud — je n'ai pas la moindre idée de qui c'était — nous a tiré dessus pendant la descente...

Il se tourna vers les restes du Gulfstream, comprenant enfin le rayon d'action qu'il avait réussi à couvrir. Depuis le début, ils n'avaient pas été suivis par un avion de chasse, mais par un jet commercial équipé pour tuer. Refaisant face à son interlocuteur, il poursuivit en s'essuyant le front :

— Et je crois bien que c'est lui qui nous a attaqués cette nuit au large des Canaries... *Les Canaries, ou l'Afrique ?* Tout commençait à se mêler dans son esprit. Il resta silencieux.

— Commandant ?

— Oui ?

— On m'a dit qu'il s'agissait sans doute des blessés les plus graves, constata le pompier avec un geste en direction des trois civières. Pour ce qui est de l'occupant de l'autre appareil, son sort ne fait aucun doute... (Holland acquiesça.) Une ambulance est en route. Nous n'avons pas beaucoup de moyens, sur cette île, mais nous allons faire le nécessaire. Le gouverneur britannique doit arriver d'un moment à l'autre, il veut vous parler...

— Écoutez..., le coupa Holland en levant la main. (Il réfléchit un moment avant de poursuivre :) Vous avez été assez courageux pour venir nous aider, mais ce serait peut-être mieux que vous empêchiez quiconque de nous approcher pendant les douze prochaines heures au moins.

Le pompier sourit, pencha la tête d'un air étonné :

— Mais pourquoi, commandant ?

— Vous ne savez pas qui on est ? Vous n'avez pas entendu les informations ?

— Bien sûr que si ! Comme toute la planète !

— Bon. Donc, pendant encore une bonne partie de cette journée, nous sommes théoriquement dangereux. Il est possible que nous soyons porteurs d'un virus dont on a perdu le contrôle en Allemagne.

Son interlocuteur fit un signe de dénégation :

— Mais non, commandant ! Cette nuit, on a appris que ce microbe, si microbe il y a, n'était pas transmissible par l'air. Vous n'êtes pas au courant, alors ?

— Non, c'était trop risqué d'utiliser les liaisons radio, et on était trop loin pour capter la moindre station...

— Oh, je vois... Eh bien, à part ceux qui ont été réellement en contact direct avec le passager exposé, aucun d'entre vous ne risque quoi que ce soit, d'après ce que j'ai compris. D'ailleurs, l'US Air Force est déjà en route avec des médicaments et du matériel. Nous venons juste de l'apprendre.

James Holland contempla encore ce qui restait du 747-400 presque neuf, puis l'épave fumante du Gulfstream, de ce frêle appareil qui des heures durant avait cherché à abattre le mastodonte. Tout cela paraissait hors de la réalité.

— Commandant ?

Se détachant d'un groupe à une douzaine de mètres, une passagère aux épaules couvertes d'une couverture s'était approchée de lui. En se retournant, Holland la reconnut immédiatement : ses paroles sans concession, son regard réprobateur l'avaient hanté plus d'une fois pendant son ordalie de quelque trente heures.

— Ah, bonjour, madame. Vous allez bien ? (Elle demeura immobile un instant, comme si elle était en train de le jauger, avant d'esquisser un léger sourire et d'opiner du bonnet.) Eh bien, on s'en est tirés...

Il s'en voulut sur-le-champ d'avoir proféré une telle banalité, mais d'un geste inattendu elle lui avait tendu sa main droite. Elle avait une poigne solide, aucunement affaiblie par les années.

— Commandant, vous vous rappelez ce que je vous ai dit, il y a maintenant si longtemps ?

Il fit signe que oui, et sourit en enveloppant la main de la vieille dame dans les siennes :

— Oui, vous disiez que je n'étais pas fiable parce que je laissais les autres penser à ma place.

— Oui, c'est cela. Eh bien, j'avais tort.

Holland détourna son regard un moment, puis surmonta son émotion pour répondre :

— Non, madame. Vous aviez raison. A ce moment-là, vous n'aviez que trop raison !

ÉPILOGUE

Rehoboth Beach, Delaware.
Dimanche 31 décembre

Avec une moue ébahie, Rusty Sanders rendit lentement à Sherry la petite liasse de coupures de presse sur lesquelles s'étalait immanquablement la silhouette suppliciée du 747.

— Bon, eh bien, ma chère, s'il n'est pas responsable de tout ça, c'est peut-être dommage pour lui ! Toutes les nations civilisées sans exception ont déclaré la guerre à Aqbah ! Même l'Iran a promis de voir ce qu'il pouvait faire ! Aqbah est fichu, et ce sont les Saoudiens qui ont mené la charge... Il faut dire qu'après la perte de son cher avion, le prince Machin était prêt à appeler au djihad ! (Il voulut attirer l'attention de la jeune femme, qui braquait des yeux absents à travers la fenêtre.) Alors, tu votes quoi ? Coupable ou non coupable ?

Elle pivota légèrement la tête vers lui :

— Qui ? Roth, ou nous ?

— Mais Roth, évidemment ? Comment ça, *nous* ?

Elle se retourna avec un sourire :

— Honnêtement, je n'en sais rien, Rusty. Peut-être

innocent, peut-être coupable. Les voies de Jon sont impénétrables.

— Ah bon ? Je croyais que c'était de Dieu qu'on disait ça...

Elle opina du bonnet :

— Oui, mais compte tenu de notre propre situation, fort délicate en vérité, je dirais que les siennes le sont aussi. (Elle lui lança un long regard.) Après le remarquable spectacle qu'il nous a donné dans le bureau du sénateur, j'étais tellement déstabilisée... Je n'ai pas été loin de me dire que nous avions été victimes d'une hallucination, toi et moi.

— Je sais. Moi aussi. Il n'est jamais apparu sur la défensive ; toutes les preuves avaient purement et simplement disparu, et il avait une explication prête pour tout ce que nous avions vécu. Parfait pour lui. Mais s'il n'est pas le traître, lui, alors qui ? Parce qu'on a bien aidé Aqbah à se suicider. Et on a bien essayé de nous tuer !

— Peut-être.

— *Peut-être ?* Ils nous ont tiré dessus à l'aéroport, ils ont détruit un avion en nous poursuivant, et tu dis *peut-être* !

Élevant un doigt en l'air, Sherry Ellis imita la voix grave de Jonathan Roth :

— Mais enfin, docteur Sanders, ils essayaient seulement de crever les pneus du véhicule dont vous vous étiez illégalement emparés. S'ils voulaient vraiment vous abattre, ils l'auraient fait. Ils essayaient seulement de vous ramener à nous. Rien de plus !

— Je sais ce que j'ai vu, tout de même ! répliqua le médecin, d'un ton calme mais décidé.

— Oui, vraiment ? Eh bien moi, Rusty, je dois admettre que je ne peux pas dire avec certitude qu'il mente. Et encore une chose : que cela soit vrai ou non, la grande fraternité des agents secrets est maintenant convaincue pour l'éternité que Jon Roth, le super-espion, a réussi son coup.

Sanders prit un air dubitatif :

— Je me demande si nous avons fait ce qu'il fallait.

— Parce que nous avions le choix ?

— A vrai dire...

Elle tendit la main pour la poser sur son épaule :

— C'était comme le choix de Hobson, ça ! Tu sais, le maître d'écuries de la vieille Angleterre... A quelle époque déjà, au XVIe ? Celui qui avait l'habitude de dire à ses clients : Vous pouvez prendre le cheval que vous voulez, à condition que ce soit le plus proche de la porte !

Alors qu'il aquiesçait tristement, elle l'attrapa par le menton pour l'obliger à la regarder en face :

— Tu te souviens du marché qu'il nous a proposé, Rusty ? « Écrasez, oubliez vos accusations rocambolesques, et vous garderez votre job, tous les deux. Ou bien vous pouvez aller raconter vos histoires à dormir debout sur la place publique, et en assumer les conséquences... » En quarante-huit heures, nous aurions été étiquetés comme fous dangereux, nous nous serions retrouvés au chômage, et en plus Jon se serait empressé de nous renvoyer dessus tous ceux qui ont eu à subir les dégâts que nous avons provoqués à l'aéroport, et qui rêvent de dommages et intérêts. Oui, mon doudou, il n'y avait pas d'autre choix que de prendre le cheval le plus près de la porte !

— Je sais, je sais...

Elle retira sa main :

— D'accord. Seulement, rappelle-toi de quoi nous sommes convenus ensemble : qu'il valait mieux être dans la place pour le garder à l'œil. Pour le reste, ce qui fait est fait.

— Sans doute. En tout cas, tous les occupants du

747 sont rentrés chez eux après trois jours de quarantaine. Plus de peur que de mal, des excuses générales, et un retour en première classe... Les seules véritables victimes de cette folie sont les assureurs du Boeing, et le pilote arabe qui s'est fait écrabouiller dans le jet. A moins de compter Aqbah dans le lot, bien sûr !

— Tu oublies le professeur Helms et cette femme, en Islande...

Il fit une grimace désolée :

— C'est vrai, pardon. Mais le principal, Sherry, c'est que Roth, grâce un incroyable coup de bol, passe maintenant pour le collaborateur avisé dont la lucidité a sorti le Président d'une impasse terrible, plutôt que pour un faussaire machiavélique prêt à déclencher un holocauste. Un type qui se prend pour Dieu le Père, qui a failli pousser à la mort deux cent cinquante personnes en aidant Aqbah.

Comment, ça, nous ne le savons pas, mais il est clair qu'il a bafoué un nombre incalculable de lois en lançant une opération secrète d'envergure sans l'aval présidentiel, en mentant au Président probablement une douzaine de fois, en abusant de la confiance d'un sénateur, en manipulant tout le monde, en essayant de nous liquider, en saccageant mon appartement, en me démolissant les nerfs, etc.

— Et ce même homme bénéficie aujourd'hui de l'entière confiance de l'appareil présidentiel et du Sénat, qui avalisera avec enthousiasme sa promotion ! Pourquoi ? Parce que personne n'est certain que ces accusations soient fondées, pas même nous !

— Oui, renchérit Sanders, les deux seuls êtres au monde qui le soupçonnent vraiment d'être une vipère restent sous sa coupe... (Il se frappa la poitrine de sa paume :)... Je parle de nous !

La jeune femme lui adressa un sourire patient :

— Rusty, quand on doit vivre dans la jungle, il faut

s'attendre à tomber sur des serpents. Nous travaillons pour la CIA. Nous allons continuer à travailler pour la CIA. C'est cela, le plus grave.

Le médecin se leva :

— Et pourtant, un jour... Un jour, un virus quelconque, aussi atroce que celui dont il était question, se glissera dans un avion de ligne, et en quelques heures nous nous retrouverons totalement impuissants devant lui.

Il poussa le battant de la porte-fenêtre. Le décor cossu de la chambre d'hôtel s'emplit aussitôt du grondement des vagues déferlant sur la plage. En cette soirée d'hiver exceptionnellement douce, la pleine lune brillait sur l'Atlantique. Sur la promenade, en bas, un couple passa, amoureusement enlacé, indifférent aux rumeurs lointaines du réveillon. Malgré les festivités, les feux d'artifice, la station balnéaire semblait baigner dans le calme de la morte-saison. Et Washington n'était qu'à deux cents kilomètres à peine...

— Rusty, je suis si contente que tu m'aies appelée. J'attendais...

Il émergea de sa rêverie pour trouver la jeune femme à côté de lui, sa chevelure irisée par le clair de lune. Il se sentit troublé :

— Je n'étais pas trop sûr, tu sais...

— Si, tu savais, répliqua-t-elle avec un sourire.

— Oh oui, bien sûr, ce que j'éprouvais, moi, mais je voulais dire ce que toi...

— Ça aussi, tu le savais ! (Elle posa un doigt sur les lèvres de Sanders pour lui épargner une nouvelle explication, puis le fit doucement pivoter vers elle :) Pour combien de temps tu as pris cette chambre ?

— Euh, j'ai réservé pour trois jours.

— Et seulement une chambre ? (Par-dessus son épaule, elle lança un coup d'œil à l'intérieur en affectant un air surpris :) Mais... il n'y a qu'un lit ! Où tu vas dormir, toi ?

— Eh bien, j'ai pensé... Je me suis dit...

— Ah oui, vraiment? s'étonna-t-elle tandis qu'un sourire illuminait son visage et qu'elle commençait à déboutonner la chemise de son compagnon — qui lui sourit en retour.

— Tu as pensé juste, apprécia Sherry. La dame est consentante ! Alors ? Qu'attendez-vous pour me porter sur le lit, agent zéro-zéro-zéro ?

Le Bureau ovale de la Maison-Blanche.
Mardi 16 janvier au matin

Non sans mauvaise grâce, le chef de cabinet avait finalement accepté de trouver un créneau dans l'emploi du temps démentiel du Président pour caser la réunion que Jonathan Roth jugeait indispensable : selon lui, l'hôte de la Maison-Blanche était pressé d'entendre les conclusions finales d'une affaire particulièrement épineuse.

A dix heures du matin tapantes, conformément au rendez-vous pris, Roth entra dans le Bureau ovale, accompagné du général de brigade qui commandait le service de lutte antibactériologique au QG des renseignements militaires américains, à Fort Detrick. Frappé par leurs mines sinistres, le Président leur fit signe de s'installer en face de sa table.

Roth ne lui remit pas l'épais dossier qu'il tenait en main. Après s'être éclairci la gorge et avoir adressé un petit geste rassurant à l'officier assis au bord de son fauteuil, il commença :

— Comme vous vous le rappelez, pendant que nos équipes médicales gardaient en observation l'équipage et les passagers à l'île de l'Ascension, nous... j'ai plaidé pour qu'on leur impose une quarantaine plus longue.

— Oui, Jon, je m'en souviens fort bien, rétorqua le Président. Et c'est moi qui ai pris la responsabilité de les laisser rentrer chez eux au bout de trois jours. Personne n'était malade. Alors, où voulez-vous en venir ?

— Eh bien, monsieur le Président, malades, ils l'étaient, seulement nous, nous ne le savions pas...

— Expliquez-moi, s'il vous plaît.

Roth enchaînait déjà :

— Comme vous le savez, pour essayer de déterminer à quoi ressemble un nouveau virus particulièrement dangereux, il faut un long et minutieux travail au microscope électronique, sur des échantillons de sang ou de tissus, une myriade d'analyses menées par des chercheurs qui obéissent à des règles d'isolation très strictes de niveau quatre. Au moment où le 747 a terminé son odyssée, nous disposions d'une première image de l'agent pathogène qui avait coûté la vie à ces deux laborantins en Bavière. Pour des raisons évidentes, nos chercheurs l'ont baptisé « virus de Hauptmann ». Presque simultanément, nous avons reçu des clichés de celui qui avait été trouvé dans le sang de la victime à bord de l'avion...

Il se tourna vers le général, qui prit le relais :

— Le professeur Helms était effectivement contaminé, monsieur le Président, même si l'infection n'était pas du tout la cause de son accident cardiaque. Il y avait une présence virale très significative dans son sang, dont les caractéristiques semblaient correspondre presque exactement à celles du « virus de Hauptmann ». Tous les moyens possibles de les comparer ont été utilisés, y compris par fluorescence. Alors, nous avons prélevé des échantillons sanguins sur tous les passagers et membres d'équipage du vol QN 66 pendant qu'ils se trouvaient en quarantaine, et il nous a fallu tout ce temps pour obtenir une confirmation fiable.

— Vous faites durer le suspense, messieurs, mais je vous prie d'en venir aux faits, intervint le Président qui se pencha en avant, les coudes sur ses genoux.

Roth reprit la parole :

— Les faits, monsieur le Président, sont les suivants : notre conclusion première, selon laquelle ce virus ne se transmettait que par les fluides corporels, était fausse. Car tous les occupants du 747, je dis bien *tous,* étaient contaminés.

Le chef de l'État releva un visage stupéfait :

— Attendez, attendez un peu ! Personne n'était malade, personne n'est tombé malade depuis, et pourtant, des semaines se sont écoulées !

— Mais en fait ils l'étaient, monsieur le Président, expliqua l'officier supérieur, seulement le virus a subi une mutation. L'agent pathogène de niveau quatre, redoutable, celui qui a tué les deux hommes en Allemagne, a muté lorsqu'il a infecté Helms. Quelque chose, une simple protéine peut-être, a changé en lui. Nous ne savons pas précisément ce qu'a été cette mutation, mais en tout cas la réaction virale qui avait commencé à ravager le système sanguin du professeur a brusquement perdu ses effets foudroyants. Et sa période d'incubation, elle aussi, s'est modifiée. Helms a contaminé tout le monde à bord, mais pas avec le virus de Hauptmann, avec un virus mutant dont l'incubation complète demande plusieurs jours de plus. Celui-là, nous l'appelons le « virus Helms-Bavière ». La plupart des passagers ont atteint un degré d'infection maximum alors qu'ils étaient rentrés chez eux, mais comme il n'y avait pas de symptômes patents nous ne nous en sommes pas rendu compte, et eux non plus.

— Mais ce virus... ce « Helms-Bavière », comme vous dites, n'est donc pas dangereux ?

Le général secoua la tête :

— Nous ne pouvons pas l'affirmer. Il pourrait

muter à nouveau et revenir à sa forme originelle, redevenir mortel, donc, mais de toute façon nous sommes désormais totalement impuissants face à lui. Il est en train de se répandre silencieusement dans le pays, en se propageant sans provoquer de maladies. Et s'il mute encore...

— ... il pourra réapparaître n'importe où, n'importe quand, en provoquant une épidémie de niveau quatre, enchaîna Roth.

Le Président se renfonça dans son fauteuil, les sourcils froncés :

— Mon Dieu ! Alors cet avion aurait bien été comme un cheval de Troie ? Nous avons longtemps hésité à trancher dans un sens ou dans un autre, vous vous rappelez ? (Il garda le silence un moment avant de se tourner vers Roth :) D'accord. Combien de temps ce virus mettra-t-il à disparaître ? Est-ce que vous élaborez un traitement immunitaire ?

Le patron de la CIA le regarda droit dans les yeux en répondant :

— Si nous les avions gardés en quarantaine là-bas pendant, disons, un mois, il aurait sans doute disparu entièrement. Mais le 27 décembre, quand ils sont revenus dans leurs familles, l'infection était déjà à l'œuvre sans se manifester, et elle a dû atteindre son apogée quelques semaines plus tard. Chacun d'eux a probablement contaminé une douzaine d'autres personnes, et ainsi de suite. Quant à l'immunisation, le général ici présent me dit qu'on pourra peut-être en trouver une contre le virus Helms-Bavière tel qu'il est à présent à l'œuvre chez nous, mais pas nécessairement contre les mutations qui pourraient apparaître par la suite.

Le général acquiesça :

— C'est un peu comme avec un extraterrestre particulièrement intelligent dans un livre de science-fiction : on ne sait pas de quoi il est capable, mais on sait pertinemment qu'il est là, et qu'on ne le contrôle pas.

— En bref, poursuivit Roth, nous avons fait un sacré gâchis. A partir d'un diagnostic erroné sur la transmission par l'air et sur la période d'incubation, nous avons relâché ces gens beaucoup trop tôt.

— Et donc... La conclusion, Jon?

Roth examina un instant le bout de ses chaussures avant de relever les yeux vers le chef de l'État :

— Nous devrions définir immédiatement les mesures draconiennes à appliquer au cas où nous serions confrontés à un cas similaire. Parce qu'il faut voir les choses en face, monsieur le Président : si ce virus de Hauptmann n'avait pas connu une mutation, nous aurions pu perdre jusqu'à quatre-vingt-dix pour cent de la population nord-américaine. Une fois qu'il aurait commencé à frapper, il n'y aurait plus eu aucun moyen de l'arrêter...

Estes Park, Colorado. Mardi 14 mai

Depuis sa tendre enfance, Rachael Sherwood avait toujours aimé les montagnes Rocheuses, mais comme une idée lointaine. Elle n'avait jamais imaginé qu'on puisse les parcourir à pied. On ne vivait pas dans ces lieux majestueux, on n'y faisait que de rares et brèves incursions dans la voiture des parents, lors des vacances.

Ces réminiscences la firent sourire tandis qu'elle remuait son café en laissant son regard se promener sur le grandiose paysage de pics enneigés qui s'étendait sous un ciel d'un bleu intense. Elle avait encore du mal à faire son jogging dans l'atmosphère raréfiée, à plus de deux mille mètres au-dessus du niveau de la mer, mais son endurance s'améliorait tous les jours. Et l'altitude ne lui donnait plus de migraines.

Une formation compacte de cumulus partant à l'assaut de Long Peak, à une cinquantaine de kilomètres au sud, attira son attention. Cette montagne, elle avait décidé d'en faire l'ascension l'année suivante. Et c'était une décision ferme ! Elle avait encore du courrier à écrire. Quand il s'agissait d'amis chers à son cœur demeurés sur la côte Est, qu'elle avait quittés à regret, elle préférait sans conteste les lettres au téléphone. Une conversation téléphonique était trop éphémère, alors qu'elle voulait pleinement goûter la distance, et la durée. Et puis, comment décrire au téléphone toute la beauté dont elle était en train de se remplir les yeux ? La vue sur laquelle ouvraient les baies vitrées de son salon, tout comme sa nouvelle maison, sur la route dite du Ravin du Diable, et, bien sûr, toutes les sensations que lui procurait sa nouvelle existence, exigeaient des mots choisis avec soin, et de préférence accompagnés de quelques photographies. Oui, seules les lettres convenaient à cet endroit.

Sur la route de terre qui montait vers la ville d'Estes Park, à un kilomètre de chez elle, un panache de fumée signalait l'arrivée d'une voiture. Rachael tourna la tête pour suivre le tracé de la piste, s'arrêtant au promontoire qu'elle franchissait avant d'aboutir au petit village de Glenhaven. Toute la matinée, un vol de busards était resté obstinément à tournoyer au-dessus de cet endroit, excitant sa curiosité. Elle reporta son regard vers la ville, impatiente de reconnaître la voiture, qui s'était beaucoup rapprochée.

Il était juste à l'heure.

Après le traumatisme de l'équipée aérienne de Noël, elle s'était plongée pendant trois semaines dans une activité trépidante, notamment en raison de l'intérêt médiatique intense qui s'était porté sur Lee Lancaster. Ce dernier avait été salué comme l'un des héros de ce drame : elle s'était sentie fière d'être sa collaboratrice, et plus fière encore en constatant la modestie avec laquelle il avait accueilli toutes ces louanges.

Mais le véritable héros de l'odyssée, l'homme qui avait su garder son sang-froid aux commandes du 747, avait pour sa part entièrement disparu en voyant les projecteurs mondains se braquer sur lui. Elle avait entendu parler des offres mirobolantes qu'il avait reçues pour écrire un livre ou tourner un film, des animateurs de shows télévisés qui auraient tout donné pour le recevoir sur leur plateau, de la cohorte médiatique qui menait grand tapage pour en savoir plus, et en raconter plus encore, sur le compte de James Holland.

Seulement, James Holland s'était rendu invisible. Elle le croyait rentré à Dallas, jusqu'au soir froid et pluvieux du 5 janvier où un coup de sonnette à la porte de son studio de Georgetown l'avait fait sursauter. Il se tenait là, trempé de la tête aux pieds, l'air embarrassé, cherchant ses mots, mais décidé à lui demander si elle accepterait qu'il l'invite quelque part.

— Mais pourquoi ne pas avoir téléphoné ? s'était-elle étonnée sans acrimonie.

— ... Franchement, je ne savais pas très bien quoi... euh... quoi...

— Quoi dire ? (Il avait fait signe que oui, et elle, avec un sourire :) Eh bien, par exemple : Hello, Rachael, vous voulez qu'on sorte ensemble un soir ?

— Oui, c'était aussi simple que ça, certainement..., avait-il répondu avant de sourire lui aussi, d'un air presque penaud.

— Bon, avait ajouté la jeune femme, alors maintenant je suis là, et je vous écoute.

Et lui :

— Hello, Rachael, voulez-vous m'épouser ?

Remontant l'allée, c'était bien la petite Chevrolet grise qu'elle attendait. Elle alla à la porte d'entrée et se tint immobile. Ils étaient mariés depuis trois mois, mais chaque journée, et chaque nuit, était une nouvelle lune de miel. Ils ne cessaient de se surprendre mutuellement par l'intensité et la diversité de la passion érotique qui les poussait l'un vers l'autre. Ses accès sporadiques de silence étaient vite comblés par tout ce que leur inspiraient l'expérience de partager cette nouvelle maison, la beauté des montagnes, et le souvenir des moments éternels qu'ils avaient vécus ensemble dans cet avion. Et puis il cherchait sincèrement à surmonter son côté taciturne. Un travail sur soi qu'elle comprenait et soutenait.

Il avait quitté Dallas avec allégresse, elle Washington non sans nostalgie, mais désormais ils se faisaient tous deux violence lorsqu'ils devaient s'éloigner de chez eux, ne fût-ce que pour une journée. Toute sa vie, James avait rêvé de vivre dans ces montagnes, et très vite elle était devenue aussi enthousiaste que lui. Et elle s'était habituée à le voir se rendre à Dallas afin d'assurer ses vols pour Quantum.

C'était elle qui l'avait convaincu d'accepter l'invitation conjointe de la Direction fédérale de l'aviation et de l'Association des pilotes de ligne à une manifestation publique en son honneur, dans la capitale. James ayant d'abord catégoriquement refusé, elles s'étaient tournées vers son épouse pour la convaincre qu'il s'agissait de bien plus que de recevoir une médaille et d'inaugurer une plaque : avec sa droiture, sa solidité, sa fiabilité, avaient-elles plaidé, James incarnait les qualités essentielles que l'on attendait d'un pilote. Et le pays avait besoin d'un exemple positif.

Surmontant sa répugnance, il avait finalement accepté. Le couple devait partir le lendemain pour Washington. Toute la matinée, sans rien d'autre sur elle qu'un peignoir de bain, Rachael avait paressé en attendant son retour de Dallas. En le voyant arriver, elle dénoua sa ceinture sans mot dire, laissant le peignoir tomber à ses pieds.

Il referma la porte d'entrée et se hâta vers elle, rayonnant.

Musée national de l'aviation et de l'espace, Washington.
Jeudi 16 mai

James Holland n'avait pu dissimuler son malaise de se retrouver à la place d'honneur de la cérémonie, au demeurant d'une solennité impressionnante. Et la réception qui suivait battait son plein depuis longtemps quand Rachael, pour la première fois de la journée, remarqua qu'il commençait à se détendre. Ne l'ayant pas quitté depuis le début, elle se décida alors à partir à la recherche des toilettes. Comme s'il n'attendait que ce moment, un homme brun, de taille moyenne, s'approcha sans bruit du pilote. Sentant une présence derrière lui, ce dernier se retourna et serra la main que l'inconnu lui tendait.

— Commandant, permettez-moi de vous féliciter à mon tour. Ce que vous avez accompli avec cette machine est une superbe leçon de courage et de compétence.

— Merci. Et vous-même... ?

— Je suis un de vos admirateurs. Un aviateur, comme vous.

Il avait une légère pointe d'accent, mais son visage parut familier à Holland, ou plutôt lui suggéra une image venue d'un passé indéfini, une image dont son instinct lui disait qu'il aurait le plus grand mal à restituer l'origine. Il se concentra un instant :

— Vous... vous n'étiez pas à bord de mon avion, n'est-ce pas ?

Pour toute réponse, l'inconnu se contenta d'un sourire, plutôt triste comme le nota James.

Après avoir laissé son regard errer vers le fond de la salle, l'homme dit d'un ton convaincu :

— A ce moment-là, beaucoup étaient avec vous, même s'ils n'étaient pas physiquement présents...

— Très poétique, constata Holland en tournant et retournant cette phrase étrange dans son esprit.

L'homme fixa ses yeux dans les siens. Son sourire s'éclaira tandis qu'il écartait le sujet d'un geste de la main :

— Enfin, je tenais simplement à vous rencontrer directement, et à vous dire que tout ceci... (il désigna la réception d'un mouvement du bras)... tout ceci est entièrement mérité.

James lui sourit en retour. Depuis des heures, il n'avait cessé d'entendre de tels compliments, qui le gênaient toujours autant à chaque fois. Sa réponse était déjà rodée elle aussi, même un peu trop :

— Très aimable à vous, mais c'est tout l'équipage qu'il faudrait saluer. Ce qui est arrivé est le résultat d'un travail d'équipe. En tant que commandant, j'ai seulement été la partie visible...

L'inconnu lui donna une nouvelle poignée de main, qu'il fit durer comme si elle était à elle seule porteuse d'un message. Il s'écoula un long moment avant qu'il ne se remette à parler :

— Non, commandant, ce qui est arrivé était un duel impossible entre deux adversaires inégaux. Parfois, quand l'animal traqué refuse de mourir, il arrive que le chasseur trop sûr de lui y perde la vie. Non, renverser votre descente en chandelle prétendument fatale quand vous avez perdu votre premier réacteur était un coup de génie, de même que la tactique que vous avez employée à la fin, sur l'aéroport de l'île...

Observant attentivement les yeux de l'inconnu, James Holland se dit qu'il paraissait éprouver envers lui une amitié dont il ne révélait pas toutes les causes, ainsi qu'un respect sincère. A son tour, il lui tendit la main, que l'homme serra calmement. Il voulut tenter d'en apprendre plus :

— Vous semblez avoir étudié en détail le rapport sur cet accident...

Son énigmatique interlocuteur retira sa main :

— Oui, de plus près encore que vous ne pouvez l'imaginer.

Et, sans lui laisser le temps d'ajouter quoi que ce soit, il tourna les talons. Le commandant de bord avait remarqué que tout un groupe à sa gauche attendait qu'il ait fini son aparté pour l'assaillir de félicitations. Il n'en resta pas moins un moment à regarder l'inconnu, qui se dirigeait posément vers la porte, puis il se tourna vers la rangée d'officiels souriants, parmi lesquels se trouvait le secrétaire d'État aux Transports.

Il échangeait quelques aimables banalités avec celui-ci lorsqu'un souvenir inopiné le fit s'arrêter en plein milieu d'une phrase et pivoter vers la porte. C'était l'image, certes floue, d'un passager étendu sur une civière, à l'aéroport qui avait été la destination finale du vol QN 66. James vit l'homme s'immobiliser sur le pas de la porte et l'observer lui aussi de loin. *Non, c'est impossible ! Il m'a dit lui-même qu'il n'était pas à bord...*

Avec un brusque sourire, l'inconnu lui adressa un impeccable salut militaire. Stupéfait, Holland lui répondit en saluant aussi, beaucoup plus brièvement, tandis que son cerveau repassait, encore et encore, ce qu'il venait d'entendre.

Émergeant du hall du musée pour dévaler le perron, Youri Steblinko chercha des yeux la voiture toute neuve qu'il avait garée sur Independence Avenue. Une auto américaine, une Buick fantastique qui, tout comme la confortable maison dont il disposait maintenant dans un coin bucolique de Virginie, était enregistrée au nom de Youri Raskolnikov, employé de la CIA à Langley, citoyen américain de fraîche date.

C'était lui qui avait choisi cette nouvelle identité : une petite plaisanterie russe à lui seul destinée, et aussi un respectueux clin d'œil au grand Dostoïevski.

Il consulta sa montre, pressa encore le pas.

Quatre heures, déjà. Ania devait l'attendre.

REMERCIEMENTS

Ils s'adressent sincèrement à mes agents George et Olga Wieser, ainsi qu'à David Gernert, Stephen Rubin, Lori Lipsky, Jayne Schorn, Ellen Archer, et à toute ma nouvelle famille éditoriale de Doubleday.

Je remercie aussi particulièrement le Centre de contrôle antiépidémiologique d'Atlanta, la compagnie Boeing, à Seattle, le commandant Gary Rhodes, pilote de F-15 de l'US Air Force, et Jay Molyneux pour son aide à propos de l'île de l'Ascension.

Note du traducteur

Les pilotes américains ont la particularité de désigner l'heure GMT (ou temps universel coordonné, sur la base du méridien de Greenwich) par le terme de « Zulu Time », indiquée ici par la lettre Z. Le traducteur remercie les navigants d'Air France qui l'ont aidé à retrouver l'équivalent français de la terminologie aéronautique anglo-saxonne.

Composition réalisée par EURONUMÉRIQUE

IMPRIMÉ EN ESPAGNE PAR LIBERDUPLEX
BARCELONE
Dépôt légal Édit. : 38923-10/2003
Édition 01
Librairie Générale Française - 43, quai de Grenelle - 75015 Paris.
ISBN : 2-253-17309-6 31/7309/3